수속성의 마법사

제1부
중앙 연방편
V

쿠보 타다시 —글

메바루 —일러스트

제도

Imperial Capito

중앙 연방

CENTRAL COUNTRIES

트와일라이트 랜드   아크레   룬
Twilightland   *Acret*   *Lung*

위트나쉬
Whitnash

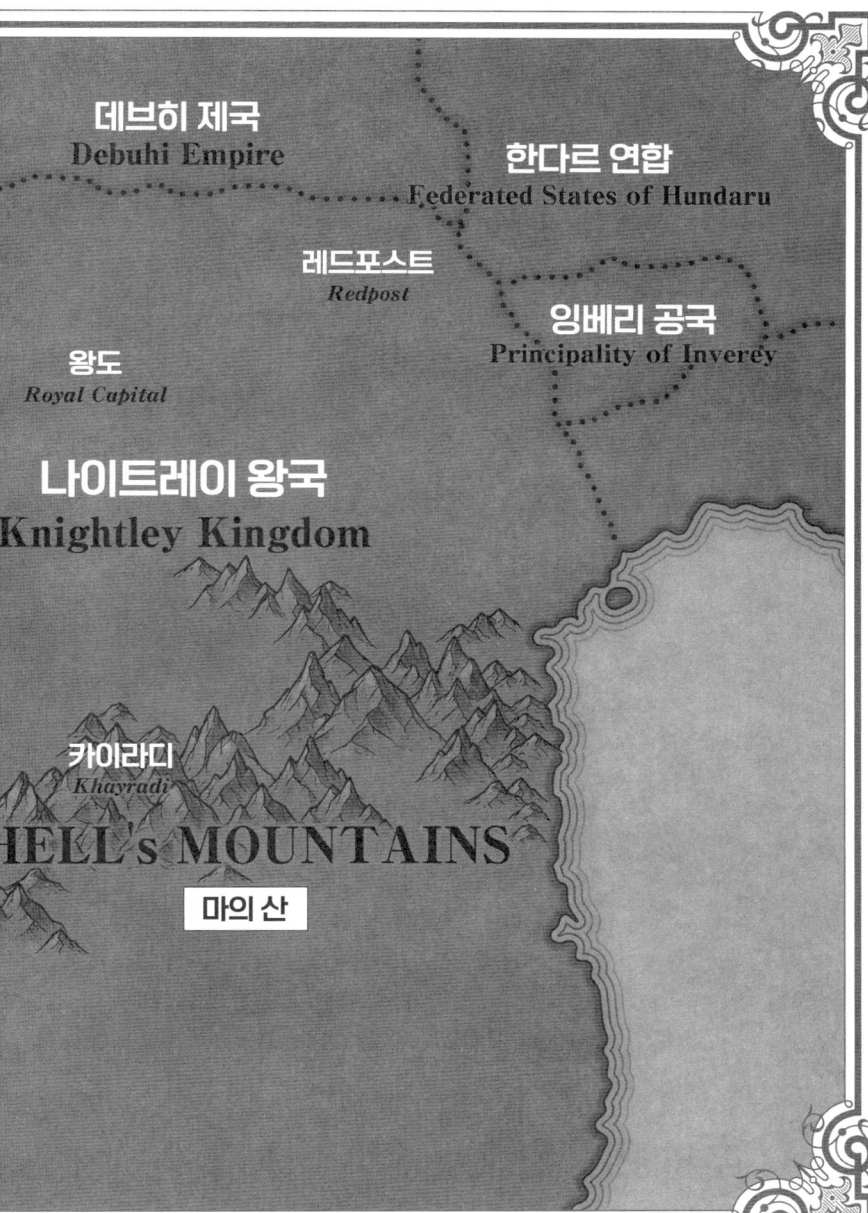

Characters/등장인물 소개

◆나이트레이 왕국◆

붉은 검

[아벨]

B급 모험자. 검사. 파티 『붉은 검』 리더.
26살. 뭔가 비밀이 있는 듯한데……?

[린]

B급 모험자. 풍속성 마법사.
『붉은 검』 멤버. 키가 아담하다.

[리햐]

B급 모험자. 신관. 『붉은 검』 멤버.
구슬이 굴러가는 듯한 미성의 소유자.

[워렌]

B급 모험자. 방패기사. 『붉은 검』 멤버.
과묵하고 2m가 넘는 거한.

스위치백

[라]

C급 모험자. 검사.
파티 『스위치백』 리더.

[미하라 료]

주인공. D급 모험자. 수속성 마법사.
전생 시 수속성 마법 재능과 불로
능력을 부여받았다. 영원한 19살.
좋아하는 것은 개그와 커피.

10호실

[닐스]

E급 모험자. 검사. 길드 숙소 10호실
멤버. 20살. 성정이 거칠지만 동료를
아낀다.

[에토]

E급 모험자. 신관. 10호실 멤버. 19살.
체력이 없는 게 약점.

[아몬]

F급 모험자. 검사. 10호실 멤버. 16살.
10호실의 상식인.

제1부 중앙 연방편 V

외전 화속성 마법사 V

본문, 컬러 일러스트_메바루

제1부 중앙 연방편 V

프롤로그

"아벨…… 진심이에요?"

"당연하지. 일격이다."

룬의 거리, 『붉은 검』이 머물고 있는 고급 숙소 황금파도 안뜰. 거기서 료와 아벨이 마주 보고 서 있었다.

아벨은 붉게 빛나는 애검을 들고 찌르기를 반복하는 자세로. 대치하는 료는 얼굴을 찌푸린 채로.

"알고 있어요? 저는 마법사라는 거?"

"그래, 그러니까 하는 거야."

아벨은 말을 하면서도 호흡을 가다듬고 있었다. 선언한 대로 필살의 일격을 감행하기 위해서.

"아벨, 정말 실망이에요!"

"쓸데없는 말은 됐어! 료도 준비해!"

"큭…… 어쩔 수 없죠. 〈아이스 월〉."

"간다! 검기: 자돌고봉(刺突孤峰)."

경이로운 속도의 발구름, 눈에 보이지도 않는 찌르기.

채앵.

"말도 안 돼!"

아벨이 새로 익힌 검기는 료의 얼음벽을 꿰뚫었다.

투기: 완전 관통의 상위 기술이라고 할 수 있는 검기: 자돌고봉. 아벨 정도의 검사라 해도 최근에 들어서야 겨우 사용할 수 있

게 된 검기였다.

자랑이었던 얼음벽을 관통당해 무너져 내리는 료.

막아선 얼음벽을 꿰뚫어내고 거만하게 서 있는 아벨.

두 사람의 모습은 그야말로 결과의 차이이자 마음의 차이였다.

"설마 검에 관통당하다니……."

"본인의 성장을 느낄 수 있다는 건 좋은 거지."

무릎을 꿇은 채 분한 얼굴로 땅바닥에 주먹을 내리치는 료. 투기: 완전 관통으로는 흠집조차 내지 못한 얼음벽을 꿰뚫는 검술을 완전히 습득해 성장을 실감한 아벨.

다시 말해 료는 아벨의 새로운 검기를 측정하기 위해 불려 나온 것이다.

몇 번 땅을 치던 료는 고개를 들고 일어섰다. 그 표정은 결의로 가득 차 있었다.

"아벨, 아까 그 검기를 다시 한번 날려보세요."

"어? 아니, 역시 검기를 연발하면 피곤한……."

"쓸데없는 소리는 됐어요! 얼음벽의 공포를 맛보도록 하세요. 〈적층 아이스 월 10층〉."

료가 외친 순간 얼음벽이 생겨났다. 하지만 이 마법은 적층. 그랬다. 점점 쌓여가는 기술. 쌓인다는 것은 곧 두께를 더해간다는 뜻이고…… 곧 아벨을 덮쳤다.

"야, 바보야, 그만해!"

두께를 늘리며 자신을 향해 다가오는 얼음벽을 옆으로 뛰어 피하는 아벨.

그리고 중얼거렸다.

"이런 얼음벽을 뚫을 수 있을 리가 없잖아……."

결국 아벨이 황금파도에서 료에게 저녁을 사주는 것으로 상황은 평화롭게 마무리되었다.

"더는 안 돼, 더는 못 움직여……."

료가 그런 중얼거림과 함께 황금파도에 방을 잡고 자고 간 것은 어쩔 수 없는 결말이었을지도 모른다. 한 번에 4인분을 먹었으니까…….

◆

왕도 소동 이후 룬으로 돌아온 료의 생활은 규칙적이었다.

가끔 아벨에게 불려가 신기술의 실험 상대가 되는 일도 있었지만…… 그래도 비교적 규칙적이라고 말할 수 있었다.

오전에는 연금술과 마법에 몰두하고, 오후에는 기사단 연습장으로 내려와 세라와 모의전을 치르고, 저녁에 목욕을 하고 식사를 한 뒤에는 자기 전까지 연금술과 마법에 시간을 쏟고…….

그리고 가끔씩 오전부터 세라가 찾아와 거실에서 책을 읽는다. 오후에는 포식정에 가서 함께 밥을 먹고 그대로 기사단 연습장으로.

그런 날들이 계속되었다.

왕도에서 천재 연금술사 케네스에게 가르침을 받고 룬으로 돌아온 뒤에도 연금술 숙련에 진지하게 임한 결과…….

"후후후, 드디어 손에 얻었어요!"

료는 자신도 모르게 수상쩍은 웃음을 터뜨리고 말았다.

"왜 그래?"

그것을 본 세라가 의아한 표정으로 물었다.

"세라, 잠깐 밖으로 나와서 봐주세요."

료는 그렇게 말하며 세라를 밖으로 불렀다.

"〈잔상 8〉."

료가 그렇게 외치자 30미터 정도 앞에 8개, 료의 겉모습을 한 '것'이 생겨났다.

"오오! 료가 8명이나 있어!"

"공기 중에 있는 수증기와 얼음 알갱이를 이용해서 저를 비춰 봤어요. 그보다, 그건 됐어요. 문제는 그게 아니라……."

그렇게 말하며 료는 머릿속에 이미지를 떠올렸다.

"〈플로팅 매직 서클〉."

그러자 료의 주위로 여덟 개의 마법진이 지면에서 수직으로, 잔상과 마주 보는 형태로 떠올랐다.

그리고 각각의 마법진에서 〈아이시클 랜스〉가 발사되더니 잔상을 꿰뚫었다.

"오오!"

그 광경은 무척이나 환상적이었다. 세라는 처음 보는 광경에 놀랐고, 료는 노력의 결정에 만족했다.

"료, 정말 예쁜 마법이다!"

"그렇죠? 어라……? 마법? 연금술인데…….."

"연금술? 연금술이었나……? 음, 내가 모르는 거네. 그래도 정말 근사했어."

세라는 밝은 미소를 지으며 료의 노력을 칭찬해 주었다.

연금술인지 마법인지는 잘 모르겠지만…… 어느 쪽이든 세라가 웃으며 칭찬해 주었으니 상관없었다.

료는 그런 녀석이었다.

『파이』에서 일반적인 연금술이란 마법식이나 마법진을 써서 마법 현상을 일으키는 것을 말한다. 이 과정에서 마법식이나 마법진을 연금 도구에 새겨 넣기도 하는데…… 료는 그런 방식으로는 하지 않았다. 그것을 깨닫는 것은 아직 한참 뒤의 일이다.

참고로 드디어 〈아이시클 랜스〉를 한 발 날릴 수 있는 마법진을 띄울 수 있게 되었지만…… 단지 그뿐이었다. 당연하지만 마법진을 띄우지 않더라도 지금까지 해 왔던 일이고 전력상의 증강은 전혀 없었다. 단 1밀리도 없었다.

하지만 그것으로 충분했다. 멋지거나 아름다운 것은 매우 중요하니까!

료는 그날 저녁 오랜만에 모험가 길드로 향했다. 룬으로 돌아온 날 곧바로 아벨과 얼굴을 맞댄 이후 한 달여 만에 찾은 길드였다.

아쉽게도 가는 길에 크레이프 포장마차는 없었다. 룬에 돌아오기 전에 사라진 모양이다.

"료를 부른 건 다름이 아니라."

니나가 차를 내주고 나가자 휴가 곧바로 본론을 꺼냈다.

"그 마석이 전부 팔렸어."

평소보다 작은 목소리로 휴가 말했다. 표정은 오싹할 정도로 웃고 있었는데…… 어느 정도 익숙해진 료가 보기에도 굉장히 섬뜩했다.

"출처를 들키지 않게 파느라 시간이 조금 걸렸지만, 료에게 입금되는 최종적인 금액은, 이거야."

그렇게 말하고 휴는 종이 한 장을 건넸다.

거기에는 금액이 적혀 있었고…….

"여, 열 한자리……."

백억을 아주아주 거뜬히 초과하는 금액이 기재되어 있었다.

"그래, 물론 세금이나 수고비 같은 것도 모두 제하고, 아벨의 몫도 다 빼고 난 뒤의 금액이야. 상당한 금액이지?"

휴는 그렇게 말하고는 으쓱함의 대명사 같은 표정을 지으며 의자에 깊숙이 몸을 파묻었다.

"설마 이 정도일 줄은 몰랐는데…… 일 년 정도는 호화롭게 살 수 있겠네요."

"아니, 얼마나 펑펑 써대려고?"

료의 농담에 휴가 성실하게 지적했다.

"뭐…… 배라도 만들지 않는 한 충분히 살아갈 수 있겠네요."

"배?"

"위트나쉬에서 본……."

"그건…… 한 자릿수 더 위야."

휴는 한숨을 내쉬더니 고개를 저으며 대답했다.

"네……?"

"그 배 레인슈터호 건조비는 3,700억 프랄린이야."

"비싸네요……."

"뭐, 그렇지……."

두 사람은 동시에 한숨을 내쉬었다.

저런 배는 개인이 만들 것이 못 된다.

모처럼 길드에 왔고 돈도 들어왔으니 료는 사치를 부리기로 했다.

그렇다, 길드 식당에서 하는 식사였다.

길드의 보고 피크 타임도 지나고, 저녁 시간의 식당에는 제법 사람들로 북적였다.

료가 앉을 자리를 찾고 있는데 멀리서 료를 발견하고 손을 흔드는 자가 있었다.

『10호실』의 아몬이다. 당연하지만 같은 테이블에 닐스와 에토도 있었다.

"꽤 사람이 많네요."

료가 의자에 앉으며 말했다.

"료가 길드에 있다니 별일이네."

닐스가 일일 정식을 먹으며 말했다.

"모험가가 모험가 길드에 얼굴을 거의 안 비춘다는 것도 어떻게 보면 대단한 일이지.”

에토가 미소 지으며 그렇게 말했다. 먹고 있는 것은 닭꼬치 세트로 보였다.

“오늘은 잠깐 호출을 받아서…….”

료는 일일 정식을 주문했다.

“료 씨는 늘 연금술 때문에 집에 틀어박혀 있잖아요.”

아몬은 신메뉴인 피자인 것 같았다.

“피자?”

료는 놀라서 다시 한번 바라보았다. 아몬의 앞에 있는 것은 틀림없는 피자…… 마르게리타처럼 보였다.

“네, 신메뉴라고 하는데 맛있어요. 제국에서 유행하고 있었다는데 드디어 룬에도 퍼진 모양이에요.”

아몬은 8등분된 조각 하나를 들어 료에게 건네주었다.

료는 그것에 감사를 전하고 한 입 먹었다. 틀림없는 마르게리타 피자다!

게다가…….

“맛있어!”

“그렇죠? 도시 전체에서 유행할 것 같아요.”

료가 무심코 그렇게 말했고, 아몬이 여러 번 고개를 끄덕이며 동의했다.

“우리는 내일부터 며칠 동안 의뢰로 도시를 떠날 거거든.”

그래서 싸고 맛있는 것으로 유명한 길드 식당에서 저녁을 먹게 되었다는 것이다.

그럼 평상시는 뭘 먹고 있느냐면…….

"만들어 먹지."

에토가 그렇게 한마디하고는 웃었다. 셋이서 집을 빌려 살고 있으니 그것이 가장 싸게 먹힐지도 모른다.

"룬에서 편도 하루 정도 걸리는 코나라는 마을로 갈 거예요."

"코나……."

아몬의 설명에 반사적으로 반응한 료. 코나라는 말을 들으니 하와이의 코나 커피가 떠오른 탓이다.

지구에 있을 때의 료는 딱히 취미라고 할 정도로 좋아하는 것은 없었다. 하지만 커피는 무척 좋아했다. 그래서 날에 따라 기분에 따라 커피를 다르게 구분해서 마시기도 했다. 그러다 보니 어느새 입맛이 까다로워졌는데, 그중에서도 가장 좋아하는 원두 톱 3 중 하나가 바로 하와이 코나였다.

회사에 모험가 드롱과 비슷한 이름을 가진 커피메이커를 들인 것은 료의 아버지였는데, 그것도 료의 커피 사랑에 영향을 미쳤을지도 모른다. 정말로 맛있는 커피를 내려 주었으니까…… 전자동으로!

"네, 커피라는 음료의 근원이 되는 원두를 재배하고 있는 마을이에요."

"코나 커피!"

아몬의 계속된 설명에 아까와 비교할 수 없을 정도로 반응해 버린 료.

그리고 그것을 보고 조금 씁쓸한 표정을 지어 보인 것은 검사인 리더였다.

"그래, 그런 커피나무에 요즘 알 수 없는 벌레가 서식하기 시작했고, 심지어 마을에서는 이상한 일도 일어난다는 것 같아. 그래서 D급, E급 의뢰로 들어온 걸 우리가 받은⋯⋯건데⋯⋯."

"건데?"

조금 씁쓸한 표정을 지은 검사 닐스는 거기서 일단 말을 끊었다. 거기에 또 반응하는 료.

"마을에서는 룬뿐만이 아니라 카이라디에도 의뢰를 냈고, 그쪽에서도 D급 파티가 의뢰를 받은 모양이야⋯⋯."

"응? 그렇게 되면 길드 쪽에서 둘 중 하나는 철회하라고 하지 않나요?"

료는 의뢰 규정을 떠올리며 대답했다.

"맞아. 근데 돈은 양쪽에 모두 낼 테니까 가능한 한 빨리, 그리고 확실하게 해결하고 싶다면서 협상을 했다나 봐. 커피 유명 브랜드이기도 한 코나에서 온 의뢰이기도 해서 특례를 인정받았어."

"엄청난 정치력."

닐스의 설명에 료는 혀를 내둘렀다.

상상 속에서 멋대로 목가적이고 느긋한 분위기를 가진 마을이 아닐까 하는 선입견을 품고 있었는데, 아닐지도 모르겠다. 모험가 길드 두 곳을 상대로 협상하여 자신들의 주장을 관철시켰다는 뜻이니까.

"그래서 어느샌가 길드 간에 대립하는 분위기를 띠고 있는 것 같아⋯⋯."

"의뢰를 받았을 때는 전혀 그런 분위기가 아니었는데 말이지. 불과 하루만에 확 바뀌었어……."

닐스의 말을 에토가 난처한 표정을 지으며 보충했다.

"뭐랄까…… 질 수 없는 싸움이지."

"이해해요! 때로는 질 수 없는 싸움이라는 것도 있죠!"

료는 공감했다. 그래, 질 수 없는 싸움…… 지면 안 되는 싸움이 있었다.

"현지에서 마시는 커피가 그렇게 맛있다나봐."

닐스는 마지막으로 못을 박는 정보를 제시했다.

"그렇겠죠."

료는 그 맛을, 그 향기를, 그 광경을 모두 상상하며 행복한 얼굴을 지었다.

"어때, 료도 가지 않을래?"

그리고 나온 결정타.

"네, 갈게요."

그 순간 닐스의 손도, 에토의 손도, 아몬의 손도 책상 아래에서 불끈 주먹을 쥐었다는 사실을 료는 몰랐다.

세 사람 모두 경험상 료가 있으면 대부분의 의뢰가 편해진다는 것을 알고 있었다. 심지어 이번에는 어째서인지 대항전이 벌어졌다.

실패는 용납할 수 없었다.

뜻밖의 강력한 조력자를 얻는 데 성공한『10호실』의 세 사람은 안도했다.

코나 마을로

"코나를 내 손에, 내 손에 넣자 ♪."

"왜 침략자 같은 노래를 부르는 거야."

료가 부르는 노래 가사를 지적하는 닐스.

"요즘 닐스의 지적이 아벨과 비슷해진 것 같아요……."

"아벨 씨, 멋지십니다!"

료가 뱉은 **아벨**이라는 단어에 반응한 닐스. 그런 대화에 웃으면서 에토와 아몬도 길을 걷고 있었다.

룬에서 코나 마을까지 가는 길. 새벽에 룬을 나왔으니 저녁에는 코나에 도착할 예정이었다.

"본 적 없는 벌레가 생긴 건 둘째치고, 이상한 일이라는 부분이 더 궁금해요."

아몬이 누구에게랄 것 없이 그렇게 말했다.

"그렇지. 구체적인 마물의 이름이 거론된 게 아니라 그냥 이상한 일이라고만 하니까. 대체 무슨 일이 생기고 있는 건지."

에토가 고개를 갸우뚱하며 대답했다.

"뭐가 있더라도 내가 전부 베어주겠어!"

닐스가 무식해 보이는 대사를 내뱉었다.

그가 바로 파티 리더다.

닐스 쪽을 힐끔 바라보며 료는 확신했다. 파티 리더에게 필요한 능력은 지능이 아니라 멤버들에게 동기를 부여해 주는 힘이라는 것을.

"료, 지금 뭔지는 모르겠지만 엄청 무례한 생각했지?"

"무, 무슨 말을 하는 건지 저는 잘."

닐스의 날카로운 지적에 어물거리며 대답을 회피하는 료. 여전히 닐스가 날카로운 시선으로 료를 바라보았다. 아무 말 없이 벗어날 수는 없을 것 같았다.

"닐스가 가진 파티 리더로서의 자질이 대단하다고 생각한 것뿐이에요."

료는 당당하게 말했다. 거짓말은 하지 않았다.

"오, 오오, 그런 거라면 뭐……."

닐스, 쉬운 남자다.

그런 생각을 하며 살짝 사악한 표정을 지은 것을 에토와 아몬은 놓치지 않았다.

"료가……."

"뭔가 나쁜 생각을 하고 있었군요."

두 사람은 아주 작은 소리로 속삭였다.

그런 식으로 마을에 도착한 네 사람. 시각은 오후 2시. 예정보다 조금 일찍 도착했다.

그곳은 마을…… 마을인데, 상당히 인구가 많아 보였다. 길가를 따라 주택들이 늘어서 있었고, 마을 안쪽에는 광활한 커피 농원이 펼쳐진 것이 보였다.

"듣기는 했지만 이 정도일 줄은……."

닐스가 중얼거렸다.

"인구가 5천 명이 넘는다고 하니까…… 거의 도시네."

에토가 중얼거렸다.

"어째서 마을인 채로 남아 있는 걸까요?"

아몬이 크지도 작지도 않은 목소리로 말했다.

"그건 이곳이 왕실 직할지이기 때문입니다."

세 사람은 놀라서 뒤를 돌아보았다.

료는 누군가가 다가오고 있다는 것을 알고 있었기에 놀라지는 않았지만, 왕실의 직할지라는 것에 놀랐다.

'국왕 폐하도 커피를 좋아하시나?'

뒤에서 말을 건 인물은 중년으로 보이는 사십대 중반 정도의 남성이었다.

큰 키에 유연함이 느껴지는 걸음걸이, 갈색 피부에 검은색 눈, 밤색 머리카락을 갖고 있었다.

료가 농부의 분위기를 느끼지 못한 것은 그가 입고 있는 옷과도 관련이 있을지도 모른다. 얇지만 무척 고급스러운 셔츠와 칠부 바지, 그리고 신은 것은 샌들이었다.

"이런 실례. 저는 이 코나 마을에 대관으로 파견되어 있는 고로칸다라고 합니다. 고로라고 불러주세요."

'고로? 일본인 같은 이름인데…… 얼굴 생김새는 라틴계? 이목구비가 선명해.'

"이거 실례했습니다. 저희는 룬에서 온 모험가『10호실』사람들입니다. 제가 닐스, 그리고 에토, 아몬, 료입니다. 저희가 이 마을이 룬에 낸 의뢰를 수락했습니다."

닐스가 그렇게 말하자 에토가 가방에서 의뢰 수락서를 꺼내 고로에게 건네주었다.

고로가 그것을 확인했다.

"네, 잘 확인했습니다. 우선은 대관소로 오시지요. 그쪽에서 설명해 드리겠습니다. 또 숙소를 마련해 놓았으니 여러분들은 거기에 묵으시면 됩니다."

그렇게 말한 고로는 앞장서서 걷기 시작했다.

"아시겠지만 이 의뢰는 카이라디의 모험가 길드에도 낸 의뢰입니다. 그쪽에서도 모험가분들이 오실 예정인데, 아마 저녁 전까지는 도착할 겁니다. 그래서 대단히 죄송합니다만, 설명은 그분들까지 모두 도착한 뒤에 함께 진행하도록 하겠습니다."

"알겠습니다. 신경 쓰지 마세요."

고로의 양해에 정중하게 대답하는 닐스. 이런 의뢰인과의 대화는 제대로 할 수 있는 모양이었다.

'그 부분은 무식함과는 상관이 없나 보네요.'

어쩐지 거만한 태도로 고개를 끄덕이는 료. 상당히 무례하다.

"머무시는 숙소에 대해 말씀드리자면, 이 마을은 특성상 왕도 등에서 관료나 귀족이 오시는 경우가 꽤 있습니다. 그럴 때 숙박으로 사용되는 장소입니다."

"그런 곳에 저희가 머물러도 되는 겁니까?"

고로의 설명에 약간 당황한 얼굴로 대답하는 닐스.

"물론입니다. 그런 부분의 조정도 대관인 제 권한만으로 가능하니까요. 좋은 곳이 있는데 안 쓰고 놔두기엔 아깝지 않겠습니까?”

너털웃음을 지으며 그렇게 설명하는 고로.

대관이라는 자는 모험가나 서민들에게 으스대는 이미지를 갖고 있던 료는, 그런 태도를 보이지 않는 고로를 보고 호감을 느꼈다. 물론 으스대는 대관 이미지도 료 혼자만의 상상일 뿐, 그런 대관을 실제로 만난 적은 없었다.

일행은 대관소에 도착했다.

곧바로 대관 집무실 옆에 자리한 대관 회의실에 들어섰다. 대관들이 회의를 열거나 각 부서의 보고를 받는 방으로 제법 큰 원탁이 놓여 있었다.

“저쪽에 앉으시지요.”

고로는 그렇게 말하고는 중앙 정면 자리에 앉았다.

네 사람은 모두 오른쪽 자리. 비어 있는 왼쪽 자리에는 나중에 올 카이라디 모험가들이 앉을 모양이었다.

네 사람이 자리에 앉자마자 음료가 운반되었다. 물론 코나 커피다.

“코나에 오셨으니 일단 코나 커피를 드셔야겠죠. 이야기는 그 다음입니다.”

고로는 푸근한 미소를 지으며 커피를 권했다. 방은 금세 커피 향기로 가득 찼다.

4인분의 커피뿐만 아니라 당연히 고로의 것도 있었다. 고로는 그것을 손에 들더니 얼굴 앞으로 가져가 향기를 크게 들이마셨다.

그 무렵에는 네 사람도 제각각 컵을 들고 향을 맡거나 마시고 있었다.

'역시 지구에 있는 하와이 코나랑은 달라…… 다르지만, 엄청 맛있다. 잡미가 거의 없다는 건 결점두를 하나하나 제거하고 나서 볶았다는 증거. 아아…… 역시. 진지하게 커피를 마주하는 사람들이 있었구나……. 그리고 추출은 드립식이 아니야…… 프레스식이야. 프렌치 프레스라고 하던가……. 부모님이 살아계셨을 때는 이걸 마셨는데…….'

료는 그리운 추억에 잠기며 커피를 마셨다.

고로는 그것을 흥미로운 눈으로 바라보고 있었다. 다른 세 사람이 어색한 느낌으로 머뭇머뭇 마시는 것에 비해 상당히 자연스러워 보였기 때문이었다. 고로의 시선이 쏠리는 것은 당연했다.

하지만 거기서 굳이 질문하지는 않았다. 고로는 그런 눈치 없는 짓은 하지 않는다.

음식, 음료, 그것들이 가진 맛과 향이 과거의 추억을 되살리는 효과가 있다는 것을 고로는 알고 있었다.

그리고 때로는 남들이 건드리지 말아야 할 추억도 있다. 그렇기 때문에 그런 눈치 없는 질문은 하지 않았다.

고로 칸다라는 남자는 매우 우수한 남자였다.

한 시간 가량 가벼운 이야기를 나누고 있는데 카이라디의 모험가가 도착했다는 연락이 왔다.

"그럼 저는 마중을 나갔다 올 테니 여러분들은 이쪽에서 기다려 주십시오."

그렇게 말하고 고로는 방을 나갔다.

남겨진 네 사람은 작은 목소리로 이야기를 나누었다.

"대관은 정말 괜찮은 사람이네."

"네, 정말 좋은 사람 같아요."

"남은 건 카이라디의 모험가인가."

에토와 아몬은 고로를 칭찬했고, 닐스는 카이라디의 모험가를 걱정했다.

"이 마을은 왕실 직할지였군요. 그래서 양쪽 모험가 길드에 의뢰를 낼 수 있었던 거네요."

"아⋯⋯."

료가 소감을 말하자 닐스가 입을 다물고 아무 말도 하지 못했다.

"닐스⋯⋯ 료한테 전하는 거 깜빡했지?"

에토가 쓴웃음을 지으며 그 이유를 지적했다.

"너무해⋯⋯."

료가 원탁에 엎드렸다.

네 사람이 그러고 있는 사이 고로가 카이라디의 모험가를 데리고 돌아왔다.

"이쪽이 카이라디의 파티 『용의 아기토』, 그리고 저쪽이 룬에서 온 파티 『10호실』분들입니다."

남자 3명, 여자 2명 총 5명으로 구성된 『용의 아기토』.

남자 4명으로 구성된『10호실』.

각자 무난한 자기소개를 하고 원탁에 도착했다.

그리고 당연하다는 듯이 코나 커피가 나왔다. 10호실의 네 사람에게도 다시 제공되었다.

다시 한번 료는 그 향기와 맛을 만끽했다. 10호실의 3명도 조금 전보다는 익숙해진 느낌……을 내기 위해 애썼다.

다만…… 카이라디에서 온『용의 아기토』5명은 아무도 입을 대지 않았다.

그 모습에 역시나 고로도 반응했다.

"코나 커피가 마음에 들지 않으십니까?"

위압하는 것도 아니고 저자세로 구는 것도 아니다. 그저 평온한 분위기로 다섯 명에게 묻는 고로.

대답한 것은 리더로 보이는 검사였다.

"아니, 커피 문제가 아니다. 이 녀석들과 같은 장소에서 뭔가 마시거나 먹고 싶지 않을 뿐이야."

그 말을 들었을 때 료는 저도 모르게 뿜을 뻔했다. 커피가 입에 들어있었으니 뿜지 않아서 천만다행이었다.

그보다는 닐스가 화를 내지 않을까 싶어 옆을 봤는데, 닐스는 스스로를 억누르고 있었다.

의뢰인 앞에서 감정을 억제하지 못하는 것은 삼류.

사실은 아벨이 닐스에게 철저히 주입한 것이었다. 료는 그 사실을 몰랐기에 닐스가 폭발하지 않은 것에 놀랐지만, 에토와 아몬은 작게 고개를 끄덕였다.

닐스는 확실히 성장하고 있었다.

용의 아기도 리더가 말했을 때 고로의 눈이 아주 조금 가늘어진 것을 깨달은 것은 에토뿐이었다.

그리고 속으로 한숨을 내쉬었다.

'처음부터 의뢰주에게 불편한 감정을 심어주면 어쩌겠다는 거야. 이건 상당히 골치 아픈 파티일지도 모르겠네.'

"알겠습니다. 그럼 이번 의뢰에 대해 설명하겠습니다. 마지막으로 질문을 받겠습니다."

그렇게 말한 고로는 의뢰 내용을 설명하기 시작했다.

"지금까지 본 적 없는 벌레가 발생해 커피나무를 덮쳤습니다. 현재 전체의 5퍼센트 정도가 피해를 입은 상황입니다. 벌레를 특정하기는…… 아마 어려울 것 같습니다. 이전에 왕도에서 전문가를 불러서 봐 달라고 했습니다만 특정할 수 없었거든요. 현재로서는 한 마리씩 눈으로 찾아내 손으로 짓눌러 죽이는 방법을 쓰고 있습니다. 뭔가 좋은 방법이 있으면 알려주셨으면 합니다. 그것이 한 가지. 또 한 가지는 마을에서 사람이 사라지는 일이 계속되고 있는데, 그것의 해결을 부탁하고 싶습니다."

거기까지 말하고 고로는 원탁 위에 마을 지도를 펼쳤다.

"이것은 마을 지도인데, 실종자들을 마지막으로 본 곳은 대부분 동쪽 숲 입구 부근이었습니다. 다만 이 동쪽 숲은 매우 깊고, 많은 마물이 살고 있습니다. 지금까지는 마을 근처까지 마물이 온 적은 없었습니다. 그래서 실종의 이유가 마물 때문인지 또 다른 무언가 때문인지는 알아내지 못했습니다. 마물인 경우라면 그 마물의 토벌을. 다른 이유라면 그 다른 이유를 조사해 주었으면 하는 것이 이번 의뢰 내용입니다."

거기서 잠시 숨을 고른 뒤 고로는 말을 이었다.

"질문이 있으면 해 주세요."

고로가 묻자 『용의 아기토』의 리더 검사가 손을 들어 발언했다.

"이놈들이랑 협력해서 하고 싶지 않은데. 우리가 실종자 쪽을 맡고 이 녀석들이 벌레 쪽을 맡는 편이 효율이 더 좋을 것 같군."

'꼭 있다니까, 처음부터 적의를 표출하는 사람. 이런 사람들을 보낸 카이라디 모험가 길드의 의도를 알고 싶네요.'

료는 표정에 드러내지 않도록 주의하면서 속으로 그렇게 생각했다.

"저희 쪽으로서는 어떻게 진행하시든 전혀 상관이 없습니다. 다만 마을과 마을 사람들의 생활에는 피해가 가지 않도록 부탁드립니다. 이곳은 왕실 직할지입니다. 마을 사람은 국왕 폐하의 직신과 같다고 생각해 주십시오."

고로가 뱉은 마지막 한마디에는 무게가 실려 있었고, 동시에 만난 후 처음으로 보인 엄격한 어조이기도 했다.

그 말에는 『용의 아기토』 멤버도 표정을 굳혔다.

"그래서, 『10호실』분들은 그렇게 분담해도 괜찮으실까요?"

고로가 본래의 온화한 분위기로 돌아가 닐스에게 물었다.

닐스는 에토 쪽을 힐끔 확인하고는, 에토가 작게 고개를 끄덕이는 것을 확인하고 대답했다.

"네, 저희도 상관없습니다."

그 대답에 놀란 것은 『용의 아기토』 쪽이었다.

반대로 발끈할 거라 생각했기 때문이었다. 불가능에 가까운 벌레 조사…… 애초에 D급 모험가가 할 만한 일도 아니었다.

어쨌든 『10호실』측이 받아들이며 분담은 결정되었다.

설명이 끝나자 고로는 다시 코나 커피를 권했다.

물론 『10호실』의 4명은 그것을 받았다.

또 다시 마시는 것을 거부한 『용의 아기토』 멤버들을 위해 고로는 비서관을 불러 숙소를 안내하라고 명령했다.

용의 아기토가 나가고, 커피가 도착하고, 고로를 비롯한 다섯 명은 천천히 마시기 시작했다.

당초의 예정은 이 방에서 설명을 마친 후, 양쪽 파티와 함께 숙소로 이동하는 것이었겠지. 효율을 생각하면 그 외의 방법은 없으니까. 그래서 설명도 이 방에서 두 파티 동시에 진행된 것이고.

하지만 파티의 궁합은 최악이었다.

주로 『용의 아기토』 측의 일방적인 반발이었지만…….

그러니 다시 한번 커피를 권하면 『10호실』은 남고 『용의 아기토』는 먼저 퇴장하게 될 것이었다.

'상당히 똑똑한 분리 방법이네요.'

코나 커피를 마시면서, 료는 조금 거만하게 그런 생각을 했다.

"두 파티가 함께하는 것은 앞으로의 일정에서는 제외해야겠습니다."

한 손에 커피를 든 고로가 쓰게 웃으며 말했다.

그 말을 듣고 쓴웃음을 짓는 네 사람.

죄송합니다, 라고 사과하는 것도 좀 이상하고…… 그렇다고 해서 상대도 없는데 저 녀석들이 나쁘다! 라고 침을 튀기며 욕하는 것도 좀 아닌 것 같고…….

결국 쓴웃음을 지을 수밖에 없는 것이다.

15분 정도 후 다섯 명은 커피를 모두 마셨다.

이후 고로가 숙소와 식당을 안내해 주며 이용할 때의 주의사항을 몇 가지 전달해 주었다.

"실종이 잇따르면서 마을 사람들 사이에 불안감이 확산되고 있는 것은 사실입니다. 다만 다행인지 불행인지 인구가 많다는 사실이 그것을 좀 누그러뜨리고 있습니다. 만약 인구가 적은 평범한 마을이었다면 다들 더 큰 불안에 시달렸겠죠."

고로는 거기서 잠시 말을 끊고는 진지한 표정으로 말을 이어 갔다.

"이번 의뢰도 여러모로 어려운 점이 많을 거라 생각됩니다만, 아무쪼록 잘 부탁드립니다."

그렇게 말하며 네 사람에게 고개를 숙였다.

◆

"이제 오후 4시네. 해가 지기 전까지 3시간도 안 남았어. 이제 어쩔까?"

닐스가 아끼는 회중시계를 보며 말했다.

"일단 농원 쪽으로 한번 가볼까? 일하는 사람들한테서 뭔가 이야기를 들을 수 있을지도 모르니까."

에토가 제안했고 다른 세 사람도 그것에 찬성했다.

농원은 마을 안쪽에 있는, 들어왔을 때 보았던 광활한 커피 농원을 말했다. 커피를 좋아하는 료라고 해도 커피 농원에 들어 가본 적은 없었다.

그곳에는 사람의 키만한 커피나무가 1미터에서 1미터 반 정도의 간격으로 시야 끝까지 쭉 늘어서 있는…… 그런 압도적인 광경이 펼쳐져 있었다.

"굉장하다……."

료가 무심코 중얼거렸다.

농민들은 커피나무에서 익은 열매만 수작업으로 수확하고 있었다.

먼 곳에서는 풍속성 마법사가 에어 슬래시 계열 마법으로 나무와 나무 사이의 풀을 베어냈다…… 그야말로 완벽한 판타지!

"좋아, 가볼까?"

료 외의 세 명은 료만큼 감동하지는 않은 듯했다. 그 사실에 조금 풀이 죽어버린 료였다.

농민들과의 간단한 대화를 나눈 후 문제의 벌레를 보게 되었다. 물론 찾아내는 대로 죽이고 있었기에 다시 새로 찾아봐야 했다.

네 사람을 안내한 이는 이제 막 성인이 된 타카라는 이름의 청

년이었다. 타카는 벌레가 붙어 있을 법한 근처의 나무를 둘러보았다.

3분 후, 타카가 네 사람을 불렀다.

"이 벌레예요."

타카가 가리킨 끝에는 새끼손톱의 절반 정도 크기의, 다리까지 합해도 새끼손톱 크기를 넘지 않는 새까만 벌레가 있었다.

"다리가 많네요."

료가 작게 투덜거렸다.

"료?"

닐스가 그 중얼거림을 듣고 료에게 물었다.

"다리가 열 개나 있어요."

"정말이네요."

아몬도 벌레를 들여다보며 중얼거렸다.

"그러고 보니 벌레는 다리가 여섯 개인 종이 많은가? 근데 거미는 다리가 여덟 개 아냐?"

닐스는 알고 있는 벌레를 떠올렸고, 그 속에서 거미를 찾아냈다.

"네, 거미는 투구게나 전갈의 동료라고 배웠어요."

"전갈이라면, 꼬리에 독이 있고 큰 집게가 달린 사막에 사는 녀석을 말하는 거죠? 아주 오래전에 할아버지가 술에 담근 걸 보여주신 적이 있어요. 거미가 그 녀석의 동료였다니……."

아몬이 옛날 일을 떠올리면서…… 조금 몸을 떨었다. 소름이 돋은 모양이다.

'독이 있는 녀석을 술에 담그는 풍습은 어디에나 있구나.'

료가 떠올린 것은 그런 감상이었다.

세 사람이 그런 대화를 나누는 동안 에토는 벌레를 본 채 가만히 입을 다물고 있었다.

"에토?"

그런 에토에게 료가 말을 걸었다.

"어? 아아, 료. 벌레가 너무 작아서…… 좀 더 컸으면 좋았을 텐데……."

에토는 눈을 부릅뜨고 벌레에게 다가가며 그렇게 말했다.

"수속성 마법 중에 딱 좋은 마법이 있어요."

'〈얼음 렌즈〉.'

머릿속에서 그렇게 외치자 손바닥 크기의 얼음 볼록 렌즈가 생성되었다.

처음에는 15분 이상 걸렸던 얼음 렌즈 생성이 이제는 거의 한 순간에 가능해진 것이다. 료는 스스로 그 성장을 실감했다.

"이걸 통해서 보면 크게 보여요."

"이건……."

에토는 그렇게 말하더니 차분히 검은 벌레를 보기 시작했다.

약 5분 정도의 시간이 지나자, 에토가 고개를 들었다. 료에게 얼음 렌즈를 돌려주고는 고개를 끄덕이며 세 사람에게 말했다.

"벌레의 정체를 알아낸 것 같아."

◆

"마인충(魔人虫)일 가능성이 높은 것 같습니다."

에토는 대관의 집무실로 돌아와 대관 고로에게 단언했다.

"마인충? 처음 들어보는군요. 그건 어떤 벌레이지요?"

고로는 들어본 적도 없는 벌레 이름에 당황하면서도 자세한 내용에 대해 물었다.

"봉인된 마인이 부활했을 때, 그 힘을 모으기 위해 움직이는 권속 중 하나입니다."

"마인……."

'마인!'

입 밖으로 내뱉은 이는 고로였고, 그 말의 울림에는 두려움이 담겨 있었다.

마음속으로 생각한 것은 료였고, 그 말의 울림에는 환희가 담겨 있었다.

'데빌이나 마왕…… 마왕자였나? 그런 것들이 나온 적은 있었는데 너무 약해서 실망스러웠죠……. 이『파이』의 진짜 실력자는 마인 쪽이었군요!'

마왕이나 마인은 이세계 전생물의 정석!

하지만 어느 한쪽이 강하면 다른 쪽은 약하거나, 혹은 어느 한쪽만 나오는 것이 대부분이다.

마침내 고대하던 마인의 등장에 료의 흥분도는 단번에 올라갔다.

"다만 저도 신전에서 배운 것뿐이라 전문가에게 보여서 확인하는 게 좋을 것 같습니다."

"그렇군요. 확실히 이전에 불렀던 전문가는 벌레 전문가였습니다. 설마 마인과 관련된 전문가가 필요했을 줄은…….”

고로는 깊은 한숨을 내쉬었다. 그리고 무언가 생각난 얼굴로 고개를 들었다.

"에토 씨. 중앙 신전의 전승관(傳承官)이라면 마인의 전승에 밝을 테니 이 마인충에 대해서도 알 수 있지 않을까요?”

"네. 신전에서 가장 잘 알고 계시는 분 중 한 분일 겁니다.”

"다행이군요. 지금 전승관 중 한 명이 카이라디에 체류하고 있을 테니 바로 부르도록 하겠습니다. 제가 아는 사람이기도 하니 무리를 해서라도 와줄 겁니다.”

그렇게 말한 고로는 급히 편지를 쓰기 시작했다. 그리고 비서관에게 전달해 카이라디에 가장 빠른 편으로 보내게 했다.

"일단 이걸로 답장을 기다리는 일만 남았군요.”

그렇게 말하고 고로는 깊은 한숨을 내쉬었다.

"그건 그렇고 벌레 건이 이렇게 빨리 마무리되다니. 신관이 있는 파티라서 다행입니다.”

고로는 그렇게 말하며 미소를 지었다.

"아니요…….”

에토는 조금 수줍게 대답했다.

"그나저나 조금 전 두 파티로 나눠 일을 분담했습니다만, 결과적으로 분담한 것이 정답이었다고 볼 수 있겠군요. 『용의 아기토』에 계신 분 중에는 신관이 없었으니 말입니다.”

『용의 아기토』의 파티 편성은 남자 검사, 여자 척후, 남자 도끼

전사, 남자 마법사, 여자 궁사로 신관은 없었다.

"모험가 중에 신관은 많지 않으니까요."

에토는 고개를 끄덕이며 대답했다.

◆

임무를 완수한 네 사람.

도착 후 불과 2시간도 안 되는 시간 만에 일이 해결된 셈이니 그 부분만 놓고 보면 무척 우수한 결과라 할 수 있었다.

물론 실제로는 내일부터 전승관을 통한 확인 절차와 벌레 자체의 퇴치 문제도 남았지만, 일단 오늘 할 일은 종료였다.

"일단 목욕부터 하자!"

"오!"

닐스의 구령에 환호하듯 대답하는 세 사람.

그랬다. 이 숙소는 귀족이나 관료도 묵기 때문에 대욕장이 완비되어 있었다. 주말에는 마을 사람들에게도 개방된다고 한다.

'설비 유지에는 가장 좋은 방법이죠. 사용하지 않으면 여차할 때 고장 나서 못 쓰게 되는 일도 흔하니까요.'

료 안에서 고로의 평가가 더욱 올라갔다.

그리고 목욕 후에는 저녁 식사.

대관의 식사도 이곳의 주방장이 담당하고 있다는 사실을 고로에게서 들었기에 네 사람의 기대는 더더욱 높아졌다.

과연…….

"맛있다!"

"완전 맛있어!"

"굉장하네요!"

"고기도 생선도 둘 다 맛있어요!"

닐스, 에토, 아몬, 그리고 료도 모두가 만족하는 저녁 식사가 제공되었다.

그것을 멀리서 바라보며 고개를 열심히 끄덕이는 주방장.

역시 모험가 4명. 꽤 많은 요리였지만 순식간에 해치웠다. 평소에는 소식가 이미지였던 신관 에토도 룬에서 걸어온 데다 점심도 육포로 때웠기 때문인지 깨끗하게 빈 상태였다.

식후는 물론 코나 커피로 마무리.

네 사람이 여유롭게 식후 커피를 즐기고 있자 다섯 명의 모험가가 들어왔다. 카이라디의 모험가 『용의 아기토』 멤버들이었다.

"칫."

대놓고 혀를 차는 검사.

물론 그것은 『10호실』의 네 사람 귀에도 들렸다.

료가 걱정한 것은 닐스였다. 설명을 들을 때는 의뢰인인 고로 앞이었기에 화를 내지 않았지만 이곳은 아니었다. 화를 낼 가능성도 있었다.

그렇게 생각하고 닐스를 바라보았다.

하지만 닐스는 아무 일도 없다는 듯 커피를 마시고 있었다. 다른 두 사람도 마찬가지다.

'어른이다!'

료는 세 사람의 성장에 감동했다.

딱 처음 10초만.

"그거 알아? 료. 약한 개일수록 잘 짖는다. 무능한 모험가일수록 혀를 찬다."

'아니, 모르거든요! 뒷말은 무조건 지금 만든 거잖아!'

너무나도 큰 닐스의 대사에 료는 속으로 지적을 날렸다.

"뭐, 임마?!"

당연히 그런 말을 듣고『용의 아기토』의 멤버가 가만히 있을 리 없다. 단번에 흥분하는 다섯 명. 여성 2명도 남성과 마찬가지로 욱하기 쉬운 성질인 것 같았다. 먹을 가까이하면 검어진다는 걸까……

료는 작게 고개를 흔들었다.

"자, 그럼 방으로 돌아갈까? 주방장님, 잘 먹었습니다."

"잘 먹었습니다."

『10호실』의 멤버들은 잘 먹었다며 예의 바르게 인사하고 자리를 떴다.

격앙된 다섯 명을 완전히 무시하고 식당을 빠져나가는『10호실』네 사람.

"이봐, 너희들. 기다리라고 했잖아."

그렇게 말하며『용의 아기토』검사가 맨 끝에 있던 료의 어깨를 잡으려 했다.

그 순간…….

우당탕 철퍽!

엄청난 소리와 함께 검사가 넘어졌다. 순간적으로 그의 발밑이 얼음이었다는 사실을 깨달은 사람은 아무도 없었다. 검사는 넘어질 때 근처에 있던 의자와 테이블 위에 있던 꽃병까지 건드린 탓에 상태는 완전히 처참했다.

"괜찮아요? 미끄러지지 않게 조심하셔야죠."

큰 소리로 그렇게 말한 료는 걸음을 멈추지도 않고 식당을 빠져나갔다.

이후에는 어디에도 풀 곳 없는 분노를 품은 다섯 명과 주방에서 한껏 인상을 쓴 채 식당을 바라보고 있는 요리사들만이 남겨졌다.

일단 자신의 일인 만큼 요리사들은 프로답게 다섯 명에게 저녁을 제공했지만, 집사는 나중에 이렇게 증언했다. 시종일관 불만이 가득한 얼굴이었다고.

다음 날 아침, 『10호실』의 4명은 느긋하게 아침을 맞았다.

집사에게 『용의 아기토』는 아침 일찍 식사를 마치고 동쪽 숲으로 갔다는 말을 전해듣고, 네 사람은 서로 얼굴을 마주보며 고개를 끄덕였다. 골칫덩어리는 떠났구나, 하고.

네 사람은 아주 호화로운 아침 식사를 느긋하게, 아주 오랜 시간을 들여가며 먹어치웠고, 식후 커피까지 알차게 마신 후에야 대관소로 향했다. 간밤에 10시쯤 오라는 연락을 받았기 때문이었다.

회의실로 가자 고로 외에 또 한 명의 사람이 있었다.

'하얀 신관 로브가 아니라 신관복…… 하지만 망토의 문장은 처음 보는 문장이네요. 저 사람이 바로 전승관…….'

료는 속으로 생각했다.

겉보기에는 고로와 같은 나이대에 키는 그리 크지 않았고 체격도 늘씬했다.

료처럼 호리호리하지만 탄탄한 느낌도 아니라 근육은 거의 없었다……. 어느 쪽인가 하면 에토와 같은 인상이었다.

"아아, 오셨군요. 라샤타. 이쪽이 아까 말한 룬에서 오신 모험가 『10호실』의 분들입니다."

고로는 라샤타라고 부른 남자에게 네 사람을 소개했다.

"여러분, 이쪽이 중앙 신전의 전승관인 라샤타 데보 자작입니다."

"……자작?"

그렇게 중얼거린 것은 에토였다.

"만나서 반갑습니다. 맞습니다. 신전에 있는데도 작위를 갖고 있으니 이상하지요. 여기에는 여러 사정이 좀 있어서요. 나중에 설명 드리겠습니다. 그래서, 문제의 그 벌레에 관한 것인데……."

"네, 이쪽입니다."

료는 그렇게 말하고는 겨드랑이에 끼고 있던 얼음 상자를 내려놓았다. 그 안에는 어제 잡은 검은 벌레가 들어있었다.

"호오, 이건……. 벌레도 흥미롭지만, 솔직히 그 이상으로 이 얼음 상자 쪽이 더……. 당신은 수속성 마법사인가요?"

"네."

라샤타의 물음에 료는 고개를 끄덕이며 대답했다.

"이 상자를 보자마자 '얼음의 여신과 빙설의 제왕' 전승이 떠올랐습니다. 만 년도 더 된 옛날이야기이지만……."

"미안하지만 라샤타, 그전에 이 벌레를 좀 봐주게."

라샤타가 이야기를 시작하려 하자 고로가 그것을 가로막고 주제를 본론으로 되돌렸다.

"이런, 그랬지. 미안해."

라샤타는 그렇게 말하며 웃었다.

그리고 벌레를 보고 입속으로 중얼거리며 무언가를 확인하기 시작했다.

3분 정도 그런 시간이 지나고, 라샤타가 료를 보며 말했다.

"이 얼음 상자 좀 열어줄 수 있겠나?"

"네."

료는 상자의 뚜껑을 열었다.

그러자 라샤타는 상자 안으로 손을 뻗어 벌레를 잡더니 손바닥 안에서 짓뭉갰다. 그리고 손을 벌렸다.

"흠…… 전승대로 붉은 체액……."

펼친 손안에는 짓이겨진 시체와 거기서 새어 나온 피를 연상시키는 붉은 체액이 묻어 있었다.

"전승대로라는 말은……."

"음, 마인충이 틀림없어."

고로의 물음에 라샤타는 고개를 끄덕이며 대답했다.

"전승에 있는 '남쪽에 봉인된 마인'일 거야. 아마 재생한 뒤에 일어날 힘을 모으고 있는 거겠지."

라샤타는 무언가를 생각하며 그렇게 말했다.

"알았네. 우선은 왕도에 보고하지. 확인자 이름으로는 너랑, 그리고 에토 씨 이름도 적어도 괜찮겠습니까?"

"그래."

"네, 상관없습니다."

고로의 물음에 라샤타와 에토가 고개를 끄덕였다.

"에토, 마인은 강한가요?"

"뭐……?"

료는 옆에 있던 에토에게 작은 목소리로 물었다. 예상 밖의 질문이었는지 에토가 놀란 목소리로 되물었다.

"강할……거라고는 생각하지만, 잘 모르겠다는 게 가장 정확해. 최근 수백 년 동안은 나타났다는 기록은 없다고 알고 있어……."

에토는 그렇게 말하며 전승관 라샤타 쪽을 바라보았다.

"그래. 자네는…… 에토 군이었지, 에토 군의 말대로야. 마지막 토벌 기록으로 남아 있는 것이 950년 전. 물론 그 외에도 토벌을 했는데 굳이 기록으로 남기지 않았을 가능성도 있지만, 여러 어른들의 사정으로 말이지. 하지만 이번 마인은 아마 그 950년 전의 녀석인 것 같아."

"이번 마인은?"

"그래. 왕국에 전해지는 마인 전승에 따르면 봉인된 마인은 두 명. 한 명이 이번 '남쪽에 봉인된 마인'. 나머지 한 명이 '동쪽에 봉인된 마인'. 동쪽은 무시무시할 정도로 강했다는 전승이 꽤 많이 남아 있어. 왕국 동부뿐만 아니라 현재의 한다르 국가 연합과 관련된 지역에도 그 피해가 미쳤다나봐."

라샤타는 손을 턱에 대고 잠시 생각한 뒤 말을 이었다.

"그걸 고려하면 이번 일에서는…… 추가로 전력이 파견될 가능성도 있을까?"

"기사단이라거나……?"

"마법단이라거나……?"

"고위 모험가라거나……?"

"용사라거나……."

닐스, 에토, 아몬이 가능성이 있는 **추가 전력**을 언급하고 마지막으로 료가 덧붙이자, 『10호실』의 세 사람이 무시무시한 기세로 료를 바라보았다.

입을 연 것은 닐스였다.

"료, 지금 시대에 용사가 존재하는 곳은 서방 연방뿐이야. 역시 여기까지는 안 온다고."

닐스가 자신만만하게 단언했다.

"후후후, 닐스, 정보가 오래됐군요. 실제로 용사 로먼과 그 파티는 얼마 전까지 왕도에 있었다고요."

료는 그것을 뛰어넘는 자신감을 갖고 단언했다. 적어도 함께 싸웠으니 자신만만할 수밖에 없었다.

"진짜?!"

눈을 부릅뜨고 되묻는 닐스.

"그러고 보니 지난번 왕도 소동 때는 용사도 중앙 신전 지하 방위에 협력해 줬다고 들었어. 료 군, 잘 알고 있구나."

전승관 라샤타는 고개를 끄덕이며 그렇게 말했다.

"하지만…… 이미 왕도를 떠난 지 꽤 됐으니까…… 역시 이번에는 오지 않을 거야."

"그런가요. 그건 아쉽네요."

료는 마음에 조금도 없는 말을 했다.

용사 로먼은 좋은 녀석이다. 그것은 틀림없다. 마음가짐도 용사 그 자체다. 그는 왕도 소동 사태 이후 시도 때도 없이 료에게 모의전을 요청해 왔다. 농담이 아니고 정말 수도 없이 계속. 마지막에는 역시 료도 조금 귀찮다고 생각한 것은 비밀이다.

자신은 몇 번이나 세라와 모의전을 하면서 용사와의 모의전은 귀찮아한다. 료는 잔인한 녀석이다.

다섯 명이서 그런 대화를 나누고 있는데 대관 고로가 회의실로 돌아왔다.

"왕도, 룬, 카이라디에 보낼 간단한 보고서 준비를 마쳤습니다."

'이 짧은 시간에?'

놀란 것은 료였다. 30분 정도밖에 지나지 않았는데 그만한 보고서를 끝냈다는 것은 상당히 대단한 일이 아닐까.

"어제 에토 씨가 마인충인 것 같다고 미리 말씀해 주신 덕분입니다. 보고서는 거의 다 작성해 뒀거든요. 오늘의 확정 사항만 기입하고 〈복사〉한 다음 같은 내용의 보고서를 관계된 곳에 보낸 것 뿐입니다.”

태연한 얼굴로 그렇게 말하며 빙긋 웃는다.

“일 못하는 나랑 달리 여전히 우수하구나, 고로. 여전히 왕도로 돌아갈 마음은 없는 건가?”

라샤타는 고로 쪽을 바라보며 물었다.

“아직 돌아갈 생각은 없네. 난 이 마을이 너무 좋고, 무엇보다 코나 커피를 정말 좋아하니까.”

고로가 그렇게 말한 순간 문이 열리며 6인분의 코나 커피가 회의실로 들어왔다. 회의나 보고가 끝나면 커피를 마신다. 그것은 더할 나위 없이 행복한 시간······.

◆

“그럼 난 일단 카이라디로 돌아갈까.”

행복한 시간이 끝나자 라샤타가 말했다.

“혹시······.”

고로가 말을 망설였다.

“그래, 그 혹시가 맞아. 일을 도중에 내팽개치고 왔거든.”

그렇게 말하며 라샤타가 크게 웃었다.

“그건 잘못했군.”

“상관없어. 덕분에 마인충도 실제로 볼 수 있었잖아. 이후에는 마인 자체에 대한 대처도 꼭 봐두고 싶으니…… 일을 끝내고 바로 돌아와야겠어."

그렇게 말한 라샤타는 배웅은 필요 없다는 말을 남기고 회의실을 나갔다.

"일을 못한다는 말은 거짓말입니다."

살짝 미소를 지은 고로가 설명을 시작했다.

"그는 한번 환속했습니다. 다시 말해 신관을 그만둔 거죠. 자작가를 잇기 위해. 하지만 그가 가진 전승관으로서의 뛰어난 자질은 다른 누구도 대신할 수 없다고 판단해 왕실과 신전이 특별히 환속한 상태로 전승관에 복귀하는 것을 허가했습니다."

"그건…… 믿기 힘들 정도로 대단한 일이네요……."

고로의 설명을 듣고 가장 놀란 것은 신관 에토였다.

"그렇게 대단한 건가?"

"응, 보통은 있을 수 없는 일이야. 성인이나 성녀라도 거의 없는 특례라고 하면 상상이 갈까?"

"아아…… 엄청나게 터무니없는 일이라는 건 알겠어."

에토의 비유에 닐스도 희귀한 일이라는 것을 이해한 듯했다.

라샤타가 가진 전승관으로서의 자질은 성인이나 성녀 이상으로 희소하다는 것. 그렇다. 중앙 연방에서 작위를 가진 채 신관이 되는 것은 본래는 있을 수 없는 일이었다.

"그럼 일단 벌레 문제는 잠시 보류해야겠군요. 보고까지 끝났으니 앞으로의 움직임은 왕도가 결정할 겁니다. 그렇게 되면 남은 문제는 실종 사건입니다만……."

거기까지 말한 고로는 씁쓸한 표정을 지었다.

"『용의 아기토』분들은 여러분을 적대시하고 있죠……."

깊은 한숨을 내쉰다.

"네…… 죄송합니다."

에토가 고개를 숙였다.

"아뇨, 여러분께 책임이 있는 것은 아닙…… 아니지요? 혹시 이전에 『용의 아기토』분들과 다툼이 있었다거나……."

"없습니다. 여기 와서 처음 봤습니다."

고로의 확인에 닐스가 대답했다.

"애초에 카이라디의 모험가와 만날 일 자체가……."

거기까지 말하고 닐스가 말을 멈췄다.

"닐스?"

묘한 표정이 된 닐스에게 료가 물었다.

"아니, 카이라디와 엮인 일이라고 하면, 우리…… 내가 사는 마을 의뢰를 받았을 때 뿐이었잖아. 혹시 그거랑 관련이 있나?"

"응, 그건 나도 생각했어. 중상자를 내고 철수한 파티이거나, 문전박대당한 파티일 가능성……."

"음."

에토가 제시한 가능성에 아몬과 료가 이구동성으로 고개를 끄덕였다.

옆에서 아무것도 묻지 않고 듣고 있던 고로에게 에토가 간단히 설명을 해 주었다. 쉽게 말하면 역으로 원망을 산 것 같다고.

"그렇군요. 『용의 아기토』가 그 파티였을 가능성도 어쩌면 있겠군요. 하지만 그렇다고 해도 그것이 여러분들의 문제는 아니니⋯⋯. 마음 같아서는 여러분도 실종 사건 쪽에 가담해 주신다면 좋겠습니다만, 숲속에서 무슨 일이라도 생기면 곤란하니까요⋯⋯. 일단 여러분은 대기해 주세요. 룬에도 보고는 해 뒀으니 뭔가 연락이 올지도 모르고요.”

이리하여 10호실의 네 사람은 대관이 공인한 잠시의 휴식을 얻게 되었다.

대관소로 연락이 온 것은 그로부터 이틀 후.

대회의실로『10호실』과『용의 아기토』양쪽 멤버가 모두 소환됐다.

그곳에는 벌써 카이라디에서 돌아온 전승관 라샤타도 있었다. 고로 옆에 앉아 있다.

“왕도에서 연락이 왔습니다. 현재로서는 왕도에서는 전력을 보낼 계획이 없다고 합니다. 그 대신 룬이나 카이라디의 모험가 길드에 왕국 정부에서 직접 전력 파견 의뢰를 발주했습니다. 즉 룬과 카이라디에서 추가로 모험가가 파견된다는 뜻입니다.”

즉 오는 것은 고위 모험가.

아몬의 예측이 적중했다.

아몬이 크게 고개를 끄덕였다. 옆에서 그것을 힐끔 보고 조금 분한 표정을 짓는 닐스.

하지만 그 이상으로 납득하지 못한 인물이 있었다. 당연히『10호실』의 네 사람이 아니라『용의 아기토』의 리더 검사였다.

"그딴 말을 납득하라고? 이건 우리들의 의뢰다. 그걸 나중에 오는 녀석들한테…… 그것도 다른 도시의 모험가한테 빼앗기라니…… 웃기지 마!"

'마음은 알지만 의뢰주 앞에서 할 대사는 아니지 않나요?'

의뢰 경험이 적은 료조차도 그렇게 생각했을 정도다. 『10호실』의 다른 세 사람 생각도 쉽게 짐작할 수 있었다.

"드곤 씨. 말조심하십시오. 이것은 왕국 정부의 결정입니다. 당신들의 의뢰자인 우리보다 더 상위자가 내린 결정이라는 겁니다. 즉 왕실의 결정이나 다름없습니다. 왕실을 거스르는 것은 대역죄에 해당한다는 것은 알고 있겠지요?"

고로는 매우 낮은 목소리로, 지금까지 『10호실』의 4명도 들어본 적이 없는 낮은 목소리로 검사 드곤의 발언을 나무랐다.

대역이라는 말까지 나오니 역시나 검사 드곤도 주춤했다. 그리고 곧바로 얼굴이 창백해진다.

하지만 무슨 말이라도 해야 하는 상황이었다. 궁지에 몰려서 이대로는 위험하다는 판단 정도는 할 수 있었던 모양이다. 그러나…… 그 판단의 결과가 **무언**이 아닌 **치졸한 반론**이었다는 것이 문제였지만.

"애초에 나무에 붙어 있던 벌레가 마인충이라는 것 자체가 거짓말인 거 아닌가? 거기 있는 룬 녀석들이 본인 공적을 쌓기 위해 헛소리를 했을 가능성이 큰 거 아니냐고. 그런 녀석들이 하는 말 따위를 어떻게 믿을 수 있겠어!"

그 부조리한 지적을 듣고 『10호실』의 4명이 처음으로 생각한 것은, '이런'이었다.

열이 받는다거나 한마디 해 주겠다거나, 그런 생각이 아니고…….

무엇에 대한 '이런'인가 하면…….

"그 벌레를 마인충이라고 특정한 것은 나일세. 중앙 신전에서 전승관직을 맡고 있지."

"다, 당신이 저놈들과 결탁해서 마인충인지 뭔지를 만들어낸 건가?!"

'지리멸렬, 막무가내네, 검사 드곤……. 궁지에 몰리면 사람은 어쩔 수 없는 법인 걸까.'

료는 마음속으로 검사 드곤을 위해 기도했다.

"나는 신관이다만…… 이름은 라샤타 데보 자작이라고 하지. 알겠나? 자작위를 가진 어엿한 귀족이라네. 그런 말투는 쓰지 않는 게 좋겠군."

"귀, 귀족이라니……."

검사 드곤뿐만 아니라 『용의 아기토』의 다른 4명도 크게 놀라 입을 다물었다.

침묵이 회의실에 내려앉았다.

잠시 후 대관 고로가 입을 열었다.

"룬과 카이라디에서 추가 전력이 도착하기 전까지는 현상 유지인 것으로 하겠습니다. 그 이후의 행동은 도착하는 분들에 따라 달라질 예정이니 그 후에 결정하도록 하지요. 두 파티 모두 그때까지는 마을 안에서 지내주세요. 구속 기간이 연장되니 그만큼의 추가 보수는 내겠습니다.”

　최후의 한마디를 듣고 『10호실』의 4명이 작게 주먹을 쥔 포즈를…… 마음속으로 취했다는 것은 비밀이다.

　이상으로 회의는 종료되었고, 언제나처럼 고로는 회의 후 커피를 권했다. 그리고 언제나처럼 『용의 아기토』의 다섯 명은 그것을 거절하고 회의실을 나갔다.

◆

　남겨진 것은 고로, 라샤타, 그리고 『10호실』의 4명.

　커피가 도착하자 라샤타가 입을 열었다.

　“고로, 뭔가? 저 『용의 아기토』라는 녀석들은. 물론 이 『10호실』 사람들만큼 친절하기를 바랄 수는 없겠지만, 그래도 역시 저렇게까지 지독한 모험가는 처음이야.”

　『10호실』의 4명은 친절하다고 한다. 네 사람은 얼굴을 마주보며 쓴웃음을 지었다.

　“그래……. 솔직히 요즘 카이라디 모험가 길드의 평판이 날이 갈수록 떨어지고 있어……. 의뢰를 낼 때도 불안하긴 했는데 예상이 적중해 버렸군. 저런 모험가들을 보내다니…….”

　고로는 몇 번이나 고개를 흔들며 대답했다.

　“카이라디의 모험가 길드 평판이 그렇게 안 좋아요?”

　“우리들이 갔을 때 대응해 준 사람은 괜찮았는데…… 서브 마스터인…….”

"란덴비아 씨."

료가 속삭이듯 묻자 닐스가 애매하게 대답했고 에토가 그것을 보충했다.

하지만 그런 작은 목소리로 나눈 대화도 인원수가 적어서 그런지 들린 모양이다. 고로가 쓴웃음을 지으며 말했다.

"서브 마스터인 란덴비아 씨는 카이라디의 양심 같은 분이셨지요. 하지만 반년 전 아크레 길드에 길드 마스터로 부임하셨습니다. 그 후로 카이라디의 모험가 길드는 눈에 띄게 악화되었습니다……."

거기까지 말하고는 깊은 한숨을 내쉬었다.

아크레는 남부 최대의 도시이자 하인라인 후작령의 중심지였다. 그곳의 길드 마스터라면 상당한 승진이라고 할 수 있었다.

하지만 우수한 사람이 떠난 조직은 종종 손쓸 수 없는 상황에 처하기도 한다…….

"그래서 이번 의뢰도 카이라디와 룬 양쪽에 모두 낸 겁니다. 이 마을에서는 카이라디가 조금 더 가깝습니다만, 아까와 같은 이유가 있어서요. 그래서 착오를 가장해서 룬에도 낸 것이지요."

대관 고로, 유능한 남자였다.

이틀 뒤.

코나 마을에서는 아무 일 없이 조용한 시간이 흘러갔다.

마을 사람은 가끔씩 나타나는 마인충을 발견하면 제거…… 나무에서 떼어 짓뭉갠다. 『10호실』의 4명은 그것을 도와주고, 가끔은 훈련하고, 가끔은 커피를 마시고, 또 도와주고…….

『용의 아기토』의 다섯 명은 매일 같이, 이유는 알 수 없지만 동쪽 숲으로 들어가고 있었다.

"이봐, 저 다섯 명, 의뢰주의 의향은…….”

"쉿!”

닐스가 뭔가 말하려고 하자 료가 입 앞에 손가락 하나를 세우고 멈추게 했다.

"뭐, 뭐야?”

"그 이상 말하면 안 돼요. 닐스가 말하면 그게 플래그가 될 가능성이 있거든요.”

"플래그……가 뭔데?”

"말이 실제로 현실이 되는 무서운 현상이에요. 예를 들면 닐스는 니나 씨에게 차인다…….”

"야, 무슨 그런 말을!”

료의 말에 닐스가 화를 냈다.

"싫죠? 그러니 말이라는 건 정말 중요한 거예요. 그러니 함부로 이상한 말하지 마세요.”

"잘은 모르겠지만…… 안 할게.”

플래그에 대한 설명은 전혀 되지 않았지만, 료는 불길한 예감을 느꼈다. 닐스가 그 이상 말하면 무슨 일이 일어날 것만 같은 불길한 예감이……. 물론 료가 멋대로 한 추측에 지나지 않았지만.

하지만 생각도 때로는 현실이 된다.

그날 오후 첫 번째 추가 전력이 카이라디에서 도착했다.

그것을 기다렸다는 듯이『용의 아기토』의 다섯 명이 료 일행 앞에 나타났다. 새로 도착한 다섯 명을 동반하고.

『10호실』의 네 사람은 하나같이 불쾌한 표정을 짓고 있었다. 상황이 상황이다보니 불길한 예감밖에 들지 않았다.

가장 먼저 입을 연 것은 검사 드곤이었다.

"이쪽은 카이라디의 C급 파티『오련성』사람들이다. 카이라디에서도 최고의 베테랑 파티지."

'C급에서 베테랑이라는 건 B급으로 올라갈 실력이 없다는 뜻이잖아…….'

료는 마음속으로 투덜댔다.

남자 5명으로 구성된 파티로 전원이 30대 중반이었다.

'다섯 명 다 악당 같은 얼굴.'

료가 그런 무례한 생각을 생각하고 있는데,『오련성』의 창기사가 입을 열었다.

"너희들은 D급 파티인 모양이군. 그렇다는 건 상위인 우리 C급 파티의 말은 무조건 들어야겠지?"

"그런 거예요?"

료가 옆에 있는 에토에게 물었다.

"규칙으로 정해진 건 아니지만 관례야. 호위 의뢰 같은 걸 함께 받을 경우 상위 파티의 리더가 주도하잖아. 대충 그런 거지."

에토는 떨떠름한 얼굴로 대답했다. 에토가 이런 식으로 말하는 일은 매우 드물었다. 대부분의 경우 담담하고 태연했기 때문이다.

"그래, 그런 거다."

에토의 대답을 듣고, 조금 전의 그 창기사가 입꼬리를 히죽거리며 말했다.

"그래서 말인데, 우리는 이동해 오느라 아주 피곤해. 다리 좀 주물러 봐."

그러자 무엇이 우스운지 다른 네 사람과 『용의 아기토』 다섯 명이 크게 웃었다.

"꼴값을 떠는군."

닐스가 작은 목소리로 그렇게 말했다.

"아앙? 뭐라고 했냐, 너?"

창기사가 위협하듯 말했다.

료가 닐스 앞으로 나서서 말했다.

"네, 알겠습니다."

"야, 료!"

놀란 닐스가 뒤에서 료의 팔을 잡았다.

료는 그것을 무시하고 말을 이었다.

"다만 정말 당신들이 C급인지 아닌지 알 수가 없으니까……."

"뭐라고?! 이 자식이!"

"그러니 잠깐 길드 카드를 확인할 수 있을까요?"

"그래. 확인하면 주물러줄게."

"네, 확인을 **끝내면** 주물러 드릴게요."

료가 크게 고개를 끄덕였다.

창기사는 길드 카드를 꺼내면서 료에게 다가오려다가…… 넘어졌다.

"으걱!"

정말이지, 화려하게.

물론 료의 〈아이스반〉 때문이다. 이 정도면 사람을 상대로 더 많이 사용되는 마법이 아닐까 하는 생각마저 든다…….

"괜찮아요?"

료는 걱정하는 척 그렇게 물었다. 물론 말만 걸 뿐 다가가지는 않았다.

"젠장. 갑자기 미끄러졌어. 뭐냐고."

그렇게 말한 창기사는 일어나기 위해 다리에 체중을 실었고…… 또 한 번 넘어졌다.

"으헉!"

"괘, 괜찮아요?"

료는 다시 걱정하는 척 말을 걸었다.

두 번째가 되자 『10호실』의 세 사람은 서서히 알아차렸다.

이것은 료가 한 짓이라는 것을.

이어서 그가 세 번째로 넘어지면서 세 사람은 확신했다. 원리는 모르겠지만 료가 하고 있다는 것을.

그래서 동참하기로 했다.

"괜찮습니까?"

료 외의 다른 3명도 넘어진 창기사에게 말을 걸었다.

물론 정말 걱정이 담긴 표정으로. 여기서 필요한 것은 진실을 말하는 입이 아니라 보는 사람을 속이는 연기력이었다.

"빌어먹을…… 대체 왜 이러는 거야……."

창기사는 일어서지 못했다.

순간적으로 창기사의 발바닥에 발생하고 있는 얼음은, 자연의 얼음보다도 더 비정상적으로 잘 미끄러지는 얼음이었다.

마룻바닥 위에 유리구슬을 대량으로 뿌리고 그 위를 구두를 신고 걷는다면 거의 확실히 넘어진다……. 창기사는 그와 똑같은 상황에 빠져 있는 것이다.

그야말로 지옥 같은 상황.

이렇게 되자 카이라디의 9명도 모두 평범한 상황이 아니라는 것을 서서히 깨닫기 시작했다. 무슨 일이 일어난 것인지 이해할 수는 없었지만, 적어도 예삿일은 아니다.

그래, 그야말로 저주 혹은 무언가…….

"이봐, 료. 이거 어떻게 매듭지으려고? 생각해 둔 거라도 있어?"

닐스가 옆에 있는 료에게 속삭였다.

창기사는 일어서려고 할 때마다 계속 넘어졌다. 카이라디의 9명도 무슨 무서운 것이라도 보는 얼굴로, 차마 다가가지도 못한 채 어정쩡하게 그를 바라보고 있었다.

그런 상황에서 료가 앞으로 어떻게 할 생각인지, 닐스는 조금도 예측할 수 없었던 것이다.

물론 료는 앞으로의 일은 생각하지 않았다.

"룬에서 추가 전력이 도착할 때까지, 이대로……?"

그래서 이런 말을 뱉었다.

"농담이지……."

그건 역시 닐스도 너무한다고 생각한 모양이다.

언제 도착할지는 아무도 모른다. 애초에 오늘 도착한다는 보장도 없다.

그동안 계속 이 상태라니…… 아무리 화난 상대라고는 해도 슬슬 창기사에게 연민이 들기 시작했다.

"그건 그렇고……."

료가 작은 소리로 속삭였다.

닐스는 료의 말에 귀를 기울였다.

"룬에서는 누가 올까요?"

"지금 얘기할 내용이 정말 그건가?"

닐스는 어울리지 않는 화제에 한숨을 내쉬었다.

하지만…….

"『붉은 검』이 오지 않을까요? 마인을 토벌하게 될 가능성이 있으니까 길드 최고 전력을 보낼 것 같아요."

아몬이 그 화제에 올라탔다.

『10호실』의 최연소이자 어째서인지 늘 가장 상식적인 말을 하는 아몬이, 이번에는 이 급격한 화제 전환에 응한 것이다.

닐스가 보기에 어떤 의미로는 충격이었다.

'아몬까지 료에게 물든 건가…….'

꽤 무례한 생각을 하는 닐스.

하지만…….

"『붉은 검』은 서부의 의뢰를 하러 갔을 테니까…… 돌아왔다면 올 수도 있겠지만, 잘 모르겠네."

에토까지 이 화제에 올라탔다.

닐스는 파티 리더로서 깊은, 아주 깊은 한숨을 내쉬었다. 그리고 생각했다.

'탈 수밖에 없는 건가, 이 흐름에…….'

그리고, 올라탔다.

"대반전으로 '풍의 세라'일 가능성도."

"그건 아니죠."

세 사람에게 동시에 부정당한 닐스.

카이라디의 창기사, 그의 구세주가 등장한 것은 30분 후.

룬의 모험가 길드 문장을 단 마차 두 대가 대관소에 도착했다. 창기사가 계속 미끄러지고 있는 땅바닥, 바로 옆에.

첫 번째 마차에서 험상궂은 인상의 남자가 내렸다.

"휴 씨?"

"길드 마스터……?"

료와 아몬이 속삭이듯 작은 목소리로 중얼거렸다.

이어서 내려온 사람은 젊은 검사.

"로먼……."

두 번째 마차에서도 료가 본 적이 있는 서방 연방 사람들이 내렸다.

총 여덟 명.

길드 마스터 휴 맥글러스와 용사 로먼의 파티. 그것이 룬의 모험가 길드가 보낸 추가 전력이었다.

"그래, 너희들도 있었구나. 마중 나오느라 수고가 많……은 건 아닌 것 같군."

그렇게 말한 휴는 홀로 땅바닥에 누워 반쯤 일어서기를 포기한 창기사를 보았다.

"뭐 하는 거야?"

"일어나려고 하고 있어요."

휴의 말에, 료가 있는 그대로의 사실을 전했다.

"아아, 그래…… 뭔지는 모르겠지만 훈련 방법은 여러모로 다양하니까. 우리들은 신경 쓰지 말고 계속해."

그렇게 말하고는 그대로 떠나려 했다.

"기, 기다려."

일어서는 것은 포기했지만, 그 탓에 답답한 감정을 품게 된 카이라디의 창기사.

"우리는 카이라디의 C급 파티『오련성』이다. 이 의뢰는 우리 카이라디 모험가 길드가 맡을 거야. 끼어들지 말라고."

어느 모로 보나 험상궂은 얼굴의 휴 맥글러스는 고위 모험가로 보였지만, 계속 넘어진 탓인지 창기사에게 그런 냉정한 판단력은 사라졌다.

"아, 그렇군. 너희들이 카이라디에서 온 모험가구나. 난 룬의 모험가 길드에서 길드 마스터를 맡고 있는 휴 맥글러스다. 아쉽게도 이 의뢰는 내가 담당하게 될 거야. 너무 나쁘게는 생각하지 마."

"길드 마스터……?"

"맥글러스……라니, 그 영웅 맥글러스?"

"마스터 맥글러스…… 실물이야?"

카이라디 모험가들 사이로 그런 웅성거림이 잔물결처럼 퍼져 나갔다.

"유명한가 보네, 길드 마스터."

닐스가 료에게 작은 목소리로 속삭였다.

"대전의 영웅이니까요."

료가 똑같이 작은 목소리로 대답했다.

"그리고 이쪽이 지금 시대의 용사인 로먼 공과 그 파티다. 우연히 룬에 머물고 있어서 협력을 요청했지. 잘 부탁해."

휴는 폭탄을 하나 더 떨어뜨렸다.

하지만 이미 카이라디 모험가들의 처리 능력을 넘어섰는지 그리 대단한 반응은 얻을 수 없었다.

"……허?"

이것뿐이었다.

오히려 『10호실』의 세 명이 더 반응했다.

"용사라니…… 진짜?"

"용사와 함께 싸우다니."

"검사라면 배울 게 많을 것 같아요."

닐스, 에토, 아몬은 저마다의 언어로 놀라움을 표현했다.

그리고 그런 용사 로먼이 『10호실』의 네 사람에게 다가왔다.

"료 씨, 오랜만입니다."

"아, 네, 오랜만이네요……."

로먼은 료 앞에서 고개를 숙여 정중하게 인사했다.

료는 주춤거리면서도 고개를 숙여 인사에 응했다.

"료 씨, 용사랑 아는 사이인가봐요."

"료라면 가능하지."

"평소 있는 '료는 어째서 그런 사람을 알고 있는 거야'라는 패턴인가. 난 이제 안 놀라."

아몬은 순순히 놀랐고, 에토는 수긍하는 얼굴로 고개를 끄덕였고, 닐스는 몇 번이고 고개를 흔들며 놀라지 않는다는 말을 연발했다.

◆

"마스터 맥글러스가 직접 합류해 주실 줄이야. 이 정도로 든든한 원군은 없을 겁니다! 게다가 용사 파티까지 참가해 주시다니…… 정말 감사합니다."

대관 고로는 룬에서 온 추가 전력을 맞았을 때 정말로 기쁜 표정을 지었다.

"카이라디 쪽이 저 모양이니 더 그렇겠죠."

료는 중얼거렸다.

하지만 옆에 있던 사람에게는 들렸다.

"저 모양?"

옆에 있던 사람은 길드 마스터인 휴 맥글러스였다.

거기서 휴가 뒤늦게 흠칫 놀랐다.

"료, 설마 너 카이라디 모험가랑 충돌한 건 아니겠지?"

"그럴 리가 없잖아요. 휴 씨는 대체 절 뭐라고 생각하시는 거예요?"

실망이라는 표정으로 한숨을 쉬며 고개를 젓는 료. 그 모습을 보고 『10호실』의 다른 세 명이 시선을 주고받았다는 것은 비밀이다.

"그렇군. 아무 일도 없었다면 됐어."

그렇게 말하며 휴는 몇 번이나 고개를 끄덕였다.

◆

"마인이 잠든 장소에 관해, 몇 개의 후보가 있다고 들었습니다."

커피를 마시며 한숨을 돌리고 난 뒤, 휴는 라샤타를 향해 말했다.

"네. 중앙 신전 쪽에서 과거 자료를 분석한 결과 이 마을 동쪽에 있는 숲이라는 건 거의 확실한 것 같습니다. 그중에서 세 군데 정도의 후보가 거론되고 있습니다."

"그렇군요. 다만…… 대관님으로서는 조용히 끝내고 싶다는 게 솔직한 심정이시겠죠?"

라샤타가 대답하자 휴는 대관 고로의 속마음을 헤아리며 그런 말을 건넸다.

"정확히 보셨습니다. 마인 자체에 원한이 있는 것은 아니니까요. 그 마인충만 나무에 붙지 않는다면 가만히 놔두고 싶습니다. 잠든 용은 건드리지 말라는 말도 있으니까요."

고로는 고개를 깊이 끄덕이며 대답했다.

"하나 더. 마을 사람의 실종 건에 대해서는 어디까지 진행되고 있습니까?"

"그것에 대해서는 카이라디에서 오신『용의 아기토』분들이 맡아주셨는데…… 별다른 수확은 없었습니다."

고로의 대답에 휴는 턱에 손을 얹고 생각에 잠겼다.

'실종자는 열두 명. 후반부에는 마을 사람들이 총출동해 수색을 진행했지만, 보고서에는 실종자는 물론 시체조차 발견하지 못했다고 적혀 있었다. 하지만 마물이 사는 숲인데? 시체조차 발견되지 않는다는 건 좀 이상하지 않나? 상상하고 싶지는 않지만, 마물이 덮쳤다면 시체의 일부는 어딘가에 굴러다니지 않았을까? 역시 마물 외의 무언가, 혹은 누군가에게 납치됐을 가능성이 높겠군.'

휴는 미리 받은 보고서를 통해 몇 가지 가능성을 머릿속에 떠올리며 고민했다.

겉모습은 우락부락해서 뇌까지 근육으로 된 단순무식의 대명사처럼 보이는 휴 맥글러스였지만, 실제로는 머리를 쓰는 일에도 서투르지 않았다. 그렇지 않고서는 A급 모험가는 될 수 없으니까.

어느 분야든 그렇겠지만 일류까지는 똑똑하지 않아도 도달할 수 있다. 하지만 초일류는 현명하지 않으면 도달할 수 없었다.

스포츠도, 예능도, 그리고 모험가도 마찬가지다.

"솔직히 실종자 사건은 귀찮은 예감이 드는군요. 조사 태세를 좀 재정비하도록 하죠. 내일 오전에라도 카이라디 모험가들과 상의하고 싶은데 연락 좀 부탁드려도 되겠습니까?"

"알겠습니다. 그럼…… 내일 아침 9시, 이 층에 더 넓은 대회의
실이 있으니 그쪽에서 이야기하도록 하지요. 그들에게도 전해 두
겠습니다."

하지만 다음 날. 대회의실에 카이라디의 모험가는 아무도 나타
나지 않았다.

"왜 아무도 안 오는 거지?"

얼굴을 잔뜩 찌푸린 휴가 대회의실을 이리저리 돌아다녔다.

시각은 아침 10시 전.

료를 포함한『10호실』의 네 명과 로먼 일행 용사 파티 일곱 명
은 벌써 한 시간 가까이 이곳에서 기다리고 있었다.

그곳으로 대관 고로가 숨을 헐떡이며 들어왔다.

"마스터 맥글러스, 그들은 아침 일찍 숲으로 들어갔다고 합니다."

"그게 무슨……."

충격이라면 충격인 그 보고에 휴는 말을 잇지 못했다.

"죄송합니다. 어제 직접 집무실로 불러서 9시부터의 회의가 있
다는 걸 전했습니다만……. 왜 일이 이렇게 된 건지."

고로는 몇 번이고 고개를 저으며 한숨을 쉬었다.

"뭐…… 이번 일은 자신들이 해결하겠다고 큰소리를 쳤으니까
요……. 가버린 건 어쩔 수 없죠. 돌아오면 그 자리에서 엄하게
질책하겠습니다."

휴도 한숨을 쉬었다. 그리고『10호실』과 용사 파티 쪽을 향해

말했다.

"미안해. 그런 이유로 오늘은 해산이다."

그렇게 말한 휴는 가까운 자리에 주저앉았다.

"이건 료 씨와 모의전을 하라는 신의 계시가 분명합니다."

"아니에요."

용사 로먼은 료에게 모의전을 제안했고 료는 냉정하게 거절했다.

"어째서……."

"아니, 왕도에서 많이 했잖아요……."

로먼이 눈을 동그랗게 뜨며 이유를 물었다. 료는 당연하다는 표정으로 말했다.

"료와 로먼의 모의전이라니……. 너희들, 마을 파괴하지 마라."

휴가 놀란 표정을 지으며 두 사람에게 말했다.

"아니, 모의전인데 마을을 파괴할 리가 없잖아요……. 저희를 뭐라고 생각하는 거예요?"

"네, 그냥 평범한 칼싸움이에요."

료가 믿을 수 없는 소릴 들은 얼굴로 휴를 바라보았고, 로먼도 쓴웃음을 지으며 그것을 긍정했다.

다만 그 후 한마디를 덧붙인다.

"료 씨가 마법을 써서 모의전을 한다면 마을은 멸망하겠지만요."

"뭐라고!"

료와 휴가 동시에 소리쳤다.

료는 '그럴 리가 없잖아'라는 뜻으로.

휴는 '정말 그 정도라고?'라는 뜻으로.

옆에서 듣고 있던 『10호실』의 세 사람은 같은 생각을 하고 있었다.

'료에게 모의전 상대는 절대 부탁하지 말자.'

점심을 조금 넘긴 시간.

"꺄아아아아악!"

벌레 제거 작업을 돕던 『10호실』네 사람의 귀에 여자의 비명이 들려왔다.

"어디에서 난 거지?"

"동쪽입니다. 숲 쪽."

네 사람은 곁에 놔둔 무기를 챙겨들고 급히 비명이 들린 쪽으로 달려갔다. 도중에 같은 비명을 들은 것으로 보이는 용사 파티와도 합류했다.

도착한 자리에는 마을 여인이 엉덩방아를 찧은 채 주저앉아 있었다. 그 시선 끝에는 피투성이의 인간들이 있었다.

"일단 전원의 맥박을 확인해 주세요."

용사 파티에 있던 성직자 그레이엄이 파티 멤버와 『10호실』네 명에게 말했다.

"있다."

"있어."

"굉장히 약하지만 있는 것 같아."

"……없어."

그런 목소리가 들려왔다.

피투성이가 된 인간들은 카이라디의 모험가들이었다.

『용의 아기토』다섯 명, 『오련성』다섯 명으로 총 10명이었을 텐데, 그곳에 있던 사람은 일곱 명뿐이었다.

게다가 돌아온 일곱 명 중 이미 두 사람의 맥은 없었다.

"가장 상태가 안 좋은 건 이분입니다. 그리고 이쪽의 남자분. 이 두 사람은 제가 치료하겠습니다. 에토 씨는 세 번째로 위험한 저 사람을 부탁합니다. 남은 두 사람은 생명의 위험은 없을 테니 아무나 가서서 포션을 먹여주세요."

역시 성직자 그레이엄, 훌륭한 지시다. 다수의 부상자가 발생했을 때 적절한 치료의 우선순위를 정하는 일은 가장 중요한 일이면서도 동시에 가장 어려운 일 중 하나이기도 했다.

료는 순순히 감탄했다.

그만큼 무수한 수라장을 경험해 온 것이겠지……. 다양한 노하우를 몸에 지니고 있는 것은 모험가로서 더할 나위 없는 재산이자 강력한 무기라고 할 수 있었다.

그렇게 생각하며 료는 평소 매고 다니는 가방에서 수제 포션을 꺼냈다.

"이 사람…… 아, 검사 드곤에게는 제가 포션을 먹일게요."

그렇게 말하며 료는 포션을 드곤의 입에 넣어주었다.

생명에는 지장이 없다고는 하지만 보이는 범위만 보더라도 상당한 상처를 입은 상태였다. 그 상처가 포션을 마신 순간 회복되어갔다.

언제 봐도 신비로운 광경이구나, 하고 료는 생각했다.

"미안하군……. 덕분에 살았다."

어제까지의 오만하고 적대적인 태도는 조금도 느껴지지 않는 모습으로 감사 인사를 전하는 『용의 아기토』의 리더 검사 드곤.

"신경 쓰지 마세요."

성직자 그레이엄의 적절한 지시와 〈엑스트라 힐〉, 그리고 신관 에토의 연속 〈힐〉 덕분에 호흡이 붙어 있던 5명은 무사히 살아날 수 있었다.

그 무렵에는 휴와 대관 고로도 현장에 도착하며 신속한 구조 체제가 갖춰졌다.

중상자 3명은 목숨은 건졌지만 흘린 피가 많아 당분간은 절대 안정이 필요하다며 구호실에 눕혀졌다.

비교적 경상이었던 검사 드곤을 포함한 두 사람은 보고를 겸해 곧바로 대회의실로 끌려갔다. 물론 『10호실』의 네 사람과 용사 파티도 뒤따랐다. 무슨 일이 일어났는지는 모두가 궁금했기 때문이다.

◆

"저희는 덫에 걸렸습니다."

검사 드곤의 말에 미간을 찌푸린 것은 휴뿐만이 아니었다. 성직자 그레이엄, 토속성 마법사 벨록과 같은 비교적 연령이 높은 모험가도 미간을 찌푸렸다.

물론 그 말은 마을 사람이 설치해 놓은 덫에 실수로 걸렸다는 의미는 아니었다. 아무렴 이제 막 모험가가 된 F급 정도라면 몰라도 D급, C급 모험가들 중 그런 덫에 빠지는 자들은 없었다.

즉 덫에 걸렸다는 것은 '덫을 설치하고 그곳으로 인간을 유도할 수 있는 지적인 생명체'가 있다는 것을 의미했다.

'덫을 만들 수 있는 마물이라고 하면 일단 스파이더 계열인가. 그쪽에는 성가신 녀석들이 많지. 무엇보다 독을 가진 개체가 많으니까. 그밖에는 개미지옥인가. 하지만 그 녀석들은 모래땅에 서식하고 있으니 숲에는 없을 텐데. ……숲이라면, 설마 켄타우로스 같은 건 아니겠지? 왕국 남부는 서식지랑은 완전히 떨어져 있……는데…… 가능성은 있으려나. 나머지는 잘 알려지지 않았지만 섀도 스토커 정도인가. 숲이 울창하다고 했으니 가능성이 없는 건 아니지만…… 그것과는 싸우고 싶지 않군. 너무 성가셔. 이렇게 생각해 보니 전부 다 성가신 놈들뿐이잖아.'

차례차례 덫을 설치하는 마물을 머릿속에서 리스트업 해 나가는 휴. 역시 전 A급 모험가다.

"그래서, 어떤 덫이었지?"

"구멍 덫입니다."

그 대답은 조금 전의 세 사람을 중심으로 충격적인 대미지를 안겨주었다.

"말도 안 돼……."

중얼거린 것은 누구였을까…… 휴인가 그레이엄인가…….

구멍 덫.

사람이 만드는 덫 중에서는 가장 초보적이고 비교적 쉽게 설치할 수 있는 덫이라고 할 수 있었다.

덫의 대부분은 상대를 구속하거나 이동 능력을 빼앗을 목적으로 설치된다. 그러므로 구속하는 도구나 이동 능력을 빼앗는 무기 같은 것을 준비해 설치할 필요가 있다. 하지만 구멍 덫은 그런 게 없어도 효과를 발휘한다.

구멍 자체가 이동을 할 수 없게 만들기 때문이다.

하지만 문제점이 있었다.

바로 덫의 은폐였다.

덫이 어느 정도 효과를 발휘하기 위해서는 구멍을 넓고 깊게 파야 한다. 그리고 그 구멍을 보이지 않게 숨겨야 한다. 이 은폐의 문턱이 가장 높은 덫이 구멍 덫이라고 해도 과언이 아니었다.

현대 지구의 텔레비전이나 동영상에서는 덫을 은폐하기 위해 얇은 우레탄이나 스펀지 매트를 깔고 그 위에 카모플라주를 실시하지만, 『파이』의 숲 속에 그런 것이 있을 리가 없었다.

그 대신 가느다란 가지 따위를 엮고 그 위에 낙엽을 까는 형식으로 위장을 하게 된다. 꽤 섬세한 작업이 필요하고, 대상이 밟기 전에 가지가 구멍 안에 떨어지지 않게 엮기 위해서는 머리도 제법 써야 한다.

그런 짓을 한 마물이 있다고?

경험이 풍부하고 무수한 마물과 싸워온 경험자일수록 더더욱 믿을 수 없다는 반응을 보였다.

설치된 덫이 구멍 덫이었다는 사실에.

하지만 몇 가지 의문도 들었다.

"하지만 너희 쪽에도 『오련성』 쪽에도 척후가 있지 않았나? 어째서 덫을 눈치채지 못했지?"

휴의 그 질문에 검사 드곤은 고개를 저으며 대답했다.

"그걸 모르겠습니다. 선두와 후방에는 척후, 중앙에 마법사라는 탐색 대형을 취했는데…… 구멍 덫에는 척후를 포함해 전방 대원 3명이 떨어졌습니다…….."

그렇게 대답한 드곤은 입술을 깨물고 아래를 바라보았다. 그 후의 광경이 떠오른 것일지도 모른다.

'감각을 교란시키는 존재…… 마법이나 독물 계열을 설치한 건가? 하지만 덫을 치고 거기에 마법이나 독물로 감각까지 교란하는 마물이 있다는 말은 들어본 적도 없는데…….'

휴는 최대한 표정에 드러내지 않고 생각을 이어갔다.

"드곤, 떠올리는 게 힘들겠지만 너도 모험가다. 보고의 중요성은 물론, 동료의 원수를 갚기 위해서라도 상세한 정보가 필요하다는 건 알고 있겠지? 전방의 세 사람이 구멍에 빠진 후 어떻게 되었는지 설명해 줘."

휴는 드곤에게 가능한 한 차분한 어조로 물었다.

가끔 지나치게 동정하면 오히려 더 고집을 부리는 모험가도 있었다. 특히 전위직에 그런 모험가가 많다는 것을 검사 출신인 휴는 잘 알고 있었다.

"세 사람이 구멍에 빠진 후 남은 일곱 명은 그들을 살리기 위해 구멍 주위로 모였습니다. 지금 생각하면 그 시간, 그리고 구출에 들어가기 전까지 공격이 없었던 건 타이밍을 노리고 있었기 때문이었던 것 같습니다. 사람 키의 두 배 정도 되는 구멍이라서 끈을 꺼내 구출 준비에 들어갔습니다. 바로 그때 습격을 당했습니다. 구출 준비는 하면서도 당연히 경계는 게을리하지 않았습니다. 하지만…… 적이 너무 강해서…….

"그래서, 그 적이라는 게 뭐였는데?"

그 어느 때보다 조용하고 차분한 목소리로 휴가 물었다.

"인간……으로 보였습니다. 다만 단숨에 나무 위로 올라갈 정도로 신체능력이 뛰어나고…… 무기도 들고 있지 않았습니다. 길게 자란 손톱으로 공격했는데…… 그 눈, 붉게…… 붉게 물든 그 눈…… 그게…….

거기까지 말하고 드곤은 얼굴을 가린 채 몸을 웅크렸다.

"붉은 눈과 긴 손톱…….

성직자 그레이엄이 얼굴을 잔뜩 찌푸린 채 중얼거렸다.

그 작은 중얼거림에 자극받은 것인지, 몸을 웅크리고 있던 검사 드곤이 고개를 들어 말했다.

"오련성의 리더인 조 씨가 그랬습니다. 저건 뱀파이어다, 라고."

그 말에는 경험이 적은 『10호실』의 네 명과 용사 파티의 비교적 젊은 멤버들까지 놀랄 수밖에 없었다.

뱀파이어.

판타지 역사상 가장 유명한 괴물 중 하나. 황혼의 존재, 마물의 주인, 혹은 불사의 왕.

그랬다. 불사의 왕은 결코 해골이 아니다! 뱀파이어야말로 불사의 왕이다!

라고, 료는 소리 높여 주장하고 싶었다……. 그런 말을 할 수 있는 분위기가 아니라서 입을 다물고 있었지만.

뱀파이어, 혹은 그와 비슷한 것은 지구에서도 고대부터 존재해 왔다.

동서양을 막론하고.

료를 포함해 많은 사람들이 품고 있는 이미지는 근대 유럽에서 형성된 이미지였다. 특히나 브램 스토커의 《드라큘라》에 큰 영향을 받았다는 것은 두말할 필요도 없었다.

'분명 브램 스토커는 이세계에서 지구로 환생한 인물이었던 게 분명해! J.R.R. 톨킨처럼!'

물론 료의 망상이었다.

드라큘라의 모델이 된 드라큘레슈티 가문의 블라드 3세, 통칭 블라드 체페슈 본인은 애초에 뱀파이어의 이미지와는 거리가 멀었다. 기껏해야 초상화의 분위기와, 적인 오스만병을 꼬치로 꿰뚫어 전시한 행위가 흡혈귀같다는 것에 지나지 않았다. 적어도 료는 그렇게 생각했다.

초강대국인 이웃 나라 오스만 제국으로부터 약소국인 고국 왈라키아 공국을 지켜내기 위해 마지막까지 발버둥 친 영웅이라 할 수 있는 인물이었다.

"방금 뱀파이어라고 했나?"

느린 어조로, 확인하듯 드곤에게 물은 것은 성직자 그레이엄이었다. 그동안 모든 질문을 휴에게 맡긴 채 가만히 듣기만 하던 그레이엄이 처음으로 대화에 끼어든 것이다.

휴도 지금까지와는 분위기가 달라진 그레이엄을 긴장한 표정으로 바라보았다.

"저는 판단할 수 없었지만, 조 씨는 그렇게 말했습니다."

검사 드곤은 고개를 끄덕이며 그렇게 말했다.

"마스터 맥글러스, 그 조라는 자는 생환한 자들 중에 있습니까?"

"당신이 살려낸 가장 큰 중상자, 저 창기사가 바로 조다."

그레이엄의 물음에 휴가 대답했다.

"저자군요. 생명에는 지장이 없지만…… 의식이 돌아오려면 시간이 걸릴 겁니다. 말할 수 있게 되면 직접 묻고 싶은 것이 있습니다."

"그래. 말할 수 있게 되면 널 부르지, 그레이엄."

오늘 회의는 거기서 끝났고, 드곤을 포함한 2명은 구호실에서 간병을 돕겠다고 말하며 떠났다.

료는 용사 로먼을 손짓으로 불렀다.

"무슨 일인가요? 료 씨."

솔직한 성격인 로먼은 순순히 료에게 와주었다.

"아까 그레이엄 씨는 뱀파이어라는 이름이 나오자마자 분위기가 달라지던데…… 왜 그런 거예요?"

료는 그레이엄과 뱀파이어 사이에 무슨 일이 있었는지를 묻기 위해 로먼을 부른 것이었다. 당연하지만, 개인적인 감정이 앞으로의 작전에 영향을 미칠 것을 우려해 미리 물어보는 것에 지나지 않았다.

결코 단순한 호기심에서 물어보는 것이 아니다. 암, 그렇고 말고.

"아아……. 서방 연방에서 뱀파이어라는 것은 특별한 종족이거든요. 악의 화신이라고 해야 할까요…… 특히 교회에서는 몇 번이나 뱀파이어 사냥을 해 왔다고 하니까요……."

실제로는 그런 사정만 있는 것은 아닐 것이다. 로먼은 묘하게 말하기 어렵다는 표정을 짓고 있었다.

여기서 억지로 캐묻는 것은 악수.

"그렇군요. 잘 알겠습니다. 감사합니다."

료가 그렇게 말하자 로먼은 살짝 안도한 표정을 지으며 방을 나갔다.

◆

대관 집무실.

대관 고로와 전승관 라샤타가 마주 보고 앉아 있었다.

"뱀파이어라니……."

"라샤타, 마인과 뱀파이어 사이에 무슨 연결고리라도 있나?"

라샤타가 혼잣말처럼 중얼거렸고, 고로가 그런 라샤타에게 물었다.

"그 후로 나도 계속 생각해 봤는데…… 내가 아는 한 전승에는 그 두 관계를 나타낸 이야기는 전혀 없었어."

라샤타가 모른다는 것은, 적어도 왕국 내의 전승에는 마인과 뱀파이어의 관계를 나타내는 기록은 없다는 뜻이었다.

"행방불명이 된 마을 사람들을 찾기 위해 나를 포함한 상당수의 인원이 숲에 들어가서 수색을 벌였는데……. 뱀파이어를 만나지 않았다는 건 운이 좋았다는 뜻인가."

조금만 운이 나빴으면 마을이 궤멸했을지도 모를 산 수색을 떠올리며 고로는 미간을 잔뜩 찌푸렸다.

"뭐, 그렇게 생각하면 오히려 이 타이밍에 알 수 있어서 다행 아닌가? 지원군 안에 그 마스터 맥글러스가 있는 경우는 거의 없을 테니까. 게다가 용사 파티도 있고…… 분명 고로 자네는 운이 좋은 거야. 그 부분에서는 자신감을 가져."

"격려를 하는 건지 뭔지."

그렇게 말하며 두 사람은 함께 웃었다.

10호실의 네 사람은 숙소 식당에 앉아 있었다. 물론 그런 네 사람 앞에는 코나 커피가 놓여 있었다.

"설마 뱀파이어가 나타나다니."

이쪽도 대화의 시작은 비슷했다.

포문을 연 것이 닐스라는 점이 조금 예상치 못한 부분이긴 했지만, 그 어조는 실로 무거웠다.

"닐스는 뱀파이어에 대해 알고 있나요?"

료는 조금 의외라고 생각하며 물었다.

에토가 뱀파이어에 대해 잘 안다면 이해가 갔을 텐데, 닐스가 말하는 건…….

"그래, 인간의 생피를 빨아먹는 무시무시한 녀석이지."

"그렇겠죠. 닐스에게 뭔가를 기대한 제 잘못이네요."

"이봐, 료, 너무한 거 아냐?"

예상을 벗어나지 않는 대답에 실망한 얼굴로 고개를 떨구는 료, 그런 료가 내뱉은 대사에 분노하는 닐스.

그것을 보고 미소 짓는 아몬.

하지만 평소였다면 함께 미소 지었을 에토가 웃고 있지 않았다. 료는 그것을 알아차렸다.

"에토? 역시 닐스의 대답이 너무 어이가 없어서……."

"내 탓이냐고!"

료의 지적에 다시 한번 분노하는 닐스.

"아니, 미안. 딱히 닐스한테 실망한 건 아냐."

에토는 쓴웃음을 지으며 대화에 참가했다.

"용사 파티에 있던…… 그레이엄 씨라고 했나? 그 사람의 표정이 좀 신경 쓰여서."

에토는 조금 고개를 기울이며 말했다.

"그러고 보니 꽤나 집요하게 물어봤었지. 뱀파이어에게 무슨 원한이라도 있는 걸까?"

"잘 모르겠네. 중앙 연방에서는 그 정도는 아니었는데, 서방 연방에서는…… 특히나 서방 교회는 뱀파이어에게 가진 적의가 대단하다는 말을 신전에 있을 때 들은 적이 있어."

닐스가 대회의실에서 본 그레이엄의 모습을 떠올리며 말했고, 에토는 교회적 배경 때문이 아닐까 하고 추측했다.

"뱀파이어 사냥 같은 게 있었다는데 그런 것 때문일까요?"

료가 말하면서 떠올린 것은 지구에 존재했다고 알려진 마녀 사냥이나 이단 심문의 역사였다.

물론 마녀 사냥 자체는 기독교가 성립되기 훨씬 이전부터 행해진 것이었고, 중세 이후의 마녀 사냥도 기독교가 주도한 경우는 그리 많지 않다는 것은 역사학에서 이미 정설로 자리잡은 내용이었다.

그럼 누가 했나?

민중이 주도했다.

민중이, 바로 어제까지 옆집에 살고 있던 사람들을 마녀라며 고발하고 불에 태운 것이다.

슬프지만, 그런 일을 벌이는 것이 바로 인간이라는 존재였다.

"응, 몇 번이나 일어났지. 중앙 연방에서는, 뱀파이어 목격 사례 자체가, 지난 백 년간 손에 꼽을 정도로 적었거든. 그러니 이번 사건도, 정말 뱀파이어가 맞다면 몇 안 되는 목격 사례 중 하나가 될 거야. 그런 만큼, 신전에도 어떻게 싸워야 하는지, 어떤 공격이 효과적인지에 대한 자료가 적어."

여러 가지를 생각하며 말하고 있는 것인지 에토의 말은 평소보다 조금 더 느렸다.

"이번 싸움에서는, 그레이엄 씨가 가진 지식이, 필요한 상황이 생길지도 모르겠어. 아마 그 부분에 대해서는, 길드 마스터 쪽이 우리보다 더 깊게 생각하고 있겠지만."

그렇게 말하며 에토는 쓴웃음으로 마무리했다.

다음 날 아침.

오련성의 창기사 조가 눈을 떴다는 보고를 받은 휴는 용사 파티에서 성직자 그레이엄, 『10호실』에서 신관 에토를 데리고 구호실로 향했다.

하지만 에토의 뒤에서 살금살금 따라오고 있는, 살금살금 따라오면서도 몸을 숨기려는 노력조차 보이지 않는 수속성의 마법사를, 휴는 발견했다.

"이봐, 료…… 아니, 거기서 어떻게 눈치챘냐는 표정을 짓는 건 이상하지 않아? 대놓고 보였잖아."

"저도 데려가 주셨으면 해서……."

료의 말을 듣고 휴는 10초간 팔짱을 끼고 잠시 고민했다.

그리고 옆에 있던 그레이엄에게 물었다.

"그레이엄, 료가 이렇게 말하는데 데려가도 될까?"

"얼마 전 왕도에서 있었던 신전 지하 전투에서 료 씨의 실력은 이미 봤습니다. 무척 우수한 마법사라고 판단했고요. 그러니 이번 일에서도 도움을 주신다면 감사할 것 같습니다."

"오, 오오, 좋은 평가네. 그럼 료도 따라와라."

그리하여 휴를 선두로 한 네 명은 조가 쉬고 있는 구호실로 향하게 되었다.

"마스터 맥글러스……."

창기사 조가 선두로 들어온 휴를 보고 중얼거렸다.

"그래, 무사히 살아서 다행이군."

"……폐를 끼쳤다."

"감사 인사는 나보다도 〈엑스트라 힐〉로 네 떨어진 사지까지 치료해 준 이쪽 그레이엄에게 해야할 말이다."

휴는 그렇게 말하며 조에게 그레이엄을 가리켰다.

"그렇군, 당신이……. 덕분에 살았다. 고마워."

조는 고개를 숙여 감사를 표했다. 그리고 물었다.

"내 동료는……?"

"음……. 마을에 도착했을 때 이미 두 사람은 죽어 있었다. 살아남은 건 양쪽 파티 전부 합해서 다섯 명이야."

휴는 애써 냉정한 어조로 전했다.

"그래……."

조도 각오는 하고 있었을 것이다. 그 말을 듣고도 이성을 잃는 일은 없었다.

하지만 두 주먹을 꽉 쥔 팔이 미세하게 떨리고 있는 것을 휴는 놓치지 않았다. 분함을 억누르고 있는 것이었다.

그 누구도 먼저 말을 꺼내지 않은 채 1분 정도가 지났다.

조가 조금 진정된 것을 확인하고 휴가 입을 열었다.

"조, 떠올리는 게 힘들다는 건 이해하지만, 그래도 꼭 물어봐야 할 게 있어. 경위에 대해서는 어제 드곤에게 들었다. 우리가 확인하고 싶은 건 한 가지야. 습격해 온 놈들에 관해서. 너는 뱀파이어라고 말했다던데."

"그래……."

휴가 물었고, 조가 짧게 대답했다.

"그레이엄, 물어볼 게 있지?"

"마스터 맥글러스, 감사합니다. 조 씨, 당신이 그들을 뱀파이어라고 판단한 근거를 듣고 싶습니다. 이전에 어디선가 뱀파이어를 본 적이 있는 겁니까?"

조에게 묻는 그레이엄의 말투는 어제 대회의실 때와는 달리 무척 차분했다. 에토도 같은 감상을 품은 것인지, 에토와 료는 서로 눈짓을 주고받으며 고개를 작게 끄덕였다.

"뱀파이어를 본 적은 없어. 내가 뱀파이어라고 말한 이유는······ 옛날, 신전에 있던 친구 녀석에게 들은 내용과 똑같았기 때문이야. 붉은 눈, 긴 손톱, 인간을 초월한 신체능력······."

조는 이런저런 것들을 떠올리며 천천히 말을 이어갔다.

그 이야기가 끊긴 타이밍에 맞춰 그레이엄이 묘한 질문을 던졌다.

"당신들을 습격한 녀석들의 복장은 어땠습니까? 귀족 같은 복장을 하고 있었나요? 그리고 신발은 신고 있었습니까?"

"복장? ······허름했어······. 농민이나 어민이 입을 법한. 적어도 귀족들이 입을 만한 옷은 아니었어. 신발은······ 그래, 나무에 뛰어오른 녀석은 맨발이었어. 근데 왜 그런 걸 묻는 거지?"

"아뇨, 잘 알았습니다. 귀중한 정보 감사합니다."

휴도 에토도 물론 료도 더 이상 질문하지 않고 구호실을 떠났다.

◆

"옷…… 신발…… 대체 무슨 의미가 있었던 걸까?"

아주 작은 목소리로 에토가 중얼거렸다. 하지만 옆을 걷고 있던 료에게는 그 중얼거림이 들렸다.

"분명 진짜 뱀파이어는 귀족적인 모습에 신발도 제대로 신고 있을 거예요. 즉, 조 일행을 덮친 건 뱀파이어와 비슷한 다른 무언가라는 뜻…….."

료가 그렇게 말한 것은 머릿속에 '드라큘라 백작' 이미지가 있었기 때문이었다. 그 밖의 다른 이유는 전혀 없다.

하지만 료의 목소리는 정말 작았던 에토의 중얼거림에 비해 조금 더 컸다. 그래서 그 말은 앞서 가던 성직자 그레이엄에게도 들렸다.

그레이엄은 갑자기 발을 멈추더니 눈을 크게 뜨고 료를 바라보며 물었다.

"료 씨, 어디선가 뱀파이어를 뵌 적이 있습니까?"

"아, 아뇨, 없는데요…….."

그 박력 있는 얼굴은 료를 놀라게 하기에 충분했다. 잠깐이지만 료는 좀 무서웠다.

"그렇습니까…….. 그건 그렇고 꽤 정확하시군요. 뱀파이어들은 귀족 행세라도 하는 것처럼 복장에 특히 집착합니다. 그리고 스스로 나서서 힘을 쓰는 일은 절대 하지 않지요. 뱀파이어 대신에 그들의 일을 맡아서 행하는 것이 바로 뱀파이어의 권속입니다. 서방 연방에서는 스트라고이라고 부르지요. 그리고 아까 조 씨와 다른 분들이 만난 것은 아마 이 스트라고이일 겁니다."

"혹시 그 스트라고이라고 하는 건, 뱀파이어가 사람을 물면 생기는……."

"네. 뱀파이어에게 물린 인간이 스트라고이가 됩니다."

그레이엄은 얼굴을 찌푸리고 이마에 깊은 주름을 만든 채 료의 질문에 답했다.

"그레이엄 씨. 그 스트라고이가 된 사람들을 인간으로 되돌리는 방법은……."

"없습니다. 유감스럽게도."

에토의 물음에 그 어느 때보다 침통한 표정을 지으며 그레이엄이 대답했다.

"저…… 한 가지 질문이 있는데……."

료는 이참에 궁금한 것을 모두 물어보기 위해 그레이엄 쪽을 바라보며 입을 열었다.

"뭘까요?"

"아까 그 스트라고이와 진짜 뱀파이어가 가진 각각의 마법 특성을 알고 싶어요."

"마법 특성?"

"네. 약한 속성은 없나요? 예를 들면 광속성에는 약하다거나, 반대로 어떤 속성 마법은 잘 쓴다거나……."

"아, 그 말이군요."

그레이엄은 고개를 한번 끄덕이고는 대답했다.

"저기 있는 식당에 앉아서 얘기할까."

휴는 그렇게 말하더니 곧바로 식당으로 들어갔다.

"커피 넷."

그러고는 멋대로 주문하고 앉아버린다.

지구에도 가끔 있는 상사 스타일이지만, '커피 넷'이라는 말을 『파이』에서 들으니 료의 귀에는 무척 신선하게 느껴졌다.

'뭔가 좋네.'

대단한 일은 아니었지만, 료의 입에 미소가 살짝 걸렸다.

"우선 스트라고이에 대해 말하자면, 햇빛에 약합니다. 약하긴 하지만 행동하지 못하는 건 아니고요. 대략…… 능력이 반 정도로 줄어든다는 연구 결과가 있습니다. 다만 이번에는 울창한 숲속이라고 했으니……."

"그래, 그래서 피해자는 모두 동쪽 숲에서 나왔구나. 그리고 마을까지는 나오지 않는 거고."

그레이엄의 설명에 휴가 반응했다.

"아마 그럴 겁니다. 물론 밤이 되거나 흐리고 비 오는 날이면 숲 밖에서도 평소처럼 활동할 수 있을 겁니다. 그리고 마법에 관해서 말하자면, 광속성에 약하다는 이야기는 들어 본 적이 없군요. 스트라고이는 마법을 사용하는 것은 불가하지만, 특별히 약점이 되는 속성도 없습니다."

그레이엄은 단번에 거기까지 설명하고는 커피를 한 모금 마셨다.

"또 몸속에 마석도 갖고 있지 않기 때문에 확실하게 쓰러뜨리기 위해서는 목을 베는 수밖에 없습니다. 목을 베면 확실하게 죽습니다."

그렇게 말하면서 그레이엄은 오른손을 목 앞에서 가로로 긋는 제스처를 취했다.

목을 베는 제스처는 세계가 달라져도 공통인 모양이다.

"그리고 뱀파이어 쪽에 대해서는…… 마법 약점이 없는 것은 스트라고이와 동일하지만, 전 속성을 쓸 수 있습니다."

"네……?"

"전 속성?"

에토와 료가 경악했다.

그것을 보고 그레이엄은 전달한 정보에 오해가 있다는 것을 알아차렸다.

"죄송합니다. 전 속성이라고 해도 한 개체가 전 속성을 행사할 수 있다는 뜻은 아닙니다. 개체마다 행사할 수 있는 속성이 다릅니다. 화속성 마법을 사용하는 뱀파이어도 있고, 토속성을 사용하는 뱀파이어도 있지요."

"사람 같군."

"네."

휴의 소감에 그레이엄이 얼굴을 찌푸리며 동의했다.

"교회의 가르침 중에서는 뱀파이어는 '어둠에서 태어난 인간'이라는 가르침을 내세우는 종파도 있습니다. 뱀파이어도 체내에 마석을 갖고 있지 않기 때문에 마물이라고 분류할 수는 없으니까요. 하지만 오랜 역사 속에서 인간에게 적대적이었던 종족이기도

해서, 서방 연방의 인간 대부분은 좋지 않은 감정을 품고 있습니다. 또한 녀석들은 귀족 제도를 쓰고 있어서…… 위로는 공작부터 아래로는 남작까지 계급이 나뉘어 있습니다. 대체로 계급이 곧 힘과 직결된다고 생각하시면 편합니다."

그레이엄은 냉정하게 설명을 이어갔다.

"백작 이상은 상당한 괴물입니다. 그렇지만 최근에는 서방 연방에서도 백 년 넘게 백작 이상의 뱀파이어와 조우한 사례는 거의 없다고 알려져 있습니다."

그 누구도 아무 말도 하지 않고 그레이엄의 설명에 귀를 기울였다. 중앙 연방 사람들에게 있어서는 상당히 귀중한 정보였다.

"뱀파이어가 어떤 마법을 쓰는지는 직접 대치하기 전까지는 알수 없지만, 모든 뱀파이어는 종족 특성이라고 할 수 있을 만큼 전속성에 대한 마법 저항력이 아주 높습니다."

"전 속성 저항……."

그레이엄의 설명에 료가 저도 모르게 게임 지식을 중얼거렸다.

"그렇기 때문에 뱀파이어와의 싸움은 마법직이 지원을 하고 근접직이 쓰러뜨리는 구도가 됩니다."

"즉 로먼과 휴 씨에게 기대야 한다는 뜻이군요!"

"나는…… 현장에서 떠난 지 꽤 됐는데……."

료의 말에 휴 맥글러스는 커다란 한숨을 쉬며 말했다.

하지만…….

"저기, 료 씨도 검이잖……."

"저는 마법사니까요!"

왕도에서, 검사이자 용사인 로먼과 검으로 모의전을 수도 없이 벌였던 료가 근접전 멤버에 포함되지 않은 것에 의아함을 느낀 그레이엄이 그렇게 물었고, 그 말에 당당하게 마법사임을 선언하며 가슴을 펴는 료.

　"그러고 보니 료는 세라와 검으로 모의전을 했었지? 그럼 어지간한 기사들은 네 발밑에도 못 미치는 거 아닌⋯⋯."

　"저는 마법사니까요!!"

　룬에서, 천재 검사 아벨마저 능가한다고 알려진 실력자 세라와 모의전을 수도 없이 해 온 료가 근접전 멤버에 들어가지 않는 것은 이상하다고 생각한 휴가 물었고, 그 말에 당당하게 마법사임을 선언하며 다시 한번 가슴을 펴는 료.

　"애초에⋯⋯ 진짜 뱀파이어라는 게 있는 걸까요?"

　의미 없는 논쟁을 단번에 끝낼 질문을 날린 것은 에토였다.

　"스트라고이가 있다는 건 확실한 것 같지만, 뱀파이어는 결국 확인되지 않은 거죠?"

　"확실히 확인되지는 않았습니다. 하지만 스트라고이는 뱀파이어가 없으면 태어날 수 없고, 그 뱀파이어가 어떤 이유로 죽으면 스트라고이들도 죽습니다. 즉 스트라고이가 있다는 건 최소한 한 명의 뱀파이어는 근처에 있다고 봐야겠지요."

　에토의 물음에 그레이엄이 짧게 고개를 끄덕이며 답했다.

　전 속성에 대해 마법 저항력을 가진 성가신 뱀파이어가 있다는 사실은 확정된 셈이다.

　"한 명이라 해도 성가신 상대임에는 변함이 없지만 말이죠."

그레이엄이 작은 목소리로 중얼거렸다.

이후 네 사람은 대관 집무실로 이동해 대관 고로에게 일의 경위를 보고했다.

고로 옆에는 라샤타도 앉아 있었다.

"그런 이유로, 뱀파이어가 있고, 권속인 스트라고이도 적어도 10명은 있는 것 같습니다."

"실종된 자들은 그럼……."

"아마 스트라고이가 된 거겠죠……."

고로는 침통한 표정으로 확인했고 휴는 고개를 끄덕이며 답했다.

휴도 길드 마스터로서 남을 이끌어야 하는 입장이다. 보호해야 할 자들이 그런 것들로 변해버렸다면…… 그 비통함은 상상을 초월할 것이다.

고로의 마음속에서 슬픔이 어느 정도 해소될 때까지 휴는 아무 말 없이 커피를 마시며 기다렸다.

"알겠습니다. 그래서, 뱀파이어들의 본거지는 동쪽 숲 속인가요?"

고로는 30초 정도 후에 다시 정신을 차리고 물었다.

휴는 주저하는 얼굴로 그레이엄 쪽을 바라보며 대답을 재촉했다.

"네…… 가능성이 완전히 제로는 아니지만…… 솔직히 말해 높지는 않습니다. 스트라고이가 사는 곳은 제각각이지만, 뱀파이어는 주로 집에 거주하는 경향이 있으니까요. 숲 속에 버려진 관이나 마을이 있다면 몰라도, 그런 것은 없다고 들었으니……. 혹시 동쪽 숲 너머에 뭔가가 있습니까?"

그레이엄은 이런저런 생각을 이어가며 대답하는 것처럼 보였다.

그가 숲 너머에 대해 물어보자, 고로는 찬장에서 커다란 지도 한 장을 꺼내 책상 위에 펼쳐놓았다.

"이것이 코나 마을 주변의 개요도인데…… 동쪽 숲은 꽤 큽니다. 그 건너편이라고 하면…… 어촌밖에 없군요. 왕국의 가장 외곽 지역. 여긴 아마 모모르 남작의 영지였을 겁니다. 남작 본인은 왕도에 거주하고 계시고, 이 어촌에서 상당히 떨어진 곳에 있는 장원은 영주 대리가 들어가 관리하고 있다고 알고 있습니다. 그레이엄 씨, 설마……."

"어디까지나 가능성입니다. 이미 그 어촌 마을이 뱀파이어의 손에 떨어졌을 가능성이 있다는 거죠."

고로도 그레이엄도 미간에 깊은 주름을 만든 채 대화를 이어갔다.

작은 어촌 마을이지만 수십 명의 사람이 살고 있다. 그 자들이 모두 스트라고이가 되었다면……. 그것을 생각하면 고로도 그레이엄도 표정이 심각해지는 것은 당연했다.

"어쨌든 어촌에 가서 확인은 해 봐야겠군."

휴는 그렇게 단언했다.

"숲을 지나지 않고 코나 마을에서 그 어촌까지 가기 위해서는…… 숲의 남쪽은 해안까지 쭉 뻗어 있으니 해로를 이용해야 하는데, 별로 추천하고 싶지는 않습니다. 해류가 무척 험하고 바다에는 마물도 있다고 알려져 있거든요. 어민들이 갖고 있는 해양용 마물막이가 없으면 어려울 겁니다."

'뭐? 해양용 마물막이라는 게 있어?!'

남몰래 흥분한 것은 료였다. 이는 어촌에서 반드시 봐야 할 볼거리였다. 료의 체크리스트 상단에 해양용 마물막이가 기록되었다.

그러는 사이에도 그의 설명은 이어졌다.

"현실적인 선택은 숲 북쪽으로 돌아가는 겁니다. 그 루트로 가면 어촌에 가기 전에 모모르 남작의 장원을 지나가게 되겠지만요."

"장원이라. 이야기를 듣고 싶긴 한데 모험가를 받아줄지 어떨지……."

휴가 우려를 표했다.

"글쎄요…… 영주 대리의 결정에 달려 있겠지요. 그 부분은."

"그렇다면 내가 같이 갈까?"

그렇게 말한 것은 라샤타였다.

"이래 봬도 자작위를 가진 귀족이니까. 적어도 남작 장원의 영주 대리라면 협조를 거부할 일은 없을 것 같은데?"

그것은 실로 타당한 논리였다.

"고맙군요. 꼭 부탁하고 싶습니다."

"음. 잘됐군. 이걸로 나도 조금은 마을에 도움이 되겠어."

그렇게 말하며 라샤타가 크게 웃었다.

'이런 귀족이라면 더 바랄 게 없을 텐데…… 모두가 이렇게 훌

류한 인격을 갖고 있는 건 아니겠죠.'

료는 독단과 편견으로 귀족에 대한 감상을 떠올렸다.

"그리고 마을 방위역으로는 드곤 일행을 두고 가겠습니다. 조금 있으면 구호실에 있던 녀석들도 움직일 수 있을 겁니다."

"아, 이거 정말 감사합니다. 물론 아무 일도 일어나지 않는 게 가장 좋겠지만…… 무슨 일이 일어날지는 아무도 모르는 법이니까요."

휴의 제안에 대관 고로는 기쁘게 고개를 끄덕였다.

숲 속에 있는 것이 뱀파이어와 그 권속이라는 것을 알게 된 이상 마을의 낮은 방어력은 걱정될 수밖에 없는 문제였다. 하지만 그렇다고 해서 쉽게 해결할 수 있는 문제도 아니었다.

마을 사람 중에는 어느 정도 싸울 수 있는 사람도 있었지만 뱀파이어가 상대가 되면…… 싸움은 불가능할 것이다. 그런 상황에서 카이라디의 모험가를 남겨주겠다는 말을 들었으니 기뻐하는 것은 당연했다.

그들의 소행에는 다소 눈살이 찌푸려지는 점도 있었지만, 사선을 넘은 경험을 통해 조금은 바뀌었기를, 고로는 내심 기대했다.

숙소로 돌아온 에토와 료는 식당에서 닐스와 아몬에게 일의 경위를 설명했다.

"뱀파이어에게 마법이 듣지 않는다면 우리들 검사가 나설 차례겠군!"

닐스는 자신의 차례가 온 것을 기뻐하며 말했다.

하지만 료는 말없이, 노골적으로 시선을 외면했다.

"뭐야, 료. 무슨 할 말이라도 있어?"

"아뇨…… 아마 전선은 로먼과 휴 씨 두 사람이 서게 되지 않을까……."

"어……?"

료의 예측에 닐스가 굳었다.

"확실히 그 두 사람은 엄청난 인물이긴 하죠. 한쪽은 용사, 다른 한쪽은 대전의 영웅."

아몬이 고개를 끄덕이며 말했다.

"우, 우리도…… 우리도…… 우리……."

닐스의 목소리가 점점 작아졌다.

"닐스, 전선만이 전장이 아닙니다! 후위를 지키는 것도 검사의 귀중한 역할이라고요!"

료가 닐스를 격려했다.

"그, 그래! 난 절대 쓸모없는 존재가 아니라고!"

어떻게든 닐스는 다시 일어섰다.

룬의 젊은 인재라 알려져 있지만, 그래도 상대가 용사 로먼이나 영웅 맥글러스라면 승부가 되지 않는다.

지금은 아직 한 단계 한 단계 실적을 쌓아 가는 단계니까…….

'이 세 명을 지키는 게 이번 제 역할이 되겠네요.'

용사 파티와 휴 맥글러스…… 아무리 봐도 료가 나설 차례는 없어 보였다.

하지만 이 세 사람은…….

료는 마음속으로 몰래 고개를 끄덕였다.

뱀파이어 칼리니코스

다음 날 아침, 휴 맥글러스가 이끄는 원정대는 코나 마을을 출발해, 아무 문제 없이 오후 3시에 모모르 남작 장원에 도착했다.

'아마 이 장원도 이미 뱀파이어의 손에 넘어갔을 거고, 영주 대리는 그 권속이 되었겠죠. 그리고 함정에 빠진 일행은 강제 전투 이벤트에 휘말리게 되는 거예요! 백 명이 넘는 권속들에게 둘러싸인 일행을 보며 뱀파이어가 이렇게 말하겠죠. 함정에 빠졌구나, 멍청한 것들아. 와하하하하하!'

그런 생각을 하며 료는 장원 앞에 섰다. 그 표정은 희미하게 미소를 띠고 있었다…….

당연히 10호실의 세 사람은 그 표정을 알아차리고 서로 속삭였다.

"료 씨의 표정……."

"응, 틀림없이 저건……."

"마음속으로 또 좋지 못한 생각을 하고 있군."

아몬, 에토, 닐스는 오랫동안 알고 지낸 만큼 그런 료의 마음을 간파하고 있었다.

"이봐, 료."

휴가 갑자기 료를 불렀다.

"네, 뭔가요?"

료가 곧바로 표정을 굳히고 진지한 얼굴로 답했다.

"너 또 이상한 생각하고 있지?"

"아니요, 전혀."

오랜 교제가 없었음에도 료의 변화를 느끼다니 역시 전 A급 모험가. 물론 료는 아무 일도 없다는 듯 태연한 얼굴로 대답했지만.

영주관은 장원의 규모에서 알 수 있듯이 그리 크지 않았다.

조금 부유한 상인의 집 정도로, 마중 나온 장원 영주 대리도 지극히 평범한, 50대 중반의 사무관 같은 느낌의 남성이었다.

어느 모로 보나 정상적인 인간이었다.

그런 영주 대리를 본 순간 료의 어깨가 축 처지고 고개가 살짝 숙여진 것을 『10호실』의 세 사람은 놓치지 않았다. 아무 일도 일어나지 않아서 아쉽다……라는 료의 허탈감을 느낀 것이다.

"역시 안 좋은 생각을 하고 있었군."

닐스의 중얼거림은 아무에게도 들리지 않았다…….

◆

"자작님, 그게 사실입니까?"

근처에 뱀파이어가 살고 있을 가능성이 있다. 그것을 확인하기 위해 어촌까지 가고 싶으니 영주 대리의 권한으로 허락해 달라, 라는 라샤타의 요청에 그런 대답이 돌아왔다.

영주 대리 케인칸은 모모르 남작이 남작 작위를 받기 전 부유한 상인이던 시절부터 상회에 근무하던 지배인이라고 했다. 모모르의 작위 수여로 인해 왕국의 가장 외곽인 이 장원과 어촌의 관리를 위해 영주 대리로 임명되어 파견되어 왔다고 한다.

"하지만 그 어촌 마을은……."

거기까지 말하고 영주 대리 케인칸은 말을 멈췄다.

"무슨 문제라도 있는 건가?"

라샤타는 가능한 한 고압적으로 들리지 않게, 최대한 우호적인 협력을 얻어낼 수 있도록 미소를 지으며 물었다.

"아니요, 문제까지는 아니지만…… 사실 그곳은 이미 모모르 남작령이 아닙니다."

"무슨 말이지?"

케인칸의 설명에 따르면 왕도 쪽과 이야기가 있었다고 한다. 모모르 남작은 그 어촌을 왕가에 반납하는 대신 왕도의 토지를 받았다. 그 결과 어촌은 영주 대리의 관할에서 벗어났다는 것이었다.

"그것이 대략 1년 전 일입니다."

'첫 번째 실종 사건으로 추정되는 게 10개월 전……. 관련이 있을지도 모르겠군.'

이야기를 들으면서 휴는 머릿속으로 생각을 이어갔다.

이 케인칸의 관리에서 벗어난 시점에 뱀파이어가 어촌에 손을 댔다고 하면…… 지금까지 꼬리가 잡히지 않았던 것도 납득이 가는 이야기였다.

왕국 최외곽에 자리한 어촌, 게다가 왕가는 다른 나라와 국경이 맞닿은 것도 아닌 지역까지 대관을 파견하지는 않는다. 세금 징수관이 1년에 한 번 파견되어 납세액을 정하긴 하지만…… 그 이외에는 거의 관여가 없었을 것이다.

"하지만 아무리 어촌이라고 해도 행상 같은 사람들이 방문하지는 않았을까?"

라샤타가 궁금한 것을 물었다.

"그 어촌은 남작령이 되기 전부터 마을 사람들이 배를 타고 나가 물건을 사오는 생활을 했던 것 같습니다. 그러니 제가 방문하지 않게 된 이후로는, 어쩌면 밖에서는 아무도 마을로 가지 않았을 가능성도⋯⋯ 확실히 있습니다."

영주 대리 케인칸은 미간을 찌푸린 채 작게 고개를 저으며 대답했다.

"그렇군. 잘 알겠다. 이야기를 듣는 한 대리나 남작에게 책임을 묻는 일은 없을 것 같군. 나도 중앙에 보고할 때는 말을 보태줄 테니 안심해."

"감사합니다, 자작님."

라샤타가 말을 맞춰줄 것을 약속했고, 케인칸은 깊이 고개를 숙여 감사를 표했다.

◆

"이 길을 3시간이나⋯⋯."

일행은 장원에서 하루를 묵고 다음 날 아침 어촌으로 출발했다. 도착은 3시간 후인 점심 전으로 예정되어 있었다.

만약 어촌이 이미 뱀파이어의 손에 넘어갔다고 해도 스트라고

이와의 전투 때 유리하게 움직일 수 있도록 도착 시간을 계산한 것인데…….

"엄청나게 흐리네요?"

료가 하늘을 바라보며 말했다.

"그렇군……. 그레이엄, 이 정도로 흐리면 스트라고이의 능력은……."

"조금도 약해지지 않을 겁니다. 온전히 제힘을 발휘할 수 있겠죠."

휴의 물음에 그레이엄은 쓴웃음을 지으며 대답했다.

"난감하군……."

휴는 흐린 하늘을 원망스러운 얼굴로 올려다 보다가 료에게 시선을 돌렸다.

"료, 너라면 스트라고이를 상대로 어떻게 싸울 거지?"

특별히 깊은 의미를 갖고 물어본 것은 아니었다. 하지만 그 대답을 듣고 휴는 물어본 것을 후회했다.

"마을 전체를 얼릴 거예요. 수속성 마법 중에 딱 좋은 마법이 있거든요. 〈퍼머프로스트〉라고 하는데……."

"응, 절대로 하지 마. 어쨌든 왕가 직할령이니까. 정말로 할 것 같아서 더 무섭군."

◆

"휴 씨가 물어봐서 완벽한 제안을 했는데, 어째서인지 거부당했어요."

료는 10호실의 세 사람과 함께 걸으며 투덜거렸다.

"어떤 제안을 했길래?"

상냥한 에토가 물어보았다.

"잘 물어봤어요. 휴 씨가 스트라고이와 어떻게 싸울 거냐고 묻길래 마을 전체를 얼릴 거라고 대답했어요. 마침 딱 좋은 마법이 있다고요. 근데 왜인지 그건 절대 쓰지 말라고…… 정말로 효과적인데 말이죠."

료는 고개를 몇 번 저으며 세상의 덧없음을 한탄했다.

"내가 길드 마스터라도 똑같이 말했을걸. 마을째로 얼리겠다니……."

"하지만 그렇게 하면 불시에 반격당할 일도 없잖아요?"

"만약 권속이 되지 않은 멀쩡한 인간이 있다면……."

"괜찮아요. 얼려도 죽는 건 아니니까 제대로 해동하면 문제없어요!"

료는 자신만만하게 단언했다.

"아, 응…… 그렇구나……."

닐스는 이마에 손을 갖다대며 고개를 살짝 끄덕였다. 그 얼굴은 '그래, 료는 이런 놈이었지'라고 말하고 있었다.

"뭐, 마을을 통째로 얼리는 것까지는 아니더라도 스트라고이와 싸우게 된다면 발을 멈추게 할 필요는 있겠지. 인간을 초월할 정도로 빠르다고 하니까."

에토가 현실적인 대처를 고민했다.

"예전에 우리 마을에서 의뢰를 받았을 때, 료가 얼음으로 된 끈 같은 걸로 마물의 손과 발을 구속했잖아. 그걸로는 안 되려나?"

"상대의 움직임이 너무 빠르면 끝이 나지 않을 가능성이 높아요."

닐스가 그것을 떠올리며 제안했지만 료가 고개를 흔들며 부정했다.

"그러니까 마을을 통째로……."

"그건 안 된다니까."

다시 튀어나온 료의 제안은 닐스가 즉시 기각했다.

"움직임이 빠른 상대의 발을 멈춘다……. 전투의 영원한 과제네요."

최연소인 아몬이 가장 제대로 된 의견을 말하는 것은 이미 그들에게는 정해진 약속이었다.

어촌에 도착하기까지 30분 정도 남은 시점, 료의 〈수동 소나〉에 반응이 있었다. 멀리서 일행을 관찰하는 자가 나온 것이다.

료는 슬쩍 휴의 곁으로 이동했다.

그레이엄과 대화하며 걷던 휴가 그것을 깨달았다.

"휴 씨, 정찰자가 있어요. 두 명."

그 보고에 용사 파티의 척후인 모리스가 경악했다.

"진짜?!"

"300미터 정도의 거리를 유지하고 있어요. 수속성 마법으로 알아낸 거예요."

은근슬쩍 수속성 마법의 우수성을 어필하는 료.

"무시무시하네, 수속성……."

료의 예상대로 척후 모리스는 두려워하며 중얼거렸다.

"정찰자가 있다는 건 어촌 자체가 제대로 된 상태가 아닐 가능성이 높다는 뜻이겠군. 정말 마을 사람 모두가 스트라고이가 됐을 수도 있다는 건가."

휴는 얼굴을 찌푸리며 고개를 저었다.

"이봐, 그레이엄. 정말로 스트라고이가 된 녀석들은 두 번 다시 인간으로 돌아갈 수 없는 건가?"

"안타깝게도 그렇습니다. 서방 연방에서도 옛날에 비인도적이기는 하나 실험을 한 적이 있습니다. 왕가의 자제가 스트라고이가 되어서 그랬던 것 같습니다만. 당시 많은 스트라고이의 해부도 진행되었는데, 뇌 자체가 변이되었다는 이유로 되돌리지 못했습니다. 주인인 뱀파이어가 죽으면 권속도 죽고요. 마법적으로도 이어진 데다가 신체 변이도 일어난 탓에 아무래도……."

그레이엄은 씁쓸한 표정을 지으며 안타깝게 말했다.

"그렇군……. 어쩔 수 없는 건가."

휴는 그렇게 말하더니 멈춰 서서 일행을 향해 말했다.

"다들 들어라. 스트라고이가 다가오면 주저하지 말고 처치해라. 망설이지 마. 망설인 순간 그 찰나가 동료를 죽음으로 몰아넣을 수도 있다."

결코 큰 목소리는 아니었다.

하지만 듣는 이들 모두의 가슴을 무겁게 누르는 목소리.

그런 목소리였다.

30분 후, 어촌 입구 광장에 도착한 일행이 본 것은 깔끔한 옷을 차려입고 거만하게 중앙 의자에 앉아 있는, 외관상 서른 살 전후로 보이는 남자였다.

그 좌우에 서 있는 것은 남녀……라고는 더는 말할 수 없는 존재. 아마도 저것이 스트라고이인 것 같았다.

"기습으로 공격하면 됐을 텐데. 뱀파이어는 쓸데없이 정직하네요."

료의 중얼거림을 들은 것은 바로 옆에 있던 닐스뿐이었다. 그런 닐스가 미간을 좁히며 고개를 절레절레 흔든 것은 비밀이다.

먼저 입을 연 것은 뱀파이어 쪽이었다.

"드디어 왔나. 예상보다 시간이 걸렸구나."

하대하는 듯한 태도에 말투도 거만했다.

"호오. 우리가 뭐 때문에 왔는지 알고 있는 건가."

"당연하다. 날 토벌하러 온 것 아닌가? 나름대로 강한 모험가라면 더 좋겠는데 말이야."

"그건 혹시, 강한 사람을 권속으로 삼았을 때 더 높은 능력을 발휘할 수 있기 때문인가?"

"잘 알고 있구나."

휴의 대답에 만족한 것인지 뱀파이어가 웃으며 대답했다.

"내 권속이 될 자에게 미리 내 소개를 해 둘까. 내 이름은 칼리니코스, 하스킬 백작이다."

"백작이라니……."

그레이엄의 중얼거림은 누구에게도 들리지 않을 만큼 작았지만 그가 받은 충격은 상당했다.

서방 연방은 역사 속에서 뱀파이어와 치열한 항쟁을 거듭해 왔다. 그야말로 천 년을 아득하게 넘길 정도로 긴 싸움이었다.

하지만 그것도 최근 백 년 간은 한풀 꺾였다.

이유는 뱀파이어 수가 줄었기 때문이다. 줄어든 이유에 대해서는 알려지지 않았다.

게다가 백작 이상은 고사하고 자작급의 뱀파이어를 마주치는 일조차 거의 사라졌다……. 일반적으로는 그렇다고 알려져 있었다.

일반적으로 공개되지 않는 정보 중에는 조금 더 다른 내용도 있었지만, 그레이엄조차 백작급과 대면하는 일은 그리 많지 않다는 점을 감안하면 이번 조우는 상당히 드문 사례라 할 수 있었다.

자작급, 백작급의 뱀파이어를 처치할 경우 사전에 상당한 정보를 수집한 뒤 작업에 나서야 한다. 하지만 이번의 경우는 사전 정보가 전혀 없었다. 그렇기에 용사와 영웅이라는 최고의 인간측 전력을 갖추고 있음에도 그레이엄의 마음속에 일말의 불안이 싹텄다…….

"네놈의 권속이 될 마음은 없으니 이름을 댈 생각도 없다. 난그저 뱀파이어를 토벌하러 온 모험가일 뿐이야."

휴는 그렇게 말하며 검을 뽑았다.

그것이 신호가 되어 로먼을 시작으로 전위가 무기를 들었고, 후위 멤버가 지팡이 등을 들기 시작했다.

"흠. 그렇다면 이름 모를 권속으로서 죽을 때까지 혹사당하도록."

뱀파이어 칼리니코스가 그렇게 말하자마자 스트라고이가 일제히 움직이기 시작했다.

그리하여 당초 예상했던 숲 속이 아닌, 어촌에서 뱀파이어 토벌전이 개시되었다.

스트라고이의 수는 대략 60명이 넘었다.

그중 절반이 일제히 달려들었다.

"로먼, 우린 뱀파이어를 쓰러뜨린다!"

휴는 그렇게 말하더니 달려드는 스트라고이를 뚫고 가장 안쪽에서 대기하고 있는 뱀파이어를 향해 달려갔다. 이어 용사 로먼도 달려나갔다.

남은 10명이서 스트라고이를 상대했다.

"〈스톤 재블린〉."

"〈에어 슬래시〉."

"〈파이어 재블린〉."

용사 파티의 마법사 3명이 차례차례 공격 마법을 발사했다.

하지만…….

"말도 안 돼!"

"전혀 안 맞아……."

"뭐야, 저 속도는?"

상당한 스피드를 자랑하는 공격 마법들이 모두 허공을 갈랐다.

서방 연방에서도 이런 경험을 한 적은 없었다.

마법을 피해 다가오는 스트라고이에 대한 최종 방어선은 『10호실』의 두 검사 닐스와 아몬이 맡았다. 스트라고이는 두 사람의 검도 피했지만, 그들은 왼손에 찬 방패도 능숙하게 활용하며 다가오는 스트라고이와 맞서고 있었다.

그런 상황에서 스트라고이의 스피드를 따라잡을 수 있는 것은 인챈터인 애쉬칸과 척후 모리스뿐이었다.

인챈트 〈파티 헤이스트〉로 스피드를 끌어올린 상태. 게다가 본래 두 사람은 스피드에 자신이 있었다. 조금씩이지만 스트라고이에게 타격을 입혀나갔다.

그런 와중 료는 무엇을 하고 있었는가?

물론 놀고 있었던 것은 아니다. 후위 중에서도 최후위 회복역인 에토와 그레이엄, 그리고 전투에 참가하지 않는 전승관 라샤타를 〈아이스 월〉을 만들어 보호하고 있었다.

그 사이에도 재빠르게 움직이는 스트라고이를 〈아이스 바인드〉로 묶을 수 없을지 시험하고 있었지만…….

"역시 생성 타이밍이 안 맞아……."

료의 〈아이스 바인드〉 생성에 걸리는 시간은 단 1초도 되지 않는다. 영점 몇 초 수준이었지만, 그럼에도 잡을 수 없었다.

"눈으로 보고 인식한 후에 생성해서 시간에 맞추지 못하는 건가?"

인간의 시야각은 정면을 봤을 때를 기준으로 오른쪽으로 35도, 왼쪽으로 35도, 합계 70도밖에 되지 않는다. 고개를 움직이면 각각 100도를 넘길 수도 있긴 하지만, 스트라고이의 속도를 맞추려면 머리를 움직이면서 쫓을 여유는 없었다.

"눈 외의 방법으로 녀석들을 인식할 수 있다면……."

〈수동 소나〉나 〈능동 소나〉는 인식 스피드 수준에서 보면 결코 빠르지 않았다.

조금 더 직접적인, 스트라고이의 몸의 일부라거나…… 예를 들면 스트라고이의 체내에 있는 수분 같은 것을 잡아낼 수 있다면…….

하지만 접촉해서 체내를 확인한 상대라면 모를까, 정면을 바쁘게 오가는 상대의 체내 수분을 인식하는 것은 지금의 료로서도 불가능했다.

"내가 만든 물에 적시면…… 할 수 있을까?"

료의 작은 중얼거림은 바로 옆에 있는 에토와 그레이엄은 듣고 있었다.

두 사람도 적절한 지시를 내리면서…… 특히나 그레이엄은 전선에 나가 있는 로먼 이외의 파티 전원에게 지시를 내리며 가끔씩 료의 모습을 살피고 있었다.

그런 그레이엄에게 료가 작은 소리로 속삭였다.

"순간적으로 비를 내릴게요."

에토에게는 굳이 말하지 않았다. 『10호실』의 세 사람은 물이나 얼음 같은 것이 나오면 이미 료가 한 일이라는 것을 알아차리기 때문이었다. 새삼스럽게 놀라지는 않을 것이다…… 아마.

하지만 익숙하지 않은 용사 파티는 다르다.

그래서 간단히 말을 전한 것인데, 그레이엄이 뭐라 반응하기도 전에 이미 료는 주문을 외고 있었다.

"〈스콜〉."

정말 순간적으로 주변 일대에 비가 내렸다.

그 비는 로먼과 휴가 싸우고 있는 전선까지는 아슬아슬하게 닿지 않는 범위 내로 내렸고, 후위와 그 주변의 스트라고이를 완전히 적셨다.

게다가 후위를 향해 오던 스트라고이들은 처음에는 30명 정도였으나 어느새 50명까지 늘어난 상태였다.

그들 모두가 완전히 푹 젖어 있었다.

료의 물에 젖은 상대라면 시각에 구애받지 않고도 마법으로 인식이 가능했다. 정확히는 스트라고이를 인식하는 것이 아니라 스트라고이에 묻은 **물**을 인식하는 것이었지만.

그 물을 인식하고 어는 것을 상상했다.

"〈빙결〉."

스트라고이의 표면에 묻은 물이 얼기 시작하고, 그것을 중심으로 공기 중의 수분이 달라붙으며 얼음이 점차 커졌다. 순식간에 50명의 스트라고이들이 얼음에 휘말리며 움직임이 느려졌다.

물론 용사 파티 멤버와 오랜 경험을 쌓아온 『10호실』의 전위 두 명은 그런 틈을 놓칠 이들이 아니었다.

점차 움직이는 것조차 힘들어지는 스트라고이들의 목을 차례차례 베어나갔다.

"어떻게든, 처치한 건가……."

얼음으로 뒤덮인 스트라고이 50명 모두의 목을 베고 나서야 닐스가 비로소 입을 열었다.

후위 전투는 어떻게든 해결했지만, 진짜 싸움은 오히려 지금부터였다.

전선.

용사 로먼과 휴는 뱀파이어 칼리니코스와 그 측근이라고 할 수 있는 2명의 스트라고이와 대치하고 있었다.

거기에 이르기 전까지 있었던 8명의 스트라고이는 그야말로 순식간에 처치했다.

하지만 이 2명은 지금까지의 상대와는 전혀 달랐다. 애초에 입고 있는 옷도 다르다…….

"전 모험가인가…….."

휴가 중얼거렸다.

"정답이다."

하지만 그 중얼거림이 들린 것인지 칼리니코스가 씨익 웃으며 대답했다.

생전의 모험가였다면 용사와 영웅을 상대로 단 한 번의 공격도 버티지 못했을 것이다. 하지만 스트라고이가 되면서 신체 능력을 한계 이상으로 끌어올린 현재는 부족한 기술을 스피드와 파워로 보충하고 있었다.

"나도 시간을 좀 때워볼까."

칼리니코스는 그렇게 말하더니 손바닥에서 붉은 검을 생성했다.

"블러디 소드……."

그 붉은 검을 보고 이번에는 로먼이 중얼거렸다.

"그것도 정답이다. 뱀파이어에 대해 제법 잘 알고 있구나. 중앙 연방의 모험가치고는 드문 일이야."

칼리니코스는 아직 용사 로먼 일행의 정체까지는 알아차리지 못한 듯했다.

전선으로 나온 로먼과 휴가 스트라고이로 만든 모험가보다 강하다는 것을 알고 있었기에 일찌감치 참전한 것이었다. 결코 시간 때우기가 아니었다.

칼리니코스는 로먼과 일대일로 대치하고, 휴가 전 모험가 두 명을 상대하는 구도가 되었다.

칼리니코스의 검술은 상당히 수준급이었다. 적어도 로먼이 쉽게 제압할 수 있을 만한 격차는 두 사람 사이에 없었다.

그렇다면 뱀파이어가 인간에 비해 훨씬 지구력이 높았으니 시간이 흐를수록 칼리니코스에게 유리해질 것이었다.

이때까지만 해도 칼리니코스는 여유가 넘쳤다.

그의 여유가 무너진 것은 후위를 향해 달려들었던 스트라고이들의 움직임이 둔해지고, 그 목이 차례차례 잘려나가는 광경을 본 뒤부터였다.

"무슨 일이 일어난 거냐……."

50명이 넘는 스트라고이가, 모험가를 단 한 명도 쓰러뜨리지 못하고 전멸당한 광경은 역시나 그에게도 예상 밖이었다.

그 광경을 힐끔 바라 본 휴와 로먼도 정확히 무슨 일이 일어났는지는 알 수 없었지만, 눈앞의 뱀파이어가 동요하고 있는 것만은 알 수 있었다.

그렇다면 그곳을 노리는 것이 전쟁의 상도.

주인인 칼리니코스의 동요는 권속인 전 모험가들에게도 영향을 미쳤다.

휴는 미세하게 움직임이 둔해진 전 모험가 두 사람의 검을 든 쪽 팔을 날려버린 뒤, 그대로 틈을 두지 않고 목까지 전부 베어버렸다.

그야말로 경이로운 속도.

시야 끝으로 그것을 목격한 로먼도 혀를 내두를 만한 검술.

'역시 영웅이라 불리는 전 A급 모험가…….'

"네놈…… 설마 이 정도일 줄은 몰랐군."

짓씹듯이 말한 것은 뱀파이어 칼리니코스였다. 칼리니코스는 그렇게 말하자마자 순간적으로 신체 능력을 높인 것인지, 로먼조차 인식하기 어려울 정도의 빠른 속도로 백스텝하여 로먼과 휴에게서 거리를 조금 벌렸다.

그리고 작게 외친다.

"〈슬레이브〉."

그 순간 로먼과 휴의 머릿속에 안개 같은 것이 드리우며 의식이 끊겼다. 로먼은 이를 악물고 버텼지만 휴는 저도 모르게 한쪽 무릎을 꿇었다.

그 광경은 후위에 있던 10명의 눈에도 들어왔다.

"뭐야?"

닐스가 무심코 그런 말을 뱉었지만, 누구도 명확한 답을 내놓을 수 없었다.

만약 칼리니코스가 외운 〈슬레이브〉라는 말이 들렸다면 료는 알아차렸을지도 모른다.

하지만 그 말이 들리지 않았음에도 성직자 그레이엄의 머릿속에는 무언가 떠오르는 것이 있었다.

"설마 어둠 마법……."

그렇게 중얼거리더니 지팡이를 짚고 외친다.

"〈이빌 프로텍션〉."

미세하게 공기가 뒤틀리고, 그레이엄을 중심으로 반경 5미터 정도의 반구가 생성되었다.

"다들 어서 이 안으로!"

조금 떨어져 있던 닐스와 아몬에게 외치자 두 사람은 구르듯이 반구 안으로 들어왔다. 그리고 전선을 바라본다.

"대체 무슨 일이 벌어지고 있는 거야?"

"아마도 암속성 마법 〈슬레이브〉인 것 같습니다. 대상을 자신의 뜻대로 조종하는 성가신 마법이지요."

닐스가 혼잣말처럼 물은 말에 그레이엄이 답했다.

"그럼 저 두 사람은……."

"로먼은 아마 저항할 수 있을 겁니다. 용사의 마법 저항력은 인류 최고 수준이니까요. 하지만…… 백작급 뱀파이어의 암속성 마법이라면 로먼 외에 저항할 수 있는 사람은 없을 겁니다. 성자나 성녀조차 불가능합니다. 아마 마스터 맥글러스도……."

에토의 물음에 그레이엄이 얼굴을 찌푸리며 답했다.

"즉 로먼과 휴 씨를 싸우게 하려는 거네요."

그렇게 말한 사람은 료였다.

료는 왕도에서 룬으로 돌아오는 길, 어둠의 신을 믿는 신관에게 같은 방식으로 〈슬레이브〉에 걸려 조종당할 뻔한 일을 떠올렸다.

그때 아벨은 정신 간섭 계열 마법에 저항하는 아이템을 달고 있어서 〈슬레이브〉가 아무런 효과를 미치지 못했다.

"휴 씨는 정신 간섭 계열 마법에 대항하는 아이템은 갖고 있지 않나요?"

어쩌면 휴도 그런 종류의 아이템을 갖고 있지 않을까…… 그런 생각에 그레이엄에게 물었지만.

"그건 기대하기 어려울 겁니다. 그 계통의 아이템은 서방 연방에서도 중앙 연방에서도 국보급이거든요. 전 A급 모험가이자 영웅으로 유명한 마스터 맥글러스라 해도 몸에 지니고 있을 가능성은 적습니다……."

그레이엄이 고개를 저으며 답했다.

'그런 아이템을 갖고 있던 아벨은 대체…….'

료의 뇌리에 여러 의문이 떠올랐지만, 일단 지금은 그것을 고민할 때가 아니었다.

"〈슬레이브〉를 해제할 방법은요?"

"건 술자를 쓰러뜨리는 것 외에는 없습니다."

풍속성 마법사 알리시아가 물었고 그레이엄이 대답했다. 지금까지 중 가장 씁쓸한 표정을 지으면서.

후위 쪽에서 그런 이야기를 나누고 있는데, 한쪽 무릎을 꿇고 있던 휴가 일어서는 것이 보였다.

"휴 씨!"

용사 로먼은 몸을 일으킨 휴의 분위기가 지금까지와 다르다는 것을 깨달았다.

지금까지는 강함을 감추고 능글맞게 구는 느낌이었다면, 일어선 휴는 공격성 그 자체, 혹은 강함을 조금도 숨기지 않고 내뿜는 존재처럼 보였다.

그런 휴가, 로먼과 눈이 마주치자마자 망설임 없이 검을 휘두르기 시작했다.

분위기 변화를 감지한 로먼은 방심하지 않았다. 만약 방심하고 있었다면 방금 그 일격으로 끝났을 것이다. 그 정도의 공격이었다.

'역시 영웅이라 불렸던 검사, 검의 극에 달한 자(마스터) 맥글러스.'

아마도 스피드와 파워에서는 로먼이 위일 것이다. 하지만 공격이 겨우 몇 차례 오갔을 뿐인데도 알 수 있었다…… 압도적인 기량의 차이를.

왕도에서 맞붙은 아벨에게도 로먼은 기량면에서 뒤처졌지만, 그럼에도 그대로 계속 싸웠다면 이길 수 있었을 것이다.

하지만 눈앞의 남자는 다르다.

로먼의 고속 타격을 완벽하게 흘려보냈다.

검을 넣는 타이밍, 각도, 받아넘긴 후의 반격, 모든 것이 압도적이다.

'조금이라도 실수하면 단번에 끝난다.'

로먼은 지금까지 경험한 적 없는 압박감을 느끼며 검을 휘둘렀다.

'용사' 로먼과 '영웅' 맥글러스.

이 두 사람의 칼싸움은 아무 상관 없는 자들이 본다면 손에 땀을 쥐게 하는 엔터테인먼트가 되었을 것이다.

양쪽 모두 서방 연방, 중앙 연방을 대표하는 검사. 실제로는 그 관계자들조차 시선을 떼지 못하고 있었다.

"굉장하네……."

마법사이기에 검으로 하는 싸움에는 아무런 흥미가 없는 화속성 마법사 고든조차 눈을 뗄 수 없는 칼싸움.

검사 닐스는 어째서인지 울고 있었다.

설령 목숨을 건 싸움이라 할지라도, 경이로운 광경을 목격하면 인간은 감동하는 생명체일지도 모른다.

앞으로 두 번 다시 볼 수 없을 최고봉 검사들의 싸움. 그것을 본 것만으로도 닐스의 검은 한 단계 더 올라갈 것이다.

진짜라는 것은 그만큼의 영향력이 있었다.

하지만 그것과는 대조적으로 두 사람의 칼싸움을 보고 있는 검사도 있었다.

아몬이다.

한순간의 움직임도 놓치지 않고 계속 보고 있었다. 그 팔과 다리가 아주 약간씩 움직이며 머릿속으로 자신이 직접 움직였을 때를 시뮬레이션 하고 있다……. 그것을 알아차린 것은 료뿐이었지만.

그런 료도 처음에는 두 사람의 칼싸움을 넋을 잃고 보고 있었다.

하지만 열 번 정도 공격이 오간 시점부터 로먼의 패색이 짙어지기 시작했다. 이렇게 되면 넋 놓고 보고만 있을 수는 없었다. 만약 여기서 용사가 죽는다면…….

그래, 이전에 로먼과 아벨이 대치했을 때 두 사람을 말렸던 이유이기도 했다.

『용사는 마왕을 쓰러뜨려야 하는 존재다』

로먼이 죽는 것은 물론이고 스트라고이가 되어 버리는 것도 곤란했다.

하지만 휴의 기량은 로먼의 스피드와 파워를 능가하고 있었다.

아마도 료 외의 사람들 눈에는 호각으로 비치고 있을 것이다.

그 정도 차이밖에 나지 않았다.

하지만 그것은, 확실한 차이.

로먼이 뒤집을 수 없는 차이였다.

그렇다면 후위의 누군가가 뭐라도 할 수밖에 없었다.

'그 숨겨진 신전에서 받았던 〈슬레이브〉…… 아벨은 아이템으로 쳐냈지만 전 스스로 저항했어요. 세라가 말했던 사악한 기운을 쫓아낸다는 효과 덕분이겠죠. 그렇다면 그건 제 주위에도 효과가 있을 거예요……. 세라가 내 주위에 있는 것도 바로 그 이유 때문…… 내 매력이 아니라.'

거기서 조금 우울해지는 료.

하지만 금방 다시 일어섰다.

'아니, 그것도 포함해서 나니까 오히려 그게 내 힘! 닐스 마을에 있던 수호수님도 조금만 가까이 가도 수명이 연장됐다고 했으니까…… 좋아, 해 보자.'

료는 허리에 차고 있던 무라사메를 날을 만들지 않은 상태로 손에 들었다.

그리고 소리쳤다.

"로먼! 저랑 교대해요."

"네?"

갑자기 후위에서 들려온 료의 말을 로먼은 바로 이해하지 못했다.

"저랑 교대해요. 신호하면 뒤로 물러나세요. 3, 2, 1, 스위치!"

그 순간 로먼은 크게 뒤로 뛰었다.

당연히 휴는 그것을 뒤따랐지만, 갑자기 나타난 료가 얼음날을 생성한 무라사메로 휴를 찔렀다.

찌르고, 찌르고, 찌르고.

료가 찌르기 연속 공격으로 휴의 돌진을 막아냈고, 로먼은 무사히 후방으로 물러날 수 있었다.

그리고 칼싸움은 료 대 휴로 바뀌었다.

그 광경에 놀라면서도 교대한 것을 본 뱀파이어 칼리니코스는 희미한 미소를 띠며 말했다.

"아직도 〈슬레이브〉는 발동 중이다. 애송이 검사에게는 어째서인지 효과가 없었지만 네놈은 내 노예가 되도록 해라."

"거절할게요."

료는 조금의 주저함 없이 휴와의 칼싸움을 이어갔다.

숨겨진 신전 때는 첫 경험이기도 해서 〈슬레이브〉에 걸린 순간 무릎을 꿇었지만, 이번에는 〈슬레이브〉의 공간에 들어갔음에도 잠시도 움직임을 멈추지 않고 싸움을 이어갈 수 있었다.

휴와의 칼싸움이 다섯 번, 열 번으로 늘어나자 역시나 칼리니코스도 이변을 깨닫기 시작했다.

"네놈…… 왜 아무렇지도 않은 거지?"

"글쎄요? 체질 아닐까요?"

칼리니코스의 물음에 조롱을 담아 답하는 료.

"웃기지 마라! 난 백작이다. 백작의 〈슬레이브〉를 견딜 수 있는 인간이 그렇게 많을 리가 없지 않느냐!"

"아까 말한 애송이 검사한테도 안 먹혔잖아요."

칼리니코스와 그런 대화를 나누면서도 료는 휴의 검을 차분하게 막아냈다.

애초에 휴를 검으로 쓰러뜨릴 생각은 없었다. 자신을 보호하기만 하면 된다. 그리고 방어하는 것은 그의 특기였다.

압도적인 스피드, 파워, 그리고 초절기교를 자랑하는 〈풍장〉을 두른 세라를 상대로도 최근에는 2시간 가까이 균형을 유지할 수 있게 되었다.

아무리 휴라고 해도 그렇게 쉽게 료의 철벽 방어를 뚫을 수는 없을 것이다.

총 200번 정도의 공격이 오갔을까.

드디어 료가 바라던 타이밍이 왔다.

휴가 크게 뒤로 뛰더니 그대로 한쪽 무릎을 꿇고 고개를 숙인 것이다.

"어, 어떻게 된 거지?"

칼리니코스는 무슨 일이 일어났는지 이해하지 못했다.

휴의 가로베기 공격을 료가 피한 것으로밖에 보이지 않았다. 실제로 벌어진 일도 휴의 가로베기를 료가 피한 것뿐이지만…….

휴가 한쪽 무릎을 꿇은 것은 다른 이유 때문이었다.

그것은…….

"빌어먹을……."

료의 앞에서 한쪽 무릎을 꿇고 고개를 숙인 남자에게서 작은 중얼거림이 새어 나왔다.

고개를 드는 동시에 그 왼손에서 무언가가 날아갔다.

날아간 것은 단검.

날아간 곳은 칼리니코스의 미간.

칼리니코스는 그 단검을 블러디 소드로 쳐냈다. 하지만 그것은 휴의 함정이었다.

단검을 날림과 동시에 그가 직접 움직여 칼리니코스와의 거리를 좁혔다. 칼리니코스가 단검을 쳐냈을 때는 이미 휴는 공격 범위 안에 들어가 있었다.

검이 번뜩이고, 휴의 검에 의해 빛의 선 네 개가 그어졌다.

칼리니코스의 두 팔, 두 다리가 잘려나갔다.

"커헉!"

당연하지만 뱀파이어도 베이면 통증을 느끼는 모양이었다.

"감히······. 하지만 소용없다. 나는 곧 회복된다······ 음? 왜 움직이지 않는 거지?"

칼리니코스가 잘려나간 팔과 다리를 바라보았다. 본래라면 바로 몸으로 돌아와 달라붙었을지도 모르지만, 그럴 기미는 전혀 보이지 않았다.

"소용없다, 뱀파이어. 내가 가진 건 성검 갈라하드. 네놈들 같은 녀석들의 재생 능력을 봉인하는 검이지."

휴는 다리를 잃고 키가 작아진 칼리니코스를 내려다보며 말했다.

"성검이라고? 중앙 연방에서 성검을 가진 모험가는 몇 명밖에 없을 텐데······."

"잘 알고 있네. 내가 그중 한 명이다. 자기소개가 늦었군. 내 이름은 휴 맥글러스. 룬 모험가 길드의 길드 마스터다."

휴는 실로 정중하게, 격식을 갖춰 자기 소개를 했다.

"대전의 영웅······. 설마 처음부터 그런 거물이 쳐들어올 줄은 몰랐는데······ 내 판단이 안이했던 건가."

칼리니코스는 멀리서 보기에도 좌절한 얼굴을 하고 있었다.

'〈아이스 월 패키지〉.'

그런 모습의 칼리니코스를 보면서도 료는 여전히 경계를 늦추지 않았다.

라이트 노벨로 쌓아온 지식을 바탕으로 무수한 박쥐가 되어 도망치는 뱀파이어나 죽기 직전의 저주, 혹은 좀 더 직접적인 자폭에 휘말리는 사건 등이 있을지도 모른다고 멋대로 상상했기 때문이다.

『최악을 가정하고 최선을 추구한다』

어떤 상황에서도 통하는 현명한 격언.

영국 정치인이었던 디즈레일리의 말이다. 본래 정치인이란 자는 우수한 법이다.

그래, 본래는……

료의 〈아이스 월〉에 감싸인 뱀파이어.

"이름이 하스킬 백작이라고 했나?"

휴는 사지가 잘려나간 채 고개를 푹 떨군 뱀파이어 칼리니코스에게 말을 걸었다.

그 무렵에는 후위 멤버도 와 있었다.

물론 성직자 그레이엄이 펼친 〈이빌 프로텍션〉 범위 내였다. 척후 모리스는 범위 밖에서도 문제가 없는 료와 휴를 의아한 얼굴로 보고 있었지만.

"하스킬 백작 칼리니코스다."

계속 고개를 숙이고 있을 수만은 없었는지, 마침내 고개를 든 칼리니코스가 자신의 이름을 밝혔다.

"너희들의 승리다. 뱀파이어를 죽이는 방법도 알고 있겠지? 어서 날 죽여라."

칼리니코스는 오히려 당당하게 선언했다.

"우리는 알고 싶은 게 있다. 꼭 알려줬으면 좋겠는데."

휴는 바로 죽이지 않는 이유를 확실하게 전했다.

그 말을 듣고 칼리니코스는 입매를 크게 비틀며 말했다.

"내가 대답할 거라 생각하나?"

하지만 그 대답 역시 휴의 예상 범위 안이었을 것이다. 조금의 막힘도 없이, 표정 하나 바꾸지 않고 그가 말을 이었다.

"하스킬 백작. 백작을 자칭한다면 귀족의 긍지라는 것도 있겠지. 우리는 네놈을 완벽하게 쓰러뜨렸다. 단 한 명의 희생조차 없이 부하들을 모두 쓰러뜨리고 네 암속성 마법마저 무너뜨렸지. 그런 상대에게 정보 하나도 건네주지 않는다…… 귀족된 자로서 느끼는 바가 아무것도 없는 건가?"

백작을 자칭하는 그의 긍지를 건드리는 발언.

교섭에 있어서 상대가 가장 아끼는 것을 끌어내는 것은 기본 중의 기본이다.

보통은 상대가 가장 아끼는 것이 무엇인지 알아내는 것이 어려운데, 이번에는 그 강렬한 자존심이 싸우기 전부터 드러났기 때문에 쉽게 알아낼 수 있었다.

"귀족의 긍지라……."

칼리니코스는 그렇게 중얼거렸다.

"설마 인간에게 귀족의 본질에 대한 설교를 들을 줄은 몰랐군……. 좋다. 전부는 아니지만 답해 주마."

가슴을 젖힌 칼리니코스가 힘 있는 목소리로 대답했다.

휴의 전략은 성공했다.

"먼저 묻고 싶은 건, 왜 이 어촌을 지배했는가 하는 점이다."

"대답해 준다고는 했지만 질문하는 방식을 좀 더 고민하도록 해. 그런 막연한 질문으로는 대답도 할 수 없지 않느냐."

휴의 물음에 칼리니코스는 어이가 없다는 얼굴로 한숨을 내쉬며 대답했다.

"그런가? 생각하고 있는 걸 전부 말해도 상관없는데?"

"교활한 짓을 하는군. 내게도 답할 수 없는 것이 있다. 뭐…… 이 어촌을 지배한 것은, 우연이다."

칼리니코스는 표정 하나 바꾸지 않고 대답했다.

"우연이라고? 그럼, 네놈 뒤에도 다음 뱀파이어가 또 오는 건가?"

"그건 아니다. 나는…… 나라에서 쫓겨났다. 왜 쫓겨났는지는 묻지 마. 흔한 권력 투쟁에서 패한 것뿐이니까. 해로로 이동할 생각이었는데, 폭풍을 만나서 이곳 어촌 마을까지 떠내려왔다."

어깨를 으쓱하며 대답하는 칼리니코스.

"왜 마을 사람들을 스트라고이로 만들었지?"

"그래, 그 부분은 옛날부터 인간과 우리들의 견해 차이다. 인간들은 돼지와 닭을 사육해서 그 고기와 계란을 먹지 않나? 그렇다고 해서 그것을 비난하지는 않지? 우리들 뱀파이어가 인간에게 하는 것도 그와 크게 다르지 않다. 인간들이 보기에는 용서받을 수 없는 일일지도 모르지. 하지만 돼지나 닭도 인간을 용서하진 않을 거다."

'맞아…… 『파이』라는 세계에서 인간은 결코 강자가 아니죠. 제가 있던 시절의 지구에서는 기본적으로 인간이 강자였지만, 여기에서는…… 드래곤이나 그리핀만 봐도 인간보다 강한 생물이 널

리고 널렸다는 걸 알 수 있을 정도니까요. 뱀파이어 입장에서 보기엔 인간도 강자는 아니겠죠.'

료는 그런 생각을 하고 있었다.

'뱀파이어는 이 한 명뿐. 후속인은 없음. 그렇다면 이제 확인해야 할 건 하나뿐인가.'

휴는 칼리니코스가 말한 것을 정리한 뒤 말을 이었다.

"이 땅에 잠든 마인에 대해 아는 걸 말해 줘."

그 질문을 던진 순간 칼리니코스의 눈썹이 미세하게 꿈틀거린 것을 휴는 놓치지 않았다.

순식간에 원래대로 돌아왔지만 몇 초간 침묵이 이어졌다.

그 후 칼리니코스는 큰 한숨을 내쉰 뒤 입을 열었다.

"이 광장에서 바로 서쪽에 있는 숲 속, 15분 정도 들어가면 동굴이 있고, 그 안쪽에 석관이 있다. 아마도 그 안에 있는 것에 대한 이야기 아닌가?"

"아마도?"

휴가 고개를 갸우뚱하며 물었다.

"관 내부는 보지 못했다. 바로 어제, 관에 손을 댄 순간 마력을 반 넘게 빼앗겼거든. 그것으로 안에 뭔가 무시무시한 것이 있다는 것만은 알았지. 뭐가 있는지 알고 싶지도 않아서 그대로 나왔다만……."

거기서 칼리니코스는 잠시 얼굴을 찌푸리며 말을 끊더니, 잠시 침묵했다가 다시 말을 이었다.

"방치해 두긴 했지만, 아마…… 조만간 나올 거다."

"뭐라고?"

"내 마력을 빼앗은 일로 회복이 앞당겨진 모양이야. 너희들 인간에게는 미안한 짓을 한 셈이군."

그렇게 말하더니 입꼬리를 크게 비틀며 소리도 내지 않고 웃었다.

"무슨 소리를……."

그렇게 중얼거린 것은 전승관 라샤타였다.

"나도 슬슬 피가 부족해지고 있다. 이제 그만 끝을 내다오."

칼리니코스의 목소리는 처음에 비해 많이 작아져 있었다. 안색은 본래도 창백했기에 변하지 않았지만, 죽음이 임박한 것만은 확실해 보였다.

"내가 묻고 싶은 건 이상이다. 달리 또 질문하고 싶은 것이 있나?"

그렇게 말하며 휴는 성직자 그레이엄을 바라보았다. 하지만 그레이엄은 고개를 저었다. 특별히 물어보고 싶은 건 없다는 뜻이었다.

"저, 아무도 없으면 제가 질문해도 될까요?"

료가 오른손을 들어 휴에게 허락을 구했다.

"그래, 좋아."

휴는 고개를 끄덕이며 칼리니코스의 앞자리를 료에게 양보했다.

"하스킬 백작님은 조금 전에 나라에서 추방당했다고 말씀하셨죠. 그렇다면 뱀파이어 나라의 위치를 알려주세요."

그 질문이 일행 사이를 가로지르자, 대부분의 사람들이 눈을 부릅떴다.

확실히 나라에서 추방당했다고 말했다……. 그렇다면 그것은 뱀파이어의 나라라는 뜻인가?

"흥. 나도 입을 잘못 놀렸군. 아무도 묻지 않기에 안심하고 있었 거늘…… 애송아, 다 끝나가는 마당에 귀찮은 질문을 하는구나."

자조. 그 단어가 무척 잘 들어맞는 표정이었다.

『나라에서 추방당했다』

이 한 문장에 안에, 인간에게는 상당히 심각한 의미가 담겨 있 었던 것이다.

적어도 중앙 연방에는 뱀파이어 국가에 관한 존재는 알려져 있 지 않았다. 그 나라에서 추방당한 뱀파이어가 홀로 이 땅에 왔다 는 것은…… 땅의 끝이 아니라 이 근처 어딘가에 뱀파이어의 나 라가 있을 가능성이 높다는 뜻이었다.

그것은 중대한 문제였다.

"분명 질문에 대답한다고는 했지만 애송이의 질문에는 대답할 수 없다. 그렇게 하면 옛 동포들을 위험으로 내몰 수도 있으니까. 날 추방한 자들에게는 원한이 있지만, 그 외의 자들을 배신할 수 는 없다."

"그런가요, 아쉽네요."

칼리니코스의 대답에 료는 별다른 저항 없이 순순히 물러났다. 어차피 말하지 않을 것이라고 생각했기 때문이다.

확인하고 싶었던 것은 딱 하나.

『실제로 뱀파이어의 나라가 있고, 그리고 그것은 근처에 있을 확률이 높다』

땅의 끝, 혹은 서방 국가나 동방 국가 쪽에 있었다면 눈앞의 백작은 대답했을 것이다.

하지만 대답을 거부한 것 자체가 '인근에 있다'라는 증거가 되어준 셈이었다.

물론 료는 뱀파이어 나라를 멸망시키고 싶은 것이 아니라 그저 호기심에 물어본 것뿐이었다.

그런 료에게만 들릴 정도의 작은 목소리로 칼리니코스가 중얼거렸다. 어쩌면 뱀파이어 나라의 누군가에게 하는 말일지도 모른다.

"반드시 영창을 외워야 하고, 약한 마법만 쓸 수 있도록 백 년에 걸쳐 유도한 것 아니었나. 하지만 이 녀석들은 누구 하나 영창을 하지 않았어."

료는 질문을 마치고 칼리니코스의 앞자리를 다른 사람에게 양보하기 위해 이동하던 중이었다. 하지만 그 중얼거림은 료의 귀에 정확히 닿았다.

"네? 그게 무슨……."

하지만 료가 하려던 말은 그레이엄에 의해 가로막혔다.

"그럼 제가 이 뱀파이어에게 최후의 일격을 가하겠습니다. 료 씨, 얼음벽을 걷어주세요."

료는 그런 부탁을 받는 바람에 칼리니코스에게 물어볼 타이밍을 놓치고 말았다. 곧 칼리니코스를 덮고 있던 〈아이스 월〉을 해제했다.

칼리니코스는 자신의 앞에 선 그레이엄의 모습을 보고, 그 목에 걸린 서방 교회의 상징을 보고 작게 코웃음을 쳤다.

"서방 교회의 사제도 있었다니…… 아, 〈이빌 프로텍션〉을 쓰고 있었던 게 네놈이냐?"

"안타깝지만 틀렸다, 뱀파이어."

그레이엄은 그렇게 말하면서 지팡이에서 무언가를 꺼냈다.

료는 그것을 보고 떠올렸다.

'지팡이 검!'

그 충격으로 인해 조금 전 칼리니코스의 중얼거림은 머릿속 저편으로 날아가 버리고 말았다. 왜냐하면 그 지팡이는 마치 자토이치*처럼…… 지팡이 속에서 직검이 나왔기 때문이다.

"나는 사제가 아니다. 대주교다. 대주교 그레이엄이지."

그레이엄은 그렇게 말하며 직검을 겨누었다.

"대주교 그레이엄……? 설마…… 이단심문청 장관…… 뱀파이어 헌터…… 마스터…… 그레이엄……."

칼리니코스의 눈이 서서히 경악으로 물들었다.

"아쉽게도 틀렸다, 뱀파이어. 마스터가 아니라, 닥터 그레이엄. 뱀파이어학이다."

칼리니코스의 눈빛이 경악에서 분노로 바뀌었다.

"네놈에게…… 지금까지 얼마나 많은 뱀파이어가 네놈에게 죽어갔는지……."

그 순간, 그레이엄의 직검이 칼리니코스의 목을 베었고, 이어

---

*일본의 유명 작품 중 하나로, 맹인 검사가 지팡이로 된 검을 주로 사용한다.

서 곧바로 심장도 꿰뚫었다.

"너까지, 총 256명째다."

축성받은 무기로 목을 베고 심장을 관통한다.

그것이 서방 교회가 공개한 뱀파이어를 죽이는 공식적인 방법. 그레이엄이 행한 방법은 그것을 완벽하게 따르고 있었다.

"고든, 목과 몸통, 사지를 모두 태워주세요."

그레이엄은 화속성 마법사인 고든에게 지시를 내렸다. 이리하여 뱀파이어 칼리니코스는 완전히 소멸되었다.

◆

"뭐랄까, 굉장했습니다, 그레이엄 씨."

"네. 닐스보다 훨씬 훌륭한 검 실력이었어요."

"그 말이 아니라!"

닐스의 소감에 료가 이상한 감상으로 맞장구를 쳤고, 닐스가 다시 지적을 날렸다.

"하지만 닐스…… 이미 끝난 일처럼 느껴질지도 모르지만, 이번 일의 진짜 목적은 마인이에요."

평소와 같은 분위기로 나온 료의 말에…… 잠시 후, 그것을 이해한 닐스가 눈을 부릅뜨고 료를 바라보았다.

"확실히…… 그랬지 참."

애초에 룬에서 휴 맥글러스와 용사 파티가 온 것은 존재가 확실시된 마인을 처리하기 위함이었다. 뱀파이어 소동은 뒤늦게 발

각된 사실에 지나지 않았다.

"스트라고이의 시체를 태우고, 잠시 쉬었다가 마인의 동굴로 가자."

얼마 후 휴의 그런 목소리가 들려왔다.

마인의 동굴은 곧 발견되었다.

"입구 자체 봉인이 어떤 이유로 풀린 모양이야. 그로 인해 지진 같은 게 일어나서 동굴 입구를 막고 있던 바위가 움직이며 동굴이 드러난 거지."

돌의 전문가라 할 수 있는 드워프이자 토속성 마법사 벨록이 동굴 입구를 조사하더니 그렇게 설명했다.

"950년 동안 봉인이 기능하고 있었다는 게 더 대단하네요. 봉인을 유지하는 데도 마력이 필요할 텐데, 그 마력은 대체 어디에서 공급되고 있었던 건지……."

휴는 벨록의 설명을 들은 뒤 다시 한번 동굴의 입구를 바라보며 중얼거렸다.

'그 답은 아마도 연금술. 강력한 마력을 가진 무언가를 봉인할 때, 봉인 당하는 존재의 마력을 이용하는 방법이 있다고 '하산'의 검은 노트에 적혀 있었어요.'

료는 마음속으로 그런 결론을 내렸다.

물론 하산이 남긴 검은 노트는 누구에게도 보여주지 않을 것이고 알려줄 생각도 없었기에 연금술에 그런 기법이 있다는 것을 이곳에서 말할 생각은 없었다.

게다가 하산은 그 방법이 '일종의 외법', 즉 정상적인 연금술 사용법이 아니라는 말도 적어두었다. 봉인 당하는 존재의 동의도 얻지 않고 강제적으로 그 마력을 사용해 봉인한다……. 확실히 아무리 좋게 봐도 비인도적이었다.

그런 위험한 사용법이 있다는 것이 알려지면 료가 박해받을 가능성이 있다!

물론…… 현재의 료가 가진 연금술 레벨로는 아직 그 외법이니 뭐니 하는 것은 사용할 수 없었지만.

료는 숲에 들어갔을 때부터 〈수동 소나〉를 사용하고 있었다.

숲 입구 부근에 있을 땐 평범한 동물이나 마물의 반응도 있었는데, 이 동굴에 가까워질수록 그 반응이 줄어들더니 동굴 주위 300미터 정도에는 아무런 반응이 없었다.

'야생 생물이 위험하게 여기는 무언가가 이 이 안에 들어있다는 뜻이겠죠.'

료는 그렇게 생각하며 일행의 리더인 휴를 바라보았다.

이미 빼든 검을 손에 들고 있었다. 역시 전 A급 모험가. 심상치 않은 분위기를 느낀 것일지도 모른다.

일행은 천천히 동굴 안으로 들어갔다. 동굴 안의 거리는 짧았고, 곧 넓은 공간이 나타났다. 넓은 공간 안쪽에 실로 전형적인 석관이 자리 잡고 있는 것이 보였다.

"겉으로 보기에 물리적인 함정은 없어……."

척후 모리스가 보고했다.

"뱀파이어가 관을 만지자마자 마력을 빼앗겼다고 했었지요. 그럼, 이제부터 어쩔까요?"

성직자 그레이엄이 그렇게 물어보며 휴를 바라보았다.

"이런 건 상황에 따라 달라지는 승부니까…… 솔직히 계획은 없어."

휴는 어깨를 으쓱하며 대답했다.

그것이 계기가 된 것은 아니겠지만, 갑자기 석관이 빛을 발하기 시작했다.

"뭐야?"

비정상적인 사태라는 것만은 누구라도 알 수 있었다.

이어서 석관이 진동하기 시작했다.

때맞춰 동굴 자체도 진동하기 시작하더니 천장에서 돌이 우수수 떨어졌다.

"위험해! 다들 동굴 밖으로 나가!"

휴가 소리쳤고 모두가 밖을 향해 달려나갔다.

마지막으로 휴가 튀어나옴과 동시에 넓은 공간과 동굴이 모두 붕괴했다.

일행이 넋이 나가 있는 사이, 붕괴된 장소에서 방금 전과 똑같은 빛이 뿜어져 나왔다.

"불길한 예감이 드는군."

"오히려 불길한 예감밖에 안 드는데."

풍속성 마법사 알리시아와 화속성 마법사 고든이 중얼거렸다.

마법사는 마력의 흐름에 민감하다. 빛의 중심에 있는 '무언가'에서 강대한 마력이 흘러나오고 있는 것이 원치 않아도 느껴졌다.

그리고…… 무너진 바위가 튀어올랐다.

"〈아이스 월〉."

료가 일행의 앞쪽에 얼음벽을 생성해 날아온 바위를 막았다.

지금까지보다 더 강력한 마력의 압력이 일행을 덮쳤다. 이쯤 되면 마법사가 아니라도 알 수 있었다.

괴물이 있다는 것을.

바위가 튀고 모래 먼지가 가라앉기 시작하자 빛나고 있는 무언가를 희미하게 인식할 수 있었다.

"……사람?"

그렇게 중얼거린 것은 누구였을까.

하지만 중얼거린 사람뿐만 아니라, 누구나 그렇게 느꼈다. 크기가, 사람과 다르지 않다고.

그리고 '사람'이 떠올랐다.

5미터 정도 높이까지 치솟자 모두의 눈에 그 모습이 드러났다.

그야말로 빛을 발하는 미녀.

허리까지 오는 연보라색 머리카락, 새하얀 피부, 눈은 감겨 있어 눈동자 색은 확인할 수 없었지만…….

"아름답다……."

"떠 있어……."

"바람 마법인가……."

'아냐, 이건 풍속성 마법이 아냐.'

알리시아, 고든, 벨록이 중얼거렸지만 료는 속으로 부정했다.

매일같이 풍속성 마법의 달인인 세라와 모의전을 벌이고 있는 료이기에 알 수 있었다. 눈앞의 '사람'이 쓰고 있는 것이 적어도 풍속성 마법은 아니라는 것을.

물론 불도 흙도, 그리고 물도 아니다. 아마 빛도 어둠도 아닐 것이다.

즉 무속성.

무속성 마법을 써서 떠 있는 것이다.

료의 몸이 떨렸다.

'중력을 조종하고 있어……?'

이세계물의 정석으로 흔히 중력 마법 같은 것이 자주 나오긴 했다. 이 『파이』에 그런 것이 있다고 해도 별로 이상한 일은 아니었다.

이상한 일은 아니지만…… 그럼에도, 현대 지구의 과학으로는 전혀 해명되지 않은 현상을 일으키는 마법을 눈앞에서 목격하면 흥분하는 것도 당연했다.

실제로 악마 레오놀이 '차원 수납'이나 '봉랑'을 통한 공간 도약 등을 보여준 적이 있었지만 그때는 전혀 흥분하지 않았던 료. 하지만 눈앞에, 어떤 의미로는 반중력이라고도 할 수 있는 현상의 등장에 몸이 떨릴 정도의 흥분을 느꼈다.

맞다. 역시 중력이다. 모든 열쇠는 중력에 있다…….

아주 희미하고도 사소한 사고의 번뜩임이 그렇게 속삭였다.

하지만 아직 부족하다.

단지 중력만으로는 아직 부족하다.

뭔가 결정적인 것이, 아직 부족하다…….

의식 속의 사고와 무의식 속의 사고가 뒤섞였다.

눈앞의 매력적인 광경이 만들어내는…… 혼돈.

료는 뚫어지게 쳐다보았다.

그것은 료뿐만 아니라 일행 전원이 마찬가지였다.

얼마나 시간이 흘렀을까.

아마도 몇 초, 길게는 십여 초 정도였겠지만…….

떠 있던 '사람'이 마침내 눈을 떴다.

그 눈동자는 금색으로 빛나고 있었다.

드디어 그제서야, 일행에게 움직임이 생겼다.

성직자 그레이엄이 지팡이를 든 것이다.

당장이라도 공격을 감행할 것 같은 마력의 고조를 느낀 료는 저도 모르게 소리쳤다.

"공격하면 안 돼요!"

그 외침에 놀라는 그레이엄과 일행.

떠 있는 '사람'은 료를 보고 살짝 미소를 지은 것처럼 보였다.

그러고는 더욱 위로 떠오르더니 서쪽으로 날아갔다.

그 광경을, 그 누구도 움직이지 못한 채 바라볼 뿐이었다.

약 2분 정도, 아무도 움직이지 않고 소리도 내지 않은 채 시간이 흘러갔다.

가장 먼저 입을 연 것은 성직자 그레이엄이었다.

"료 씨, 왜 말리신 겁니까?"

비난하는 어조가 아닌 확인을 위한 물음이었다.

"거기서 공격했다면…… 반격을 당해 전원이 죽을 거라고 판단했어요."

거짓말이 아니다.

그만한 힘의 차이를 느꼈고, 손을 대서는 안 된다는 판단은 역시 옳았다고 생각했다.

하지만 그뿐만은 아니었다.

게다가 중력을 조종하는 모습을 좀 더 보고 싶다, 라는 이유도 있었다. 자신이 쓸 수 있고 없고를 떠나서, 빛을 내면서 허공에 떠 있는 그 모습은 무척이나 아름다웠다.

그리고 또 하나…… 거의 잊고 있던 감각이 있었다.

이 동굴에 들어온 후 료는 〈수동 소나〉를 계속 켜두고 있었다. 그 덕분에 그 마인을 〈수동 소나〉를 통해 **느낄** 수 있었는데, 그것은 이전에도 느껴본 적이 있는 감각이었던 것이다.

그것은 언제인가?

바로 직전에 떠올랐다.

아벨과 론도 숲을 이동하던 중 앞으로는 어쌔신 호크, 뒤로는 그레이터 보어에 끼인 적이 있었다.

최종적으로는 아벨이 보어, 료가 호크를 쓰러뜨리고 무사히 지나갈 수 있었지만, 그 전투가 시작되기 전 어쌔신 호크보다 더 깊은 곳에, 지금까지 느껴 본 적 없는 마물의 존재가 소나를 통해 느껴졌었다.

결국 그 마물은 접촉하지 않고 그대로 떠나버렸지만…… 그 마물과 조금 전 마인에게서 느껴진 감각이 거의 흡사했다.

아마도 같은 생물이 아닐까 생각될 정도로.

즉 론도 숲에는 마인이 있다는 것인가?

또 하나의 풀리지 않는 수수께끼가 늘어난 순간이었다.

"뭐…… 우리들이 어떻게 해 볼 수 있는 상대가 아니라는 것만은 확실하군."

휴가 상황을 마무리하듯 말했다.

"저게…… 마인인 거죠."

"전승에는 빛이 난다는 기술은 없었지만…… 저게 마인이 아니라면 오히려 그게 더 무서워."

신관 에토의 확인에 전승관 라샤타는 고개를 끄덕이며 대답했다.

"이젠 보이지도 않을 정도로 서쪽으로 날아갔어……."

"마인충도 같이 데려갔으면 좋겠는데 말이죠."

닐스의 말에 료가 소감을 밝혔다.

마인을 쓰러뜨리는 것이 목적이 아니라, 어디까지나 커피나무에 달라붙은 마인충을 제거하는 것이 이번 일의 목적이었다.

"그건 코나 마을로 돌아가 보지 않으면 알 수 없겠군. 좋아, 그럼 돌아갈까."

휴의 명령에 따라 일행은 마을로 돌아가게 되었다.

◆

대량의 코나 커피와 프렌치 프레스를 선물로 받고 룬으로 귀환한 지 일주일 후.

료를 포함한 『10호실』의 멤버와 휴는 모험가 길드 앞에 있었다. 눈앞에는 떠나는 용사 파티가 있었다.

"신세를 졌군."

휴가 용사 로먼과 악수를 하며 그렇게 말했다.

"아니요, 저야말로. 여러모로 좋은 경험을 했습니다."

로먼은 고개를 숙이며 대답했다.

"서방 연방에 오실 때는 꼭 들러주세요……."

"아니, 서방 연방이라고 말해도 너무 넓잖아."

로먼의 말에 휴가 쓴웃음을 지으며 지적했다.

"다른 사람들은 마왕을 쓰러뜨리면 제각각 흩어질지도 모르지만, 저는 서방 교회에 소속되어 있을 테니 교회에 와서 그레이엄을 찾아주세요."

휴와 로먼의 쓴웃음을 보고, 절충역이자 파티 최고참인 성직자 그레이엄이 그런 제안을 건넸다.

"알았어. 대주교라면 꽤 고위급일 테니까."

고개를 끄덕인 휴가 그레이엄이 뱀파이어 칼리니코스에게 했던 말을 떠올리며 말했다.

"마왕을 쓰러뜨리기 전까지는 평범한 성직자일 뿐입니다."

그레이엄은 가볍게 미소 지으며 대답했다.

◆

대주교.

중앙 연방의 신전 체제에는 없는 계급이다.

하지만 지구의 기독교인 가톨릭 교회를 기준으로 하면 상당한 고위 성직자가 된다. 정점에 교황이 있고 그 아래가 추기경, 그 아래가 대주교. 더 아래로는 주교, 사제로 이어진다.

역사적으로도 대주교의 위상은 높고 강했다.

물론 현 시점 기준 서방 연방에서 대주교의 지위가 정확히 어느 정도인지는 료도 알지 못했다. 하지만 휴의 말투로 봐도 꽤 고위인 것만은 확실해 보였다.

◆

용사 파티를 배웅한 후 『10호실』의 네 명은 그대로 길드 마스터 집무실로 불려가 응접실에 앉게 되었다.

눈앞에는 물론 코나 커피가 내려져 있었다.

"이번 건은 왕실과 신전에서 함구령이 내려졌다. 모든 일에 대해서는 발설 금지다. 발설한 사실이 알려지면 감옥에 갈 수도 있으니까 조심해."

휴가 그렇게 말했고, 『10호실』의 네 사람은 고개를 끄덕였다.

뱀파이어와 마인이 얽혀있는 문제다. 함구령이 내려지는 것은 어쩌면 당연한 일이었다.

"대신 포상금이 상당히 늘어났다. 뭐, 입막음 비용이라고 생각하고 받아둬. 이미 계좌에 들어 있을 거다."

"오!"

포상금 증액은 기쁜 소식이었다. 특별히 돈이 부족하지 않은 료에게도 기쁜 일이었다.

『10호실』의 네 명이 떠난 길드 마스터 집무실.

"마인…… 뱀파이어…… 어떻게든 해결했어……. 대해소 후의 던전도 겨우 정상화됐고, 이걸로 당분간은 조용히 보낼 수 있겠군."

그렇게 말하며 휴는 평소와 같은 서류 작업에 착수했다.

◆

"하스킬 백작 칼리니코스가 소멸했다는 게 사실인가?"

"네, 사실입니다. '수정'으로 확인했습니다."

그곳은 단순히 '서재'라 불리는 방이었다.

학교 체육관 만한 넓이에 수많은 서가가 늘어서 있다. 벽은 바닥부터 천장까지 책으로 가득 차 있어 마치 유럽의 아름다운 도서관을 연상시켰다.

다만 도서관이 아니라 서재였기에 공개적으로 개방된 것은 아니다. 오직 한 사람, 이 건물의 주인을 위한 방이자 이 건물의 주인을 위한 서적들.

보고를 듣는 주인은 겉보기엔 이제 스무 살을 막 넘겼을까.

지나치게 새하얀 피부를 가진 젊은 남성이었다. 하지만 그 차분한 모습은 유구한 세월을 지나온 듯…… 그런 분위기를 자아내고 있었다.

"소멸된 장소는? 서방 연방의 어느 나라지?"

"아뇨, 서방 연방이 아닙니다. 중앙 연방의 나이트레이 왕국 남부입니다."

그제서야 주인은 처음으로 책에서 눈을 들어 보고한 이를 바라보았다.

"왕국 남부? 그건 곤란한데……."

손을 턱에 대고 잠시 고민하더니 지시를 내린다.

"경위를 알고 싶군. 중앙 연방에 있는 자 중 우리를 소멸시킬 방법을 아는 자가 있는지 확인해 보도록 해라. 아니면 서방 연방의 사람이 와서 소멸시킨 것인지……."

"알겠습니다."

"꼭 '앞'에 있는 자들에게 시키도록. '뒤'에 있는 자들을 움직이면 여차할 때 돌이킬 수 없으니까."

보고인이 인사를 마치고 나간 후, 주인이 중얼거린다.

"암속성을 다루는 백작급이 소멸하다니…… 어지간한 상대는 아니었겠군."

몇 차례 고개를 작게 흔들더니 다시금 책을 읽기 시작했다.

◆

룬의 숙소 황금파도.

그 문을 지나는 한 명의 수속성 마법사.

"어서 오세요."

여관의 여주인이 그 단골손님을 향해 인사를 건넸다. 마법사 손님은 로비에 인접한 식당 쪽을 바라보더니 그곳에서 찾는 인물을 발견했다.

아벨은 식당 의자에 앉아 책을 읽고 있었다.

그 맞은편 자리에 그 마법사가 앉았다.

"어서 와, 료. 무슨 일이야?"

아벨이 책에서 고개를 들지 않고 인사했다.

"아벨…… 신뢰라는 게 어떻게 형성되는지 알고 있나요?"

"뜬금없이 무슨 소리야?"

료가 갑자기 밑도 끝도 없는 이야기를 시작한 탓일까. 아벨은 결국 고개를 들고 그렇게 물었다.

"거기에 필요한 건 성공 경험이에요. 우선 실적을 쌓아나가는 게 중요하죠. 그렇게 되면 '그 사람에게 맡기면 괜찮다', '그 사람과 함께라면 잘 될 것이다' 혹은 '그 사람이 못하면 다른 누구도 할 수 없다'. 그런 식으로 생각하게 돼요. 그리고 실제로 해 보거나, 혹은 시켜보면서 예상대로 되어가는 것을 몇 번이나 반복해서 경험하는 거예요. 신뢰란 바로 그렇게 형성되는 거죠."

"으, 응……."

여기까지 와서도 조금도 가닥이 잡히지 않는 이야기에 아벨은 일단 고개를 끄덕였다.

"그렇다면 신뢰를 잃는 것은 어떤 경우일까요. 실패의 경험으로 곧바로 신뢰를 잃는 건 아니에요. 하지만 거짓말을 하거나 속이는 경우 신뢰는 한순간에 사라지고 말죠."

"그건 그렇지⋯⋯."

여전히 무슨 이야기인지 알 수는 없었지만 료가 하는 말에는 공감이 갔기에 아벨은 고개를 끄덕였다.

"그래서 말인데, 아벨에게 확인하고 싶은 게 있어요."

료는 거기서 일부러 말을 한 번 끊었다.

"뭐, 뭔데?"

아벨은 알 수 없는 불편함을 느끼며 뒤를 재촉했다.

"아벨은 정신 간섭 계열 마법을 튕겨내는 아이템을 착용하고 있죠?"

"응, 하고 있어."

아벨은 평정의 목걸이라는 아이템을 늘 지니고 다닌다. 그것은 정신 간섭 계열 마법에 저항하고 독에 의한 악효과도 막아주는 무척 편리한 아이템이었다.

"그건 국보급 아이템이라고 들었어요. 고작 B급 모험가인 아벨이 그런 걸 착용하고 있는 건 이상해요!"

"고작이라고 해도⋯⋯ 일단 B급 모험가는 국내에서도 톱 클래스의 실력자인데?"

아벨은 등에 식은땀을 흘리며 반박했다.

"하지만 전 A급 모험가인 휴 씨조차 갖고 있지 않은 아이템이기도 하죠."

"윽⋯⋯."

료는 냉혹한 경찰관이 범인을 몰아세우듯 날카로운 말로 아벨을 몰아세웠다. 오른손으로는 쓰지도 않은 안경을 휙 치켜 올리는 제스처를 취하고 있다.

　물론 아벨에게 그 행동의 의미는 전해지지 않았지만.

　"B급 모험가인 아벨이 국보급 아이템을 가진 이유를 저는 고민해 봤어요. 아무리 생각해도, 몇 번을 생각해도, 하나의 결론밖에 나오지 않았습니다. 그 결론은 바로……."

　여기서 일부러 료는 한박자를 쉬었다.

　아벨은 그 압박감에 필사적으로 저항했다.

　"아벨이 실은 도적이고, 성의 보물고에서 훔쳤다는 결론이에요!"

　"그러니까 그 결론은 아니라고 했잖아!"

　이전에 료가 말한 결론의 반복이었다.

　"하지만 그것밖에는 생각할 수 없다고요! 애초에 아벨은 검사인데 척후만큼 감각이 뛰어나서 덫도 잘 찾아내잖아요? 그것도 이상해요. 하지만 애초에 보물고에 드나드는 도적이었다고 생각하면 모든 게 이치에 맞아떨어져요!"

　료는 어떠냐! 라는 얼굴로 아벨을 바라보았다.

　어떠냐, 라고 말해도 아무 대답도 할 수 없는 아벨로서는 그저 난감할 뿐이었지만…… 이렇게 된 이상 차라리 사실대로 말해 버릴까 하는 충동에 사로잡힌다.

　료라면 아벨의 정체를 남에게 말하지도 않을 것이고, 안다고 해서 그동안의 태도가 갑자기 달라지지도 않을 것 같았기 때문이다.

　"하아…… 알았어, 료에게는 진실을 말할게."

아벨은 얼굴을 찌푸린 채 한숨을 내쉬었고, 그리고 천천히 고개를 들어 료를 똑바로 바라보았다.

"나는 현 국왕 스태퍼드 4세의 차남 알버트. 알버트 베스퍼드 나이트레이. 지금은 경험을 쌓기 위한 것도 있고, 뭐 여러 사정이 있어서 모험가 일을 하고 있어. 그래서, 이 평정의 목걸이는 확실히 국보급이긴 하지만, 왕가의 인간만이 착용할 수 있는 특별한 목걸이이기도 하지. 그러니까…… 그렇게 된 거야."

아벨은 다 털어놓고 후련하다는 표정을 지었다.

하지만 그 말을 들은 료는 무척 불만스러운 얼굴을 하고 있었다.

"아벨…… 거짓말을 할 거면 조금 더 제대로 된 거짓말을 해야죠. 아까 말했잖아요? 거짓말을 하면 그것만으로도 신뢰가 사라진다고요……. 남의 말을 이 정도로 듣지 않는 것도 문제라고 생각해요."

"전부 사실인데……."

조금도 믿지 않는 료.

당황하는 아벨.

"이 사실을 알고 있는 건 길드 마스터랑 『붉은 검』 멤버들…… 아, 세라랑 펠프스도 알아. 그 정도밖에 안 되니까 다른 사람한테 말하진 말아줘."

"말할 리가 없잖아요. 제가 거짓말쟁이 취급을 받겠죠……."

"아니, 믿기 힘들지도 모르지만 사실이야. 지금 말한 사람들한테 물어보면 알 거 아냐?"

"전부 다 아벨에 의해 매수가 끝났겠죠? 흔한 수법이에요."

"대체 왜 그렇게 되는데!"

큰맘 먹고 진실을 고한 아벨…… 하지만 전혀 믿지 않는 료.

인간관계란 참으로 어려운 것이다.

막간 숨겨진 신전

남부 최대의 도시 아크레.

닐스, 에토, 아몬 등 『10호실』의 세 사람은 룬 모험가 길드의 지명 의뢰를 받아 이 도시에 와 있었다.

이제 막 D급에 오른 지 얼마 안 된 파티에 지명 의뢰가 오는 것은 꽤 드문 일이었다.

당연하지만 지명 의뢰는 평범한 의뢰에 비해 보수도 높고 길드 기여도도 높아진다. 최소 지명 의뢰 하나를 성공하면 일반 의뢰 두 개를 성공한 것과 동등한 점수를 얻는 셈이니 당연히 기합도 절로 들어간다.

세 사람은 아크레에 도착하자마자 가장 먼저 아크레의 모험가 길드로 향했다.

간단한 의뢰 내용은 룬에서도 설명했지만 더 자세한 설명은 아크레에서 진행한다고 들었기 때문이었다. 도착하자마자 갑자기 이동하라는 말을 들을 가능성도 배제할 수 없는 이상 숙소를 잡기 전에는 길드 먼저. 그것은 의뢰 수행 중인 모험가에게는 상식이라 할 수 있었다.

세상에는 상식을 모르는 수속성 마법사도 있지만, 『10호실』의 세 사람은 나름대로 많은 의뢰를 받아왔기에 그런 것에도 어느 정도 익숙해져 있었다.

사회에 나가면 뼈저리게 느끼는 상식의 중요성…….

길드 접수처에서 룬 모험가 길드의 소개장과 모험가 카드를 제시하자 안쪽 응접실로 안내받았다.

기다린 시간은 불과 20초. 곧바로 한 남자가 들어왔다.

"다들 어서 오십시오. 길드 마스터인 란덴비아입니다."

지적인 분위기를 두른, 현역 시절에는 분명 마법사나 신관이었을 것 같은 분위기의 남성이었다.

"『10호실』의 닐스입니다. 이쪽이 에토와 아몬이고요."

"이전 카이라디에서 의뢰한 이후로 처음이군요. 앉으세요."

과거 카이라디에서 서브 마스터 자리에 있었던 것이 바로 이 란덴비아다. 코나 마을의 대관 고로가 말한 카이라디의 양심.

그런 란덴비아가 자리를 권했고, 완벽한 타이밍에 길드 직원이 네 명분의 홍차를 가져왔다.

"의뢰 내용과 경위에 대해서는 들으셨습니까?"

"간단하게는 들었습니다만, 가능하다면 다시 한번 자세히 듣고 싶습니다."

란덴비아의 물음에 파티를 대표해 리더인 검사 닐스가 대답했다. 이런 부분은 역시 경험이 쌓인 만큼 제법 능숙했다.

"알겠습니다. 사건의 발단은 저희쪽의 C급 파티인 『육화(六華)』가 사당을 발견한 것에서 시작되었습니다."

"사당……."

중얼거린 것은 신관 에토.

"네. 서류상으로는 '사당'이라고 적었습니다만, 『육화』의 신관은 숨겨진 신전일 거라고 하더군요. 그러나 그녀 본인은 숨겨진 신전을 본 적이 없으니 누군가 잘 아는 사람에게 확인을 받고 싶다고요. 지금 아크레 쪽에는 아는 사람이 없고, 왕도에서 부르기에는 시간이 너무 걸려서 룬의 마스터 맥글러스에게 상담했더니 여러분들을 소개받았습니다."

"그렇군요."

닐스는 고개를 끄덕이고 옆에 앉은 에토를 바라보았다.

"맞습니다. 확실히 카이라디에서 받은 의뢰를 수행할 때 '숨겨진 신전'을 보긴 했으니까요……."

에토도 그 시선을 받고 고개를 끄덕이며 말했다.

"네. 보고서는 읽었습니다. 그래서 이번에는, 그 숨겨진 신전으로 추정되는 장소에서 반나절 정도 거리에 어존 마을이라는 곳이 있습니다. 여러분은 먼저 그곳으로 가주시면 됩니다. 그리고 현재 다른 의뢰를 받고 있는 『육화』와 합류하면 그들이 신전까지 안내해 줄 겁니다."

"『육화』 멤버들이 다른 의뢰를 받는 와중에 신전까지 안내해 준다고요……?"

에토가 조금 걱정스러운 얼굴로 확인했다.

"아, 여러분의 걱정은 이해합니다. 의뢰 도중에 다른 의뢰가 겹치는 것은 보통 달갑지 않죠. 하지만 이번에 그들이 받은 의뢰는 신전 일과도 관련되어 있기 때문에 문제는 없습니다. 그만큼 길드의 보수도 추가되니…… 오히려 그들은 환영하는 입장입니다."

"그렇다면 다행이네요."

닐스가 크게 고개를 끄덕이며 대답했다. 그 옆에서 에토와 아몬도 고개를 끄덕였다.

이틀 후 어존 마을 숙소.

어존은 마을이기는 하지만 남부 최대 도시 아크레에 농산물을 공급하는 중계 지점으로 위상을 쌓아온 덕에 제법 큰 마을에 속했다. 또한 상인을 중심으로 숙박하는 사람이 많아 숙박 시설이 잘 갖춰져 있는 것도 특징이었다.

그 중 하나인 '달과 별 숙소', 그곳의 라운지 비슷한 장소에서 『육화』와 『10호실』 멤버가 인사를 나누고 있었다.

"내가 『육화』의 리더 밴더시, 검사다."

"내가 화속성 마법사 애시, 이쪽은 여동생 풍속성 내시, 토속성 캐시야."

"신관인 테렌스야. 그리고 여긴 방패기사 고리키."

고리키는 작게 고개를 끄덕일 뿐이었다.

『붉은 검』의 워렌도 그렇고 이 고리키도 그렇고, 방패기사 중에는 과묵한 사람이 많은 것일지도 모른다.

『10호실』의 세 명도 간단히 자기소개를 마치고 나자 에토가 입을 열었다.

"테렌스 씨, 오랜만이네요."

"역시! 에토라면 그 에토 맞지? 5년 만인가? 세상에! 옛날처럼 테렌스 누나라고 불러줘도 되는데."

"아니, 역시 그건 좀……."

에토가 얼굴을 새빨갛게 물들였다. 그것을 흥미롭게 지켜보는 닐스와 아몬과 『육화』의 밴더시.

"옛날에 중앙 신전에 들어가 처음으로 신세를 진 사람이 테렌스 씨였는데……."

"그때는 아직 10살? 9살이었나? 부모님 곁을 떠나서 빽빽 울던 에토를……."

"악! 악!"

옛날이야기를 하는 테렌스의 말을 소리쳐서 가로막는 에토.

평소에는 거의 볼 수 없는 에토의 모습을 아몬은 흥미롭게 바라보았다.

"어린 시절 이야기를 듣는 건 누구나 부끄러운 일이지."

"그렇죠……."

밴더시와 닐스는 작은 목소리로 그런 대화를 나눴다.

"하지만 숨겨진 신전 확인에 에토네 파티가 와줘서 다행이야. 잘 모르는 사람들이었으면 여러모로 번거로웠을지도 모르는데."

"하긴."

테렌스가 그렇게 말했고 『육화』의 검사 밴더시가 크게 고개를 끄덕이며 맞장구쳤다.

"예전에 카이라디에서 조를 짰던…… 아니, 이 얘긴 관두자. 그보다 그 신전 말인데. 보고로는 여기서 반나절이라고 들었는데 마을 사람들이 지름길을 안내해 줬거든. 실제로는 편도 2시간이면 도착할 수 있어."

"오오."

닐스, 에토, 아몬이 반색하며 대답했다. 반나절이 두 시간이 된 것이다. 이는 상당한 시간 단축이었다.

"그래서, 지금부터 갈 생각인데…… 도중에 숲을 가로지르긴 하지만 레서 보어조차 나오지 않는 숲이라고 하니까 아마 별 문제는 없을 거야."

숨겨진 신전으로 이동하는 길, 『10호실』의 세 사람은 『육화』가 받은 의뢰에 대해 전해 들었다.

"그러니까, 요즘 어촌 마을 주변에서 소나 염소가 자주 사라진다는 거죠?"

"응, 맞아. 보통 그런 탐색 의뢰는 길드에 거의 오지 않거든. 마을도 돈이 드는 일은 꺼리는 편이니까. 그래서 **탐색** 의뢰 같은 건 거의 돈을 내주는 신전에 관련된 경우가 많은데…… 이번 탐색 의뢰는 영주님이 직접 내린 의뢰야."

"어촌 마을의…… 영주님?"

"정확히는 어촌 마을 남쪽에 있는 **장원**의 영주님이라나봐. 무슨…… 남작이라는데……."

"헤이워드 남작 말이지."

검사 밴더시가 떠올리지 못하고 더듬자 화속성 마법사 애시가 설명을 덧붙였다.

"뭐, 길드 입장에서는 돈만 제대로 준다면 상관은 없지. 게다가 남작님의 의뢰라면 귀족일 테니 더더욱 문제가 없을 거고."

밴더시의 말대로 어촌 마을에서 두 시간 만에 도착했다.

"아, 확실히 이건……."

입구에서 겨우 몇 걸음을 뗐을 뿐인데 에토가 입을 열었다.

사당과 달리 정면에 제단처럼 보이는 것도 있었다. 제단 주위를 둘러보니 깨진 수정 파편 같은 것이 흩어져 있었다.

"이건……."

"응. 부서진 것 같아."

아몬이 지적했고 에토가 고개를 끄덕이며 대답했다.

닐스가 태어난 마을에 있던 숨겨진 신전, 그 안에 있던 부서진 수정으로 보이는 구체…… 그 파편일 것이라고 에토는 판단했다.

그리고 제단 주위를 더 살펴보자 새겨진 문장이 발견되었다.

"불……."

에토가 중얼거렸다.

"즉, 이곳은 불의 숨겨진 신전이라는 뜻이네."

신관 테렌스가 말했다.

에토나 테렌스조차 왜 중앙 신전이 '숨겨진 신전'을 탐색하는데 보수를 주는지는 알지 못했다. 지금까지 그런 신전에서 무언가가 발견되었다는 보고나 발표도 들은 적이 없었기 때문이었다.

그렇지만 모험가 입장에서는 제대로 보고만 하면 보수를 받을 수 있으니 그것으로 충분하다, 라고 생각했다…… 특히나 테렌스는.

"그러니까 밴, 여기가 불의 숨겨진 신전이라는 건 확인했어."

"그렇군. 이제 우리도 『10호실』 너희들도 보수를 받을 수 있겠군."

테렌스가 밴더시에게 말했고, 밴더시가 기쁜 얼굴로 『10호실』

세 사람에게 말했다.

이것이 바로 윈윈이었다.

거기서 편도 두 시간을 들여 일행은 다시 어존 마을로 돌아왔다.

하지만 돌아온 마을은…… 4시간 전과는 전혀 다른 모습을 하고 있었다.

아비규환.

어존 마을의 상황을 한마디로 표현한다면 그 말이 가장 잘 들어맞을 것 같았다.

마을 곳곳에는 뭔가 날카롭고 거대한 칼에 의해 잘려나간 듯한 시체가 나뒹굴고 있었고, 마을 사람과 상인들은 극심한 혼란에 빠져 있었다.

"이봐, 대체 어떻게 된 거야!"

검사 밴더시가 성문 근처에 쓰러져 있던 위병을 발견하고 물었다. 동시에 테렌스가 그 위병의 상처를 〈힐〉로 치유했다.

"와이번이다…… 와이번이 나타났어."

위병은 힘겹게 그 말만을 뱉었다.

"와이번이라니……."

밴더시는 거기까지만 말하고는 더는 아무 말도 하지 못했다. 물론 밴더시뿐만이 아니었다. 그곳에 있던 모든 사람이 침묵했다.

와이번은 다른 마물들과는 차원이 다르다.

〈바람 방어막〉이라 불리는 풍속성 마법에 의해 항시 공격을 튕겨낸다. 게다가 투명한 풍속성 공격 마법 〈에어 슬래시〉나 〈소닉 블레이드〉는 인간 마법사가 쓰는 공격과는 비교가 되지 않을 정도로 거대하고 강력하다.

그야말로 일격에 여러 명의 몸을 절단할 수 있을 정도로.

그만큼 강력한 마물이었기에 토벌을 위해서는 상당한 준비가 필요했다.

C급 이상의 모험가가 최소 20명, 그중에서도 마법사가 특히 많아야 했다.

와이번이 지쳐서 〈바람 방어막〉이 사라지기 전까지는 아무런 공격도 먹히지 않는다. 그러니 와이번의 체력을 줄이기 위해 마법 공격을 반복해야 했다.

일행은 대관소로 향했다. 이 마을에서 위급 시 중심이 되어 대응하는 곳은 대관소라고 들었기 때문이다.

하지만…… 그곳은 이미 잔해더미가 되어 있었다.

"끔찍해……."

그렇게 중얼거린 건 첫째 언니인 화속성 마법사 애시.

"역시 와이번의 〈에어 슬래시〉는 강력하네."

그렇게 말한 것은 둘째 언니인 풍속성 마법사 내시.

"다른 곳에 비해 철저하게 파괴돼 있어……. 공격하거나 반격해서 와이번의 분노를 사기라도 한 걸까……."

막냇동생이자 토속성 마법사인 캐시가 마치 눈앞에서 본 것처럼 그렇게 말했다. 세 자매 중 가장 논리적인 사고에 능한 사람이 막냇동생 캐시였다.

"아무리 봐도 생존자는 없네."

검사 밴더시의 중얼거림에 닐스도 고개를 끄덕였다. 그 정도로 철저히 파괴되었다.

"여기 있으면 같은 무리로 오해받을 거야."

막냇동생의 중얼거림과 동시에 멀리서 외치는 목소리가 들렸다.

"또 왔다!"

그 소리가 들린 지 5초도 지나지 않아 와이번은 대관소에 도착해 있었다.

그리고 일행을 발견했다.

아직 죽이지 못한 녀석들이 있었나, 라는 듯한 시선이었다.

"위험해. 전원 고리키 뒤로!"

밴더시가 외쳤다.

세 자매와 테렌스가 즉시 반응했고, 조금 늦게 『10호실』의 세 명도 방패기사 고리키 뒤에 들어갔다. 고리키도 밴더시의 외침과 동시에 늘 짊어지고 있던 거대한 방패를 겨눴다.

순간, 소리가 들렸고…….

쿠웅.

방패에 무언가 단단한 것이 부딪힌 소리가 울려 퍼졌다.

"평범한 〈에어 슬래시〉 위력이 아니야……."

풍속성 마법사 내시가 속삭였지만, 그것은 〈에어 슬래시〉가 맞았다.

"거리가 상당히 가까워."

막냇동생 캐시가 방패에 난 슬릿 사이로 밖을 들여다보며 〈에어 슬래시〉를 쏘는 와이번까지의 거리를 알려주었다.

"그러게. 일반적으로 와이번은 50미터가 넘는 높이에서 마법을 날리니까. 그런데 저건…… 10미터 정도?"

"어째서지?"

화속성 마법사 애시가 설명하고 검사 밴더시가 질문했다.

"글쎄? 긴 거리의 〈에어 슬래시〉를 발사할 수 없는 개체인지…… 아니면 인간이 잘려나가는 모습을 가까이서 보는 걸 좋아하는 건지……."

어느 쪽이든 이 정도의 근거리에서 발사되면 피할 수 없었다. 고리키의 방패로 막고 있어서 그나마 버텼지만, 이대로는 전멸이었다.

하지만 얼마 지나지 않아 질린 것일까, 와이번은 날아가 버렸다. 날아갔다고 해도 어존 마을의 다른 곳을 파괴하고 있기는 했지만.

"10미터…… 저 높이까지 날아갈 수 있으면 어떻게든 될 것 같은데……."

밴더시가 중얼거리듯 말했다.

그때 시선이 풍속성 마법사 내시를 향한 것은 우연이었다. 하지만 시선을 받은 내시는 연거푸 고개를 저으며 말했다.

"난 못 나는데?"

"아니, 그런 말은 한마디도 안 했어……."

"뱀의 시선이 그랬단 말이야! 풍속성 마법사라도 하늘을 날 수는 없어! 주문은 있지만 보통은 뜰 수 없어! 물론 왕도의 일라리온 님이라면 허공에 뜰 수 있겠지만…… 보통은 뜨거나 날 수 있는 마법사는 없어!"

둘째 동생 내시의 말에 언니 애시도 동생 캐시도 고개를 끄덕였다.

보통의 마법사는 날지 못한다고 하는데, 날 수 있을 것 같은 사람이 머리에 떠올랐어요."

"수속성이니까…… 그거 말야?"

"응. '수속성 마법 중에 딱 좋은 마법이 있어요'라고 말하면서 날아갈 것 같아."

『10호실』의 세 사람은 작은 목소리로 그런 말을 주고받았다.

물론 그들 앞에서 료가 날아다닌 적은 없었다. 하지만 료라면 그럴 수 있을 것 같다는 생각을 세 사람은 하고 있었다.

잠시 후 손뼉을 치는 소리가 들렸다.

"좋은 방법이 떠올랐어."

검사 밴더시가 자신만만한 모습으로 말했다.

"이럴 때의 밴은 좀……."

"테렌스, 신관 주제에 남의 마음에 상처 내지 마."

테렌스가 한숨을 쉬며 말했고, 밴더시가 성난 얼굴로 반박했다.

"일단 들어볼까. 그래서 밴, 어떤 방법이야?"

애시가 밴더시에게 말을 재촉했다.

"요컨대 10미터 높이까지 올라갈 수 있으면 되는 거잖아. 게

다가 그게 만약 검사라면, 일격에 눈을 검으로 찔러서 쓰러뜨릴 수 있을지도 몰라. 그러니까 고리키가 나를 던져서 날려보내는 거야!"

"그렇군요."

밴더시의 의견에 긍정적인 목소리를 낸 것은 같은 검사인 닐스 뿐이었다.

세 자매는 하나같이 고개를 흔들고 있었고, 테렌스는 한숨을 내쉬었고, 던지는 역인 고리키조차 인상을 찌푸리며 작게 고개를 흔들었다.

에토와 아몬은 애써 표정을 가다듬은 채 누군가 먼저 입을 열어주기만을 기다렸다.

"있지, 밴. 네 체격을 좀 생각해 봐."

첫째 언니 애시가 대놓고 어이없다는 투로 말했다.

밴더시는 키 185센티, 몸무게 85킬로인 건장한 체구를 갖고 있었다. 전방에서 싸우는 검사는 대체로 체격이 좋았다. 닐스도 비슷한 체격이다. 『붉은 검』의 아벨은 검사치고는 예외적으로 꽤 날씬한 축에 속했지만.

방패기사인 고리키는 한층 더 컸다. 키 2미터 이상, 체중 95킬로. 거한이라는 말이 어울리는 체격.

하지만 아무리 그런 거한이라도 건장한 체구의 밴더시를 10미터 높이까지 던질 수 있는가 하면…… 역시 무리였다.

"아…… 무리인가?"

밴더시는 그렇게 말하면서 고리키를 바라보았다. 고리키는 말없이 고개를 저었다.

"저는 어떨까요?"

그렇게 말한 것은 아몬이었다.

아몬도 검사였지만 확실히 말해 크지는 않았다. 키 170센티, 체중 60킬로…… 16세였기에 아직 성장 도중인 몸이었다.

아몬이 바라본 것은 고리키였다.

고리키는 아몬을 위에서 아래로 몇 번이나 바라보더니 고개를 한 번 끄덕였다.

"아니, 하지만……."

당황한 것은 밴더시였다.

자신이 날아간다는 전제로 세운 작전인 만큼 날아가는 인간이 제일 위험하다는 것을 누구보다 잘 알고 있었다. 그것을 다른 파티의, 심지어 아직 성인도 되지 않은 후배 검사에게 시키는 것에 거부감이 든 것이다.

"제가 하게 해 주세요!"

아몬이 강한 결의가 담긴 어조로 말했다.

닐스와 에토는 말없이 시선을 주고받았다. 그리고 둘 다 작게 고개를 끄덕였다.

"아몬, 정말 할 수 있겠어?"

"네."

닐스의 조용한 물음에, 아몬도 차분한 어조로 답했다.

기합에 찬 표정.

닐스는 파티 리더로서『육화』의 리더인 밴더시를 바라보며 말했다.

"밴더시 씨, 아몬에게 시켜주세요."

"닐스……."

무심코 되물을 뻔했지만, 닐스의 표정에서 보이는 파티원을 향한 믿음과 자신감을 깨닫고 입을 다물었다.

사실 다른 방법은 없었다.

시간이 지나면 어디선가 연락이 닿아 아크레 쪽에서 모험가나 기사단 등 추가 전력이 올 가능성은 있겠지만…… 그때까지 이마을은 버티지 못할 것이다. 그리고 자신들도 그때까지 살아있을 수 없을 것이다.

어차피 전멸할 바에야 내기를 걸어보는 것도 좋을지 모른다.

"알았어. 아몬, 부탁한다."

그것이 밴더시가 내린 판단이었다.

◆

"〈에어 슬래시〉를 날린 직후 뛰는 게 가장 이상적이지만…… 그때도 바로 또 마법을 날릴 가능성이 없는 건 아니야."

"네."

애시가 아몬과 고리키에게 날릴 타이밍에 대해 설명했다.

"우리 자매의 마법을 연속으로 세 번 맞히면 그 터무니없는 위력을 가진 〈에어 슬래시〉도 없앨 수는 있어…… 뭐, 한 번뿐이지만."

"잘 부탁드립니다."

아몬은 예의바르게 말을 경청하고, 감사의 말도 전했다.

조금 떨어진 곳에서는 신관 테렌스가 신관 에토에게 작은 목소리로 물었다.

"에토, 저 아몬이라는 아이, 실제로는 어때?"

"괜찮아요. 할 수 있을 거예요."

테렌스의 걱정이 담긴 말에 에토는 자신 있게 대답했다.

"못할 것 같으면 닐스랑 제가 온 힘을 다해 말렸을 거예요. 하지만 이번 일은, 아몬이라면 할 수 있어요. 아몬은 검에 재능도 있고, 담력도 우리 셋 중에 제일 강하거든요."

"에토가 그렇게까지 말한다면 정말 괜찮을지도 모르겠네."

아직 전폭적인 신뢰라고 말하기는 어렵지만, 테렌스는 조금 전보다는 훨씬 더 신뢰가 담긴 눈빛으로 아몬을 바라보았다.

아직 열여섯 살, 채 성인이 되지도 않았는데 무척 차분해 보였다.

'그래, 맡길 수 있을 것 같네.'

"왔다."

밴더시가 와이번의 접근을 알렸다.

테렌스가 가볍게 오른손을 들어 타이밍을 계산했다.

그리고 와이번이 사정거리에 들어선 순간 손을 내렸다. 테렌스와 에토, 두 개의 빛줄기가 와이번을 향해 날아갔다.

광속성 마법 중 몇 안 되는 공격성 마법인 〈라이트 재블린〉. 물론 와이번에게는 피해를 주지 않았다. 어디까지나 견제이자 도발이었다.

아니나 다를까, 노골적인 적의를 드러낸 와이번이 일행을 향해 〈에어 슬래시〉를 날렸다.

그것을 요격하는 세 자매의 세 종류의 재블린. 정확히 명중하여 와이번의 〈에어 슬래시〉는 소멸했다.

"갑니다!"

아몬은 그렇게 외치며 고리키를 향해 뛰었다. 고리키는 아몬의 두 발목을 꼭 잡았다. 그리고 자신을 중심으로 회전했다.

말하자면 해머 던지기…… 해머 대신 아몬을 든 셈이다.

1회전.

2회전.

그리고 3회전!

힘차게 내던져진 아몬. 일직선으로 와이번을 향해 날아갔다.

그때…….

"마법이 온다! 아몬, 피해!"

예상 이상으로 높은 연사 능력.

풍속성 마법사 내시가 지상에서 소리쳤다. 풍속성인 만큼 다른 사람보다 와이번의 마법 생성을 더 민감하게 포착한 것이다.

하지만 그녀의 외침은 고속 비행 중인 아몬에게는 닿지 않았다.

하지만 아몬의 눈에는 와이번이 발사하려는 마법이 정확하게 보였다. 그리고 공기를 가르며 다가오는 투명한 〈에어 슬래시〉도. 주위의 경치와 미세하게 다른 것을 보고 알아차릴 수 있었다.

검을 칼집에서 빼내며 그 기세 그대로 휘둘렀다.

슈욱.

그런 소리를 내며, 검이 〈에어 슬래시〉를 반으로 갈랐다.

"베어냈어……."

지상에서 그 광경을 지켜보고 있던 풍속성 마법사 내시가 넋이 나간 얼굴로 중얼거렸다.

그 사이에도 아몬은 계속 날아갔고…… 마침내 검을 뻗으면 와이번의 머리까지 닿을 정도의 거리에 이르렀을 때, 와이번이 눈을 감았다.

지상에서 밴더시와 대화할 때, 눈에 검을 박아 뇌까지 찌르는 것이 성공률이 높다는 말을 들었기에 아몬도 그럴 작정이었다. 그것이 와이번을 지상에 떨어뜨린 후 숨통을 끊기 위해 자주 쓰이는 방법이었기 때문이다.

하지만 눈앞의 와이번은 눈을 감았다.

일반적인 와이번 토벌에서 마력을 다 소진한 상태의 와이번이라면 눈꺼풀 위라고 해도 투기를 써서 뚫을 수 있었겠지만, 이번에는 달랐다.

아몬은 아직 투기도 쓸 수 없었고 검도 그냥 좀 좋은 평범한 검이었다. 자칫하면 부러진다.

그럼 어떻게 해야 할까?

마물의 약점으로는 귀가 있다. 하지만 와이번의 귀는…… 어딘지 모른다.

그렇다면 노려야 할 곳은…….

"코!"

아몬은 순식간에 결단을 내리고, 날아간 상태에서 몸을 비틀었다.

그 기세 그대로 검을 와이번의 코에 박아넣었다. 그리고 단번에 어깻죽지까지 깊이 찔렀다.

박힌 순간, 와이번은 번개를 맞은 것처럼 몸을 크게 떨며 눈을 부릅떴고…… 눈에서 급속히 힘이 사라져갔다.

그리고, 떨어졌다.

아몬은 뇌까지 깊숙이 박힌 검을 빼내는 것은 포기하고 팔을 코에서 빼내 몸을 비틀어 와이번 위쪽으로 이동했다.

낙하하는 동안 그 위에서 지상의 모습을 관찰할 여유가 있었다.

낙하 지점을 향해 달려오는 남자들이 보였다. 아몬은 그것을 확인하고, 와이번의 거구를 박차고 공중으로 몸을 날렸다.

두 손 두 발을 벌린 채, 낙하.

지상에 추락하기 전, 두 명의 검사와 한 명의 방패기사가 펼쳐둔 천 안에 정확하게 떨어지는 데 성공했다.

서부의 암투

나이트레이 왕국은 크게 다섯 곳으로 나뉜다.

왕도인 크리스털 팰리스가 있는 중앙부, 그것을 중심으로 하여 북부, 동부, 남부 그리고 서부.

북부는 그보다 더 북쪽에 있는 데브히 제국과, 동부는 동쪽에 있는 한다르 국가 연합과 경계를 맞대고 있다. 남부와 서부는 왕국의 남서쪽에 있는 소국과 맞닿아 있다.

왕국의 가상 적국인 제국이나 연합과 맞닿아 있는 북부나 동부의 귀족들은 비교적 강력한 기사단을 거느리고 있었다. 그에 비하면 남부나 서부의 군사력은 결코 높다고 할 수 없었다.

물론 남부의 룬 변경백이나 하인라인 후작 같은 예외는 있지만.

서부에서 대귀족으로 가장 먼저 이름이 거론되는 사람은 호프 후작일 것이다. 현재의 호프 후작은 마커스 하그리트. 50대 후반이라는 나이는 당주로서는 전성기, 혹은 성숙했다는 형용사가 딱 어울리는 시기였다.

실제로 호프 후작령은 매우 부유한 영지라고 알려져 있었다.

대대로 호프 후작령은 농업이 번성한 지역으로서, 왕국 서부뿐 아니라 왕도를 포함해 비교적 인구 밀도가 높은 중앙부에도 많은 식량을 공급해 왔다. 최근에는 상업 전반이 성행하면서 영지 발전에도 박차를 가하고 있는 상황이었다.

호프 후작령의 수도 로젠지. 그 후작 저택의 후작 집무실에 손님 한 명이 방문해 있었다.

　"할머님, 오랜만이군요."

　"마커스 경, 오랜만이네."

　나타난 것은 엘프 서쪽의 숲 대장로 중 한 명, 륜. 통칭 할머님이었다. 서부의 대귀족 호프 후작인 마커스 하그리트에게도 할머님이라고 불리고 있었다. 어쨌든 2천 년 이상 살아온 셈이니까······.

　"오늘 왕도에서 돌아오셨다고요. 그 소동에 휘말리셨다고. 엘프 자치청은 격전이었다고 들었습니다."

　"음. 이번에는 정말 죽을 뻔했네."

　두 사람 앞에 나온 코나 커피를 마시며 마커스 경이 이야기를 건넸다. 할머님은 쓴웃음을 지으며 대답했다.

　"세라 덕분에 어떻게든 위기는 넘겼지만······ 우리 애들도 좀 더 단련해야겠다는 걸 절실히 깨달았지."

　"세라 공이라고 하면 남부의 륜 말이군요. 우수하기로 유명한 륜 기사단의 검술 선생이라고 하던데. 거점을 로젠지로 옮기게 해서 저희 기사단도 단련 받게 하고 싶군요."

　마커스 경은 농담인지 진담인지 알 수 없는 어조로 말했다. 물론 기사단을 강하게 만들고 싶다는 것은 본심이었다. 애초에 그것은 거의 모든 영주가 바라는 일이기도 하겠지만······.

　"마음은 알겠지만 무리일세."

　"그 정도로 륜이 마음에 들었답니까?"

　"음. 뭐, 요즘은 륜이 좋다기보단 마음에 드는 남자가 생긴 것 같지만 말야."

"호오! 이럴 수가. 드디어 '엘리자베스의 환생'이라 불리는 세라 공이 남편을 구하게 되는군요. 할머님으로서도 기쁜 일 아닙니까."

마커스 경이 기쁜 얼굴로 웃었다. 서쪽 숲과 인접하여 오랜 기간 좋은 관계를 이어오고 있는 호프 후작령으로서도, 유력한 엘프로 이름을 알리기 시작한 세라가 사위를 데리고 서쪽 숲으로 다시 돌아온다면 기쁜 일이었다.

하지만 할머님은 고개를 갸우뚱하며 대답했다.

"글쎄…… 그 사위 후보는 서쪽 숲에 자리 잡을 자로 보이진 않았네만."

"호오."

마커스 경은 흥미가 담긴 시선을 보냈다.

하지만 할머님은 일부러 화제를 바꿨다.

"그나저나 마커스 경, 내가 돌아온 것도 서쪽 숲에서 연락을 받았기 때문일세. 서부가 소란스럽다던데."

할머님의 질문에 마커스 경은 얼굴을 찌푸리고 고개를 끄덕였다.

"네, 여기저기서 파괴 공작이 벌어지고 있습니다. 경제 불안을 조장하고 있는 거겠죠."

"그 주모자는……."

"제국입니다."

마커스 경은 망설임 없이 대답했다. 그리고 정보를 덧붙였다.

"그것도 저희 호프 후작령에 들어온 것은 그림자 군입니다."

"맙소사…… 그림자 군이라니…… 제국 제20군이라고 하면 황제의 으뜸 아닌가. 그런데, 무슨 이유로 이 서부에? 제국과도 경계를 접하고 있지 않거늘."

"네, 그 부분이 의문입니다. 게다가 랜셔스 장군 본인이 와 있는 것 같습니다."

"랜셔스 장군……. 20군의 사령관이 직접? 이거 귀찮게 됐군."

"네. 그들은 파괴 공작은 물론 도시 내 전투도 특기입니다. 몇 가지 수를 써두긴 했지만 효과가 나타나려면 좀 더 시간이 걸릴 것 같습니다."

마커스 경은 한숨을 내쉬었다. 호프 후작령의 기사단도 결코 약하지 않다. 또한 수비대도 왕국 영주들 중에서는 꽤 강한 편이었다.

하지만 상대가 좋지 못했다.

탁 트인 평원에서의 싸움이라면 몰라도, 숲이나 시가지 등 장애물이 많은 장소에서 하는 전투에 특화되었다고 해도 과언이 아닌 군대가 바로 제국 제20군, 통칭 그림자 군이었다. 게다가 이번에는 그 사령관인 랜셔스 장군이 직접 와 있었으니…….

목적이 뭔지는 모르겠지만, 어쨌든 진심이라는 것만은 알 수 있었다.

"정말이지…… 여러모로 귀찮군요."

마커스 경은 작게 고개를 흔들며 중얼거렸고, 그 말을 들은 할머님도 고개를 끄덕였다.

◆

　호프 후작령의 수도 로젠지 외곽에 말을 탄 여섯 명의 모험가가 있었다.

　룬 소속 B급 파티 『백의 여단』, 휴 맥글러스에게 '일군'이라 불리는 주력 멤버 6명. 『백의 여단』은 마흔 명의 모험가를 거느린 대규모 파티인데, 이 여섯 명은 그 중 최정예이자 모두가 B급 모험가였다.

　창기사이자 단장인 펠프스 A 하인라인, 부단장 셰나, 쌍검사 블레어, 토속성 마법사 와이어트, 신관 기드온, 그리고 척후 로렌초. 이 여섯 명이 『백의 여단』 최정예 멤버였다.

　"휴우, 아크레에서 말을 타고 한참을 달려왔더니 역시 힘드네."

　"그렇게 말하는 것치고는…… 하아, 기운이 넘치네요…… 블레어는."

　"그야 마법사에 비하면 단련하고 있으니까."

　"큭……."

　쌍검사 블레어가 숨이 끊어지기 직전인 마법사 와이어트를 동정이 담긴 눈빛으로 바라보았다. 비웃는 것이 아니라, 진심으로 힘들겠다는 생각에 가여워하고 있는 것이었다.

　걷는 것이 아니라 말을 타고 이동했지만, 평보라면 몰라도 달리는 말을 타면 기수도 체력을 상당히 소모한다. 게다가 익숙하지 않으면 평소 사용하지 않는 근육을 쓰기 때문에 피로도도 배가 된다……. 근접직에 비하면 아무래도 체력면에서 떨어지는 마법사나 신관 등은 힘의 소모가 클 수밖에 없었다.

하지만…….

"왜 기드온은 신관인데 멀쩡해?"

마법사 와이어트만큼 체력이 없을 것 같은 신관 기드온은 조금도 피곤해 보이지 않았다. 어쩌면 쌍검사 블레어 이상으로 멀쩡해 보일 정도로…….

"어렸을 때부터 말 타는 걸 좋아했거든요."

미소를 머금고 대답하는 기드온.

"으…… 펠프스 단장도 그렇고 기드온이나 와이어트도 그렇고, 귀족 자제들이란 사람들은 하나같이……. 응? 그러고 보니 와이어트도 남작 집안의 삼남이잖아? 왜 말을 못 타는 거야?"

"어렸을 때부터…… 하아, 잘 못탔어요…….."

귀족 자제에게도 여러 사정이 있는 모양이었다.

◆

호프 후작령의 도시 로젠지는 성벽으로 둘러싸인 중심부가 이른바 귀족가였고, 시가지를 비롯한 인구 대부분이 사는 외곽부는 울타리도 없이 그대로 드러나 있었다. 그로 인해 최근 상업 발달로 인한 인구의 증가로 인해 도시가 점점 더 확장되며 넓어지고 있었다.

『백의 여단』이 들어선 교외의 외딴집도 확대되어 가는 로젠지 외곽 중 일부였다.

"후작저가 예정대로라면 당장 오늘 밤부터 움직일 거다."

단장인 펠프스가 말하자 **네 사람**은 말없이 고개를 끄덕였다. 무엇을 해야 할지는 이미 알고 있었다.

"변경 사항에 관해서는 로렌초를 기다려야겠군요."

"그래, 아마 곧 돌아올 텐데……."

쌍검사 블레어의 확인에 펠프스가 고개를 끄덕였고, 때마침 문이 열리며 척후 로렌초가 돌아왔다.

그리고 어딘가에서 받아온 듯한 편지를 펠프스에게 건넸다. 그것을 읽은 펠프스의 눈썹이 찌푸려졌다.

그러는 사이에 그 누구도 끼어들지 않았다. 쓸데없는 말이 많은 편인 쌍검사 블레어조차 입을 다문 채 조용히 기다렸다.

"예정이 변경됐다. 오늘 밤 제5 식량고에 습격이 있다는군. 거기를 기습한다."

펠프스가 말했고, 다섯 명 모두가 고개를 끄덕였다.

고개를 끄덕였지만 한 명은 고개를 갸우뚱했다. 토속성 마법사 와이어트다.

"단장님, 제5 식량고는 성 밖에 있는 거죠?"

"그래, 이것만 성 밖이다. 나머지 네 개의 식량고는 모두 성안인데."

로젠지는 후작저나 귀족가는 성벽 안쪽, 즉 성안에 있다. 성 밖에는 시가지나 서민의 주거지, 그리고 농지도 넓게 펼쳐져 있었다. 제5 식량고만 나머지 4개의 식량고와 떨어져 있는 셈이었다.

"다른 네 곳을 노리는 편이 한꺼번에 습격하기 더 쉬울 텐데."

"그래, 와이어트의 말이 맞아. 뭔가 속셈이 있는 걸지도 모르지. 혹은 이 제5 식량고가 특수할 수도 있고…… 적어도 우리가 가진 정보로는 추측이 불가능해."

와이어트의 의문에 펠프스도 동의했다.

"단순히 성 밖에 있으니까 습격하기 쉬워서 그런 거 아닐까요?"

쌍검사 블레어가 의견을 냈다.

그 말에 얼굴을 찌푸리며 그를 노려보고는 작게 고개를 흔드는 와이어트.

당연히 블레어는 화를 냈다.

"야, 너, 마법사! 뭐야, 그 태도는!"

"검사는 단세포라는 통설이 역시……."

"없어, 그런 건!"

쿵.

차갑게 울린 소리는 결코 크지 않았다.

하지만 순식간에 공기가 바뀌었다.

"미, 미안하다."

"죄송합니다."

곧바로 사과하는 블레어와 와이어트.

그 상대는 말없이 두 사람을 노려보는 부단장 셰나. 방금 전의 소리는 화난 셰나가 낸 소리임을 두 사람은 바로 알아차렸다.

물론 펠프스는 미소를 지은 채 아무 말도 하지 않았다. 이것이 이 여섯 명 각자의 역할임을 이해하고 받아들이고 있기 때문이었다.

"일단 제5 식량고를 지원하러 간다. 충분한 수비병이 배치될 것 같으니 우리의 역할은 도망간 습격자들을 쫓아 그 은신처를 알아내는 것이다. 습격자들이 강할 경우에는 당연하지만 수비대의 지원에 집중할 테니 그렇게 알고 움직이도록."

"네!"

◆

로젠지 시가지에 있는 제국 제20군 은신처.

사령관 랜셔스 장군은 얼굴을 잔뜩 찌푸린 채 로젠지의 지도를 노려보고 있었다.

조금 전까지만 해도 장군에게 속속 보고가 들어왔으나 지금은 조용하다. 요청했던 보고는 얼추 갖춰졌다.

"각하, 식량고 습격대 준비가 끝났습니다."

"가밍엄, 어려운 역할이지만 부탁하지."

"예! 맡겨만 주십시오. 명예를 회복할 기회를 주셔서 감사합니다!"

가밍엄은 그렇게 말하며 경례했다.

"룬에서의 실수를 만회해 보도록."

"명심하겠습니다!"

가밍엄이 방을 나섰다. 이제부터 대원들을 이끌고 사지로 향하게 된다. 하지만 그 얼굴은 절망이 아닌 기쁨으로 가득 차 있었다.

과거 왕국의 남부 룬에서 자신들을 주시하고 있던 검사와 마법사를 어둠 속으로 끌고 들어가 습격하려다 역습을 당하는 실태를 범했다. 간신히 감옥에서 탈출했지만, 아무런 저항도 하지 못하고 산 채로 포박된 것 자체가 제국 제20군으로서는 엄청난 추태라 할 수 있었다.

원래대로라면 타군으로 배치되어 평생 빛을 보지 못한 채 썩어 갔을지도 모르는데, 아직도 제20군에 남아 대를 이끌고 작전에 참가할 수 있었다.

기쁨으로 가득 찬 것은 어쩌면 당연했다.

설령 그것이 귀환이 어려운 임무일지라 해도…….

그날 밤, 로젠지 제5 식량고 주변.

"대장, 역시 수비병들이 상당히 매복해 있습니다."

"그래. 하지만 할 일은 변하지 않는다. 계획대로 진행해라."

"예!"

가밍엄의 지시에 따라 움직이기 시작하는 식량고 습격대 10명. 그중에는 가밍엄 소대 일원으로서 룬에 잠입했다가 포박된 자들도 있었다. 다른 이들도 실수를 저지르고 일선에서 제외된 자들뿐이었다.

그러나 그 전원이, 살아서 돌아갈 수 없는 임무라는 것을 알면서도 스스로 참여 의사를 표명하고 이 작전에 몸을 던진 이들이었다.

그들에게는 목숨보다 더 소중한 것이 있다.

그것은 제국 제20군으로서의 자긍심.

누군가는 그것을 어리석은 자긍심이라 단정할지도 모른다. 이해하지 못하는 사람도 많을 것이다.

하지만 타인의 평가 따위는 아무래도 상관없었다.

그들이 스스로 선택한 길이었으니까.

잠시 후, 제5 식량고 오른쪽에서 불길이 치솟았다. 동시에 울려 퍼지는 목소리.

"적습!"

불길과 소리에 의해 매복해 있던 수비병들이 움직이기 시작했다.

하지만 이번에는 식량고의 왼쪽에서도 불길이 치솟았다. 그쪽에서도…….

"적습이다!"

공격 측의 이점은 언제 어디를 공격할지 선택할 권리를 갖고 있다는 점이었다.

물론 '제5 식량고'를 습격하지만, 부지는 넓고 건물도 많다. 게다가 부지 곳곳에 세워진 건물 때문에 결코 시야가 좋다고는 할 수 없었다.

그 건물은 대부분 창고였는데, 상당히 밀집되어 있어 수비병들은 수적 우세를 살리지 못하고 있었다.

게다가 여기저기서 피어오르기 시작하는 불길.

불꽃이 비추는 곳과 불꽃이 닿지 않는 곳. 그 차이는 사람의 시각을 교란시킨다.

완전히 어두우면 그에 맞춰 사람의 눈이 조정되지만, 밝은 불꽃은 그것을 방해한다. 그 결과 눈이 어둠에 익숙해지지 않는다.

"커헉!"

"윽……."

"강하다……."

쓰러지는 수비병. 그들 중 대부분은 어디에서 공격받았는지조차 알지 못한 채 목숨을 잃어갔다.

불꽃을 일으키며 화려하게 움직이는 습격대, 하지만 결코 정면으로 수비병을 공격하지는 않았다. 어둠 속에 숨어 있던 제20군 식량고 습격대는 통칭 그대로 그림자의 군대인 것이다.

제5 식량고에 투입된 수비병은 200명이 넘었지만 그 수적인 우세를 활용하지 못했다. 불길에 농락당하고, 습격대에 농락당하고…… 지휘 계통도 제 기능을 상실하고 있었다.

당연했다. 어디서 무슨 일이 일어나고 있는지 이해하지 못할 뿐만 아니라 습격대의 규모조차 파악하지 못했다.

그런 상황에서 어떤 지시를 내릴 수 있겠는가.

반대로 습격대의 지휘봉을 잡는 가밍엄은 거의 정확하게 상황을 파악하고 있었다. 그것은 모든 것을 내다보고 있기 때문이 아니라 당초의 예정대로 계획이 진행되어 수비병들이 혼란에 빠졌기 때문이었다.

그 탓에 이상함을 알아차리는 것이 조금 늦어졌다.

"새로운 불꽃이 왜 안 올라오는 거지?"

가밍엄이 중얼거렸다.

예정대로라면 차례차례 불꽃이 올라와야 했다. 습격대는 이를 위한 장비를 모두 갖추고 있었다. 하지만 새로운 불꽃이 올라오지 않는다는 건…….

"적에게 당했단 말인가?"

인상을 쓰면서 인정하고 싶지 않은 사실을 인정했다.

밤의 어둠에 섞이고, 불빛에 섞이고, 혼란 속에서 벌어진 시가전. 제국 제20군의 특기라고 할 수 있는 상황에서, 아군이 당했다…….

바로는 믿기 어려웠지만 그렇게 생각할 수밖에 없었다.

아마도 공격한 것은 수비병은 아닐 것이다.

"고용된 모험가인가?"

"정답이다."

채앵.

목소리가 들린 순간 가밍엄은 몸을 비틀며 검을 뽑아 휘둘렀다. 목소리의 주인은 그것을 검으로 받아냈다.

"단장이 말한 장소에 정확히 있었군. 그렇다면 네놈이 지휘관이겠지?"

양손에 검을 든 남자가 웃으며 가밍엄에게 물었다.

물론 가밍엄은 대답하지 않았다. 가밍엄이 숨어서 전체 상황을 관측하고 있었다는 것까지 간파하고 날린 공격이라면 어쩔 방법이 없었다.

게다가 눈앞의 모험가가 상당한 실력자라는 것을 대치한 순간 바로 이해했다. 아마도 자신의 실력으로는 이길 수 없을 것이다.

'더 불을 피우고 혼란스럽게 만들어서 시간을 벌고 싶었지만 어쩔 수 없지. 이 정도로 화려하게 했다면 역할은 이미 완수했을 터……. 남은 것은 죽음뿐이다.'

가밍엄은 그렇게 생각하고 희미하게 웃었다.

"죽이지 마. 진짜 목적을 토해내게 해."

그 목소리가 들린 순간 가밍엄은 벼락을 맞은 것 같은 충격을 느꼈다. 진짜 목적…… 이것이 양동 작전이라는 것을 들킨 것인가? 위험하다, 빨리 죽지 않으면.

하지만…… 손가락 하나 움직이지 않았다. 자결용 독을 마실 수가 없었다.

어째서…….

"역시 셰나의 바늘…… 눈꺼풀조차 움직일 수 없겠지?"

눈앞의 쌍검사가 한 말을 듣고 가밍엄은 그제야 이해했다. 바늘로 움직임을 저지당했다는 것을.

'위험해. 이러다간 그림자 군의 진짜 습격 대상이 호프 후작이라는 것을 들킬지도 모른다…….'

◆

호프 후작 저택. 식당.

호프 후작 마커스 하그리트와 할머님이 식후 커피를 마시고 있었다.

"그러고 보니 아드님인 세드릭 공의 얼굴이 안 보이는군."

"그놈은 요즘 계속 정청 쪽에 틀어박혀 있습니다. 이 저택은 성 안이지만 정청은 성 밖 시가지에 있으니까요. 저쪽이 여러모로 대처하기 쉬운 모양입니다."

"제국의 파괴 공작에 대한 대처인가. 정말 귀찮군."

마커스가 웃으며 대답했고, 할머님은 작게 고개를 흔들며 감상을 밝혔다.

"무슨 일이든 경험이라는 말도 있지요. 이번 건도 세드릭에게 는 좋은 경험이 될 겁니다."

"마커스 경은 아직 50대 아닌가? 은퇴를 생각하기에는 너무 이른 나이인데."

"아뇨, 젊었을 때부터 경험을 쌓게 해 주고 싶을 뿐입니다. 뭐, 은퇴를 생각하지 않는 건 아니지만……."

"난 이미 이천 년을 넘기지 않았나. 슬슬 은퇴를 생각하는 건 내가 할 일이지……."

"엘프와 인간을 비교해도 의미가 없지 않겠습니까."

할머님의 푸념에 쓴웃음을 지으며 대답하는 마커스.

하지만 그 순간 표정이 바뀌었다.

그것은 마커스뿐만 아니라 할머님도 마찬가지였다.

"무슨 일이 일어났군요."

"음. 건물에 불쾌한 공기가 들어왔구나."

마커스는 일어서자마자 벽에 걸려 있던 검을 두 자루 집어들었 다. 그리고 한 자루를 할머님 쪽으로 던져 건네주었다.

"마커스 경, 이 저택의 수비 전력은?"

"집사와 시녀들도 기본적인 무예는 익히고 있지만……."

"지금 들어온 자들은……."

"네, 강하군요. 근위병이 스무 명쯤 되는데 대항할 수 있는 인력은 아마 그 정도일 것 같습니다."

마커스가 말함과 동시에 옆방에 대기하고 있던 근위병 네 명이 검을 빼든 채 들어왔다.

"각하, 적습입니다!"

"수는?"

"자세한 것은 불명입니다. 다만 서른 명 이상으로 보입니다."

"그림자 군 삼십 명 이상이라. 이건 힘들겠군."

근위병의 보고에 쓴웃음을 짓는 마커스.

하지만 곧 무언가 생각난 얼굴로 말한다.

"할머님은 관계가 없으니……."

"이제 와서 도망치라는 말은 하지 마라!"

말을 끝내기도 전에 대답하는 할머님.

"아니, 하지만……."

"세라만큼은 아니지만 검도 쓸 수는 있네. 괜히 오랜 시간 살아온 게 아니야."

거기서 잠시 말을 끊고는 다시 말을 이었다.

"노리는 건 자네 목숨이겠지, 마커스 경."

"부정하지는 않겠습니다."

"근위병, 마커스 경을 지켜라. 내가 돌격한다."

할머님이 그렇게 말한 순간, 식당 문이 열리고 무언가가 날아들었다.

지체하지 않고 할머님도 뛰어들었고, 날아든 두 개의 그림자와 교차했다.

솟구치는 핏방울. 무너져 내리는 두 개의 그림자.

속속 이어서 들어오는 그림자. 차례차례 쓰러뜨려 나가는 할머님.

하지만…….

채앵.

"큭…….."

정면에서 다가온 강력한 참격. 그 기세를 죽이기 위해 크게 뒤로 뛰어 거리를 벌리는 할머님. 거기에 맞춰 그림자 열 개가 식당으로 침입했다.

그림자의 선두에 선 것은 강자의 분위기를 두른 남자였다.

"랜셔스 장군, 직접 습격 부대를 이끌고 온 겐가."

할머님은 일부러 말을 걸었다. 정보 수집과 함께 원군 도착을 위해 시간을 버는 것은 습격을 당한 측의 상도였다.

"조금 전의 싸움, 실력이 상당하다고 생각했는데 설마 엘프였다니……. 역시 방심할 수 없는 종족이군."

"칭찬으로 받아 두겠네."

랜셔스 장군의 말에 할머님이 대답했다.

다시 한번 할머님의 얼굴을 본 랜셔스 장군이 의아한 표정을 지었다.

"엘프는 언제나 젊다고 들었는데……."

거기서 무언가를 떠올렸는지 눈을 부릅뜨고 말한다.

"설마 대장로인가?"

"정답이다. 하지만 늦었어. 〈풍조섬(風爪閃)〉."

할머님이 외친 순간 그림자 군 습격 대원들의 다리가 보이지 않는 바람에 베여 찢어졌다. 움직일 수 없게 된 습격 부대. 그것은 랜셔스 장군조차 예외는 아니었다.

동시에 바닥을 박차고 달려드는 할머님.

놀랍도록 날카로운 검이 기동력을 빼앗긴 습격 부대원들의 목숨을 차례차례 끊어갔다. 하지만 습격 부대원 중에서도 랜셔스 장군을 필두로 많은 경험을 쌓은 자들은 신속히, 하지만 당황하지 않고 포션을 열었다. 그리고 자신의 다리에 뿌렸다.

금세 회복되어 가는 다리의 상처.

그 모습을 보고 할머님은 다시 뒤쪽으로 뛰었다.

"다섯 명밖에 못 쓰러뜨렸나."

"이런 짧은 시간에 그림자 군 5명을 쓰러뜨리다니…… 대장로의 바람 마법은 정말이지 성가시군."

얼굴을 찌푸린 채 조금 분한 표정으로 말하는 할머님. 예상 이상의 희생에 쓴 벌레를 씹은 듯한 표정을 짓는 랜셔스 장군.

"저 엘프는 내가 상대하겠다. 너희들은 호프 후작을 죽여라."

"네!"

랜셔스 장군이 지시를 내리자 그에 따라 움직이기 시작하는 습격 부대.

지시를 내린 랜셔스 장군은 할머님의 지척까지 다가갔고, 곧 칼싸움이 시작되었다.

"귀찮게 나오는군……."

"엘프를 상대한다면 근접전밖에 없으니까."

할머님이 투덜댔고 랜셔스 장군이 씨익 웃으며 검을 휘둘렀다.

"이 거리라면 활은 물론 엘프의 특기인 풍속성 마법도 쓸 수 없겠지."

"그건 부정할 수 없군."

할머님은 대답하면서 호프 후작 쪽을 바라보았다. 그림자 군 4명에 맞서 호프 후작 자신도 검을 휘두르며 근위병 4명과 함께 어떻게든 버티고 있었다.

하지만…….

"장애물이 있는 실내에서도 그림자는 강하군."

"당연하다."

얼굴을 잔뜩 찌푸린 할머님과 희미한 미소를 띤 채 싸우는 랜셔스 장군.

호프 후작 주위도 필사적으로 그를 지키고는 있지만, 밀리고 있었다. 한 사람이 더 많은데도 불구하고. 한 명 한 명의 전투력이 압도적으로 높았다.

할머님 역시 마법을 써서 도와주고 싶었지만 눈앞의 랜셔스 장군은 그런 틈을 주지 않았다. 호프 후작 마커스 하그리트는 이미 힘겹게 숨을 몰아쉬며 싸우고 있다. 누가 봐도 한계에 가까운 상태였다.

본래 마커스는 무예에 능한 사람이 아니었다. 물론 대귀족 당주였으니 젊은 시절부터 무예를 익히긴 했다. 하지만 시간이 지나면, 기술은 쇠퇴하지 않더라도 지구력은 사라진다. 50대 후반이라면 어쩔 수 없는 일이었다.

그리고 마침내…….

"윽……."

"각하!"

검이 날아간 마커스가 깊은 상처를 입고 한쪽 무릎을 꿇었다.

거기에 최후의 일격을 가하기 위해 습격자가 덮쳤지만, 근위병이 몸을 날려 저지했다.

아슬아슬하게 유지되던 균형이 단번에, 그리고 완전히 무너졌다.

차례차례 쓰러지며 순식간에 양쪽의 수가 줄어들었다. 남은 것은 한쪽 무릎을 꿇은 채 일어나지 못하는 마커스와 한 명의 습격자.

지켜주는 자가 사라지고, 스스로도 지킬 수 없게 된 마커스. 거기에 검을 들어올리는 습격자.

하지만…….

"헉……!"

목소리는 습격자의 입에서 새어 나왔다. 그 등에 박힌 검. 할머님이 던진 검이었다.

동시에 한쪽 무릎을 꿇은 마커스의 오른손이 번쩍였고, 단검이 습격자의 가슴에 박혔다.

그러나 그것은 다른 균형이 깨지는 계기가 되었다.

"윽!"

억눌린 신음을 흘린 것은 할머님.

마커스를 지키기 위해 검을 던진 할머님을 그대로 지나칠 랜셔스 장군이 아니었다. 단숨에 그 등을 사선으로 베었다.

"그림자가 이 정도로 큰 피해를 입은 적은 없었다."

할머님을 베었지만, 랜셔스 장군의 표정은 씁쓸했다. 자신의 손으로 키워내고, 황제에게도 제국의 으뜸패라 칭송받던 제20군이 유례없을 정도의 피해를 입은 것이다. 씁쓸한 마음이 드는 것은 어쩔 수 없었다.

"하지만, 이제 끝이다."

그 목소리에 맞추듯 문이 열리고 새로운 네 개의 그림자가 뛰어들었다. 다른 층을 제압하고 온 습격 부대였다.

"원군인가……."

칼에 베여 바닥에 엎드려 있던 할머님이 그 광경을 보고 중얼거렸다. 그야말로 절망적인 광경이었다.

"호프 후작, 제국을 위해 죽어줘야겠다."

랜셔스 장군을 말없이 노려보는 호프 후작 마커스 하그리트.

다음 순간.

창문이 깨졌다.

날아드는 흰색과 빨간색, 두 줄기의 빛.

랜셔스 장군이 검을 들어 올린 채 뒤로 크게 뛴 것은 생각하고 나온 행동이 아니었다. 냉정했다면 검을 내리쳐 마커스에게 치명상을 입힌 뒤 뒤로 뛰었을지도 모른다. 그런 백전노장인 장군의 냉정함을 한순간이나마 빼앗을 정도의 위압감, 살기를 느낀 탓이었다.

그러나 그 움직임이 랜셔스 장군의 목숨을 구했다.

그 외에 네 명의 습격 부대는 한순간에 희생양이 되었으니까. 세 사람은 창에 베이고, 나머지 한 사람은 칼에 목이 꿰뚫려 그 자리에 무너졌다.

형세가 역전되었다.

"이게 무슨⋯⋯."

랜셔스 장군의 입에서 무심코 새어나온 목소리.

확실히 흐름이 정해지며 방심이 아예 없었다고는 할 수 없었다. 그렇지만⋯⋯ 이렇게 순식간에 그림자 군 네 명이 쓰러지는 것은 있을 수 없는 일이었다. 게다가 상대는⋯⋯ 두 명? 근위병이나 기사 부류도 아니다.

"모험가인가⋯⋯."

"맞습니다, 랜셔스 장군. 처음 뵙겠습니다. 룬의 B급 모험가 펠프스 A 하인라인과 셰나입니다. 기억해 주시길."

우아하게 인사하며 자신의 이름을 밝힌 이는 펠프스. 옆에 있는 셰나는 방심하지 않고 칼을 겨누고 있었다.

"들어본 적이 있군. 전 왕국 기사단장인 하인라인 후작의 장남이 모험가 노릇을 하고 있다고. 하지만 남부라고 들었는데. 여기는 서부 호프인 후작령이다. 왜 여기에 있는 거지?"

"물론 의뢰를 받았기 때문입니다. 이쪽 호프 후작님께, 직접 말이죠."

두 사람이 대화를 나누는 사이 복도에서 칼싸움 소리가 들리기 시작했다.

"원군인가."

"예정으로는 당신을 포위해서 붙잡을 생각이었습니다만……."

펠프스가 그렇게 말한 순간 랜셔스 장군의 두 손이 번쩍였고, 그곳에서 호프 후작을 향해 무언가가 날아갔다.

도합 네 개의 단검.

펠프스의 창과 셰나의 검이 그것을 모두 튕겨냈다.

동시에 랜셔스 장군이 달려가더니 문을 걷어차듯 열고 복도로 나갔다.

그곳에서는 습격 부대와 네 명의 모험가가 싸우고 있었다.

"철수!"

랜셔스 장군의 짧은 명령에 연기가 복도를 가득 채웠다.

결국 랜셔스 장군의 포박은 실패로 돌아갔다…….

◆

"하아……."

내무부에서 돌아온 주임 연구원이자 남작인 케네스 헤이워드가 깊은 한숨을 내쉬었다.

"어서 오세요."

곧바로 부하이자 부주임인 라덴이 홍차를 내왔다.

"아, 고마워요."

케네스는 그렇게 말하고는 앉아서 홍차를 한 모금 마셨다.

"베이드라 개발은 이번 달에도 계속 동결된 상태입니다."

"그렇습니까……."

케네스가 씁쓸한 얼굴로 말하자 라덴도 깊은 한숨을 내쉬었다.

이곳은 왕립 연금 공방.

다양한 연금 도구의 제작 및 연구 개발이 이루어지고 있으며 케네스는 그 중심 인물 중 한 명이었다.

그 덕분에 베이드라 이외에도 여러 가지 연구 개발을 진행하고 있었기에 일에는 부족함이 없었다. 하지만 그런 일도 진행하고는 있지만, 나라의 존망과 관련된 베이드라 개발은 매우 중요한 문제라고 케네스는 생각했다.

물론 왕도 소동으로 인해 혼란해진 왕도가 아직 제기능을 회복하지 못했다는 것도 알고 있었다. 하지만 그렇기 때문에 더더욱 진행해야만 하는 것이기도 했다.

세상은 결코 친절하지 않다.

약점이 있으면 그곳을 집중적으로 공격해 온다……. 이웃 나라란 그런 것이다. 남작이라고는 해도 일개 연구원이자 연금술사에 불과한 케네스에게는 아무런 힘도 없었다.

문득 케네스는 왼쪽 옆자리를 보았다.

그곳은 비어 있었다.

과거 케네스와 함께 여러 연금 도구를 개발하고, 케네스와 함께 천재 연금술사라는 명성을 날린 남자가 앉아 있던 자리.

케네스는 아직 20대 안팎이지만 그 자리에 있던 그는 이미 60세를 넘겼다.

쌓아올린 실적, 케네스에 버금가는 발상력, 그 모든 것을 케네스는 동경하여 마음속으로는 스승으로 삼았을 정도였다.

그의 본적은 마법 대학에 있었기에 이 연금 공방에는 파견으로 나와 있었지만, 케네스는 그에게 많은 애정을 받았다. 손자뻘 나이였지만, 자신의 지식과 경험을 스펀지처럼 흡수해가는 케네스를 보는 그 눈빛은 언제나 다정했다.

하지만…….

"프랑크가 사라진 지도 벌써 2년……."

프랑크 드 베르데.

일찍이 케네스와 함께 천재 연금술사로 불렸던 남자의 이름이었다.

다시 찾은 잉베리 공국

한다르 국가 연합의 남쪽에 있는 잉베리 공국. 그곳은『대전』결과, 완전한 독립을 이룬 나라.

그 잉베리 공국의 C급 모험가이자 동시에 공국의 첩보원 비슷한 일을 맡기도 하는 남자, 그것이 바로 콘이었다.

그는 료와 함께 주 왕국 제8 왕자 윌리 전하를 나이트레이 왕국에 보낸 뒤, 잉베리 공국으로부터 한다르 국가 연합 제이클레어의 잠입 지령을 받았다.

그리고 제이클레어에 잠입한 후 여러 첩보 활동을 행한 결과, 폐쇄 도시 이스트에서 신무기가 개발되고 있다는 정보를 입수. 그 신무기의 세부 사항을 조사하라는 것이 이번 새로운 의뢰였다.

한다르 국가 연합 수도 제이클레어에서 동쪽으로 15킬로미터. 폐쇄 도시 이스트.

연합 정부 직할 도시이자 폐쇄 도시라는 이름이 말해 주듯 일반 국민은 물론 귀족조차 특별한 허가를 받은 자만이 들어갈 수 있는 도시였다.

그런 폐쇄 도시 이스트의 잠입은 엄청난 난관이었지만, 경험 많은 콘 답게 어떻게든 잠입에 성공해 현재는 병기 공방에서 정보를 얻을 수 있을 것 같은 지점까지 와 있었다.

콘의 머릿속에는 한 가지 큰 의문이 있었다.

이 세계에서 무기라고 하면 대부분 연금술에 의해 만들어진다.

왕국이나 제국은 연금술에 관해서도 초일류다. 하지만 한다르 국가 연합의 연금술은 확실히 말해서 대단하지 않았다.

과거 연합의 연금술을 뒷받침하던 것은 속국인 잉베리 공국이었다. 하지만 『대전』으로 인해 잉베리 공국이 완전히 독립했고, 오히려 현재는 연합의 적으로 돌아선 이 상황에서 연합의 연금술 수준이 높을 리가 만무했다.

하지만 신무기가 개발되고 있다고 한다. 게다가 곧 실전 투입을 앞둔. 잉베리 공국이 그동안 수집한 정보를 종합하면 전쟁의 판도를 좌우할 정도로 강력한 무기임에 틀림없다는 것이었다.

그만한 무기를 만들어낼 수 있는 연금술을, 연합은 어디서 어떻게 얻었을까.

좀 더 분명히 말하자면, 그런 연금술사를 어디서 데려왔을까.

그것이 콘의 의문이었다.

"뭐, 잠입해 보면 알 수 있겠지……."

그런 혼잣말을 중얼거리며, 콘이 끄는 짐마차가 병기 공방 입구에 도착했다.

무기 **공방**이기는 하지만 무기 시험 발사 때문인지 부지가 광활했다.

그 공방 입구에서는 매번 엄격한 검사가 이루어진다.

"매번 감사합니다. 코론빵입니다."

"오, 코론인가. 늘 고생이 많아."

코론은 콘의 가명이다.

"저야 늘 감사하죠. 쓰러진 아버지 치료비가 꽤 나와서 돈을 못 벌면 곤란하니까요."

그렇게 말한 콘은 평소처럼 짐마차 입구를 펼쳐 위병이 쉽게 조사할 수 있도록 해 주었다.

콘은 자신의 잠입 조사를 위한 도구는 그 무엇도 가져오지 않는다. 그래서 아무리 자세히 조사한다 한들 아프지도 가렵지도 않았다.

"좋아, 문제없어."

약 5분간 위병 두 명이서 상자나 통을 열어 조사를 진행했다.

"코론, 오늘도 제1 반입구인가?"

"아니요, 오늘은 제5 반입구로 가져오라고 들었는데……."

콘이 그렇게 말하자 위병들의 분위기가 달라졌다.

"제5 반입구라……. 그렇다면 너 혼자 보낼 수는 없겠군. 두 명이 코론을 따라가. 코론도 장소를 모르겠지?"

"네, 덕분에 살았어요. 어제 제5 반입구라는 말을 듣긴 했는데 장소도 몰라서 어떻게 해야 하나 싶었거든요."

물론 거짓말이다.

장소는 완벽하게 파악하고 있었다.

하지만 제5 반입구가 있는 통칭 '제5 구역'에 들어가는 외부 업자는 반드시 위병이 따라붙어야 한다는 것도 조사가 끝났다.

"코론의 빵은 맛있으니까. 그건 그렇고 드디어 제5 반입구까지 진출하다니 무시무시하군."

그렇게 말하며 공방의 위병 대장이 웃었다.

코론빵…… 이 빵집 자체는 콘이 만든 가게도 브랜드도 아니다. 20년 전부터 폐쇄 도시 이스트 내에 있는 작지만 평판이 좋은 빵집이다.

하지만 그 실태는 속국 시절부터 잉베리 공국 정보부가 설치하고 운영해 온 빵집이다. 평소에는 결코 표면적인 첩보 활동에 사용되는 일은 없고, 수상한 사람의 출입조차 없는 평범한 거리의 빵집으로 위장하고 있다.

하지만 이번에는 특별히 본국 정보부에서 통보가 있었다.

모든 정보 자원을 소비해서라도 정보를 확보하라.

즉, 20년간 들키지 않았던 코론빵이라는 첩보 거점을 잃어도 좋으니 신무기 정보를 모으라는 것이었다.

폐쇄 도시의 정보 거점이란 것은 적어도 수십 년은 들여야만 확보할 수 있는 것이었다. 그것을 잃어도 상관없으니 손에 넣어야만 하는 정보…… 이야기를 들었을 때는 콘 역시 놀라움을 금치 못했다.

그야말로 나라의 존망이 걸린 첩보인 셈이었다.

제5 구역은 무기 공방 중에서도 가장 구석진 곳이자 다른 4개 구역과는 동떨어진 곳이었다. 무기 공방에서 일하는 사람들 중에서도 특별한 자격과 심사를 거친 사람만이 이곳에서 일할 수 있었다.

"언제 와도 여기는 엄격하네."

"그래. 공방 안에서도 여기는 격이 다르니까."

콘을 따라 들어온 위병이 그런 말을 하면서 짐마차 앞을 걸어 갔다.

"여기가 그렇게 특별한 곳인가요?"

콘이 두 사람의 말에 자연스럽게 끼어들며 질문했다.

"특별하지. 코론 너도 무모한 짓은 하지 마. 공격 마법을 날릴 수 있는 위병들도 있으니까."

"그건 무섭네요."

위병 중 한 명이 콘을 걱정하여 주의를 주었다.

제5 구역 안에는 전망대라 할 수 있는 높이 10미터 정도의 석조 탑이 곳곳에 세워져 있었다. 각각의 탑에는 여러 명의 위병이 구역 내부를 감시하고 있었다.

'저기서 활이 날아오면 성가시겠군.'

콘은 만일의 사태를 대비해 도주 경로를 생각하며 위병의 뒤를 마차로 따라갔다.

제5 구역에 들어선 뒤에도 5구역 전문 위병들에 의해 몇 차례나 검사가 진행되었다. 그런 후에야 비로소 제5 반입구에 도착할 수 있었다.

"엄청난 검사였네요……."

"그렇지? 여기는 특별한 곳이니까. 반입구에는 더 많은 위병이 있어. 물론 그 뒤는 들어갈 수 없으니까 빵은 반입구에서 건네줘야겠지만."

따라붙은 위병이 그런 것을 가르쳐 주었다.

여기서 콘의 계획이 상당히 무너졌다.

'반입구에도 위병이 많다니…… 그건 곤란한데. 안쪽까지 들어가지 못하면 정보는 손에 넣을 수 없을 거야…… 아마. 나머지는 운에 맡길 수밖에 없나…….'

제5 반입구, 동행한 위병이 수속을 마치고 마차와 함께 반입구로 들어갔다. 그곳에는 30명 가까이 되는 위병들이 기다리고 있었다.

'뭐야, 이 인원은…….'

이는 역시나 예상 밖이었다.

지금까지 몇 번인가 들어간 적이 있는 제1, 제2 반입구는 양쪽 모두 기껏해야 두어 명 정도의 위병밖에 없었는데, 여기는 그 10배가 넘었다.

"좋아, 짐을 내려놔라. 네가 그 빵집 사람이구나. 내리는 것과 나르는 건 우리가 하마. 너는 내용물이 무엇인지 그때그때 말하도록."

"아, 네."

콘은 대답을 하고, 시키는 대로 내용물을 차례차례 알려주었다.

남은 상자가 두 개가 된 타이밍에…….

"아, 그 작은 상자는 특별 제작한 겁니다. '닥터'라는 분의 특별 주문이라고 어제 제1 반입구에서 들었는데……."

그러자 위병들의 분위기가 확 달라졌다.

"이런…… 또 다른 말은 없었나?"

위병들의 대장으로 보이는 인물이 물었다.

"따뜻한 상태로 직접 전해 달라고."

콘은 그렇게 말하며 주위를 둘러보았다. 많은 위병들이 작게 고개를 젓고 있었다.

"아아, 역시……."

대장의 중얼거림이 들렸다.

'이건…… 가능성이 있으려나?'

콘은 조금 기대하며 기다렸다.

"어쩔 수 없지. 닥터의 분부다. 내가 데리고 가마. 다른 두 명도 따라와라. 빵집, 그 상자를 들고 너도 따라와."

콘은 황급히 작은 상자, 보온 기능이 있는 연금 도구이자 코론 빵에도 딱 한 개밖에 없는 특별한 상자를 들고 대장의 뒤를 따라 갔다.

'내 운도 아직 죽지 않았구나.'

속으로는 그렇게 중얼거리면서.

콘이 끌려간 방은 반입구에서 상당히 떨어진 곳이었다. 문 위에는 제1 정비실이라는 팻말이 붙어 있었다. 양쪽 여닫이문은 상당히 컸다.

위병 대장은 그 문을 두드리고 안쪽의 대답을 기다리지도 않고 바로 들어갔다.

상자를 든 콘도 따라 들어갔다.

"닥터, 빵집에서 사람이 와서 데려왔습니다. 여기는 외부인이 들어오면 안 되는 곳이니 무리한 요청은 삼가주시면……."

"오오, 드디어 왔구나! 자자, 이쪽으로 오시게."

닥터라 불린 초로의 남성이 대장의 잔소리를 가로막고는 콘을 불렀다. 대장은 늘 있는 일인지 한숨을 한 번 내쉬었을 뿐이었다.

"어제 소장님네서 먹은 특제 코론빵이 정말 걸작이었거든. 그 상자는 보온 연금 상자지? 좋아좋아, 요청대로군. 자, 하나 줘봐."

'닥터'라는 자의 나이는 육십대 중반쯤일까. 길게 기른 흰머리에, 수염도 똑같이 희게 자라 있었다. 연구 기관에서 흰 가운이라 부를 법한 옷을 입고 있었는데, 지팡이를 들게 하면 훌륭한 마법사로 보일 것 같았다.

초로라 부를 만한 나이임에도 불구하고 눈에는 힘이 느껴지고 허리도 곧게 펴져 있어 마주하는 자에게 알 수 없는 위압감을 주는 타입의 인물이었다.

하지만 그 이상으로 콘이 놀란 이유는 '닥터'라고 불린 인물 그 자체에 있었다.

타국의 인간인 콘조차도 얼굴을 알고 이름을 아는 인물. 즉, 나라의 요직에 오랜시간 머무른 인물이라는 뜻.

하지만 이곳에 있을 리가 없는 인물.

그렇다. 본래 닥터가 있어야 할 곳은 **연합**이 아니라 **왕국**. 무기 공방이 아니라 연금 공방, 혹은 마법 대학이었다.

나이트레이 왕국을 대표하는 양대 연금술사 중 한 명으로, '장인'이라는 이명을 가진 사내.

그것이 바로 눈앞의 남자, 천재 연금술사 프랑크 드 베르데였다.

"그래, 이거야 이거. 정말 맛있지. 주문한 대로 세 개 모두 있는 거지? 그래그래, 그럼 나머지 두 개는 받아가겠네."

그렇게 말한 닥터 프랑크 드 베르데는 손대지 않은 두 개의 특제 코론빵을 받아들고 방에 비치된 보온 상자에 넣었다.

"좋아, 이걸로 좀 더 힘낼 수 있겠군. 빵집…… 그래, 코론이랬나? 내일도 주문을……."

"닥터, 연속은 안 됩니다."

닥터 프랑크가 내일 먹을 것을 주문하려고 하자 위병 대장이 말렸다.

"아이고, 쪼잔하긴. 규칙이라는 건 알고 있지만…… 그렇다면 모레로 하지. 오늘과 같은 세 개로."

"아, 네. 준비하겠습니다."

그렇게 말한 콘은 고개를 끄덕이며 승낙했다.

그리고 힐끔 옆을 보았다.

그곳은 벽 전체가 투명한 수정으로 된 창문이었고, 창문 너머 방 안쪽에는…….

'저건…….'

"이봐, 빵집, 가자."

"아, 네."

대장의 재촉에 콘은 방을 나섰다. 창 너머의 광경을 머릿속에 새겨두면서.

◆

폐쇄 도시 이스트 뒷골목에 자리한 코론빵. 생크림 빵이나 잼 빵 등 시간과 노력을 들여 만든 빵으로 사랑받고 있는 빵집이었다.

콘은 그 지하실에 있었다.

"콘, 보고하도록."

눈앞에 있는 것은 중년을 넘어 초로에 접어든 사내로, 가게의 단골들에게는 가게 주인으로 알려진 남자였다.

하지만 최근에는 몸이 좋지 않아 그를 대신해 차남인 콘이 돕고 있다, 라고 이야기를 맞춰놓았다.

그런 콘이 보고를 시작했다.

"제5 구역 잠입에 성공했다. 안쪽에서 신무기로 보이는 것의 실물을 보았다······. 하지만······."

거기서 콘은 말을 끊었다.

"뭐냐, 확실히 말해. 네 보고에 나라의 운명이 달려 있어."

결코 언성을 높인 것은 아니었다. 하지만 오랫동안 임무를 맡아오며 굴하지 않고 국가에 계속 보고해 왔다는 실적과 자신감 때문일까. 가게 주인의 목소리에는 형언할 수 없는 압력이 있었다.

"알고 있지만······ 아무래도 신무기니까. 어쨌든 처음 보는 거잖아."

"흠, 무슨 말인지는 알겠다."

변명하는 콘의 말에 가게 주인이 작게 고개를 끄덕였다.

"하지만 전해들은 바와 내 경험으로 미루어봤을 때, 그건······ 연합의 신무기는, 골렘이다."

콘이 말을 멈췄음에도 가게 주인은 아무 말도 하지 않았다.

한동안 침묵이 이어졌고…… 참지 못한 것은 콘이었다.

"이봐, 듣고 있는 건가?"

그 말에 생각의 늪에 빠져 있던 가게 주인이 뒤늦게 놀랐다.

"이런, 미안하군. 골렘……이라고 했나?"

"그래, 골렘. 길이 2미터 반, 오거 정도 크기에 다리는 네 개. 상반신은 사람 같은 몸통에 두 팔과 머리가 있었다."

콘의 그 보고에 가게 주인은 신음했다.

중앙 연방에서 인공 골렘 제조에 성공한 나라는 없다.

물론 **야생** 골렘은 존재한다. 좀처럼 만나기 힘들고 모양도 제각각이지만. 과거 료와 아벨이 론도 숲에서 귀환하던 도중 만났던 것은 겉모습이 마치 바위처럼 생긴 골렘이었다.

어쨌든 야생의 골렘은 존재했고, 그중에는 극히 드물긴 하지만 생명체처럼 보이는 것도 있다고 한다.

또한 중앙 연방에서는 인공 골렘이 만들어진 예가 없지만 서방 연방에서는 '골렘 병단'이라고도 불리는 골렘 군단이 있었다.

그 이야기는 음유 시인 등에 의해 일반 대중에게도 퍼져 있었고, 콘도 알고 있었다.

이번 골렘은 네 발이지만, 상체는 인간과 비슷하기도 해서 콘이 상상해 왔던 인공 골렘의 모습과 흡사했다. 그런 탓에 신무기는 골렘이라고 보고한 것이다.

"그래서, 그 골렘의 소재와 수는?"

"소재는 불명. 표면은 멀리서 보기엔 금속으로 보였다. 수는 20

대 정도. 다만 그 자리에서 본 것이 20대일 뿐 그 이상일 가능성
도 있다."

"최저 20대의 금속 골렘이라……."

가게 주인의 목소리가 사그라지듯 작아졌다.

서방 연방의 골렘은 소문에 의하면 한 대당 B급 모험가 5명의
전투력과 맞먹는다고 한다. 만약 그것과 같은 정도라면 20대의
골렘은 B급 모험가 백 명에 필적하는 셈이다.

"초강대국이 따로없군……."

상상하고 싶지 않은 광경이지만, 적어도 본국에는 반드시 알려
야 했다.

하지만 지금까지 인공 골렘의 제작은 중앙 연방의 어느 나라도
성공하지 못했던 일이다. 이를 이루기 위해서는 어지간한 연금술
사로는 불가능하다. 연합의 연금술 수준이 결코 높지 않다는 것
을 감안하면…….

"중심이 된 연금술사는 누구지? 그것도 봤겠지?"

"그래, 봤다. 예전에 한 번 본 적이 있는 사람이라 확실히 말할
수 있어. 나이트레이 왕국의 천재 연금술사로 알려진 프랑크 드
베르데다."

"그게 무슨……."

콘이 언급한 이름은 백전노장인 가게 주인에게도 역시나 충격
적이었다.

프랑크 데 베르데라고 하면 당대를 대표하는 연금술사로, 보통
그 정도 수준의 연금술사는 평생 국외로 나가는 것이 금지된다.

그 재능이 곧 나라의 보물이기 때문이다.

비인도적이라고 해도…… 제국에 비하면 상당히 관대하다고 알려진 왕국이라도 그 정도의 조치는 취하고 있을 것이다.

그런 재능이 적국에, 심지어 무기 개발의 중심에 있다는 것은 쉽게 믿기 어려운 이야기였다.

하지만 판단하는 것은 그의 일이 아니다. 그것은 본국이 할 일이었다.

이곳에 있는 것보다 더 상세하고 광범위한 정보가 본국 정보부에 모여 있을 것이다.

"알았다. 본국에 연락하지. 수고했다."

그렇게 말한 가게 주인은 연락용 문서를 작성하기 시작했다.

지하실을 나온 콘은 기지개를 켜며 중얼거렸다.

"내 두 번째 고향도, 곧 힘들어지겠군."

◆

콘이 제5 구역에서 정보를 갖고 돌아간 지 4일 후.

잉베리 공국 공도 애버딘에 있는 공작성의 한 방에서, 잉베리 공작 로리스 바조는 보고를 듣고 있었다.

"즉 프랑크 데 베르데가 제작한 최소 20대의 인공 골렘이 연합의 신무기라는 말인가."

"네, 그렇습니다."

보고하는 이는 잉베리 공국 정보부 장관 조제페 살리에리.

"정말 달갑지 않은 보고로군."

로리스는 얼굴을 구기며 말했다.

그것도 당연했다.

애초에 연합과 공국의 전력차는 10배 이상이었다. 거기에 더해 인공 골렘 같은 신무기까지 등장한다면 전쟁이 벌어졌을 경우 승산은 제로에 가깝다.

그리고 이미 정세는 위태로웠고, 당장이라도 연합 쪽에서 선전포고를 해도 이상하지 않은 상황이었다.

그렇기에 왕국에 원군 타진을 하고는 있지만 반응은 뜨뜻미지근했다. 왕도 소동 건에 대해서는 당연히 로리스도 보고를 받았기에 왕국 기사단 등의 원군을 기대하기 어렵다는 것은 알고 있었다.

하지만 그것을 감안하더라도 왕국의 움직임은 상상 이상으로 느렸다.

"역시 타국은 믿을 게 못 된다는 건가."

로리스의 중얼거림은 살리에리 장관의 귀에도 들렸다.

물론 그 말이 의미하는 바 역시 완벽하게 이해했다.

"우리나라의 독자적인 방위력으로는 그린스톰이 있습니다."

살리에리 장관이 힘줘서 말했다.

"뭐, 그렇지. 게코가 마석을 조달해 준 덕분에 어떻게든 시간에 맞추긴 했지만…… 그래도 한 대뿐이지 않나? 핵 부분은 두 대 분량이 있긴 하지만 그 큰 마석 두 개로 겨우 한 대밖에 움직일 수 없을 정도로 연비가 나빠. 결국 움직일 수 있는 건 한 대뿐이지.

그걸 대체 어디에 설치해야 할지…….”

“초기 설계대로 갔다면 이동식이라 전장까지 가져갈 수 있었을 텐데 말입니다…….”

살리에리 장관이 분한 표정으로 말했다.

“어쩔 수 없지. 연합의 움직임이 예상보다 빨랐으니까. 여러모로 늦어지는 건 어쩔 수 없는 일이야.”

로리스는 작게 고개를 흔들며 보고서를 살펴보았다.

“연합이 활용할 수 있는 전력은 20만. 제국 국경과 왕국 국경에 병사를 남겨둔다고 하면 우리나라로 오는 전력은 6만인가……. 그중 기사단이 오천, 마법단이 이백, 모험가가 천. 나머지는 징집한 국민.”

잉베리 공작 로리스 바조는 보고서에 적힌 내용을 중얼거렸다.

“이쪽은 기사단 오백, 마법단 삼십, 모험가는…… 기껏해야 백. 국민을 끌어모아도 만 명도 채 되지 않아…….”

작전은 이미 결정되었다.

그동안 공국군의 중추에서는 여러 차례 가상 훈련을 거듭해 왔다. 확실히 로리스가 보기에도 이것 이외에 다른 방법은 떠오르지 않았다. 하지만 문제는 그 작전조차 제대로 진행되지 못할 가능성이 높다는 점이었다. 그저 다른 것에 비하면 그나마 낫다, 하는 수준에 지나지 않았다.

그때, 노크 소리가 들렸다.

“전하, 게코 공이 방문했습니다.”

“들여보내.”

잉베리 공국을 대표하는 대상 게코는 비공식적으로는 공국 정부의 무역 장관이라는 소문까지 돌고 있는 인물이었다. 그리고 로리스가 가장 신뢰하는 남자 중 한 명이기도 했다.

"전하, 부르셨다고 들었습니다."

"그래, 게코. 연합의 신무기에 대한 개요가 밝혀졌다. 솔직히 말하자면 공도는 지킬 수 없다. 피온의 준비가 끝나면 바로 도망가라."

충격적이라면 충격적인 말이었다.

머리의 회전 속도로는 공국에서도 톱 클래스인 게코조차 이야기를 이해하는데 몇 초가 걸렸다.

"초토 작전으로 저항할 수밖에 없다는 겁니까?"

초토 작전이란…….

적을 가능한 한 자국 깊숙한 곳까지 유도한다. 도중에 있는 도시나 마을은 우선적으로 파괴해 두고, 국민도 대피시켜서 적의 보급선을 철저히 늘린다. 늘린 보급선을 국지전으로 계속해서 차단하며 전선에 물자가 닿지 않게 만들고, 침략군 장병들의 심신이 한계에 다다른 순간 반격을 가해 승리하는 전략을 말한다.

그러나 적을 성공적으로 처치한다 하더라도 도시와 마을은 황폐해지고 국민들의 생활 역시 궁핍해질 것이다. 전후의 부흥은 처참한 수준으로 어려워진다.

위정자라면 가장 채택하고 싶지 않은 작전 중 하나지만…… 그 외에는 방법이 없었다.

로리스는 그렇게 판단했다.

참모들이 제시한 작전 중에서도 가장 가혹한 작전.

로리스 바조는 국가의 수장이자 우수한 정보부를 거느린 국가의 지배자였기에, 서방 연방의 골렘 병단에 대해 일반적으로 알려진 것 이상으로 상세한 정보를 갖고 있었다.

이번 인공 골렘을 만든 사람이 그저그런 어중이떠중이였다면 서방의 골렘 병단 만한 힘은 없을 것이라고 판단했을지도 모른다.

하지만 제작자는 설마하던 프랑크 데 베르데.

10년 전만 해도 '천재 연금술사'라는 말은 그를 위해 존재했던 말이었다.

이후 케네스 헤이워드라는 젊은 천재가 등장했지만 그래도 프랑크 드 베르데의 이름이 퇴색되는 일은 없었다. 오히려 프랑크와 케네스는 서로 절차탁마하여 왕국의 연금술을 20년이나 앞당겼다는 말까지 나올 정도였다.

그런 천재가 만들었다면 결코 서방 연방의 골렘에 뒤지지 않을 것이다. 즉 공도까지도 연합의 진군을 막는 것은 불가능하다. 로리스는 각오를 마쳤다.

그것을 위해 게코를 불러 도망치라는 지시를 전한 것이다.

"나라 전역을 사용한 초토 작전을 쓸 수밖에 없다. 위정자로서는 실격이라는 낙인이 찍히겠지만 말이야."

로리스는 자학적으로 말하며 빈정거림이 담긴 웃음을 터뜨렸다.

그러고는 웃음을 거두고 나서 말을 이었다.

"게코, 이 싸움에서 이기고 나면 부흥에 가장 필요한 것은 자네 같은 상인들이야. 국내의 물자는 고갈되고 국민들은 굶주리겠지.

한시라도 빨리 타국의 물자 반입이 필요해질 거야. 그러기 위해서라도 반드시 도망쳐야만 해."

로리스는 게코와 그의 상회를 신뢰하고 있었다. 젊은이들은 타국으로 도망칠 것이다. 아니, 이미 도망갔을지도 모르지만, 그래도 싸움이 끝나고 나면 틀림없이 부흥을 도와주러 올 것이다.

"알겠습니다. 다행히도 농업 대국인 왕국과는 관계가 제법 두텁습니다. 부흥에 관해서는 맡겨만 주십시오."

게코는 힘 있게 단언했다.

지금 로리스가 가장 원하는 말이 그것임을 알고 있었기 때문이다.

"부탁하지."

로리스가 고개를 숙였다.

게코가 방을 나가고 로리스는 혼자가 되었다.

바로 앞에는 잉베리 공국과 한다르 국가 연합이 그려진 지도가 있다. 그 지도를 보면서 작은 목소리로, 하지만 힘차게, 로리스는 단언했다.

"우리는, 두 번 다시 노예로는 돌아가지 않을 것이다."

로리스의 방을 나온 게코는 잰걸음으로 공작성을 나섰다.

"게코 씨!"

그가 밖으로 나오자마자 한달음에 달려와 소리친 이는, 게코 상회의 호위대장인 막스였다.

"큰일났습니다! 먼저 보낸 애들이……."

◆

그날 료는 여느 때처럼 세라와 함께 포식정에서 점심을 먹고 영
주관으로 향했다. 기사단 연습장에서 이제는 거의 일과가 된 모
의전을 치르기 위해서였다.

하지만 두 사람이 도착한 영주관은 평소와는 달리 눈에 띄게 분
주했다.

세라가 근처에 있던 기사에게 물었다.

"무슨 일이지?"

"아, 세라 님, 료 공. 조금 전 왕도에서 소식이 왔습니다. 한다
르 국가 연합이 잉베리 공국에 선전 포고를 했다고 합니다."

둘 다 나이트레이 왕국과 경계를 맞대고 있는 나라인 이상 왕
국과 무관하지는 않았다. 료는 그 소식을 듣자마자 눈에 띄게 동
요했다.

"료?"

이렇게 동요하는 료를 보는 것은 세라도 처음이었다.

"아니…… 잉베리 공국에는, 내 제자들이 있어서……."

"제자?"

료의 말은 세라에게도 예상 밖의 말이었기에, 그저 똑같은 말
을 앵무새처럼 반복할 수밖에 없었다.

"게코 상회에서 일하는 애들인데…… 햇병아리 상인이니 전장에

나가는 일은 없겠지만, 연합이 만약 공도까지 쳐들어온다면…….”

“료, 진정해.”

그렇게 말한 세라가 료의 두 손을 강하게 잡았다.

잡았을 뿐, 그 이상은 아무 말도 하지 않고 아무것도 하지 않았다.

하지만 그것만으로도 료의 동요는 상당히 가라앉았다.

“고마워, 세라.”

료는 조금 수줍어하며 세라에게서 손을 뗐다.

“앗.”

세라가 정말 아주 작게, 거의 목소리도 되지 않을 정도로 낸 작은 목소리는 누구의 귀에도 닿지 못하고 사라졌다.

“응, 괜찮아. 게코 씨라면 아이들을 전장에서 떼어놓을 거야. 타국으로 도망쳤을 가능성도 있고…… 아이들도 매일 연습했으니까 〈아이스 월〉은 더 단단해졌을 거고. 그거라면 자신의 몸을 지키는 데는 최적이니까, 괜찮아. 응, 괜찮아.”

스스로를 납득시키기 위해 몇 번이고 괜찮다는 말을 반복하는 료.

“료의 〈아이스 월〉…….”

세라도 본 적이 있었지만, 비록 한 장이라고 해도 쉽게 부서질 만한 것이 아니라는 것은 알고 있었다.

그런 것을 쓸 수 있는 햇병아리 상인들…… 장래가 조금 두렵다는 생각을 한 것은 비밀이었다.

그런 두 사람의 옆을 이든 소대장이 지나갔다. 이든은 왕도 소동 사태 때 왕도에 머물던 룬 기사단의 이송대 대장이었다.

"이든!"

"세라 님, 료 공. 들으셨습니까, 선전 포고 건."

"응, 방금 들었어. 그래서 기사단의 참전 가능성은 있을까?"

세라는 참전 여부를 확인했다.

일개 기사라면 몰라도 이든은 소대장 중에서도 선임이고 높은 지위에 있었다. 자세한 정보를 갖고 있을 가능성이 높았다.

"아니요. 기사단의 참전은 없을 것 같습니다. 왕도의 왕국 기사단도 궤멸한 상태라 룬을 포함한 왕국으로부터의 기사단 참전은 아마도……."

"그렇구나……."

세라는 료 쪽을 바라보았다.

"저는 혼자라도 가겠습니다."

료는 이미 결단을 내렸다.

제자들이 위험에 처했을지도 모른다. 여기서 가지 않았다가 만약의 일이 생긴다면…… 아마 평생 후회할 것이다. 그것만은 확실히 알았다.

"료, 기다려. 이미 국경은 봉쇄됐을 거라 개인적으로 국외로 나가기는 어려워. 아마 모험가들 중에 지원자를 받아서 의용군 형식으로 파견될 거야. 길드에서 용병 의뢰가 나올 거고, 그거라면 국경을 넘을 수 있으니까 먼저 길드에 가보는 게 좋겠어."

세라는 료가 무슨 수를 써서든 잉베리 공국으로 갈 것임을 확신했다. 그렇다면 좀 더 확실하게 도착할 수 있는 방법을 쓰는 편이 나왔다.

"그렇구나. 고마워, 세라. 지금부터 길드에 가볼게."

그렇게 말하고 료는 발길을 돌리려 했다.

하지만 그 직전, 부드러운 감촉에 감싸인다.

세라가 그를 끌어안은 것이다.

"세라?"

"전장에서는 무슨 일이 일어날지 몰라. 사실은 나도 따라가고 싶지만, 기사단 검술 지도역인 이상 이번에는 마음대로 움직일 수 없어. 그러니까…… 조심해. 반드시 돌아와야 해……."

료의 어깨에 얼굴을 파묻은 세라가 어떤 표정을 짓고 있는지 료는 알 수 없었다.

하지만 이런 때에 하는 말은, 동서고금을 막론하고 정해져 있었다.

"꼭 돌아올게. 약속해."

"응……."

료는 약속했고, 세라는 고개를 끄덕였다.

팔을 풀고 떨어지자, 세라는 미소를 짓고 있었다.

그리고 그 미소 그대로 입을 열었다.

"잘 다녀와."

"다녀올게."

료는 그렇게 대답하고 모험가 길드로 향했다.

모험가 길드는 혼잡했다.

연합이 공국에 선전 포고를 했다는 뉴스로 떠들썩했고, 모험가에게 용병 의뢰까지 나온 바람에 소란이 극에 달해 있었다.

모험가 길드에 나온 용병 의뢰, 이는 곧 소속국이 의뢰자였다. 의용군으로서 출병하기 때문에 생명의 위험이 따르는 의뢰였고, 그만큼 보수는 높았다.

나이트레이 왕국의 용병 의뢰의 경우, 이동 중이나 전장에서의 식량은 국가가 준비한다. 게다가 일당은 위험 수당을 포함해 한 사람당 5만 프랄린 이상이다.

다만 누구나 참여할 수 있는 것은 아니며 **C급 이상**의 모험가라는 제한이 붙는다. 낮은 레벨의 모험가가 전장에 가봤자 허무하게 죽을 뿐이니 어쩔 수 없는 일이었다.

참고로 료는 아직 D급 모험가였다.

료가 모험가 길드에 도착했을 때는 용병 의뢰가 나온 직후의 피크는 지나간 상태였다. 그럼에도 여전히 로비에는 많은 인파가 몰려 있었고 여기저기서 모험가들이 이야기를 나누고 있어 혼잡했다.

C급 이상의 모험가들은 자신들이 갈 전장에 대해 이야기했고, D급 이하의 모험가들은 언젠가 자신들도 전장에 서서 일확천금을 노리겠다는 이야기를 나누고 있었다.

애초에 모험가에게 있어서 생명의 위험은 일상다반사였기에 전장에 가는 것 자체에 거부감은 없었다.

오히려 그곳에는 명예와 포상이 있다, 라고 생각할 정도였다.

그도 그럴 것이, 이곳에 있는 룬의 길드 마스터 본인이 그런 식으로 대전의 영웅이 되었으니 말이다.

언젠가는 자신들도! 그렇게 생각하는 것도 어떻게 보면 자연스러운 일이었다.

그런 모험가들 사이를 비집고 료가 카운터에 도착했다. 그곳에는 피크 때의 인파를 소화한 베테랑 접수 직원들이 조금 지친 기색을 보이면서도 프로답게 일을 해내고 있었다.

료는 접수 직원 니나의 창구 앞에 섰다.

"니나 씨, 용병 의뢰를 신청하고 싶습니다."

"아……."

료의 말을 들은 니나는 잠시 말문이 막혔다.

니나는 프로 접수 직원이다. 룬에 소속된 거의 모든 모험가의 랭크를 파악하고 있었다. 그 지식에 의하면 료의 모험가 랭크는…….

"료 씨는 D급이라…… C급 이상만 받을 수 있는 용병 의뢰는 받을 수 없습니다."

"아……."

니나의 말을 듣고 이번에는 료의 말문이 막혔다.

하지만 거기서 포기할 료가 아니었다.

이번에는 제자들의 목숨이 걸려 있……을지도 모르는 것이다.

"그럼 지금 당장 절 C급으로 올려주세요."

"그, 그건 불가능합니다……."

니나도 료의 규격 외의 전투 능력에 대한 소문은 익히 들어 알고 있었다. 접수 직원이기 때문에 모험가들의 다양한 이야기는 자연스럽게 흘러들어오기 때문이다.

물론 그렇다고 해서 편애를 하지는 않았다.

하지만 늘 능청스러운 태도를 보이던 료가 이렇게나 필사적인 데는 무슨 이유가 있지 않을까 하는 생각도 들었다.

평범한 모험가라면 돈이나 명예가 이유가 될지도 모른다.

하지만 료가 상당한 거금을 길드에 맡기고 있다는 건 이미 알고 있었다. 정확한 액수는 모르지만 평생 놀고먹으며 보낼 수 있는 액수라고 들었다. 그리고 명예에도 크게 신경 쓰지 않는 인물이라는 것도 알고 있었다.

그런 료가 어째서인지 이번에는…….

"저는 어떻게 해서든 잉베리 공국에 가야 해요. 제자들의 목숨이 달려 있어요."

료의 필사적인 호소에 그제서야 니나도 상황을 이해할 수 있었다.

『제자를 위해』

그것은 절박해질 만한 이유로는 충분했다.

하지만…….

"하지만 규칙은 바꿀 수는 없습니다…….."

니나로서는 그렇게 말할 수밖에 없었다. 안타깝게도 어쩔 수 없는 일이었다.

"알겠습니다. 잠깐 휴 씨와 대화하게 해 주세요."

그렇게 말한 료는 대뜸 안쪽 문으로 향하기 시작했다.

"아, 료 씨, 잠깐만요."

료가 몸을 돌리는가 싶더니, 이미 문 앞에 도착해 있었다. 순간 이동이라도 했나 싶을 정도로 빨랐다.

니나는 입자가 너무 작아 젖지 않는 드라이 미스트 같은 안개가 한순간 료의 뒤에 흩날린 것을 보지 못했다. 말을 걸었을 때 료는 이미 문을 열고 있었다.

◆

룬의 모험가 길드 마스터인 휴 맥글러스는 그 어느 때보다 바빴고, 그로 인해 기분도 좋지 않았다.

용병 의뢰가 나왔으니 당연하다.

그런 휴의 집무실에 노크 소리가 들렸다.

"들어와."

길드 직원은 긴급한 용건이라면 노크를 하지 않고 들어온다. 그렇다고 이 시간에 외부 사람과 만날 약속도 잡혀 있지 않았다.

의아함을 느끼면서도, 상대가 누구인지 모르면 대응할 방법이 없었기에 들이는 것 외의 대응은 취할 수 없었다.

"실례합니다."

들어온 것은 료였다.

"료? 대체 무슨 일이야?"

"휴 씨에게 부탁이 있어요. 저를 C급으로 올려주세요."

"……뭐?"

◆

"네가 가고 싶은 이유는 알겠어. 하지만 이번만큼은 안 돼."

휴가 서류를 내려다보며 답했다. 그 서류는 료의 길드 기록. 의뢰의 해결부터 기여도 등 여러 가지 정보가 기재되어 있었다.

그것을 확인한 다음, 아직 C급으로는 올릴 수 없다고 판단한 것이다.

"으…… 저도 나름대로 공헌했다고 생각하는데요……."

료는 의뢰를 받은 수 자체는 적었다. 하지만 각 의뢰에 대한 기여도는 제법 크지 않을까. 그렇게 주장했다.

"그렇긴 하지. 하지만 원래 C급이라는 건 쉽게 올라갈 수 있는 랭크가 아니야. C급은 **일류** 모험가다. C급에 오르지 못하고 D급인 채로 은퇴하는 모험가가 훨씬 많아. 그렇기 때문에 더더욱 C급으로 올라가기 위해서는 엄격한 규정이 있고, 길드 마스터라고 해도 그걸 무시할 권한은 없어."

"누가 그 권한을 갖고 있죠?"

"아무도 갖고 있지 않아. 설령 공작 각하나 국왕 폐하라고 해도 규정을 충족하지 않는 이상 C급 이상으로는 올라갈 수 없어. 절대 바꿀 수 없는 건 해결한 의뢰 수와 성공률. D급이 된 뒤로 해결 의뢰 수백 건 이상, 성공률 98퍼센트 이상. 이건 절대적이야."

휴 맥글러스가 단호하게 말했다.

"으……."

이렇게까지 들으면 료 역시 억지를 쓰는 것이 불가능하다는 것은 알 수 있었다.

저도 모르게 속마음이 입에서 튀어나왔다.

"역시 힘으로 국경을 돌파할 수밖에 없는 걸까요. 전부 얼리면 어떻게든 될 테니까……."

중얼거림처럼 작은 료의 혼잣말이 휴의 귀에는 닿았다.

"아니, 진짜로 그런 짓은 하지 말아줘."

휴는 조금 당황하면서도 료의 경솔한 행동을 막았다.

결국 료는 C급에 오르지도 못하고 '용병 의뢰'를 받지도 못한 채 의기소침. 터덜터덜이라는 표현이 딱 어울리는 걸음걸이로 길드 접수처로 돌아갔다.

돌아온 접수처는 어수선했다. 원래도 용병 의뢰 때문에 시끄럽긴 했지만 그와는 다른 이유 때문이었다.

"서둘러! 포션이나 〈힐〉을 걸어줘!"

"물! 물 좀 가져다 줘!"

모험가들의 그런 목소리가 들려왔다.

자세히 보니 한 체격 좋은 남성이 입구 근처에 쓰러져 있었다. 온몸이 상처투성이인 데다 완전히 피로로 지친 모습이었다.

입고 있는 옷은 상인들이 여행용으로 자주 입는 옷. 하지만 그 체격 덕분인지 생사를 넘나든 사람 특유의 험한 분위기가 풍겼고, 주위 모험가들은 그것을 느끼고 있었다. 그것은 다시 말해 동료의 냄새이기도 했다.

그래서 자연스럽게 모험가들이 구원의 손길을 내밀어주고 있는 것이었다.

몇 번이나 〈힐〉을 걸어주고 물을 먹이자 남자는 꽤 회복했고, 자신이 무엇 때문에 여기에 왔는지 떠올렸다.

"료! 수속성 마법사인 료를 찾고 있어! 어디로 가면 만날 수 있지?"

그렇게 소리쳤다.

소리친 내용을 이해한 모험가들이 동시에 한 사람을 쳐다보았다.

지금 막 길드 마스터 방에서 돌아온 료를.

"어? 어? 샤피? 왜 여기 있어요?"

쓰러져 있던 사람은 전 암살자인 샤피였다. 분명 현재는 마음을 고쳐먹고 게코 상회의 호위대에서 일하고 있을 텐데…….

"료 씨, 부탁이야! 애들을 구해 줘……!"

◆

일반적으로 나이트레이 왕국에서 마차라고 하면 아무리 크다고 해도 사두마차가 보통이었다. 즉, 네 마리 말이 끄는 것이다.

하지만 이 마차는 육두마차. 룬에서 구할 수 있는 가장 빠르고 내구력 좋은 마차를 료가 큰 돈을 들여 구매했다.

주인이 곧바로 고개를 끄덕이지 않아 료가 무표정한 얼굴로 계속해서 금화가 든 자루를 책상 위에 내려두는 광경은, 옆에서 보던 샤피의 속을 조금 쓰리게 했다. 다친 탓은 아니었다. 주인도 얼굴이 창백하게 질린 것을 보면 아마 단순히 사고가 정지했을 확률이 높았다.

그렇게 최고의 마차를 손에 넣은 료는 최고의 마부도 손에 넣어야 할 필요성을 느꼈다. 료는 당연히 마차를 운전하지 못한다. 샤피는 할 수 있지만, 이동하는 마차 안에서 료에게 상황을 설명해야 한다. 그렇다면 따로 최고의 마부를 확보할 필요가 있었다.

료에게 마침 연줄이 있었다. 지인 중에 룬에서 최고의 마부라 생각되는 사람이 있는 것이다. 그 인물에게는 돈보다도 진심 어린 바람을 솔직하게, 있는 그대로 이야기했다.

아이들을, 제자들을 구하러 가고 싶다. 그러니까 도와달라고.

최고의 마부는 말없이 고개를 끄덕이며 지금, 고삐를 잡고 마부석에 앉아 있었다.

그 인물은 룬의 모험가 B급 파티 『붉은 검』에 소속된, 부도라는 이명을 가진 방패기사 워렌이었다.

참고로 그 최고의 마부 동료가 세 명 정도 마차 안에 타고 있었다. 검사와 신관과 풍속성 마법사였지만, 신경 쓸 필요는, 없을 것이다…….

◆

"샤피, 자세히 설명해 주겠어요?"

마차가 달리기 시작하며 순항 속도로 접어들자마자 료가 입을 열었다.

"그래, 게코 씨의 명령으로 상회에서 일하고 있는 아이들……

미성년자인 애들은 나이트레이 왕국으로 탈출하게 됐어. 전황과 상관없이 연합이 선전 포고를 하자마자 즉시 잉베리 공국의 공도를 떠났고. 그래서 레드널까지는 순조롭게 도착했어."

거기서 샤피가 물을 마셨다. 길드에서 몇 번의 〈힐〉을 받은 덕분에 상처는 아물었지만, 그전까지 흘린 피가 많아 아직 완쾌한 것은 아니었다.

"레드널?"

료는 들어본 적 없는 도시의 이름이었기 때문에 다시 되물었다.

"잉베리 공국 서부에 있는 국경 도시야. 왕국의 도시인 레드포스트와 연합의 도시인 지마리노와 맞닿아 있지."

샤피 대신 검사가 대답했다. 마부 역할을 해 주고 있는 워렌의 동료였다. 이름은, 아벨이라고 한다. 함께 타고 있는 리햐와 린이 여자들끼리만 대화하고 있으니 아마 외로웠을 것이다.

료는 바다보다 더 깊고 넓은 마음으로 아벨이 대화에 참여하는 것을 허락해 주었다.

"뭔가 말하고 싶은 얼굴이다?"

"기분 탓이에요. 자, 샤피, 계속하세요."

가늘게 뜬 눈으로 묻는 아벨의 질문을 가볍게 흘리고 료는 뒷이야기를 재촉했다.

"아, 응. 어디까지 했더라…… 레드널, 잉베리 공국 서부 국경 도시인 레드널에 도착했는데, 그때는 이미 연합이 국경을 봉쇄한 상태였어. 공국과 왕국 사이에도 군사를 보내서 왕국의 수비병과 교착상태에 빠져 있었고."

"그 단계에서 벌써 국경을 봉쇄했다고요?"

"그래. 우리들 외에 왕국으로 도망치려 한 사람들도 있었는데, 레드널에서 멈출 수밖에 없었던 자들이 꽤 많았어. 우리는 마차 네 대, 어른은 나를 포함해 네 명이었지만 그 외에도 스무 명의 아이들이 있어서 강제 돌파는 어렵다고 판단했지. 그래서 다음 날 남쪽으로 이동해서, 길은 험하지만 그만큼 봉쇄가 허술한 길로 갈 생각이었어."

"타당하군."

샤피의 설명에 아벨이 응답하며 대화가 진행되었다.

"하지만 그날 밤…… 레드널이 습격당했어."

"윽……."

작게 신음한 사람은 료였다. 계속 얼굴을 찌푸린 채다.

"당연히 레드널도 국경 도시야. 높은 성벽에 튼튼한 문도 있고 군사들의 방어도 탄탄해. 왕국에서 원군이 온다고 하면 레드포스트에서 레드널을 통해 공국 내로 들어가겠지? 그래서 공국으로서도 레드널의 확보는 절대적이었던 만큼 상당한 병사가 있었을 거라 생각해. 하지만 우리들이 숙소에서 알아차렸을 때 이미 성문은 뚫렸고, 많은 연합병이 침입한 후였어."

"배신자가 안쪽에서 성문을 열게 한 건가……."

"아마도."

아벨의 추측에 샤피는 동의하며 고개를 끄덕였다. 전쟁이 시작되기 전부터 레드널 안쪽으로 잠입시켜뒀을 것이다.

"우리는 도망갔어. 수속성 마법을 쓸 수 있는 아이들이 얼음벽으로 다른 아이들을 보호하면서. 침투한 연합군이 많아서 몇 번이나 교전했지만 어떻게든 버텼어. 그 애들은 잘 훈련되어 있었으니까."

"당연하죠. 제 제자니까요."

그렇게 말한 순간 료의 표정이 누그러졌다.

"하지만 마지막 순간 그들이 나타나서⋯⋯."

샤피는 거기까지 말하고 고개를 숙였다. 고개를 숙인 채 몇 번 정도 심호흡을 반복했다. 힘든 말을 꺼내기 위해, 설명하기 위해 마음을 가다듬고 있는 것 같았다.

한참 뒤에야 비로소 그가 입을 열었다.

"공격 측의 지휘관으로 보이는 마법사가, 그 아이들의 얼음벽을 부숴버렸어."

"뭐⋯⋯."

샤피의 말에 료는 눈을 부릅뜨고 아무 말도 하지 못했다. 물론 아이들의 〈아이스 월〉은 한 겹뿐이다. 하지만 그래도 료가 직접 전수한 얼음벽인 만큼 쉽게 부서지지 않았다.

"검사의⋯⋯ 투기: 완전 관통으로도 부서지지 않을 정도로 아이들의 〈아이스 월〉은 탄탄했을 텐데요."

"그래, 그건 나도 알아. 실제로 막스 씨가 날린 투기: 완전 관통을 에반스의 〈아이스 월〉이 튕겨낸 걸 봤으니까."

에반스는 료의 제자 중 가장 나이가 많은 열여섯 살 된 아이였다. 게코가 장래에는 훌륭한 장사꾼이 될 것이라며 보증한 인재이자, 료의 다섯 제자 중에서도 꽤 배움이 빠른 아이. 막스는 게코 상회의 호위대장으로 이른바 샤피의 상사라고 할 수 있는 자였다.

"그 마법사는…… 차원이 달랐어. 토속성 마법사였는데, 녀석 한 명에게 아이들의 얼음벽이 모두 뚫렸어."

"무슨……."

"내가 아는 최고의 마법사는 두 명이야. 예전 교단의 수령과 료 씨 당신이지. 하지만 녀석은…… 당신들과도 필적할 만큼 강해 보였어. 그래서 일부러 룬까지 온 거야."

"수령…… 아아, '하산' 말인가요? 그러고 보니 그도 토속성 마법사였죠."

료는 떠오른 얼굴로 고개를 끄덕였다. 암살 교단의 수령, 그는 스스로를 하산 사바흐의 환생이라고 자칭했다. 료와 사투를 벌였지만, 마지막 부하…… 제자에게 배신을 당해 목숨을 잃었다.

하산은 연금술에도 뛰어났으며 그가 정리한 검은 노트는 그의 부탁에 따라 료가 이어받았다. 다만 그 내용이 너무 난해하여 아직 모두 자신의 것으로 만들지는 못했다.

"그 하산과 필적할 정도라면 아이들의 '아이스 월'이 부서진 건 어쩔 수 없네요. 그래서 샤피, 당신도 그 마법사에게 당한 건가요?"

"아니, 나는 달라. 검사다."

"검사?"

샤피가 아벨 쪽을 힐끔 바라보며 말했고, 아벨도 뭔가 알아차린 것인지 작게 중얼거렸다.

"그 검사는 남색 망토에 오렌지색 머리……."

"설마……."

"그리고 붉게 빛나는 마검을 들고 있었어."

"설마……."

"아까 그 마법사는 그 녀석을 이렇게 부르더군. 염제라고."

"염제 프람 딥로드……."

한동안 마차 안에 침묵이 내려앉았다.

아벨은 료에게 고개를 돌리더니 천천히, 그리고 깊이 고개를 숙이며 말했다.

"료, 미안해."

"네? 왜 아벨이 사과하는 거예요?"

료가 의아한 표정으로 고개를 기울였다.

"그때 내가 염제의 숨통을 끊어놨어야 했는데. 그랬다면 이번 일은 막을 수 있었을지도 몰라."

"아, 아뇨, 그건 아니에요. 이번 일은 아벨 때문이 아니에요. 책임져야 할 사람은 그 토속성 마법사와 염제죠."

료가 분명하게 단언했다. 그리고 질문을 이어갔다.

"샤피, 쓰러진 후 아이들은 어떻게 됐어요? 그리고 당신은요?"

"아, 나는 꽤 깊은 상처를 입고 정신을 잃었는데, 그 전에 마법사의 목소리가 들렸어……."

하지만 거기까지 말한 샤피는 그다음 이야기를 망설였다.

한번 료의 얼굴을 바라본다. 그리고 곧바로 시선을 피했다. 꽤 말하기 어려운 내용인 듯했다. 하지만 말하지 않을 수 없다는 것은 알고 있었다.

"아마, 끌려갔을 거야."

"끌려갔다고요? 민간인인데?"

료가 고개를 갸우뚱하며 물었다. 병사라면 포로로 잡을 수도 있을 것이다. 하지만 민간인을 잡아가는 의미가 있나? 게코 상회의 사람이라는 것을 알고 교섭에 사용하기 위해? 아니, 굳이 게코 상회와 교섭할 필요는 없을 텐데.

"아마, 그 애들이 마법사이기 때문일 거야."

"마법사라서? 왜요?"

"그 녀석이 그랬어. 재미있는 아이들을 손에 넣었다고."

빠직.

샤피가 그렇게 말한 순간 무언가 크게 터지는 소리가 났다. 터진 순간에는 누구도 무슨 소리인지 이해하지 못했다. 잠시 후, 그것이 얼음이 부서진 소리라는 것을 깨달았다.

분노한 료가 순간적으로 발생한 얼음이 순간적으로 부서진 소리였다.

"료……"

"네. 네, 알고 있어요……. 여기서 화를 내봤자 소용없는 일이죠."

아벨이 말을 걸었고, 료가 적당한 말로 대답했다. 하지만 그 굳은 표정에서 화가 났다는 것을 모두가 알 수 있었다. 그리고 의지력으로 분노를 억누르고 진정하기 위해 애쓰고 있다는 것도.

"아이들에게 손을 댄다면…… 용서하지 않을 거예요."

료의 그 말에 아벨은 오싹함을 느꼈다.

그 말에 놀랄 만큼 감정이 담겨 있지 않았기 때문이다. 마치 감정이 망가져버린 것처럼.

아무 감정도 없는, 강렬한 말.

아벨조차 처음 경험하는 것이었다.

◆

이전에 료가 호위로서 참가했던 게코 상회 때는, 룬에서 레드 포스트까지 12일이 걸렸다. 하루에 30킬로미터를 이동했다고 가정하면 구 도로를 지나는 루트는 360킬로미터 정도 된다고 볼 수 있었다.

이번에는 그 길을 밤낮으로 달려 12시간 만에 주파했다.

그것은 되도록 말에 부담을 주지 않고 전력에 가까운 질주를 시킨 워렌이라는 마부의 실력, 가끔씩 〈힐〉로 말의 피로를 덜어준 리햐의 광속성 마법, 〈슬라이드〉라는 풍속성 마법으로 공기의 벽을 만들어 말의 피로를 경감해 준 린의 협력 덕분이었다.

"『붉은 검』에는 정말 우수한 세 명의 모험가가 있네요."

료는 아벨 쪽을 힐끔 바라보더니 그렇게 말했다.

"뭐야, 내가 쓸모없다고 말하고 싶은 거야?"

"아니요, 딱히……."

아벨의 항의에 스윽 눈을 돌리는 료.

아벨은 불평하면서도 속으로는 안도했다. 적어도 표면상으로는 료의 상태가 돌아왔기 때문이다.

분노는 힘을 증대시키지만, 섬세함을 빼앗는다.

작전 수행을 위해서는 섬세함도 필요했다.

일행은 레드포스트의 최상급 숙소로 들어갔다. 오전 11시에 룬을 떠나 오후 11시에 도착. 그런 시간에 들어갈 수 있는 숙소라면 최상급이거나 최저가 숙소뿐이다. 료는 망설이지 않고 최상급 숙소를 택했다.

나이트 매니저라 불리는 야간 담당 총지배인이 자리를 지키고 있었다. 마차와 말의 관리, 강행군을 도와준 세 사람을 위해 방을 마련해 줄 것을 부탁했다.

"워렌, 정말 감사했어요."

료는 정중하게 고개를 숙여 진심으로 감사를 전했다.

워렌은 평소처럼 웃으며 고개를 끄덕였다.

"리햐와 린도 감사합니다. 방에서 회복에 힘써주세요."

"네, 알겠어요."

"료, 힘내!"

리햐와 린도 응원해 주었다.

료, 아벨, 그리고 샤피는 조용히 레드포스트를 빠져나갔다.

◆

"습격당한 곳은 레드널이었어. 습격한 건 아마 지마리노에 주둔하고 있던 군대였을 거야."

샤피가 설명했다.

"그렇겠지. 그 염제 프람 딥로드는 이전에 볼트리노 대공 쪽에 있었으니까. 지마리노는 볼트리노 대공국의 도시잖아."

"우선 국경 봉쇄 상황을 살펴보죠."

세 사람은 국경 부근에 배치된 연합군을 파악했다.

"레드널 근처에 포진하고 있네요. 매복 같은 느낌일까요?"

"국경을 넘어오는 왕국군에 타격을 줄 생각인 거겠지."

아벨이 분석하고 료가 행동 지침을 내리려던 순간, 멀리서 레드널의 거리가 보였다. 하지만 그곳에는…….

"연기인가?"

"성벽 안에서 꽤 많은 연기가 치솟고 있네요."

"성문은 무사한데……."

아벨도, 료도, 그리고 샤피도, 나온 결론은 똑같았다.

"레드널은 연합에게 함락당했다."

"아이들은 지마리노 쪽에 있을 가능성이 더 높아 보이네요……."

"지마리노로 잠입하는 게 좋을 것 같아."

세 사람은 지마리노로 향했다.

"문제는 어떻게 지마리노에 들어갈 것인가예요."

료가 문제를 제기했다. 연합은 전쟁 상태였다. 그런 연합의 국경 도시인 지마리노라면 경비가 더더욱 삼엄해졌을 것이다.

실제로 성벽 주위에도 많은 불이 피어오르고 있었고, 병사들이 배치되어 있는 것이 보였다.

"어쩔 수 없어요. 아벨이 나홀로 특공을 감행해서……."

"기각이다."

"어째서······."

"어차피 가장 숭고한 게 바로 자기희생의 정신이니 뭐니 하겠지. 지난번에도 그런 소리를 했잖아."

"정확해요. 지마리노의 적병 전원을 쓰러뜨려도 괜찮아요. 사양하지 말고 해치워 주세요!"

"미안, 나로는 불가능해······."

"아벨, 정말 별볼일 없네요."

"뭐지, 이 부조리함은······."

료는 냉정함을 되찾았고 평소의 가벼운 말투로 돌아왔다. 아벨은 그 일에 기뻐하면서도 들은 내용에는 납득할 수 없었다.

"어쩔 수 없어요. 샤피, 원망할 거면 아벨을 원망하세요."

"······어?"

샤피는 무슨 뜻인지 이해하지 못했다.

◆

"불이야! 화톳불이 쓰러졌어! 얼른 꺼!"

"왜 이렇게 빨리 번지는 거야!"

성벽 밖의 군사들이 황급히 물을 길어왔다. 시야 확보를 위해 상당수의 화톳불이 피워져 있었는데 갑자기 여러 개가 쓰러진 것이다. 그리고 불길이 단숨에 번졌다. 누가 봐도 어색할 정도로 단숨에.

불길을 잡기 위해 사람이 사라진 곳에서 세 사람은 성벽 가까이 다가갔다.

"〈어브레시브 제트 6〉."

료가 뚫은 구멍을 빠져나가, 세 사람은 지마리노로 침입했다.

"샤피가 희생양이 돼서 병사들을 유인해 줄 거라 생각했는데……."

"병사들을 유인하는 것뿐이라면 내가 희생할 필요는 없다고 생각해, 료 씨. 저렇게 불을 쓰러트리고 좀 크게 번지게 하면 되니까."

"역시 전 암살자. 연막탄도 그렇고 이런저런 도구를 많이 갖고 있네요."

"남모르게 잠입하려면 의식을 돌리는 게 상식이잖아?"

샤피의 말을 듣고 료는 아벨을 향해 말했다.

"들었나요, 아벨? 전 암살자도 이 정도는 할 수 있어요. 아벨 정도 되는 사람이 이 정도도 하지 못하다니 부끄럽지도 않은가요!"

"응, 전혀 의미를 모르겠으니까 부끄럽지 않아."

료의 비난을 아벨은 화려하게 피했다. 그리고 샤피에게 물었다.

"아까 료가 성벽에 뚫었던 큰 구멍, 그 틈을 막아서 원래대로 보이게 만든 것도 무슨 특수한 도구인 건가?"

"네, 틈새를 메워주는 연금 도구입니다. 수령의 특기였던 토속성 마법으로 만든 거죠."

샤피는 그렇게 말하고는 잠시 품에 넣어두었던 도구를 보여주었다. 그것은 유성펜 같은 모양으로, 끝부분을 통해 틈새를 메우는 점토 같은 것이 나오는 것 같았다.

"편리하네요. 다음에 케네스에게 말해서 양산해 달라고 해야겠어요. 이익은 저와 케네스 5 대 5로."

료의 그 중얼거림은 다른 두 사람에게는 닿지 않았다.

세 사람이 향한 곳은, 도시 중심에서 조금 벗어난 곳이었다.

지마리노는 샤피에게는 처음이었지만 료와 아벨은 두 번째였다. 지난번에도 밤이라 여러모로 고생한 기억이 있었다.

인접한 레드널이 함락되면서 자연스럽게 지마리노도 최전방 중 한 곳이 된 모양이었다. 거리를 걷고 있는 일반인은 거의 없다. 밤 12시였으니 당연하다면 당연한 일일지도 모르지만⋯⋯.

도착한 곳은 술집이었다. 그랬다. 저번과 같은 술집이다.

아벨, 료, 샤피 순으로 안으로 들어갔다. 문은 열려 있었고 영업도 하는 것 같았지만 손님은 아무도 없었다.

"어서 오세요."

카운터에서 컵을 닦고 있던 마스터가 인사를 건넸다. 지난번에는 문을 열고 들어가도 아무 말이 없었는데, 지금처럼 다른 손님이 없으면 인사를 해 주는 것인지도 모른다. 게다가 들어온 인물이⋯⋯.

"음? 형씨들, 오랜만이군."

"기억하고 있었나."

"당연하지. 그쪽 로브 쓴 형씨가 한턱 크게 내줬잖아."

마스터가 그렇게 말하자 료는 수줍어하며 미소 지었다.

"난 맥주로."

"와, 와인으로."

"우유를 맥주잔에. 그리고 주사위 스테이크!"

뭘 묻는다 해도 일단 주문 먼저 하는 것이 술집의 예의다. 아벨도, 샤피도, 물론 료도 그것을 알고 있었다.

◆

"역시 손님이 없긴 하네."

"전쟁이 났으니까. 심지어 옆에 있는 레드널이 함락당했잖아. 아무리 낙관적인 지마리노 주민들이라도 밤에 술을 마시는 건 자제할 수밖에."

아벨이 말하자 마스터는 쓴웃음을 지으며 대답했다. 하지만 거기서 무언가 떠오른 얼굴을 했다.

"그러고 보니 형씨들은 왕국 사람이지? 괜찮은 거야? 여러 가지로."

"응, 방금 여기로 막 왔어."

"방금? 이런 시간에? 아, 아니, 잊어버려. 여러 사정이 있겠지."

마스터는 그렇게 말하더니 혼자 결론을 내려버렸다. 술집 마스터는 호기심이 많으면 목숨이 짧아지는 직업인 것이 틀림없다.

세 사람 모두 이미 음료는 받은 상태였다. 거기에 기다리고 기다리던 것이…….

"자, 주사위 스테이크 나왔습니다!"

"오! 이거예요, 이거! 고기를 먹고 힘을 내야죠!"

료는 그렇게 말하더니 오른손에는 포크, 왼손에는 우유가 든 맥주잔을 들고 열심히 먹기 시작했다. 정말로 맛있게. 그 모습을 주방의 요리사가 흐뭇하게 보고 있었다. 자신이 만든 요리를 맛있게 먹어 주면 누구나 기쁜 법이다. 그것은 프로 요리사라도 마찬가지다.

"마스터, 물어보고 싶은 게 있어요."

"아, 상관없어. 이번에도 대금화 한 장짜리 우유를 맥주잔으로 주문해 줬으니까."

"10만 프랄린짜리 우유……?"

아벨의 물음에 마스터는 고개를 끄덕였고, 샤피는 우유의 가격을 듣고 경악했다. 그리고 옆에서 주사위 스테이크와 우유를 맛있게 먹고 있는 료를 두려움이 담긴 시선으로 바라보았다.

"우선은…… 그래, 레드널을 함락시킨 군은 이 도시에 주둔하고 있어?"

"그래, 맞아. 연합군 제3 독립부대라나봐. 천 명 정도였지, 아마."

"그걸 이끄는 놈이 누군지 알아?"

"아니, 거기까지는 나도 잘 모르겠네. 다만 동문 근처에 있는 제2 수비대 막사에 있어. 거긴 생긴지 얼마 안 돼서 꽤 큰 감옥도 있는 시설이거든. 독립부대에 넘기면서 꽤 많은 수의 죄수를 이동시켰다는 모양이야."

"그렇군."

마스터의 설명에 고개를 끄덕이는 아벨. 곧바로 료와 샤피와도 시선을 주고받는다. 료도 샤피도 고개를 끄덕였다.

일단은, 거기다.

거기서 료가 무언가를 깨닫고 문 쪽을 바라보았다.

"왜 그래? 료."

"사람이 와요. 오는데…… 이 반응은, 아는 사람이에요."

"적인가?"

"괜찮아요. 적은 아니에요."

아벨의 물음에 료가 대답했다.

어쨌든 전장이었기에, 지마리노에 들어온 이후로는 계속 〈수동 소나〉를 켜두고 있었다.

그리고 가게 문이 열렸다.

들어온 것은 두 명의 여자. 선두에 있는 황갈색 머리에 연한 하늘색 눈동자를 가진 여성은 아는 사람이었다. 그 오른쪽 뒤에 있는 여자 검사도 아는 사람이다. 하지만 늘 셋이서 행동하고 있고…… 분명 왼쪽 뒤에 여성 마법사가 있었는데…….

"오랜만이에요, 붉은 마왕. 그리고 붉은 검사."

황갈색 머리의 여성은 그렇게 말하더니 가볍게 고개를 숙였다.

"으음, 붉은 검사는 아벨을 말하는 거죠? 검이 빨갛게 빛나니까. 그런데 붉은 마왕은…… 혹시 저를 말하는 건가요?"

료가 주위를 둘러보다가, 아무리 봐도 붉은 마왕에 해당할 법한 인물이 자신밖에 없음을 깨닫고 물었다.

"네, 이 국경 일대에서는 그렇게 불리고 있답니다. 염제의 부하와 이곳 수비병이 퍼뜨린 것 같아요."

"말도 안 되는 소문이네요. 전 수속성 마법사인데…… 푸른 마왕이 더 좋아요."

"마왕이라고 불리는 건 괜찮은 거냐……."

료가 잘못된 소문의 폐해를 한탄하고, 아벨이 황당한 표정을 지었다.

"저희 쪽의 빨간색 가면과 빨간색 망토를 쓰고 있었기 때문이죠."

"그랬죠, 참. 그때는 도움을 받았어요. 감사해요."

지난번 료는 정체를 숨기기 위해 그녀들에게 가면과 망토를 빌렸다. 그래, 그녀들, 『새벽국경단』에.

◆

"이번에 저희 동료가 거리를 감시하고 있었는데, 거기서 두 분을 발견했어요. 술집에 들어갔다고. 이건 분명 하늘의 계시라고 생각해 이렇게 찾아뵙게 되었습니다."

"하늘의 계시?"

황갈색 머리의 여성이 꺼낸 표현이 과장스럽다고 생각한 아벨이 그렇게 되물었다. 황갈색 머리의 여성이 무언가를 깨달은 표정을 지었다.

"아, 죄송합니다. 그전에 전 아직 이름조차 밝히지 않았네요."

"아마 플로라 레제로 비기겠지."

아벨이 말하자 플로라는 눈을 동그랗게 떴다.

"볼트리노 대공의 딸이군."

"네, 놀랐어요. 어떻게……."

"지난번에 염제를 떠봤거든."

"아아…… 프람……."

염제의 풀네임은 프람 딥로드다. 플로라는 쓴웃음을 지으며 작게 고개를 저었다.

"아버지의 명령으로 저를 데리러 왔던 거예요."

"이번에는 다르고."

아벨이 본론으로 들어갔다. 플로라는 고개를 끄덕이며 말을 이었다.

"네, 그것도 알고 계시는군요. 그는 연합군의 일부로서 이 국경 부근에 배치되어 있습니다."

"우리는 그 염제와 함께 행동하고 있는 토속성 마법사를 찾고 있어."

"역시 하늘의 계시였어요!"

"혹시 너희들도?"

플로라의 말에 아벨이 놀랐다.

"제 호위인 나라가…… 잡혀갔습니다."

플로라가 그렇게 말하며 힐끔 왼쪽 뒤편을 보았다. 지금 그곳에는 호위 마법사가 없었다.

"물론 되찾기 위해 공격은 했습니다만…… 실패했습니다. 저희 앞을 가로막은 것이 바로 그 염제 프람 딥로드와 마법사였고요."

"그 마법사의 이름은 알고 있나?"

"네, 파우스트 파니니. 아직 젊지만, 연합 제일의 토속성 마법사이자 연금술사이기도 합니다."

"마법사이자 연금술사⋯⋯."

플로라의 말을 듣고 중얼거린 사람은 료였다. 얼굴을 찌푸리고 있다. 붙잡힌 제자들을 떠올렸기 때문이었다.

"우리들의, 아니, 저기 있는 료의 제자인 마법사 아이들도 아마 그 녀석에게 잡혀갔을 거야. 우리는 녀석들을 구하러 가려는 거고."

"그렇군요. 하지만 저희쪽의 나라도 그렇고 그 아이들도 그렇고⋯⋯ 왜 마법사를 잡아간 걸까요."

"모르겠지만, 어차피 제대로 된 이유는 아니겠지."

아벨은 독단과 편견으로 단언했다. 료도 크게 고개를 끄덕였다. 힘으로 아이들을 데려가는 자가 정상일 리가 없다.

그리고 양 진영은 합동 작전 회의에 들어갔다.

"『새벽국경단』에는 양동 작전을 부탁하고 싶습니다. 물론 전원이 다 갈 필요는 없고, 저희와 함께 적의 본거지에 돌입할 분도 환영입니다."

"알겠습니다. 플로라 님, 지기반 일행에게 양동 작전을 부탁하도록 하죠. 저희와 삼 남매가 이쪽을 따라가는 게 어떨까요?"

"네, 그게 좋겠어요."

료의 제안에 호위 검사인 카라가 작전을 세우고, 플로라가 승인했다. 전투와 관련해서는 기본적으로 카라가 작전을 세우는 모양이었다.

"하지만 양동으로 저쪽에 가는 건 도시의 수비병뿐일 겁니다. 그 본거지에 있는 독립부대에 있는 자들은 움직이지 않을 텐데요?"

"네, 움직이지 않을 거예요."

검사 카라의 지적에 료는 고개를 끄덕였다.

"그래도 괜찮다는 건가요?"

"괜찮아요. 본거지에는 우선 저희쪽 아벨이 돌입할 겁니다."

료의 설명으로 플로라와 카라가 아벨을 바라보았다. 아벨은 반박하지 않은 채 여전히 미간을 찌푸리고 있었다. 합동 작전 회의에 들어가기 전 료가 아벨에게 그 의도를 전해 둔 탓에 평소와 같은 지적은 날아오지 않았다.

"그 뒤편에서 붙잡힌 사람들을 먼저 구출하죠. 거기에 아이들이나 나라 씨가 있으면 그대로 철수하겠습니다. 없으면 풀어준 사람들은 일단 안전한 곳으로 데려가 주세요."

"알겠습니다. 그럼 붉은 마왕, 아니, 료 씨는 어떻게 하시려고요?"

검사 카라가 저도 모르게 마왕이라고 불러버렸다. 이 국경 일대에서는 료=붉은 마왕이라는 인식이 상당히 자리잡은 모양이다. 소문이란 참 무서운 법이다.

"그 감옥에 없다면 마법사 쪽에 끌려갔을 가능성이 높으니 거기로 갈 겁니다. 저와 샤피 둘이서 빼앗아 오겠습니다."

료가 단언하자 샤피도 크게 고개를 끄덕였다.

이 중에서 가장 책임감을 느끼는 것은 샤피일 것이다. 아이들을 생각하는 마음은 물론 료도 컸지만, 그것과는 또 다른 이야기였다.

자신이 더 강했다면, 더 잘했다면 아이들이 잡히는 일이 없었을 것이다. 이는 인솔하던 다른 어른들은 모두 죽고 자신만 살아남은 것도 이유 중 하나일지도 모른다. 료와 아벨은 신경 쓰지 말라고 할 것이고 책임을 추궁하지도 않을 것이다. 하지만 샤피는 도저히 스스로를 용서할 수 없었다.

◆

제2 수비대 막사 대장실.

현재는 염제 프람 딥로드의 집무실이 되어 있었다.

문을 노크하는 소리가 들리고 부하가 들어왔다.

"보고합니다. 서문 부근에서 대규모 화재가 발생했다고 합니다. 도시에 있던 수비병이 향했습니다."

"아까의 소동이 그거였나. 알았다. 계속해서⋯⋯."

프람이 거기까지 말하자마자 이번에는 다급하게 문이 열렸다.

"큰일났습니다! 막사가 습격당했습니다!"

"진정해. 순서대로 요격하도록. 적의 병력은?"

"한 명입니다."

"⋯⋯뭐야?"

프람의 눈이 가늘어졌다.

"포위해서 쓰러뜨리려 하고 있지만, 안 됩니다. 검사인 것 같은데, 너무 강합니다."

"알았다. 내가 나가마."

프람은 그렇게 말하고 일어서며 애검을 집어 들었다. 그리고 물었다.

"적의 특징은?"

"붉은색의…… 각하와 같은 마검을 가지고 있습니다."

"마검사라고?"

그 순간 프람의 머릿속에 몇 달 전 이 도시에서 싸웠던 마검을 든 남자의 모습이 떠오른 것은 우연이 아니었다. 그 굴욕은 단 한 순간도 잊은 적이 없었다.

대체 누구인가…… 프람이 밖으로 나오자, 백 명이 넘는 아군이 이미 쓰러져 있었다.

보고받은 대로, 단 한 명의 검사.

보고받은 대로, 붉은 마검사.

보고를 받고, 떠올린 대로…….

"아벨……!"

프람의 얼굴이 붉게 달아오르더니 서서히 분노로 일그러졌다.

"안녕, 염제. 늦었네."

"네놈이 왜 여기 있는 거냐!"

"그야 당연히 너랑 결판을 내러 왔지."

마음에 조금도 없는 말을 하는 아벨. 염제 프람 딥로드가 냉정했다면 아벨의 거짓말을 알아차렸을 것이다. 아니, 어쩌면 알아차렸다고 해도 그대로 싸우려고 했을 가능성이 더 높았을까?

어느 쪽이든 이 두 사람이 만나면 싸우는 것은 당연한 수순이었다.

"수로 밀어붙여도 되는데? 어차피 전부 쓰러뜨릴 거니까."

아벨이 저급한 도발을 했다. 하지만 냉정하지 못한 프람은 그것에 말려들었다.

"잘 들어라, 절대, 아무도 손대지 마라! 설령 내가 죽기 직전이라고 해도! 알겠나!"

"네!"

프람의 말에 부하들이 고개를 끄덕였다.

"이봐, 괜찮아? 그런 소릴 해도. 일대일로 싸워준다고 해도 난 봐주지 않을 건데?"

"닥쳐라, 아벨. 네놈은 내 손으로 죽여주마."

"재밌네, 어디 해 보든가."

염제 프람 딥로드 대 아벨의 세 번째 싸움이 시작되려 하고 있었다.

한편 그 무렵 료, 샤피, 플로라, 카라, 삼 남매 비비아나, 타티아나, 옥타비오 총 7명은 제2 수비대 막사의 감옥에 와 있었다.

"〈수동 소나〉."

료가 다시 한번 감옥 안을 살폈다.

"감지된 문지기는 문 너머에 두 사람. 안에 꽤 많은 사람이 있어요."

료의 보고에 다른 여섯 명이 고개를 끄덕였다.

"3, 2, 1…… 〈아이시클 랜스〉."

두꺼운 얼음 창으로 인해 날아가는 문. 동시에 뛰어드는 삼 남매.

"크흑."

"커헉……."

문지기인 두 사람은 순식간에 삼 남매의 손에 쓰러졌다. 열쇠를 빼앗아 능숙하게 발에 연결된 쇠사슬을 풀어나가는 삼 남매.

료가 찾던 사람들은 문 바로 근처에 있었다.

"얘들아!"

"료 선생님!"

료의 제자 세 명이었다.

"다행이다……."

세 사람을 끌어안는 료. 그 눈동자에서는 눈물이 흘러내리고 있었다. 안긴 세 사람도 울음을 터뜨렸다.

잠시 재회를 기뻐한 후, 감옥 안쪽에서 돌아온 샤피가 보고했다.

"새벽국경단 마법사랑, 그 밖에도 몇 명의 마법사가 있었어. 상회의 아이들도 대부분 있지만……."

"대부분?"

샤피의 보고에 의아한 표정을 짓는 료.

당연히 대부분으로는 부족하다. 전원을 구해야 했다.

"에반스와 루체가 없어."

"그게 무슨……."

샤피의 말에 료는 입을 다물었다. 감옥에 있지 않을 가능성도 염두에 두고 있었지만…….

에반스는 료의 다섯 제자 중 가장 나이가 많은 16살. 루체는 최연소인 10살. 하지만 마법 사용에 관해서는 이 두 사람의 습득이 가장 빨랐다.

"두 사람은 몇 시간 전에 끌려갔어요. 아마 토속성 마법사가 있는 곳일 거예요……."

남은 세 사람 중 한 명인 량이 말했다.

"데려갔어? 대체 무슨 짓을……."

"아마 마력을 흡수당하고 있을 거예요……."

량이 울 것 같은 표정으로 대답했다. 자신이 당한 일을 떠올린 것 같았다.

마력을 잃어도 쉬면 회복된다. 그건 맞다. 하지만 마력이 떨어지면 현기증이 일어나고 정신을 잃는다. 결코 기분 좋은 일도 아니고, 몇 번을 경험해도 익숙해지지 않는다. 사람에 따라서는 정신을 잃기 전에 심한 두통을 느끼기도 한다.

적어도 아이들이 경험할 만한 것은 아니었다.

"많이 힘들었지."

료는 그렇게 말하고 다시 한번 세 사람을 꼭 안아주었다. 세 사람 모두 코를 훌쩍이고 있었다. 눈물이 흘러넘친 탓이었다.

하지만 세 사람 모두 곧바로 얼굴을 들었다.

"선생님, 그 둘을 구해 주세요."

"선생님, 부탁이에요!"

"저희는 괜찮으니까!"

세 사람 모두 눈물을 흘리며 그렇게 부탁했다.

"물론 구해 줄 거야."

료는 그렇게 말하고는 애써 미소를 지었다. 눈앞의 제자들을 안심시키기 위해서.

"세 사람은 먼저 이 누나들이랑 안전한 곳에 가 있을래? 선생님이 에반스와 루체를 꼭 데리고 올게."

"네."

료의 말에 세 사람은 고개를 끄덕였다.

따라가고 싶은 마음은 굴뚝 같을 것이다. 하지만 동시에 에반스와 루체를 데려간 마법사가 얼마나 강한지도 알고 있었다. 자신들이 걸림돌이 된다는 것을 알고 있는 것이다.

료가 가르친 것은 결코 마법의 사용뿐만이 아니었다.

"이 문 안쪽이에요."

료의 말에 샤피가 고개를 끄덕였다.

『새벽국경단』 다섯 명에게는 아이들을 포함한 마법사들의 탈출을 부탁했고, 료와 샤피만이 이곳까지 왔다.

"두 명은 방 중앙 의자에 있어요. 오른쪽 안쪽에 어른이 한 명…… 아마, 그 마법사일 거예요. 방에 있는 사람은 그뿐이에요. 계획대로."

"알았어."

료의 말에 고개를 끄덕이는 샤피.

"3, 2, 1, 〈아이시클 랜스〉."

감옥과 마찬가지로 두꺼운 얼음 창으로 문을 날렸다.

동시에 뛰어들어 방 중앙으로 단번에 달려드는 샤피.

"〈아이스 월 10층〉."

파바바바박.

샤피에게 날아간 돌 창이 료의 얼음벽에 의해 튕겨 나갔다.

"호오……."

방 오른쪽 안쪽에서 거대한 상자를 조작하던 남자가 놀란 목소리를 냈다.

"설마 내 공격을 튕겨낼 줄이야……. 투명한 얼음벽인가? 아, 그렇군. 그 아이들의 스승이구나."

"네, 맞아요. 제자를 돌려받으러 왔습니다."

회색 로브를 입은 토속성 마법사의 말에 료가 또박또박 대꾸했다.

그런 대화를 나누는 사이 샤피가 축 늘어진 에반스와 루체의 구속구를 풀고 두 사람을 양 어깨에 들쳐맸다.

"그렇게는 안 되지! 〈뚫어라〉."

회색 로브가 짧게 외치자 네 사람을 향해 수십 개의 돌 창이 날아갔다.

"〈아이스 월 10층 패키지〉."

하지만 당연하다는 듯 전방위로 펼쳐진 료의 얼음벽에 의해 튕겨 나갔다.

"주문 영창 없이? 희귀한 마법이네요."

"네놈도 마찬가지다. 제국이라면 폭염의 마법사와 그 사단이 트리거 워드만으로 마법을 발동하는 것으로 유명하지만, 넌……잉베리 공국 쪽 인간인가? 잉베리에 그런 마법사가 있다는 정보는 듣지 못했는데."

게코 상회 아이들이 잉베리 공국 사람이었기 때문에 그들의 스승인 료도 같은 나라 사람으로 오해한 모양이었다.

물론 료는 굳이 정정해 줄 마음은 없었다.

"정보 부족은 패전의 첫걸음입니다, 파우스트 파니니."

"……내 이름을 알고 있는 건가?"

"지금 말했잖아요, 정보의 중요성을. 그런 것도 이해하지 못하다니 이번 전쟁은 연합의 패배겠군요."

"웃기는 소리! 여기서 내가 네놈을 죽이면 아무 문제도 없다. 도망갈 생각은 마라."

"도망간다?"

그렇게 말한 순간 료의 눈동자에 분노가 치솟았다.

"제자가 이런 짓을 겪었는데 도망간다? 말도 안 돼요. 전혀, 말도 안 되는 소리예요!"

"그런가? 그럼 죽어라.〈짓뭉개라〉."

그 순간 천장에서 거대한 돌벽이 내려왔다.

하지만 바닥에 떨어지기 직전 중앙에서 갈라졌다. 네 사람을 보호하기 위해 생성된 얼음 원뿔에 박혀 부서진 것이다.

"〈아이시클 랜스 256〉."

공수교대, 파우스트의 바로 위에서 쏟아지는 256개의 얼음 창.

"〈지켜라〉."

위쪽에 차례차례 생성되는 돌벽. 부서져도 계속 자동으로 생성되는 듯했다.

"수로 쳐부수겠습니다! 〈아이시클 랜스 256〉 〈아이시클 랜스 256〉."

정면에서 날아가는 256개의 얼음 창.

그리고 바로 위에서도 쏟아지는 256개의 얼음 창.

하지만 파우스트는 전방에도 위쪽에도 돌벽을 차례차례 생성해 료의 포화 공격을 막았다.

"네놈, 이렇게 무식하게 공격하다니 마력은 괜찮은 거냐?"

"당신이야말로 몇 번씩 돌벽을 다시 쌓고 있는데 마력은 괜찮은 건가요?"

그사이에도 멈추지 않는 공격과 방어.

"뭐, 괜찮지 않다는 말을 들어도 계속할 거지만요!"

"재미있군! 이쪽도 해 주마!"

료가 〈아이시클 랜스〉와 〈아이스 월〉을 동시에 펼쳤다. 파우스트도 돌벽으로 방어하는 것뿐만 아니라 료 일행을 향해 공격을 날렸다.

하지만 그때, 파우스트의 뒤쪽 문이 열리며 한 남자가 들어왔다. 짧게 자른 은발에 갈색 피부. 초록색 눈이 잘생긴 외모 이상으로 인상적이었다.

은발의 남자는 눈앞에서 화려한 마법전이 펼쳐지는데도 조금도 놀라지 않고, 가벼운 발걸음으로 파우스트 뒤로 걸어가더니 종이 한 장을 펼쳐 보였다.

"뭐야? 방해하지 마!"

"최상급 우선 명령입니다."

파우스트는 마법을 쓰면서도 눈 앞에 펼쳐진 명령서를 읽었다.

"뭐? 즉시 이동 명령? 웃기지 마라! 보면 알겠지만 전투 중이다!"

"오브리 경의 최상급 우선 명령입니다. 바로 이동을 시작해 주십시오."

"네놈……."

"당신을 죽이고 제3 독립부대의 지휘권을 빼앗을 수도 있습니다만?"

"빌어먹을! 알았다고! 바로 이동한다. 이 수속성 마법사는 오드 아케르, 네놈이 어떻게든 해치워라!"

파우스트는 그렇게 외치더니 갑자기 마법 생성을 멈췄다.

"어?"

놀란 것은 료였다. 파우스트의 뒤쪽에 있던 문에서 남자가 들어와서 파우스트와 말다툼을 벌이는 모습을 보고 있긴 했지만…… 갑자기 마법 생성을 멈출 거라고는 생각하지 못했기 때문이다.

심지어 파우스트는 회색 로브를 휘날리며 은발남이 들어왔던 문을 향해 달려나갔다.

당연히 료는 뒤따르려고 했지만, 파우스트의 로브에서 반짝이는 돌 한 개가 굴러떨어진 것을 깨닫고 순간 의식이 그쪽으로 쏠

려버렸다.

선수를 빼앗겼다.

은발남이 료 일행을 향해 8개의 단검을 던졌다.

"〈아이시클 랜스 8〉."

당연히 요격했다.

하지만 그것은 양동.

채앵.

은발남은 어느새 료의 지척까지 다가와 칼을 찔러넣었다. 료는 그것을 무라사메로 받아냈다. 은발남은 그 인상적인 초록색 눈을 부릅뜨고 놀란 표정을 지었다. 마법사가 검으로 받아칠 거라고는 예상하지 못한 것이다.

놀란 것도 잠시.

크게 백스텝으로 물러나며 동시에 다시 투척.

료는 무라사메로 베었다…… 베어버리고 말았다.

확실히 세 개는 단검이었다. 그러나 나머지 두 개는…….

"연막탄!"

베는 순간 급속도로 연기가 퍼져 나가며 아무것도 보이지 않게 되었다.

"〈아이스 월 10층 패키지〉."

적을 인식할 수 없게 되면 가장 소중한 것을 먼저 지켜야 한다.

료에게 지금 여기서 가장 소중한 것은 샤피가 안고 있는 에반스와 루체다. 나머지는 그다음이었다.

물론 적극적인 대응도 빠뜨리지 않았다.

"〈스콜〉."

일대에 장대비가 덮쳤다. 이것으로 연기를 땅에 떨어뜨릴 수 있다는 것은 이미 경험한 바인데…….

"왜 안 떨어지지? 아니, 떨어뜨려도 땅에 떨어진 구슬에서 연기가……."

암살 교단이 사용하던 연막탄보다 더 고성능인 모양이었다.

료는 기다리기로 했다. 추측은 하고 있었다. 아마 은발남은 철수했을 것이다. 위험을 감수할 상황이 아니었으니까.

1분 후. 연기가 거의 걷혔다. 역시 은발남은 없었다.

"료 씨, 쫓을까?"

"아니요, 샤피. 그만두죠."

료는 작게 고개를 저었다. 그리고 자신이 냉정하지 못했다는 것을 깨달았다.

"작전의 목적을 달성했으면 신속하게 철수하는 게 맞아요. 목적은 에반스와 루체의 구출…… 두 사람을 확보한 시점에서 저런 마법사와 싸우지 않고 철수했어야 해요."

"뭐…… 어쩔 수 없지."

"아까의 회색 로브보다 지금 그 은발남이 압도적으로 전투에 익숙해 보였어요……. 저는 그의 예상대로 움직였고요."

"지금 그 남자한테서, 나와 비슷한 냄새가 났어."

"네? 암살 교단?"

"아니, 교단이 아니야. 하지만 국가가 고용한 암살자나 파괴 공작원일수도……."

"그렇군요."

고개를 끄덕인 료는 조금 걸어가 바닥에 떨어져 있던 것을 집어들었다. 그것은 노란색으로 빛나는 작은 마석이었다.

"아까 파우스트가 떨어뜨린 거예요."

"그런 작은 마석을?"

주운 마석은 아주 작고 노란 것이었다. 레서 보어나 레서 래빗과 같은 '레서' 클래스 마물에서 얻을 수 있을 법한…… 원래라면 모험가들도 굳이 채집하지 않을 것 같은 작은 마석이었다.

"왜 이런 걸 갖고 있었는지는 모르겠지만…… 아니, 지금 생각할 일은 아니네요."

료는 작게 고개를 젓고 생각을 현재로 되돌렸다.

"에반스, 루체, 잘했어요."

그렇게 말하고는 아직 깨어나지 못한 두 제자를 끌어안았다.

그 표정에는 안도와 함께 후회가 서려 있었다.

자신이 곁에 있었으면 지켜줄 수 있었을 텐데, 하는 후회는 아니었다. 누구나 언젠가는 떠난다. 제자가 스승의 곁을 떠나도 문제가 없도록 더 가르쳐줬어야 하는 게 아닐까, 하는 후회였다.

료가 작게 고개를 흔들었다.

"이 도시에서 철수하죠. 샤피는 두 사람을 업고 『새벽국경단』 사람들과 합류해 주세요. 저는 아벨을 데리고 합류할게요."

◆

아벨과 염제 프람 딥로드의 칼싸움은 첫 일격부터 치열했다.

염제가 내리치고, 아벨이 받아친다. 지난 두 번의 싸움과 같은 일격.

두 사람의 전투는 세 번째였다. 서로의 검술은 물론 힘, 속도, 그리고 기술도 파악하고 있다. 이제 와서 관망할 이유는 없다. 처음부터 전력으로 싸우는 것은 당연한 결말이었을지도 모른다.

아벨에게 요구된 역할은 염제를 건물 밖으로 끌어내고, 가능하다면 다른 독립부대 병사들도 끌어내는 것……. 그러니 딱히 염제와 싸울 필요는 없었다. 그것은 물론 이해하고 있다. 이해는 하고 있지만, 세상에는 뜻대로 되지 않는 일도 있는 법이다.

"그래, 이건 어쩔 수 없는 일이야."

아벨은 싸우면서 작은 목소리로 중얼거렸다. 만약 이곳에 료가 있고 아벨의 표정을 보았다면 이렇게 말했을 것이다. '기뻐 보이네요'라고.

물론 아벨은 자각하지 못하고 있었다. 오히려 진심으로 귀찮고 성가신 상대라고 생각했다. 그래, 그렇게 생각하고 있다. 그것은 틀림없다. 하지만…….

"그래, 내 역할이니까 어쩔 수 없지."

그런 말을 하면서 싸우고 있다. 마음속 깊은 곳에서는 과연 어떨지…….

공격과 방어가 격렬하게 뒤바뀌는 두 사람의 칼싸움.

하지만 그 속에서 아벨이 얼굴을 찌푸렸다.

염제의 찌르기, 찌르기, 이어서 또 찌르기……. 이전 두 번의 칼싸움에서는 한 번도 없었던 연속 찌르기.

염제의 검은 양손검, 아벨의 검도 양손과 한 손 모두 쓸 수 있는 것이었다. 한손검이나 한손 찌르기와는 달리 양손검으로 양손 찌르기는 여러모로 특수하다.

검의 움직임은 곧 흐름이다. 이를테면 위쪽에서 아래쪽으로 내리치는 공격은 그 기술 하나에서 끝나지 않는다.

일본의 에도 시대처럼 검에 '일격'이라는 개념이 있던 시대는 예외지만, 전장에 있어서는 죽거나 죽이거나 둘 중 하나였다. 게다가 적도 아군도 한 명이 아니다. 당연하게도 눈앞의 적을 쓰러뜨리지 않으면 자신이 쓰러지는 이상, 가장 먼저 전력을 다해 눈앞의 적을 쓰러뜨린다. 그 후 다음 적으로 옮겨가는 것인데…….

그것들을 모두 포함한 것까지가 흐름이었다.

개인의 전투도, 전장도.

일격에 끝나지 않는다. 끝낼 수 없다.

그렇게 생각하니 양손 찌르기의 예사롭지 않은 측면이 보이기 시작했다. 다른 공격, 사선 내려베기든 혹은 사선 올려베기든 가로베기든 상관없이, 모든 것은 공격한 이후에 다른 공격으로 연결할 수 있었다.

사선 내려베기로 상대의 발밑까지 내려간 자신의 검을 가로베기로 연결하거나 혹은 올려베기로 연결한다……. 이것이 흔한 연속 기술이었다.

하지만 찌르기는 그렇게 되지 않는다. 찌르면서 팔이 쭉 뻗은 상태가 되면 다음은 공격이 아닌 팔을 되돌리는 움직임이 나온다. 물론 찌르기에서 가로베기로 연결하는 기술도 일본에는 있었지만…… 그렇게 하기 위해서는 첫 찌르기 단계부터 검을 옆으로 눕힌 채 찔러야 한다. 상대가 좌우 어느 쪽으로 피할지도 모르는 단계에서. 게다가 팔이 쭉 펴진 상태에서 가로베기는 힘을 싣는 것도 쉽지 않았다.

상당한 연습을 하지 않으면 실전에서는 절대로 쓸 수 없는 것이다.

그렇기에 찌르기의 다음 수도 찌르기로 한다…… 이것이 어떤 의미로는 이치에 맞는 것처럼 보일 수도 있었다.

찌르기와 후퇴를 모두 고속으로 연속해서 행하는 것 자체가 상당히 어려운 것이지만…….

"염제, 연속 찌르기가 좀 거슬리네."

"아벨, 칭찬으로 받아두지."

아벨의 비아냥에도 분노하지 않고 받아치는 염제.

'칫. 냉정해졌잖아. 회복하는 속도가 빠르네. 연속 찌르기도 그렇고. 예전과 똑같지 않다는 건가.'

아벨은 마음속으로 평가를 고쳤다. 눈앞의 남자는 예전보다 더 성장하고 강해졌다고. 이전에도 괴물이었던 남자가 한층 더 강해졌다…… 아벨에게서 작게 한숨이 새어나온 것은 어쩔 수 없는 일이었다.

하지만 염제 프람 딥로드 역시 결코 마음이 평온하지는 않았다.

냉정함은 되찾았다. 그것은 좋은 일이다. 하지만 그로 인해 아벨이 이전보다 강해졌다는 것을 느낄 수 있었다.

'지난 몇 달 동안 무슨 일이 있었던 거지? 죽을 고비를 넘겼나? 강적과 싸운 건가? 그럴지도 모르지, 그럴지도 모르지만…… 그것만으로는 설명이 안 된다. 아니…… 나도 이놈도 검사다. 목숨을 걸고 싸우는 검사…… 그런 놈들의 힘이 단번에 올라갈 때가 있어. 바로 인식이 바뀌었을 때다.'

프람은 싸우면서 얼굴을 구긴 채 생각을 이어갔다.

'나의 경우 괴물 같은 검을 목격하면 인식이 바뀐다. 그때까지 상상도 하지 못했던 검이 존재한다는 사실을 알게 되면 인식을 바꿀 수밖에 없지. 대부분의 경우는 그 현실에 무너진다. 아무리 발버둥쳐도 자신으로서는 도달할 수 없다는 걸 알게 되는 거니까. 하지만 정말 강한 놈은 무너져도 일어선다. 그리고 위로 올라가려고 한다. 이치가 아니야. 마음이 시키는 거지. 그렇게 해야 한다고 생각하는 거다. 아마 이 녀석은…… 아벨은 그런 검을 보았거나, 혹은 그런 전투를 보았을 것이다……. 정말 부럽군.'

프람의 입에서 무심코 생각의 결과가 흘러나왔다.

"괴물을 만났구나…… 괴물 같은 싸움을 본 건가?"

그 말에 아벨은 순간 깜짝 놀랐다.

하지만 곧바로 의식을 눈앞의 전투로 되돌리며 대답했다.

"맞아. 괴물을 만났고, 괴물들의 싸움을 봤지. 마법과 검 모두."

아벨이 그 순간 떠올린 것은, 왕도에서 룬으로 돌아오는 길에 보았던 료와 악마 레오놀의 전투였다. 아벨은 절대 손을 대지 않겠다는 다짐을 듣고 두 사람의 전투를 보게 되었다.

그야말로 인지를 초월한 싸움이었다. 그런 싸움을 보게 되면…….

"아직 더 위로 갈 수 있다는 걸 알고 인식을 바꿨지."

"그렇군. 그 결과를 나에게도 보여다오."

"좋아, 염제. 너도 같이 위로 올라가자고."

더는 아벨의 머릿속에는 염제를 끌어들이기 위한 전투라는 목적은 사라지고 없었다.

좋고 나쁨의 문제가 아니었다. 그것이 바로 검사 아벨이다…….

료가 아벨을 데려가기 위해 막사 앞 광장에 도착한 것은 바로 그때였다. 그런 료를 알아차린 것은 아벨이 아니라…….

"이봐, 너. 지금 막사에서 나왔지?"

"독립부대 제복도 이 도시 수비병도 아니군. 당연히 우리들의 동료도 아니고."

"즉 적이라는 거구나!"

아벨과 염제의 싸움을 지켜보고 있던 일곱 명이 막사에서 나온 료를 가장 먼저 알아차렸다.

"바람이여 그 뜻에 따라 적을 가르는 칼날이 되어라 〈에어 슬래시〉."

"〈아이시클 랜스〉."

일곱 명 중 한 명인 풍속성 마법사가 날린 〈에어 슬래시〉를 료는 〈아이시클 랜스〉로 요격했다.

"무슨…….”

"얼음 창으로 요격하다니…….”

"설마……."

"아니, 빨간 가면과 망토는 안 쓰고 있는데……."

"……붉은 마왕인가?"

일곱 명은 놀라며 각자 생각한 것을 중얼거렸다. 그에 대한 료의 대답은.

"보고 싶었다, 부하 제군들이여!"

모 우주 전함 애니메이션에 나오는 푸른 피부의 적 총통 같은 대사를 내뱉는 료. 말투부터가 평소의 맹한 느낌이 아니라, 삼류 배우 같았다…….

다분히 과장되고, 다분히 수상쩍고, 다분히 의도적으로 보이는.

"젠장!"

작게 욕설을 뱉은 검사와 창기사가 단번에 간격을 좁혔다.

'붉은 마왕'의 힘은 알고 있다. 지난번에 농락당한 이후 얼음 기둥이 되고 말았으니까. 하지만 붉은 마왕이 마법사라는 것도 알고 있었다. 그렇다면 간격을 좁혀서 근접전으로 끌고 가면 가능성이 있지 않을까.

그렇게 생각한 것이다.

"〈아이스 월 5층〉."

하지만 내리친 검, 내밀어진 창은, 료가 친 얼음벽에 의해 튕겨 나갔다.

"이어서, 〈아이스반〉."

튕겨져 나가며 뒤로 물러난 두 사람은 얼음 바닥에 미끄러지며 넘어진 뒤 일어나지 못했다.

"마왕! 비겁하다!"

일어나지 못하고 소리치는 검사.

"어리석은 인간들아. 비겁함이야말로 최고의 칭찬이라는 걸 모르는 거냐!"

료가 계속 미끄러지는 검사와 창기사를 향해 마왕 같은 대사를 날리는 동안 후방의 마법사 네 명이 영창을 마쳤다.

"〈파이어 재블린〉."

"〈소닉 블레이드〉."

"〈스톤 레인〉."

"〈트윈 소닉〉."

모든 공격이 본래라면 공간 제압용으로 광범위하게 분열되는 공격 마법이었다. 그것을 오직 료라는 한 점에 집중해서 날렸다. 화속성, 풍속성, 토속성, 그리고 풍속성 상급 범위 공격 마법.

아마 마지막의 상급 범위 공격 마법은 지난번 〈배럿 레인〉을 날렸던 풍속성 여마법사가 날린 것이겠지. 염제 프람 딥로드 직속의 부하들은 틀림없이 우수한 마법사 집단이라고 할 수 있었다.

하지만 상대는 료였다.

"〈드리즐링〉."

이슬비라는 이름이 붙은, 거의 투명한 상태로 펼쳐진 무수한 물의 방패. 공기 중의 수증기 하나하나가 겹쳐졌고, 마법 공격이 부딪치자마자 쌍소멸의 빛을 발하며 사라졌다. 상대의 마법을 길동무 삼아.

과거 암살 교단 수령 '하산'과의 전투 중에 고안해 낸 〈아이스

실드 개량 2〉를 한층 더 다듬고 이름도 바꿔 붙인 료의 방어 마법이었다.

료의 앞에 펼쳐진 여러 층의, 수천 개의 수증기층을 뚫는 것은 당연히 불가능했다. 네 사람의 모든 공격 마법이 그대로 소멸했다.

"말도 안 돼……."

그것은 누가 한 말이었을까.

누가 한 말이라 해도 모두의 생각이라는 것만은 분명했다.

정확히 무슨 일이 일어났는지 이해한 사람은 료 외에는 없었다. 하지만 뭔가 압도적이고, 동시에 이해할 수 없는 마법에 의해 공격 마법 전체가 소멸되었다는 것만은 알 수 있었다.

이전처럼 얼음 창만으로 요격당했다면 이 정도의 충격을 받지는 않았을 것이다. 자신들의 마법이 왜 통하지 않았는지 시각적으로 이해할 수 있기 때문이다.

하지만 지금 그것은…….

"앞으로는 더 긴 시간 동안 유지할 수 있게 해서 기뢰 같이 써 보고 싶네요. 지속 시간 10초는 너무 짧아요."

료 본인은 여전히 불만이었다. 최대 10초밖에 버티지 못한다면 매번 튕기기 직전에 펼쳐야 한다. 실로 귀찮은 일이 아닐 수 없다.

"최종적으로는 제 이동에 맞춰 움직이게 하는 게 이상적이겠죠."

그런 소리를 작게 중얼거리는 료.

혼잣말이었기 때문에 마왕 같은 대사가 아니라 평소의 말투로 돌아간 상태였다.

멍한 표정을 한 마법사, 나설 차례가 없는 방패기사, 그리고 얼음 위에서 일어서지 못하는 검사와 창기사. 일곱 명이 다 아무 소리도 내지 못하고 있었다.

그러던 중 료는 문득 정신을 차렸다.

"잊고 있었어요, 아벨을 회수해야 해요."

망연자실한 얼굴을 한 일곱 명을 힐끔 바라본 료가 소리쳤다.

"〈스콜〉 〈빙관7〉."

그렇게 또다시 지마리노에 일곱 개의 얼음 기둥이 생겨났다.

"맞아요, 말해두고 싶은데 붉은 마왕이라는 이름은 별로예요. 보다시피 저는 수속성 마법사니까요. 푸른 마왕이라거나 물의 폭군이라거나 얼음의 패왕 같은 게 좋겠어요. 그런 느낌으로 부탁드려요."

료는 확실하게 요청 사항까지 전했다.

일곱 명의 부하들은 얼음에 갇혀 있었지만 골전도 같은 원리로 소리는 전해진다. 그러니 요청은 분명히 전해졌을 것이다.

료는 만족한 얼굴로 얼음 기둥 하나를 가볍게 두드렸다.

하지만 그로 인해 생각난 것이 있었다. 료의 주위, 그리고 손은 대지 않았지만 아벨과 염제의 주위는 독립부대 병사들에 의해 둘러싸여 있는 상태였다.

"〈아이스반〉."

당연하다는 듯이 땅에 펼쳐지기 시작하는 얼음.

당연하다는 듯이 미끄러지기 시작하는 병사들.

당연하다는 듯이…… 그 지옥도가 펼쳐졌다.

하지만 싸우고 있는 아벨과 엄제를 제외하고 딱 한 명, 미끄러지지 않은 사람이 있다는 것을 료는 알아차렸다. 물론 움직이지는 못했지만, 놀랄 정도의 밸런스 감각과 단련된 육체를 갖고 있는 것이 분명했다.

그리고 그 은색 머리를 짧게 깎은 초록색 눈동자의 남자가 누구인지도 알아차렸다.

"아까 그 회색 로브…… 파우스트에게 정보를 가져왔던 남자군요."

료를 농락하고 그대로 도주했지만, 이곳에 왔다는 것은 엄제 프람 딥로드에게도 전할 정보가 있다는 뜻이겠지.

료는 천천히 은발남을 향해 걷기 시작했다.

사방에 얼음이 깔린 땅바닥에 수백 명의 군인이 주저앉거나 누워 있었다. 그 누구도 일어서는 것을 포기하고 움직이지도 않았다.

그 와중에 멀쩡하게 홀로 걸어가는 로브의 마법사.

그것은 무척 신비로운 분위기를 자아냈다.

은발남은 금세 료가 다가오는 것을 알아차렸다. 검을 뽑는다. 하지만 그 이상은 움직이지 못했다. 아주 미세한 힘이라도 양다리에 실린 하중의 균형이 바뀌면 넘어질 수도 있다는 것을 알고 있기 때문이었다.

하지만 이대로 가까워지면…….

"당신에게 해를 끼칠 생각은 없어요."

료의 말이 울려 퍼졌다.

주위에 울리는 소리라고는 두 검사의 칼싸움 소리뿐.

주저앉는 자들은 소리는 물론 말조차 뱉지 않았다. 마치 모든 것을 내려놓은 것처럼······.

료의 말에 은발남은 어떻게 반응할까 잠시 고민하는 것처럼 보였지만, 이내 움직이는 것을 포기했다. 하지만 뽑은 칼은 방심하지 않고 겨누고 있었다.

"제 목적은 저 싸움을 끝내고 저희 쪽 검사를 데려가는 거예요. 당신의 목적도 칼싸움을 끝내고 염제를 이동시키는 거겠죠. 아닌가요?"

료의 물음에 은발남은 침묵한 채 대답하지 않았다.

"좋아요. 이 경우 침묵은 긍정으로 받아들일게요. 그렇다면 이제 와서 싸울 필요는 없겠죠. 저와 검사가 이 도시를 탈출한다면 전원을 풀어주겠다고 약속할게요. 단, 조건이 하나 있어요."

료의 약속에 은발남의 눈썹이 꿈틀거렸다. 받아들일 수 없는 조건이라면······.

"당신의 이름을 들려주시겠어요?"

"뭐······?"

예상치 못한 질문에 무심코 대답한 은발남.

"저희 쪽 암살······ 아니, 전 암살자가 같은 냄새가 난다고 하더라고요. 즉, 연합의 정보부라거나 파괴 공작부 같은 부류의 사람이라는 뜻이겠죠. 아니면 첩보부? 뭐 그런 거요. 그래서 이름을 좀 듣고 싶어요. 참고로 저는 나이트레이 왕국의 료입니다."

"왕국······ 벌써 온 건가."

은발남의 중얼거림은 료의 귀에도 간신히 닿았다.

"아니요, 아직 안 왔어요. 제가 온 건 당신들 쪽에 있는 회색 로브…… 파우스트가 제 제자에게 손을 댔기 때문이에요. 레드널을 함락시켰을 때, 민간인임에도 불구하고 포로로 잡고, 그것도 모자라서 고문이나 다름없는 방법으로 마력을 빨아들였어요. 루체는 아직 10살밖에 안 됐는데!"

말하다가 다시 떠오른 것일까. 료의 감정이 격해졌다.

그 분노는 은발남보다도, 주위에 주저앉아 있던 병사들을 더욱 두려움에 떨게 만들었다. 이 정도로 광범위한 지면을 얼리는 마법사가 분노하면…… 자신들에게도 불똥이 튀는 것은 아닐까 하고.

료는 한번 심호흡을 내쉬고는 말을 이었다.

"죄송합니다, 조금 흥분해 버렸네요. 그래서 당신의 이름은요?"

"오드아케르."

"그렇군요, 오드아케르 씨군요. 아까 그 파우스트나 이 염제 일행이 이후에 어디로 이동할지에 대해서는……."

"군사 기밀이다. 말할 수 없어."

"그렇겠죠."

얼굴을 굳히며 대답을 거부하는 은발의 남자 오드아케르. 예상한 반응이었기에 어깨를 으쓱이며 받아들이는 료.

"뭐, 좋아요. 어차피 잉베리 공국 내의 전장으로 전진할 거죠? 나중에 저도 그곳으로 갈 거예요."

"뭐라고?"

"파우스트가 제자에게 진 빚을 받으러 갈 거예요. 당연하잖아요?"

료가 싱긋 웃으며 대답했다.

하지만 그 웃음에는 감정이 실려 있지 않았다.

료에 대해 거의 모르는 오드아케르조차 그 웃음이 끓어오른 분노 끝에 나온 것임을 본능적으로 알아차렸을 정도였다.

료는 마침내 칼싸움을 이어가는 두 사람을 보고 말했다.

"아벨, 이제 그만 돌아가죠."

"왜 하필…… 딱 좋은 타이밍인데……."

료가 마치 아이에게 귀가를 타이르는 부모처럼 말했고, 아벨이 말을 안 듣는 아이처럼 대답했다.

"더 늦으면 도시의 수비병이 추가로 올지도 모른다……고 생각했는데, 이미 와버렸네요."

막사 앞 광장 바깥쪽, 양동 작전으로 도시 반대편으로 유도했던 수비병들이 도착해 있었다. 당연히 이들은 땅바닥에 주저앉은 독립부대 대원들을 놀란 얼굴로 바라보았다.

"〈아이스반〉."

료가 외치자 빙판이 더욱 넓어졌고, 이제 막 도착한 수비병들도 차례차례 넘어지기 시작했다.

"이 책임은 전부 아벨에게 있어요. 죄송합니다."

"내 탓이야?"

"아벨이 빨리 처리했다면 저 사람들도 평화롭게 끝났을 거예요."

"아니, 빨리 처리하라고 해도 염제는 강하잖아?"

쉽게 처리할 수 없다고 주장하는 아벨. 그 말을 듣고 작게 고개를 흔드는 료.

새롭게 미끄러지기 시작한 수비병들에게서 차례차례 목소리가 들려왔다.

"젠장!"

"이게 뭐야, 못 서겠어."

"윽, 으윽!"

"들은 적이 있어. 이거 설마……."

"그때 두 번 다시 겪고 싶지 않다고 생각했는데, 또 이렇게……."

"아아, 그립네……."

후반부에는 몇 달 전에도 〈아이스반〉을 경험한 사람들의 탄식인 것 같았다. 포기의 경지가 이내 향수마저 불러일으킨 모양이다.

"먹고 살기 힘든 세상이네요."

남의 일처럼 중얼거리는 수속성 마법사가 한 명…….

게다가 말의 사용법이 옳은 것인지 아닌지…….

"하아…… 어쩔 수 없지."

아벨은 그렇게 중얼거리더니 염제의 검을 크게 밀어내고 뒤로 뛰었다.

"〈아이스 월 5층〉."

그 즉시 료가 얼음벽으로 두 사람을 갈랐다.

채앵.

"아벨, 도망가는 거냐!"

얼음벽이 쳐진 것을 깨달은 염제가 다시 한번 찔렀다. 그리고 튕겨나가며 소리쳤다.

"미안해, 염제. 다음에 계속하자."

아벨은 어깨를 으쓱이며 그렇게 말하고는 료에게 걸어가기 시작했다.

"다음에 만났을 때는 반드시 죽이겠다!"

"그래, 기대할게."

염제가 소리치고 아벨이 손을 흔들며 작별 인사를 했다.

그런 두 사람의 대화를 들은 료가 아벨에게 말했다.

"아벨, 저희는 일단 여기를 떠나지만 나중에 이 사람들을 쫓아갈 거예요."

"응? 무슨 뜻이야?"

"파우스트…… 그 아이들을 납치한 마법사 말인데요, 제대로 끝을 내지 못했어요. 근데 그도 여기 있는 염제 일행과 함께 주요 전선으로 가는 것 같아요. 당연히 따라가서 완전히 때려눕혀야죠."

"으, 응. 지금은 일단 철수할까?"

료의 기에 눌려 철수를 제안하는 아벨.

그리고 얼음 바닥은, 그런 두 사람이 떠나고나서 한참 후에야 풀렸다.

◆

한다르 국가 연합과 잉베리 공국 국경에서 잉베리 쪽으로 30킬로미터 들어간 지점.

연합의 주력군은 계속해서 남하하고 있었다.

이끄는 사람은 오브리 경. 국정을 관장하는 총수가 직접 최고 사령관이 되어 군을 이끌고 있었다.

황제나 국왕이 친히 군사를 이끌고 원정을 간다면 친정(親征)이라는 말을 쓰기도 한다. 하지만 오브리 경은 황제도 국왕도 아니다.

한다르 국가 연합은 이름 그대로 여러 나라가 모인 국가였다.

그 중심은 십인회의라고 불리며 연합의 중심이 되는 10개국을 대표하는 인물들로 구성되어 있었다. 그 십인회의에서 집정관이자 전시 독재관으로서 임명된 것이 바로 오브리 경이었다.

회사로 비유하자면 오브리 경이 사장 겸 CEO이고, 십인회의가 주주인 셈이었다.

10년 전 오브리 경이 집정관과 독재관으로 임명되었다.

당시 오브리 경과 십인회의의 역학관계는 십인회의 쪽이 압도적으로 더 강했다. 십인회의가 집정관, 독재관 임명권을 갖고 있었으니 당연했다.

하지만 그 후 10년 동안 힘의 관계가 역전되었고, 현재는 연합에서 오브리 경의 권세에 맞설 수 있는 자는 아무도 없었다.

어떻게 십인회의의 힘을 꺾었는가?

본래 십인회의의 구성원은 연합을 이루는 각국의 국왕이나 대공 등 이른바 국가의 주인들이었다.

그들은 지난 10년 동안 딱 한 명을 제외하고는 모두 대체되었다.

어떤 사람은 병으로 목숨을 잃었고, 어떤 사람은 폭도의 습격을 받아 저세상 사람이 되었고, 어떤 사람은 쿠데타로 인한 사건에 휘말려 생을 마감했다.

물론 이런 사건들이 오브리 경이 배후에서 조종해서 벌어진 일이다, 라는 증거는 그 어디에도 없었다. 어디에도 없었지만……새로이 십인회의의 자리에 앉게 된 사람들은 오브리 경과 적대하는 것을 꺼렸다.

다시 말해 오브리 경에게 고개를 숙이고, 자국 내 정상의 자리를 유지하는 것을 택한 것이다.

10년 전 일어난 한다르 국가 연합과 나이트레이 왕국의 전면전, 이른바 『대전』에서 연합은 대패했다.

하지만 『대전』 중에서도 일부 지역에서는 연합이 승리한 전투도 있었다. 그 연합이 승리한 전투 중 다수를 이끌었던 것이 당시 30대였던 오브리 경이다. 본래 오브리 경은 정치인이 아닌 전장을 누비는 인물이었다.

어떤 세계에서도 유명인에게는 이명이 붙는다.

'신', '천재', '황제', '장군', '플라잉 더치맨' 등…… 아니면 '폭염의 마법사'.

그리고 오브리 경에게 붙은 이명은, 딱 이것뿐이었다. '명장(名將)'.

"각하, 저기가 크루 거리입니다. 그렇다는 건 현재 잉베리 국경에서 35킬로나 들어왔다는 것인데, 조직적인 저항은 전혀 없습니다. 이게 대체…….”

“럼버, 잉베리 공작은 지금 초토전을 벌이고 있는 거다. 자국의 모든 것을 희생하는 한이 있더라도 절대로 굴복하지 않겠다…… 그런 결의로 싸우고 있는 거지. 어리석기는 하지만 무서운 전략이기도 하다. 실제로 지금까지 점령했던 도시나 마을에 사람은 물론 식량도 무엇 하나 남아 있지 않았지? 심지어 우물까지 파괴한 것에는 나도 놀랐어.”

그렇게 말하며 오브리 경은 희미하게 웃었다.

연합과 공국의 국력 비율은 20 대 1, 표면상의 전력 비율은 15 대 1.

『대전』에서 졌다고는 하나 연합은 여전히 3대국 중 하나다. 정면으로 싸운다면 공국은 싸움 자체가 되지 않는다. **정면**으로 안 된다면 정상적이지 않은 방법을 택할 수밖에 없었다.

그렇게 선택한 전략이 바로 초토 작전이다.

초토 작전이란 적을 자국 깊은 곳까지 끌어들여 보급선을 치고, 피로가 한계에 도달한 시점에 반격을 가하는 전략이었다.

하지만 이 전략에는 어떻게 해도 피할 수 없는, 그리고 매우 큰 문제점이 있다. 그것은 적을 ‘자국 깊숙한 곳까지 끌어들인다’는 점이었다. 즉 일시적이라고는 하나 자국의 토지 혹은 대다수의 국민을 적의 손에 내맡긴다는 뜻이었다. 식량은 모두 **빼앗기고**, 살 집도 파괴되며, 나라가 지켜야 할 국민도 적의 지배하에 놓인다…… 그들이 어떤 끔찍한 처사를 겪을지도 알 수 없다.

그만한 희생을 치르면서까지 승리를 쟁취하겠다는 전략……. 말 그대로 최종적인 승리를 위해 나라를 초토화하는 전략, 그것이 바로 초토전이었다.

초토전이 성립하기 위해서는 단순히 자군을 후퇴시키고 진로 상의 식량만을 없애는 것만으로는 안 된다. 반드시 행해야 할 것은 **적의 보급선**을 치는 행위.

즉 공국군은 전선과 연합 본국 사이의 어딘가에서 보급 부대를 공격할 것이다……. 그것은 반드시 일어날 **현상**이었다.

그리고 그것이야말로 오브리 경의 노림수이기도 했다.

문제는 어디서 노릴 것인가? 그리고 언제 노릴 것인가?

어디서 공격할지에 대한 것은 어느 정도 좁힐 수 있었다. 기습에 적합한 지형은 대체로 정해져 있으니까. 보급로를 잘 계산하면 그렇게 많지는 않았다.

문제는 언제 공격하느냐 하는 점이었다. 빠르면 빠를수록 대처하기가 쉬워진다. 시간이 지나면 지날수록 처음의 긴장감이 희박해져서 대처에 실패할 가능성이 생긴다.

그렇다면 어떻게 빨리 공격하게 만들 것인가?

그 방책 중 하나가 바로 선봉의 진군 속도 향상이었다.

연합군의 선봉은 모두 기병. 보병과는 비교할 수 없는 속도로 공도를 향해 일직선으로 진군하는 선봉 부대였다. 즉 서둘러 보급 부대를 습격하지 않으면 공도가 함락당한다, 라는 것을 알려 위협하는 것이다.

물론 공도를 함락시킨다고 해서 연합이 승리하고 전쟁이 종료

되는 것은 아니다.

그런 것은 아니지만, **수도**라는 것은 나라의 상징이다. 그곳을 적에게 **빼앗긴** 채로 있으면 잉베리 공국의 구심력은 급속히 떨어질 것이다.

초토전이기 때문에 언젠가 반격한다고 해도, 반격에 협력할 제후 혹은 국민이 남아 있을지 어떨지, 그런 문제도 생기게 된다. 그렇다면 공도의 함락은 가급적 피하고 싶을 것이다.

혹은, 함락당한다고 해도 최종 국면 부근까지는 남겨 두고 싶을 것이다.

공도는 마지막까지 남겨둬야 하는 대형 장기 말이다. 장기로 보면 차나 말, 체스로 보면 퀸. 초반에 빨리 **빼앗기면** 승리의 가능성은 급격히 떨어진다.

"잉베리 공작은 모든 걸 희생하는 한이 있더라도 우리들에게 항복할 마음은 없겠지. 하지만 제후나 국민에게는 과연 그 정도의 각오가 있을까?"

오브리 경의 혼잣말은 옆에 있던 럼버의 귀에만 간신히 들렸다.

◆

공도 애버딘 공작성의 한 방.

"연합군의 진군 속도는 상정한 것 중에서도 최악의 속도입니다……."

조제페 살리에리 정보부 장관은 이렇게 말하며 보고를 마쳤다.

보고를 들던 잉베리 공작 로리스 바조의 얼굴은 시종일관 구겨져 있었다.

다른 부하들 앞에서는 이런 표정을 짓지 않는다. 언제나 '모두 상정 범위 내다. 걱정하지 마라'라는 실로 당당한 표정을 짓고 있지만, 오랫동안 알고 지낸 살리에리 장관 한 명만 있는 상황에서는 본래의 모습이 드러났다.

"그놈들…… 선봉 부대만으로 우리군 전체의 3분의 1에 달하다니……."

"선봉 부대는 약 3천 명. 기사뿐만 아니라 모험가들도 말을 타고 진군하고 있는 것 같습니다."

로리스가 힘겹게 뱉은 말에, 최신 정보도 곁들여 고하는 살리에리 장관.

"연합이 제국과 왕국 각각의 국경에 군사를 할애하고 있다고 해도, 그것들은 아마 2선급 이하의 자들일 것이고 정예는 이 싸움에 투입했을 겁니다. '연합은 곧 검과 창'…… 옛날부터 말해 왔던 것처럼 물리 직업의 강도는 제국에 필적합니다. 아마 이 선봉 부대도……."

"그래, 알고 있어. 운이 나쁘면 이 선봉 부대만으로도 공도가 함락될 수 있다고 말하고 싶은 거지?"

"네. 물론 그린스톰이 있으니 쉽지는 않겠지만……."

"그것도 몇 발을 쏠 수 있는지, 어느 정도의 내구성을 가졌는지는 아무도 모르는 물건이다."

거기까지 말하고 로리스는 크고 깊은 한숨을 내쉬었다.

그리고 말을 이었다.

"급습 부대의 움직임을 앞당길 수밖에 없는 건가."

그 얼굴에는 깊은 고뇌가 담겨 있었다.

◆

국경에서 공국 측으로 20킬로 정도 들어간 도로. 그곳을 연합군의 보급 부대가 남하하고 있었다. 군용 짐마차 15대, 호위 부대약 60명.

이곳에서, 개전 후 첫 대규모 전투가 벌어지게 되었다.

연합군 보급 부대를 향해 일제히 화살과 공격 마법이 날아들었다.

"적습!"

그 즉시 보급 부대 안에서 울려 퍼지는 목소리.

"왔군. 윈드 재머 전개. 봉화를 피워라."

호위대장의 구령이 들려오자, 각 짐마차에 일부러 한 명씩 태워둔 마법사들이 품 안에 있던 연금 도구에 마력을 넣었다. 그러자 얇은 바람의 막 같은 것이 짐마차를 감싸듯이 펼쳐졌다. 이것이 바로 윈드 재머였다.

동시에 곳곳에서 봉화가 치솟았다. 그것은 보급 부대가 습격당했음을 알리는 봉화였다. 당연히 그 봉화를 보고 연합군이 모여들 것이다.

연합군 보급 부대가 봉화를 쏘는 모습은 공국군 급습 부대에서도 당연히 보였다.

연합 원군이 오기 전에 보급 물자를 태운다. 그것이 그들의 역할이었다. 원래도 시간과의 싸움이라는 것을 알고 있었다.

"서둘러라! 불화살을 쏴라. 마법사도 화속성은 짐마차를 공격하라!"

부대장의 지시에 따라 보급 물자를 짐마차째로 태울 수 있도록 공격 대상이 철저하게 좁혀졌다.

보급 물자를 태우기 위한 불화살, 혹은 파이어볼 등이 짐마차를 향해 날아갔다.

그리고 빗나가는 일 없이 착탄……하기 전, 짐마차에 닿기 전, 무언가에 의해 튕겨 나갔다.

"어떻게 된 거야!"

모든 불화살과 화속성 마법이 튕겨졌다.

급습 부대장은 의견을 구하기 위해 옆에 있는 마법대장을 바라보았다.

"저건 〈바람 방어막〉과 비슷합니다. 연금술로 재현한 걸지도 모릅니다."

마법대장의 말은 부대장을 절망의 늪에 빠뜨리기에 충분했다.

〈바람 방어막〉이란 와이번의 몸에 둘러쳐진, 모든 물리 공격과 마법 공격을 막는 마법이었다. 그것이 늘 발생되고 있는 탓에 와이번의 토벌은 놀라울 정도로 어려워진다.

마물이 아니더라도 국보급 아이템 중에 유사한 〈바람 방어막〉

을 생성하는 것이 있었다. 왕국의 위트나쉬에 있는 것이 유명한데…… 그런 것이 이곳에 있다는 말인가.

그렇게 되면 원거리에서의 공격은 물리도 마법도 전혀 통하지 않게 된다!

"젠장, 근접전이다! 시간이 없어. 서둘러 쓰러뜨린다."

부대장의 얼굴이 초조함으로 물들기 시작했다.

반대로, 연합군 보급 부대.

호위대장의 지시에 따라 모든 짐마차에 윈드 재머가 둘러쳐졌다.

윈드 재머는 반경 5미터의 돔을 형성하고, 그 표면이 시험판 〈바람 방어막〉이 되는 연금술이다.

물론 제작자는 프랑크 데 베르데다.

시험판이라는 말의 의미는…….

〈바람 방어막〉을 생성한다고 알려진 위트나쉬의 아이템은 마법사가 소량의 마력을 계속 흘려 보내기만 해도 거의 모든 마법 공격과 원거리 물리 공격을 막을 수 있었다.

하지만 이 짐마차가 싣고 있는 것은 각 짐마차에 있는 마법사들이 소량의 마력을 계속 흘려 보내야 한다는 점은 같지만, 생성되는 '막'의 수명이 최장 1시간, 위력도 본래의 10분의 1밖에 안 된다는 점이 달랐다.

프랑크 드 베르데 수준의 천재 연금술사라 하더라도 인공 골렘 개발과 병행하면서, 심지어 극히 짧은 개발 기간이라면 이 정도의 성능이 되는 것이 한계였다.

그렇다고는 해도 애초에 현대 연금술사들 중 그 누구도, 시험 판 레벨이더라도 이 〈바람 방어막〉을 재현한 이는 없었으니, 자투리 시간을 이용해 그것을 성공시킨 프랑크의 능력은 역시나 비범하다고 말할 수 있었다.

그런 윈드 재머가 펼쳐지고, 호위 부대도 전원 재머의 돔 안에 들어가 있었다.

돔 안에 있는 한 원거리 공격이 닿을 걱정은 없었다. 그렇다면 공국군이 취할 수 있는 방법은 근접전밖에 남지 않는다.

"온다! 방어로 일관해라. 시간만 벌면 우리의 승리다."

그래, 쓰러뜨릴 필요는 없었다.

그들이 유인하는 동안 원군이 올 것이고, 쳐들어온 공국군을 반대로 밖에서 포위하여 섬멸하는 전개가 펼쳐질 것이다.

오히려 바로 떠나버리면 더 곤란했다.

원거리 공격이 멈추고 몇 초, 호위대장은 긴장하며 기도했다.

공국군이 떠나지 않기를.

근접전을 걸어오기를.

큰 함성 소리가 들려오고…… 예상대로, 공국군이 근접전을 걸어왔다!

호위대장은 조용히 미소를 지었다.

◆

"각하!"

보좌관 럼버가 다급히 천막 안으로 들어왔다.

"왜 그러지? 잉베리 공작이 항복이라도 했나?"

"그런 일은 절대 없다는 걸 알고 계실 텐데요."

오브리 경의 농담에 어이없는 표정을 짓는 럼버.

"놀랄 일은 그 정도밖에 없지 않나?"

"하아…… 보고 드리겠습니다. 공국내 20킬로 지점에서 보급 부대가 습격당했습니다. 그러나 당초의 작전대로 습격해 온 적의 급습 부대를 포위하여 섬멸. 아군 피해는 사망자 2명, 중상자 6명. 적은 사망자가 300명이 넘습니다."

럼버의 그 보고에 오브리 경은 입꼬리를 아주 살짝만 올리며 대답했다.

"후후후…… 예상대로라고는 해도 계획이 성공하면 역시 기분은 좋군. 자…… 이걸로 공국이 취할 수 있는 수단은 꽤 줄어들었겠지. 한두 번은 더 보급 부대를 노릴지도 모르지만, 이번에 투입한 자들이 급습 부대 중에서는 최정예일 거다. 다음번에는 이번보다 더 어려워질 텐데. 어쩔 거지? 잉베리 공작."

후반의 중얼거림은 너무 작아서 럼버에게도 들리지 않았다.

"잉베리 공작 쪽은 어떻게 나올까요?"

"글쎄. 하지만 믿을 구석은 이제 하나밖에 없겠지."

"다른 나라의 원군 말입니까?"

럼버는 고개를 끄덕이며 대답했다.

"맞아. 정확히는 왕국으로부터의 원군이지. 물론 현재 왕국에는 기사단을 포함해 정규군을 보낼 여유가 없다. 그렇다면 모험가에 의한 의용군의 파견이 되겠지. 왕국 각지에서 국경으로 모험가를 보내고 있다고 하더군. 룬을 떠난 모험가를 이끄는 것은 그 유명한 마스터 맥글러스라는 모양이야."

"설마 다시 나올 줄이야……."

럼버가 얼굴을 구겼다.

그에 반해 오브리 경은 조금 전보다 더 입꼬리를 올리며 뚜렷하게 미소를 짓고 있었다.

"전쟁이라는 건 전장에 도착하기 전에 이미 90퍼센트는 결판이 난다. 대군을 단련하고, 정렬하고, 전개하고, 보급을 나누고, 우수한 전선 지휘관을 임명한다. 그뿐이야. 전장에서의 싸움은 단순한 확인 작업에 지나지 않아."

"지난 『대전』 때 그 확인 작업에서 몇 번이나 전황을 뒤집어버린 각하께 듣고 싶지는 않습니다만……."

럼버의 어이없다는 듯한 말투에 오브리 경이 가볍게 웃었다.

"그런 경우가 있는 것도 사실이지. 아니면 극히 적은 몇 명의 영웅에 의해 뒤집히는 경우도 있고."

"마스터 맥글러스 같은 사람들 말이군요."

고개를 몇 번 끄덕인 오브리 경이 중얼거렸다.

"왕국 모험가도 국경 돌파에 시간이 걸린다면 잉베리 공작의 시체와 대면하게 될지도 모르지. 전쟁은 싸우기 전부터 이미 시작됐으니까……. 휴, 그리고 왕국 모험가들이여, 이제 어쩔 거지?"

◆

　　지마리노에서 아이들을 구출한 료 일행은 왕국 국경 도시 레드 포스트로 귀환했다. 그들과 협력하여 자신들의 호위 마법사인 나라를 구출한 플로라와 『새벽국경단』은 지마리노를 떠난 뒤 연합의 다른 도시로 이동했다.

　　"약한 자를 돕고 강한 자를 꺾는 의적이니까요."

　　자랑스러운 얼굴로 팔짱을 끼고 고개를 끄덕인 료가 떠나간 『새벽국경단』을 떠올리며 말했다.

　　"의적이라……."

　　"여전히 아벨은 의적을 받아들이지 못하는 사람이네요."

　　아벨이 회의적인 어조로 말했고, 료가 작게 고개를 저으며 아벨을 나무랐다.

　　아벨은 예전부터 그들의 의적 행위에 비판적이었기 때문이었다.

　　"나쁜 놈들에 대한 징벌은 제대로 된 사법 기관이 해야 할 일이 잖아? 잘못하면 사적 제재가 될 위험도 있으니까."

　　"어쩔 수 없어요. 나쁜 사람들은 대개 높은 사람들과 연결되어 있기 마련이니까요. 돈의 힘으로 죄를 피하려는 그들을 의적이 벌한다. 맞아요, 모든 것은 억압받은 국민을 위한 거라고요!"

　　어째서인지 오른쪽 주먹을 하늘로 들어올리며 단언하는 료.

　　의적 긍정파인 료와 의적 부정파인 아벨. 생각은 사람마다 다른 법이다.

　　"뭐, 저와 상관없는 곳에서만 해 준다면 뭐든 상관없지만요."

"진심은 그쪽이었네……."

"당연하죠. 저는 달리 할 일이 많다고요. 일단은 아이들이 무사해서 다행이에요."

"그렇긴 하지."

◆

"막스 씨?"

아이들 곁으로 돌아간 료와 아벨은 이전에 본 적 있는 얼굴이 새로이 추가된 것을 알아차렸다.

바로 게코 상회의 호위대장 막스. 막스는 료를 보자마자 가까이 다가와 깊이 고개를 숙였다.

"아이들을 구해줘서 고맙다."

"아, 아니요. 스승이 제자를 구하는 건 당연한 일이죠."

료가 웃는 얼굴로 대답했다.

"하지만 수속성 마법사 외의 아이들도 구해줬잖아."

"아이들끼리는 모두 동료니까요. 그것도 당연한 일이죠."

수속성 마법을 쓸 수 없는 아이들은 구하지 않는다……라는 건 있을 수 없는 일이었다. 료에게는 당연한 일이었다. 그런 것보다도…….

"막스 씨가 왔다는 건, 아이들이 붙잡혔다는 이야기가 게코 씨의 귀에까지 들어갔다는 뜻이네요."

"그래, 곧바로 직속 호위대를 이끌고 국경으로 가라고 해서 내가 이끌고 오는 길이야."

막스의 설명에 료는 크게 고개를 끄덕였다. 게코는 자신의 부하들을 무척 아낀다. 인재야말로 상회의 기반이라는 것을 이해하고 있기 때문이었다.

"아이들은 괜찮아요. 좀 더 안정이 되면 왕국 남부의 룬으로 보낼 생각이에요. 제가 가장 믿고 있는 사람들에게 맡기려고요."

"룬! 이거 정말 우연이군. 게코 상회에서도 룬에 왕국 본점을 낼 준비를 하고 있다고 알고 있어."

"무슨……."

"이번 연합의 침공으로 잉베리 공국은 초토화될 거야. 그렇게 되면 이후의 부흥에는, 특히나 농업 대국이기도 한 왕국에서 오는 물자가 중요해지겠지. 그걸 안정적으로 확보하기 위해서 왕국에도 큰 거점을 마련한다나 봐. 그중에서도 정치적으로 가장 안정된 남부가 좋을 거라고 판단해서 룬에는 본점을, 아크레에는 지점을 만든다는 것 같아."

"역시 게코 씨."

막스의 설명에 료는 감탄하며 고개를 끄덕였다.

공국의 부흥에 도움이 되는 것은 물론이고, 동시에 지금 이상으로 상회로서 얻는 이익도 커질 것이다. 이웃 나라에서 하는 전후 부흥으로 경기가 좋아지는 일은 역사적으로도 자주 있는 이야기였다.

하지만 그것은 일시적이다.

지구에서도 1918년에 종결된 제1차 세계대전 이후 유럽의 전쟁 부흥으로, 그 수출원이 된 미국이 호황을 누리며 '광란의 20년대'라 불린 적이 있었다.

유럽은 대전으로 인해 전 국토의 공장이 파괴된 탓에 생필품을 포함하여 미국에서 오는 수입에 의존할 수밖에 없었다. 미국 입장에서는 갑자기 유럽 전역이라는 새로운 시장이 열린 것이나 다름없었다. 만들면 만드는 족족 모두 팔리는 상황. 일반용 제품은 물론 복구하는 공장에서 쓰기 위한 기계류도 유럽으로 미친 듯이 수출되었다.

그것이 바로 광란의 20년대.

그러나 유럽에서 정상적으로 공장이 가동되기 시작하면 미국에서 굳이 수입할 필요가 없어진다. 하지만 미국 내에는 유럽에 수출하기 위해 늘어난 공장이 많았다.

물건이 남는다. 생산력도 남는다. 노동자도 남는다.

남으면 가치가 떨어진다. 물건의 가치가 떨어진다.

부족하면 가치가 올라간다. 돈의 가치가 올라갔다.

그리고 그 유명한 '세계 공황'으로 이어졌다…… 그것이 또 하나의 측면.

료는 작게 고개를 저으며 지구의 역사에서 『파이』로 생각을 되돌렸다.

"그래서, 게코 씨는 아직도 공국 내에 계신가요?"

"계셔. 나라의 사업을 맡고 있으니, 아직 나갈 수가 없지. 우리도 아이들만 무사하다면 바로 돌아갈 예정이야."

"그렇군요. 아까도 말씀드렸다시피 아이들은 괜찮아요. 가장 신뢰하는 사람들이 룬으로 잘 데려다줄 테니까요. 새로운 거점을 만들고 있다면 그쪽으로 연락해 주시면 좋을 것 같아요."

"알았다."

이리하여 아이들의 안전에 관해서는 일단락이 되었다.

지마리노에서 돌아온 지 3일 후.

레드포스트에서 네 대의 마차가 출발하려 하고 있었다.

그중에는 게코 상회에 소속된 아이들도 타고 있었다. 마차는 왕국 남부 룬으로 향했다.

"다들 명심해. 오빠, 언니 말 잘 듣는 거야."

"네, 료 선생님."

료의 말에 미소 지으며 고개를 끄덕이는 아이들.

원래는 수속성 마법을 쓸 수 있는 다섯 명의 아이들만이 료를 선생님이라고 불렀지만, 어느새 다른 아이들도 '료 선생님'이라고 부르게 되었다.

네 대의 마차에는 각각 어른이 한 명씩 타고 있었다. 한 사람을 제외하면 료가 무척 신뢰하는 모험가들이었다.

"료 씨, 뭔가 나만 평가가 낮은 거 아냐?"

샤피가 못마땅한 얼굴로 말했다. 그가 바로 제외된 한 사람이다.

"샤피, 신뢰는 실적을 통해서만 쌓을 수 있는 거예요. 힘내세요."

"그래…… 알았어……."

료의 말에 불만을 느끼면서도 고개를 끄덕이는 샤피.

이어서 료는 신뢰하는 다른 세 사람을 향해 고개를 숙였다.

"아이들을 잘 부탁드릴게요."

"네, 맡겨주세요."

"응, 걱정하지 마."

리햐와 린이 기꺼이 맡아주었고, 워렌도 웃는 얼굴로 말없이 고개를 끄덕였다.

료는『붉은 검』의 세 사람에게 아이들을 맡겼다. 틀림없는 왕국 최고의 정상급 인솔자들이었다.

"그럼 출발한다."

선두 마차를 이끄는 샤피가 외치자 마차에 탄 아이들이 료를 향해 손을 흔들었다.

"선생님, 다녀올게요~!"

"잘 다녀오세요~!"

아이들을 향해 손을 흔드는 료.

그 눈에서 한 줄기의 눈물이 흘러내렸다.

◆

"가버렸네요."

"그러게."

료와 함께『붉은 검』멤버 중 홀로 남겨진 아벨.

"아벨, 정말 괜찮아요? 같이 돌아가지 않아도."

"그래. 나도 전장에 갈 거야."

"저는 그 회색 로브…… 파우스트와 마무리를 지어야 하니 어쩔수 없이 가는 거지만, 아벨은 일부러 전장에 갈 필요는 없잖아요?"

"그렇긴 하지만…… 경험을 쌓아 두고 싶어. 전장을 보고 싶기도 하고."

료의 물음에 아벨은 뺨을 손가락으로 긁적이며 대답했다.

료는 믿으려 하지 않지만, 아벨은 현 국왕 스태포드 4세의 차남이라고 했다.

장남인 왕태자는 무척 우수했지만 몸이 너무 약했다. 그래서 국왕이 되더라도 직접 군사를 통솔하기는 어려울 것이라고 알려져 있으며, 차남인 아벨이 왕제로서 군사를 이끌게 될 예정이었다.

아벨은 대규모 전장을 경험해 본 적이 없었다. 분쟁이나 도적토벌 같은 것이라면 몇 번 있었지만…… 그런 이유로 이번 왕국개입 때는 자신도 전장에 나가 그 현장을 경험하고 싶었다.

"전장에서는 무슨 일이 일어날지 몰라요. 괜찮아요?"

"솔직히, 잘 모르겠어. 하지만 그렇기 때문에 경험해 두고 싶어. 나중에 부하들을 전장으로 보내기 위해서라도 전장이 어떤곳인지는 알아두는 편이 좋지 않겠어?"

"부하라니…… 아, 또 그 국왕 폐하 차남 설정인가요? 이제 스스로 왕자라고 생각할 나이도 아니잖아요. 정말 난감하네요."

그렇게 말한 료는 보란 듯이 깊은 한숨을 내쉬며, 못 말린다는듯 어깨를 으쓱였다.

그 모습을 본 아벨은 짜증이 났다.

◆

"이봐, 료."

"왜요? 또 돈인가요?"

"아니, 너한테 돈 빌린 적 없잖아! 그보다 이 말 전에도 하지 않았나?"

"같은 소재를 여러 번 반복하는 건 어쩔 수 없는 일이에요…….
새로운 소재를 만드는 것도 고생이니까요."

"소재라니 뭐야…… 애초에, 료는 대체 뭐냐고……."

아벨은 기력이 빠진 얼굴로 말을 이었다.

"료, 저번에 잉베리 공국에 갔을 때 돈을 빼두는 걸 잊었었지?"

"네…… 그건 슬픈 추억이죠. 그것 때문에 암살자의 마을을 궤멸시키게 된 건 안타까운 일이에요."

료는 그렇게 말하며 고개를 저었다.

"암살자의 마을…… 그런 게 있구나……."

"암살자의 마을은 왕국 동부에 있었어요."

"왕국? 왕국 동부에 그런 게 있다고?!"

료의 정보에 아벨은 격하게 반응했다.

자신의 나라에 암살자의 마을이 있다는 소리를 들으면 그런 반응이 나오는 것도 어쩔 수 없었다.

"그렇게 흥분하지 마세요. 그들도 살아가야 하니까 어쩔 수 없는 일이라고요."

"아니, 그런 문제가……."

"직업에 귀천은 없어요. 암살자라고 해서 낮잡아 보는 건 바람직하지 않아요."

"응, 그것만은 절대 관련 없어."

두 사람은 그런 이야기를 나누며 숙소 식당으로 들어갔다.

점심시간이라고 하기엔 이른 시간이라 커피를 마시며 작전 회의를 진행했다.

"파우스트의 숨통을 끊기 위해 전장에 간다 해도, 구체적으로 어떻게 하면 좋을까요?"

"애초에 우리는 잉베리 공국 내 전투가 어떻게 흘러가고 있는지에 대한 정보를 갖고 있지 않으니까. 구체적으로 어느 도시를 목표로 해야 하는지조차 모르겠어."

료도 아벨도 작게 한숨을 쉬고 고개를 저었다.

그때 숙소 입구 부근이 소란스러워졌다.

두 사람이 있는 숙소의 식당은 그 입구와 가까웠던 탓에 금세 알아차렸다.

"모험가 길드에서 용병 의뢰를 받은 무리들이 도착한 거겠지. 아마 왕국 전역에서 모여들 거야."

"모험가, 특히 전위 중에서는 저렇게 시끄러운 사람들이 많죠."

료는 그렇게 말하며 눈앞에 앉는 전위 검사 아벨을 바라보았다.

"야, 그거 날 말하는 거야?"

"아뇨, 딱히 그런 건……."

아벨이 얼굴을 구기며 물었고, 료는 시선을 슥 피했다.

그러자 소란스러운 사람들 속에서 목소리가 들려왔다.

"아벨인가?"

아벨은 목소리가 들린 쪽으로 돌아섰다.

"길드 마스터?"

소란스러운 무리의 중심에 있던 것은 왕국 남부 룬의 모험가 길드 마스터, 휴 맥글러스였다. 물론 그 주위에는 룬의 C급 모험가들도 있었다.

"오오, 아벨 씨!"

"역시…… 먼저 국경까지 와 계셨군요!"

그런 말이 여기저기서 쏟아졌다.

"아벨에 대한 과대평가가 지나치네요."

"부정하진 않겠지만, 료에게 지적받으니 뭔가 기분 나쁘네."

료의 말에 얼굴을 찌푸리는 아벨.

그런 두 사람을 보며 휴 맥글러스가 말을 건넸다.

"료는 왜 여기 있는 거지?"

"휴 씨, 저도 전장에 가고 싶어요."

료가 분명하게 희망을 전했다.

"아니, 룬에서도 말했듯이 그건 불가능해."

휴는 고개를 저었다. 용병 의뢰는 C급 이상의 모험가가 아니면 받을 수 없다. 그리고 료는 D급. 어떻게 해도 안 되는 것이다.

료는 얼굴을 찌푸리더니 아벨을 힐끔 쳐다보았다. 그리고 다른 C급 모험가들을 바라보았다. 그 후, 진지한 얼굴로 말한다.

"저는 워렌이에요."

"……뭐?"

휴 맥글러스가 느리게 눈을 끔뻑였다. 료가 한 말을 이해하지 못했기 때문이다. 그것은 휴뿐만 아니라 다른 C급 모험가들도 마찬가지였다. 조금도 이해하지 못했다.

물론 유일한 B급 모험가인 아벨도.

그 누구도, 아무 말도 하지 않았다.

침묵을 깬 것은 료였다.

"저는 워렌이에요."

뱉은 대사는 아까와 똑같았지만.

"미안, 무슨 말인지 모르겠어."

휴는 솔직하게 말했다. 그 말을 듣고 다른 사람들도 말없이 고개를 끄덕였다.

"저는 방패기사 워렌이에요. 『붉은 검』의 멤버이자 B급 모험가죠. 그러니 용병 의뢰를 받을 수 있어요."

"그렇군, 무슨 말을 하고 싶은지 이해했다."

료의 자세한 설명을 듣고 나서 휴가 말을 이었다.

"아, 다행이네요."

이해받았다는 생각에 료는 미소를 지었다.

"하고 싶은 말은 알겠지만, 너는 료다. 워렌이 아니야."

"어째서요!"

휴의 무자비한 지적에 항의를 담아 소리치는 료.

"어딜 어떻게 봐도 그건 신분 사칭이잖아. 인정할 수 있을 리가 없지."

"그렇군요. 그렇게 생각할 수도 있겠네요."

휴의 지적을 료는 일단 받아들였다. 어려운 상대와 하는 협상의 기본은 'Yes, but'이다. 처음에는 일단 받아들이고, 그다음에 반격한다.

"그렇게 생각할 수도 있지만, 저는 워렌이에요. 그건 그 누구도 부정할 수 없습니다. 왜냐하면 제가 그렇게 주장하고 있으니까요. 이걸 부정할 수 있는 사람은 저를 제외하면 단 한 명, 만약 있을 때의 이야기지만, 워렌이라고 불리는 인물뿐이에요."

"응, 무슨 말인지 전혀 모르겠군."

료의 논리 정연한 궤변은 받아들여지지 않았다.

"어쨌든 저는 방패기사 워렌이에요. B급 모험가니까 전장으로 갈 수 있어요!"

한 치도 양보하지 않는 료.

휴는 작게 고개를 저으며 옆에 있는 아벨에게 물어보았다.

"아벨, 그래서 진짜 워렌은?"

"워렌은 저라고요!"

맹렬한 기세로 반박하는 료.

"그래, 알았다고 알았어. 그래서…… 너희 쪽 방패기사는 어딨어?"

정정하는 것도 피곤했는지 휴가 말을 바꿔 물었다.

"구해낸 아이들을 룬에 보내기 위해 마부 역을 부탁했어. 방금 막 배웅한 참이야."

"아, 오는 길에 스쳐지나갔나보군. 그보다 구해낸 아이들이라니 무슨 소리야?"

아벨의 설명에 휴는 의아한 표정을 지었다.

아벨은 처음부터 두 사람이 왜 레드포스트에 있었는지. 그리고 무슨 일이 일어났는지. 왜 료가 전장에 가려고 했는지 등을 설명해 주었다. 당연하지만 료의 마왕 플레이에 대해서는 그다지 자세하게 언급하지 않았다.

그러는 사이 료는 팔짱을 끼고 으스대는 얼굴로 고개를 끄덕였다.

이야기가 끝나고 나자 작은 중얼거림이 들려왔다.

"국경의 붉은 마왕에 대한 이야기는 들어본 적 있어."

그 중얼거림은 C급 파티 『스위치백』의 척후 수였다.

"음유 시인들의 노래가 되어 있던데, 그게 료였구나……."

"아, 아니에요, 수 씨. 그건 잘못된 소문이에요. 저는 수속성 마법사니까 하다못해 푸른 마왕으로 해달라고 이번에 제대로 주장하고 왔어요!"

"아, 응…… 그래."

미묘하게 논점이 어긋난 료의 주장을, 미묘한 표정으로 받아들이는 수. 그 후, 작게 고개를 흔든 것은 비밀이다.

"료가 전장에 가고 싶은 이유는 알았다. 알았지만……."

휴는 아직 받아들일 수 없는 모양이었다. 당연하다면 당연하다. 길드 마스터 입장으로서 모험가의 신분 사칭을 공개적으로 인정할 수는 없는 노릇이었다.

료는 어쩔 수 없이 마지막 카드를 꺼내기로 했다.

"휴 씨, 잠깐 단둘이 이야기하죠……."

그렇게 말한 료는 식당 끝으로 휴를 데리고 갔다.

"뭐야?"

"휴 씨, 아벨은 전장에 갈 거예요. 사실은 그것도 말리고 싶은 거 아닌가요?"

"뭐?"

료의 말에 휴가 날카로운 시선으로 물었다.

"맞아요. 아벨의 **신분**에 대해서는 알고 있어요."

"……어떻게 아는 거지?"

"아벨 본인에게 들었으니까요."

"……그렇군."

료의 말에 휴는 납득했다. 마의 산 너머에서 함께 돌아오며 사선을 빠져나온 두 사람이라면 신뢰 관계가 쌓였을 것이라 생각했기 때문이었다. 휴는 전 A급 모험가다. 그에 관한 사정은 빠삭했다.

"전장에서 둘째 왕자에게 만일의 일이라도 생기면 큰일이잖아요?"

"그래. 그러니 가능하다면 아벨은 보내고 싶지 않군."

"하지만 아벨은 확실하게 말했어요. 경험을 쌓기 위해서라도 가고 싶다고요."

"……그렇겠지."

휴도 이 숙소에서 아벨을 보고 그럴 거라고는 예상하고 있었다. 출발할 때 룬에 없는 것을 보고 솔직히 다행이라고 생각했는데…… 먼저 레드포스트에 와 있었을 줄이야!

"저는 방패기사 워렌이에요. 워렌의 방패는 검인 아벨을 지키기 위해 존재하죠. 제가 곁에 있으면 온 힘을 다해 지켜주겠다고 맹세할게요."

"……정말인가?"

"네. 애초에 저는 아이들을 부탁할 때 워렌에게…… 아니, 리햐나 린에게도 맹세했어요. 아벨을 지키겠다고. 반드시 전장에서 룬으로 다시 데려가겠다고. 그러니까 그 맹세를 지키게 해 주세요."

"끙……."

료의 결의를 듣고 다시 한번 고민에 빠지는 휴.

사실을 말하자면, 휴 입장에서는 아벨의 안전이 제일이었다. 그것을 위해서라면 모든 수단을 동원할 의향도 있었다.

"알겠다…… 네 이름은, 료 워렌이다. 얼음의…… 방패기사지."

결국, 타협했다.

"네! 감사합니다! 아벨은 반드시 지킬 테니 걱정 마세요!"

료는 기뻐하며 아벨을 포함한 모두의 곁으로 돌아가 이렇게 선언했다.

"제 이름은 료 워렌이에요!"

공도 방위전

잉베리 공국의 공도 애버딘은 평지에 위치한 수도였다.

공국 제일의 규모를 자랑하는 어번 평야 거의 중앙에 위치하고 있으며, 그 동쪽으로는 중앙 연방에서도 유수한 유역 면적을 자랑하는 도니크루스 강이 흐르고 있다. 본래 지리적으로도 상업 도시였기에 대군을 요격하는 요새적인 기능은 높지 않았다.

그런 공도 애버딘은 현재 사방이 연합군에게 포위되어 있었다.

오브리 경이 이끄는 주력군은 북쪽에 진을 치고 있었고, 다른 삼면에도 쥐 새끼 한 마리 빠져나가지 못할 정도로 치밀한 진형이 쳐져 있었다.

"척후대장 오드아케르, 방금 돌아왔습니다."

"그래, 오드아케르. 제3 독립부대 이동은?"

"지시하신 대로 완료했습니다."

오브리 경의 물음에 표정을 바꾸지 않고 대답하는 은발의 남자 척후대장 오드아케르.

"염제는 그렇다 쳐도 파우스트는 반발하지 않았나? 이번 전쟁을 위해 강제로 군에 투입된 놈이니까. 명령대로 움직인다는 괴로움을 처음 겪어봤을 테니 말야."

오브리 경이 웃으며 물었다. 그렇게 될 것이라는 것을 예상했기 때문에 연합군 내에서도 높은 지위에 있고 다른 장군들과도 어깨를 나란히 하는 오드아케르를 보낸 것이었다.

오드아케르는 말없이 작게 고개를 숙였다. 그것은 곧 오브리 경의 말대로라는 뜻이었다.

하지만 원래대로 돌아온 얼굴에서는 뭔가 말하고 싶은 분위기가 느껴졌다.

"무슨 일이지? 오드아케르. 신경 쓰이는 거라도 있었나?"

이런 표정일 때의 오드아케르는 언제나 중요한 말을 한다. 좀처럼 보기 드문 일이지만, 오브리 경이 간과한 것을 일깨워주는 경우도 있었다.

"실은 제가 지마리노에 도착했을 때, 두 사람은 전투 중이었습니다."

"두 사람? 염제와 파우스트 말인가? 그 둘만 전투 중이었다고?"

"네. 다른 사람들은 얼음에 갇혀 손을 쓸 수 없는 상황이었습니다."

담담하게 설명을 이어가는 오드아케르. 하지만 속으로는 상당히 난처했다. 그 상황을 어떻게 말로 설명해야 좋을지…… 솔직히 알 수 없었기 때문이다.

"흐음. 아니, 잠깐만. 그 두 사람 모두 **전투 중**이라고 했는데, 그 둘이라면 어지간한 상대는 순식간에 처치했을 텐데? 상대가 누구지?"

"프람 딥로드 공은 『새벽국경단』의 아벨이라는 인물이라고 답했습니다."

"새벽이라. 볼트리노 대공령에서 날뛰고 있는 녀석들이지. 하지만 그 중심 인물은 분명…….”

“네. 대공의 딸인 플로라 레제로 비기입니다.”

“연합 집정인 내가 할 말은 아니겠지만…… 별로 대단하지는 않잖아?”

오브리 경은 『새벽국경단』을 중시하지 않았다. 오히려 민중의 숨통을 트이게 해 주고 있으니 연합 정부로서는 굳이 나서지 않고 연합 내 각국의 대처에 맡기고 있었다.

“말씀하신 대로입니다만, 그 아벨은 프람 공과 호각으로 싸웠습니다.”

“뭐라고? 그런 전력이 새벽에 있다는 말인가? 바로는 믿기 힘들지만……. 오드아케르, 두 사람 모두 전투 중이라고 했지. 파우스트의 상대도 새벽 쪽 녀석이었나?”

“아마도. 파우스트 공은 이름은 모른다고 하셨지만…….”

거기서 오드아케르는 말을 끊었다. 어떻게 말해야 할지 고민하는 얼굴이었다. 오드아케르는 오브리 경이 일군 지휘관으로 있을 때부터 그를 모셔온 부하로 아주 오래된 인연이었지만, 이렇게 말을 고르는 것은 보기 드문 광경이었다.

“프람 공의 부하들이 이렇게 말하더군요. 붉은 마왕이라고.”

“붉은 마왕? 소문은 들은 적이 있다. 서부 국경을 따라 퍼지고 있는 소문. 도저히 믿기 힘든 내용이었지만.”

오브리 경은 쓴웃음을 지었다.

들려오는 붉은 마왕에 대한 소문은 어떻게 생각해도 정상이 아니었다. 심지어는 그 〈배럿 레인〉조차 얼음벽으로 튕겨냈다고 한다. 그런 일은 불가능했다.

하지만 눈앞에 있는 오드아케르의 표정은 밝지 않았다. 기본적으로 오드아케르는 표정의 변화 자체가 적은 인물이지만, 오브리 경만큼 오래 알고 지내면 여러 가지 것들을 읽을 수 있었다. 이 표정은…… 방심할 수 없는 상대라고 판단한 얼굴이었다.

"그 붉은 마왕과 싸웠나?"

"조금."

"그리고, 방심할 수 없는 상대라고 판단했다고?"

"네."

오드아케르의 그 한마디에 오브리 경은 놀랐다.

오드아케르는 척후대장이라는 지위에 있는 만큼 그 본직은 척후였다. 하지만 군을 통솔하여 전투도 해내고, 전술 수준에서 전투의 흐름도 읽어내고, 전략 수준에서 군의 운용까지 해낼 수 있었다.

게다가 근접전도 무시무시할 정도로 강했다.

오브리 경을 제외하면 연합군 전체에서 가장 완벽에 가까운 장수라고 해도 과언이 아니었다. 아니, 근접전의 완성도를 생각하면 오브리 경을 넘어설지도 모른다.

그렇기 때문에 평소에는 연합과 제국의 국경지대에 있었다. 연합과 제국 사이는 대부분 대군이 넘볼 수 없는 지형이지만 그래도 아예 불가능한 것은 아니다. 어느 시대든 불가능하다고 생각되는 곳에 대군을 보낸 쪽이 승자가 되는 법이다.

그 정도로 어렵고, 심지어 연합을 압도하는 전력을 가진 제국과 맞닿은 지역을 맡고 있는 자가, 바로 이 척후 대장 오드아케르였다.

오드아케르에 대한 오브리 경의 믿음은 대단히 두터웠다.

그런 인물이 '방심할 수 없는 상대'라고 판단했다면, 무시해서는 안 된다.

"알았다. 이 전쟁이 끝나면 붉은 마왕과 아벨을 포함해『새벽국경단』에 대해 철저히 조사하도록 하겠다."

"감사합니다."

오브리 경이 약속했고, 오드아케르가 고개를 숙였다.

◆

"각하, 항복 권고로부터 24시간이 지났습니다. 답변 기한을 넘겼지만 아무런 반응이 없습니다."

연합의 중앙군 지휘관인 뤼시앙 장군이 보고했다. 본래 오브리 경이 신임하는 부하이자 그와 함께 여러 전장을 누빈 경험 많은 지휘관이었다.

그런 뤼시앙 장군의 보고는 동시에 결단을 요구하고 있었다. 공격 허가를 내달라는.

"뭐, 그렇겠지. 어쩔 수 없군. 공격을 허가한다."

오브리 경이 지시를 내리는 것은 여기까지다. 이후에는 뤼시앙이나 다른 전선 지휘관들이 현장의 판단에 따라 움직일 것이다.

'가끔은 나도 돌아가고 싶군…….'

그리운 전장…… 본래 군인이었던 오브리 경은 전장에 서면 향수와도 비슷한 감정에 사로잡힌다.

어떤 의미로는 그도 전투광일지도 모른다.

연합군의 공격이 시작되었다.

공도를 함락한 후의 일을 고려하여 성벽에는 공격을 가하지 않고, 비교적 수리가 쉬운 성문을 돌파하는 방법을 택했다.

수도가 되면 성벽도 성문도 여러 방어 마법 등으로 보호되는 경우가 일반적이다. 대개는 연금 도구를 사용하여 어떤 속성의 마법사라도 마력을 넣기만 하면 방어 기구가 작동하는 방식으로 되어 있었다. 물론 마력을 저장하는 기능을 가진 마석도 추가하여 마법사가 늘 붙어 있지 않아도 문제가 없게 해 두는 것도 일반적인 일이었다.

당연히 **공도**인 애버딘에도 그런 마법 방어 기구가 갖춰져 있었다. 타입은 극히 일반적인 풍속성의 마법을 통한 방어였다.

하지만…….

"대장, 북쪽 성벽의 방어 기구가 발동되지 않습니다!"

수비대장 나이젤에게 전해진 것은 절망적인 보고였다.

중앙 지령소에 놓인 연금 도구와 연금석은 문제없이 가동되고 있었다. 하지만 북쪽 성벽의 일부에서 풍속성 마법에 의한 방어 기구가 작동하지 않고 있었다.

그 성벽의 일부는 바로…….

"성문이라고?"

정확히 그곳에 한해 문제가 발생하는 것은 있을 수 없는 일이 었다.

"연합 놈들인가!"

깨닫지 못한 사이에 파괴 공작을 당한 것이다. 아마도 항복 권고를 기다리던 24시간 동안.

여기서 수비대장 나이젤은 결단을 내려야 했다.

성의 수비는 물론 병사도 성벽 위에 배치되어 있었고 마법사도 마찬가지였다. 그들의 힘으로 어느 정도는 버틸 수 있을지도 모른다. 하지만, 버틸 수 없을지도 모른다.

상대는 '명장' 오브리 경. 마법 방어 기구를 잃은 성문이라면 단번에 뚫어버리는 공격도 가능할지도 모른다. 그렇게 되면 모든 것이 끝장이다.

"젠장, 어쩔 수 없군. 조금 빠르지만 그린스톰을 기동해라. 서둘러!"

◆

"각하, 계획대로 성문의 방어 기구는 무너진 것 같습니다."

"직전 확인 작업을 게을리했군. 뭐, 확인했다 한들 제대 복구할 수 있을 리도 없고, 애초에 인력이 부족한 거겠지."

"공도인데도 사람이 부족한 겁니까?"

럼버가 오브리 경에게 물었다.

"그래, 공도인데도, 말이지."

오브리 경이 한쪽 입꼬리만 살짝 올리며 대답했다.

"그러니…… 뭔가 비장의 카드라도 있다면 당장 투입하겠지."

오브리 경의 중얼거림은 옆에 있던 럼버에게도 들리지 않을 정도로 작았다.

◆

"대장, 그린스톰 기동 완료했습니다. 적 기병대, 10초 후 사정거리에 들어옵니다."

"좋아. 첫 공격은 확산형이니 최대한 많은 적을 끌어들여라!"

"사정거리까지…… 3, 2, 1, 들어왔습니다."

"쳐라!"

그 순간 공도 애버딘 중앙에 서 있는 유난히 높은 첨탑에서 초록색 빛이 뿜어져 나왔다. 빛은 그대로 북쪽 성벽을 넘어 그 너머로 다가오던 연합군 기병대를 한번에 베어냈다.

베인 기병대는 순식간에 흩어지며 붕괴했다.

"첫 공격, 성공입니다."

"오오오!"

중앙 지휘소 내에 울려 퍼지는 함성.

홀로 평정을 가장하고 있던 수비대장 나이젤도 작게 주먹을 쥐고 있었다.

시험 사격은 몇 번 해 봤지만 본격적인 포격은 지금이 처음이었다. 곧바로 실전에 투입된 병기가 훌륭하게 제 역할을 완수해

낸 것이다. 주먹을 쥐게 되는 것도 무리는 아니었다.

"자, 와라, 침략자들아. 몇 번이고 쓸어버려주마."

대장의 혼잣말은 생각보다 컸는지 옆에 있던 부대장 메레디스의 귀에도 닿았다. 그리고 주변 사람들에게도.

◆

"이건……."

초록색의 섬광은 연합군의 주력 부대에서도 똑똑히 보였다. 그리고 선봉의 기병대가 한순간에 궤멸하는 것도 보였다.

그 모습에는 오브리 경조차 말을 잇지 못했다.

"가, 각하, 저건 대체……."

오브리 경의 우수한 오른팔이자 보좌관인 럼버도 혼란스러움을 감추지 못했다. 잉베리 공국이 이토록 강력한 공격 수단을 숨기고 있었다는 사실에.

"마도병기, 겠지."

오브리 경이 힘겹게 말했다.

전장에서의 사용을 전제로 한, 연금술을 이용한 대출력 무기를 마도병기라 부른다.

다만 이 시대에는 마도병기라 부를 만한 규모의 무기는 그리 많지 않았다.

전장에서 사용할 정도의 규모로 마법 현상을 발생시킨다고 하면, 고도의 연금술과 금속 가공 기술, 그리고 마법에 대한 깊은 이해가 필요했다. 그것들을 모두 갖추는 것은 설령 3대국이라고 해도 꽤 어려운 일이었다.

걸림돌이 되는 것은 바로 '고도의 연금술'과 '마법에 대한 깊은 이해' 부분이다.

고도의 연금술은 굳이 말할 것도 없다. 케네스나 프랑크급의 연금술사는 되어야 한다.

거기에 더해 '마법에 대한 깊은 이해'…… 중앙 연방에서는 '정해진 영창을 외우면 마법이 발동한다'라고 알려져 있다. 그 이상도 그 이하도 아니다. 마법이란 그런 것이다.

그런 사회에서, 그런 세계에서, '마법에 대한 깊은 이해'를 손에 넣기란 하늘의 별 따기나 다름없었다. 그야말로 일라리온 바라하 같은, 마법 그 자체에 집착하는 일부 괴짜가 아니고서야…….

이런 몇 가지 해결하기 어려운 문제들로 인해 마도병기라고 부를 만한 무기는 현실에서는 거의 존재하지 않았다.

하지만 동화 수준의 이야기에서는, 초제국 바빌론의 부유대륙에는 수많은 마도병기가 구비되어 있었다느니, 용사의 무기인 성검 아스타르트가 실은 마도병기였다느니 하는 이야기가 전해지고 있었다.

그런 마도병기라 부를 수 있는 것이 지금 눈앞에 나타나, 아군의 기병대를 베어버린 것이다.

오브리 경과 럼버 외에는 그 누구도 아무 말도 하지 못했다.

'마도병기라…… 이거 놀랍군. 잉베리 공국의 연금술이 발전했다는 건 알고 있었지만 이 정도일 줄은…… 응? 연금술? 그렇군.

생각해 보면 인공 골렘도 마도병기인가.'

오브리 경은 거기까지 생각하고는 옆에 있는 럼버에게 지시를 내렸다.

"럼버, 서둘러 후방으로 가서 닥터 프랑크를 불러와라."

"네, 알겠습니다."

그렇게 말한 럼버가 곧장 달려갔다.

닥터 프랑크…… 인공 골렘 제조에 성공한 천재 연금술사 프랑크 드 베르데, 바로 그 인물이었다.

"크하하하하핫! 으하하하하하핫! 이거 정말 놀랍군!"

초록색 빛이 번뜩이며 선봉 기병대를 베어버린 순간 프랑크 데 베르데는 크게 웃었다.

그 주변 사람들은 그것을 비난할 생각도 못하고, 그저 빛이 번쩍인 전방을 응시한 채 입을 다물고 있었다.

그런 와중 프랑크 데 베르데만이 홀로 독백을 이어갔다.

"정말 놀랍군! 저건 베이드라인가? 베이드라 아닌가? 베이드라의…… 완성형으로는 보이지 않지만, 베이드라가 맞아. 그렇다면 뭐지? 케네스가 있는 건가? 케네스도 왕국을 버리고 공국으로 망명했나? 아니, 그건 불가능해. 그 녀석은 부모를 끔찍이 여겼으니까. 부모를 놔두고 타국에 가지는 않았겠지……. 그렇다면 왜 베이드라 모조품 같은 것이 공도에 있는 거지? 생각해 볼 수 있는 가능성은, 연구 성과를 도둑맞았다…… 정도인가. 말이 되는군. 케네스 자신이 그런 멍청한 짓을 하지는 않았겠지만, 연구

성과를 제출한 곳에서 유출됐다면 충분히 가능성이 있는 이야기야. 하여간…… 남의 성과를 훔치다니 쓰레기 같은 짓거리를 하는군. 뭐, 어찌 되었든…….”

거기서 히죽 웃으며 말을 잇는다.

“대(對)베이드라의 시험 운전은 되겠어.”

그렇게 말하며 프랑크 데 베르데는 큭큭큭 웃었다.

오브리 경의 명령으로 럼버가 찾아온 것은 그때였다.

“각하, 모시러 왔습니다.”

럼버의 말이 끝나자마자 프랑크 데 베르데가 입을 열었다.

“골렘을 내보내겠소.”

“닥터 프랑크, 물론 그럴 생각입니다. 다만 저 초록색의 빛이 무엇인지 알고 싶습니다만.”

오브리 경은 프랑크의 요청을 들어줄 것을 약속하고 초록색 빛에 대한 정보를 얻어내려 했다.

“음, 저건 베이드라요. 아마, 베이드라 모조품이겠지만…… 어쨌든 베이드라지.”

“그 베이드라라는 것은?”

왕국의 비밀 병기.”

그렇게 말한 닥터 프랑크는 한쪽 뺨으로만 웃었다.

그 말을 들은 오브리 경은 당연히 놀랄 수밖에 없었다. 왕국의 비밀 병기가 왜 공도에 있는 것인가?

‘아니, 지금은 그런 것은 상관없나. 닥터가 그 베이드라에 대해 잘 알고 있다면 아직은 우리 쪽에 승기가 있다는 뜻이다. 왕국의 마도병기라면 닥터가 왕국에 있을 때 개발한 것인가, 아니면 또 한 명의 천재 케네스 헤이워드 남작인가. 어느 쪽이든 인공 골렘으로 대처할 수 있는 가능성은 있어 보이는군.'

오브리 경이 거기까지 생각했을 때 닥터 프랑크가 추가 정보를 내놓았다.

"풍속성 마법을 써서 바람의 충격파를 만들어내고 있는 거요. 하나하나의 충격파가 미세하기 때문에 베인 것처럼 보이지만…… 잠시 골렘으로 시도해 보고 싶은 게 있소. 한 대는 부서질지도 모르지만 전장인 이상 그 정도 희생은 허용 범위 내겠지?"

"네, 그 부분은 맡기겠습니다. 병사의 목숨을 시험 삼아 희생한다고 하면 고민했겠지만, 골렘이라면 얼마든지."

닥터 프랑크의 확인에 문제없다며 즉답하는 오브리 경.

"좋아. 골렘 1호기를 가동하라!"

닥터 프랑크는 왼손에 쥐고 있던 작은 연금석에 대고 말했다.

그것은 골렘 부대에 있는 부하에게 연락하기 위한 연락용 연금석이다. 닥터 프랑크가 왕국에 있을 때 만든 물건과 동일한 구조였지만, 외부의 마석과는 별도로 내부에 마력 저장용 마석을 넣어 마법을 쓸 수 없는 사람도 사용이 가능했다.

물론 닥터 프랑크 자신은 연금술사였기 때문에 마법도 사용할 수 있었다. 심지어 불과 바람 두 가지 속성을.

그러니 마석 속에 다른 마석을 넣은 것은 자신을 위한 것이 아니었다. 다른 누군가를 위한 것도 아니었다.

할 수 있을 것 같아서 해 본 것이다.

해 보니까 된 것이다.

단지, 그뿐이었다.

닥터 프랑크는 딱히 매드 사이언티스트는 아니었다.

다른 누군가에게 폐를 끼칠 만한 일이라면 고민은 한다……. 최종적으로는 해 버릴 가능성도 있지만, 타인의 인생을 바꾸면서까지 흥미를 추구하려 하는 인간은 아니었다.

하지만 그렇게까지 심각하지 않다면…… 해 보고 싶다는 생각이 들면 해 본다.

닥터 프랑크, 프랑크 드 베르데는 그런 남자였다.

◆

"대장, 적에게 움직임이 있습니다."

그린스톰의 일격 후, 성문 마법 방어 기구가 작동하지 않는 이유에 대해 보고를 받고 있던 수비대장 나이젤에게 부대장 메레디스가 보고를 위해 달려왔다.

바로 근처의 성벽 위로 올라가는 두 사람.

그곳에서 보인 것은…….

"뭐죠, 저건……."

부대장 메레디스의 입에서 흘러나온 중얼거림.

하지만 대장 나이젤은 그것이 무엇인지 알고 있었다. 아니, 정확하게는 추측에 불과했지만.

"새로 개발되었다는 인공 골렘일 거다."

공도 수비대장이라는 직책 덕분에 상당히 기밀성이 높은 정보도 들어온다.

그중에서 이번 공도 방위에서 가장 주의해야 할 것 중 하나로 살리에리 정보부 장관에게서 전해들은 것이 바로 인공 골렘에 대한 정보였다.

아마도 천천히 다가오는 저것이 바로 그 골렘인 것 같았다.

"나는 서둘러 중앙 지휘소로 돌아가겠다."

수비대장 나이젤은 그렇게 말하고는 메레디스를 데리고 성벽을 뛰어내려갔다.

그린스톰 이외에 그것을 막을 방법은 없었다. 그것도 아까의 확산형으로는 안 된다.

하지만 딱 한 가지, 나이젤의 마음에 걸리는 것이 있었다.

다가오는 인공 골렘이 한 대뿐이라는 점이었다.

"상황을 지켜보겠다는 건가."

설령 그렇다 해도 완벽하게 파괴해 버리면 상대도 더는 방법이 없을 것이다.

나이젤은 결단을 내리기로 했다.

"집속형으로 조준해서 쏜다."

중앙 지휘소로 돌아가 지시를 내렸다. 나이젤의 지시에 고개를 끄덕이는 사격수.

고지대에 마련된 중앙 지휘소에서는 성벽 너머도 직접 볼 수 있었다. 그 북쪽 성벽 너머로 한 대의 인공 골렘이 공도를 향해 천천히 다가오고 있었다.

'저 빛의 반사 상태로 보아 외장은 금속…… 강철인가. 기본적으로 대인용인 그린스톰 확산형으로는 물리칠 수 없을 것이다. 하지만 집속시키면 강철조차 쉽게 꿰뚫는다. 인공 골렘도 적수는 되지 못한다!'

나이젤은 마음속으로 스스로를 안심시키기 위해 그런 생각을 반복했다.

'괜찮아', '할 수 있다'. 그렇게 말하며 스스로 타이르고는 있지만, 실제로 해 보기 전에는 알 수 없다……. 특히 최신 기술이라고 하면 더더욱.

"적 골렘, 10미터 이후 사정거리에 들어옵니다."

관측수의 보고를 듣고 의식을 현장으로 되돌렸다.

그리고…….

"사정거리까지 3미터, 2, 1, 들어왔습니다."

"쏴라!"

구령과 함께, 첨탑에서 다시 한번 초록색의 빛이 뿜어져 나왔다.

하지만 이번에는 일대를 도려내는 것이 아닌 한 줄기, 사람의 팔 정도 굵기의 초록색 빛이 일직선으로 인공 골렘의 가슴 부근으로 날아들었고…… 관통했다.

관통한 빛은 곧 확산되며 사라졌다.

남겨진 인공 골렘은 천천히 뒤로 넘어졌다.

"적, 격파."

"오오오!"

첫 공격에 성공했을 때 이상의 함성이 지휘소 안에 울려 퍼졌다.

적의 비밀 병기에도 효과가 있었다. 게다가 완벽하게 쓰러뜨렸다.

이렇게 되면, 어쩌면 이길 수 있을지도 모른다.

전력 차이로 봤을 때 승리는 절망적이라고, 말단 사람들까지 그렇게 생각하고 있는 와중에 나온 성과. 희망이 피어나는 것은 당연한 결과였다.

하지만 이번 함성은 그리 오래가지 않았다.

"적, 인공 골렘 증원입니다."

관측수의 목소리가 지휘소 안의 함성을 지웠다.

"수는?"

수비대장 나이젤이 가장 먼저 냉정을 되찾고 물었다.

"수는…… 약 20."

"보고받은 거의 전원인가."

나이젤이 정보부 장관 살리에리에게 들었던 정보에 따르면 약 20대의 인공 골렘 존재를 확인했다고 했다. 그것이 모두 나왔다.

하지만 거기에는 당연한 의문이 따라나왔다.

'지금 완벽하게 처치하는 모습을 보여줬는데 왜 나온 거지? 귀중한 비밀 병기 아닌가? 집속형으로 한 발이 들었으니 수를 내세우면 압도할 수 있다고 생각한 건가? 그린스톰의 연사 능력이 높지 않다는 것에 내기를 걸고? 적은 명장이라 불리는 오브리 경이다. 그런 안이한 생각을 할 것 같지는 않은데…… 모르겠군.'

수비대장 나이젤은 고민했지만, 애초에 그린스톰을 쏘는 것 외에는 다른 선택지가 없었다.

"집속형으로 겨냥해서 쏴라. 사격수, 사정거리에 들어오는 대로 쏘도록. 그 후에도 준비되는 대로 연속 사격을 허용하겠다."

"알겠습니다."

매번 나이젤이 지시를 내리는 것보다 사격수에게 연속 사격을 명령하는 편이 나았다.

실제로도 20대라는 수는 위협이었다. 이동 속도는 느려보이지만 성문에 접근할 가능성도 제로라고는 단언할 수 없었다.

연합의 인공 골렘은 4열 종대, 즉 맨 앞에 4대, 두 번째 줄에도 4대, 이런 식으로 줄지어서 다가오고 있었다.

'저건…… 어쩌면 1열을 관통한 그린스톰이 위력에 따라서는 2열의 골렘도 쓰러뜨릴 수 있지 않을까.'

수비대장 나이젤은 그렇게 생각했다. 그것이 가능하다면 이야기는 빠르다.

"적 골렘, 10미터 이후 사정거리에 들어옵니다."

지금까지와 같은 보고 순서에 따라 관측수가 전했다.

"북측 이외의 상황은 어떻지?"

지금까지의 상황 진행에서 나이젤은 약간의 위화감을 느꼈다.

"동쪽, 움직임 없습니다."

"남쪽, 마찬가지로 움직임 없음."

"서쪽, 움직임 없습니다."

나이젤은 다른 쪽 관측수들에게도 물었지만 별다른 일은 없었다.

'불길한 예감이 든다…….'

예감, 위화감, 단순한 감. 모두 그 사람이 지금까지 쌓아온 경험, 지식에 근거해 뇌가 무의식중에 내놓은 결론이라고 해석할 수도 있었다.

전장에서 살아온 남자 나이젤로서는 그것들을 무시할 수 없었다. 지금까지도 그런 예감으로 목숨을 구해 왔으니 당연하다면 당연했다.

하지만 역시 현재로서는 그린스톰을 쏘는 것 이외에 취할 수 있는 선택지는 없었다.

"사정거리까지 3미터, 2, 1, 발사."

나이젤의 눈에는 그린스톰이 발사된 순간 적 골렘의 가슴 앞이 하얗게 빛난 것처럼 보였다.

그리고 그린스톰은 중앙에 있는 골렘에 도달했고…… 흰 구체 모양의 빛이 보이는가 싶더니, 엉뚱한 방향으로 날아갔다.

"이게 무슨!"

"사격…… 실패."

나이젤의 외침과 관측수의 보고에 지휘소 안에 무거운 침묵이 내려앉았다.

하지만 그것도 이어지는 보고에 의해 무너졌다.

"적 골렘, 이동 속도가 올라갔습니다. 달려옵니다!"

"큭. 사격수, 충전 완료되는 대로 쏴라! 수기 신호로 성벽에는 방어 행동으로 넘어가라고 전해라. 서둘러!"

단번에 분주해지는 중앙 지휘소.

지시를 내린 수비대장 나이젤이 부대장 메레디스를 지휘소 구석으로 불렀다.

"메레디스, 이대로는 위험해. 예정대로 마석을 부탁한다."

"하지만 대장!"

나이젤의 지시에 메레디스가 작지만 비명 같은 소리를 냈다.

"메레디스, 이건 명령이다! 당장 이동해서 준비하도록. 그리고 성벽에 접근하는 것이 보이면 신속하게 네가 할 일을 해라. 알겠나? 공국의 존망은 네 어깨에 달려 있다."

마지막 부분은 부드러운 어조로 타이르듯 말한다.

"대장……."

"나는 공도와 운명을 함께하겠다. 부탁한다."

그렇게 말하고, 대장 나이젤은 부대장 메레디스를 지휘소 밖으로 내보냈다.

처음 그린스톰이 튕겨 나간 후 세 번의 사격이 더 이뤄졌지만, 세 번 모두 튕겨 나갔다.

인공 골렘의 가슴 앞에 하얀 빛이 발생하고, 그린스톰은 보이지 않는 무언가에 의해 튕겨 나가 엉뚱한 방향으로 날아가며 사라졌다.

인공 골렘이 성문에 달려들었고, 성문은 아무런 저항 없이 무너져내렸다.

그것을 확인한 연합군 주력은 남겨 두었던 기병대를 내보내 단번에 공도 내로 침입. 각 방면의 성문을 열며 중앙 지휘소를 점거하고 첨탑을 확보해 나갔다.

공도 전역이 연합군의 손에 떨어지는 데에는 그리 오랜 시간이
걸리지 않았다.

공도가 함락됐을 때, 수비대 부대장 메레디스는 이미 공도 남
쪽을 지나 더더욱 남쪽을 향해 말을 몰고 있었다.

"대장…… 이건 반드시 전하겠습니다."

무언가가 담긴 가방을 소중하게 품에 안고 그렇게 중얼거렸다.

◆

"공작성은 텅 비었습니다."

"첨탑의 마도병기는 파괴되어 있었습니다."

"남아 있던 주민은 모두 합쳐도 500명 정도로 보입니다."

오브리 경에게 차례차례 보고가 들어왔다. 하지만 그 보고는
전부 탐탁지 않은 것들뿐이었다.

'예상했던 대로라고는 하나…… 잉베리 공작가는 먼저 탈출. 마
도병기도 파괴되어 있고. 뭐, 어쩔 수 없나.'

오브리 경은 작게 한숨을 내쉬고 중앙 지휘소 앞 광장으로 걸
어갔다.

황급히 그것을 뒤쫓는 호위.

공도를 점령했다고는 하나 숨어 있는 궁사나 마법사가 없다고는
단언할 수 없다. 오브리 경에게 만약의 일이라도 생긴다면…….

옆에서 지켜보던 럼버 역시 호위들의 마음고생은 누구보다 잘 알고 있었다. 럼버도 비슷한 피해자였기 때문이다. 그럼에도 불구하고, 몇 번을 말해도 오브리 경의 행동은 바뀌지 않았다.

'그래, 알았어'라고 말하긴 하지만, 실은 아무것도 모르고 있다.

그가 만약 타고난 정치가였다면 자신의 목숨에 더 신경을 썼을지도 모르지만, 애초에 오브리 경은 전장의 인물이다. 모험가로서의 경험은 없지만 그 이상으로 수많은 전장을 누벼왔다.

그로 인해 어떤 의미로는 자신의 생명을 가볍게 보는 경향이 생긴 것일지도 모른다.

아무리 조심해도 죽을 때는 죽는다. 실로 매정한 말이지만…… 오브리 경은 그렇게 생각했다.

광장에는 항복한 수비대원들이 앉아 있었다. 선두에는 수비대장 나이젤이 있었다.

오브리 경은 그런 나이젤 앞에 서서 이름을 밝혔다.

"나는 오브리 허블 콜먼. 연합군의 독재관을 맡고 있는 자다. 자네들의 이름을 물어봐도 되겠나?"

수비대장 나이젤은 크게 놀랐다.

오브리가 직접 이름을 댔기 때문이다. 심지어 풀네임을.

점령한 도시, 설령 공도라고는 해도 고작 수비대 앞에서 직접 자신의 이름을 밝히며 상대방의 이름을 묻는 일은 결코 흔치 않은 일이었다.

나이젤이 들었던 오브리라는 인물의 이미지는 우수하여 명장이라고 불리긴 하지만 오만하고 거만한 남자였다. 저도 모르게 그런 이미지가 각인된 것인지…… 아니면 단지 눈앞의 남자가 다른 남자를 연기하고 있을 뿐인지는 알 수 없었다.

어느 쪽이든 한 나라의 정점에 있는 사람이 자신을 소개했으니 무시할 수는 없었다.

"내가…… 제가 공도 수비대장을 맡았던 나이젤 매든입니다. 그들은 제 부하입니다……. 제 목숨은 어떻게 되든 상관없습니다. 그러니 그들과 공도의 국민만은 제발 살려주실 수 없겠습니까?"

나이젤은 인사도 제대로 하지 못한 채 고개를 숙였다.

"대장……."

주변 수비대원들 사이에서는 흐느끼는 듯한 작은 중얼거림이 들려왔다.

"흠. 럼버, 국민들을 건드렸나?"

"아뇨, 각하의 이름 하에 민중에게 가하는 일체의 위해나 약탈 행위는 금하고 있습니다. 아직까지는 그에 관한 보고도 들어오지 않았습니다. 우리 군에서는 그런 행위가 발견될 경우 지위에 관계 없이 참수를 당합니다."

"그렇다는군. 내 이름으로 국민의 안전은 보장하겠다."

"그, 그게 정말이십니까……?"

"끈질기다!"

나이젤의 질문에 격하게 반응한 것은 럼버였다.

오브리 경은 조용히 대답했다.

"괜찮아, 럼버. 불안해하는 건 당연하다. 하지만 나이젤, 잘 생각해 보게. 우리는 이 도시를 지배할 계획을 갖고 있지. 그런데

국민의 원성을 사서 무슨 이득이 있겠는가? 게다가 이를테면 여기서 학살 따위를 벌인다고 하면…… 그리고 그 소문이 주변의 도시까지 퍼져 나간다면 도시의 저항은 더욱 강해지겠지. 자비의 마음뿐만 아니라 통치라는 면에서도 민중에게 가하는 위해나 약탈은 있을 수 없는 일이다. 안심해라."

거기까지 이치에 맞는 설명을 듣고 나자 나이젤도 안심할 수 있었다.

"내가 묻고 싶은 것은 딱 하나뿐이다. 가능하면 대답해 줬으면 좋겠다만……."

"입장상 대답할 수 없는 것도 있습니다."

오브리 경의 물음에 나이젤은 얼굴을 일그러뜨리며 대답했다.

국민의 안전을 보장해 준 것에는 감사하지만, 대답할 수 없는 것이 있다는 것도 사실이었다. 그보다는 대답할 수 없는 것이 더 많을 것이다.

"왜 500명이나 되는 민중이 남아 있는 거지?"

"……네?"

오브리 경의 질문은 너무나도 예상 밖의 질문이었다.

나이젤로서는 잉베리 공작의 행방이나 그린스톰에 관한 질문을 받을 것이라고 생각하고 있었는데, 들려온 질문은 남겨진 민중에 관한 것이었다.

묻고 싶은 것은 하나뿐이라고 말해 놓고, 왜 민중이 남아 있는지 묻는다니…… 그 누구도 예상하지 못했을 것이다.

"너희 수비대가 남아 있는 것은 이해한다. 시간 벌기는 지금 공국에 있어 가장 중요한 전략이겠지. 하지만 그렇다면 민중이 남아 있을 필요는 없지 않은가? 실제로 대부분의 민중이 이미 탈출을 끝냈다. 그런데 어째서인지 500명 이상의 민중이 남아 있지. 움직이지 못하는 자도 있겠지만, 그렇다 치더라도 500명은 너무 많지 않나?"

오브리 경의 질문은 순수한 의문에서 나온 것이었다.

애초에 군사적인 것에 관해서는 질문할 필요가 없었다.

현재 일어나고 있는 대부분의 일은 상정의 범위 내였다. 즉 추측에서 크게 벗어난 일은 벌어지지 않았다는 뜻이다.

정치적인 일에 관해서는 일개 수비대장 같은 사람이 알 턱이 없는 일이다.

공작이나 그 일족의 행방에 관해서도 마찬가지다.

그런 것은 물어볼 필요 자체가 없는 것이다.

그래서 순수하게 궁금했던 것을 물어보았다.

"남은 민중은…… 도시를 떠나는 것보다 차라리 여기서 죽고 싶다며 남은 자들입니다. 물론 움직이지 못하는 자들도 있습니다. 하지만 남은 대부분은 이제 와서 여기를 버리고 어디로 가겠는가…… 그렇게 생각하는 자들입니다."

"그렇군."

오브리 경도 그 감정을 이해했다.

그런 자들도 있을 거라는 건 묻기 전부터 알고 있었지만, 기껏해야 수십 명일 거라고 생각했다. 나머지는 도대체 왜 남아 있을까 궁금했는데, 500명의 대부분이 그런 사람들이었다니.

"좋은 도시였군."

오브리 경은 그 한마디만을 중얼거리고 몸을 돌렸다.

"민중과 제군들의 신변 안전은 보장하겠다. 식량도 어차피 전부 불태웠겠지? 우리 군에서 제공하도록 하마. 바라건대 당분간은 조용히 포로로 지내주게."

그렇게 말한 오브리 경은 광장을 빠져나갔다.

남은 수비대의 멤버는 멍하니 바라볼 뿐이었다.

그 속에서 오직 수비대장 나이젤만이 고개를 떨구고 있었다. 오브리 경이 가진 그릇의 크기에, 일종의 깊은 체념에 빠진 것이다.

"저 그릇에, 공국 전역이 삼켜질지도 모르겠군……."

나이젤의 작고 작은, 정말로 작은 그 중얼거림은 다행히 다른 누구의 귀에도 닿지 않았다.

오브리 경이 향한 곳은 공도 중앙에 우뚝 솟은 첨탑. 초록색 빛이 발사된 첨탑이었다.

그곳에는 아마도 닥터 프랑크가 '베이드라 모조품'이라 불렀던 마도병기 잔해가 있을 것이다. 파괴되었다는 보고는 들었지만 한 번쯤은 봐두고 싶었다.

몇 명의 보초를 빠져나와 첨탑 꼭대기 층에 도착했다.

당연하다는 듯이 선객이 있었다.

"닥터, 역시 와 계셨군요."

"오브리 경이군. 그대도 흥미가 있었소? 아니, 하지만 연금술은 전혀 모른다고 하지 않았나?"

그곳에서는 닥터 프랑크가 부하들과 함께 무언가를 조사하고 있었다.

"네, 연금술은 전혀 모릅니다. 그래도 그 초록색 빛은 좀 궁금해서 말입니다. 파괴되었다고는 들었습니다만, 한번 봐둘까 해서."

"흐하핫! 역시 **명장**은 다르군. 그럼 어떻게, 제 소감을 한번 들어보시겠소?"

닥터 프랑크는 한쪽 **뺨**으로만 웃었다.

누군가가 물어봐주길 바라긴 했지만 어리석은 인물에게 말해봤자 아무 의미가 없다. 가장 좋은 것은 연금술에 대해 아는 동료겠지만 여기에는 없다…… 부하들도 아직 한참 멀었다.

그렇다면 연금술은 모르더라도 두뇌가 뛰어난 남자에게 이야기하는 것도 또 하나의 묘미.

그렇게 생각한 것이다.

"그거 꼭 들어보고 싶군요! 다만 우선은 베이드라 그 자체에 대한 것부터 알려주시면 좋겠는데요."

"흠, 그것도 그렇군. 베이드라가 왕국의 비밀 병기이자 풍속성 마법을 사용한 마도병기라는 것까지는 알고 있겠지? 그걸 설계한 건 케네스요. 역시 천재에 걸맞은 물건이지만…… 내가 있었을 무렵에는 아직 완성되어 있지 않았소. 본인의 능력 문제가 아니라 주로 예산 문제 때문에 말이오. 그리고 마석 문제도 있었지."

"마석?"

오브리 경이 고개를 갸우뚱했다.

올라오면서 언뜻 본 것이기는 하지만 이 병기에 마석은 끼어 있지 않았고, 방에 마석이 굴러다니지도 않았다. 물론 부서진 흔적도 없었다.

"이걸 움직이려면 꽤 거대한 풍속성 마석이 필요하지, 심지어 두 개나. 케네스는 그걸 작은 마석이나 마석을 여러 개 이어서 해결할 수 없는지 시험했소. 지금이라면 그것도 성공했을지 모르겠지만, 여기 있는 이건 그러지 못한 것 같더군. 오래된 설계 그대로요."

"하지만 그 마석은 여기에는……."

"그래, 없소. 누군가가 꺼내 갔겠지……."

닥터 프랑크는 작게 고개를 저으며 대답했다.

"아마 지시를 받은 수비대가 들고 나갔을 거요. 일부러 그런 일을 한 이유라면……."

"다른 곳에 한 대가 더 있다는 뜻이겠군요."

오브리 경의 말에 닥터 프랑크는 한쪽 뺨으로만 웃으며 말했다.

"특수한 부품은 거의 없소. 거대한 바람 마석 두 개, 그걸 손에 넣는 것이 가장 어려운데…… 달리 특별한 거라면 마법식 정도일까. 케네스의 마법식은 비정상적이고 매우 특징적이지. 그리고 여기에 사용된 마법식도……."

"케네스 헤이워드 남작의 마법식이라는 겁니까?"

"음. 연구 성과를 도둑맞은 것 같소. 가엾게도 말이지."

그런 닥터 프랑크의 표정은 슬프고 씁쓸해 보였다.

연구 개발에 종사하는 사람에게 있어서 자신의 연구 성과를 도둑맞는 것은 무엇과도 바꿀 수 없는 고통이었다.

"닥터 프랑크, 이에 관해 두 가지 더 알고 싶은 게 있습니다."

"흠? 뭐든 물어보도록 하시오. 난 본래 그대의 식객이나 다름 없는 사람이니까."

그렇게 말하며 닥터 프랑크는 크게 웃었다.

주인을 대하는 태도는 전혀 아니었다. 물론 오브리 경도 그런 것은 신경 쓰지 않았다.

"하나는 이 무기의 사정거리."

"아아…… 그건 특정하기 어렵소. 솔직히 말하자면 붙어 있던 마석에 따라 달라지니까. 그렇지만 추정으로 말해 보자면, 1킬로…… 전후가 아닐까 싶은데."

"그렇군요."

이런 것이 또 한 대 더 있다면 꼭 알아둬야 할 정보였다. 어차피 또 한 대가 있다고 하면 잉베리 공작이 몸을 숨긴 장소겠지…….

"또 하나의 질문은, 이 베이드라 모조품을 요격한 인공 골렘의 기술에 대해서입니다."

"호오~."

닥터 프랑크는 한쪽 뺨으로만 웃으며 눈을 조금 가늘게 떴다.

"마법단 사람들은 저게 풍속성 마법이라고 했는데……."

"오브리 경은 아니라고 생각하시오?"

"아뇨, 바람은 맞겠지만, 뭔가 일반적인 풍속성 마법과는 다른 느낌이 들어서요……. 화속성에 가까운 풍속성이라고 할까요……. 그런 게 가능한지 어떤지는 모르겠지만. 어쨌든 위화감을 느꼈습니다.”

그 대답에 닥터 프랑크가 눈을 크게 떴다.

그것은 매우 드문 광경이라 할 수 있었다.

“오브리 경은 분명 마법을 전혀 못 쓴다고 하지 않았소?”

“네, 소질이 없다더군요.”

“그런데도 그 차이를 느낄 수 있다니…… 이거 정말로 놀랍군.”

그렇게 말한 닥터 프랑크는 매우 정중하게 고개를 숙였다.

그것은 지금까지와는 달리, 진심이 담긴 존경의 표시였다.

“그 정도로 칭찬받을 일입니까?”

그 모습에 오브리 경이 더욱 당황했다.

“음, 매우 희귀한 일이지요. 마력 감지에 의지하지 않고 지혜와 지식에만 의지해서 위화감이라는 대답에 도달한 것이니까요.”

닥터 프랑크는 말투마저 달라졌다.

닥터에게는 그만큼 충격적이라는 뜻이었다.

“풍속성 마법이라는 것은 반은 정답이고 반은 오답입니다. 화속성에 가깝다는 것도 반은 정답이라고 할 수 있겠지요. 인공 골렘, 그러니까 저것에 대해 설명하려면 일단 풍속성 마법을 통한 방어에 대해 먼저 설명해야 하는데, 좀 길어질 수 있습니다. 괜찮겠습니까?”

“네, 상관없습니다.”

오브리 경이 고개를 끄덕였다.

“우선, 어디 보자…… 보급대에 실었던 바람 방어막을 발생시키는 연금 도구, 그것을 떠올려 보시지요. 편의상 ‘마차막’이라는 이름이 붙은 그 도구 말입니다.”

“네…… 알긴 하지만, 그 이름은 좀 어떻게 할 수 없을지…….”

“어쩔 수 없지요. 그런 이름이 붙여져 버렸으니.”

“이름이 붙여졌다…… 설마 이름을 붙인 사람이…….”

“럼버 님이십니다.”

오브리 경의 오른팔이자 실로 우수한 보좌관인 럼버.

하지만 그의 네이밍 센스는…….

“그렇군……. 그렇다면 어쩔 수 없지요. 악의는 없을 테니……
원래 그런 자이니까…….”

“음…….”

오브리 경도 닥터 프랑크도 떨떠름한 얼굴로 고개를 숙였다.

너무나도 끔찍한 그 이름 탓에 현장의 인간들도 멋대로 윈드 재
머라 바꿔 쓰고 있다는 것을 두 사람은 이미 알고 있었다…….

그쪽이, 확실히 더 나았다…….

먼저 회복한 것은 닥터 프랑크였다.

“아무튼 그 ‘마차막’ 말인데, 그건 짐칸 중앙에 둔 연금 도구에
서 마법이 발생합니다. 이미지로서는 분수의 이미지가 가장 비슷
하지요.”

중앙에서 솟아오르고, 일정 높이가 되면 주위에 얇은 막이 되
어 퍼져 나가는 분수의 물.

“그렇군, 알기 쉬운 비유입니다. 분수의 물이 바로 바람 마법이
라는 거군요. 그래서 막 안에 있는 자들에게는 아무런 영향이 없
었던 거고요.”

"그렇습니다. 위트나쉬에 있는 국보 아이템, 그것도 기본적인 구조는 같습니다. 하지만 '마차막'은 '시험판〈바람 방어막〉'이기는 한데, 실은 진짜의 와이번의〈바람 방어막〉은 그 구조가 전혀 다릅니다."

"호오……."

오브리 경은 모험가로 활동했던 적은 없지만 와이번 토벌에는 참가한 적이 있었다.

상위자에게 토벌 명령을 받고 기사단과 마법단을 인솔하여 간 것이지만…… 무섭고도 힘들었던 기억이 있다.

"와이번의 〈바람 방어막〉은 몸 전체에서 바람이 뿜어져 나옵니다. 겉으로 보기에는 차이를 알 수 없지만 방어 기구로서 본다면 전혀 다르지요. '마차막'의 경우라면 **막**만 돌파당하면 이후부터는 아무런 저항력이 없습니다. 하지만 와이번의 방어막은 화살이든 공격 마법이든, 피부를 향해 계속 나아가는 한 정면에서 바람 마법을 계속 맞게 됩니다. 맞바람 속을 계속 나아가는 느낌이랄까요. 그렇게 되면 돌진력이 서서히 사라지는 것은 당연한 이치이지요."

"이아…… 확실히 그렇군요. 와이번을 쓰러뜨릴 때는 지구전을 펼쳐 녀석의 체력을 깎는 것 말고는 방법이 없습니다. 방어막이 더는 생겨나지 않게 될 때까지……."

오브리 경은 과거의 경험과 지금의 이야기를 대조해 보며 답했다.

"거기서 인공 골렘인 '그것'에 관한 이야기가 나옵니다. 지금 말한 대로 풍속성 마법에 의한 방어라는 것은 크게 두 종류가 있지요. 아니, 두 종류가 있었습니다."

의미심장한 닥터 프랑크의 말투에 고개를 살짝 갸우뚱하는 오브리 경.

"하지만 인공 골렘인 '저것'은 어느 쪽도 아닙니다. 풍속성과 화속성을 섞었다고 할까요. 말하자면 뭐랄까…… 작은 번개를 발생시키고 있는 것과 같습니다."

"번개?"

"네, 번개. 하늘에서 번쩍번쩍 빛나는 그 번개 말입니다. 그건 만지면 찌릿함이 느껴지지만…… 만약 나무에 떨어지면 나무가 타버리죠? 그런 성격을 가진 번개를 사용한 겁니다."

닥터 프랑크는 얼굴을 살짝 찌푸린 채 말하고 있었다. 설명하는 것이 어려운 모양이었다.

"번개로 방어한다니…… 저는 상상할 수 없지만 재미있을 것 같은 기술이군요. 그렇다면 방어뿐만 아니라 다른 일에도 사용할 수 있지 않을지……."

"역시 오브리 경, 잘 알고 계시는군요. 이번에 성문을 돌파할 때, 마법 방어 기구가 떨어져 있었다고는 해도 성문이 너무 수월하게 부서지지 않았습니까?"

"아, 생각했습니다. 과연, 그 번개를 이용해서 성문을 뚫은 거군요……."

입성할 때 봤던 부서진 성문을 떠올리며 오브리 경이 대답했다.

"정답입니다. 뭐, 약간의 마석이 필요하긴 하지만…… 그렇게 거대한 것이 필요하지는 않으니 별 문제는 없습니다. 이 정도의 설명으로도 괜찮을까요? 이 이상 설명한다고 하면 이 자리에서는 좀 어렵습니다. 그리고 이번에는 상당히 장시간 동안 움직였으니, 그 20대는 부품 교환과 재조정에 시간이 좀 걸릴 겁니다. 그 대신 첫 일격에 쓰러진 1호기만은 간단한 부품 교환만 하면 돼서 비교적 간단하게 전선에 복귀시킬 수 있습니다."

거기까지 말한 닥터 프랑크는 설명을 끝냈다.

◆

나이트레이 왕국 동부의 국경 도시 레드포스트.

료가 지난번 레드포스트에 머물렀을 때는 게코의 호위로서 잉베리 공국으로 향하던 길이었다. 그리고 이곳 레드포스트에서 전 암살자 샤피의 가슴에 있던 문신을 제거하는 일을 도왔다.

그런 레드포스트는 한때 잉베리 공국의 난민들로 넘쳐났다.

하지만 난민의 대부분은 레드포스트에 머무르지 않고 왕국 내부로 이동했다. 왕실 직할령인 레드포스트는 중앙 정부의 지시에 따라 난민들을 왕국 내부로 이동시키는 정책을 펼친 것이다.

처음에는 도시 밖에도 난민들이 넘쳐났지만, 지금은 사람이 조금 많아진 정도로 안정되었다.

"난민 문제는 어렵구나……."

료는 그런 광경을 보며 중얼거렸다.

머릿속에 떠오른 것은 지구에 있던 무렵 영상으로 봤던 난민들과 그에 대처하는 수용 국가, 나아가 받아들여진 국내에서 서로 충돌하는 사람들……

'불쌍하니까 도와주자'라는 말로는 해결되지 않는 것이 바로 난민 문제다. 이상적인 것은 고국을 잃지 않도록 원래의 나라에 지원을 해 주는 것이겠지만…… 이번처럼 그곳이 전장이 되면 그것도 여의치 않았다.

료는 작게 고개를 흔들고 숙소 식당으로 들어갔다.

거기에는 선객이 있었다.

"흉악한 얼굴로 어디서 손에 넣었는지 모를 책을 읽는 B급 모험가 검사가……."

"이봐, 다 들려."

책에서 고개를 든 아벨이 료를 바라보며 말했다.

"이런 데서 뭘 하고 있는 거죠?"

"어딘가의 수속성 마법사에게 방해받기 전까지는 책을 읽고 있었지, 아마."

"그 정도 방해에 굴복하다니, 아벨도 아직 멀었네요."

"응, 부당한 소리를 듣고 있다는 건 알겠어……."

료는 고개를 저으며 어이없다는 얼굴로 양팔을 벌렸다.

이에 얼굴을 찌푸리며 반박하는 아벨.

"그건 그렇고 회의는 언제까지 계속되는 걸까요……."

"글쎄. 그저께까지만 해도 어떻게 공도까지 갈 것인지를 논의했던 것 같은데, 지금은 국경을 넘어갈지 말지도 결정하지 못하고 있으니까."

의제가 바뀐 것은 공도 애버딘의 함락 소식이 전해졌기 때문이었다.

물론 실제로 애버딘의 상황을 본 것은 아니었다. 공도 함락 보도 자체가 거짓 정보이고 원정대의 발을 묶기 위해 흘린 정보가 아니냐는 의견도 있었다.

그것들도 포함해서 '그래도 국경을 돌파해야 한다'와 '이제 대세는 결정되었으니 끼어들지 말자', 그리고 '어느 쪽도 단언할 수 없다'라는 3개의 파벌로 나뉘어 논의가 이루어지고 있다……는 것 같았다.

두 사람이 아이들을 보낸 지도 벌써 닷새가 지나가고 있었다.

료는 물론이고 최근에는 아벨도 논의가 진행 중인 회의실에는 가까이 가지 않았다. 그 안에는 참가한 각 도시의 길드 마스터들이 모여 있었고, 룬에서는 휴 맥글러스가 회의에 참여하고 있었다.

"왜 이렇게 논의가 길어지는 걸까요?"

"아…… 아마 지휘 계통이 정해져 있지 않아서 그런 걸 거야. 톱도 아직 명확하게 정해지지 않았으니까."

료가 묻자 아벨이 그렇게 대답했다.

그리고 각 도시의 모험가 길드에 대한 설명을 시작했다.

"각 도시의 모험가 길드에는 '급'이라는 게 있어. 명확하게 법으로 정해진 건 아니지만. 그중에서도 필두는 역시 왕도 본부. 하지만 이번 문제는 왕도 본부에서 온 사람이 서브 마스터라는 점이야."

"아아…… 만약 왕도 본부의 길드 마스터가 왔다면 그 사람이 최고 지휘권을 쥐었겠네요."

료는 막연히 떠오른 것을 말했다.

"그런 거지. 왕도 본부의 마스터는 그랜드 마스터라고 불리는, 명실상부 왕국 내 모험가 길드의 톱이니까. 하지만 오지 않은 현재로서 왕도 본부를 잇는 건 동서남북 각부의 최대 도시 4개와 변경 최대 도시인 룬이야."

"오오! 룬의 모험가 길드는 평가가 높네요!"

료는 왠지 모르게 기뻤다. 자신이 소속된 조직이 높은 평가를 받으면 기쁘다. 대부분의 사람들은 그런 법이다.

"뭐, 그렇지. 그만큼의 실적을 쌓아왔으니까. 각부의 최대 도시 길드와는 달리 변경이라는 입지상 룬은 실력주의야."

아벨이 묘하게 으스대며 말했다. 자신들『붉은 검』도 그 쌓아온 실적에 들어 있다는 자부심 때문일 것이다.

"각부 최대 도시에서는 모두 길드 마스터가 나왔어."

"그러고 보니 남부는 최대 도시 아크레의 란덴비아 씨였죠. 카이라디 모험가 길드에 있을 때 한 번 만난 적이 있어요."

료는 아크레의 모험가를 이끌고 왔던 란덴비아를 떠올렸다.

코나 마을의 대관 고로가 카이라디의 양심이라고 평가한 남자였다. 카이라디의 서브 마스터에서 승진하여 아크레의 길드 마스터가 되었다고 한다.

"그래, 란덴비아는 우수하지. 그밖에 북쪽, 동쪽, 서쪽도 길드 마스터를 내보냈지만, 그런 만큼 동급만 모여버려서……."

"톱이 정해지지 않는다는 거군요."

료가 작게 한숨을 내쉬었다.

회의는 움직인다, 하지만 진행되지는 않는다.

애초에 톱이 정해지지 않은 회의는 진행이 될 수가 없었다.

"각부와 룬의 길드 마스터, 왕도의 서브 마스터는 동급인 셈인데…… 동쪽과 왕도는 공격, 북쪽과 서쪽은 철수, 그렇게 나뉘어진 모양이야."

"2 대 2네요. 어라? 남부는요?"

"남부…… 아니, 휴와 란덴비아는 중립이야."

아벨은 얼굴을 찌푸린 채 대답했다.

"휴 씨는 잉베리 공국과도 친하다고 들었는데 좀 의외네요. 모든 걸 내던지고 쳐들어갈 거라 생각했는데."

"나 혼자만의 문제가 아니니까."

료의 뒤에서 갑자기 말을 걸어온 것은 휴 맥글러스였다.

보통 이런 장면에서는 말을 들은 자가 놀라는데, 료는 물론 아벨도 휴가 다가오고 있다는 것을 알고 있었기에 조금도 놀라지 않았다.

"그보다 너희들…… 조금은 놀라줘."

어째서인지 휴가 조금 상심했다.

"모험가 300명의 목숨이 걸려 있어. 게다가 모두 C급 이상의 정예뿐이지. 그런 인력을 잃게 된다면 왕국의 존망과도 직결되는 사태가 벌어질 수 있어."

왕국 내에도 많은 숲과 산이 존재한다.

그리고 『파이』에서 숲이나 산은 사람의 세계가 아니라…… 마물의 세계였다.

그런 숲이나 산에서 나오는 마물을 토벌하거나 혹은 직접 들어가서 사냥한다. 모험가들은 그런 일들을 하고 있었고, 이는 폭발적인 마물 발생을 미연에 방지하는 효과가 있다고 알려져 있었다.

만약 정예 모험가가 사라져버리면 숲과 산에서 넘쳐난 마물들에 의해 도시가 삼켜질 가능성도 있었다.

실제로 300년 전 그런 식으로 많은 도시가 삼켜져, 중앙 연방에서 한 나라가 멸망했다는 기록이 남아 있었다.

"나 혼자만의 감정으로는 결정할 수 없어. 애초에 연합의 총대장은 오브리 경이다. 만만하게 생각할 상대도 아니야."

"휴 씨는 오브리 경을 알고계신가요?"

휴의 말에 료가 물었다.

"그래, 지난 대전 때 몇 번 정도 검을 맞댔지."

그렇게 말하며 조금 그리운 눈빛으로 과거의 무언가를 떠올린 휴가 말을 이었다.

"너희들 두 사람도 혀를 내두를 정도의 검사와 마법사이긴 하지만, 오브리 경도 괴물이다. 본인의 검 실력도 상당하지만, 그 이상으로 전쟁의 천재라고 해도 좋을 정도로 머리가 좋아. 나라의 톱이 되었는데도 본인이 직접 전장에 나올 줄은 몰랐는데, 솔직히 예상 밖이었어……. 어쩌면 이대로 싸우지 않고 물러나는 편이 좋을지도 몰라."

휴가 그렇게 말했다.

휴가 속으로는 치열하게 고민하고 있다는 것을 아벨도 료도 느끼고 있었다. 그 때문에 중립인 것일까, 하고.

상황이 움직인 것은 다음 날이었다.

원정대 회의실이 마련된 숙소 앞에 마차 한 대가 도착했다. 그 문에는 방패를 배경으로 검과 지팡이가 교차한 문장이 그려져 있다. 그것은 왕국 모험가 길드의 문장이었다.

그 안에서 내려온 사람은 50대 중반의 마법사. 180센티의 키, 그것을 훌쩍 넘는 큰 지팡이를 짚고 날카로운 안광으로 주위를 노려본다. 주위를 슥 확인한 후 숙소로 들어가 곧장 회의실에 진입했다.

"그, 그랜드 마스터!"

남자가 들어가자마자 가장 먼저 알아차리고 소리치며 일어난 것은 왕도 본부 서브 마스터인 조자이어 온서거였다.

마차를 타고 도착한 이는 모험가 길드 왕도 본부 그랜드 마스터 핀레이 포사이스. 왕국 모험가 길드의 정점에 서 있는 사내였다.

핀레이가 회의실 안으로 들어가자 길드 마스터 전원이 기립하여 그를 맞이했다.

그전까지 왕도 본부 서브 마스터가 앉아 있었던 상석 자리에 그가 앉자 다른 길드 마스터들도 착석했다.

"그, 그랜드 마스터, 저기⋯⋯."

왕도 본부 서브 마스터 조자이어가 말을 걸려는 것을 오른손만을 가볍게 들어 가로막는다.

그리고 진지한 얼굴로 입을 열었다.

"그대들에게 왕국 정부의 요청을 전하겠다. 국경을 넘어가, 공국을 해방하라."

그의 말이 끝나고, 잠시의 침묵이 지나고.

"오오!"

곧 침묵을 깨는 많은 이들의 외침이 회의실에 울려 퍼졌다.

소리친 것은 왕도가 있는 중앙, 동부의 길드 마스터들. 서부, 북부의 길드 마스터들은 씁쓸함을 감출 수 없는 표정으로 그 모습을 바라보았다.

휴와 란덴비아를 중심으로 한 남부 길드 마스터들은 아무 발언도 하지 않고 그대로 앉아 있었다.

◆

"각하, 공국 서부 국경에서 보고가 있었습니다. 오늘 오전 6시, 왕국의 모험가로 보이는 무리가 국경을 돌파. 우리 수비대는 국경 다리를 포기했다고 합니다."

럼버의 보고에 오브리 경은 고개를 살짝만 갸우뚱하며 입을 열었다.

"드디어 오는 건가……. 좀 더 빨리 결정을 내릴 줄 알았는데, 의외로 시간이 걸렸군."

그렇게 말하며 오브리 경은 홍차를 마셨다.

"간첩의 보고에 의하면, 얼마 전 왕도에서 길드 문장을 단 마차가 도착했고, 그 후 강공이 결정되었다고 합니다."

"누군가 힘 있는 자가 도착했나보군. 아마도 그랜드 마스터인 핀레이 포사이스겠지."

그렇게 말하고는 입꼬리를 올리며 웃었다.

"기껏 레드널을 함락시킨 제3 독립부대까지 치워줬는데 말야. 서둘러 국경을 넘어오면 좋았을 것을…… 꽤 시간이 걸렸어. 자, 럼버, 우리 군은 이제 어떻게 하면 좋겠나?"

오브리 경이 시험하듯 물었다.

"예. 관망입니다."

"그 이유는?"

"비장의 카드인 인공 골렘을 전선에 투입하려면 1호기 이외에는 잠시 시간이 필요합니다. 또한 잉베리 공작이 숨어있는 도시를 아직 특정하지 못했습니다. 하지만 왕국의 모험가들에게는 잉베리 공작 측에서 정보가 갈 것입니다. 즉 왕국 모험가의 동향을 봐둔다면 잉베리 공작이 있는 도시를 알 수 있습니다. 그들이 합류하는 것을 지켜보았다가 그 후 섬멸한다. 그것을 위한 관망입니다."

럼버가 자신만만하게 주장했다.

하지만 오브리 경은 장난기 어린 표정을 짓고 있었다.

"어, 어라? 틀렸습니까?"

"반만 정답이다. 합류하기를 기다릴 필요는 없다. 합류 직전, 혹은 합류 직후 혼란스러운 상태일 때 습격해도 좋지. 그도 아니면 모험가들이 나아가는 방향을 통해 잉베리 공작이 있는 도시를 추측해 볼 수도 있고. 뭐, 잉베리 공작이 어디에 있는지 짐작은 하고 있지만 말이야."

"그런 겁니까?!"

오브리 경의 그 말에는 역시나 럼버도 놀랐다. 잉베리 공작과 그 군대에 관한 보고는 어디에서도 들어오지 않았기 때문이었다.

"아마 남부의 도시 피온. 물론 그저 예측에 지나지 않는다. 척후를 보내 확인을 시켰지만 아직 보고는 없다. 확인되면 바로 공격할 거야."

"하지만 각하, 아마추어 같은 생각이긴 합니다만, 왕국 모험가가 전장에 도착하면 성가신 적이 되지 않겠습니까?"

"맞는 말이야, 럼버. 그러니 서둘러 국경을 빠져나와 잉베리 공작이 있는 도시로 가줬으면 좋겠지만, 도착은 하지 않았으면 좋겠어. 그게 지금의 솔직한 심정이지."

"그건…… 어려운 일이군요."

"그래, 어렵지. 싸움이란 실로 어려운 법이야."

그렇게 말한 오브리 경은 남은 홍차를 모두 들이켰다.

피온 방어전

잉베리 공국 남부의 도시 피온.

직할령인 피온에는 대관소가 있었고, 잉베리 공작 로리스 바조는 그 피온 대관소에 있었다.

현재 이 피온에는 잉베리 공국이 동원할 수 있는 잔존 병력 거의 전부가 모여 있었다.

이 피온을 반격 거점으로 삼은 것은 처음부터 예정된 계획 중 하나이긴 했지만, 그것은 침략해 온 연합군을 초토전으로 지치게 만든 후 반격을 한다는 계획이었다.

하지만 예정보다도 빨리 공도가 함락되었고, 심지어는 공국 북부 전역이 연합의 지배하에 놓였으며, 보급선 공격도 실패를 반복하고 있는 현재, 공국군은 어려운 상황에 처해 있었다.

초토전을 펼쳤음에도 불구하고 적은 거의 지치지 않았기 때문이다.

공국 북부 및 공도 주변을 지배하에 둔 연합군은 현재 침공을 중단한 상태였다.

공도 함락 후 각지의 제압에 나설 거라 생각했던 로리스 공국군 수뇌는 그 부분에서도 예상이 크게 빗나갔다. 눈 깜짝할 속도로 공도까지 함락시켜 놓고 그 후 아무런 움직임이 없다니⋯⋯ 의미를 전혀 알 수 없었다.

"왜 녀석들은 움직이지 않는 거지?"

대관소 회의실, 책상 위에 펼쳐진 공국 전역의 지도를 노려보며 잉베리 공작 로리스 바조가 힘겹게 목소리를 쥐어짜냈다.

"적국에 대한 침공은 굳이 시간을 들여서 좋을 건 아무것도 없을 텐데."

로리스의 말은 합당했다. 시간이 흐를수록 각지의 영주, 민중 등이 일어나 침략자들에게 반항하기 시작한다.

'명장'이라 불리는 오브리 경이 그 사실을 알지 못할 리가 없었다. 그래서 더 중단한 이유를 알 수 없었고, 그래서 더 섬뜩했다.

물론 로리스의 의문에 답해 줄 사람은 이 자리에 없었다.

수십 초 동안 그 누구도 입을 열지 않았다.

가장 먼저 입을 연 사람은 정보부 장관 살리에리였다.

"오브리 경은 지배력을 강화하기 위해 북부와 공도에 자국민의 식민지화를 생각하고 있는 것일지도 모릅니다."

"!"

로리스를 비롯해 그곳에 있던 전원이 말을 잇지 못했다.

확실히 초토 작전을 위해 공국민을 최대한 많이 대피시켰다. 특히나 가장 먼저 연합군의 진격 루트가 될 북부에서 공도까지의 도시와 마을, 그리고 공도를 우선적으로.

건물에도 불을 지르고 우물을 파괴한 마을도 많았다. 정말이지 철저하게 연합군에게 이용당하지 않기 위해 애썼다. 우는 마을 사람들을 앞에 두고…… 파괴하는 병사들도 원통한 눈물을 흘렸다.

이로 인해 광활한 땅이 텅 비어 있는 것은 사실이다. 거기에 연합에서 이민자를 들인다······.

충분히 생각해 볼 수 있는 가능성이었다.

북부와 공도를 지배하는 것만으로 만족할 것 같지는 않았지만, 우선 발판을 단단히 다져두는 것은 충분히 있을 수 있는 일이었다.

"살리에리······ 그 근거가 될 만한 정보가 올라온 건가?"

로리스는 받은 충격의 크기에 얼굴을 구기면서도 확인했다.

"이민 자체는 확인되지 않았습니다. 하지만 연합이 있는 북쪽 국경에서 공도까지 가는 도로의 정비가 일반적으로는 생각할 수 없는 규모라고 합니다. 폭 30미터에 거의 일직선으로 된 길을 까는 공사가 이루어지고 있다는 것이 확인되었습니다. 행군을 위해서 이 정도의 길을 깔 필요는 없지 않을까요?"

"그렇군."

폭 30미터 길이라면 꽤 넓다.

현대 지구로 말하자면 편도 4차선 도로······ 즉 8차선이 넘는 폭이었다. 어딘가의 산유국 수준이다.

다시 한번 회의실에 침묵이 내려앉았다.

다음으로 침묵이 깨진 것은 누군가 말을 꺼냈기 때문이 아니라 보고에 의해서였다.

보고서를 건네받은 살리에리는 한번 훑어보고는 바로 로리스에게 건네주었다.

로리스는 보고서를 몇 차례 읽고, 고개를 두어 번 크게 끄덕이고 나서 입을 열었다.

"들어라. 왕국의 정예 모험가 약 300명이 국경을 돌파하고 우리와 합류하기 위해 진군 중이다. 지휘관은 그랜드 마스터 핀레이 포사이스 공. 게다가 그 군에는 대전의 영웅 마스터 맥글러스도 있다!"

그 보고가 회의실에 미친 영향은 적지 않았다.

잠시의 공백 후…….

"오오오!"

회의 참석자의 환호성이 하늘을 찔렀다.

지금까지 줄곧 힘겨운 싸움만 반복해 온 그들에게 드디어 기쁜 정보가 들어온 셈이니 당연할지도 모른다.

특히 마스터 맥글러스의 이름이 많은 이들의 입에 오르내렸다.

마스터 맥글러스는 외국의 인물이긴 하지만 어떻게 보면 공국 독립의 상징과도 같은 인물이었다. 그래서 공국 내에서 그의 인기는 절대적이었다. 그가 온다면 승리는 의심할 여지가 없다는 말까지 하는 사람이 나올 정도였다.

왕국 원정대에는 이미 정보부원이 접촉하여 이 피온까지 인도하는 계획이 끝났다는 보고도 들어왔다.

도착하는 대로 반격을 개시한다. 잉베리 공작 로리스의 마음은 이미 정해져 있었다.

그것이 마지막 싸움이 될지도 모른다는 생각을 하면서.

◆

왕국 모험가 원정대는 공국 서부의 숲을 나아가고 있었다.

공국 서부는 완전히 연합의 지배하에 있지는 않았지만 주요 도로는 연합군에 의해 통제된 상태였다. 그래서 현지인만 아는 좁은 길이나 짐승길, 혹은 풀을 그대로 헤치며 숲속을 달려갔다.

총지휘는 그랜드 마스터 핀레이 포사이스가 맡고는 있었지만 기본적으로 동서남북, 그리고 왕도가 있는 중앙 등 다섯 부분으로 나뉘어 진군을 했다.

동부가 선두, 그 뒤로 중앙부, 그 뒤로 북부와 서부가 따르고 남부가 맨 끝.

"남부는 그랜드 마스터에게 미움을 산 건가요?"

"료, 그건 하면 안 되는 대사야."

료가 문득 떠오른 의문을 말했고, 옆을 달리고 있는 아벨이 제지했다.

두 사람의 바로 뒤를 달리던 휴 맥글러스가 깊은 한숨을 쉬며 말했다.

"어차피 나 때문이겠지. 포사이스 공에게는 미움을 받고 있으니까."

남부가 맨 끝이 된 이유는 남부군의 지휘를 맡고 있는 휴 때문인 듯했다.

남부군의 선두를 달리고 있는 것은 료와 아벨. 그 뒤를 휴 맥글러스와 길 안내를 맡은 공국 정보부 클로에가 뒤따르고 있었다.

료를 제외하고 모두 C급 이상의 모험가들이라고는 하지만, 숲

속을 달리는 것은 상상 이상으로 체력을 소모하는 일이었다.

그리고 지금도……

"제일 후미가 뒤처지고 있어요. 걸을까요?"

료가 휴에게 물었다.

"그래, 그렇게 하자."

그렇게 말한 휴가 날카롭게 손가락 피리를 불었다.

그에 맞춰 남부군 전체가 달리는 것을 멈추고 걷기 시작했다. 그런데도 멈춰서 휴식을 취하지 않는 것은 조금이라도 빨리 앞으로 나아가기 위함이었다.

선두 집단 4명 중 3명은 숨조차 차지 않은 상태였다. 하지만 남부군의 안내역으로서 정보부에서 파견된 클로에는 힘겹게 숨을 몰아쉬고 있었다.

"클로에, 물이에요. 마셔요."

료는 얼음 컵과 물을 생성해 클로에에게 건네주었다.

"감사합니다."

클로에는 상당히 피곤한 와중에도 감사의 말은 제대로 전했다. 그리고 컵에 든 물을 단숨에 들이키고는 혼잣말처럼 내뱉는다.

"역시…… 대전의 영웅과 B급 모험가분들이군요……. 저는 체력과 숲 속 이동에는 자신이 있어서 이 역할에 자원했는데…… 따라가는 게 고작이에요."

"괜찮아요. 잘하고 있는 거예요. 뒤에 따라오는 사람들도 간신히 오고 있으니까요. 이 두 사람이 비정상일 뿐이에요."

그렇게 말하며 료는 클로에를 위로했다.

클로에는 밤색 단발 머리에 똑같은 색의 동그란 눈동자를 가진 귀여운 여성이었다.

나이는 스무 살이 좀 넘었을까. 잘 손질된 단검 두 개를 허리에 차고 있었다. 키는 료보다 조금 작은 정도로 여성치고는 평균 이상이다.

정보부 소속인 만큼 근접전도 나름대로 소화할 수 있는 듯했다.

원정대의 다른 부에도 정보부 안내요원이 딸려 있지만 나머지는 모두 남성이었고 여성은 클로에뿐이었다.

"냄새 나는 남자는 싫다. 어차피 능력이 있다면 남부군에 적은 여자가 더 좋다. 그런 이유로 휴 씨가 클로에를 남부의 안내역으로 데려온 것 같아요."

"이봐, 나오는 대로 말하지 마."

료가 성희롱 섞인 아무 말을 던지자 휴가 정정했다.

그 대화를 듣고 클로에가 살짝 웃었다.

"웃는 건 피로 회복에도 효과가 있죠. 휴 씨, 계산대로네요!"

"그런 이야기는 처음 들었다! 그리고 계산한 적 없어."

휴가 그렇게 말하자 클로에가 아까보다 더 크게 웃었다.

그 모습을 보고 고개를 끄덕이는 료.

그 대화를 옆에서 보고 있던 아벨이 중얼거렸다.

"료는 이런 데서 눈치가 좋네."

아벨은 순순히 감탄하고 있었다.

"그나저나 휴 씨는 왜 그랜드 마스터에게 미움을 산 건가요?"

걸으면서 여유가 생긴 틈을 타 료가 휴에게 물었다.

"그런 걸 묻다니······."

"비밀 공유는 유대감을 만들어내는 법이죠. 사선을 함께 빠져나가기 위해서라도 동료 의식은 갖는 편이 좋다고 생각해요."

휴가 얼굴을 구겼고, 료가 그럴싸한 말을 했다.

"뭐, 간단히 말하자면, 내가 포사이스 공의 딸과의 혼담을 거절했기 때문이야."

휴가 한숨을 쉬고 나서 말하자 료가 눈을 동그랗게 뜨고 휴를 쳐다보았다.

몸은 앞을 향한 채 얼굴만 휴를 향하고 있는 모습은 실로 부자연스러웠다. 휴의 옆을 걷던 클로에도 조금 놀란 얼굴로 휴를 바라보았다.

아벨만이 작게 한숨을 내쉬고 그대로 걸어간다. 아무래도 알고 있는 모양이다.

"그건······ 그랜드 마스터의 따님의······ 그······ 외모가 마음에 들지 않았다거나······."

말은 특히나 조심해야 한다.

『파이』에는 성희롱이라는 개념이 존재하지 않는다.

그러나 그것은 남녀평등이 늦어진 탓이 아니라, 오히려 그 반대였다. 지구에 비해 여성의 힘이 상당히 강하기 때문이었다.

물론 근력에 있어서는 여성보다 남성이 강한 경우가 많지만, 『파이』에는 마법이 있다. 마법과의 친화성은 남성보다 여성이 조금 더 높다는 연구 성과도 있어서 그런지 마법사 중에는 여성이 많았다.

모험가를 포함해 기사단이나 마법단 등 죽음과 이웃한 직업에서는 실력주의가 되는 것이 당연하기 때문에 남자라거나 여자라는 이유로 출세가 늦어지거나 차별받는 일은 전혀 없었다.

　그렇기에 여성도 강한 세계인 것이다.

　그러니 말을 조심해야 했다. 자칫 말실수를 하면 그 즉시 죽음으로 이어질 수 있다…….

　"외모…… 엘시는 왕도에서도 손꼽히는 미인이야."

　휴는 무언가를 떠올리며 대답했다.

　료는 고개를 갸우뚱하며 더욱 질문을 이어갔다.

　"그랜드 마스터 집안이…… 대전의 영웅이라고 불리는 휴 씨와는 격이 맞지 않는다거나, 어울리지 않는다거나……?"

　"포사이스 공은 백작위를 가진 어엿한 귀족으로 엘시는 그 외동딸이야. 사위가 될 남자는 백작위를 잇게 되지."

　료의 의문에 휴는 한숨을 쉬며 대답했다.

　료의 목이 더더욱 기울어졌다.

　"아! 당사자인 엘시 씨가 휴 씨가 취향이 아니라…… 으음, 좀 더 슬림하고 귀족적인 느낌의 남성을 선호했다거나?"

　"무슨 장난인가 싶지만, 엘시는 나 같은 우락부락한 사람을 좋아한다는 모양이야."

　휴는 더더욱 깊은 한숨을 쉬며 대답했다.

　마침내 료의 목이 거의 직각까지 기울어졌다.

　"왜 거절했어요?"

　료에게는 거절한 만한 이유가 전혀 떠오르지 않았다. 그런 좋은 혼담을…….

"그 이야기가 나왔던 건 3년 전. 당시 난 36살이었다. 엘시는 18살. 스무 살 가까이 많은 나한테 시집오는 건 너무 가엾다고 생각했으니까."

휴의 대답은 그것이었다.

이 얼마나 고리타분한 대답인가.

그래, 고리타분하다.

사랑만 있다면 나이 차이는 상관없지 않는가!

료는 그렇게 생각했지만, 입 밖으로 꺼내지는 않았다.

휴 맥글러스는 길드 마스터, 즉 료의 상사였다. 상사의 체면은 살려줘야 했다. 이 얼마나 현명한 처신인지. 료는 그렇게 생각하면서 고개를 한번 끄덕였다.

그것을 보고 있던 휴가 한마디 던졌다.

"료, 지금 엄청 고리타분하다고 생각했지?"

"그걸 어떻게…….."

료는 진심으로 놀랐다.

영웅의 통찰력은 장식이 아닌 모양이었다.

"아, 근데 지난번 왕도 소동 때…….."

거기까지 말하고 료도 역시 실언이라는 것을 깨달았다. 왕도에 거주하는 귀족이라면 왕도 소동에 휘말렸을 가능성도…….

"아…… 괜찮아, 휘말리지는 않았어. 마침 그때 엘시는 서부에 가 있었던 모양이야. 아니, 트와일라이트 랜드였나? 뭐, 어쨌든 왕도에는 없었다더군."

하지만 료의 흥미는 엘시의 안부보다도 들려온 어떤 단어에 쏠렸다.

"트와일라이트 랜드…… 황혼의 나라? 멋있다……."

"트와일라이트 랜드를 황혼의 나라라고 하는 녀석은 처음 들어보는군……. 왕국 남서쪽에 있는 나라다. 젊은 나라로, 아마 백년 전에 건국됐다고 알려져 있어. 아무도 살지 않던 지역을 개척하고 건국했으니 대단한 일이긴 하지."

'트와일라이트를 황혼이라고 번역하지는 않는구나…… 그럼 그 나라 이름을 지은 사람은 대체 누굴까……?'

료의 마음속에 또 하나 풀리지 않는 수수께끼가 생겨났다.

계속해서 걸어가는 남부군 일행.

선두를 걷던 료의 〈수동 소나〉에 반응이 있었다.

"휴 씨, 전방 400미터에서 전투 중입니다."

"알았어."

료가 보고하자 휴는 고개를 끄덕이고 날카롭게 손가락 피리를 한번 불었다.

그 손가락 피리를 신호로 남부군 전원이 휴 주위로 모여들었다. 그 수는 70명. 후미를 맡고 있던 아크레의 길드 마스터 란덴비아가 도착하며 남부군의 전원이 모였다.

"전방 400미터에서 전투가 벌어지고 있다고 한다. 상황에 따라 다르겠지만 우리는 그대로 강행할 가능성이 높다. 그 부분을 모두에게 전해 두겠다."

휴는 무표정한 얼굴로 전했다.

보통이라면 '자신의 편을 버리고 가는 것인가?'라는 비난 의견이 나오기 마련이지만, 휴가 아무런 이유도 없이 그런 일을 할 리가 없다는 것은 모두가 알고 있었다.

대전의 영웅이라는 타이틀은 특히나 전장에서 절대적인 효과를 발휘한다.

"이유는 주 전장에서 공국군과 연합군의 전투가 이미 시작되었을 가능성이 높기 때문이다. 가능한 한 빨리 이 숲을 벗어나겠다."

휴의 말에 눈을 부릅뜨고 반응한 것은 공국 정보부 클로에였다.

"어쨌든 최대한 빨리 전투 지역까지 간다. 도착하면 상황 관측. 대열은 아까와 동일하다. 란덴비아 공은 뒤를 부탁한다. 이 인원으로 포위당하면 끝이니까, 부탁하지."

"알겠습니다."

선두와 맨 끝에 믿을 만한 부대를 두는 것은 진군의 상식이었다.

누구라도 상대를 무너뜨린다면 후방에서 덤벼드는 것이 가장 쉽고 확실할 테니 그런 작전을 펼치려고 하지 않을까?

선두에는 유일한 B급 모험가 아벨.

후미에는 전 B급 모험가 란덴비아.

B급은 귀중하다.

남부 최대 도시 아크레와 변경 최대 도시 룬에서 모험가를 내보낸 이 남부군조차 현역 B급 파티 참전은 『붉은 검』뿐…… 심지어 아벨 한 명뿐이다.

하지만 이것은 그나마 나은 편이다. 각 부의 B급 파티 참전자는 동부와 왕도에 하나씩. 북부와 서부로 가면 제로다.

물론 A급 파티는 참전하지 않았다.

애초에 왕국에 현역 A급 파티는 왕도 소속 하나밖에 없었다. 그리고 이번에는 불참.

왕도 소속의 모험가가 말하기를 '윗선'에서 참전을 막았다고 한다……. 그 이야기를 들었을 때 료는 목을 기울였다.

기사단의 참전을 막은 거라면 이해가 가지만 모험가를 막았다는 것은…… 이 원정이 성공하지 않을 것이라 판단했기 때문일까? 그게 아니라면 단순하게 왕국 기사단이 괴멸한 지금은 왕도가 보유한 무력이 꽤 줄어들었으니, 모험가라고 해도 A급이라면 수중에 두고 싶다…… 그런 생각인 걸까?

이것도 답이 없는 수수께끼 중 하나였다.

몇 분 뒤, 남부군 일행은 전투 외곽부에 도달했다.

전투가 벌어지는 것은 숲속에서는 꽤 트인 곳이었다.

남부군 일행은 숲속에 몸을 숨긴 채 상황을 확인했다.

"진흙탕……."

료는 저도 모르게 중얼거렸다.

모험가들은 상당히 광범위하게 펼쳐진 진흙탕 위에서 필사적으로 원거리 공격을 방어하고 있었다. 포위한 연합군은 돌진하지 않고 멀리서 원거리 공격으로만 일관했다.

"여기에 이런 진흙땅 같은 건 없었는데……."

클로에가 작은 소리로 휴에게 말했다.

클로에는 공국 서부 출신으로, 이 숲 주변에서 자란 탓에 숲의 세세한 지형까지 머릿속에 들어 있었다.

"즉 연합군의 함정이라는 건가. 저 정도 넓이를 진흙땅으로 만들려면 서른 명 규모의 토속성 마법사가 필요하겠지. 바로 모을 수 있는 인원은 아니니 이곳으로 모험가들을 유인한 걸 테고."

휴는 냉정하게 상황을 판단했다.

휴뿐만 아니라 상황을 관찰하는 남부군 모험가들도 초조해하지 않았다.

분명 모험가들은 함정에 빠져 일방적으로 공격받고 있었지만, 나름대로 진형도 형성해서 마법사를 중심으로 방어 태세를 갖추고 있었기 때문이다. 아마 당분간은 버틸 수 있을 것이다.

"료, 주위를 살펴봐. 적의 배치, 특히 말이 없는지를 중점적으로."

"알겠어요."

휴의 지시에 료는 다시 한번 〈수동 소나〉에 집중했다.

"적은 진흙땅 북쪽과 남쪽으로 나뉘어 포진해 있어요. 각각 200명씩. 그 바깥쪽에는 사람이 타지 않은 말도 같은 수가 있고요."

"사람이 타지 않은 말? 기병대가 아니라는 건가?"

"아마 지금 공격을 가한 사람들이 타고 온…… 말? 말에서 내려서 원거리 공격을 진행하고 있는 것 같아요."

료가 추측했다.

"이동만을 위해 쓴 말인가. 딱 좋군. 남쪽의 적을 측면에서 돌입해 무너뜨린다. 그런 다음 녀석들의 말을 빼앗아 공국군이 있는 피온까지 달려간다. 남쪽의 적을 무너뜨리면 진흙탕에 있는 모험가들은 스스로 뚫고 나올 수 있겠지."

◆

피온은 분지의 중심에 있었다.

동서로 100미터급 산에 둘러싸여 있으며 남쪽에는 마의 산이 있어 대군이 움직일 수 있는 곳은 분지의 북쪽뿐. 그 북쪽은 좌우로 산이 나 있는 협곡이었다. 병목이나 호리병의 허리 부분 같은 곳으로, 매우 비좁았다가 북쪽으로 나아가면 다시 넓어진다.

공격하기 어려우면서도 방어가 쉬운 땅임은 확실했다.

"적습!"

망루에 있던 병사가 소리쳤고 곧 종소리가 울렸다. 종소리는 피온 전역에 울려 퍼졌다.

잉베리 공작 로리스를 포함해 군 수뇌들은 이미 예상한 일이었다. 예상한 일이긴 하지만 당연히 대군이 쳐들어왔다고 하면 누구나 긴장하게 마련이다.

"그린스톰 기동."

수비대장 메레디스의 지시가 피온 중앙 지령소 내에 울려 퍼졌다. 동시에 잉베리 공작 로리스와 기사단장 스탠리가 지령소에 도착했다.

"적의 상황은?"

"현재 협곡 북쪽에 기병대만 있습니다. 이 속도라면 사정거리에 들어오기까지 1분입니다."

기사단장 스탠리의 물음에 수비대장 메레디스가 대답했다.

수비대장 메레디스…… 예전에 공도 애버딘에서 수비 부대장을 맡았던 남자였다.

공도 수비대장인 나이젤의 지시에 따라 공도가 함락하자마자 그린스톰용 바람 마석 2개를 공도에서 꺼내 이 피온까지 무사히 가져온 것은 그였다.

그 후 이 피온의 수비 대장으로서 그린스톰의 사격에 관한 책임자로 임명된 것은 어쩌면 당연한 수순일지도 모른다.

"좋아. 어느 정도 유인한 후 확산형으로 일소한다."

기사단장의 지시가 떨어졌다.

수비대장 메레디스는 그린스톰의 책임자이기는 하지만, 실제로 그 운용은 더 윗사람이 결정한다.

예를 들면 이번 기사단장이 그에 해당된다.

메레디스에게 맡겨진 권한은 거의 없었다. 그렇지만 눈앞에서 공도의 함락을 보고 온 이상 의견을 내지 않을 수 없었다.

"기사단장 각하, 너무 많이 유인하는 건 위험하지 않을까요?"

"네 마음도 이해한다. 하지만 적을 조금밖에 못 쓰러뜨렸는데 그대로 겁을 먹고 안으로 들어오지 않으면 이 병기를 효과적으로 활용할 수 없다."

기사단장의 말도 맞는 말이었다. 놀랄 정도의 전력차가 있는 이상, 역전의 가능성이 있다고 하면 그린스톰을 최대한 효과적으로 활용하는 것…… 그것 말고는 없었다.

그러나 실제로는 그 어느 쪽의 우려도 현실이 되지 않았다.

연합군은 협곡과 분지의 아슬아슬한 경계에서, 즉 사정거리 밖에서 멈췄다. 그리고 연합군이 좌우로 갈라지더니 무언가가 한 대 천천히 나왔다.

"인공 골렘……."

기사단장 스탠리가 작은 목소리로 힘겹게 내뱉었다.

보고는 받았다. 공도에서는 그린스톰이 집속하여 쏜 사격이 효과가 없었다고.

"메레디스!"

잉베리 공작 로리스는 수비대장 메레디스 쪽을 바라보며 말했다.

로리스가 무슨 말을 하고자 하는지는 알고 있었다.

"전하, 저것입니다. 저것에게는 그린스톰이 효과가 없었습니다."

메레디스는 비통하지만 말해야 할 사실을 다시 한번 말했다. 물론 귀환 보고에서 이미 전한 말이지만, 한 번 더 전했다.

"스탠리, 어쩔 거지?"

로리스가 기사단장 스탠리를 보며 물었다.

이 자리의 현장 책임자격인 인물은 스탠리였기 때문이다. 그것은 스탠리 본인도 이해하고 있었다. 그는 얼굴을 찌푸린 채 제안해야 할 내용을 고민한 뒤 입을 열었다.

"그린스톰이 효과가 없다는 사실을 안 이상, 돌격할 수밖에 없습니다."

"그걸로 가능성이 있겠는가?"

"솔직히 잘 모르겠습니다만, 건곤일척. 이 한 번에 모든 것을 걸고 기사단이 돌격한다면, 어쩌면……."

솔직히 스탠리도 잘될지 어떨지는 알 수 없었다.

하지만 다른 방법은 없었다.

"알겠다. 스탠리, 부탁하네."

잉베리 공작 로리스가 그렇게 말하자 기사단장 스탠리는 고개 숙여 인사하고, 직접 기사단을 이끌기 위해 중앙 지령소를 빠져나갔다.

3분 뒤.

피온의 성문이 열리고, 공국 기사단을 선두로 공국군이 돌격을 감행했다.

연합군에서 쏟아지는 화살의 비도 그들의 돌격을 막을 수는 없었고, 속도를 줄이는 것조차 하지 못했다. 기사단의 돌격은 채 1분도 지나지 않아 1킬로미터 앞의 연합군과 인공 골렘에게 도달했다.

기합에 찬 그 돌격은 믿을 수 없게도 연합군의 선두를 순식간에 처치했다.

그 순간 피온의 중앙 지령소에서 환호성이 터져 나온 것은 어쩌면 당연한 일이었다.

그런 공국 기사단에 의해 선두 집단이 일격에 무너지고, 가까스로 버티는 연합군.

그리고 기사단보다 늦게 도착한 공국군 후속 부대 역시 사기는 비정상적일 정도로 높았다.

전쟁 시작부터 지금까지 작전이라고는 하나 후퇴에 후퇴만을 거듭해 오며 단 한 번도 제대로 된 전투를 한 적이 없기 때문이었다. 쌓여왔던 그 울분은 상당했다.

중앙 지령소에서 확인된 인공 골렘은 한 대뿐이었고, 그 한 대는 이미 많은 공국병들에게 공격받아 활동을 멈춘 채 협곡 속에 버려져 있었다. 그야말로 인해전술이라는 말이 어울리는 광경이었다.

돌격에 참가한 공국군은 2천여 명.

연합군 전체에 비하면 한참이나 적은 수였다. 그러나 적어도 이 협곡에서는 그 기세와 광란이 연합군을 압도하고 있었다.

그리고 공국군은 마침내 협곡 건너편으로 연합군을 몰아내고 더 깊숙이 나아갔다.

돌진하는 공국군.

후퇴를 반복하는 연합군.

몇 번이나 그 광경이 반복되었다.

하지만 역시 거기까지 가면 냉정해지는 공국군 지휘관도 나오게 마련이다.

"너무 빨리 무너지는 거 아닌가?"

그들은 그렇게 생각하기 시작했다.

이미 돌격한 2천 명의 공국군 대부분은 협곡을 벗어나 북쪽 평지에서 싸우고 있었다.

만약 여기서 연합군의 별동대가 공국군과 협곡 사이에 끼어든다면?

2천 명의 공국군은 독 안에 든 쥐가 되고 만다.

열광이 서서히 식어가고, 그 사실을 알게 된 전선 지휘관들에게서 돌격을 채찍질하는 힘이 서서히 사라져갔다.

부하들도 지휘관의 변화를 민감하게 감지했다. 독 안에 든 쥐라는 것까지는 모른다고 해도 지휘관이 무엇을 신경 쓰고 있는지 정도는 알아차렸다.

전장에서의 사기는 쉽게 떨어진다.

그리고 현장 최고 지휘관인 기사단장 스탠리도 자신의 안에서 터져나온 의혹을 떨쳐내지 못한 채 결국 이런 명령을 내렸다.

"후퇴한다!"

다행히 협곡 사이는 아직 막히지 않았다. 충분히 시간에 맞출 수 있었다.

하지만 급격한 후퇴는 광란으로 가득 찬 돌격보다도 훨씬 어려웠다.

부하들은 왜 후퇴하는지를 충분히 이해하지 못하고 있었다. 당연히 어디까지 물러나야 하는지, 구체적으로 어떻게 물러나야 하는지도 몰랐다.

그런 상황에서 연합군은 비정상적일 정도로 질서정연하게 밀고 들어왔다. 무리하지 않고, 달려들지 않고, 질서 있게.

기사단장 스탠리 스스로 후미를 자청해 최전선에서 밀려오는 연합군과 교전하며 철군을 지휘했다.

그런 와중, 스탠리는 이 전투에 위화감을 느꼈다.

'질서가 있긴 하지만…… 연합군의 움직임에는 힘도 날카로움도 없다. 정말 소문으로 들었던 명장 오브리 경이 이끌고 있는 것이 맞는 건가?'

공국군은 협곡을 지나 조금씩 피온으로 다가갔다.

철군은 성공적으로 진행되고 있었다.

그리고 마침내 스탠리도 협곡을 빠져나왔다.

후미인 스탠리가 나왔다는 것은 공국군 전군이 협곡을 나와 피온으로 무사히 후퇴할 수 있다……라는 희망이 보였다는 뜻이었다.

그 순간, 전황을 관찰하던 오브리 경의 입꼬리가 올라가며 미소를 지었다는 사실을 스탠리는 알지 못했다.

협곡을 빠져나와 피온으로 되돌아가는 공국군…… 하지만 전투는 계속 이어졌다.

철수 작전을 실시하고 있었으니 당연한 일이지만, 후미뿐만 아니라 거의 모든 전선에서 전투가 행해지고 있었다.

그랬다. 공국군과 연합군은 완전히 뒤섞여 있었다. 뒤섞인 채로 피온으로 서서히 다가가고 있었다.

그 사실을 가장 먼저 알아차린 것은 수비대장 메레디스였다.

그는 직무상 언제든 명령을 받을 수 있도록 그린스톰 사격을 준비하고 있었다.

그런 와중 양군이 뒤섞인 채 피온에 가까워지고 있는 현재……

지금 만약 사격 지시가 내려지면 아군까지 휘말리게 된다.

그런 시간이 협곡을 벗어난 이후로도 계속되고 있었다. 역시 이건 이상하지 않나?

"전하, 아군이 섞여 있어 그린스톰을 쏠 수 없습니다."

"응? 아직 쏠 필요는 없지 않나?"

잉베리 공작 로리스는 무엇이 문제인지 이해하지 못했다.

"전하, 적과 아군이 뒤섞인 채 피온으로 다가오고 있습니다. 이대로면 그린스톰이 봉쇄당한 채 적이 도시에 도달하게 됩니다."

거기서 로리스는 비로소 깨달았다. 연합군의 목적을.

"병행 추격인가!"

도시의 성문은 철수해 오는 공국군을 수용하기 위해 열려 있었다. 그런 공국군과 나란히 혹은 뒤섞인 채 추격하여 도시에서 원거리 공격을 하지 못하게 막고, 그대로 도시로 들어가는 것이 연합군의 목적이었던 것이다.

이 상황에서는 피온의 최대 전력인 그린스톰도 아군을 끌어들일 가능성이 높아 쓸 수 없었다.

병행 추격에 의한 도시 침공. 그것이 오브리 경의 목적이었다.

그린스톰이 효과가 없다는 것을 아는 인공 골렘이 있다면 근접전을 시도할 수밖에 없다. 최정예이자 마지막 집단 전력 기사단이 나올 것이다.

처음부터 공국군은 오브리 경의 예상대로 움직인 셈이었다.

한번 협곡까지 공국군을 끌어들인 뒤, 철수할 때 병행 추격으로 이행한다.

협곡에서 철수시킨 것도 고의.

도중에 쓰러뜨리지 않은 것도 고의.

그것을 넘어서서, 처음 공국군의 돌격을 성공시킨 것조차 고의…….

"교활한 놈들!"

몸서리치며 내뱉은 로리스의 말은 허망하게 사라질 뿐이었다.

◆

북쪽에서 남쪽에 걸쳐 있는 피온을 향해 병행 추격을 벌이는 연합군. 거기서 더 북쪽, 꽤 먼 북쪽에 왕국 원정대 남부군이 들어섰다.

전원이 기마. 역시 C급 모험가가 되면 말도 잘 탈 수 있었다. 하지만 그중에는 매우 위태롭게, 거의 매달리듯이 타고 있는 수속성 마법사도 있었다…….

그러나 가장 먼저 위화감을 느낀 것은, 그 수속성 마법사인 료였다.

얇은, 정말 얇은 에어 커튼을 통과한 듯한 느낌.

"〈아이스 월 10층 패키지〉."

기마로 이동 중인 남부군 전원을 얼음벽으로 뒤덮었다.

두두두두두두두두…….

연속으로 울리는 석창의 폭발음.

석창 공격을 받은 채로 남부군이 숲을 빠져나오자 광활한 초원이 펼쳐져 있었다. 거기에는 천 명 정도의 부대가 있었다.

함정을 미리 쳐두었다기보단 치려고 하는 도중에 남부군이 나타난 것일까. 우왕좌왕하며 진을 치고 있었다.

매달려 있던 말에서 구르듯이 내려가는 료. 그 옆에서 실로 기품 있는 모습으로 내려서는 아벨.

양쪽 모두 진을 펼친 천 명 중에서 아는 얼굴을 보았기 때문이었다. 저것은 자신이 상대해야 할 적이라는 것을 알고 내려선 것이다.

"휴 씨랑 다른 분들은 먼저 가세요. 조금 돌아서. 이 사람들, 제3 독립부대는 저와 아벨이 상대하겠습니다."

"둘이서? 천 명은 되는데?"

료의 제안에 당연히 놀란 표정을 짓는 휴.

"길마, 인연이 있는 상대라는 거지. 당신에게 인연이 있는 상대는 지난『대전』이후로 이어져 온 독재관 오브리 경이겠지? 천 명 정도는 료라면 문제없어."

"아벨, 본인은 염제만 상대하고 다른 사람들은 전부 저에게 떠맡길 셈인가요?"

"오, 정확히 봤네. 맡길게."

"너희들, 진심인 건가……."

료가 한숨을 내쉬고, 아벨이 웃으며 대답했고, 휴가 놀라움을 넘어 황당함을 드러냈다.

그렇다고 해서 남부군 전체가 멈춰 있을 수는 없는 것도 사실. 원정대의 다른 군이 숲을 빠져나오느라 애를 먹고 있는 이상 다른 방법은 없었다.

"알았다. 하지만 둘 다 죽지는 마라. 아무리 초라해도 좋고 꼴 사나워도 좋으니까, 어쨌든 살아남도록."

"응."

"알겠습니다."

휴의 말에 아벨도 료도 고개를 끄덕이며 대답했다.

그것을 확인하고, 휴를 선두로 한 남부군은 다시 말을 몰기 시작했다.

"〈아이스 월 10층〉."

료가 얼음벽으로 제3 독립부대에서 휴 쪽으로 향하는 공격을 막았다. 그것은 화살을 사용한 약한 공격이었다. 왜냐하면, 강력한 마법사들 대부분은 눈앞에 내려선 료와 아벨 두 사람에게서 눈을 뗄 수 없었기 때문이었다.

"왜 네놈이⋯⋯."

"너와 결판을 내기 위해서 왔다, 염제."

가장 오른쪽에 있던 염제가 이름 그대로 눈에 분노의 불꽃을 품고 아벨을 노려보았다. 아벨은 그것을 능청스럽게 받아넘겼다.

"〈아이스 월 10층 패키지〉. 아벨, 당신들 둘만의 공간을 나눠줬으니까 마음껏 싸우세요."

"그래, 매번 미안하네. 그나저나 료, 정말로 천 명을 상대할 생각이구나."

"이제 와서 무슨 소리예요! 염제의 부하 7명과 독립부대 천 명, 그리고 회색 로브 파우스트 정도는 제가 맡아서 처리할게요. 그러니 얼른 해치우세요."

"알겠어. 죽지 마라, 료."

"네, 물론이죠. 아벨도 죽지 마세요."

이리하여 네 번째 아벨 대 염제의 전투, 그리고 료 대 파우스트와 제3 독립부대의 전투가 막을 올렸다.

◆

"왜 붉은 마왕이 여기에……."

"오는 건 왕국의 모험가라고 하지 않았어?"

"즉, 붉은 마왕이 왕국의 모험가라는 건가?"

"큭, 속았구나!"

염제의 부하 7명의 대화는 료에게도 들렸다. 뭔가에 속았다는 것 같다. 아마 진실은 그들이 제멋대로 추측한 내용이 사실과는 다른 것뿐이겠지만…… 세상은 본래 오해로 가득한 법이다.

"정말 전장까지 쫓아올 줄은 몰랐군. 나로서는 결판을 낼 수 있어 기쁘지만 말이야."

웃으면서 그렇게 말한 것은 회색 로브를 두른 파우스트.

"당신은 내 제자에게 손을 댔으니까요. 그 벌을 내리러 왔어요. 그리고 염제의 부하와 독립부대의 사람들도 쓰러뜨릴 거고요."

"재미있군!"

료가 당당히 주장했고, 파우스트가 웃었다.

"우릴 겸사겸사 해치운다는 느낌으로 말했어……."

"이 정도의 수로 덮치면…….."

"파우스트 공도 있잖아!"

염제의 부하들은 분한 얼굴을 하면서도 그 수에 희망을 품고 있는 듯 보였다.

쿠웅.

그때 독립부대 안쪽에서 묵직한 소리가 울려 퍼졌다.

"아, 맞다. 당신들이 연합군 본대에 보고를 보내지 못하도록 그쪽은 얼음벽으로 막아놨어요."

"그게 무슨…….."

"뭐, 다시 말해 당신들을 놔주지 않겠다는 뜻이기도 하지만요."

료는 그렇게 말하고 빙긋 웃었다.

한 명 대 천 명인데, 한 명 쪽이 '당신들을 놔주지 않겠다'고 선언한 것이다.

비정상적인 상황이라고 해도 이상하지 않았다.

그러나 파우스트도 염제의 부하들도 알고 있었다. 눈앞에 있는 수속성 마법사가 예사롭지 않은 상대라는 것을. 위험한 수준의 마법사라는 것을.

그래서 마법사들은 일제히 주문 영창에 들어갔다.

하지만…….

"늦어요! 〈아이시클 랜스 1024〉."

료가 외친 순간 천 개가 넘는 얼음 창이 발사되었다.

단단한 물체가 부딪치는 소리, 단단한 것이 가죽 갑옷을 파고드는 묵직한 소리, 그리고 끄흑, 하는 입에서 새어나오는 듯한 고통 섞인 신음소리…… 그런 것들이 전장 곳곳에서 들려왔다.

그 후 쓰러진 사람은 백여 명. 90퍼센트의 인간이 료의 첫 번째 공격에 버텨냈다. 잘 단련된 우수한 집단이라고 해도 좋았다.

"건방진 짓을! 〈수로 짓뭉개라〉."

파우스트가 크게 외치자 수십, 수백 개의 돌멩이가 료를 향해 날아갔다.

이어서 염제의 부하들도…….

"〈파이어 재블린〉."

"〈소닉 블레이드〉."

"〈스톤 레인〉."

"〈트윈 소닉〉."

모든 것이 분열되는 공격 마법이었다. 그것을, 오직 료에게만 집중해서 날렸다. 이전에는 모두 막혔지만 이번에는 파우스트의 공격에 맞춰 날리니 그 수가 압도적으로 많았다.

"〈드리즐링〉."

맞이한 것은 지난번과 같은 이슬비라는 이름이 붙여진, 반투명하게 펼쳐진 무수한 물의 방패. 마법 공격이 부딪치자 상대의 마법을 길동무 삼아 쌍소멸 빛을 발하며 사라졌다.

그것은 파우스트의 돌멩이도 마찬가지였다.

보이지 않는, 그러나 압도적인 두께가 느껴지는 수증기의 방패가 완벽하게 료를 보호했다.

"이번에는 우리다!"

마법이 먹히지 않으면 근접전. 붉은 마왕은 마법사다. 마법사를 쓰러뜨리려면 근접전으로 가는 것이 상도이자 왕도.

염제의 부하 중 검사와 창기사가 료를 향해 돌진했다. 그 뒤로 살아남은 독립부대 병사 900명도 자신의 무기를 들고 돌진했다.

그들은 료의 일격을 막아낸 자들이다. 즉, 검이나 창으로 마법을 베어내는 것이 가능한 정예. 그런 정예 900명이 있다면 그 어떤 붉은 마왕이라도 상대가 될 리 없었다.

"그래, 보통이었다면 말이죠."

희미하게 미소 지으며 그렇게 말한 료는 무라사메를 빼들고 얼음날을 생성했다. 그대로 일말의 망설임도 없이, 자신을 향해 돌진해 오는 검사와 창기사를 향해 돌진했다.

"!"

다만 창기사의 창을 받아넘기고, 게다가 검사의 검도 받아넘기고, 멈추지 않고 안쪽을 향해 달려나갔다. 향해 오는 독립부대 900명의 안쪽으로.

"뭐야?!"

전원이 허를 찔린 얼굴이었다.

마법사가 검을 겨누고 자진해서 근접전을 걸어온다? 전투는 이제 막 시작됐으니 마력이 소진된 것도 아닐 텐데? 아니, 애초에 지난번에도 그렇게 대규모의 마법을 연발했으니…… 마력이 소진된 건 아닐 것이다.

희미한 미소를 띤 채 춤을 추듯 멈추지 않고 검을 휘두르는 료.

독립부대의 칼이나 창을, 거의 한 합도 맞대지 않고 한 번에 한 명씩 전투 불능으로 만들어갔다.

"〈아이시클 랜스 4〉."

검이 맞물린 순간, 제로 거리에서 얼음 창.

턱을 맞으면 뇌진탕을 일으킨다. 뇌가 강제로 흔들려 일어설 수 없게 된다. 물론 시간이 지나면 회복된다. 다만…… 턱이 골절될 가능성은 높았다. 끝을 둥글게 만들었다고는 해도 〈아이시클 랜스〉는 빠르다. 그리고 무겁다. 대미지가 곧 속도와 무게에 비례하는 이상 턱은 버티기 힘들 것이다.

핵심은 이다음이었다.

"〈빙관〉."

칼로 기절시키거나 혹은 뼈를 부러뜨려 전투 불능으로 만든 상대, 그리고 얼음 창으로 전투 능력을 빼앗은 상대를 한 명씩 얼음관에 넣어 나갔다.

〈퍼머프로스트〉라는 광역 동결 마법으로 단번에 얼어붙게 만든 것이 아니라, 근접전에서 쓰러뜨린 상대를 한 명씩.

일부러 그 힘을 과시하듯이.

그렇게 독립부대가 차례차례 쓰러져가는 동안 파우스트도 염제의 부하들도 료에게 유효한 공격을 날릴 수 없었다. 그들과 료 사이에 독립부대 대원들이 끊임없이 끼어들고 있었기 때문이다.

그것은 료가 의도한 것이었다.

언뜻 보기에는 화려한 움직임으로 싸우고 있었지만, 사실은 모두 치밀하게 계산된 움직임이었다.

생각 자체는 연합군의 병행 추격과 동일하다. 적을 방패 삼아 원거리 공격을 막아버린다. 그리고 파우스트 일행은 감쪽같이 그것에 걸려들고 말았다.

료는 입으로 쓸데없는 소리를 하며 부추겼지만, 그것은 정신적인 우위를 차지하기 위해서였다. 사실 파우스트를 포함한 염제의 부하들은 높이 평가하고 있었다.

냉정하게 생각하면 이 천 명을 한꺼번에 상대하는 것은 위험하다. 이길 수는 있겠지만, 위험했다.

하지만 평소엔 료 안에 숨어 있는 '강한 상대와 싸우고 싶다'라는 전투광 비슷한 감정이, 한꺼번에 상대해 보면 어떨까 하고 료의 이성을 부추긴 것일지도 모른다.

아니면 그쪽이 료의 본질이거나.

료가 독립부대 900명을 쓰러뜨리는 데 소요된 시간은 약 3분.

"단 3분?"

"900명은 남아 있었을 텐데……."

"붉은 마왕, 무시무시하군."

염제의 부하 일곱 명이 중얼거렸다. 파우스트는 말이 없었다. 그 표정에서 미소는 사라져 있었다. 마법전으로는 막상막하지만 근접전에서는 큰 차이가 있다는 것을 인식한 것이다.

"자, 여러분."

료는 그 여덟 명을 바라보며 말했다.

"아시다시피 저는 왕국의 모험가입니다. 그리고 이게 바로 왕국 모험가의 실력이고요."

가슴을 펴고, 압도적인 자신감에 찬 표정으로 선언한다.

"연합이 어떤 이유로든 왕국과 전쟁을 하려고 한다면 지금 본 광경을 높은 사람들에게 말해서 전쟁을 멈추게 하세요. 그렇지 않으면…….”

여기서 잠시 말을 끊고 은은하게 미소 짓는다.

“연합 전체가 이렇게 될 겁니다.”

여덟 명이 완전히 침묵했다.

료가 일부러 전투력을 과시하며 독립부대를 쓰러뜨린 것은, 장래 일어날지도 모르는 전쟁을 방지하기 위해.

독립부대 천 명을 죽이지 않고 살려둔 것도 이후에 생길지 모를 전쟁을 피하기 위해서였다. 이들 중 훗날 지휘관이 탄생할지도 모른다. 경우에 따라서는 오브리 경 같은 나라의 수장이 나올 수도 있다.

그런 그들에게 왕국과 싸우는 것에 대한 두려움을 심어주는 것이다.

살려두는 이유는 상냥함 때문도 안이함 때문도 아니다. 공포 경험을 홍보하고 전파시키기 위함이었다.

료 자신은 본래 그다지 눈에 띄고 싶지 않은 성격이었다. 많은 사람들에게 알려지는 것도 좋아하지 않는다. 하지만 만약 알려지게 된다면, 그 지명도를 철저하게 이용해야 한다는 것도 알고 있었다. 더군다나 그것이 자기 나라가 전쟁터가 되는 것을 막는 길로 이어진다면 더더욱.

알려지기 전까지는 철저히 숨긴다. 하지만 알려지면 크게 홍보한다.

올바른 전략은 늘 바뀐다. 어제까지 옳은 전략이라고 해도 내일 이후에도 옳을 것이라는 보장은 없다.

사람에게 요구되는 것은 그 판단.

역사적으로 강대국이 소국의 전쟁에 개입하는 이유는 크게 두 가지. 하나는 무기 실험. 또 하나는 힘의 과시. 이 경우 힘의 과시는 이후에 있을 평화 협상에서 우위에 서기 위한 것이자, 전쟁이 벌어지면 우리는 이 정도로 강하다는 것을 보여주는 의미도 있었다.

전쟁과 외교는 표리일체. 둘 다 정치적 명제를 해결하기 위한 방법이었다. 하지만 거기에서 만들어지는 결과는 비극적일 정도로 다르다…….

"저 같은 마법사라도 이 정도의 검은 쓸 수 있어요. 본직이 검사라면 어떻게 될지는 저쪽을 보면 알 수 있겠죠?"

료가 그렇게 말하며 가리킨 것은 얼음벽 속에서 벌어지고 있는 싸움. 아벨 대 염제, 인간 검사로서는 궁극에 가까운 싸움이었다…….

◆

시간은 조금 거슬러 올라간다.

아벨 대 염제의 전투는 처음부터 전력 전투였다.

"모랄타, 염제 해방."

"시작부터냐고!"

염제 프람 딥로드는 전투 시작 전부터 마검 모랄타의 염제 능력을 해방시켰다.

그것을 보고 비난을 던지는 아벨.

그것도 당연하다. 마검 모랄타는 능력이 해방되면 매우 성가신 검이 된다. 상대의 방어를 뚫고 나갈 수 있기 때문이다. 그러면서도 상대의 공격을 방어할 때는 평범한 검처럼 실체화해서 받아낸다. 심지어 그것은 모랄타가 의식을 갖고 있는 것처럼 자동으로 이루어진다.

"그 능력 해방은 반칙이라고 생각하는데."

"네 것도 마검 아니냐, 아벨. 발동하도록 해."

염제 프람 딥로드는 아벨이 든 붉게 빛나는 마검을 보며 말했다. 그것은 비꼬는 것이 아니라 정말 단순히 사실을 지적한 것이었다.

"나는 아직 이 녀석한테 인정받지 못한 것 같아. 그래서 그 마검 발동이라는 걸 할 수가 없어!"

"너 정도의 검사를 인정하지 않는다니…… 그 마검의 자존심은 보통이 아닌가 보군."

"자존심 같은 게 있어? 애초에 마검이라는 것 자체가 이미 평범하진 않잖아."

아벨은 깊은 한숨을 내쉬었다. 아벨은 사실 자신이 가진 마검에 대해서는 아는 것이 없었다. 모험가가 되기 위해 성을 떠나면서 보물고 구석에 나뒹굴고 있던 이 검을 가져온 것뿐이기 때문이다.

"제대로 물어봤어야 했나."

하지만, 이미 늦었다.

눈앞에 있는 자는 천 명을 베었다고 알려진 『대전』의 숨은 영웅, 염제 프람 딥로드. 게다가 마검 모랄타의 능력을 해방시킨 전력 상태.

이 시점에서, 보통이라면 끝났을 것이다. 그 앞에 있는 것은 패배와 죽음뿐.

그러나……

"좋아, 해 보자고."

아벨은 포기하지 않았다.

지금까지 세 번 싸웠다. 첫 번째는 졌다. 두 번째는 이겼다. 세 번째는 결판이 나지 않았다. 그리고 지금이 네 번째다.

그중 모랄타의 능력 해방은 두 번 보았다.

"죽어라!"

염제는 단번에 공격 범위 안으로 들어가 내리쳤다.

아벨은 검으로 받아냈다……. 받아냈지만, 평소와 같이 받아내면 능력 해방 상태인 모랄타는 아벨의 검을 빠져나가 일격에 머리를 두동강 낼 것이다.

그렇다면……

채앵.

"뭐야!"

아벨은, 모랄타를 받았다. 더 정확히는, 실체화된 모랄타를 받았다.

아벨의 검을 잘 아는 자라면 알아차렸을 것이다. 아벨이 받아친 장소가 평소보다 몸과 더 가까운 곳이었다는 것을. 가까운 것을 넘어서. 자신의 마검과 머리는 거의 닿아 있었다.

"나를 베기 직전이라면 그 녀석도 실체화되겠지."

자신의 몸과 떨어진 곳에서 받으면 빠져나가고, 몸에 닿기 직전 실체화되어 베어낸다. 그래서 몸 가까이에 자신의 검을 밀어 붙여 실체화된 모랄타를 받아낸 것이다.

말로 하면 단순하지만…….

"아벨, 네놈을 존경한다."

염제가 아벨을 노려본 채 내뱉었다.

염제도 초일류 검사다. 몸이 기억하는 받아내는 포인트보다, 몸과 더 가까운 곳에서 받아내는 것이 얼마나 어려운 일인지는 잘 알고 있었다. 대부분은 본능이 먼저 그것을 거부한다는 것도.

하지만 아벨은 이성으로 그것을 억눌렀다. 논리적으로, 그것 외에는 모랄타를 받아낼 방법이 없다는 것을 머리로는 이해한다고 해도, 말도 안 될 만큼 어려운 일이다. 기술적으로도, 감정적으로도.

"그렇다면 내가 할 일은, 기술을 감정째로 짓뭉개는 거겠지."

그 말과 동시에 염제의 연격이 시작되었다.

그것을 모두 몸과 닿을 정도로 가까운 위치로 검을 들여 계속 받아치는 아벨. 단 한 번이라도 실수하면 그 순간 끝난다.

모든 요격을, 몸이 기억하고 있는 본능적인 장소보다 더 가까운 장소에서 계속 받아냈다. 그 공포는 말로 형용할 수 없을 정도일 것이다.

말로 형용할 수 없을 정도일 텐데…… 아벨은 냉정하게 계속 받아냈다.

"어째서…… 가능한 거지?"

염제가 힘겹게 내뱉듯이 물었다. 진심으로 이해할 수 없기 때문이었다. 아마도 자신이 아벨의 위치였다고 하면…… 운이 좋아도 열 번, 어쩌면 그보다 더 빠른 단계에서 무너졌을 것이다. 평범하지 않은 것을 넘어서서, 초일류 검사라고 해도 있을 수 없는 일이다!

"궁극의 공포를 알고 있으니까."

"궁극의 공포?"

"눈앞에 그리핀이 내려오는 공포에 비하면 별 거 아니거든."

"헛소리!"

아벨의 말을 단칼에 잘라내는 염제.

당연하다. 그리핀은 이제는 전설 속에만 존재하는 생물이었다. 최근 수백 년 간 중앙 연방에서 목격했다는 기록은 없다. 만약 그런 것이 눈앞에 내려오면…… 확실히 공포로 몸을 움직일 수 없을 것이다. 분명 궁극의 공포이긴 하겠지만…….

잠시 후, 염제는 위화감을 느끼기 시작했다. 정확히 뭐가 원인인지는 알 수 없었다. 하지만 눈앞에서, 자신의 공격을 계속 받아내고 있는 남자의 변화가, 위화감의 원인이라는 것만은 알 수 있었다.

"다듬어지고 있어?"

인간은 행동을 반복함으로써 움직임이 최적화되고 낭비가 줄어든다. 그것은 다른 표현으로는 다듬어진다고 말할 수 있었다.

아벨의 방어는 다듬어진 방어였다.

일류 이상의 검사들에게 있어 본래 방어란 완성품이나 다름없었다. 몇 번이고 같은 것을 반복하는 와중 몸이 익숙해지고 기억하게 된다. **틀**이라는 형태로. 검을 배우기 시작한 처음부터 계속 반복해 오는 것이었다.

그래서 무의식적으로, 반사적으로 움직여서 자신을 지킬 수 있었다.

그것이 바로 방어.

그러나 동시에 거기에는 그 이상의 진화는 없었다. 방어 간의 조합, 혹은 공격과의 연계 등. 퍼즐처럼 짜맞춰서 '자신만의 검술'을 구성해 가는 부품에 지나지 않았다.

그걸로 충분하니까. 상대를 쓰러뜨리는 것은 방어가 아니라 공격이니까.

하지만 지금, 아벨의 방어가, 진화하려 하고 있었다.

지금까지 몸이 기억해 온 포인트보다도, 자신에게 가까운 포인트에서 하는 요격. 그런 경험은 보통 겪을 일이 없다. 이번처럼 마검 모랄타 같은 특수한 상대의 공격을 막는 특수한 상황이 아닌 한, 자신의 방어 형태를 무너뜨릴 필요가 없기 때문이다.

처음에는 아벨 역시 머리로 계산하면서 검을 안쪽에 밀어넣어 모랄타의 공격을 막아냈다.

하지만 그것은 도중부터 바뀌었다.

염제의 검 실력은 알고 있다. 그동안 세 번 싸웠다.

요격 포인트를 몸에 가까운 부분으로 두고 계속 지킨다. 얼마 지나지 않아 깊이 생각하지 않고도 할 수 있게 되었다. 그것은, 어렸을 때부터 매일 같이 검을 계속 휘둘러 온 덕분이었다.

결코 소홀히 하지 않은 기초, 기본. 압도적인 노력은 이번과 같은 이례적인 상황에서도 아벨을 도와주었다.

노력은 배신하지 않는다.

노력으로 쌓아올린 탄탄한 경험은 보통이라면 평생 겪지 않을 법한 상황에 빠져도 아벨을 도와주었다.

타이밍에 간신히 맞췄던 방어가 최적화되면, 점점 여유를 갖고 맞출 수 있게 된다.

여유를 가지고 시간에 맞추게 되면, 서서히 반격의 가능성이 생겨나기 시작한다.

"네놈은…… 도대체 뭐냐?"

무심코 염제의 입에서 새어나온 말. 그것은 이제 분노가 아니라 공포. 이해할 수 없는 무언가와 대치하고 있다는 것을 인식한 것이다.

마음의 흔들림은 검의 흔들림을 낳는다.

마음이 흔들림에서 나온 타격은 빈틈을 낳는다.

검이 흔들리고, 틈이 생기면…….

촤악.

염제의 검이 아벨의 검 위로 미끄러졌다.

그동안 염제의 공격을 모두 받아왔던 아벨이, 여기서 처음으로 검에 각도를 맞춰 흘려보냈다.

흘려보냄과 동시에 파고들었고, 파고듦과 동시에 베어올렸다.

그 일격은 염제의 오른팔을 모랄타째로 베어냈다.

"큭!"

곧바로 왼손으로 단검을 뽑아드는 염제.

하지만 그것도 아벨의 상정 내였다.

채앵!

단검을 겨누자마자 아벨의 검이 그것을 튕겨냈다.

염제의 목에 검을 들이대는 아벨.

"죽여라!"

당연하다는 듯이 외치는 염제.

아벨은 말없이 호흡을 가다듬었다. 사실 체력적으로나 정신적으로나 한계에 가까운 싸움을 하고 있었다. 전투 후 마시는 한 잔의 물이 간절했지만, 언제나 물을 주던 료는 얼음벽 너머에서 아직도 상대와 대치하고 있었다.

"염제, 이번에 넌 지휘관이지? 독립부대인지 뭔지 하는. 지휘관은 마지막까지 죽는 건 허용되지 않아. 저쪽에서는 아직 전투 중이다. 그러니 항복은 하지 마. 저쪽에 있는 수속성 마법사는 파우스트인지 뭔지 하는 놈을 쓰러뜨려야 하거든. 여기서 또 떨어뜨리면 진짜 큰일 날 것 같으니까. 얌전히 지켜보자고."

얼음벽 너머에서 벌어진 칼싸움. 그 자초지종을 본 일행은……

"말도 안 돼."

"프람 님이……"

"어떻게 하면……."

동요하는 염제의 부하들.

"상관없다."

그렇게 단언한 것은, 회색의 로브를 두른 남자 파우스트 파니니.

"그쪽과는 상관없이 넌 우리를 처치하겠지, 수속성 마법사."

"잘 알고 있네요, 파우스트."

파우스트가 단정했고, 료도 동의했다.

그렇다. 제자들에게 손을 댄 남자를 벌하기 위해 여기까지 왔다. 아벨이 지휘관을 쓰러뜨린다고 해도 그건 그거고 이건 이거다.

두 사람의 대화를 듣고 숨을 삼킨 것은 여섯 명.

그리고 웃지도 않고 절망도 하지 않고, 결연한 표정으로 료를 바라보는 여자가 한 명 있었다.

"우리도! 우리도 싸우겠다!"

염제의 부하인 마법사, 밤색의 긴 머리를 포니테일로 묶은 그 여성을 료는 본 기억이 있었다. 처음 전투 때 〈배럿 레인〉을 시전한 풍속성 마법사였다.

"하지만 아멜리아, 붉은 마왕에게는 〈배럿 레인〉도 먹히지 않았잖아?"

옆에서 그렇게 말한 것은 빨간 머리의 작은 여성. 료의 기억이 정확하다면 화속성 마법을 사용했을 것이다.

아멜리아는 파우스트 쪽을 보더니 쏘아붙인다.

"네, 알고 있어요, 닐데. 그러니 〈템페스트〉를 쏠 거예요."

"안 돼!"

이번에도 그 말에 반응한 것은 조금 전 말을 건 붉은 머리의 여성 닐데. 몇 번이나 고개를 흔든다.

"〈템페스트〉를 발사하면 심장이 파괴돼. 알고 있잖아! 게다가 한 인간이 쏘기에는 마력이 부족해. 그건 금주에 적혀 있는 마법일 뿐이야. 이론으로만 존재하고 있을 뿐 누구도 쓸 수 없는 마법이라고!"

'아무도 쏘지 못하는 마법인데 심장이 파괴된다고 전해지는 이유는 뭘까요.'

료는 작게 고개를 갸우뚱하며 그런 의문을 느꼈다.

물론 그러는 사이 전투는 멈춰 있었다.

그러니 승리만을 위한다면 지금 공격하면 이길 수 있었다. 하지만 그런 것에 의미는 없다. 파우스트가 참회를 하게 만들고, 얼음 관 너머로 보고 있는 천 명의 독립부대원들에게는 료나 아벨이 있는 왕국과는 절대 전쟁을 하고 싶지 않다는 의식을 새겨줘야 했다.

그러니 상대가 큰 기술을 쓰면 쓸수록 좋았다. 그걸 다시 튕겨내면 선전 효과는 뛰어날 테니까. 그렇기에 대화가 끝나기를 기다리고 있었는데…… 목숨을 건 마법은, 솔직히 좀 그렇다…….

아니, 애초에 그 마법명은…….

"〈템페스트〉는 폭풍이라는 뜻이지. 셰익스피어의 희곡에 있었던……. 〈배럿 레인〉도 그렇고 〈템페스트〉도 그렇고, 이름을 붙인 사람은 분명 환생자……."

료의 중얼거림은 너무 작아서, 말다툼을 벌이고 있는 상대들의 귀에는 닿지 않았다.

"맞아. 한 명의 마력만으로는 부족해요."

밤색 머리의 풍속성 마법사 아멜리아는 다시 한번 파우스트를 똑바로 바라보며 그렇게 말했다.

파우스트는 작게 고개를 젓는가 싶더니 품에서 무언가를 꺼내 던졌다.

"쓰도록."

그가 던진 것은 주먹 반 정도 크기의 초록색 마석.

"연금술로 사람 한 명 분의 마력을 저장해 두었다. 그거면 충분하겠지."

받아든 아멜리아는 파우스트의 말에 고개를 끄덕였다.

파우스트는 자신을 바라보는 료를 똑바로 쳐다보며 말했다.

"지금 것이 뭔지 이해하고 있는 모양이군."

"물론이죠. 지난번 당신 마력이 소진되지 않았던 이유는 짐작하고 있었으니까요. 그 로브 안에 마력을 가득 채운 대량의 마석을 넣어둔 거겠죠? 그중에는 아까 같이 큰 것도 있긴 하겠지만 대부분은 작은 마석."

료는 그렇게 말하며 작고 노란 마석을 손가락 사이에 끼워서 보여주었다. 지난번 전투 때 파우스트가 떨어뜨리고 간 것이었다.

"아이디어는 단순하지만 효과는 절대적. 반대로 말하자면 많은 사람이 생각한 거지만 지금까지 실행된 기록은 없다……. 즉 연금술을 사용한다고 해도 무척 어렵다는 뜻이겠죠. 당신이 연금술사로서 고위급이라는 증거이기도 하고요."

료는 솔직하게 칭찬했다.

제자들에게 한 짓을 생각하면 인간으로서는 조금도 인정할 수 없었지만 연금술사로서의 평가는 또 다른 문제다. 그 정도는 료도 알고 있었다.

"하지만 그렇다고 해도 인정할 수는 없지만요."

"그럼 어쩔 거지?"

"물론 무너뜨릴 거예요. 철저하게."

료는 희미하게 웃으며 선전 포고를 했다.

이미 염제의 부하인 아멜리아는 주문을 외우고 있었다. 아마 〈배럿 레인〉, 혹은 그 이상으로 긴 주문일 것이다.

다른 여섯 명은 그녀의 주위에서 자세를 잡고 있었다. 료에게 공격을 가하지 않는 것은 무슨 공격을 해도 먹히지 않는다는 것을 이해하고 있기 때문이었다.

"당신들이 먼저 공격하지 않는 한 제가 먼저 공격하지 않겠다고 맹세하죠."

료의 그 말은 여섯 명 모두를 놀라게 하기에 충분했다.

"공격해 오면 반격하겠습니다. 그때는 주문을 외고 있는 저 아이도 함께 쓰러뜨릴 거예요. 그러니 거기서 얌전히 지켜보고 있었으면 하는데, 어떤가요?"

료의 말에 여섯 사람은 얼굴을 마주보았다. 그리고 대표로 붉은 머리의 화속성 마법사 닐데가 고개를 끄덕였다.

"그럼 〈템페스트〉라는 마법이 완성되기 전까지는 당신이 상대해 주는 거겠죠? 파우스트."

"나와의 전투를 시간 때우기로 취급하다니⋯⋯."

"아니라면 힘으로 증명하면 돼요."

"재미있군!"

이리하여 료 대 파우스트의 두 번째 마법전이 시작되었다.

"〈수로 짓뭉개라〉."

"〈드리즐링〉."

수로 압도하는 파우스트의 돌멩이를 이슬비로 맞받아치는 료. 둘 사이의 공간에서 쌍소멸 빛이 난무했다.

"공격력은 알고 있어요. 그럼 동시에 방어할 수도 있나요? 〈아이시클 랜스 128〉."

"얕보지 마라! 〈덮어라〉."

거의 하늘 전체에서 얼음 창이 파우스트를 덮쳤다. 그것을 막는 돌 덮개.

"하나씩 요격하지는 않는 건가요?"

"무슨 말이 하고 싶은 거냐!"

"마법 제어가 어설프다는 거죠."

료가 그렇게 말한 순간 얼음 창이 일직선이 아닌 불규칙한 움직임을 보이며 돌 덮개를 피해 파우스트에게 향하기 시작했다.

"건방진! 〈맞혀라〉."

소형 흙벽이 차례차례 발생하더니 얼음 창을 향해 가며 요격하기 시작했다. 곳곳에서 쌍소멸 빛이 터져나왔다.

두 사람 사이에서는 파우스트의 공격과 료의 방어에 의한 쌍소멸의 빛.

공간 곳곳에서는 료의 공격과 파우스트의 방어에 의한 쌍소멸의 빛.

염제의 부하 여섯 명은 입을 다물지도 못한 채 그 광경을 바라보았다. 오직 한 사람, 〈템페스트〉를 외우고 있는 아멜리아만이 눈을 감고 주문에 집중하고 있었다.

"하면 되잖아요. 하지만 이번에는 정면 공격의 밀도가 낮아졌어요."

"그 오만한 시선을 깔아뭉개주마! 〈무너뜨려라〉."

"그럼 이쪽도. 추가 〈드리즐링〉."

두 사람 사이에서 지금까지보다 더 큰 쌍소멸 빛이 발생하여 눈을 시리게 했다.

그 사이에도 료의 〈아이시클 랜스〉에 의한 포화 공격은 몇 번이나 반복되었고, 그때마다 파우스트는 흙의 덮개를 계속 쳤다.

그러나……

"정면의 공격 밀도가 낮아지고 있어요. 한계인 걸까요?"

"망할……."

"그럼 정면도 공수교대를 하죠. 〈어브레시브 제트 256〉."

"큭. 〈지켜라〉."

료가 이슬비 방패를 유지하면서 정면으로 물줄기를 날렸다. 파우스트는 자동 생성되는 흙벽으로 방어했다.

하지만 얼음 연마가 들어간 256개의 물줄기에 의한 절단 속도는 빠르다. 돌 몇 장을 잘라내고 기세가 약해지면 다음 돌과 함께 쌍소멸로 사라지는 물줄기.

파우스트의 마력이 무서울 정도로 빠르게 깎여나갔다.

정면에서 방어하고, 위쪽에서도 방어하고…… 언제 끝날지도 모르는 공격으로부터 계속 방어밖에 할 수 없는 파우스트.

그 결과는 자명했다.

"빌어먹을……."

마침내 모든 돌벽이 사라졌다.

료의 얼음 창이 다가오는데도 새로 생성할 수 없게 된 것이다.

양손과 양 무릎을 땅에 댄 채 일어서지도 못하는 파우스트. 마력이 바닥나기 직전이라는 것은 누가 보기에도 명백했다.

"두통이 심한 것 같네요. 사람에 따라서는 마력이 소진되기 직전에 두통이 생긴다고 하더라고요."

료가 담담하게 말했다. 그러고는 잠시 말을 멈췄다가 다시 말을 이었다.

"당신은 내 제자들에게 그런 걸 강요했어요. 그 애들에게 한 짓을 참회하라는 의미로 마력을 소진시킨 거예요."

"어째서……."

"네?"

파우스트는 갈라진 목소리로 물었고, 료는 뜻을 몰라 되물었다.

"어째서, 네놈은 마력이 소진되지 않는 거지?"

그랬다. 파우스트는 마력을 충전한 마석을 대량으로 몸에 지닌 채 거기서도 마력을 끌어다 쓰고 있었다. 그런데도 료는…… 정면에서 서로 공격을 주고받았는데 마력이 소진되는 징후는 조금도 없이 멀쩡하게 서 있었다. 아무리 붉은 마왕이라 불리는 남자라 해도 이는 비정상적인 일이었다.

"당신은 마력의 본질을 이해하지 못하고 있어요."

"무슨……."

"몸 안에 있는 마력만으로 물질을 생성할 수 있을 리가 없죠. 뭐, 저도 마력은 체내에만 있다거나 공기 중에 떠돌고 있는 걸 사용해야 한다거나…… 그렇게 생각했던 적이 있어요. 하지만 그렇다 해도 턱없이 부족해요. 그렇지만 마법사는 얼음이든 돌이든 물질을 생성할 수 있죠. 그렇게 되면 에너지 보존의 법칙도 상대성 이론도 무너져버리고요."

료의 말은 파우스트에게는 도달하지 못한 듯했다. 들리고는 있겠지만 이해할 수 없다. 그런 표정이었다. 하지만 그건 어쩔 수 없었다. $E=mc^2$를 모르면 의문조차 가지지 못할 테니까.

"나도, 그리고 당신도, 체내의 마력만으로 마법을 생성하고 있는 건 아니에요. 일단 에너지 보존의 법칙이나 상대성 이론을 무너뜨리지 않는 이론을 생각하는 건 가능하지만…… 그렇다고 해도, 저 역시 가설은 고사하고 이제 막 걸음마를 떼기 시작한 정도거든요……."

료가 거기까지 말했을 때, 아직 끝나지 않았다는 것을 떠올렸다.

마법 생성 직전에는 마력의 고조가 일어나기 때문이었다.

"곧 주문 영창이 끝나겠네요."

료가 아멜리아를 바라보았다.

그녀는 이마에 땀을 흘리며 영창을 이어가고 있었다.

그리고 영창의 마지막 부분을 외웠다.

"……이 거친 마법의 힘을 나는 오늘부로 포기하노라."

"그것은 '템페스트'의 한 구절. 역시 그 마법을 만든 사람은 셰익스피어를 좋아하는 게 맞는 것 같네요."

료가 그렇게 중얼거렸다.

"〈템페스트〉."

아멜리아가 트리거 워드를 외친 순간, 료를 중심으로 공간이 반구 형태로 잘려나갔다. 그리고…… **중심을 향해 터졌다.**

"이게……."

"〈템페스트〉……."

터진 충격으로 흙먼지가 흩날렸다. 지켜보던 사람들은 안이 어떻게 되었는지 보이지 않았다. 하지만 중심을 향해 터졌음에도 불구하고, 터진 후의 충격파가 그들에게도 닿았다. 아직도 가라앉지 않은 흙먼지가 그 충격을 말해 주고 있었다.

마침내 흙먼지가 가라앉고…….

"저게, 뭐야……."

"얼음 덩어리?"

"거짓말……."

그 중심에는 사람 크기의 얼음 덩어리가 자리하고 있었다. 그래, 지금 주위에 천 개 정도 있는 얼음 관과 동일한…….

얼음 관이 녹고, 그 안에서 로브를 두른 남자가 나왔다.

"설마 진공을 만들고 외부에서 공기로 압축해 유사 폭발을 일으킬 줄이야……. 아니, 물속의 경우는 그 거대한 딱총새우를 보고 알고 있긴 했지만, 이것도 정말 대단한 마법이었어요."

로브의 남자는 평소와 다름없는 능청스러운 모습으로 염제의 부하들 쪽으로 다가갔다.

"어떻게 살아 있는 거야?"

"이게 바로, 붉은 마왕……."

로브의 남자, 수속성 마법사 료는 염제의 부하 7명에게 걸어갔지만, 아무도 그것을 멈춰세우지 못했다. 멈춰세울 수 없다는 것을 뼛속 깊이 깨닫고 있는 탓이었다. 다섯 명은 멍한 얼굴로 그를 지켜보았다.

한 사람, 땅에 쓰러진 아멜리아.

또 한 사람, 그 옆에서 무릎을 꿇고 눈물을 흘리는 닐데.

료는 아멜리아의 복부에 오른손을 가져갔다.

그 순간 깜짝 놀라며 료를 바라보는 닐데. 하지만 료는 아무 말도 하지 않고 고개만 한번 끄덕였다. 시체를 더럽힐 생각이 없다는 의사를 한 번의 끄덕임으로 전한 것이다.

"확실히, 심장이 터졌네요."

료가 중얼거렸다. 성인의 몸 60퍼센트는 물. 3분의 2는 세포 속, 나머지 3분의 1은 세포간액과 혈액. 그렇다면…….

"수속성 마법사인 저라면 강제로 혈액을 순환시킬 수 있을 거예요……."

아멜리아의 전신에 혈액을 돌게 만들었다.

"심정지 후 1분도 지나지 않았으니 뇌는 괜찮……겠죠? 그리고는…… 으음, 빨간 머리의 화속성 마법사분."

료는 아멜리아 곁에 무릎을 꿇고 있는 닐데를 불렀다.

"네?"

자신을 부를 것이라고는 생각하지 못했는지 놀란 얼굴로 고개를 드는 닐데.

"여기 이 아멜리아 씨는 분명 심장이 파열됐어요. 하지만 지금 제 마법으로 혈액을 강제로 순환시키고 있으니 어쩌면 다시 살아날 수 있을지도 몰라요. 아는 천재 연금술사에게 받은 좋은 포션이 있어서 그걸 직접 심장에 뿌릴 거예요. 그러려면 옷과 피부를 잘라내야 하는데 괜찮을까요?"

"사, 살릴 수 있는 건가요?"

닐데는 료가 한 말을 믿을 수 없다는 듯 료의 얼굴과 아멜리아의 얼굴을 번갈아 바라보며 물었다.

"보증은 할 수 없지만, 해서 손해 볼 건 없으니까요."

"……부탁합니다."

닐데의 대답을 듣고 료는 고개를 끄덕였다.

"〈워터 제트〉."

먼저 흉부의 옷을 잘랐다. 그대로 메스처럼 가슴 중앙을 위아래로 절개했다. 이어서 가슴 중앙에 있는 세로로 긴 뼈, 흉골을 위에서부터 아래까지 모두 절단.

지구에 있을 때 의료 드라마에서 본 정중 흉골 절개라는 것이었다. 이 정도면 폐에 손상 없이 심장에 도달할 수 있었고 찢어진 부위를 드러내어 확실하게 포션을 뿌릴 수 있었다. 게다가 신속하게.

"〈아이스 크리에이트 개흉기(開胸器)〉."

얼음으로 된 수술 도구들이 뼈와 근육을 비틀자, 구멍이 뚫렸지만 얇은 얼음으로 코팅된 심장이 드러났다. 료는 포션을 꺼내 반을 심장에 뿌렸다.

희미한 빛을 발하며 심장이 복구되었다.

하지만 당연하게도 아직 심장은 움직이지 않았다.

료는 자신의 가슴에 손을 얹고 자신의 고동을 느꼈다. 잠시 후, 그것과 동기화한 움직임이 아멜리아의 심장을 덮은 얼음 막에도 생겨나기 시작했다.

"우, 움직였어……."

"얼음 심장 마사지, 성공이네요."

료는 그렇게 말하고 빙긋 웃었다.

나머지는 그 반대 순서로 진행하면 끝이었다. 뼈를 닫고 포션을 뿌리고, 피부를 닫고 포션을 뿌리고…….

마지막으로 아멜리아의 맥을 짚어 무사히 살아난 것을 확인하고 고개를 한번 끄덕였다.

"살아났어요."

"아…… 아아……."

료가 미소 지으며 말하자 닐데가 오열했다.

그것이 마치 신호라도 된 것처럼, 아멜리아가 눈을 떴다.

"다행이다…… 정말 다행이야……."

닐데는 얼굴을 찌푸린 채 울었고, 아멜리아는 주위를 살폈다.

닐데가 울고 있다. 어째서인지 붉은 마왕이 있다…… 웃는 얼굴로. 멀리서 다섯 명의 동료가 걱정스럽게 보고 있다.

"〈템페스트〉는…… 실패한 건가요?"

"성공했어. 성공해서 아멜리아 죽어버린 거야."

닐데가 눈물을 흘리면서 설명했다. 하지만 아멜리아는 무슨 말인지 알 수 없었다.

성공했는데, 붉은 마왕은 살아 있다. 성공했는데, 자신도 살아 있다?

"아, 맞다 참. 〈아이스 월 해제〉."

료는 뒤늦게 떠오른 얼굴로 아벨과 염제를 둘러싸고 있던 얼음벽을 걷어내고 몸을 일으켰다.

그리고 달려오는 염제에게 자리를 양보했다.

"아멜리아!"

"프람 님……."

"괜찮아, 쉬도록 해."

염제는 부하에게는 상냥한 모양이다.

"그렇지 않으면 목숨을 걸면서까지 그런 마법을 썼겠어?"

아벨이 료에게 속삭였다.

"음, 하지만 휴 씨와 다른 사람들이 기습에 성공하려면 이 사람들을 얼음에 넣어서 발을 묶어야 하는데……."

"이제 막 심장이 뛰고 살아난 거 아냐? 괜찮아?"

"얼음벽에 가둬둘까요? 300겹 정도로 해 두면 시간은 꽤 벌 수 있을 거예요."

"아, 응…… 10층이라면 료가 하는 걸 자주 보긴 했는데, 300 겹이구나……."

"10층을 30개 만드는 거예요. 단순한 방법이죠."

료는 그렇게 말하고는 염제, 그의 부하 일곱 명, 그리고 파우스트를 안에 넣고 300장의 얼음벽으로 밖을 덮었다.

"밤쯤에는 풀어줄 테니까 가능하면 그때까지 안에서 얌전히 있어줬으면 좋겠어요."

료가 그렇게 말하자 염제가 고개를 끄덕였다.

패배를 받아들인 것이다.

"이런 부분에서 검사는 깨끗하네요. 진짜 검사는 말이죠."

료가 아벨 쪽을 힐끔 바라보더니 혼잣말처럼 말했다. 혼잣말이라고 하기에는 너무 큰 목소리로.

"진짜 검사라니, 나 들으라고 하는 소리지?"

"딱히……."

"아아, 그래, 나는 깨끗하지 못해. 모험가란 그런 거야."

"죽자고 달려드는 것도 어떤 의미에서는 아벨 같네요."

"뭐지, 료가 말하면 엄청 부당하게 느껴지는데."

"그건 아벨의 평소의 행실 탓……."

"그래, 료의 평소 행실 때문인 건가."

"뭐, 어쨌든 결말이 나서 다행이네요."

"서로 말이지."

두 사람은 그렇게 말하고 오른쪽 주먹을 서로 부딪쳤다.

모든 것이 끝난 분위기지만 사실 아무것도 끝나지 않았다는 것을 깨달은 것은 바로 그 순간이었다.

"합류하러 가자."

"저도 역시 피곤하니까 경보로 가는 게 좋겠어요……."

"설마 달려갈 생각이었어……?"

두 사람은 남쪽에 있을 주 전장을 향해 나아가기 시작했다.

"아까 그 풍속성 마법사의 가슴, 잘라서 열지 않았어?"

"네, 심장이 찢어지는 터무니없는 마법을 썼다고 하길래요."

"료를 죽이려고 한 상대잖아?"

"그렇긴 한데…… 글쎄요, 전력을 다한 전투 끝에 쓰러졌다면 어쩔 수 없다는 생각도 들지만, 자신의 마법으로 자폭한다는 것 자체가 싫었어요."

그것이 단지 위선이자 자기만족의 극치라는 것은 료도 알고 있었다.

하지만 상관없지 않을까. 결국 사람이 살아간다는 것은 자기만족의 축적인 셈이다. 신경 쓸 필요는 없다고 생각했다.

"사람의 몸속에 포션을 넣을 생각을 하다니…… 신체 구조를 잘 알고 있었네."

"아벨도 마물을 죽여서 마석을 꺼내고 고기도 먹잖아요? 대충 알고 있지 않아요?"

"사람의 가슴을 열고 도와주는 건…… 생각은 해도 할 수는 없어."

아벨은 그렇게 말하고는 작게 고개를 흔들었다.

료는 고개를 살짝 갸우뚱하며 말을 이었다.

"저는 역사학의 길을 걸었으니까요. 여러 가지 것들을 조사했으니 알고 있는 건 당연해요."

"역사로? 체내를? 그런가?"

"왜냐하면 역사는 사람이 이 세상에 나타나고 문자를 손에 넣은 이후부터 현재까지의 모든 것이 다 대상이잖아요. 의학에 관해서도 공부하는 건 당연하죠? 정치학, 경제학, 수학과 물리학도 전부 역사의 대상이에요."

"으, 응……."

"즉 삼라만상 전체가 연구 대상이 되는 학문. 그게 바로 역사학인 거죠."

료는 웃으면서도 확실하게 단언했다.

"그러니 십원연립 2계 비선형 편미분 방정식도 연구 대상이에요."

"뭔 소리야? 글자만 봐서는 의미를 전혀 모르겠는데."

"유명한 건 아인슈타인 선생님의 중력 방정식이에요. 그걸 발판 삼아 이제 곧 마법……이 아니라 마력이었죠. 마력이 무엇인가에 대해 밝혀낼 수 있을 것 같은 느낌이 들어요."

"마력이란 무엇인가……. 마법이 무엇인지에 대해서는 일라리온 할아범이 평생 연구하고 있긴 한데, 마력에 관해서는 들어본 적 없네. 알아냈어?"

"지금은 아직이에요. 언젠가 밝혀내고 싶네요."

료는 즐겁게 말했다.

원래 료는 이론 물리학의 길을 가고자 했지만, 사소한 계기로 인해 역사학의 길로 나아가게 되었다. 이과와 사회 모두를 좋아했던 료로서는 큰 차이가 없다고 생각하지만…… 물론 회사 경영에 종사하게 될 거라고는 예상하지 못했다.

아벨은 문득 생각난 것을 물었다.

"염제 일행은 괜찮은데, 그밖에 얼린 녀석들도 천 명 정도 있잖아. 그건 어쩔 거야?"

"염제 일행이랑 같은 타이밍에 풀어줄까요? 밤까지만 풀어주면 그들도 〈엑스트라 힐〉로 재생해서 살릴 수 있을 거예요."

"그러고 보니…… 료의 얼음은 떨어진 곳에서도 해동이 가능하지."

"맞아요. 신기하죠."

료는 그렇게 말하고는 작게 고개를 기울인 채 말을 이었다.

"계속 의문이 들었어요. 이 〈빙관〉이 가장 알기 쉬운데, 한번 얼리면 그 뒤로는 꽤 멀리 떨어져도 계속 얼어붙은 채로 있어요. 저에게서 마력선 같은 것이 이어져 있다면…… 그건 다시 말해 마력이 계속 공급되고 있다는 뜻이라고 생각해요. 그래서 해동도 멀리서도 할 수 있는 거고요."

"료라고 해도 마법의 효과 범위는 있겠지?"

"맞아요. 지금은 400미터 정도 될까요? 그러니까 마법을 걸 때는 그 범위 안에 있어야 해요……. 그래서 마력과 거리의 관계에 관심을 갖게 된 거예요."

"흠."

마법을 걸 때는 400미터 이내에 있어야 하지만 한번 마법이 걸리면 400미터보다 멀리 떨어져도 마력이 계속 공급된다. 공간과 마력과의 관계를 생각하면 왜 이런 일이 일어나는 것인지…… 정말로 신기한 부분이었다.

"거기서 십원연립 2계 비선형 편미분 방정식으로 돌아가는 거죠."

"글자만으로는 의미를 전혀 모르겠는 그거 말이군."

"쉽게 말하자면 중력이나 공간, 물질에 관한 방정식이에요. 하지만 $E=mc^2$로 인해 물질과 에너지는 본질적으로 같은 거니까, 에너지와 중력의 관계를 나타내는 식이라고 바꿔 말할 수도 있어요. 어쨌든, 저 혼자서는 풀 수 없으니까 아벨도 같이 풀죠."

"거절할게."

"왜요! 이걸 풀고 이해하면 마력의 심연……에 한 발짝 다가갈 수 있다고요."

"그걸 풀어도 겨우 한 걸음인가…….

아벨은 까마득한 여정에 한숨을 내쉬었다. 어떤 일이든 원하는 것은 쉽게 얻어낼 수 없는 법이다.

"네, 제 생각에 마력은 이 중력 방정식만으로는 부족해요. 왜냐하면 이건 4차원이니까요. 아인슈타인 선생님이 좀 더 오래 살아계셨다면 좋았을 텐데……. 뭐, 그건 됐어요. 이걸 풀고 새로운 답을 찾아내기만 해도 역사에 이름을 남길 수 있어요. 이건 그런 식이에요."

"응, 난 평생 가까이 가지 않을래."

"……언젠가 가설 단계까지 완성되면, 아벨에게도 마력이란 무엇인지 알려줄게요."

"이미 전부 다 모르는 말뿐이니까, 그때는 나도 알 수 있도록 쉬운 말로 부탁해."

마침내 지구의 이론 물리학과 『파이』의 마법이 겹쳐지기 시작했다…….

본진 강습

그때 오브리 경이 있는 연합군 수뇌는 협곡의 북쪽 평지에 본대를 배치하고 작전을 지휘하고 있었다.

오브리 경이 위화감을 느낀 것은 본대 후방, 북쪽에서였다.

비명소리가 들려온 것은 아니다. 소란 소리가 들려온 것도 아니다.

하지만 백전노장인 오브리 경은 이변을 느꼈다.

들려야 할 소리가 들리지 않게 되었다?

들려야 할 소리가 사라져 버렸다?

적어도 오브리 경 외에는 아무도 눈치채지 못했다. 하지만 찰나의 판단이 승패를 가를 수도 있었다. 그것이 바로 전장이다.

'뭔가가 이상하다. 뭐지? 아니, 여기는 전장이다. 이상하다고 하면 그것은 적의 공격이 원인이다.'

그렇게 결론짓고는 의자에서 일어나 소리쳤다.

"적습! 방어 진형을 취해라!"

오브리 경의 지시에 따라 즉시 움직이기 시작한 것은 그의 제자이자 부하들.

10년 전 독재관이 되기 전부터 오브리 경의 지휘 아래에서 싸워온 대장들이었다. 그들이 곧바로 본진을 둘러싼 장막 밖으로 나가 부하에게 지시를 내렸다.

그들은 무슨 일이 일어나고 있는지, 무슨 일이 일어나려고 하는지 정확히는 알지 못했다. 하지만 오브리 경이 '적습'이라고 한 그 말만으로도 충분했다.

적습이라고 말했으니 어딘가에서 적이 습격해 오고 있다는 뜻이다. 그리고 이 본대도 조만간 휘말릴 것이다. 그러니 맞서 싸우기 위한 지시를 내린다.

어디서 올지 모르니 전방위 요격으로.

◆

휴 맥글러스와 안내역인 클로에를 선두로 왕국 원정대 남부군은 모두 말을 타고 남하하고 있었다.

이 방면의 연합군 밀도는 낮았다. 아마도 정예라 할 수 있는 제3 독립부대를 배치했기 때문일 것이다.

그래도 전혀 없는 것이 아니었기에 최대한 진격 속도를 줄이지 않고 제거하면서 나아갔다. 그것도 아주 은밀하게.

하지만 그것도 한계라는 것이 있었다.

마침내 상대편에서 '적습'이라는 외침이 들려왔다.

그 소리가 들린 순간 남부군은 전속력으로 말을 몰기 시작했다. 기습을 들킨 이상 남은 것은 시간과의 싸움이었다.

목표는 적 본진.

목표는 오브리 경의 목 하나.

그것 말고는 역전의 가능성이 없다는 것은 모두가 알고 있었다.

어쩌면 오브리 경을 쓰러뜨려도 연합군은 잉베리 공국에서 철수하지 않을지도 모른다.

하지만 설령 그렇다 해도, 오브리 경이 없는 연합군이 상대라면 어떻게든 할 수 있지 않을까. 현실적인 전력비는 절망적인 수치이지만…….

그 정도로 오브리 경의 존재감은 절대적이었다.

그야말로 왕국 남부의 영웅 맥글러스만큼 절대적이다.

오브리 경의 목을 노리는 남부군은 본격적인 전투에 들어갔다.

제3 독립부대와의 전투를 마치고 그런 남부군의 뒤를 쫓는 남자가 두 명 있었다.

"아벨, 여기저기서 전투가 시작되고 있어요."

"그야 그렇지, 전장이니까."

"아벨은 늦었어요."

"왜 나 한정이야……."

"검사라고 하면 선두에 나서는 것이야말로 명예. 늦게 나온 검사는 아무런 가치가 없다고 생각해요."

"응, 제일 먼저 염제를 상대로 선두에 나섰으니까 난 괜찮아."

"저렇게 말하면 이렇게 대꾸하고…… 말만 많은 모험가는 쓸모없어요."

"너한테는 듣고 싶지 않아!"

가벼운 농담을 주고받으면서도 두 사람은 빠른 걸음으로 남하했다.

그때였다.

두 사람은 사람이 하늘을 나는 것을 목격했다.

"……어?"

놀란 두 사람의 입에서 이구동성으로 소리가 튀어나왔다.

그것은 본인의 의지로 날고 있는 것이 아니라, 내던져진 것처럼 보였다.

내던져진 것은 C급 파티 『스위치백』의 검사 라. 키 185센티미터가 넘는 늠름한 체구의 전위 검사가 허공을 나는 모습은 실로 비현실적이었다.

두 사람은 라가 날아간 끝을 향해 달려갔다.

기절한 라의 주위에는 아무도 없었다. 아군은 라를 날린 적을 둘러싸고 싸우고 있는 모양이었다.

아벨이 라의 입 안에 포션을 강제로 흘려넣었다.

어쩌면 기도 쪽으로 들어갈지도 모르겠다. 료는 옆에서 그 광경을 보면서 잠시 그런 생각을 했다……. 이것이 평범한 음료라면 큰 문제였겠지만 포션이니 문제는 없었다.

몸 어디서든 흡수하니까 일단 몸 안에 넣는 것이 중요했다.

포션을 넣은 지 2초 후, 라가 눈을 떴다.

콜록거리며 기침을 한다……. 역시 식도가 아니라 기도 쪽으로 흘러간 모양이다…… 아프겠다.

"라, 들려?"

아벨이 기도로 넘어간 문제는 한마디도 언급하지 않고 그렇게 물었다. 료는 아벨의 **뻔뻔한** 신경에 눈을 부릅떴다. 아니, 정말 큰일이 아니라고 생각하고 있을 가능성이 더 높았다. 누가 뭐래도 아벨은 모험가로서 지내온 시간이 기니까.

"아, 아, 아벨 씨. 괜찮습니다…… 아, 다른 사람들은!"

"멀리서 싸우고 있는 것 같아요."

료가 대답했다.

조금 떨어진 곳에서 라 외의『스위치백』멤버와 또 다른 파티가 무언가와 대치하고 있는 것이 보였기 때문이다.

"두 분 다 가주세요. 저도 움직일 수 있게 되면 바로 가겠습니다."

"알았어."

아벨이 그렇게 대답했고, 두 사람은『스위치백』이 있는 곳으로 향했다.

"이건……."

4개의…… 다리?

허리부터 위로는 사람과 똑같은 2개의 팔과 머리가 있는, 언뜻 보기에도 인공적으로 만들어진…… 무언가였다.

"아벨…… 이렇게 변하다니……."

"나는 여기 있어."

료가 우는 시늉을 하며 눈가를 눌러 탄식했고, 아벨이 항의했다.

네 개의 다리에 상반신은 인간…… 글자만 놓고 본다면 말의 몸통에 인간의 상반신을 가진 켄타우로스를 떠올릴지도 모르겠다. 하지만 안타깝게도 눈앞의 인공적인 무언가는 그런 것은 아니었다.

네 발은 네발짐승 느낌이라기보단 오히려 거미처럼 보였다.

만약 다리가 여덟 개였다면 상상 속의 동물인 '아라크네'를 떠올렸을지도 모른다. 허리 위쪽은 여성이고 하반신은 거미로 변한, 그리스 신화에 나오는 그 아라크네를.

애초에 눈앞에 있는 인공적인 무언가는 그렇게 생동감 있는 생물 느낌은 아니었다. 표면은 금속제로 되어 있어 무척 단단해 보였다.

"아벨 씨! 료! 라에게 갔었지? 라는 어때?"

『스위치백』의 척후인 수가 다가온 두 사람을 알아차리고 말을 건넸다.

"괜찮아요. 포션을 먹었더니 정신을 차렸어요. 곧 올 거예요. 그것보다 이건……."

"아마 골렘인 것 같아요."

『스위치백』과 함께 그것을 둘러싸고 있던 것은 아크레의 길드 마스터 란덴비아와 아크레의 C급 파티 『육화』였다.

『육화』는 이름 그대로 여섯 명의 파티.

즉 총 10명이 둘러싸고 있으면서도 공격에 애를 먹고 있는 것이었다.

하지만 그런 것은 료에게는 아무래도 상관없었다. 중요한 것은 란덴비아의 말이었다.

그래, 그는 이렇게 말했다. **골렘**이라고.

료는 야생 골렘을 본 적이 있었다. 아벨과 함께 론도 숲에서 싸웠다. 그것은 어딜 어떻게 봐도 평범한 바위였지만, 이 골렘은……

물론 다리가 4개이긴 하지만, 인공 생명체 혹은 로봇이라고 말할 수 있는 형상을 띠고 있었다.

"아벨, 우리가 봤던 평범한 바위하고는 전혀 달라요. 이게 바로 골렘이라고요!"

"응…… 료가 무슨 말을 하고 싶은지는 알겠어. 나도 동감해. 서방에는 병단까지 있다고 알려진, 연금술로 움직이는 인공 골렘이겠지."

료와 아벨의 의견은 일치했다.

료는 누가 봐도 알 수 있을 정도로 부들부들 떨고 있었다.

그것은 마침내 볼 수 있었다는 흥분과, 선수를 빼앗겼다는 약간의 아쉬움이 뒤섞인 감정의 발로였다.

중앙 연방에서는 내가 먼저 골렘을 만들겠다! ……라는 생각을 한 것은 아니지만, 그와 비슷한 감정은 갖고 있었다. 자각하지 못했을 뿐.

물론 객관적으로 말해서 료의 연금술로는 한참, 한참, 한참, 한참은 멀었지만…… 그 부분은 비밀이다.

료는 심호흡을 한번 하고 마음을 가라앉혔다.

"케네스조차 골렘 제조는 할 수 없다고 했는데……."

왕국이 자랑하는 천재 연금술사 케네스 헤이워드 남작. 료가 혼자 멋대로 연금술 스승으로 존경하고 있는 왕립 연금 공방의 주임 연구원이다.

"뭐, 그렇겠지. 일반적인 연금술이나 연금 도구 제작이랑은 다를 테니까. 그건 그렇고 중앙 연방에서 인공 골렘 제조에 성공했다는 이야기는 들어 본 적이 없는데."

"이미 정보전에서 뒤처졌다는 건가요."

료는 그렇게 말하고는 실로 한탄스럽다는 듯이 고개를 저었다. 그리고 이번에는 냉정하게 눈앞의 골렘을 바라본다.

다리는 네 개.

이족보행으로 만들기는 어려웠을까? 현대 지구에서도 이족보행 로봇은 균형 유지에 상당히 고도의 기술이 필요하다.

이 부분이 일반적인 연금술과는 다른 부분일지도 모른다. 센서나 자이로를 사용해 몸의 균형을 맞춘다……. 마법이 있는 이『파이』라 해도 결코 쉽지 않은 일인 것 같았다.

그렇다면 완전히 사람의 형태를 본뜨는 것보다는 차라리 네 발로 만드는 편이 균형을 맞추기 더 쉬웠을 것이다.

"아까 라가 날아갔는데, 아벨이 근접전을 시도해 보는 게 어떨까요?"

"왜 나한테 떠넘겨? 이런 걸 상대로 근접전이라니 억지잖아."

"그런 태도로 B급 모험가라고 할 수 있는 건가요! 라가 날아갔는데 분하지도 않아요? 검사의 긍지는 없는 건가요?"

"없어."

료의 도발을 완벽하게 무시하는 아벨.

힘이 강하다는 것은 검사 라가 날아간 것만 봐도 쉽게 상상할 수 있었다. 솔직히 누구라 해도 근접전은 피하고 싶을 것이다.

료는 골렘을 둘러싸고 있는 아군을 바라보았다.

아크레의『육화』는 검사, 방패기사, 신관, 그리고 마법사 세 명으로 이루어진, 드물게도 원거리 공격에 특화된 파티였다.

게다가 전 B급 모험가이자 아크레의 길드 마스터를 맡고 있는 화속성 마법사 란덴비아.

『스위치백』도 척후인 수를 제외하면 풍속성 마법사 탄, 신관 누더가 있었다.

확실히 말해서 마법사가 꽤 많은 포위진이다. 골렘을 멀리서 둘러싸고 있었던 것도 이해가 갔다.

하지만 그들 수준의 공격 마법을 갖추고 있는데도…….

"모든 마법이 효과가 없어……."

료가 인공 골렘을 둘러싼 멤버들을 보고 무슨 생각을 했는지 알아차린 것일까. 『육화』의 화속성 마법사 애시가 그렇게 말했고, 이어서 설명을 보충했다.

"불, 바람, 흙, 모든 공격 마법이 막혔어."

애시는 그렇게 설명하고 다시 시선을 골렘에게 돌렸다.

"막은 건 〈마법 장벽〉인데, 믿을 수 없을 정도로 단단합니다. 제 〈파이어 재블린〉도 막아냈습니다."

란덴비아가 말했다. 료는 사실 〈마법 장벽〉이 무엇인지 잘 몰랐지만, 단어 자체를 통해 어렴풋이 의미는 이해할 수 있었다.

"그럼 시도하지 않은 건 수속성 마법뿐이네요."

료는 그렇게 말하고 고개를 끄덕였다. 그리고 외쳤다.

"그럼 갑니다. 〈아이시클 랜스〉."

얼음 창이 생성되어 골렘을 향해 날아갔다.

파직.

얼음 창은 골렘 앞에 있는 보이지 않는 벽에 부딪혀 쌍소멸의 빛을 발했고, 창도 벽도 사라졌다.

"큭…… 뚫지 못했어요."

"아니아니…… 〈마법 장벽〉은 사라졌잖아."

분해하는 료. 하지만 〈마법 장벽〉을 길동무로 삼았다는 점을 풍속성 마법사 둘째 언니 내시가 지적했다.

하지만…….

"역시…… 바로 재생하네요."

애시의 말대로 골렘의 〈마법 장벽〉은 바로 재생된 듯했다. 료에게는 보이지 않았지만 숙련된 마법사 중에는 〈마법 장벽〉의 존재를 느낄 수 있는 사람도 있는 것 같았다.

"이거, 무시하면 안되는 걸까……."

둘째 언니 내시가 중얼거렸다.

"언뜻 보기에 원거리 공격 능력은 없어 보이는데…… 등을 돌린 순간 등 뒤에서 덮칠 것 같습니다."

란덴비아가 문제점을 지적했다.

"발을 묶어야겠군. 발을 묶는 거라면 수속성 마법이 전문이지?"

어째서인지 단언하는 아벨.

"의미를 모르겠는데요……."

"천 명의 발을 묶고왔잖아."

"그건 휴식이 필요한 그들이 쉴 수 있게 도와준 것뿐이에요. 말하자면 인도적인 강제 휴식이라고 할까요?"

"응, 무슨 뜻인지 모르겠어."

료의 이해할 수 없는 설명은, 아벨로서는 역시 이해할 수 없었다.

표현의 어려움을 한탄하면서도 료는 생각했다. 확실히 발을 묶는 것은 특기일지도 모른다고.

"뭐, 해 볼까요…… 〈아이스반〉."

발을 묶는다면 이것.

원거리 공격이 없는, 지상에서 움직이는 것에 대해 상당히 범용적으로 쓸 수 있는 지면 동결 마법이었다.

땅이 얼어붙으며 골렘의 발이 미끄러졌다. 움직이고 싶어도 움직일 수 없게 된 것이다. 하지만 네 발이었기에 넘어지지는 않았다.

얼어붙은 바닥이 단순한 얼음이었다면 뾰족한 발끝을 얼음에 걸쳐 이동하는 것이 가능했겠지만, 료의 특제 얼음은 매우 단단했다. 〈아이스 월〉과 같은 수준으로 단단한 얼음이었다.

"오?"

드디어 합류한 라를 포함해, 둘러싸고 있던 11명 플러스 료와 아벨이 서로 시선을 교환했다.

될지도 몰라!

어째서인지 전원이 살금살금 걸어 골렘의 곁을 떠나기 시작했다.

료는 최대한 골렘에게서 눈을 떼지 않으면서 걸어갔다. 그렇기 때문에 알아차릴 수 있었다. 골렘이 펼친 두 손바닥 사이에서 파직, 하고 무언가가 발생했다는 것을.

"방전?"

료가 중얼거린 다음 순간, 골렘은 팔을 뻗어 양손 사이로 반짝이는 하얀 빛을 발밑 얼음에 가져갔다.

그러자 얼음이 녹기 시작했다.

"말도 안 돼……."

실제로 눈앞에서 벌어지고 있음에도 료는 믿기 힘들었다.

지금까지 〈아이스반〉이 부서지거나 융화된 적은 없었다.

〈아이스 월〉의 경우는 몇 번이나 있었으니 특별히 불가능한 일은 아니겠지만…… 이 순간의 료는 거기까지는 미처 생각하지 못했다. 그가 당장 생각한 것은, 천천히 걷고 있는 아군들에게 알려야 한다는 것.

"골렘이 움직이기 시작했어요! 뛰어요!"

목소리가 들리자 『육화』와 란덴비아는 잠시 뒤돌아 골렘을 보고 나서 달리기 시작했다. 『스위치백』은 누구도 뒤를 돌아보지 않고 곧장 달려갔다.

"〈아이스 월〉."

료는 시간을 벌기 위해 골렘 앞에 얼음벽을 생성하면서 도망쳤다. 아벨도 옆에서 잘 따라오고 있었다.

골렘을 확인하자…… 역시 양 손바닥 사이에 흰 빛을 내보내 얼음벽을 녹이면서 쫓아오고 있었다.

양 손바닥의 하얀 빛에 원거리 공격 능력은 없었다. 바로 눈앞에 있는 얼음벽을 한 장씩 녹이면서 다가왔기에 도망치는 료 일행과의 거리는 조금씩 벌어졌다.

언젠가는 따라붙겠지만…… 그때는, 다른 아군들이 더 노력해줄 수밖에 없다. 그런 매정한 생각을 하는 료.

'그리고 가능하다면…… 저 골렘 갖고 싶어요…….'

◆

"본진인가."

휴 맥글러스가 중얼거렸다.

이미 주변에는 아무도 없었다. 바로 몇 초 전 마지막까지 따라왔던 『커피메이커』 멤버들도 연합군 근위병들과의 전투에 들어갔다. 아마도 오브리 경의 직속 대원일 것이다.

『커피메이커』는 이제 막 C급에 오른 팀이지만 호위 경험이 풍부한 파티인 만큼 연합군 근위병을 맡고 휴를 먼저 보냈다.

휴가 뽑은 검을 한 손에 들고 장막을 지나자 안쪽에 한 남성이 앉아 있었다.

"드디어 얼굴을 보는군, 오브리."

앉아 있던 사람은 연합군 지휘관이자 독재관인 오브리 경.

"상상했던 것보다 꽤 빨랐어, 휴 맥글러스. 역시 대단해."

"명장에게 칭찬을 받다니 영광이군."

가벼운 대화를 주고받으면서도 휴는 방심하지 않고 오브리 경에게 다가갔다.

"솔직히 이제 와서 나를 쓰러뜨려도 전쟁의 판도는 바뀌지 않을 거야. 뭐, 알고는 있겠지만."

"그래, 알아. 그렇다고 해도 잉베리 공국을 구하기 위해서는 이것 외에 역전의 기회는 없어. 훌륭할 정도로 모든 것이 제로지.

하지만 여기서 널 쓰러뜨리면 공국이 살아남을 가능성이 생긴다. 만에 하나 판도가 뒤집힐 가능성도 있겠지. 그렇다면 할 수밖에 없지 않겠어?"

"거짓말이군."

오브리 경은 한쪽 입꼬리를 올리며 휴의 설명을 일언지하에 부인했다.

"공국 때문이 아닐 텐데? 연합이 이대로 공국을 완전히 삼켜버리면 나이트레이 왕국은 거대해진 연합과 긴 국경선을 맞대게 되지. 제국과 상대하는 것만으로도 상당한 부담인데 말이야. 휴, 공국을 위한 게 아니잖아. 모든 건 왕국을 위해서겠지."

"……."

"아무도 비난하지 않아. 아니, 오히려 당연하지. 자신의 나라를 위해 전쟁에 개입한다. 당연한 이야기야."

"상당히 자신감 있게 말하는군. 무슨 근거라도 있는 건가?"

"휴 맥글러스 개인이라면, 어쩌면 공국을 돕기 위해 혼자서 찾아올 수 있었을지도 모르지. 하지만 부하이자 동료인 모험가를 이끌고 왔다면 이야기는 다르다. 다른 나라를 위해 동료까지 사지로 내몰 수는 없으니까."

"그런가?"

"그래, 그런 말은 못하지. 나 같은 전쟁꾼이라도 부하를 사지로 보내는 건 싫으니까."

"명장님이 할 말은 아니군."

"군인이야말로 전쟁을 가장 싫어하지."

오브리 경이 확실하게 단언했다.

"전쟁의, 그리고 전장의 비참함을 누구보다 잘 아는 사람이니까. 제 손으로 기른 부하를 그런 곳에 기꺼이 보낼 놈은 없어. 공도 갖고 싶지, 명예도 갖고 싶고. 하지만 그런 건 전장이 아니더라도 여기저기 굴러다니는 법이니까."

"확실히 그럴지도 모르겠군."

오브리 경의 긴 설명에 맞장구를 치는 휴. 긴 대화에 어울리고 있는 이유는 정보 수집을 해야겠다고 판단했기 때문이다.

지금 눈앞에 있는 것은 중앙 연방 3대국 중 하나인 연합의 톱이다. 그 톱과 일대일로 마주하는 상황은 쉽게 찾아오는 기회가 아니었다. 실제로 최근 몇 년간 왕국 중추에서는 좋지 않은 일이 많이 일어났다. 그것들이 모두 눈앞의 '명장'과 관련되어 있다고는 생각하지 않았지만, 그래도 몇 가지는 관련이 있지 않을까?

오브리 경이 씨익 웃었다. 마치 모든 것을 다 내다본 것처럼.

"후후후, 그 빠른 판단력도 여전하군. 그래, 정보를 모으는 건 중요한 일이지. 정말이지…… 변방의 길드 마스터를 할 게 아니라 우리나라 대신 자리에라도 앉아보는 게 어때? 후하게 대우해주지."

"거절하지. 그럼 내가 원하는 정보도 알고 있겠지? 죽기 전에 알려줘도 좋지 않겠나?"

"죽을 생각은 없는데. 그 마스터 맥글러스가 원하는 정보가 뭔지는 모르겠지만……. 그래, 알고 싶어할 만한 정보라면…… 왕도의 소동인가. 그걸 포함해서 왕국 내 혼란의 절반은 내가 일으킨 게 맞아."

오브리 경은 선뜻 인정했다.

그 말을 들은 뒤에도 휴는 말이 없었다. 그 눈은 그것 말고도 더 있지 않느냐고 말하고 있었다.

"로우대교 붕괴나 그 동부 쪽 혼란은 내가 한 짓이 아냐. 위트나쉬는 나지만."

그렇게 말하고는 입꼬리가 더더욱 올라간다.

"나중에 알게 된 건데, 나와 **저쪽**이 사용한 조직이 같았던 모양이야. 쓰기 편한 조직이야, 돈만 내면 뭐든지 하지."

"나도 길드 마스터다. 어떤 조직을 썼을지 상상은 가는군. 그놈들에게는 나중에 벌을 내릴 거다."

이른바 암살 교단을 사용했을 것이라는 추측은 휴의 독자적인 정보망에도 걸려들었다. 그리고 **저쪽**이라는 것은 거의 확실히 제국을 말하는 것이리라.

하지만…….

"그런 말을 하는 걸 보니 모르는 모양이네. 그 조직은 본거지가 궤멸된 모양이야. 우리 쪽 부하가 간신히 도착해 보니, 시체는 없었다고 하는데 마을 전체가 얼어붙어 있었다더군. 왕국의 짓이라 생각했는데 아닌가봐?"

아니요, 왕국의 짓입니다.

료가 있었다면 그렇게 대답했을지도 모른다. 무엇을 숨기랴, 궤멸시킨 것은 료일 테니까.

"마을 전체가 얼어붙었다……."

그리고 휴에게는 짐작 가는 구석이 있었다.

짐작 가는 구석이 너무 많았다.

짐작 가는…… 우리 모험가 중 한 명이라는 것은 일단 틀림없다고 생각했다. 로브를 두른 수속성 마법사의 얼굴이 떠올랐다.

하지만 굳이 알아차리지 못한 척을 했다.

"그, 그래. 그것 참 큰일이군……."

"음? 휴, 뭔가 알고 있구나, 그 표정은."

"아니, 아무것도 몰라. 기분 탓이겠지."

조금도 속이지 못했지만, 오브리 경도 그 이상은 추궁하지 않았다.

"자, 내가 줄 수 있는 정보는 여기까지다."

그렇게 말한 오브리 경은 의자에서 일어남과 동시에 검을 뽑아 들었다.

겨우 그뿐인 동작이었지만, 빈틈이 전혀 없었다.

휴는 계속 빈틈을 엿보고 있었지만, 그런 휴의 눈에도 파고들 빈틈은 보이지 않았다. 이런 부분은 역시 젊은 시절부터 전장을 누비며 살아온 오브리 경다웠다……. 휴는 순순히 감탄했다.

하지만 감탄만 하고 있을 수는 없었다. 눈앞에 있는 상대는 쓰러뜨려야 할 대상이었다.

검의 달인끼리 대치할 경우, 기본적으로는 어느 누구도 쉽게 움직이지 못한다. 이는 동서고금을 막론하고 똑같았다.

공격한다는 것은 곧 자기 자신에게 빈틈이 생긴다는 것과 동의어였다.

자신이 먼저 공격한다는 것은 자신이 먼저 빈틈을 만든다는 것과 동의어였다.

공격을 감행한다면 그 일격으로 상대를 완벽하게 쓰러뜨려야 했다.

만약 달인에 못 미치는 경우라면 검 끝을 살짝 움직이거나, 발을 살짝 옮기거나, 어깨로 페인트를 넣는 등, 그런 잔기술들로 균형이 깨지는 일도 있었다. 하지만 휴나 오브리 경 레벨이 되면 그런 일은 생기지 않는다.

균형이 깨진 것은, 두 사람 바로 옆에 무언가가 떨어진 이후였다.

무엇이 떨어졌는지 확인할 여유는 없었다.

두 사람은 동시에 움직였고 곧 치열한 싸움이 시작되었다.

딱 열 번째 합이 되며 서로의 검이 맞부딪힌 순간, 비로소 두 사람은 떨어진 것이 얼음에 갇힌 인간이라는 것을 알아차렸다.

휴에게는 낯이 익다……까지는 아니더라도 어쨌든 누가 했는지는 상상이 가는 물건.

하지만 오브리 경은 그렇지 않았다.

애초에 오브리 경은 사람을 얼음에 가두는 것은 불가능하다, 라는 수속성 마법에 관한 기본 지식을 갖고 있었다.

전장의 지휘관인 이상 당연한 지식이었다. 하지만 바로 옆에 떨어진 물건은, 그 상식을 벗어난 것이었다.

아주 작은 동요.

그러나 이 자리에서 그것은 결정적인 차이가 되었다. 물론 휴가 그것을 놓치지 않았기에 결정적인 차이가 될 수 있었다.

휴는 검이 맞부딪힌 순간 중심을 옮겨 왼쪽으로 이동했고, 피한 동시에 왼손을 검에서 떼어내 오브리 경의 오른쪽 옆구리에 주먹을 날렸다.

"투기: 관통."

일본의 검도나 검술에서는 있을 수 없는 일이지만, 거기는 검 그 자체의 차이, 나아가 검을 맞대는 것의 차이에서 비롯된다.

원래대로라면 지휘관인 오브리 경이 차고 있던 갑옷은 특별 주문한 가죽 갑옷으로, 일개 검사의 주먹 정도로는 아무런 문제가 되지 않는다.

하지만 휴가 발동한 것은 **투기**다. 위력은 평범한 주먹의 수 배에서 십수 배로 늘어난다.

역시나 오브리 경도 날아갔다.

땅에 떨어진 순간 낙법 자세를 취하고 곧바로 반격할 수 있도록 한쪽 무릎을 굽힌 것은 대단하다고 할 만했다. 하지만 뱉어낸 침에는 피가 섞여 있었다. 내장에 상처를 입은 듯했다.

'빌어먹을, 역시 마스터 맥글러스. 검 실력은 괴물이다…… 그보다 검이 아니라 주먹일 줄은…… 매번 정말 재미있는 짓을 벌이는군!'

오브리 경은 마음속으로는 승리자처럼 웃고 있었다.

압도적으로 불리한 상황이었지만, 승리자처럼 웃을 수 있는 상황이 곧 올 것임을 알고 있었기 때문이다.

그것은…….

"각하!"

오브리 경의 뒤에서 장막을 가르며 들어온 것은 오브리 경의 근위병들이었다.

그 수는 여섯 명.

형세는 역전되었다.

몇 초 전만 해도 휴가 오브리 경에게 어떤 식으로 최후의 일격을 가할 것인가 고민하는 상황이었는데, 지금은 손을 대기 매우 어려운 상황이 되고 말았다.

이것이 어중이떠중이 같은 무리였다면 6명이든 10명이든 휴에게 불리하다고 말할 수는 없었을 것이다. 하지만 상대는 오브리 경의 근위병.

'전부 단련됐겠지…….'

휴는 속으로 작게 한숨을 내쉬었다.

쓰러뜨릴 수 없다고는 생각하지 않는다. 하지만 쓰러뜨리려면 상당한 시간이 걸릴 것이고, 무엇보다 아무 상처 없이 끝날 것 같지 않았다.

'팔 하나는 내줘야 하나…….'

물론 아군 중에 리햐 같은 고위 신관도 있었으니 팔을 잃는다 해도 복구는 할 수 있을 것이다.

하지만 그래도…….

'아프잖아, 베일 때.'

"자아, 휴. 미안하지만 내 승리인 것 같구나."

"명장이 승리가 정해지지도 않았는데 그런 소릴 해도 되는 건가?"

휴는 그러면서도 불길한 예감이 들었다.

그랬다. 오브리 경은 '명장'이라는 말까지 듣는 남자. 이번 기습은 그의 모든 예상을 뛰어넘었기 때문에 성공했지만, 이런 것은 10년에 한 번 올까 말까 한 기회다.

이번 전쟁에서는 두 번 다시 이런 기회가 오지 않을 것이다.

그런 오브리 경이, 손쉽게 승리라는 말을 입에 담을 리가 없었다. 휴가 보지 못한 무언가가 있는 것인가?

휴는 방심하지 않기 위해 주위의 기척을 살피기 시작했다.

하지만, 그것은 미끼였다.

휴가 정신을 차렸을 때는, 오브리 경의 오른손에 뚜껑이 열린 병이 쥐어져 있었고…… 바로 마셨다.

"설마……."

말문이 막힌다는 것은 바로 이럴 때 쓰는 말인 걸까.

다 마신 오브리 경은 입꼬리를 올리며 웃었다.

"그래, 포션이지. 부상을 회복시켰어."

휴가 자신의 모든 계획이 실패로 돌아갔음을 깨달은 것은 바로 이때였다.

근위병 6명…… 힘들긴 하지만 희생하면 이기는 것이 불가능하지는 않았다. 하지만 여기에 회복한 오브리 경까지 가세하면 절대 이길 수 없다.

만에 하나라는 승산조차 없다.

오브리 경이 '승리'라고 말한 것은 휴에게 주위의 기척을 감지하게 만들어 오브리 경에게서 조금이라도 의식을 떨어뜨리기 위함이었다. 의식을 벗어난 틈에 포션으로 부상을 회복하면 승리가 확정된 상황을 만들 수 있기 때문이다.

그리고 감쪽같이 성공했다.

"자, 휴 맥글러스. 항복을 권한다만, 어때?"

"거절하지."

휴는 반사적으로 거절했다.

이 상황을 타개할 방법은 전혀 떠오르지 않았다.

하지만 항복할 수는 없었다. 영웅 맥글러스의 항복은 미치는 임팩트가 너무 크기 때문이었다.

"그럼 어쩔 거지? 나에게는 이들, 우수한 부하 6명이 있다. 휴, 너에겐 누가 있지?"

확실히 아무도 없다.

그것은 절망적인 상황이었다.

그러나…….

상황은 또 한 번 움직였다.

"휴 씨, 여기 있었군요. 적이 골렘을 만들어서……."

휴의 뒤에서 장막을 뚫고 들어온 이는 로브를 몸에 두른 수속성 마법사와 B급 검사였다.

"이 타이밍에 등장한다고?"

무심코 그렇게 중얼거린 휴 맥글러스.

그리고 웃음을 주체하지 못했다.

"큭큭큭……."

악당이 목소리를 눌러 죽이며 웃는 것 같은…… 그런 웃음이 잇

새로 계속 새어나왔다.

"미안하군, 오브리, 내가 이겼다."

휴가 자신만만하게 선언했다.

오브리 경은 그것을 의아하게 바라보며 새롭게 등장한 마법사로 보이는 자와 검사로 보이는 자를 바라보았다.

"아직 이쪽이 두 배나 되는 인원수인데…… 그래도 이길 수 있다는 건가?"

"그래. 지금 항복하면 상처 없이 본국까지 바래다 줄 것을 약속하지. 어때?"

"웃기지 마라!"

휴의 제안에 무심코 소리친 것은 근위병 중 한 명이었다.

오브리 경은 의아한 눈빛을 한 채 말이 없었다. 휴의 말이 허세인지 아닌지를 생각하고 있는 것일지도 모른다.

"아까 그 천 명은 어떻게 됐지?"

휴는 두 사람이 상대한 제3 독립부대가 어떻게 되었는지를 물었다.

"제대로 쓰러뜨리고 발도 묶어놨어."

"……역시 대단하군."

검을 뽑으며 말하는 아벨의 보고에 감탄하기보단 오히려 어이없다는 얼굴로 어깨를 으쓱이는 휴. 언뜻 보기에도 정예 부대로 보였는데…….

"그 녀석들, 강하지 않았어?"

"아, 길마도 얼굴을 모르는 건가. 이끌고 있던 놈은 염제였어."

"염제? 설마 『대전』 천 명을 베었다던 그 염제 말인가?"

"그래. 그 염제."

휴 맥글러스는 왕국 측 『대전』의 영웅. 눈앞의 오브리 경은 연합 측 『대전』의 영웅. 하지만 연합에는 숨겨진 영웅이 있었다. 그것이 바로 천 명을 베었다고 알려진 염제 프람 딥로드.

사실 휴 맥글러스도 대전 속에서 그와 대치한 적이 있었다. 그러니 얼굴은 알고 있었을 텐데…….

"염제도 10년 전에는 소년이었으니까……."

"16살이잖아? 나랑 동갑이야."

휴의 중얼거림에 대답하는 아벨.

두 사람 다 평범하게 대화하고 있지만, 방심하지 않고 검을 겨누고 있었다.

거기에 끼어든 자가 있었다.

"제3 독립부대가 이미 패퇴했다니. 이 정도로 빠른 기습을 했으니 어떤 방법으로든 피해서 왔을 거라 생각했는데……."

"미안해, 오브리. 이 두 사람이 쓰러뜨렸다는 것 같아."

"……그 두 사람, 만으로?"

"그래. 그러니까 말한 거다, 항복하라고."

항복을 권하는 휴. 이 자리에서 오브리 경이 항복하는 것이 가장 효율적이고 효과적이다. 죽이는 것보다 훨씬 효과적이다.

죽인다 해도 이 전쟁에서 이길 수 있을지 어떨지는 솔직히 알 수 없다. 오브리 경이 말한 대로 판도는 이미 정해졌기 때문이다. 하지만 항복해 준다면 전투는 즉시 종결되고 전쟁 자체가 정전(停戰)으로 향하게 된다. 교섭에 따라서는 공국과 왕국 측에 유리한 정전 조약을 맺을 수 있을지도 모른다.

그래서 항복을 권했다.

"저기에는 염제 뿐만 아니라 파우스트도 있었을 텐데?"

"파우스트는 제가 쓰러뜨렸어요."

오브리 경의 말에 대답한 사람은 료였다.

"너는 마법사처럼 보이는구나."

"네, 마법사예요. 파우스트와는 정면으로 싸워 마법전으로 쓰러뜨렸습니다."

다시 한번 선언하는 료.

"그 파우스트라는 자에게 무슨 원한이라도 있었나?"

료의 모습에서 무언가를 느낀 것일까. 휴가 그렇게 물었다.

"파우스트는 제 제자들에게 손을 댔습니다. 그래서 정면으로, 마력 소진으로 몰아가서 완전히 무너뜨렸어요!"

"그, 그렇군……. 그거 잘됐네."

료가 발하는 알 수 없는 박력에 짓눌린 휴. 료는 만족스러운지 몇 번이나 고개를 끄덕였다.

"오브리, 그런 거다. 강하거든, 이 녀석들."

"그렇군. 네 허세가 아니라는 거군."

"그러니까 항복해."

"겨우 두 명이서, 그 제3 독립부대를 쓰러뜨렸다면 확실히 강하네. 그래, 그건 인정하마."

오브리 경은 그렇게 말하고는 입꼬리를 올려 웃었다. 그 웃음이 휴 맥글러스의 뇌리에 꽂혔다.

무언가 이상하다.

"왜, 이렇게 장황하게 이야기하는 거지?"

휴의 그 중얼거림에는 아무도 대답하지 않았다. 하지만 그 중얼거림이 들렸는지 오브리 경은 더더욱 입꼬리를 올리며 웃었다.

"시간 벌기?"

"정답이다, 휴. 귀를 기울여 보면 알 수 있을 거야."

오브리 경의 말에 귀를 기울이는 휴, 아벨, 그리고 료.

전장의 일각이다. 소란의 한복판이라고 해도 좋았다. 하지만 귀를 기울이자…….

"무거운 게 떨어지는 소리?"

"뭔가 다가오는 것 같은데?"

"불길한 예감이 들어."

료도 아벨도, 물론 휴도 여러 번의 사선을 뚫고 나온 강자다. 위험을 감지하는 능력은 누구보다 탁월했다.

그 감각이, 위험하다는 것을 알려주고 있었다.

그리고 무슨 행동을 할 겨를도 없이 그것은 찾아왔다.

유난히 큰 소리를 내며 막사의 장막이 쓰러졌다. 나타난 것은…….

"인공 골렘……."

"이번엔 5대나 되는 건가."

"보고는 들었지만……."

료와 아벨이 얼굴을 찌푸렸고, 휴가 처음으로 실물을 목격했다.

"너희들. 다른 곳에서 이것들을 본 적이 있나?"

"네. 라 씨가 하늘을 날고 있었어요."

"한 대였을 때도 우리들 10명 이상이 덤볐는데 쓰러뜨릴 수 없었어."

휴의 물음에 료와 아벨이 대답했다.

그런 성가신 물건을 데려온 이는…….

"아하하하하! 오브리 경, 아무래도 제시간에 도착한 모양이군요."

"닥터 프랑크, 완벽한 타이밍입니다."

"그렇군요. 럼버 보좌관에게 불려서 말입니다. 일단 정비를 마치고 재출격이 가능해진 건 이 다섯 대 뿐이지만…… 최고 사령관의 위기를 구할 수 있다면 더할 나위 없는 영광이지요."

프랑크는 만족스럽게 고개를 끄덕였다.

그리고 자신들과 대치한 세 사람을 바라보았다.

"성검사, 마검사, 마법사인가. 돌격 대원으로서는 재미있는 조합이군…… 음? 그 성검은 갈라하드인가? 검성 줄리안이 갖고 있던 것인데. 이어받은 것은 휴 맥클러스…… 이후 『대전』의 영웅. 그것이 바로 자네인가."

프랑크는 휴가 든 성검을 보고 그렇게 말했다.

"그렇군. 인공 골렘 따위를 만들 수 있는 녀석은 중앙 연방에는 확실히 한 명밖에 없지. 프랑크 드 베르데 백작, 실종되었다고 들었는데 연합으로 망명했던 건가."

"왕국은 정치 중추가 너무 흐트러졌어. 우리 같은 연구자는 나라의 경기가 나빠져서 예산이 줄어들게 되면 다른 나라로 옮길 수밖에 없지. 그 결과 국력은 떨어지고 나라가 기울어. 정치가 혼란스러워지고 경제가 약해지면 나라는 망한다. 그게 순리야. 정치는 누가 맡아도 다 똑같은 게 아니니까."

"지당한 고견이지만, 나한테 말해도 소용없어."

프랑크가 투덜대듯 말했고, 휴가 얼굴을 구기며 대답했다.

"모험가의 길드 마스터 아닌가? 모험가들을 이끌고 반란을 일으켜 국왕 주위에 있는 간신들을 처치해 버리면 될 일 아닌가."

"말도 안 되는 소리 마."

"혁명, 반란, 내전이 일어나는 것은 정치 중추, 행정 중추에 있는 간신들을 일소하기 위함이지. 일소할 수 있는 건 무력이다. 기사단? 마법단? 둘 다 왕실이나 나라에 충성을 맹세했으니 불가능해. 그렇다면 왕국에서 그것을 할 수 있는 건 모험가뿐이지 않을까?"

"……왜 갑자기 이런 이야기가 되는 거야."

"연구자는 절차 따위는 아무래도 상관없어. 결과만을 원하지. 어떻게 보면 미친 존재니까."

그렇게 말하며 프랑크는 웃었다.

"연합은 닥터의 연구에 넉넉한 예산을 지원하고 있지."

오브리 경은 미소 지으며 그렇게 말했다.

미소가 나오는 것도 당연했다. 나라의 보배라 할 수 있는 두뇌의 유출을, 왕국은 허락해 버린 것이다. 적의 실수는 곧 아군의 호기.

프랑크는 휴에게서 아벨에게로 시선을 옮겼다. 그리고 눈을 살짝 가늘게 떴다.

"그 마검은…… 뭐지?"

중얼거림이라고 하기엔 너무 큰 물음.

"주웠어."

아벨은 흥미없는 투로 답했다. 아벨 입장에서 주웠다는 것은 어떤 의미로는 사실이었다.

"마검을 주웠을 리가. 하지만 그 마검은…… 이상하군. 평범하지 않아."

"마검이 평범할 리가 없잖아."

"아니, 그런 뜻이 아니야. 나는 이래 보여도 연금술사란 말이지. 연금 도구의 극치인 성검, 마검은 어떻게 보면 전문 분야야."

프랑크는 쓴웃음을 지으며 말했다. 전문 분야인데, 보기만 해서는 알 수 없는 것이 있다는 것 자체가 흥미로운 모양이었다.

"마검은 연금 도구군요. 다음에 아벨의 검을 제대로 보여주세요."

"료에게 보여주는 건…… 뭔가 무서운데."

"어째서요!"

아벨의 우려에 항의하는 료.

하지만 두 사람 사이에 목소리가 끼어들었다.

"거기 마법사."

목소리의 주인은 프랑크 데 베르데다.

료는 주위를 둘러보았다. 하지만 료 이외에는 마법사는 없는 것 같았다.

"응, 료밖에 없잖아."

"혹시 모르잖아요. 날 불렀다고 생각하고 대답했더니 근처에 있던 다른 사람이었다거나, 그런 경험 없어요?"

"뭐…… 있지."

"그렇죠? 부끄럽잖아요."

료가 힘줘서 말했다.

"왕국의 로브 마법사 말이야. 자네."

"저, 저 맞네요. 그건. 네, 뭔가요?"

"자네는, 연금술사인가?"

"연금술은 취미예요."

료는 당당하게 말했다.

"취, 취미라. 돈이 많이 드는 취미로군."

프랑크는 조금 놀라더니 고개를 끄덕이며 말했다.

"네, 돈이 많이 들어요."

료가 크게 고개를 끄덕였다. 금화 수십 장의 마동광석, 금화 수십 장의 연금술 책 등이 뇌리를 스치고 지나갔다. 정말로, 돈이 많이 드는 취미였다.

"연금술 연구에는 돈이 많이 들기 때문에 연금술사 대부분은 국가기관이나 대귀족 연구소에 들어가지. 자네처럼 개인적으로 하는 사람은 많지 않아. 하지만, 반대로 말하면 진심으로 매달리고 있다는 거겠지. 돈이 드는데도 하고 있다는 것은."

"네. 연금술은 정말 좋아하거든요."

료는 웃는 얼굴로 대답했다.

그에 이끌리듯 한순간 프랑크도 미소를 지었다. 하지만 금세 모든 것을 꿰뚫어 보는 듯한 초일류 연금술사의 시점으로 돌아갔다.

"그래서, 연금술 스승은 있는 건가?"

"케네스입니다. 케네스 헤이워드 남작이 저의 스승이에요."

"호오."

그 순간 명백하게 료를 보는 시선이 달라졌다. 말하자면 손자의 친구를 보는 할아버지 같은 얼굴이랄까.

그러고는 고개를 끄덕이며 말했다.

"좋은 스승을 만났구나."

"네. 최고의 스승이에요."

료는 확실하게 단언했다. 자신만만하게. 진심으로 그렇게 생각하고 있으니까.

물론 료가 혼자 멋대로 케네스를 스승으로 생각하는 것에 지나지 않았지만.

"제 꿈은 골렘을 만드는 거예요. 그렇게 말했을 때 케네스는 웃지 않았어요."

"케네스라면 그렇겠지. 그 녀석은 본인도 천재지만 주변 사람들도 성장시킨다. 희귀한 인재야. 하지만······."

프랑크는 거기서 말을 끊고, 옆에 있는 인공 골렘을 한번 보더니 말을 이었다.

"골렘을 만드는 건 어려워. 아주 먼······ 그래, 원대하다고 해도 좋을 목표지."

"알고 있어요."

료는 프랑크를 똑바로 바라보며 대답했다.

"연구 재료로. 쓰러뜨려서 한 대 갖고 돌아가려고요."

"음…… 그건 곤란하군."

프랑크는 쓴웃음을 지으며 말했다.

거기에 충격적인 말이 떨어졌다.

"료, 골렘은 쓰러뜨려도 왕국으로 가져갈 수 없어."

휴의 갑작스런 선언에 눈을 크게 뜨고 절망적인 표정을 짓는 료.

"어, 어째서……."

"여기서 쓰러뜨린 것, 손에 넣은 것은 기본적으로 공국 소유가 되니까. '용병 의뢰'에 그렇게 규정되어 있어. 그러니까 포기해."

"저는…… 정확히 말하자면 용병 의뢰를 받지 않았어요."

"응, 하지만 우리와 함께 움직이고 있으니까 그런 취급으로 간주되고 있지."

휴가 단호하게 말했다.

"괴, 굉장히 관심이 갔는데…… 여기에 엄청 흥미로운 장치가 붙어 있었거든요. 손에서 플라스마…… 그러니까, 작은 번개가 나와요. 그건 여러모로 응용할 데가 많은 장치라고요."

료가 이런저런 말로 휴를 설득하려 했지만 효과는 신통치 않았다.

료의 말에 반응한 것은 휴가 아니라 오브리 경이었다.

"번개?"

오브리 경이 프랑크 쪽을 바라보았다. 프랑크도 오브리 경을 보며 고개를 끄덕였다.

"마법사, 재미있는 지식을 갖고 있구나."

오브리 경이 갑자기 말을 걸어와 놀라는 료.

"제가 뭔가 재미있는 말을 했나요?"

료는 좀 작은 목소리로 옆에 있던 휴에게 확인했다.

"나는 전혀 모르겠지만, 명장인 독재관님께는 재미있으셨던 모양이지."

휴는 좀 큰 목소리로 대답했다.

"그래, 정말이지 흥미롭군. 어때? 거기 마법사. 이쪽으로 온다면 저 골렘을 네놈에게 주마."

"어……?"

농담인지 진담인지 모를 표정으로 오브리 경이 료에게 제안했다.

그리고 그 제안에 흔들리는 료.

"잠깐, 료. 그런 제안에 넘어가지 마."

"아니, 하지만 정말 흥미롭단 말이에요. 저 정도의 플라스……번개를 생성하는 에너지원이나 마법식이 어떻게 돼 있는지 너무 궁금해요. 흔하게 널린 마석으로는 절대 불가능하니까요……."

료는 고개를 기울이며 대답했다.

"닥터 프랑크, 슬슬."

"오, 그랬지."

오브리 경이 재촉했고 프랑크가 고개를 끄덕였다.

"세 사람을 포로로 잡겠다."

오브리 경이 선언했다.

"거절하지. 우리들은 도망갈 거다."

"놔줄 것 같나? 여기서 대전의 영웅을 포로로 잡으면 왕국이 받을 피해는 가늠할 수조차 없어. 공국 이상의 먹잇감이지."

휴가 거부하고 오브리 경이 단언했다.

왕국 측은 휴, 아벨, 그리고 료 세 사람.

연합 측은 오브리 경, 근위병 6명, 그리고 프랑크와 5대의 인공 골렘.

"이 전력차로는 이길 수 없을 텐데?"

오브리 경이 말하는 동안에도 근위병 여섯 명이 좌우로 넓게 펼쳐졌다. 세 사람의 퇴로를 끊으려는 것이다.

"그거 아나? 오브리. 세상에는 괴물이 있다는 걸?"

"『대전』에서 진저리가 날 정도로 깨달았지. 휴 맥글러스라는 괴물을 말이야."

"아니, 내가, 아니야!"

그 순간 휴의 왼손이 번쩍였고, 두 개의 단검이 근위병의 목으로 날아갔다. 동시에 아벨의 왼손에서 두 개의 동전이 다른 근위병의 눈으로 날아갔다.

그 즉시 휴와 아벨은 남은 근위병에게 다가가 단 일격만에 베어버렸다.

"〈아이스반〉 〈아이시클 랜스 256〉."

다섯 대의 인공 골렘과 오브리 경, 프랑크가 서 있는 땅이 얼어붙었다. 이어 바로 위에서 256개의 얼음 창이 쏟아져 내렸다.

"위를 막아라!"

프랑크가 소리쳤다. 인공 골렘 5대가 두 팔을 하늘로 들더니 두 손바닥 사이에 하얀 빛을 발산했다. 빛이 퍼져 나가며 얼음 창을 모두 녹였다.

"〈아이시클 랜스 256〉."

이번에는 정면에서 날린 얼음 창. 목적은 오브리 경. 인공 골렘은 손바닥을 하늘로 향하고 있기 때문에 발 아래의 얼음은 녹지 않았다. 미끄러질 테니 오브리 경을 지킬 수 없다.

거기까지 계산하고 날린 공격.

하지만…….

"〈폭풍이여 몰아쳐라〉."

프랑크가 외치자 무수한 바람의 칼날이 얼음 창을 요격했다. 무수한 쌍소멸의 빛이 주변을 반짝였다.

"철수!"

휴의 구령이 울려 퍼졌다.

"〈아이스 월 10층〉."

료가 얼음벽을 쳐서 시간을 벌면서 세 사람은 후퇴했다.

"오브리 경, 쫓을까요?"

"아니, 괜찮습니다, 닥터 프랑크. 욕심은 화를 부르는 법이니까요. 지금은 공국을 무너뜨리는 것이 최우선. 왕국은, 이번에는 멈출 때라는 거겠죠."

이리하여 세 사람은 철수에 성공했다.

휴 맥글러스가 떠난 곳에서 날카로운 손가락 피리 소리가 들렸다.

모험가들을 모아 철수하기 위해서였다.

"후…… 이번만큼은 간담이 서늘했어."

작은, 정말 작은 목소리로 오브리 경이 중얼거렸다. 하지만 그 중얼거림은 옆에 있던 프랑크에게는 들린 모양이었다.

"저 수속성 마법에는 놀랐습니다. 아직 젊은데 저만한 실력을 갖고 있다니."

"닥터 프랑크도 대단했습니다. 덕분에 살았군요."

오브리 경은 프랑크가 시전 없이 강력한 마법을 날려 자신을 구한 것을 칭찬했다.

"저는 연금술사니까요. 연금술사는 강력한 마법사이기도 하지요. 연금 도구를 만들기 위해서는 풍부한 마법 지식이 필요합니다."

그렇게 말하며 프랑크는 웃었다.

"그러고 보니 척후대장 오드아케르가 보고하더군요. 지마리노에서 강력한 수속성 마법사를 만났다고. 지금 저 자를 말하는 거겠지요."

"호오…… 그 오드아케르 공이 강력하다고 할 정도라니. 토속성 파우스트조차 오드아케르 공에게는 취약하다는 평가를 들었는데. 우리가 살아남은 건 운이 좋았던 덕분일지도 모르겠군요."

"그렇군요."

오브리 경이 입꼬리를 올리며 웃었다. 그리고 늘 옆에 있던 럼버가 없는 것을 다행으로 여겼다.

나머지 인공 골렘 때문에 정비장에 가 있었기 때문이었다.

"럼버는 검이나 마법에는 영 소질이 없으니."

쓴웃음을 지으며 말하는 오브리 경.

그때, 보고병이 다급하게 들어왔다.

"각하, 공국이 그 무기를 쏘기 시작했습니다."

"뭐라고……?"

전장에서는 항상 예상치 못한 일이 일어난다. 또는 상정했던 최악의 사건이 일어난다.

오브리 경도 그동안 질릴 정도로 겪어왔다.

그리고 이번에도, **상정했던 최악의 일**이 일어났다.

◆

아군의 철수와 함께 연합 병사들이 다가오고 있는 것을 가장 먼저 알아차린 것은 수비대장 메레디스였다. 이 자리의 최상위자인 잉베리 공작 로리스에게 보고하고, 적의 목적이 병행 추격에 의한 도시 돌입이라는 것이 드러났다.

그럼에도 불구하고…… 5분간 지령소는 전혀 움직이지 않았다. 로리스가 지시를 내리지 못한 탓이었다.

이대로라면 적이 도시 내로 침입한다.

그린스톰을 쏠 수 없는 것은 고사하고 아군의 수용을 위해 성문은 완전히 열려 있었다. 이대로면 곤란했다.

그것은 누구나 알고 있는 사실이다. 로리스도 물론 알고 있었다.

하지만 어떻게 해야 할까?

밖에는 아군이 있다.

게다가 단순한 아군도 아니다. 기사단장 스탠리를 포함한 공국군 최후의 정예 부대다.

쉽게 버릴 수 있는 존재가 아니었다.

성문을 닫고 그린스톰을 발사해 아군과 함께 일소한다고 해도…… 그 후 공국에 역전의 가능성은 남아 있지 않았다.

애초에 그런 결단을 내린 국주를 그 누가 따라올까.

로리스는 각오를 마쳤다.

이대로 적을 철수하는 아군과 함께 도시에 들인 다음 시가전을 벌여 최후의 저항을 시도하자.

그런 명령을 내리려 했다.

하지만 그런 명령을 내리려다, 문득 뒤돌아선 로리스의 시선 끝에 가족이 눈에 들어오고 말았다.

아내와 두 딸…… 아직 성인이 되긴 커녕 큰 딸조차 열 살도 안된 어린 딸들이. 그들은 간절하게 신에게 기도하고 있었다.

도시에 적을 들이면 그녀들은 어떻게 될까.

로리스의 결단은 마지막 순간 바뀌어 버렸다.

성문이 닫히고, 그린스톰이 확산형으로 발사되었다.

적이 일소하고…… 그리고 아군도 일소했다.

"얼마나 당했지?"

오브리 경은 확인했다.

"2천 명 전후입니다……."

"칫!"

그도 이때만큼은 혀를 차지 않을 수 없었다.

이번 잉베리 원정에서 최대 사망자 수를 낸 것은 공도 공략 때, 베이드라 모조품에 의한 공격이었다. 하지만 그때도 희생된 것은 기껏해야 수십 명이었다.

그것을 생각하면 사망자 수가 격증한 것이나 다름없다.

"전부 다…… 공포에 눈이 멀어 베이드라 모조품을 쏠 가능성을 낮게 잡은 나 때문인가……."

다만 이 공격으로 인해 공국 기사단장 스탠리도 휘말려 사망한 것을 확인했고, 공국군 정예라 부를 수 있는 병사는 궤멸했다는 보고를 받았다.

그럼에도 연합이 많은 희생을 치렀다는 것에는 변함이 없었다.

오브리 경은 크고 깊은, 아주 깊은 한숨을 내쉬었다.

그러고는 침묵했다.

오브리 경의 침묵은 주변 사람들에게는 달가운 것이 아니었다. 그렇다고 누군가가 입을 열기도 어려운 분위기였다.

그것을 깨뜨린 것은…….

"럼버, 방금 돌아왔습니다."

자타가 공인하는 오브리 경의 오른팔, 보좌관 럼버가 돌아왔다.

"음. 수고했다."

오브리 경은 고개를 끄덕였다.

"보고하겠습니다. 남은 골렘 13대, 모두 도착했습니다."

"오, 잘됐군. 바로 최종 조정을 해야겠어."

럼버의 보고를 받은 프랑크가 골렘에게 향했다.

"이건, 심각하네요."

럼버가 중얼거렸다.

"내 계산이 너무 안이했던 거지."

오브리 경이 작게 고개를 저으며 답했다. 그 어조는 이미 평소대로 돌아가 있었다. 공국군 정예는 궤멸했지만 자군 사령부는 기습을 당했고, 도시 강습 부대에서도 다수의 사망자가 나왔다.

그 사실을 오브리 경은 받아들였다.

"계책을 너무 부렸어. 대군과 강력한 무기를 전면에 내세워 차근차근 공략을 진행하겠다."

피온 공략전은 최종 국면을 향해 나아가기 시작했다.

연합군 사령부 강습에서 철수한 왕국 모험가 남부군 일행은 협곡 북쪽 평야 옆에 있는 숲 속에 숨어들었다.

C급 모험가 이상의 정예뿐이라고는 하지만 6명의 사망자가 발생했다. 중상자도 몇 명 있었지만 신관들에 의해 모두 살아났다.

하지만 남부군의 신관들은 전원이 체력의 한계에 가까워지고 있었다.

마력은 그나마 료 특제 마력 포션이나 시판 마력 포션에 의해 회복할 수 있었지만, 광속성 마법 행사에 의한 체력 소모는 포션만으로는 회복할 수 없었다. 묵직하게 쌓인 피로감이라고 하면 상상이 될까.

현재로서는 시간을 갖고 쉬는 것이 가장 좋은 회복 방법이었다.

그런 남부군의 품에 드디어 동부, 북부, 서부 그리고 왕도에 있는 중앙부 모험가들이 숲을 뚫고와 합류했다.

휴의 보고를 들은 그들은 너무 늦었다는 것을 알고 안타까운 표정을 지었다. 유일하게 표정을 바꾸지 않는 것은 그랜드 마스터 핀레이 포사이스뿐.

"알았다. 수고했네."

휴의 보고를 듣고 핀레이가 한 말은 딱 그뿐이었다.

이것에는 휴도 놀랐다.

독단 행동을 비난하거나 기습 실패에 트집을 잡을 가능성도 고려하고 있었기 때문이었다. 하지만 그것들에 관해서 핀레이는 조금도 언급하지 않았다.

평가가 달라진 것일까?

기대하지 않았다고 하면 거짓말이다.

하지만…….

선봉은 동부와 중앙부, 그 뒤로 북부와 서부, 후방은 남부……
새로운 편성은 그렇게 되었다.

결국 아무것도 변하지 않았다.

조금 낙담한 채 남부군 일행의 휴식 장소로 간 휴는, 어쩌면 자신이 오해했을지도 모른다는 생각을 하게 되었다.

신관들을 필두로, 기습으로 쌓인 피로가 조금도 가시지 않았기 때문이다. 이 상태에서 선봉을 맡았더라면 큰일이 났을지도 모른다.

휴는 그렇게 생각했다.

피로가 느껴지지 않는 것은 겨우 몇 명의 모험가뿐……

"피곤할 정도로 일하지 마라. 아버지는 부하들에게 자주 그렇게 말씀하셨죠."

조금도 피로가 느껴지지 않는 유일한 마법사…… 수속성 마법사가, 역시나 피로가 느껴지지 않는 B급 모험가 검사에게 뭔가 설명하고 있었다.

"피곤해지면 실수를 한다. 그렇기에 부하들이 지치지 않도록 통솔하는 것이 바로 매니지먼트라고."

"매니지…… 뭐?"

"뭐, 부하들을 움직이는 방법이라는 거죠."

그런 료와 아벨의 대화가 휴의 귀에 들려왔다.

'그 기준으로 따지면 나는 글러먹었군. 이렇게나 부하를 피곤하게 만들었으니.'

휴는 쓴웃음을 지으며 그렇게 생각했다.

부하를 움직이는 입장을 가진 인간은 그들이 지치지 않도록 잘 조절해 주어야 한다.

피곤해지면 실수를 한다. 실수를 하면 회복에 불필요한 시간과 수고와 재력이 들어간다.

그래서 매니지먼트가 중요한 것이다.

"그래서…… 왜 그걸 나한테 말하는 거야?"

아벨이 료에게 물었다.

"아벨이 왕의 아들이라고 참칭하고 있으니까요. 국왕이 되면 많은 부하를 거느리게 되겠죠? 그때 활용하세요. 뭐, 될 수만 있다면 말이죠!"

"내가 왕자라는 건 아직 믿지도 않잖아. 게다가 차남이니까 결국 기사단 같은 거지……."

"블랙 기업이 아닌 블랙 나이트…… 흑기사? 조금 멋있네요."

료는 혼자 흡족해했다. 그리고 말을 이었다.

"피로 같은 걸 생각하면, 피로를 느끼지 않는 골렘은 그야말로 최고의 부하겠네요."

그것이 료의 결론이었다.

아직 피로가 가시지 않은 남부군 일행 쪽에 그랜드 마스터의 전령이 날아온 것은 그로부터 15분 뒤였다.

"전령입니다. 적 측에 움직임이 포착됐습니다. 남부군은 후방 경계를 부탁한다고."

"알았다. 즉 움직이지 말라는 거군."

휴는 손을 휘휘 저어 전령으로 온 모험가를 쫓아내고는 풀 위에 털썩 주저앉았다.

그런 휴의 귀에 다시금 마법사와 검사의 대화가 들려왔다.

"여기서는 전선의 상황이 전혀 안 보이죠. 저기 좁아지는 지형의 절벽 위, 저 부근으로 올라가면 전체적인 상황을 볼 수 있을 것 같아요."

"아니, 불가능해. 거기는…… 음? 올라오는 건 거의 불가능하겠지만, 여차할 때 내려가는 건…… 가능하려나?"

료가 협곡을 이루고 있는 절벽 위에서 상황을 보고 싶다고 말했고, 아벨이 일단 부정하면서도 어쩌면 가능할 것 같다고 말했다.

'흐음. 하긴 그것도 나쁘지 않군.'

후방에서 움직이지 말라고 했지만, 휴도 이후의 추이가 신경 쓰이긴 했다.

연합군이 다시 피온에 공격을 가해 주력 부대가 도시로 쳐들어 간다면 다시 한 번 오브리 경을 기습할 수 있지 않을까…….

오브리 경이 그런 실수를 두 번이나 할 리는 없다는 것을 알면서도 혹시나 하는 가능성을 버릴 수 없었다.

만약 그렇다고 한다면 전체 전황을 파악해 두어야 했다. 하지만 여기서는 불가능하다.

료와 아벨이 대화하고 있는 협곡의 절벽 위라면 분명 전장이 한눈에 들어올 것이다. 더구나 여차할 때 절벽을 내려가 협곡으로, 혹은 협곡의 북쪽이나 남쪽에 나타나는 것도 가능할 것 같았다.

'명령받은 건 어디까지나 후방의 경계. 협곡 위에서라면 후방도 경계할 수 있겠지. 뭐, 궤변이지만 말이 아예 안 되는 것도 아냐. 남은 문제라면 그런 중요한 지점을 오브리 경이 무방비 상태로 놔뒀을 것 같지 않다는 것뿐인가.'

"감시자는 다섯 명이에요."

료가 〈수동 소나〉로 알아낸 정보를 휴에게 보고했다.

"좋아. 준비한 대로 무력화해라."

휴가 명령을 내리자『스위치백』의 척후 수를 포함한 5명이 숲으로 사라졌고, 1분 뒤 새가 우는 소리가 들려왔다.

성공 신호.

휴와 아벨을 선두로 나아가자 연합군의 감시자 5명이 쓰러져 있었고, 입에 재갈이 물린 채 밧줄에 묶여 있었다. 죽이지는 않은 모양이었다.

"잘했다."

휴가 칭찬하자 척후 다섯 명은 기쁘게 고개를 끄덕였다.

평소에는 전혀 다른 파티다. 어떤 파티에서도 척후는 한 명뿐이다.

같은 직업을 가진 사람과 이렇게 협력하는 일은 거의 없었기에 이 5명은 원정 중에 부쩍 사이가 가까워졌다.

수가 남성 척후와 사이좋게 대화하는 모습을『스위치백』의 검사 라가 곁눈질로 힐끔힐끔 보고 있었다는 것은 비밀이다. 그것은 결코 질투가 아니다. 그래, 조금 걱정한 것뿐이다. 자신들의 팀원을 몰래 빼돌리지 않을까 하는 점을!

개인적인 감정이 아니라 파티를 위해서다!

"역시 여기서 보니 잘 보이네요."

협곡의 절벽 위는 꽤 끝부분까지 숲이 뻗어 있어 숲 속에 몸을 숨긴 채 전장 일대를 내려다볼 수 있었다. 게다가 숲 속에 숨어 있으면 절벽 아래나 전장에서는 아마 보이지 않을 것이다.

바로 아래에서는 협곡을 빠져나간 연합군이 피온이 있는 분지로 진격하려 하고 있었다.

"선두를 달리는 녀석들이 쓸데없이 체격이 좋군……. 잠깐, 네 발? 아까 그 골렘인가!"

휴가 연합군의 선두를 달리는 자들을 보고 놀랐다.

"네. 멀리서 봐도 존재감이 가득하죠."

어째서인지 료가 뿌듯한 표정으로 설명했다.

그 얼굴은, '내 말이 맞죠? 역시 갖고 싶어질 만하죠?'라고 말하고 있는 것 같았다.

"아무리 갖고 싶어도 소용없어."

그 얼굴을 보고 휴는 다시 한번 단언했다.

"큭……."

분하다는 표정을 지은 료가 우는 척 눈물을 닦는 시늉을 했다.

그것을 곁눈질로 보며 어이없다는 듯 몇 번이고 고개를 젓는 아벨.

"골렘을 최전선에 쭉 늘어놓고 그대로 다가가고 있어요."

"강압적이네."

"완전히 힘으로 밀고 들어오면 공국 입장에서는 파고들 틈이 없어."

각각 료, 아벨, 휴의 의견이었다.

세 사람은 병행 추격을 통한 공략 과정을 보지 못한 탓에, 명장이라는 말까지 듣는 오브리 경이 힘으로 밀어붙이는 듯한 광경에 당황했다.

그리고 그들은 피온에 설치된 비밀 병기에 대해서도 물론 알지 못했다.

그 순간 피온 첨탑에서 강한 초록색 빛이 뻗어나왔다.

한 줄기의 빛은 전장을 왼쪽에서 오른쪽으로 도려냈다.

본래 그 섬광은 일격에 수천의 목숨을 앗아간다는 사신의 낫.

하지만 그 사신의 낫은 이지스의 방패에 의해 가로막혔다.

첨탑에서 빛이 솟구친 순간, 앞으로 팔을 뻗은 골렘들의 손안에 하얀 빛이 생겨났다. 그리고 모든 것을 베어내던 초록색의 섬광은 골렘들의 앞에서 튕겨 나갔다.

"저게 뭐야……."

휴의 입에서 흘러나온 말은 절벽 위에서 보고 있던 사람들 모두의 마음을 대변한 것이기도 했다.

다만 한 사람, 적어도 그중 한쪽이 무엇인지에 대해서는 정확히 알고 있는 사람이 있었다.

"마도병기……인데……."

아벨이다.

왕도 소동 이후 아벨은 형인 왕태자에게 불려가 여러 국가 기밀에 대한 정보 공유와 가르침을 받았다.

그중에는 왕립 연금 공방이 개발 중인 마도병기 베이드라에 대한 자료도 있었다. 개발 주임이 구면인 케네스 헤이워드 남작이었기에 특히 인상에 남았던 것이다.

하지만 현재는 내무부 관할이며 자금난으로 인해 개발이 정체 상태에 놓였다는 것도 알고 있었다. 또한 베이드라에 쓰이는 바람의 마석이 아벨과 료가 팔아치운 마석이라는 사실도 알고 있었다. 아벨이 식은땀을 흘리며 가르침을 받았음은 두말할 것도 없었다.

그렇기 때문에 눈앞에서 일어나는 일의 이상함을 깨달았다.

베이드라는, 말하자면 **왕국의** 비밀 병기.

그것과 동일하게 보여지는 원리로, 똑같은 풍속성 공격을 실시하는 마도병기가 **공국에 있다**는 것의 이상함을.

"저건 연금술로 만들어진 무기에서 나오는 풍속성 공격인 거죠?"

료가 『육화』에 있는 풍속성 마법사 내시에게 확인했다.

풍속성 마법사라면 그것이 연금 도구에서 나온 것이라 해도 왠지 모르게 느낄 수 있기 때문이었다.

"네, 맞아요. 어떤 마법식인지는 모르겠지만……."

내시는 눈살을 찌푸린 채 고개를 몇 번 끄덕이며 대답했다.

"그렇군요……."

료도 눈살을 찌푸린 채 고개를 한 번 끄덕였다.

"저건 정말 터무니없는 공격이야."

어느새 가까이 와 있던 『스위치백』 검사 라가 말했다.

"우리가 기습하고 있는 사이, 저 베어내는 일격 한 번으로 수천 명의 병사가 죽었으니까."

"뭐……?"

라는 잉베리 공작 로리스의 명령으로 발사된 비정한 그린스톰의 일격을 목격했다.

그 말을 듣고 말문이 막힌 사람은 료뿐만이 아니었다. 그 자리에 있던 전원이었다.

"그런 공격을 막아내는 골렘들은 대체 정체가 뭐야?"

『육화』의 화속성 마법사 애시가 문제를 제기했다. 그런 터무니없는 일격을 골렘들은 막아냈기 때문이다.

"확실히 그렇군."

휴는 고개를 끄덕이고 다시 전장으로 시선을 돌렸다.

이들이 말하는 동안에도 연합군은 일사불란한 진군을 계속하고 있었다.

그리고 다시 한번 피온의 첨탑에서 초록색의 빛이 뿜어져 나왔다. 이번에는 베어내는 것이 아니라 중앙의 골렘 한 대에 집중된 일격.

하지만 이번에도 골렘의 손안에서 하얀 빛이 생기고, 골렘 앞에 보이지 않는 무언가가 생기면서 초록색 빛은 골렘의 본체까지 닿지 않았다.

"골렘의 전기 아크……?"

료의 중얼거림은 자각한 것보다 훨씬 컸는지, 휴와 아벨뿐만 아니라『육화』나 란덴비아까지도 료를 바라보았다.

"료, 뭔지 아는 건가?"

휴가 대표로 물었다.

료가 머리에 떠올린 것은 바닷속에 있던 딱총새우였다.

그랬다. 딱총새우의 큰 버전에게 플라스마로 인한 충격파를 먹고 바닷속에서 정신을 잃는 실수를 범한, 그것이다.

딱총새우는 지구의 일본 근해에도 서식하고 있다. 크게 자란 가위를 맞물리게 해서 기포를 만들어내고, 그 기포가 터지면서 충격파가 발생한다.

공동현상이나 캐비테이션이라고 불리는 현상.

딱총새우의 경우 플라스마를 발생시켜 4400도의 고온을 만들어낸다. 딱총새우는 그 충격파를 사용해 사냥을 하기도 하고 커뮤니케이션을 하기도 한다. 그중에는 산호에 구멍을 뚫거나 하는 종도 있다고 한다.

인간 역시 수중에서 용접 작업을 할 때는 플라스마 아크 용접이라고 하는 방법을 쓰는데, 이를 대신해 딱총새우의 플라스마를 쓰면 어떨까 하는 연구가 지구에서는 행해지고 있었다.

하지만 눈앞에서 일어난 것은 수중이 아닌 지상이다.

그래, 딱총새우의 공동현상은 공기 중에서는 효과가 없다……. 물속에서 사는 생물이니까 당연하다면 당연하다.

그럼 이번 경우는 무엇일까?

이 역시 플라스마라는 것에는 변함이 없다.

방금 플라스마 아크 용접이라는 말이 나왔는데, 이번 것은 그 계통이었다.

『Method and system for shockwave attenuation via electromagnetic arc(전기 아크에 의한 충격파 감쇠 방법과 시스템)』.

미국의 모 거대 비행기 제조업체가 취득한 특허였다.

은하의 광전사 이야기 따위에 나올 법한 특허였기에 일부 매니아에게는 잘 알려져 있었고…… 료도 그 일부 매니아에 속했다.

이는 폭발의 충격파로부터 사람이나 차를 보호하는 기술이다.

아크 방전 등으로 플라스마를 발생시킴으로써 온도나 공기의 밀도에 변화를 일으켜 충격파가 전달되기 어렵게 만든다. 이런 원리로 폭발의 충격파를 막아내는 기술이었다.

아마도 눈앞의 골렘들이 행한 것은 그런 기술이 아닐까 하고 료는 생각했다.

하지만 그것을 어떻게 설명해야 좋을지…….

"골렘의 손안에 생겨난 작은 번개, 저걸로 공기를 왜곡시켜서 바람 마법이 전해지지 않게 한 것 같아요."

거짓말은 하지 않았고 틀렸다고 말하기도 어려운 설명이었다……. 물론 한참 부족한 설명이긴 하지만…….

"그렇군."

휴, 아벨, 라 등의 남성 멤버는 무겁게 고개를 끄덕였다.

결코 남성들이 논리적으로 이해한 것은 아니다. 단순히 자존심 때문에 아는 척을 했을 뿐이다.

그리고 그런 의미없는 자존심을, 『육화』의 세 자매나 수는 완벽하게 간파하고 있었다.

그저 아무 말도 하지 않고, 남성들을 연민 어린 눈으로 바라볼 뿐이었다.

최전방에 있는 골렘 약 15대.

그 뒤로는 연합군의 대열이 이어졌다.

그린스톰이 골렘을 피해 그 뒤의 대열을 노렸다. 하지만 골렘은 상공에 전기 아크를 발생시켜 그린스톰의 공격을 막았다.

"도시에서 쏘는 저 공격은 완전히 봉쇄당했군."

휴가 말하자 료와 세 자매가 고개를 끄덕였다.

"길마, 어쩔 거야?"

"어쩔 거냐니?"

아벨이 묻고 휴가 되물었다.

질문이 너무 막연해서 휴조차 파악하지 못한 것이다.

"틀림없이 피온은 함락되겠지. 그렇게 되면 잉베리 공작과 그 가족들은 탈출하지 않을까?"

"그래, 탈출하겠지. 공국의 부흥을 기약하며."

잉베리 공작 로리스에게는 두 딸만 있을 뿐 아들이 없다. 그 두 딸도 아직 성년이 되지 못한 어린 나이인 것으로 알고 있다. 그렇게 되면 로리스 자신이 살아남아 다시 일어설 수밖에 없었다.

아무 미련 없이, 나라와 함께 죽을 수는 없는 것이다.

그것이 아벨과 휴의 판단.

"어디로 탈출하고, 그리고 그 분지에서 어떻게 빠져나갈지……."

어느 틈에 휴의 뒤에 와 있던 아크레의 길드 마스터 란덴비아가 문제를 지적했다.

"도시에서의 탈출은…… 아마 비밀 통로가 준비돼 있을 거라고는 생각해. 문제는 이 분지에서 어떻게 벗어나는가……. 그리고 빠져나온 뒤 어디로 향할 것인가."

"왕국이 아닌 건가?"

휴의 말에 아벨이 의문을 제기했다.

"물론 그게 제일 현실적이지. 하지만 왕국이 그들을 받아들일지 어떨지는 모르겠어. 게다가 결정까지 시간이 소요될 가능성도 있고. 그렇게 되면 그들과 그 가족을 보호할 장소가 필요해지지, 여러모로."

"역시 오브리 경에게 한 번 더 기습을……."

검사 라가 가장 과격한 제안을 던졌지만, 휴는 천천히 고개를 저었다.

"오브리 경은 피온으로 진군하는 부대 안에 있다."

"설마……."

총대장이 본진과 함께 선봉으로 진군한다.

상식적으로는 생각할 수 없는 일이었지만, 전장을 누벼온 오브리 경에게는 오히려 더 편안한 장소일지도 모른다.

"그래서 원정대의 동부 군대나 다른 쪽도 손을 쓸 수 없는 상황이야."

이들이 있는 절벽 위에서도 다른 왕국 원정군의 위치는 확인되지 않았다. 하지만 이대로 시간이 흐른다면 아무런 수도 쓰지 못한 채 피온이 함락될 것이라는 사실은 누구라도 알 수 있었다.

"어쩌면 핀레이 씨는 피온을 포기한 걸지도 몰라."

휴의 중얼거림은 아무에게도 닿지 않았다.

시간은 수십 분 전으로 거슬러 올라가, 연합군 본진.

"각하. 절벽 위에서 오는 정기 연락이 두절되었다고 합니다."

럼버가 오브리 경에게 보고했다.

절벽 위에서는 햇빛을 거울로 반사해 본진의 보고관에게 신호를 보내는 간이적인 연락 수단을 사용하고 있었다. 하지만 십 분마다 오는 연락이 두 번 동안 진행되지 않았다는 것이다.

절벽 위에서 무슨 일이 일어난 것이 분명한 상황.

"왕국의 모험가에게 당한 거겠지."

하지만 보고를 받은 오브리 경은 실로 침착했다. 오히려 보고를 받고 조금 안도한 것처럼 보이기까지 했다.

"각하. 어떻게 할까요?"

"내버려 둬. 아무것도 하지 마."

"네?"

오브리 경의 지시는 럼버에게도 의외였다.

"점거한 왕국 모험가가 마스터 맥글러스 일행이라면 더 좋겠지만…… 뭐, 그건 어쩔 수 없나."

오브리 경이 바라던 대로 점거한 것은 마스터 맥글러스가 있는 남부군이었지만, 보고를 통해 거기까지 알아낼 수는 없었다.

"각하…… 무슨 말씀이신지?"

"뭐, 별건 아니야. 성가신 적은 어디에 있는지 모르는 것보다는 이쪽이 파악하고 있는 장소에 있어 주는 편이 낫다는 거지. 물론 경계는 해야겠지만, 숲 속 어딘가에 있는 것보다는 절벽 위에 있다는 걸 확실히 아는 편이 생각하기에도 여러모로 쉽지 않겠나?"

게릴라전을 펼치는 부대는 어디에 숨어 있을지 모르기 때문에 당하는 입장에서는 실로 성가시다.

하지만 게릴라 부대가 어느 마을을 점거하고 그곳에 머물러 준다면 '언제, 어디서 습격당할지 모르는 공포'로부터는 해방된다.

그런 이야기다.

"숲이라고 하면······ 오드아케르는 움직이고 있는 건가?"

"네. 탐색 중이라고 합니다."

"좋아, 그쪽은 문제없군. 이제 남은 건 나도 함께 진군해서 습격당하지 않도록 하는 것뿐인가."

오브리 경은 웃으면서 그렇게 말하고는, 본진과 함께 최전방으로 몸을 던졌다.

종결

"틀렸습니다……. 그린스톰이, 효과가 없습니다."

수비대장 메레디스가 씁쓸한 얼굴로 보고했다.

하지만 그 보고를 듣는 잉베리 공작 로리스도, 모든 그린스톰이 튕겨 나간 광경을 전부 보고 있었다.

"성벽에서의 공격을 개시해라."

명령에서 더는 패기는 사라지고 없었다.

그것도 어쩔 수 없었다. 자신의 명령에 따라 최정예 부대를 죽게 만들었으니까. 가장 신뢰했던 군 사령관인 기사단장 스탠리도 더는 없었다.

역전의 가능성은, 이제 없다. 그 사실은 슬플 정도로 이해하고 있었다.

"전하."

그런 로리스의 뒤에서 작은 목소리로 말을 거는 사람이 있었다.

공작가의 시종장이다.

"도시를 탈출하시고, 나라를 떠나셔서, 외국에서 공국의 회복을 도모해 주십시오."

"하, 하지만……."

나라를 버리고, 국민을 버리고, 마지막까지 따라주었던 군사들마저 버리고, 나라를 떠나서까지 수치스럽게 살라는 것은, 그에게도 망설여지는 제안이었다.

"전하만 무사하시다면 공국의 부흥을 꾀할 수 있습니다. 하지만 전하의 몸에 무슨 일이 생긴다면, 숨죽인 채 때를 기다리고 있을 제후들이 때가 되어 일어났을 때 누구를 의지할 수 있겠습니까?"

억압받는다 해도, 나라의 부흥을 꿈꾸는 국민들을 위해서라도 살아남아라…… 그것은 로리스의 마음을 움직이기에 충분한 말이었다.

가족을 데리고 국외로 간다.

하지만 실제로 그것이 가능한가?

"이 도시에서의 탈출은 게코 공에 의해 준비가 끝났습니다. 탈출로는 분지의 끝, 숲 속과 이어져 있습니다. 거기에서 좀 더 이동하면 숲 속에 잠시 몸을 숨길 수 있는 공간을 준비해 놓았다고 합니다. 도시 안에서는 저희가 죽음을 위장해 놓을 테니, 적의 감시가 느슨해진 틈을 타 분지에서 빠져나가실 수 있을 겁니다."

"그렇군. 게코가……."

잉베리 공국의 상인 게코.

그가 이 피온으로 물자를 운반하여 최종 반격지로 정비하고, 혹시 모를 상황에 대비해 탈출로까지 준비해 두었다.

"게코는 이미 갔나?"

"네, 지시하신 대로 전하와 교대하여 도시를 빠져나가, 지금은 아마도 왕국 국경 근처에 숨어계실 겁니다."

"게코에게도 고생을 시켰군."

그렇게 말한 로리스는 깊은 한숨을 내쉬었다. 그리고 시종장에게 말했다.

"알았다. 탈출하지."

그리하여 잉베리 공작 로리스는 가족과 수행인들을 데리고 피온에서 탈출하게 되었다.

피온에서 서쪽으로 1킬로미터 지점.

피온 평야에 산재한 숲 중 한 곳에 잉베리 공작 로리스가 있었다.

도심에서 긴 지하도를 지나 숲 속으로 빠져나왔다. 그곳에서는 나무들 사이로 피온이 보였다.

저녁 어스름 속, 피온의 전투는 아직도 계속되고 있었다. 하지만 성문은 이미 무너졌으니 함락은 시간 문제였다. 도시 곳곳에서 연기가 피어오르며 어둠 속으로 녹아드는 광경은 1킬로미터 떨어진 이 숲에서도 선명하게 보였다.

잉베리 공작 로리스는 그런 도시의 모습에서 눈을 떼지 못했다.

자신을 피난시키기 위해 희생하며 싸우는 자들.

나라가 멸망하는 것을 거부하며 싸우는 자들.

그리고 도시를 자신이 잠들 곳으로 정하고 죽기 위해 싸우는 자들.

본래 이들 모두를 책임져야 할 입장인 자신이 가장 먼저 도시를 떠났다.

물론 머리로는 살아남는 것이 자신의 역할임을 알고 있었다. 알고는 있지만, 그래도 감정적으로는 받아들일 수가 없었다.

"전하, 이곳은 아직 안전하지 않습니다. 게코도 여기서 최대한 빨리 벗어나 숲 속의 피난처로 이동하라는 전언을 남겼습니다."

조제페 살리에리 정보부 장관이 이동을 재촉했다. 이곳은 아직 도시와 너무 가까웠다.

"그래, 알고 있다. 알고 있지만…… 조금만, 조금만 더……."

로리스는 입술을 떨며 말했다. 원통함과 스스로의 무력함이 그를 떨게 만든 것일까.

그러나 살리에리 장관의 말대로 이곳은 안전하지 않았다.

"잉베리 공작, 이만 투항해라."

갑자기 숲 속에서 나타난 남자가 그렇게 말했다.

"무슨……."

"누구냐!"

말문이 막힌 잉베리 공작과, 여기까지 와서도 정체를 확인하는 근위병.

"연합 독재관 직속 척후대 대장인 오드아케르입니다. 당신들은 이미 포위당했습니다. 투항한다면 공작과 가족, 수행인들의 안전을 보장하겠습니다."

오드아케르가 그렇게 말하자 잉베리 공작 로리스 일행을 포위하듯 숲 속에서 연합의 병사가 나타났다.

잉베리 측은 로리스의 가족 등을 제외하면 싸울 수 있는 사람은 스무 명. 하지만 나타난 연합 병사는 대략 백 명은 되어 보였다.

로리스는 검을 뽑았다.

절망적인 전력차라는 것은 알고 있다.

순순히 투항하면 가족을 살릴 수 있다는 것도 알고 있다.

그럼에도 검을 뽑은 것은…… 함락당하는 피온의 광경이 눈에 밟힌 탓일지도 모른다.

"투항은 할 수 없다."

"그렇다면 어쩔 수 없군요."

힘겹게 뱉은 로리스의 말에, 약간의 침통함이 느껴지는 목소리로 응답하는 오드아케르.

그리고, 전투가 시작되었다.

숲 속, 저녁 어스름에서 밤의 어둠으로 바뀌어 조금만 떨어져도 적인지 아군인지 알아보기 어려웠다.

그런 상황에서 치열한 전투가 펼쳐졌다.

잉베리 공작 측은 스무 명이라고는 하지만 근위병이다. 어설픈 집단이 아니다. 게다가 자신의 모든 것을 공작과 그 가족에게 바치고 마지막까지 함께하겠다고 맹세한 자들. 그 기백은 경이로울 정도였다.

하지만 맞서싸우는 척후대도 만만치 않았다.

독재관 직속이라는 이름이 말해 주듯 독재관 오브리 경의 직속 부대였다. 그런 집단이 약할 리가 없었다. 심지어 이끄는 이는 오브리 경의 신임을 받는 부하 중에서도 근접전에 가장 뛰어나다는 척후대장 오드아케르.

그에 의해 단련된 척후대는 척후라는 말의 의미가 무색해질 정도로 강했다.

게다가 이번에는 수적으로도 차이가 났다. 보다 적극적으로 곳곳을 누비는 척후대.

쓰러져가는 것은 근위병들뿐이었다.

한 사람, 또 한 사람…….

"이대로는 안 돼……."

결코 전투의 전문가가 아닌 로리스조차 패색이 짙어지고 있음을 알 수 있었다. 게다가 더는 방법이 없다는 것도…….

살아남은 근위병이 절반을 밑돌았을 때…… 그들은 나타났다.

"왕국 남부군, 참전!"

어딘가의 수속성 마법사가 큰 소리로 외쳤다.

모처럼 원군으로 왔는데 잉베리 쪽에서 공격을 받으면 웃을 수 없을 테니까. 아군을 구분하기도 힘들 정도로 밤의 어둠이 짙어진 이상 어느 편인지를 밝히고 전투에 개입하는 것은 중요한 일이었다.

그것은 효과가 있었다.

"마스터 맥글러스다!"

"영웅이 도와주러 왔어!"

아직 쓰러지지 않고 끈질기게 살아 남아 있던 근위병들이 저마다 소리쳤다.

남부군의 전위가 밀려들었다.

후위인 마법사나 신관들은 전투에 가담하지 않았다. 숲 속, 심지어 밤의 장막까지 내려온 이상 적과 아군을 식별하는 것은 불가능하다. 무엇보다 잉베리 공작 측 인간과 습격하고 있는 연합 측의 인간을 구별할 수 없었다.

그런 상황에서는 아군을 끌어들일 가능성이 있기 때문에 원거리 마법 공격은 할 수 없었다.

서른 명에 가까운 후위는 잉베리 공작 근처로 이동해 공작과 그 가족을 지키는 것을 택했다. 이쪽에서 움직이는 것은 어렵더라도 다가오는 적을 공격하는 것은 어떻게든 가능할 테니까.

그런 와중 조금 불만스러운 표정을 한 수속성 마법사가 있었다.

료의 소나를 사용해 잉베리 공작 일행을 찾아냈고, 심지어 이미 전투 중이라는 것을 파악하고 원군으로 개입했다. 이미 충분히 도움이 되었다고 할 수 있는데…….

소나로는 남부군의 반응을 판별할 수는 있다. 하지만 잉베리 공국 사람과 연합 쪽 사람의 차이는 판별할 수 없다. 그래, 판별할 수 없지만…… 딱 한 사람…….

"응? 이 사람의 반응은 알겠어요. 틀림없는 적이네요."

료는 저도 모르게 미소 지었다.

료는 식별한 적을 향해 달려갔고…… 그 기세 그대로 무라사메를 휘둘렀다.

채앵.

"오랜만이네요. 오드아케르 씨."

"그때 그 수속성 마법사……."

료가 검을 휘두른 대상은 척후대장 오드아케르.

오드아케르의 표정은 명백한 놀라움을 띠고 있었다. 이 전투에서는 지휘관이었기에 직접 돌입하지 않고 한 발짝 물러선 위치에서 부대를 지휘해 승리로 이끌 생각이었다.

그래서 근위병은 물론 중간부터 전투에 개입해 온 왕국군조차 오드아케르는 공격하지 않았다.

그런데도 이 수속성 마법사는, 밤의 어둠속임에도 불구하고, 정확하게 지휘관인 자신을 향해 검을 휘둘렀다…….

"지휘관을 무너뜨리는 건 전쟁의 상도죠."

"확실히. 그렇기에 더더욱, 지휘관으로서 저는 무너질 수 없습니다."

료가 미소 지으며 말했고, 오드아케르가 냉정한 표정으로 돌아와 대답했다.

료가 공격한다.

내리친 자세 그대로 주저없이 올려베기…… 연속으로 공격했지만 오드아케르는 냉정하게 피했다.

공수교대, 오드아케르의 찌르기, 찌르기, 그리고 발차기.

"정통파가 아닌, 그야말로 척후답네요."

료의 중얼거림에 오드아케르는 대답하지 않았다.

두 사람의 칼싸움은 공수교대가 격렬한 싸움으로 이어졌다.

오드아케르가 가진 검은 외날로 된 직검. 휘어 있었다면 타도(打刀)처럼 보였을지도 모른다. 칼날의 길이도 타도와 마찬가지로 70센티미터는 넘지 않았다. 그것을 기본적으로 오른손으로 다루며, 맞부딪힐 때나 밀어낼 때 왼손을 칼등에 얹어 사용했다.

료의 무라사메에 비해 짧았기에 한 손으로 다루기는 쉬웠다.

그와 함께 체술을 걸어왔다. 발차기 혹은 잡기…… 아마 잡히면 던지기 기술이나 관절기로 이어질 것이다.

"정말 무시무시하네요."

료는 진심으로 그렇게 생각하며 중얼거렸다.

"말은 그렇게 하면서 왜 웃고 있지?"

오드아케르가 의아한 얼굴로 물었다.

료는 자각하지 못했지만, 미소를 짓고 있었던 모양이다.

"무서움을 미소로 감추고 있는 거예요."

"거짓말이군. 그래, 전투광인가."

료의 말은 부정당했고, 오드아케르는 전투광이라고 단정지었다.

그리고 크게 뒤로 뛰었다.

추격하기 위해 료가 크게 발을 앞으로 내디뎠다.

그 순간, 그의 눈앞에 무언가가 나타났다.

"큭!"

머리를 크게 움직여 피했다. 동시에 거의 무의식적으로 뒤로 뛰었다.

"〈아이스 월 10층〉."

캉, 카앙…….

날아온 무언가가 얼음벽을 맞고 튕겨 나갔다.

"투척용 칼? 아까 피했던 것도 투척용 칼이었는데."

무슨 일이 일어났는지는 이해할 수 있었다. 하지만, 어떻게 던진 것일까?

오드아케르의 오른손은 여전히 검을 들고 있었다. 그렇다는 건 왼손. 왼손은 거의 움직이지도 않았는데, 힘차게 날아온 투척용 칼이 연속으로 료를 덮친 상황이었다.

"정말 성가신 상대네요."

접근해도 뚫리지 않고, 멀어지면 투척용 칼이 날아온다.

료에게는 지금까지 싸워 본 적이 없는 타입의 상대였다.

하지만. 아니, 그렇기 때문에, 라고 해야 할까…….

"역시 웃고 있군."

료는 확실하게 미소 지었고, 오드아케르는 그것을 지적했다.

한번 〈아이스 월〉을 사용한 이후로 료는 마법을 사용하지 않고 싸우고 있었다. 정확히는 쓸 여유가 없다고 해야 할까.

몇십 번 정도 검을 맞댄 시점, 료에게도 오드아케르의 싸움 방식이 보이기 시작했다.

검이 교차하는 것보다 더욱 가까운 초근접전의 경우에는 발차기나 왼손바닥 타격을 반복한다. 그 발차기도 하이킥부터 로우킥까지 실로 다채롭다.

검과 검이 교차하는 일족일도의 거리, 근접전의 경우에는 외날의 직검으로 공격한다. 척후대장이라고 들었는데 어지간한 검사들보다 훨씬 강하다……. 아니, 너무 심하게 강한 것 아닌가? 기술에 있어서는 아벨 클래스인데?

그리고 일족일도의 거리보다 조금 떨어진, 미들레인지라고 해야 할까. 3미터 남짓으로 거리가 벌어지면 투척용 칼이 날아온다. 길이 15센티미터 정도의 투척용 칼이 예고없이 갑자기 닥쳐드는 것은 공포였다.

투척용 칼을 검으로 튕겨내면, 단번에 간격을 좁혀 근접전으로 전환한다. 출입이 많고 간격이 변화하는 싸움 방식은 놀라울 정도로 성가셨다.

'우선 이 간격의 변화를 어떻게든 해결하고 싶은데…… 어렵네요. 그 부분이 이 사람 전투의 핵심인 이상 어려운 건 당연하겠지만.'

료는 고전하고 있었다.

한편, 척후대장 오드아케르. 표정의 변화가 적어 그 심정은 남이 보기에 짐작하기 어려웠지만, 속으로는 상당히 초조해하고 있었다.

'뭐지, 이 남자는? 아무리 공격해도 뚫리지 않는다. 마법사인 것 같은데…… 믿을 수 없군. 근접전에 이 정도로 강한 마법사라고? 간격을 변화시켜 전투 거리를 조정하고 있지만 머지않아 대응하겠지. 대응할 거라는 건 알고 있지만…… 그렇다면 어쩌지? 어떻게 해야 하지? 이 정도로 버거운 상대는 최근 10년 동안 한 번도 없었다…….'

오드아케르는 오브리 경이 신임하는 부하들 중에서도 개인 전투에 가장 특화된 인물이라고 해도 무방했다.

척후대장이라는 역할상 위험한 지역에 단독으로 들어갈 때도 있었다. 정보 수집, 교란, 경우에 따라서는 암살까지 모두 수행해 왔다. 개인 전투를 경험한 횟수는 연합 전체를 둘러봐도 그와 견줄 자는 거의 없을 것이다.

하지만 그런 오드아케르가 보기에도 료의 단단한 방어력은 비정상적으로 느껴졌다.

그동안의 경험을 총동원해도 뚫리지 않았고 흔들리지 않았다.

게다가 그것이 마법사라니…….

하지만 거기서 오드아케르는 인식을 바꿨다.

'마법사건 뭐건 상관없다. 이 정도로 완벽한 방어는 무수한 훈련을 거듭해 몸에 익히고, 실전에서 여러 번의 사선을 뚫고 나왔기 때문에 다듬어진 것. 이 남자만 보면 된다. 지금까지 없었던 성가신 상대다.'

그 변화는 아주 미미했다.

오드아케르가 인식을 바꾼 것뿐이었으니까.

하지만 대치하는 료는 그것을 눈치챘다.

'슬슬 시동을 걸지 않으면 안 되겠네요.'

출입을 막을 방법은 생각했다. 하지만 최종 국면까지의 방침은 정해지지 않았다. 그건 어쩔 수 없다.

"전투는 원래 날 것이니까요."

료는 그렇게 중얼거리더니 뒤로 점프해 거리를 벌렸다.

두 사람의 거리가 미들레인지로 벌어졌다. 그 거리가 되자 오드아케르는 당연하다는 듯, 대체 몇 개나 들고 있는지 알 수 없는 투척용 칼을 날렸다.

"〈아이스 월―액티브〉."

료가 외치자 평소와 같은 얼음벽이…… 오드아케르를 향해 돌진했다.

오드아케르는 투척용 칼을 날렸다.

캉, 카앙!

당연히 얼음벽에 부딪쳤다. 얼음벽의 기세는 꺾이지 않았다.

황급히 피한다.

"〈아이스 월―액티브〉."

다시 한번 얼음벽이 돌진했다.

오드아케르는 칼을 던지는 것도 포기하고, 얼음벽을 피해 단숨에 간격을 좁혀 근접전으로 옮겨갔다.

이리하여 미들레인지에서의 전투는 봉쇄되었고, 오드아케르는 간격을 뒤바꿀 수 없게 되었다.

료가 날린 기술의 이름은 암살 교단 수령 '하산'의 〈부유석벽―액티브〉에서 차용한 것으로, 기술 그 자체는 조금 전에 싸운 토속성 마법사 파우스트가 쓴 것의 응용이었다.

쓰기 편리한 것을 받아들여 자신의 것으로 발전시킨다…… 그것은 시간 단축의 기본.

간격의 변화를 막은 덕분에 료는 오드아케르의 근접전에 완전히 집중할 수 있게 되었다. 그것은 료가 원하던 전개였고, 오드아케르는 피하고 싶었던 전개.

물론 순수한 검술만으로도 둘 사이에는 차이가 없었다.

차이는 없지만…… 오드아케르는 눈치채고 있었다.

안개보다도 미세한 물이 공중에 떠다니고 있다는 것을.

"뭐야……?"

닿아도 젖지 않는다. 그 정도로 미세한 물 입자.

"이 남자한테서 나오고 있는 건가?"

료의 몸 곳곳에서 뿜어져 나오고 있다는 것을 알아차린다.

물론 그런 이야기는 어디서도 들어본 적이 없었다.

동시에 눈앞의 방어가 그 어느 때보다 매끄럽게 이뤄지고 있다는 것도 알아차렸다. 낭비가 줄어들고, 그 결과 여유마저 생겨나는 것처럼 보였다.

보다 빠르게.

보다 강하게.

보다 정확하게.

그리고…… 그 변화는 갑자기 찾아왔다.

지금까지 중 가장 빠른 오드아케르의 내리치기.

료는 그것을 손잡이로 튕겨냈다. 오른쪽 주먹과 왼쪽 주먹 사이로.

그 상태 그대로 오른발을 대각선 앞으로 크게 내밀며 오른팔 하나로 몸통…… 베어내기.

옆구리가 크게 찢긴 오드아케르는 말없이 무너져 내렸다.

"후우……."

크고 깊게 호흡하며 몸과 마음을 가다듬는 료.

"훌륭하네, 료."

어느새 곁에 와 있던 아벨이 칭찬을 던졌다.

"아, 보고 있었어요?"

"그래, 마지막의 그건 검의 손잡이 부분으로 받은 건가?"

"네, 옛날에 전일본선수권 검도 영상에서 본 적 있거든요. 꽤 많은 사람들이 쓰는 기술인데, 성공하면 엄청나게 멋있죠."

멋지게 성공한 덕분에 뿌듯한 얼굴로 말하는 료.

"전일……인지 뭔지는 잘 모르겠지만, 양손을 붙이지 않고 잡는 건 료 특유의 스타일이지."

"뭐, 그렇죠. 아벨이 하려고 했다간 오른손 새끼손가락이 잘릴지도 모르겠네요."

"상상하기 싫어……."

두 사람은 태평하게 이야기를 나누고 있었는데, 그것은 전투 자체가 끝을 향해가고 있었기 때문이었다. 남부군이 연합 척후대를 저지하는 동안 남은 근위병들이 잉베리 공작과 가족을 호위한 채 이탈하고 있었다.

"저 척후대 지휘관은 죽은 건가?"

"아니요, 완벽한 몸통 공격이었는데 척추까지는 닿지 않았어요. 마지막의 마지막 순간 몸을 살짝 옆으로 틀어서 피한 것 같아요. 정말 끈질기네요."

"마무리 안 지을 거야?"

"우리들 역할은 어디까지나 발을 묶는 거잖아요? 죽일 필요까지는 없겠죠. 게다가 슬슬……."

료가 그렇게 말하자마자 목소리가 울려 퍼졌다.

"철수!"

그 소리를 신호로 남부군은 철수했다.

◆

잉베리 공작 로리스 일행이 대피한 곳에는 거대한 동굴이 있었다.

입구 근처가 상당히 구불구불하여 안쪽에서 나오는 불빛이 새어나오지 않게 되어 있었다. 치밀하게 계산된 조형이라는 뜻이었다.

동굴 안은 매우 넓었고, 스무 명이 족히 한 달 이상은 살아갈 수 있을 만큼의 식량 등도 준비되어 있어 준비한 게코의 유능함을 여실히 보여주었다.

그런 동굴에 접근하는 자들이 있다.

"멈춰라! 누구냐!"

작은 목소리로도 날카롭게 신분을 확인한다. 그런 어려운 일을 해내고 있는 것은 다름 아닌 로리스의 근위병들. 고작 다섯 명뿐인 근위병이지만 그 충성심을 모두 로리스에게 바친 사내들이었다.

누구인지 묻는 목소리에도 힘이 느껴졌다.

리더인 남자의 얼굴이 보였다.

"마스터 맥글러스!"

근위병들이 자연스럽게 머리를 숙였다. 연합군에 둘러싸인 상태에서 탈출할 수 있었던 것이 마스터 맥글러스가 이끄는 왕국 모험가들 덕분이라는 것을 알고 있었기 때문이었다.

"잉베리 공작을 만날 수 있겠습니까?"

"저라면 여기 있습니다."

휴가 근위병에게 물어보는데, 동굴에서 로리스가 이미 나오고 있었다.

"전하……."

휴는 로리스를 알아보자마자 한쪽 무릎을 꿇고 예를 취했다.

"아니요, 맥글러스 공, 고개를 들어 주십시오. 아까는 덕분에 살았습니다. 낮에도 오브리 경의 본진을 적은 인원으로 강습했다는 보고를 받았고요. 저는 무운이 없어 나라를 잃었지만, 당신이 해 준 일에는 진심으로 감사하고 있습니다. 오신 이유라면, 앞으로 갈 저희들의 행선지 때문일지……."

"네, 짐작하신 대로 왕국으로의 망명을 고려해 주셨으면 합니다."

물론 그것은 휴의 독단이 아닌 모험가 원정대를 이끄는 그랜드 마스터 핀레이 포사이스의 지시에 따른 것이었다.

핀레이가 직접 나타나지 않는 것은, 공국에 퍼진 휴의 명성을 고려해 그를 내세우는 편이 문제가 적을 것이라는 판단 때문이었다. 그리고 그 판단은 지금 막 성과를 거두고 있었다.

"음, 사실 여기까지 온 이상 그 외에는 선택지가 없다고 생각하고 있었습니다."

하지만…….

"또 하나의 길이 있습니다."

어둠 저편에서 들린 여자의 목소리.

그것은 아무도 예상하지 못한 목소리였다.

료조차도 〈수동 소나〉로 도시 쪽을 경계하고 있었던 탓에 놀란 얼굴을 했다.

'설령 그렇다고 해도 이 정도로 가까워질 때까지 눈치채지 못했다니……. 이건 보통이 아냐…… 잠깐, 이 반응은 혹시…….'

숲 속에서 나온 것은 네 명의 남녀.

선두에는 불타는 듯한 붉은 머리에, 확고한 의지가 얼굴에서도 드러나 있는 것 같은 늠름한 인상의 미녀. 그리고 그녀의 오른쪽 뒤편에는 백발의, 료가 결코 잊을 수 없는 화속성 마법사가 있었다. 대중에게 알려진 별명은…….

"폭염의 마법사……."

작은 목소리로 그렇게 중얼거린 것은 아벨이었다.

"피오나 황녀 전하, 오랜만입니다. 룬의 길드 마스터 휴 맥글러스입니다. 위트나쉬에서 만난 이후로 처음이군요."

"마스터 맥글러스, 물론 기억하고 있답니다. 그리고 뒤에 있는 아벨 씨와……."

거기서 빙긋 미소를 짓고는 말을 잇는다.

"저를 얼리려고 하셨던 수속성 마법사님."

'여자의 웃는 얼굴은 무섭다…… 정말 맞는 말이야.'

"그때는 실례했습니다. 모든 건 뒤에 있는 화속성 마법사 책임이니 양해해 주세요."

료는 예의만큼은 잘 차려 정중하게 인사했다. 말하는 내용은 무례하기 짝이 없었지만.

그 말을 들은 화속성 마법사 오스카 루스카는 언뜻 보면 표정에 변화가 없었다.

하지만 자세히 보면 한쪽 볼이 미세하게 떨리고 있었다…….
대각선 뒤에 있던 두 명의 부관인 마리와 유르겐은 그것을 알아
차렸다. 밤이었기 때문에 왕국 모험가들 쪽에서는 전혀 보이지
않았지만.

'황녀님과 저 녀석 이외 나머지 두 사람도 상당한 실력자들…….
무슨 일이 일어났을 때…… 전력상으로는 호각이라 봐야 할까요.'

료의 머릿속에선 용호상박이라는 말이 날아다니고 있었다.

영웅 맥글러스+아벨+료 대 제국의 네 사람. 뜨거운 싸움이 될
것 같았다.

하지만…….

"저희는 누구와도 싸울 생각이 없습니다. 오늘은 황제 루퍼트
6세의 대리로 잉베리 공작에게 친서를 전하러 왔습니다."

"루퍼트 폐하의 친서?"

잉베리 공작 로리스는 의아한 표정을 지으면서도 피오나 황녀
가 보낸 친서를 받고 그 내용을 읽었다.

그 순간, 표정이 돌변했다.

놀라움과, 의문과, 의심 등이 뒤섞인 표정.

도합 네 번이나 친서를 훑어보았다.

그리고 그 입에서 희미한 목소리가 새어나왔다.

"이것은…… 진심인가?"

"네. 틀림없는 제국 황제 루퍼트 6세 폐하의 친서이며, 적혀진
내용도 사실입니다. 우리 제국은 잉베리 공작과 그의 가족, 그리

고 수행인들의 모든 망명을 공식적으로 받아들이기로 결정했습니다."

그 말을 듣는 순간 휴를 비롯해 아벨도, 심지어 료조차 놀란 표정을 지었다.

"자, 잠시만요. 망명에 관해서는 왕국에서도……."

"왕국도 공식적으로 결정된 겁니까?"

휴가 황급히 끼어들었지만 피오나 황녀가 날카롭게 맞받아쳤다.

"제국은 이미 공식적으로 결정되었고, 황제 폐하의 재가도 떨어져 친서까지 전달받았습니다. 그렇지만 왕국은 이제부터 왕도에서 망명 여부를 심의해야 하는 것 아닙니까?"

하나부터 열까지 다 맞는 말이었다.

왕국 안은 결코 의견이 일치되었다고 할 수 없었다.

심지어 망명을 거부할 가능성마저 있었다.

그것은 휴도 이해하고 있었고, 강력한 정보 수집력을 가진 잉베리 공작도 알고 있었다. 그렇기 때문에 왕국이 망명을 받아들일지 어떨지는 아무도 확신하지 못한 것이다.

하지만 그 이외에는 길이 없었기 때문에 왕국으로 향하고자 마음먹고 있었다.

그러나 여기에 다른 길이 나타났다.

제국으로의 망명.

제국에서는 이미 황제의 재가도 내려졌다고 한다. 과연 이렇게까지 밥상이 차려졌다고 하면 제국으로의 망명을 선택하지 않을 이유가 없었다.

우려할 점이라면 딱 한 가지.

"피오나 전하께 묻고 싶군. 이 공국에서 어떻게 제국까지 갈 생각이지?"

로리스의 우려는 바로 그것이었다.

잉베리 공국과 제국은 국경이 맞닿아 있지 않았다.

연합의 지배하에 있는 왕국까지 가는 길조차 통행이 쉽지 않았다. 그런데 그 너머인 제국까지 간다면 얼마나 어려운 여정이 될지 알 수 없었다.

"전하, 걱정하실 필요는 없습니다."

피오나가 그렇게 말하더니 뒤에 있던 오스카를 힐끔 바라보았다. 오스카는 작게 고개를 끄덕이고는 손에 든 무언가를 향해 속삭였다.

2분 후.

료는 하늘에 그늘이 드리운 것을 깨달았다.

애초에 밤이고 구름도 끼어 있어 별도 달도 보이지 않는 하늘이었지만, 그럼에도 무언가가 하늘에 떠 있다는 것을 알 수 있었다.

〈수동 소나〉에 의하면, 전체 길이 100미터가 넘는 인공물.

"설마…… 비행전함."

료와 마찬가지로 하늘에 무언가가 있는 것을 깨닫고 올려다보던 아벨의 입에서, 무심코 그런 말이 새어나왔다.

"설마…… 단지 소문에 불과하다고 여겨졌던 그건가…….'

"존재하는 건 사실이다. 하지만 제국조차 한 척밖에 만들지 못했다고 알려진 배……. 그게 지금, 눈앞에……."

휴가 놀랐고, 로리스는 강력한 정보부의 힘으로 그 존재를 알고 있었다.

"네. 전하와 그 가족분들을 안전하게 제국까지 모셔가기 위해 황제 폐하께서 특별히 사용 허가를 내주셨습니다. 저 배로 제국까지 모시겠습니다."

피오나 황녀는 그렇게 말하더니 우아하게 고개 숙여 인사하고 말을 마무리했다.

제국으로의 망명은 결정되었다.

외장이 모두 검게 칠해진 제국의 비행전함이 밤의 어둠 속에 녹아든 뒤에도 휴 일행은 한동안 그 자리에서 움직이지 못했다.

완전히, 그리고 완벽하게 제국에 선수를 빼앗겼다. 그 충격은 생각보다 컸다.

'아니, 차라리 잘 된 건지도 몰라. 이렇게 말하긴 그렇지만, 잉베리 공작은 존재 자체가 맹독이 될 수 있다. 지금의 왕국에 그것을 다룰 만한 정치력은 없어.'

휴는 그렇게 생각하고 스스로를 타일렀다.

잉베리 공작을 왕국 내에 두었다면 그 후 연합은 여러 방면에서 손을 뻗어왔을 것이다. 왕국이 그것을 물리칠 만한 힘이 있는가 하면 심히 의심스러웠다.

그렇다면 차라리 왕국에 있지 않는 편이 나았다. 어딘가 멀리…… 그래, 제국이라면 연합도 쉽게 손을 댈 수는 없을 것이다.

'이걸로 잘된 거야.'

휴는 다시 한번 그렇게 생각하고 마음속으로 자신을 납득시켰다.

납득시켰는데…….

"그랜드 마스터에게 혼나겠네요."

료의 중얼거림이 휴를 다시 우울하게 만들었다.

"그렇군."

그랜드 마스터 핀레이 포사이스가 한 말은 그뿐이었다.

화내지도 않고, 어이없어하지도 않고, 변함이 없는 그 표정에서는 휴조차 아무것도 읽어낼 수 없었다.

핀레이도 자국의 정치 중추 상황은 이해하고 있었다.

왕도의 그랜드 마스터다. 어쩌면 이 안에 있는 그 누구보다 왕국 정치와 가까운 인물이라 할 수 있었다. 현 상태에서 잉베리 공작과 그 가족의 신병을 왕국에 두었을 경우의 리스크는 잘 알고 있었다. 알면서도 망명 제의를 할 수밖에 없는 상황이었다.

하지만 제국의 개입으로 문제가 사라졌다.

사실 마음속으로 상당히 안도하고 있다는 것을 아는 사람은 아무도 없었다.

핀레이의 곁을 떠난 세 사람.

"혼나지 않았네요."

"왜 조금 아쉬운 것 같지?"

료는 그저 사실을 말했을 뿐이지만, 어째서인지 휴는 한숨을 내쉬었다.

"아, 아벨이 그렇게 말하래요."

"야, 나한테 넘기지 마."

료가 떨어지려는 불똥을 털어내자 그에 휘말린 아벨이 항의했다.

물론 떨어진 그 불똥은 료가 태운 불에서 나온 것이었다…….

"아벨은 매정해요."

"무슨 소리야?"

"귀여운 후배를 도와줄 생각조차 안 하잖아요."

"귀여운 후배가 나를 길동무 삼아 자멸하려 했으니까. 전력으로 팔을 뿌리치고 그 자리를 피하는 게 모험가로서의 바른 자세지."

"야, 양심은 없는 건가요!"

"양심 같은 게 있었으면 료에게 이용당했을걸."

"그럴 리가 없잖아요!"

그런 바보 같은 대화를 나누는 아벨과 료였다.

◆

"각하, 몇 가지 보고가 있습니다."

럼버의 표정은 어두웠다. 좋지 않은 보고가 뒤섞여 있다는 뜻이었다.

"들어보지. 잉베리 공작의 시체라도 발견했나?"

"아니요……. 어젯밤 제국의 비행전함이 이 피온 부근에서 왕국, 연합 국경 부근을 향해 날아갔다는 보고가 들어왔습니다."

"뭐라고……?"

이 말에는 역시나 오브리 경도 놀라움을 금치 못했다.

오브리 경도 제국이 거대한 하늘을 나는 전함을 보유하고 있다는 것은 알고 있었다.

고대 드래곤의 거대한 마석을 사용하기 때문에 제국에서조차 한 척밖에 만들지 못했다는, 거짓인지 진실인지 알 수 없는 정보가 떠도는 배. 그 진위를 떠나, 제국에서도 무척 귀중한 배로 취급되고 있다는 것만은 사실이었다.

그 비행전함이 피온에서 날아왔다면 이 상황에서 생각할 수 있는 가능성은 하나밖에 없었다.

"잉베리 공작이 제국으로 망명했다는 건가……."

제국으로의 망명 자체는 고려해 본 적이 있었다.

그러나 현실적으로 불가능하다고 판단했다. 이유는 제국까지의 이동 수단 때문이었다.

제국으로 망명하게 된다고 해도 일단은 왕국에 간 후의 재망명을 하게 될 것이라고. 그런 것이라면 가능성이 있다고 생각했다.

하지만 벌어진 상황은 그의 예상을 뛰어넘었다.

제국이, 그렇다기보단 황제가, 귀중한 비행전함을 전장에 투입하다니. 심지어 자국의 안전과는 아무런 관계도 없는 전장에 말이다.

"가장 무서운 건 황제의 지혜다. 정치에서 이길 수 없다는 것은 받아들이고 있었지만…… 설마 전장에서조차 앞설 줄은."

입꼬리를 한쪽만 틀어올리며 자조 섞인 말을 중얼거린다.

"이로써 제국은 언제든지 연합에 개입할 수 있는 명분을 손에 넣은 셈이군. 잉베리 공작은 다루기 힘들겠지만, 두 딸이라면……."

후반부의 말은 럼버에게도 들리지 않았다.

"그래, 럼버, 보고가 그것뿐만은 아니겠지?"

"네. 또 하나는 왕국 모험가들에 관한 것입니다. 피온 평야 부근에서는 이미 떠났다고 합니다. 아직 국경을 넘었다는 보고는 받지 못했습니다만……."

"그렇군. 이쪽에서 먼저 손대지 말라는 내용은 제대로 전해졌겠지? 얼른 나가주는 게 제일이야. 괜히 손을 댔다가 우리 군의 희생이 늘어나면 감당할 수 없을 테니까."

점령 정책은 이제 시작이었다. 치안 유지에 전력을 할애해야 한다. 병사가 한 명이라도 더 줄어드는 것은 피하고 싶었다.

"정말이지…… 전쟁 따위는 제일 어리석은 해결 방법이다. 전쟁을 하고 싶은 녀석은 없어. 그건 당연한 이야기야."

"네……?"

'명장'이라 불리는 오브리 경의 전쟁 부정 발언에 럼버가 놀라 말을 잃었다.

"군인이야말로 가장 전쟁을 싫어한다. 싸우지 않고 이긴다. 역시 그게 최고의 승리지. 우리 연합은 10년 전 입은 손실로 인해 아직도 그럴 수 없는 상태지만. 전쟁이라는 수단을 쓰지 않고 정치적인 문제를 해결할 수 있다면 좋을 텐데…… 정말 어렵군."

『대전』의 영향은 10년이 지난 지금도 연합을 무겁게 짓누르고 있었다.

그 다음 날.

한다르 국가 연합은 잉베리 공국의 소멸과 병합을 중앙 연방에 선언했다.

식민지가 아닌 병합이며, 전 잉베리 공국민에게도 연합 국민과 완전히 같은 권리가 인정되었다.

또한 전 잉베리 공국령에는 향후 10년간 지금까지와 똑같은 법률이 적용되고, 납세액도 공국이었을 때와 완전히 동일하다는 사실도 전해졌다. 즉 공국에 사는 국민들 입장에서는 지금까지와는 아무것도 달라지지 않고, 그저 세금을 내는 상대만 바뀐 셈이었다.

게다가 공국 내에 영지를 가진 귀족들도 한 달 안에 귀순의 뜻을 나타내면 지금까지와 같은 영지 지배를 인정받는다. 다만 귀족들의 납세처는 연합으로 바뀐다.

이미 연합이 점령하고 영주가 사라진 토지에 관해서는 연합의 중심인 십인회의의 각국 통치권에 의해 분할된다. 단 공도는 연합 정부 직할령이 된다.

그 내용이 공국 전역에 선포되었다.

새로운 지배자가 된 연합은 불필요하게 민중을 억압할 생각은 없어 보였다.

이는 많은 국민들에게 기쁜 소식이었다.

전쟁 전 혹은 전쟁 중에 다른 나라로 도망간 자들은 많았다. 하지만 정말 가난한 자나 신체가 자유롭게 못한 자들은 불안에 떨면서도 나라를 떠나지는 못했다.

어느 정도의 여유가 없으면 난민도 될 수 없는 것이다.

한 달이 지날 무렵에는 많은 민중이 연합의 지배를 받아들이게 되었다.

◆

데브히 제국 제도 마르크돌프.

황성의 집무실에서 황제 루퍼트 6세는 집정관 한스 키르히호프 백작으로부터 보고를 받고 있었다.

"잉베리 공작 로리스 공과 그의 가족 및 수행원들, 무사히 황성에 들어갔습니다. 내일 알현 의식과 망명을 공표하고, 그 후에는 그 장원 쪽으로 이동할 예정입니다."

"고생했다. 멍청한 귀족들이 움직이기 전에 황성에서는 서둘러 빠져나가는 편이 좋겠지. 그 장원이라면 조금은 마음 편히 있을 수 있을 테니까."

물론 루퍼트는 보편적인 상냥한 감정에서 그런 말을 한 것이 아니었다.

하지만 그렇다고 해서 나라를 잃은 지 얼마 되지 않은 인간을 당장 이용하려 들 정도로 잔인하지도 않았다. 약할 때는 회복에 전념하고, 힘이 생겼을 때 일을 시키면 된다.

'약해진 채로 혹사시키면 충분한 성과를 거두지 못하고 죽을 수도 있다. 낚시랑 똑같군.'

아주 오래전, 아직 어렸을 때 했던 낚시를 떠올리면서, 루퍼트는 그렇게 생각했다.

"그리고 폐하, 제국 전역의 경제 상황에 대한 보고가 정리되었습니다."

"흐음. 경기는 순조롭게 나쁜 상태를 유지하고 있는 건가?"

순조롭게라는 말의 사용법에 심각한 의문을 느끼면서도 집정관 한스는 고개를 끄덕였다.

"네. 모든 분야에서의 활동 정체가 꼬박 1년 이상 계속되고 있습니다만……."

"다만?"

한스가 마지막으로 덧붙이려던 말을 루퍼트가 재촉했다.

"아뇨, 일부 재무 관료가 황제 폐하께 상신을 올리고 싶다고 해서……."

"흠. 뭐라고 했더라…… 그래, 로렌츠. 로렌츠 쿠시였나. 혹시 그인가?"

"맞습니다! 잘 알고 계셨군요."

루퍼트는 씨익 웃었고 한스는 크게 놀랐다.

그것도 당연하다. 루퍼트가 말한 로렌츠는 아직 20대의 젊은 재무 관료였고, 특별히 뭔가 큰 공적을 올린 것도 아니었다.

물론 성실히 일을 수행하고, 공민과 함께 여러 협상을 거쳐 예산을 편성하고, 황성 밖으로 자주 나가 자신의 눈으로 실정을 확인하면서 여러 제안을 올리고 있는 우수한 남자이기는 했다. 그래서 한스 역시 눈여겨보고 차세대를 책임질 인재로 훈련시키고 있는 사람 중 한 명이었다.

하지만 루퍼트는 황제다. 광대하고 강대한 제국 최고 권력을 지닌 인물.

분명히 말하자면 그런 사소한 일에 시간이나 의식을 쓸 여유는 전혀 없는 입장이었다.

그런 인물이 훌륭한 재무 관료라고는 하나 일개 청년의 이름을 알고 있었고, 심지어 그가 제안자가 아닐까 하는 추측까지 해냈다.

놀라지 않는 쪽이 더 이상했다.

"그래서, 상신의 내용은 뭐지? 경기 진흥책인가?"

"네, 경기의 악화가 길어지고 있어 국민들이 고통받고 있다고……."

"흠. 한번 제대로 설명해 두는 게 좋을 것 같군. 내일이라도 데려오도록 해라."

"예. 알겠습니다."

거의 살인적인 스케줄을 소화하고 있으면서도, 거기서 더 시간을 내볼 테니 데려오라는 황제.

한스는 망설이면서도 데려오겠다는 약속을 했다.

"일단은 불황 상태는 유지하겠습니다."

"그래, 그거면 됐다. 다만 국민들에게는 최소한의 의식주 제공은 계속 하도록."

루퍼트의 지시에 한스는 고개를 끄덕였다.

그것을 보고 루퍼트는 말을 이었다.

"본래 국가가 해야 할 일은 호경기를 창출하고 유지하는 것이다."

경기가 순조롭게 나쁜 상태를 잘 유지하고 있는지 확인한 루퍼트가 정반대의 말을 했다.

"그 근본을 이해하지 못하면 나라 전체가 흔들리지. 국민 대부분은 경기가 좋으면 불만을 갖지 않아. 무엇보다 치안이 좋아진다. 뭐, 경기가 나빠지면 치안이 나빠지는 것의 반대가 되는 것뿐이지만."

"맞습니다. 그 한 가지만으로도 호경기로 만들 이유는 충분하죠."

루퍼트의 말에 한스는 크게 고개를 끄덕였다.

"호경기로 만들기 위해 세금을 감면하고, 국가에서는 사업을 시행하게 되는데…… 그때 반드시 이런 소리가 들려오지. 재원은 어떻게 할 것인가."

"사업의 재원은 어떻게 하실 겁니까?"

한스가 재미있다는 얼굴로 물었다.

"그런 건 없다."

루퍼트는 입꼬리를 올리고 그렇게 단언하더니 말을 이었다.

"경기 자극을 위해 감세를 실시한다……. 그럼 감세한 만큼 다른 곳에서 세금을 늘려 보충할 건가? 그렇게 되면 결국 경기 자극이 되지 않는다. 다시 말해 대신할 재원은 없다. 그러니 국채를 발행해 충당하는 거지. 그렇게 서둘러 호경기로 만든 다음 세수를 늘려야 하는 거고."

"국채를 너무 대량으로 발행하면 국가의 신용이⋯⋯."

한스가 웃으며 말하자 루퍼트도 웃었다.

"그건 국가의 신용이 어디에 기반하고 있는가의 문제다. 국가의 신용은 그 국가가 가진 '힘'에 기반하여 주변 국가가 결정하는 것이지. 결코 그 나라 정부가 빚진 돈이 아니야."

"힘, 말입니까⋯⋯."

"그래, 힘이다. 군사력과 경제력⋯⋯ 그리고 그것들을 지탱하는 연금술을 포함한 과학 기술력 정도겠지. 그런 힘을 잃지 않기 위해 국가는 정책을 시행한다. 경우에 따라서는 자유로운 경쟁을 저해할 수도 있지. 하지만 그게 무슨 상관인가? 자유로운 경쟁을 시켜서 국민을 불행하게 만드는 것보다는 낫지 않나? 그렇게 되면 본말이 전도되는 것이니."

"제국이 시행하는 국내 제조 지원도 그 일환이군요. 국외로 제조 공장이 나가지 않도록 하는 지원."

"그래. 제국은 대국이다. 국민의 임금도 높지. 인건비나 재료비가 싼 타국에 공장을 두고 거기서 제조한 것을 제국에 수입하면 더 저렴한 상품을 공급할 수 있다⋯⋯. 결과적으로 돈이 되지. 그렇게 생각하는 상회가 나오는 것은 당연한 일이다. 하지만 그렇게 되면 만일의 일이 터졌을 때 제국 안에 상품이 들어오지 않게 된다. 국민이 불행해진다. 그렇기 때문에 평소부터 지원을 해서, 국내에서 제조를 하면 타국에서 생산하는 것보다 더 이익을 낼 수 있다는 것을 알려줄 필요가 있다. 국가 주도로. 그것이야말로 나라의 강함이지. 국내 제조라는 것은 무력, 경제력, 그리고 과학 기술력 모두와 관련된다."

"말씀하신 대로입니다."

루퍼트의 설명에 한스가 고개를 끄덕였다. 기본적으로 한스는 루퍼트가 말하는 내용을 잘 이해하고 있었다.

"다만, 이런 것들은 시각을 바꾸면 나라가 가진 여유라는 말로 바꿔쓸 수도 있다. 어떤 문제가 생겼을 때 바로 대응할 수 있는 힘을 평소에도 유지한다는 것은 그런 것이다. 그리고 이는 일종의 낭비라고도 할 수 있지. 하지만 이 낭비야말로, 평소 유지되고 있는 낭비야말로 유사시에 국민을 구하는 것인데…… 이건 아무리 설명해도 전해지지 않는 법이다."

평소 낭비로 보이는 부분을 유지하는 것은 무서울 정도로 어렵다. 왜냐하면 아무것도 모르는 국민들은 반드시 이렇게 말할 것이기 때문이다. 낭비를 없애라고.

"아아…… 그렇죠. 관료들조차 젊은 사람들은 많이 말합니다. 그러다가 무슨 일이 터지면 허둥지둥……."

"원래 그런 것이니 어쩔 수 없다. 경험하지 못하고 상상력도 없다면 어쩔 수 없는 문제야. 그 '낭비'야말로 유사시에 자신들의 생명을 지켜준다는 것을. 경험하면 바뀌겠지만…… 어렵지. 그래, 낭비라는 말이 문제인 건가? 표현을 좀 바꿔볼까? 여유도가 있다거나, 여유도가…… 높다? 크다? 그 부분은 잘 모르겠지만…… 낭비가 아니라 여유라고 바꿔 말하면 좋을까."

"어쩔 수 없을 것 같습니다……."

루퍼트가 쓴웃음을 지으며 말했고 한스도 고개를 저으며 대답했다.

"어쨌든 나라의 신용에 대해 말하자면, 강력한 국가라면 솔직히 말해 국채를 얼마나 발행하든 나라의 신용이 폭락하지는 않는다."

거기서 루퍼트는 한숨을 내쉬며 말을 이었다.

"그 모든 것을 겸비한 국가를 유지하는 것은 쉬운 일이 아니지. 나라 운영에 종사하는 사람들이 편안함을 느끼기 시작하면 그 나라의 미래는 기울어지기 시작한다. 도달하는 곳은 항상 같은 장소야."

"도달하는 곳?"

"전쟁이냐, 내란이냐. 역사상 그 외의 종착점은 없었다."

다음 날.

데브히 제국 제도 마르크돌프 황성의 황제 집무실. 거기에 초대받은 인물이 두 명.

한 사람은 이 방의 단골인 집정관 한스 키르히호프 백작.

또 한 명은 처음 방문하는 젊은 남성이다. 누가 봐도 긴장으로 굳어 있었다.

"오, 왔군. 금방 끝난다. 거기 앉아서 기다려라."

이 방의 주인인 황제 루퍼트 6세는 자신의 집무실에서 서류를 확인하며 사인을 반복했고, 들어온 두 사람에게 먼저 앉아 기다리라는 말을 건넸다.

그렇다고 해서 마음대로 앉을 수는 없었다.

단골인 한스조차 의자 앞에 선 채로 기다리고 있었다. 한껏 긴장한 젊은 남자도 그 옆에서 서서 기다렸다.

"앉아도 된다 했거늘."

루퍼트는 쓴웃음을 지으며 두 사람에게 다가왔다. 그와 동시에 시종이 세 사람 몫의 커피를 가져왔다.

루퍼트가 소파에 앉자 그제야 두 사람도 맞은편에 앉았다. 거기에 타이밍 좋게 나오는 커피.

"어제 트와일라이트 랜드에서 도착한 블루마운틴 커피다. 왕국의 코나도 좋지만, 이것도 제법 물건이지."

그렇게 말한 루퍼트는 컵에 손을 뻗어 우선 향을 한번 즐기고 입에 머금었다.

그것을 보고 두 사람도 컵에 손을 뻗어 입으로 가져갔다.

주변으로 커피향과 여유로운 시간이 흘러갔다.

그날 로렌츠 쿠시는 아침부터 혼란에 빠져 있었다.

어제 저녁 집정관 한스 키르히호프 백작의 집무실로 불려가 이런 말을 들었기 때문이었다.

"내일 황제 폐하를 찾아뵐 거다. 네 생각을 전부 말하도록 해."

"지, 직접, 폐하께요……?"

"음. 폐하께서 로렌츠 너를 불러오라고 하셨다. 한번 설명을 하고 싶으시다는구나. 부디 무례한 짓은 하지 않도록 해라."

'싫습니다……'라는 말은 차마 할 수 없었다.

진심으로 그렇게 말하고 싶었다.

아니, 진심으로 그렇게 소리치고 싶었다. '싫습니다. 문서로 상신하게 해 주십시오'라고.

하지만 전해진 것은 모두 결정사항.

로렌츠는 싫습니다 대신 마음속으로 이렇게 외쳤다.

'어째서 이렇게 되었을까'하고.

일반적인 제국 신민이 지닌 황제 루퍼트 6세에 대한 이미지는 두려움에 가까웠다.

이는, 20대에 즉위한 이후 국내의 많은 귀족들을 인정사정없이 숙청 및 개혁하고, 제국의 서쪽과 북쪽에 존재했던 소국들을 계속해서 병합한 것이 주된 이유 중 하나라 할 수 있었다.

동시에 제도에서 일하는 고위 관료나 대신들로서는 직접 그 질책을 당하는 피해를 실제로 입고 있었기에 일반 신민들 이상으로 두려움의 대상이 되고 있었다. 물론 그런 질책들이 부조리한 것은 아니었기에 유능한 가신의 상징이라고도 할 수 있는 한스는 거기에 해당되지 않았지만……

그런 두려운 상대가 눈앞에 앉아 있고, 게다가 자신은 지금 그 상대에게 상신을 올려야 한다.

물론 집정관 한스 키르히호프 백작에게 황제 폐하에의 상신을 부탁한 것은 사실이지만…… 그것은 어디까지나 문서로서의 상신이지, 지고하신 존재에게 직접 말할 생각은……

"자, 로렌츠."

"예, 예!"

누가 봐도 긴장으로 굳어 있는 로렌츠를 보며 루퍼트는 쓴웃음을 지었다.

"커피라도 한잔 마시면 조금은 긴장이 풀릴 줄 알았는데……예상이 빗나갔군."

한스 쪽을 돌아본 루퍼트가 부드러운 어조로 말했다.

"폐하께서는 두려움의 대상이시니……."

한스 역시 쓴웃음과 함께 고개를 저으며 말했다.

"두려움이라. 황제에게는 꼭 필요한 이미지이지만, 이런 상황에서는 불편하군. 좋다, 로렌츠, 약속하마. 이 자리에서 네가 무슨 말을 하든 그것을 이유로 벌을 내리지 않겠다고."

"예, 예……."

아무것도 변하지 않았다.

"한스, 이 방법도 아닌 것 같군. 로렌츠가 여전히 긴장하고 있다."

"아무래도 그런 것 같습니다."

이것만은 어쩔 수 없다……. 한스의 표정은 그렇게 말하고 있었다.

결국 여기까지 이르자, 루퍼트는 자신이 먼저 나서기로 했다.

"그래, 로렌츠. 네가 여기 온 것은 국민을 걱정해서가 아닌가?"

그 한마디가 로렌츠를 평소의 상태로 되돌려 놓았다.

그래, 자신이 상신을 올리고자 한 이유는 생활이 어렵다고 호소하는 국민들 때문이었다.

어려운 이유는 명백했다.

경기가 나쁘기 때문이다.

물론 오늘 먹을 식사에 어려움이 있는 것은 아니다. 그렇게까지 심각한 상태에 놓인 사람은…… 아예 없지는 않지만 그렇게 많지는 않다. 정부가 지원하는 배식도 꾸준히 진행되고 있으며 굶어죽었다는 보고도 없다.

하지만 그것만이 아니다.

불경기는 미래를 꿈꾸는 사람들의 마음을 앗아간다.

불경기는 미래에 품는 사람들의 희망을 앗아간다.

불경기는…… 사람의 마음을 황폐하게 만든다.

그것이 제도에는 만연해 있었다. 제도뿐만이 아니라 제국 전역에 만연해 있었다.

그러니 경기회복책을 마련해야 했다. 그것을 위해 자신은 이곳에 온 것이다!

"감히 황제 폐하께 아뢰옵니다. 국민들은 지쳐 있습니다. 경기 악화가 길어지며 민심도 흉흉해졌습니다. 당장이라도 경기를 살릴 수 있는 대책을 세워야 합니다."

그렇게 말하며 가져온 종이 뭉치를 내밀었다.

당장 할 수 있는 경기부양책 목록, 각각의 효과와 소요되는 시간과 비용, 상세한 내용 등이 정리되어 있었다.

루퍼트는 받아서 쭉 훑어보았다.

그 모든 것이 완벽한 제안이라는 것을 알고 만족했다.

"음, 훌륭한 내용이다."

"그, 그렇다면!"

"하지만 현시점에서 이런 정책을 실행하는 것은 허락할 수 없다."

"어째서입니까!"

입장도, 장소도 잊은 채 로렌츠는 소리치고 말았다.

하지만 금세 정신을 차렸다.

눈앞에 있는 것은 절대 권력자인 황제 루퍼트 6세다. 소리쳐도 될 상대가 아니었다.

"그것을 설명하기 위해 오늘 널 부른 거다."

루퍼트는 그렇게 말하고 마지막 남은 블루마운틴을 들이키며 설명을 시작했다.

"우선, 현재의 불경기는 정책의 일환으로 유지되고 있는 것이다."

"네……?"

로렌츠는 자신의 귀를 의심했다.

"그, 그게 무슨 말씀이십니까?"

그 말밖에는 할 수 없었다. 도무지 이해할 수 없는 말이었기 때문이다.

"로렌츠는 재무 관료이지? 그렇다면…… 7년 전 경기가 어떤 상태였는지 기억하고 있나?"

"네…… 상당한 호경기였습니다. 제도뿐만 아니라 제국 전역에서……."

"그렇지. 이유는 알고 있고?"

잠시 생각하던 로렌츠가 입을 열었다.

"아마 『대전』이 원인이겠지요."

"정답이다."

루퍼트는 기쁘게 고개를 끄덕이며 한스 쪽을 보고 말했다.

"한스, 너보다 더 똑똑한 것 같지 않나?"

"네네. 폐하의 말씀이 다 맞습니다."

그런 말을 들은 한스는 어깨를 으쓱였다.

당황한 것은 오히려 로렌츠 쪽이었다.

"아니요, 절대 그렇지는……."

"로렌츠, 거기서 겸손할 필요는 없네. 그래서 폐하. 정확히는 『대전』의 무엇이 원인입니까?"

"뭐, 쉽게 말하자면 전장이 된 한다르 국가 연합, 나이트레이 왕국. 양측 모두 엄청난 수의 공방과 상회가 파괴된 결과 여러 분야에서 생산 능력을 잃었다. 전후에도 파괴된 공방은 물론이고 원료 조달망 같은 것은 쉽게 복구되지 않아. 그러니 이를 위해 국내에서 필요한 물자의 대부분을 우리나라에서 수입했지. 나아가 저쪽에서 제조를 위해 사용하는 도구들도 우리나라에서 수입했고. 우리나라 상인들 입장에서는 갑자기 새로운 시장이 나타난 셈이니 많이 만들고 많이 팔면…… 경기가 좋아지는 건 당연하다."

"확실히 그렇겠군요."

한스는 고개를 끄덕이며 컵에 손을 뻗었다. 하지만 이미 비어 있는 것을 깨닫고 실망한다.

그때, 타이밍 좋게 집사가 새로운 커피를 들고 나타났다.

만면에 희색을 띠는 한스.

그것을 힐끔 보며 설명을 이어가는 루퍼트.

"봐라, 로렌츠, 한스의 저 얼굴을. 경기가 좋을 때의 국민들 얼굴 같지 않은가?"

그렇게 물어도 무작정 동의할 수 없는 로렌츠는 아~ 라거나 음~ 이라는 대답만 반복했다.

"그래서 지금, 우리나라는 불경기 상태를 유지하고 있는 것이다."

"네?"

"저런 밝은 표정을 짓고 있는 국민을, 다시 말해 경기가 좋을 때 국민을 전장으로 내보낼 수는 없다."

황제 루퍼트는 더욱 말을 이었다.

"전쟁은 경제가 좋을 때는 일으킬 수 없으니까."

"그게……."

루퍼트의 말에 로렌츠는 말을 잇지 못했다.

즉 황제 루퍼트 6세는 전쟁을 일으키려고 하는 것이다. 그 때문에 불경기로 만들고 있는 것이라고……?

"다시 이야기를 되돌려서. 새로운 시장이 나타나며 경기가 좋아졌다. 하지만 그 시장은 머지않아 닫힌다. 거기까진 이해했나?"

"네. 연합과 왕국이 모두 전후 부흥을 마치고 공방이나 상회가 새로 생기면 굳이 우리나라에서 수입할 필요가 없어집니다. 우리나라에 있는 공방에서는 연합이나 왕국에 수출하기 위해서 늘린 생산 설비나 혹은 새로 고용한 사람들, 그것이 공중에 뜨게 되겠죠……."

"정확하다. 그렇게나 경기가 좋아진 상태에서 갑자기 시장이 쪼그라들면 어떻게 될 것 같나? 끔찍할 정도의 불경기가 찾아온다. 공황은 호경기가 터질 때 찾아온다. 그러니 너무 좋아진 경기를 터지기 전에 줄여둘 필요가 있었지. 그래서 우리나라는 5년 전에 대대적인 증세를 감행한 것이다. 과열된 경기를 식히기 위해서 말이야."

"그것이, 현재까지도……."

"그래. 하지만 증세를 하지 않고 과열된 경기를 그대로 놔뒀더라면 이 정도의 불경기로는 끝나지 않았을 거다."

그렇게 말한 루퍼트는 새로 나온 블루마운틴을 입에 가져가며 한숨을 돌렸다.

로렌츠는 방금 들은 설명을 머릿속으로 곱씹었다.

"애초에 증세라고 하는 것은 세수를 늘리기 위해 하는 것이 아니다. 경기를 식히기 위해 하는 것이지. 그러니 반대로 경기를 좋게 만들려면 감세를 해야겠지?"

"네……."

루퍼트의 설명에 크게 고개를 끄덕이는 로렌츠.

"그럼 거기서, 감세도 하지 않고 불경기가 오래 지속되는 나라가 있다면, 거기에는 무슨 의미가 있을까?"

루퍼트가 로렌츠를 똑바로 바라보며 말했다.

"즉, 어떤 이유가 있어서 일부러 불경기 상태를 지속하고 있다, 라는……."

"정답이다. 아까도 잠깐 언급했지만, 우리 제국이 불경기 정책을 유지하고 있는 것은 머지않아 전쟁에 돌입할 것이기 때문이다. 국민들에게는 미안하지만, 여러모로 타이밍이 겹쳐 지금이 되었다."

"경기가 좋지 않을 때에 전쟁이 일어난다……."

"경기가 나쁘다는 것은 돈이 돌지 않는다는 뜻이다. 정부를 포함해 많은 사람이 돈을 쓰지 않기 때문이다. 그러니 소비가 위축되는 것이지. 그렇다면 국가가 취할 수 있는 최대의 소비 행동이 뭐라고 생각하나?"

루퍼트의 물음에 로렌츠는 고개를 기울여 고민했지만, 이 물음에 대한 답은 찾을 수 없었다.

그 대신 한스가 대답했다.

"바로 전쟁이지요."

그 말을 듣고 로렌츠는 깨달았다. 일반적인 생산 능력조차 전장에서 소비되는 물자 생산에 투입되며, 대량의 물자가 전장에서 물쓰듯 사라지는 국가 최대 규모의 소비 행동.

그것이 전쟁이다.

"그렇다. 물론 우리 제국이 지금까지 해 온 북방이나 서방의 소국 병합은 전쟁이라고 할 수 없다. 제국의 경제 규모로 따지면 기껏해야 분쟁이나 소규모 전투 정도지. 경제에는 티끌만큼의 영향도 미치지 못한다."

"즉, 이번 상대는……."

거기까지 말하고 로렌츠는 입을 다물었다. 그다음 말은 이 자리라 해도 해서는 안 될 것 같았기 때문이다.

"그 나라에 그림자 군은 이미 들어가 있고, 그 밖에도 여러 준비가 진행되고 있지만…… 본격적인 개전까지는 아직 몇 개월이 더 남았다. 하지만 전쟁이라는 소비 행동이 행해지면 경기는 회복되겠지."

"폐하…… 정말로 전쟁을 꼭 일으켜야만 하는 겁니까?"

로렌츠는 자신의 직무 밖이라는 것을 알면서도 물어보지 않을 수 없었다.

"그래, 일으켜야 한다. 한두 가지 이유 때문만은 아니야. 다른 방법, 예를 들면 외교적인 교섭 등으로는 해결되지 않는 것들이 많기 때문이다."

이후 루퍼트의 중얼거림은 두 사람의 귀에도 들어오지 않았다.

"정말로…… 황제라는 것은 죄가 막중한 역할이야."

갑작스러운 방문자

잉베리 공국에서 귀국하던 왕국 모험가들은 국경을 넘고 난 뒤에야 긴장에서 해방될 수 있었다.

왕국 동부 국경 도시 레드포스트를 앞둔 지점.

"그건 그렇고, 전혀 활약하지 못했네요."

작은 목소리로 모 수속성 마법사가 중얼거렸다.

"아니, 제3 독립부대를 처치했잖아. 거의 료 혼자서."

아벨이 옆에 있는 료에게 말했다.

"아뇨, 뭐랄까. 그런 게 아니라, 역시 마법사라면 주 전장에서 화려한 마법을 날려서 적들을 마구 쓰러뜨린다거나, 그런 걸 하고 싶은 법이잖아요! 모처럼 마법사가 됐으니까요."

"그, 그런 건가?"

마법사의 소망은 어차피 검사에게는 통하지 않는다.

하지만 료의 말에 반응한 인물이 있었다.

"그렇지! 이해해, 완전 공감!"

그렇게 말하면서 몇 번이나 고개를 끄덕인 것은 『스위치백』의 척후 수.

그리고 그 옆을 걷고 있던 같은 『스위치백』의 검사 라였다.

"마법으로 일소하겠다! 아니면, 쓸어버리겠다! 그런 거 말이지!"

고개를 끄덕이며 말하는 수.

옆에서 검사인데도 자꾸만 고개를 끄덕이는 라.

"동지군요!"

료는 그렇게 외치며 두 사람과 굳은 악수를 나눴다.

"아, 응, 그렇구나……."

아벨은 료뿐만 아니라 남부군에 만연한 것처럼 보이는, 화려한 마법을 동경하는 광경에서 눈을 돌리며 중얼거렸다.

료에게는 의문이 남아 있었다.

잉베리 공작 로리스 일행이 피난소로 거처를 옮겼을 때, 료는 〈수동 소나〉를 사용하여 그 장소를 특정해 찾아갈 수 있었다.

하지만 그것이 가능했던 것도 도시 주변에 자신들도 잠복해 있었기 때문이다.

그러나 제국의 황녀님과 그 화속성 마법사는 어째서인지 그 장소에 나타났다. 제국에서 왔는데, 어떻게 정확하게 그 지점에 나타날 수 있었던 것일까.

그것이 료가 품고 있는 풀리지 않은 수수께끼였다.

레드포스트에는 사람이 늘어나 있었다. 잉베리 공국의 멸망이 정해지며 왕국으로 도망쳐 온 자들이 늘어난 모양이었다.

왕국 원정대는 도시 밖에서 야영을 하게 되었다. 내일 원정대는 이곳에서 해산한다. 보수 등은 각자 소속된 도시로 돌아가고 난 뒤에 받기로 했다.

기본적으로는 이후에도 동서남북 각 부와 중앙부로 나뉘어 돌아가게 되지만, 도중에 여러 도시를 들르는 파티도 있었기에 명목상으로는 여기서 해산이었다.

구 잉베리 공국을 이동하던 중에는 편히 쉴 수 없었던 원정대 일행은 왕국으로 돌아오고 나서야 겨우 숨을 돌릴 수 있었다.

도시 밖에도 이민자들이 숙식을 하고 있는 상황이라 트러블을 막기 위해 심한 음주는 금지되지만 적당한 음주는 허용되었다.

잉베리 공국에 진군한 이후 한 번도 허락되지 않았던 음주가 드디어 허락되었다는 것만으로도 원정대 일행은 떠들썩한 밤을 보내고 있었다.

료는 술은 좋아하지만 많이는 마시지 못하는 타입이었다.

애초에 지구에 있을 때는 미성년자였기 때문에 마신 적이 없었고. 그래서 료에게 술이란 『파이』가 처음이었다. 왕국에서는 에일이 주류였지만, 최근에는 맥주도 유통량이 증가하는 추세였다.

취한 료는 술을 깨기 위해 일행의 술자리에서 조금 떨어진 곳에서 자체 제작한 물을 마시고 있었다.

취한 데다 사람도 많았기에 〈수동 소나〉는 완전히 꺼두었다. 그래도 누군가 다가오는 기척은 느끼고 있었다.

다가온 이는…….

"오랜만입니다, 료 씨."

그리운 목소리와 함께 등장한 이는, 구 잉베리 공국의 상인 게코였다.

료의 제자들의 고용주이기도 하고, 잉베리 공작의 탈출로도 준비해 주었다는 말을 듣고 그의 안부가 궁금했었다.

그런 본인이 이렇게 눈앞에 나타났으니 기뻐하지 않을 수 없었다.

"게코 씨, 무사하셨군요!"

그 목소리에 담긴 기쁨과 안도의 감정은 게코에게도 고스란히 전해졌다.

"걱정해 주셨군요……. 전 괜찮습니다. 보시는 대로 팔팔합니다."

그렇게 말하더니 어째서인지 오른팔을 직각으로 구부려서 알통을 만들어 보인다.

이런 표현은『파이』에서도 보편적인 것일까. 료는 속으로 고개를 갸우뚱했지만 표정으로 드러내진 않았다.

"맞다, 참. 아이들은 룬으로 보냈어요. 가장 믿을 수 있는 사람들한테 부탁해 두었으니 아마 잘 도착했을 거예요."

"네, 방금 룬에서 보고를 받았습니다.『붉은 검』세 분께 부탁하신 것 같더군요. 무사히 전원이 룬에 도착했다고 합니다. 정말 감사합니다. 그 아이들을 포함해서 이쪽에 온 사람들은 앞으로 게코 나이트레이 상회에서 활동할 예정입니다."

"오오!"

나라가 망하더라도 장사는 계속된다.

그것은 그곳에서 일하는 직원과 그 가족에게 책임이 있기 때문이며, 상품과 서비스를 기다려주는 고객에게도 책임이 있기 때문이다.

하지만 료는 앞서 들은 설명 중 궁금한 내용이 있다는 것을 깨달았다.

"이쪽에 온 사람들, 이라고 하셨나요?"

"아, 네. 원래도 제 형은 한다르 국가 연합 내에서 상회를 하고 있습니다. 그것과는 별개로, 실은 이번 일로 잉베리의 상회를 분점으로 나누게 되었거든요. 주 왕국 방면에서 동생이 상회를 열 예정입니다. 그리고 주 왕국의 북쪽에 있는 큐 수장국에서 막냇동생이 상회를 열 예정이고요."

'마치 로스차일드 집안 같네…….'

19세기 초 독일의 은행가 마이어 암셀 로스실트에게는 다섯 아들이 있었다. 이들은 각각 성장하여 프랑크푸르트, 빈, 런던, 나폴리, 파리와 유럽 등 5개 도시로 나뉘어 사업을 벌였고, 때로는 국가를 초월해 협력하여 모두 대성공을 거뒀다.

19세기부터 20세기까지 세계를 그림자 속에서 지배했다고도 알려진 로스차일드 가문은 이 다섯 명이 살던 시대에 발전한 것이었다.

참고로 '로트실트'는 로스차일드의 독일어 발음이다.

레드 와인인 보르도 1급 등급인 5대 샤토 안에 두 개나 들어있는 '샤토 라피트 로트실트', '샤토 무통 로트실트'. 이 '로트실트'가 바로 그것이다.

'그래, 무통은 아버지가 정말 좋아하는 와인이었어. 술은 거의 마시지 못하는데……. Premier je suis, Second je fus, Mouton ne change. 유일하게 알고 있던 프랑스어.'

"나는 1등이다. 과거에는 2등이었으나, 무통은 변하지 않는다."

"료 씨?"

료의 중얼거림은 너무 작아서 게코의 귀에도 닿지 않았다.

"아, 죄송해요. 잠깐 생각난 게 있어서요. 그보다 정말 무사하셔서 다행이에요."

예전에도 그랬지만 료는 게코를 보면 아버지가 생각났다.

나이는 전혀 다르지만, 뭔가…… 분위기가 비슷하다고 해야 할까. 무통의 프랑스어가 떠오른 것도 그 때문이었는지도 모른다.

거기서 료는 게코 뒤에 있던 두 사람에게 눈길을 돌렸다.

한 명은 게코의 호위대장 막스. 이 사람은 알겠다.

하지만 또 한 사람은…….

"콘 씨?"

그랬다. 또 한 사람은 주 왕국의 왕자인 윌리 전하를 함께 호위했던 잉베리 공국의 C급 모험가 콘이었다.

"그래, 료. 오랜만이야."

"왜 콘 씨와 게코 씨가?"

확실히 둘 모두 구 잉베리 공국 사람이긴 하지만…… 특별히 아는 사이는 아니었을 텐데. 공국의 공작성에서 스쳐 지나갔을 때도 인사는 나누지 않았었고…….

"아, 여러 일이 좀 있어서. 데려가달라고 했어."

콘이 머리를 긁적이며 대답했다.

"콘 씨도 나이트레이 왕국으로 이주한다고 하기에 그때까지 호위를 부탁했습니다. 왕국 동부의 치안은 좋지 않으니까요."

게코는 그렇게 설명했다.

표면적인 설명은 그런 것이겠지만, 그 이면에는 여러 사정이 있는 듯했다.

하지만 그것을 굳이 물어보는 것은 눈치없는 짓이다.

묻지 않는 편이 좋은 일도 세상에는 많으니까. 료도 사회생활을 통해 많은 일을 겪었다.

"앞으로는 남부를 중심으로 활동하실 건가요?"

료가 그렇게 물은 것은 어쩌면 당연했다. 동부는 치안이 나쁘다고 말한 직후였으니까. 아이들이 향한 룬에는 본점을, 아크레에는 지점을 낸다고 들었는데, 두 곳 모두 왕국 남부의 도시였다.

"그렇죠, 그럴 생각입니다. 물론 영주님의 허락을 받아야 하겠지만…… 룬 변경백 각하도, 아크레를 다스리고 있는 하인라인 후작 각하도 모두 훌륭한 영주님입니다. 그것을 생각하면 다른 곳보다는 훨씬 낫지 않을까 싶습니다."

게코는 빙긋 웃으며 대답했다.

료는 룬에 살면서도 룬 변경백이 어떤 인물인지 전혀 알지 못했다.

영주관에 사는 세라와의 대화 속에서 가끔 언급되긴 했지만, 그럴 때마다 말속에서 세라가 영주를 얼마나 존경하고 있는지가 느껴졌다.

차기 영주의 어깨를 망가뜨리고 검을 박았다고 들었지만…….

"왕국 전체로 보면 어려운 부분이 꽤 많지만, 남부에 한해서는 안정된 편이니까요. 거점을 두기에는 가장 좋을 겁니다."

그 말이 계기가 되어, 료의 머리에 문득 제국의 황녀님과 불 마법사의 모습이 떠올랐다.

그들이 어떻게 그 타이밍에 그 자리에 나타날 수 있었을까.

그 대답이 갑자기 번뜩였다. 료의 머릿속에 번뜩일 만한 정보가 갖춰진 것이다.

"그건, 게코 씨가 수배한……."

저도 모르게 말을 꺼냈다가 후회했다. 생각했다 해도 입 밖에 내도 되는 내용이 아니었으니까.

그리고 게코도 말없이 검지손가락을 입 앞에 가져갔다.

그리고 살짝 미소 지었다.

입 밖으로 꺼내면 안 됩니다.

그래, 잉베리 공작이 숨은 피난처. 게코는 잉베리 공작이 그곳에 숨을 것을 알고 있었다. 즉 제국에 정보를 흘릴 수 있는 입장에 있었다.

아마 잉베리 공작을 왕국으로 망명시키고 싶지 않았던 것이리라.

왜냐하면 왕국은 치안이 좋지 않다……. 그것은 곧 통치 능력의 저하를 의미한다. 통치 능력이 저하된다는 것은 곧 정치의 안정도가 낮아진다는 뜻이고…… 그런 곳에 잉베리 공작과 그 가족이 간다면 어떻게 될까.

적어도 행복한 미래는 바랄 수 없었다.

그렇다면 제국이라면 어떨까.

물론 정치적으로 이용당할 것이다. 장차 그들을 명분으로 내세워 연합에 쳐들어갈 구실을 만들지도 모른다.

그러나 적어도 목숨을 빼앗길 걱정은 없다. 황제는 그렇게 어리석은 인물이 아니니까.

물론 최선의 선택은 아니었다. 하지만 나라가 망한 시점에서 최선의 선택 따위는 존재하지 않는다. 그렇다면 보다 나은 쪽은 어느 쪽인가. 그런 선택을 해야 한다.

그리고 게코는 제국을 제안했다.

그래, 제안한 것뿐이다.

결국 제국에 가기로 선택한 것은 잉베리 공작 자신이었으니까. 그는 자신과 가족을 위해 왕국과 제국을 저울질한 끝에 제국을 선택했다.

그런 선택을 할 수 있었던 것도, 게코의 수배로 제국이 망명을 수용하기 위해 움직여준 덕분이었다. 게코가 수배하지 않았더라면 애초에 왕국에 가는 것 외에는 다른 선택지가 없었을 것이다.

나라가 망한다는 것은 많은 사람이 불행해진다는 뜻이다.

하지만 망하더라도, 국가와 그것을 상징하는 사람들을 위해 움직인 자들이 여기 있었다.

료의 고개가 자연스럽게 숙여졌다.

"아니요, 료 씨. 당신이 고개 숙일 일이 아닙니다."

조금 당황한 목소리로 게코가 말을 건넸다. 그리고 말을 이었다.

"완전 독립을 이룬지 10년. 연합의 표적이 되고 있었다는 건 알고 있었습니다. 공도도 그 주변도 가능한 한 나라의 체제를 갖추려 했지만…… 시간에 맞추지 못했습니다. 물론 저희들은 상인일 뿐이니 중심에서 정말 온몸을 바쳐서 섬겼던 분들과는 비교할 수 없겠지만…… 얼마나 안타까웠을지."

게코는 조금 슬픈 표정으로 과거의 추억을 회상하듯 말했다.

"나라에 남은 사람들도 앞으로 힘들까요?"

료가 아는 척하며 물었다.

하지만 게코는 천천히, 작게 고개를 저으며 말했다.

"연합의 오브리 경은 유능한 분이십니다. 개성이 조금 강해서 목적 달성을 위해서는 수단을 가리진 않습니다만, 시정의 국민을 탄압하는 분은 아니니……."

게코는 굳이 거기서 말을 끊었다.

잉베리 공국민이었을 때보다 더 나은 삶을 살 수 있을지도 모른다…… 그런 말은 입 밖에 내고 싶지 않은 것이다.

게코 상회는 여러 왕국의 도시를 돌다가 결국 룬, 아크레를 목표로 한다고 했다.

룬에서의 재회를 약속하고 료는 게코 일행과 헤어졌다.

술도 깨고, 다시 술자리로 돌아가던 료는 흠칫 놀라 돌아섰다.

그날의 방문객은 게코뿐만이 아니었다.

"료, 잠깐 할 얘기가 있어."

달빛 아래 서 있는 것은 검은 뿔과 검은 꼬리를 가진 미녀.

료가 결코 잊을 수 없는 상대.

악마 레오놀이었다.

"레오놀……."

"음. 음? 그렇게 경계할 필요 없어. 오늘은 좀 상담이랄까, 부탁할 일이 있어서 온 것뿐이니까……. 아니, 료가 꼭 싸우고 싶다면 못 싸워줄 건 없지만."

"아니, 이야기만 해 주세요."

레오놀이 묘하게 설레는 분위기를 풍기기 시작하자 황급히 손을 흔들어 그것을 무마하는 료.

근처 바위에 앉은 레오놀이 입을 열었다.

"아까도 말했지만, 실은 료에게 부탁하고 싶은 일이 있어서 왔어."

"저한테 부탁을……?"

'봉랑'에서는 공간을 초월하고, 아공간에서는 물건을 꺼낼 수 있고, 목을 베어도 죽지 않는 악마가, 료에게 부탁할 일…….

존재 자체가 인간과는 차원이 다른 레벨인 악마가, 대체 무슨 부탁을…….

거기서 료는 무언가를 깨달았다.

갑자기 번뜩인 것이다.

"제 영혼을 얻기 위한 계약을 하자는 거군요!"

심적으로는 이미 파우스트였다. 연합에 있는 어딘가의 토속성 마법사를 말하는 것이 아니다. 괴테의 대표작 쪽이다.

"영혼, 이라는 건 잘 모르겠지만…… 내가 필요한 건 료의 몸에서 흘러넘치고 있는 요정의 물방울이야."

"요정의…… 물방울?"

료는 고개를 갸우뚱하며 물었다.

"음. 우리는 그렇게 부르고 있는데…… 자각이 없는 건가? 뭐, 인간에게는 아무런 효력이 없다고 하니까 깨닫지 못했을 수도 있지만 말야."

"아, 혹시 엘프나 수호수 같은 존재가 느낀다는 그거 말인가요?"

료는 엘프인 세라나 할머님, 그리고 닐스 마을에 있던 수호수님이 말했던 것을 떠올렸다.

료에게서 뿜어져 나온다는 '무언가'에 대해.

"오, 그거야, 그거. 그 말 그대로 엘프에게 효과가 있는 그게 필요해."

레오놀은 손을 치며 정답에 도달한 료를 칭찬했다.

"실은 우리는 다들 엘프 애완동물을 기르고 있는데…… 아니, 애완동물이라는 표현을 쓰면 인간에게는 나쁜 인상을 준다고 했나. 음, 뭐라고 하면 좋을까……."

레오놀은 거기서 말을 끊고 다른 말을 고민하는 듯 보였다.

확실히 '엘프 애완동물'이라고 하면 좋은 이미지는 느껴지지 않았다.

거의 인간과 비슷한 모습을 가진 엘프를 애완동물로 삼는다……. 즉 '애완동물'이라는 표현이 '자유를 빼앗아 예속시킨다', '노예'라는 이미지를 머릿속에 떠올리게 하기 때문은 아닐까.

하지만 21세기의 지구에서는 애완동물인 개나 고양이를 가족으로 대우하고 아끼는 사람이 상당히 많았다.

그런 점에서 생각해 보면 애완동물이라는 표현이 반드시 나쁘다고 보기는 어렵지 않을까. 적어도 생물이고, 경우에 따라서는 가족으로 보는 것도 가능하니까.

료는 그렇게 생각했다.

"맞아! 애완동물이 아니라 공유 재산인 엘프가 있는데."

재산…… 생물도 가족도 아닌 존재가 되었다…….

"뭐, 네, 왠지 모르게 알 것 같아요. 그래서 레오놀이 기른다는 그 엘프가 어떻게 됐는데요?"

료는 가까스로 마음을 추스르고 레오놀에게 물었다.

"음, 그 엘프 이름은 엘리자베스라고 해. 엘리자베스의 상태가, 좀 심각해졌어. 우리들이 쓰는 치유는 엘프처럼 요정의 계보를 따르는 자들에게는 별로 효과가 없거든⋯⋯."

"요정의 계보? 요정의 인자(因子)가 포함된 종족 말인가요?"

"맞아, 맞아. 요정의 인자. 엘프들은 그렇게 말했던 것 같아. 그 표현이 더 알기 쉬운가? 원래 우리가 생활하는 곳은 요정의 인자를 가진 자들에게는 결코 지내기 좋은 장소가 아니거든. 그래서 상태가 너무 심각해져서 지금 좀 곤란해."

레오놀이 생활하는 곳이 어디인지 궁금하긴 했지만, 사생활에 관한 부분을 함부로 파고드는 것에는 망설임이 들었다.

"요정의 인자를 가진 자가 생활하기 좋은 곳으로 옮겨주는 건 어떨까요?"

"물론 그것도 시도해 봤어. 하지만 그런 것으로 자연 회복할 수 있는 상태는 지나서⋯⋯."

레오놀이 시무룩한 표정으로 고개를 저으며 대답했다.

"굉장히 심각한 상태라는 건 알겠는데⋯⋯ 그런 상태인 엘프에게 제가 도움이 될까요?"

료는 의사도 생물학자도 아니다.

물론 눈앞에 있는 악마에게 팔이 잘렸을 때 외과 수술과 비슷한 일을 하긴 했지만⋯⋯ 그때도 결국 끊어진 신경 등을 이어준 것은 케네스의 포션이었다.

료 자신이 갖고 있다고 하는 명확한 효과는, 가까이 있으면 수호수의 수명이 늘어나고 엘프가 편안해진다…… 정도일까.

아, 그리고 이유는 모르겠는데 사악한 기운을 쫓아준다고도 했다. 애초에 사악한 기운이 무엇인지 료도 정확히는 알 수 없지만.

"솔직히 나도 모르겠어. 료 같은 존재는 거의 없으니까. 그렇지만 그걸로도 안 된다고 하면 포기할 수 있잖아. 그 외에 해 볼 수 있는 건 전부 해 봤어. 그리고 전부 실패했지. 우리들 모두 그때 포기했어……. 엘리자베스 본인도 포함해서. 그러니까, 밑져야 본전이라는 마음으로 시도해 봐 줬으면 좋겠어."

그렇게 말하며 레오놀은 고개를 숙였다.

악마에게 고개를 숙이는 문화가 있다는 것이 꽤 신선하게 느껴졌지만, 지금은 그것이 문제가 아니었다.

특별히 료에게 리스크가 있는 것도 아닌 것 같고, 남을 돕는 것의 일환이라고도 할 수 있었다.

물론 눈앞의 악마와 싸운 적은 있다. 그렇다고 해서 증오하느냐 물으면 또 그렇지는 않았다.

게다가 엘프 자체는 세라를 필두로 매우 신세를 지고 있는 존재였다.

그 엘리자베스라는 엘프가 세라 일행과 적대하는 엘프일 가능성도 없지는 않겠지만, 그래도 자신이 도울 수 있을지도 모르는 자를 외면하는 것은 료에게는 불가능한 일이었다.

"좋아요. 제가 할 수 있는 거라면 해 볼게요."

"오오! 역시 내가 눈여겨본 남자답구나! 보답으로는 나와 전투할 권리를……."

"아니요, 그건 필요 없어요."

료는 일언지하에 거절하고는 말을 이었다.

"그럼 전 어떻게 해야 하나요? 어딘가에 가야 한다면 휴 씨나 아벨에게 한마디 정도는 해 둬야 걱정을 안 할 테니까……."

"아벨이라는 건 그때 있었던 료의 동료 말인가. 하지만 걱정 마. 엘리자베스를 여기로 데려올 테니까."

그렇게 말한 레오놀은 오른손을 뻗어 한마디를 중얼거렸다.

"봉랑."

그 순간 공간이 잘려나간 것처럼 완벽한 검은색의 벽이 나타났다.

과거 용사 로먼 일행이 인공 제단에서 조우하고, 료 일행이 암속성 마법사의 숨겨진 신전에서 보았던 그 광경이었다.

레오놀은 그 벽 안으로 들어갔다. 그리고 20초 정도 후 다시 돌아왔다.

그 품에는 흔히 말하는 공주님 안기 자세로 엘프를 끌어안은 채.

"료, 기다렸지. 이게 엘리자베스다. 엘리자베스, 이 자가 전에 말했던 료야."

그렇게 말한 레오놀이 엘리자베스를 내려 땅에 세워주었다.

그 엘프는 무척 아름다웠다.

엘프는 모두 미남미녀다. 그중에서도 세라와 같은 절세의 미녀라 할 수 있는 자도 있었다.

그리고 눈앞의 엘리자베스도 절세의 미녀라고 할 수 있었다.

하지만 세라가 '늠름한 아름다움'이었다면 엘리자베스는 '가련한 아름다움'이라고 할 수 있을까.

게다가 심각한 상태라는 말 그대로 얼굴도 수척하고, 숨을 쉬는 것도 힘들어 보였다.

"이번에는, 절 위해 이렇게……."

숨을 쉬는 것도 힘들어 보이는 엘리자베스가 입을 열어 사과하려 했다.

"아, 아뇨, 아무 말도 하지 마세요. 레오놀, 엘리자베스 씨 이마를 만질게요. 괜찮죠?"

"음. 부탁해."

레오놀의 양해를 얻은 료는 오른손을 뻗어 엘리자베스의 이마에 손바닥을 갖다댔다.

뭐가 정답인지는 알 수 없었다.

어쩌면 료가 아무것도 하지 않고 가까이 있기만 해도 어떤 효과가 있을지도 모른다. 수호수님은 굳이 닿거나 하지 않아도 수명은 늘어난다고 했었다.

하지만 어쩐지 닿는 편이 좋을 것 같다는 생각이 들었던 것이다.

그것은 아마도 에토나 리햐 같은 신관들이 부상을 치유하는 장면을 여러 번 봐온 영향일지도 모른다. 적어도 건드리는 것 자체는 문제가 없을 것이다…… 성희롱이 아닌 한!

료가 이마를 건드리자 엘리자베스가 살짝 놀라 몸을 떨었다.

1분 정도 지나자 볼에 불그스름한 빛이 감돌기 시작했다. 게다가 괴로워 보이던 호흡도 차분해져서 아마추어의 눈에도 상태가 좋아지고 있는 것이 보였다.

레오놀은 입을 다물고, 하지만 눈을 부릅뜨며 놀라움을 감추지 못한 채 그 모습을 바라보았다.

약 5분 정도 지났을까.

료는 엘리자베스의 이마에 두고 있던 오른손을 뗐다.

어쩐지 눈앞의 엘리자베스의 상태가 완전히 멀쩡하게 돌아온 듯한 기분이 들었기 때문이다.

엘리자베스 자신도 그것을 자각한 것일까. 계속 감고 있던 눈을 뜨더니 료를 보고 조신하게 고개를 숙였다.

"감사합니다."

엘리자베스의 그 말을 계기로 레오놀은 음속으로 엘리자베스에게 달려가 끌어안았다.

"다행이다…… 다행이다, 엘리자베스."

"숨 막혀, 숨 막혀요, 레오놀 님. 힘이 너무 세요."

희미하게 눈물까지 글썽이며, 레오놀이 기쁜 얼굴로 엘리자베스를 끌어안았다. 끌어안긴 엘리자베스도 포근한 미소를 지으며 레오놀을 마주 끌어안아주었다.

그 광경을 료는 고개를 끄덕이며 바라보았다.

어쨌든 사람(?)에게 도움이 되었다는 사실은 기뻤다.

완쾌된 기쁨으로 한바탕 서로를 끌어안은 뒤 레오놀이 료를 향해 돌아섰다.

"료. 정말 고맙다."

그렇게 말하고는 깊이 고개를 숙인다.

"아니, 이마에 손을 얹은 것뿐이에요. 별다른 건 안 했어요."

두 번이나 서로 죽이려 했던 상대라고는 해도, 이렇게까지 깊이 머리를 숙이자 역시 미안한 마음이 들었다.

어딘가의 화속성 마법사가 상대였다면 절대 느끼지 않았을 감정일 텐데…… 신기한 일이다.

"아니, 료밖에 할 수 없는 일을 해 준 거야. 충분히 대단한 일이지. 그래서, 이 보답으로는 나와 전투할 수 있는 권리를……."

"아니, 그건 필요 없어요."

료는 다시 한 번 부인했다.

레오놀은 입을 삐죽이며 불만을 표시했다.

"레오놀 님이 싸우고 싶은 것뿐이잖아요?"

엘리자베스가 옆에서 보충했다.

"음, 그건 부정할 수 없어."

레오놀이 순순히 고개를 끄덕였다.

"하지만 료도 싸우고 싶다고…… 마음속 깊은 곳에서는 그렇게 생각하고 있어. 응, 분명 그럴 거야."

"아니, 대체 어째서요……."

료가 깊은 한숨을 내쉬었다.

하지만…….

"엄청 즐거운 얼굴로 싸우고 있었잖아."

"말도 안 돼……."

레오놀이 더욱 입을 삐죽이며 불만스러운 얼굴로 지적했고, 지적을 받은 료는 믿을 수 없다는 표정으로 중얼거렸다.

"뭐야, 눈치채지 못한 건가? 정말로 엄청나게 기분 좋은 미소를 짓고 있었는데? 누구 모의전 할 만한 상대 없어? 그 상대에게 물어보도록 해. 분명 전투 중에 웃고 있다고 대답할걸."

레오놀은 자신만만하게 단언했다.

료는 모의전의 광경을 떠올렸다. 물론 상대는 세라다.

'그러고 보니 세라도 희미하게 미소를 띤 채 싸우고 있어……. 응, 그러고 보니 그러네. 그럼 혹시, 나도……?'

"그렇지만 이렇게 큰일을 해 줬는데 아무 보답도 없이 끝낼 수는 없지. 료, 뭔가 소원은 없나? 내가 할 수 있는 거라면 네 소원을 이뤄주마."

듣기에 따라서는 실로 악마스러운 대사라 할 수 있었다. '소원을 이뤄주겠다'라는 말은.

"소원이라고 물어도……."

"흠……. 그럼 나라는 갖고 싶지 않아? 원한다면 여기…… 나이트레이 왕국이라고 했나? 왕족을 모조리 죽여서 이 나라를 료의 것으로……."

"죄송합니다, 그런 건 됐어요."

레오놀의 터무니없는 제안…… 하지만, 어떻게 보면, 실로 악마다운 제안을 료는 확실하게 거절했다. 현재로서는 국가 운영에는 조금도 관심이 없었다.

"흠……. 그렇다면 여자인가? 영웅은 색을 좋아한다지. 온 세상에서 고르고 고른 아름다운 여자들을 모아다주마."

"……죄송해요. 그런 것도 필요 없어요."

순간적으로 대답이 늦어진 것은, 상상한 하렘 속에 눈앞의 레오놀이 들어가 있었기 때문이다……. 악마이긴 하지만 분명 절세미녀라는 것에는 변함이 없었다.

"음? 날 그 안에 넣고 싶은 거냐? 어쩔 수 없지. 료가 원한다면 10년 정도는……."

"아니, 아니에요!"

레오놀이 뺨을 약간 붉게 물들이고 료를 올려다보며 말한다……. 마치 속마음을 읽기라도 한 것처럼.

료는 황급히 부인했다.

"난감하군……."

레오놀이 고개를 기울이며 생각에 잠겼다.

이대로 가다가는 또 이상한 제안을 받을지도 모른다. 그렇게 생각한 료는 자신이 먼저 제안하기로 했다.

"그럼 제 질문에 대답해 주세요."

"음? 그런 걸로 충분한가?"

"네. 정보는 힘이에요. 알고 싶은 게 있는데 그에 관한 정보를 찾는 게 쉽지 않아서요."

"흠. 아는 게 곧 권력이라는 말도 있지. 하지만…… 모든 것에 다 대답하는 것은 곤란하니까."

그렇게 말한 레오놀은 잠시 고민하는가 싶더니 입을 열었다.

"료의 물음에 딱 두 가지만 대답하지. 제약상 대답할 수 없는 것도 있지만, 되도록 대답해 주마."

오른손으로 피스 사인을 만들며 둘이라는 것을 나타냈다.

2분 경과.

하지만 료는 생각에 잠긴 채 말이 없었다.

딱 두 개. 묻고 싶은 것이 몇 가지 있는데 그것을 둘로 좁히는 것에 시간이 걸리고 있었다.

기다리다 지친 레오놀이 입을 열려고 했다.

"료……."

"정했어요!"

그 순간 료는 겨우 질문을 골랐다.

"으, 음. 물어봐."

"일단 첫 번째. 저는 뭔가요?"

"뭐……?"

엉뚱하다면 엉뚱한 그 질문에 레오놀의 눈이 동그래졌다. 옆에서 대화를 듣고 있던 엘리자베스도 고개를 갸우뚱했다.

마침내 질문을 좁힌 료의 표정에는 해냈다는 만족감이 떠 있을 뿐, 자신의 물음이 레오놀에게 전해지지 않았다는 생각은 요만큼도 하지 않는 얼굴이었다.

30초 동안 그 누구도 아무 말도 하지 않고 시간이 흘러갔다.

"……미안, 료. 질문의 의미를 모르겠어."

그 말을 듣고 경악스러운 표정을 짓는 료.

그것을 미안한 얼굴로 바라보는 레오놀.

"아아…… 그러니까, 다시 말해? 료에게서 요정의 물방울이 흘러넘치는 이유라거나, 왜 그런…… 체질? 인 건지, 뭐 그런 것에 대답하면 되는 건가?"

레오놀이 애써 해석하여 료에게 다시 물었다.

료는 고개를 살짝 기울이며 답했다.

"그 말 그대로 단순히 제가 인간인가, 라는 의미였는데요……."

"아, 그래……. 인간의 정의에 따라 다르긴 하겠지만…… 아마 인간이 맞을 거야."

"인간의 정의에 따라 다르다?"

참으로 미묘한 대답이었다.

"다리는 두 개고 팔도 두 개. 목 위에 머리도 얹혀 있고…… 우리처럼 뿔이나 꼬리는 없고, 인간이 이해할 수 있는 말을 하고 있지. 그렇다면 인간 아닌가?"

"아, 네. 그렇게 말하면 그렇네요……."

레오놀의 설명이 납득이 가진 않았지만, 료는 고개를 끄덕일 수밖에 없었다.

"아, 맞아. 료처럼 요정의 물방울이 뿜어져 나오는 인간은 과거에도 있었어."

"뭐."

레오놀의 갑작스러운 말에 료는 놀라며 눈을 크게 떴다.

"만 년 정도 전이었나……. 아니, 오만 년 전이었나? 어쨌든 꽤 오래전 일이야."

지구에서 가장 오래된 문명은 메소포타미아 문명이라고 알려져 있으며, 그 중심이 된 것은 수메르인이다.

수메르인들에 의해 세워지고, 그 길가메시 왕으로 유명한 우루크 제1 왕조가 기원전 4천 년. 21세기부터 거슬러 올라가면 6천 년 전이다.

레오놀이 말하는 '만 년 정도 옛날'이라는 것이 얼마나 어마어마한 과거의 일인지 조금이나마 상상할 수 있을까. 솔직히 그 정도로 옛날이야기를 들어도…… 그저 전설이나 신화에 불과하다는 생각밖에 하지 않았을 것이다…… 지구였다면.

하지만 이 『파이』에서는 다양한 종족이 있다.

아직 료는 신과는 만난 적이 없지만 악마는 눈앞에 있었다.

엘프도 장수족인 것 같고, 론도 숲에 있는 드래곤도 아마 상당히 긴 수명을 가졌을 것이다. 예전에 십만 년이 어쩌니 하는 소리를 했었으니까.

그런 세계였다.

"네, 뭐, 일만 년 전이든 오만 년 전이든 제 기준으로는 다 오래 전이라 괜찮아요."

일단 료는 인간인 모양이었다. 그리고 과거에도 료와 같은 인간이 있었던 것 같다.

물론 그것들을 안다고 해서 뭔가 얻을 수 있는 것은 아니다. 앞으로 무언가가 달라지는 것도 아니다.

다만 호기심은 소중히 여기고 싶었다.

료는 그렇게 생각했다.

"그럼 두 번째 질문을 할게요."

"아까의 대답으로 만족해 줬다면 다행이군. 두 번째 질문을 들어볼까."

"뱀파이어의 나라는 어디에 있나요?"

"어……?"

이것도 레오놀의 예상을 벗어난 질문이었을까.

꽤 긴 시간 동안 레오놀은 굳어 있었다.

"아―, 아까 질문이랑은 전혀 다른 방향이라 좀 놀랐어. 뱀파이어 나라라. 근데…… 그건 내가 이 자리에서 말해도 될지 어떨지."

레오놀은 고개를 갸우뚱하며 고민에 잠겼다.

아무래도 료는 굉장히 대답하기 어려운 질문을 던진 모양이었다.

"료가 뱀파이어의 나라라고 단정하고 있다는 건 그 존재를 확신하고 있다는 뜻이겠지. 그건 어째서야?"

"음, 이전에 싸웠던 뱀파이어…… 아마 백작이었던 것 같은데, 그가 실수로 말을 흘렸기 때문이에요."

"그, 그렇군……."

레오놀은 한숨을 쉬며 작게 고개를 저었다.

"아마 뱀파이어들은 자신들의 존재 자체가 인간들에게 알려지는 것을 원하지 않을 거야. 뱀파이어와 인간의 항쟁의 역사는 알고 있나?"

"조금은요. 서방 연방에서는 특히 더 복잡했다고."

"음. 그런 이유로…… 아무리 료라고 해도, 그런 정보를 밝히는 건…… 나로서는 마음이 아프네. 그게 솔직한 심정이야."

"아아, 아니요. 그럼 괜찮아요."

료는 질문을 마쳤다.

사실은 지금의 대화를 통해 확신을 가졌다.

'중앙 연방 어딘가겠지.'

만약 서방 연방 쪽이었다면 레오놀은 '한참 서쪽이야'라고 말해 줬을 것 같았다. 엘리자베스를 도와준 일에 대해 상당히 감사하고 있었으니까. 하지만 그럼에도 말할 수 없었다는 것은 정말로 가까이에 있다……

혹은 앞으로 료가 방문할 가능성이 있는 곳.

즉 중앙 연방의 어딘가.

딱히 료는 안다고 해서 뭔가를 하고 싶은 것은 아니었다. 물론 뱀파이어 사냥을 하려는 것도 아니었다.

약간의 호기심이다.

약간의 호기심만으로 귀중한 질문 두 개 중 하나를 써버리는 것도 어떨까 싶지만…….

"이제 됐어요. 레오놀, 감사합니다."

"아니, 두 번째 질문은 정확하게 대답하지 못해서 미안했어. 그럼 우리는 이만 돌아가지. 이번 봉랑은 대부분 우리의 힘을 모아 생성한 건데, 이제 슬슬 한계에 가까운 것 같아."

엘리자베스를 데려왔을 때 생성한 봉랑은 지금도 그대로 존재했지만, 이제 곧 닫힌다는 것 같았다.

"알겠습니다. 귀중한 정보를 알려주셔서 감사했어요."

료는 다시 한번 예의바르게 인사하며 고개를 깊이 숙였다.

"아니, 나야말로 엘리자베스를 살려줬잖아. 정말 감사하고 있어."

레오놀은 그렇게 말하고는 마찬가지로 정중하게 고개를 숙였고, 엘리자베스도 옆에서 똑같이 고개를 숙였다.

놀랍게도 일본적인 광경이 펼쳐지고 있었다.

그리고 두 사람은 봉랑 너머로 사라졌다.

료가 사소하게 사람(?)을 도와준 다음 날 이른 아침.

료는 후회했다.

레오놀이 원하는 것을 준다고 했을 때 왜 '골렘을 한 대 가져다 달라'라고 말하지 않았을까, 하는 것을.

그런 후회를 하며 한숨을 내쉬는 료를 보고, 아벨은 중얼거렸다.

"또 세상이나 사람한테 도움 안 되는 짓을 생각하고 있는 얼굴이네, 분명."

제대로 평가받지 못하는 남자, 료.

참으로 가엾다.

◆

그곳은 '서재'라고 불렸다.

이 건물의 주인, 오직 한 사람만을 위한 도서관…… 일반적으로는 그 인식이 가장 사실에 가깝다고 할 수 있었다.

광대한 공간에 방대한 수의 책이 갖추어져 있었다.

주인은 오늘도 그중 하나를 탐독했다.

주인은 어떤 향기를 맡자 고개를 들었다.

거기에는 악마처럼 검고, 지옥처럼 뜨겁고, 천사처럼 순수하고, 그리고 사랑처럼 달콤한…… 그 음료가 놓여 있었다.

"아, 고마워."

주인은 그렇게 말하고는 갓 내린 커피에 손을 뻗어 그 향기를 즐겼다.

"주인님, 드라스 님이 보고를 하고 싶다고 합니다."

커피를 가져온 집사가 보고인을 대기실에 데려다 놓았다는 것을 전했다.

"그렇군. 들여보내."

주인은 고개를 한 번 끄덕이더니 보고인을 안으로 들이는 것을 허락했다.

"보고는 두 가지가 있습니다. 첫 번째, 잉베리 공작의 망명이 데브히 제국에서 발표되었습니다. 두 번째, 하스킬 백작의 소멸에 관해 관련된 인물들이 밝혀졌습니다."

"두 번째."

"네. 하스킬 백작 칼리니코스가 소멸한 장소는 나이트레이 왕국 남부, 왕가 직할령으로 확인되었습니다. 소멸했을 당시 그 자리에 있던 인물은 룬의 모험가 길드 마스터 휴 맥글러스, D급 파티 4명. 그리고 용사 로먼과 그 파티입니다."

그 보고를 받은 주인은 고개를 살짝 기울이며 물었다.

"마스터 맥글러스뿐만 아니라 용사 로먼까지? 정말 화려한 인물들이군. 우연이라고는 생각하기 어려운데?"

"네. 그때 용사 파티가 우연히 룬에 머물고 있었고, 마스터 맥글러스와 함께 코나 마을에 나타났다고 합니다."

"그래. 코나 마을 근처였지."

그렇게 말한 주인은 손에 든 커피를 애정 어린 눈길로 바라보았다.

오늘 마시고 있는 것이 바로 그 코나 커피였다. 자국산인 블루마운틴인 커피가 아니라.

"용사의 성검 아스타르트라면 칼리니코스를 소멸시키는 것도 가능했겠군. 게다가 마스터 맥글러스의 검도 분명, 성검 갈라하드. 재생 능력을 봉하는 검인가……. 어느 쪽이든 평범하진 않아. 칼리니코스 혼자서는 감당하기 무거웠겠군."

주인은 별다른 표정도 짓지 않은 채 혼잣말을 중얼거렸다.

"네, 다만 용사 파티의 성직자가……."

보고인은 거기서 처음으로 말을 더듬었다.

"음? 그러고 보니 용사 파티에는 반드시 성직자가 들어가야 하던가. 지금은 누가 있지?"

"네. 지금은, 대주교 그레이엄입니다."

그렇게 말한 보고인이 분한 얼굴로 이를 악물었다.

"대주교 그레이엄? 그런가, 이단심문청 장관이…… 역시나 화려하군."

그 말만을 하고 주인은 살짝 미소를 지었다.

그러나 그 미소에는 약간의 슬픔이 배어 있었다.

하스킬 백작 칼리니코스가 보인 분노도 아니고, 보고인이 이를 악물며 보인 분함도 아닌, 그저 슬픔이었다.

"그레이엄…… 불쌍한 녀석……."

주인의 말은 아무에게도 닿지 못하고 허공으로 사라졌다.

◆

왕국 원정대 남부군이 룬으로 돌아오고 일주일 뒤.

일반적으로 무기는 유지 보수가 필요하다.

그것은 현대 지구에서 쓰는 무기든,『파이』에서 쓰는 검 종류든 상관없이 어디에나 필요한 것이다.

물론 모험가든 기사든 자신의 무기는 자신이 손질한다.

하지만 한 달에 한 번, 혹은 두 달에 한 번 정도는 잘 아는 대장 장이에게 제대로 된 유지 보수를 받는 것이 보통이었다.

변방 최대 도시인 룬에는 그런 대장장이들이 가득했다. 이런 대장간을 포함해 장인거리를 이루고 있는 곳이 바로 서문 부근이 었다.

그런 대장간 중 한 곳, 드란 주인장의 가게 앞에 세라와 료가 방문해 있었다.

"나 왔어, 주인장~."

문을 열고 들어간 세라가 가게 안쪽을 향해 말을 걸었다.

"아, 잠깐만 기다려."

굵직한 남성의 목소리가 가게 안쪽에서 들려왔다.

불과 몇 초 만에 가게 안쪽에서 가로로 크고 세로로 작은 50세 정도의 덥수룩한 남성이 나왔다.

'용사 파티 벨록과 닮았어! 이세계물의 정석인 드워프 대장장이! 엘프와 드워프 간의 대립이 있지는 않을까⋯⋯. 아니면 고집센 드워프라 가게에서 쫓겨날지도⋯⋯. 아니면 너희들에게 팔 무기는 없다! 라며 싸움이 벌어지거나⋯⋯.'

좀 이상한 방향으로 두근거리고 있는 료.

"그래, 세라구나. 검 손질하는 날이었나?"

"응, 평소처럼 부탁해."

그렇게 말한 세라는 검을 칼집째로 책상 위에 올려두었다.

"아아, 그나저나 그쪽 마법사는⋯⋯."

드란 주인장은 홀로 두근거리고 있는 료를 보며 말했다.

"아, 이쪽은 료야. 내 들러리."

"드, 들러리⋯⋯. 뭐, 대장간이니까 금속 갑옷밖에 없고, 마법사 지팡이도 없⋯⋯ 잠깐, 지팡이를 안 들고 있는 건가."

드란 주인장은 료를 위에서 아래까지 훑어보다가 빈손이라는 것을 확인했다.

마법사는 보통 지팡이를 들고 다닌다.

지팡이가 있는 것과 없는 것은 필요한 마력이 10배나 차이가 나고 마법의 발현 효과도 10배의 차이가 난다고 알려져 있다.

그래서 마법사와 지팡이는 한 세트로 여겨지고는 했다.

"네, 지팡이는 안 쓰는 주의라서……."

료는 고개를 끄덕이며 대답했다.

"그렇군…… 뭐, 다양한 녀석들이 있으니까."

"료는 근접전도 잘해. 지팡이보다 검을 더 잘 쓰지. 검 실력은 나와 호각이야."

세라가 마치 자신의 일처럼 자랑스럽게 말했다.

그 말을 듣고 드란 주인장은 눈을 크게 떴다.

"맙소사……. 음? 그러고 보니 관에서 들은 적이 있어. 세라와 매일 모의전을 하고 있는 모험가가 있다고……."

"그게, 이 료야."

세라는 웃는 얼굴로 고개를 깊이 끄덕이며 대답했다.

반면 료는 고개를 갸우뚱하며 물었다.

"관?"

"응, 드란 주인장은 룬 변경백 개발 공방에도 소속되어 있거든. 누가 뭐래도 실력 좋은 대장장이니까. 그런 우수한 인재를 영주님이 가만 놔둘 리가 없지."

"그만해."

드란 주인장의 얼굴이 새빨갛다. 착한 사람이었다.

료가 처음에 기대했던 고집센 주인장도 아니고, 괴팍한 드워프도 아니고, 하물며 엘프인 세라와도 매우 사이가 좋았다…….

"관의 개발 공방 이야기가 나와서 말인데, 새로운 동료가 늘었어. 정말 실력 좋은 장인이야. 마침 지금 여기 와서 대화를 나누고 있었지. 아브라함 공!"

드란 주인장이 안쪽을 향해 소리쳤다.

그러자 안쪽에서 한 노인이 나왔다.

"무슨 일입니까, 주인장?"

그것은, 료에게는 익숙한 노인.

"혹시 시계사 아브라함 루이 씨?"

"네……. 아, 세 번째군요. 첫 번째 때 위트나쉬에서 연사식 노를 사주셨던 파티분."

"네. 수속성 마법사 료라고 합니다."

료는 이제서야 자기소개를 할 수 있었다.

아브라함 루이는 원래 위트나쉬에서 활과 노 전문점을 운영하던 노인이었는데, 룬으로 옮겨와 살면서 동문 근처에서 새로 문을 열었다. 예전에 료는 그곳에서 만나 잠깐 이야기를 나눴던 것을 기억하고 있었다.

"뭐야, 로브 형씨, 아브라함과 아는 사이인가?"

"네. 예전에 파티 멤버가 아브라함 씨의 무기를 산 적이 있거든요."

"그렇군. 그럼 잘 알겠지? 아브라함 공의 실력을."

"네, 굉장하더라고요."

"아뇨, 부끄럽습니다."

드란 주인장이 극찬했고 료가 동의하자 아브라함이 수줍어했다.

"어쨌든 검은 맡아둬. 점심 이후쯤엔 다 될 거야. 그래서 그쪽 로브 형씨…… 료라고 했나. 료는 검 손질은 필요 없나?"

"그러고 보니 료의 검은 본 적이 없네……."

드란 주인장이 료를 보고 물었다. 세라도 료 쪽을 바라보며 고개를 갸우뚱했다.

확실히 모의전은 매일 치르긴 하지만 료가 쓰는 검은 연습장에 비치된 칼날이 뭉툭한 검이었다.

"아마 필요 없을 거예요. 제 검은 이거거든요……."

그렇게 말한 료는 허리에서 무라사메와 미카엘제 나이프를 꺼내 책상 위에 올려놓았다.

"이건……."

드란 주인장은 책상 위에 놓인 무라사메를 보고 말을 잃었다.

"설마……."

아브라함도 경악했다.

잠시 후, 드란 주인장이 조용히 무언가 중얼거리기 시작했다.

"……아니, 하지만 이건…… 그게 맞는 건가? 그렇다고밖에 할 수 없는데…… 하지만…… 설마 살아있는 동안 보게 될 줄은……."

그런 드란 주인장과 아브라함을 개의치 않고 세라가 시원스레 단언했다.

"요정왕의 검이구나! 로브도 그렇고 검도 그렇고, 료는 요정왕에게 사랑받고 있네!"

기쁜 얼굴로 미소 지으며 단언한다.

"그렇군. 역시 이것은 요정왕의 검인가……. 나도 소문으로만 들어봤을 뿐이라 확신이 없었는데."

"거의 전설로만 들었습니다."

드란도 아브라함도 몇 번이나 고개를 끄덕이며 검을 바라보았다.

"료, 그 검은 날이 **생기는** 거지? 꼭 보고 싶어."

설레는 표정으로 부탁하는 세라.

"좋아요."

부탁을 받고 내심 뿌듯함을 느낀 료는 무라사메를 들어 얼음날을 만들어보였다.

"오오~, 정말 아름답다……."

푸른 빛을 발하는 얼음날을 보며 반쯤 넋을 잃은 세라.

그런 세라의 표정을 보고 반쯤 넋을 잃은 료.

그런 두 사람과 무라사메를 보고 '으음' 하고 신음하는 드란 주인장과 아브라함.

그러다가 드란 주인장은 문득 책상 위로 눈길을 돌렸다.

그곳에는 미카엘제 나이프가 놓여 있었다.

그것을 보고 입을 쩍 벌리는 드란 주인장…… 움직임이 완전히 멈춰 버렸다.

하지만 료도 세라도, 그리고 아브라함도 주인장의 그런 이상은 눈치채지 못했다.

료는 무라사메의 날을 없앤 뒤 허리에 차고, 책상 위에 놔둔 미카엘제 나이프도 자연스러운 동작으로 허리에 찼다.

"으음~, 정말 좋은 구경을 했네. 좋아, 료. 오늘은 이 서문 근처에서 점심을 먹을까? 그럼 드란 주인장, 손질 잘 부탁해."

"……."

드란 주인장은 여전히 굳어 있었지만, 두 사람은 그런 주인장을 눈치채지 못한 채 공방을 나갔다.

"그럼 저도 가봐야겠군요. 그럼 주인장, 또 관에서 뵙겠습니다."

그렇게 말하며 아브라함 루이도 가게를 나섰다.

역시나 드란 주인장은 굳어 있었다…….

밖에서 세라와 료의 목소리가 들려왔다.

"왕도 소동 이후에 이 서문 부근에 '함부르그'라는 맛있는 요리집이 생겼다나봐."

"함부르그? 그건, 혹시 햄버그…….."

"왕국 남서쪽에 있는 트와일라이트 랜드라는 나라에서 온 요리사가 연 가게래. 가볼까? 분명 공방 바로 근처였을 텐데…….."

◆

료와 세라가 함부르그에서 식사를 한 지 일주일이 지났다.

잉베리 공국에서 돌아온 후 료의 생활은 꽤 규칙적이었다.

아침에 해가 뜨자마자 일어나 스트레칭과 검술 연습.

아침은 직접 만들어 먹고, 오전 내내 연금술과 마법에 관련된 무언가를 하고, 점심은 포식정이 자리한 동문 부근 가게에서 먹는다.

오후에는 기사단 연습장에서 세라와 모의전을 하고, 가끔 도서관이나 게코 상회에 얼굴을 비춘다.

돌아오는 길에 저녁을 먹고, 늦기 전에 집에 가서 목욕을 하고 잠을 잔다.

그런 규칙적인 료의 생활을 어지럽히는 세력은 크게 두 가지.

하나는, 전 룸메이트인 『10호실』 멤버들.

또 하나는, B급…… 아니, 잉베리 공국 원정에서 점수를 벌어 마침내 A급이 된 아벨.

이것으로 아벨이 이끄는 『붉은 검』은 A급 파티가 되었다.

참고로 『붉은 검』 이외에 왕국에 속하는 현역 A급 파티는 왕도 소속 딱 하나뿐이었기에 『붉은 검』은 두 번째 A급 파티가 되는 셈 이었다.

그런 아벨의 승급식 때는 료도 『10호실』의 멤버와 함께 관람 했다.

감동하며 통곡하는 닐스.

그것을 옆에서 달래주는 에토.

언젠가 자신도 저렇게 되겠다며 결심하는 아몬.

제각각 다른 반응이었다.

료?

료는 팔짱을 낀 채 연신 고개를 끄덕이고 있었다. 묘하게 부모 같은 시선으로 바라보며, 성장한 아들을 기뻐하는 부모의 심경을 느끼고 있었다.

아벨은 내가 키웠다……. 속으로 그렇게 생각하고 있을지도 모른다. 물론 아벨 입장에서는 그런 생각은 조금도 하지 않겠지만.

승급식을 마치고 며칠 뒤 아침, 료의 집을 방문한 검사가 있었다.

"너무 빠른가……?"

회중시계를 꺼내 확인하자 아직 아침 8시. 일어나긴 했겠지만, 어떻게 해야 하나 고민하며 아벨은 집 앞에서 서성였다.

그때 오른쪽 주방 문이 열리면서 안쪽에서 사람이 나왔다.

"응? 아벨인가? 빠르네."

그것은, 룬 기사단의 검술 선생인 엘프…….

"아, 세라, 좋은 아침……."

"맞다, A급 승격 축하해. 영주님도 무척 기뻐하셨어."

"응, 고마워."

"그럼 난 이만 가봐야 해서."

세라는 그렇게 말하고는 바람을 일으키며 사라졌다.

풍속성 마법으로 고속 이동을 했다는 것을 아벨이 이해한 것은 그 이후였다.

아벨이 정신을 차린 순간, 세라가 나왔던 주방문이 열리며 이번엔 료가 나왔다.

"무슨 소리가 들리나 했더니 아벨이었어요? 별일이네요, 이렇게 아침 일찍부터."

"아, 응……. 아니, 그, 그럴 의도는 아니었는데……."

아벨이 묘하게 횡설수설하며 대답했다.

"뭔가요? 하고 싶은 말이 있으면 제대로 말하는 게 좋아요."

"아니, 방금, 여기서 나온 세라를 만나서……."

"만나서?"

"어젯밤에 자고 간 건가?"

아벨이 얼굴을 붉히며 물었다. 그런 방면에서는 별로 면역이 없는 것일까……. 20대 중반의 어엿한 성인인데.

"하아."

료는 한숨을 쉬고 아무 대답도 하지 않은 채 집 안으로 들어갔다.

"야, 야, 기다려."

아벨도 황급히 주방문을 통해 집으로 들어갔다.

안에는 향긋한 음식 냄새가 감돌고 있었다. 하지만 책상 위에 요리는 없었고, 십여 장의 종이 뭉치가 놓여 있을 뿐이었다. 맨 위 종이에는 룬 변경백의 날인이 보였다.

"세라는 그 종이 뭉치를 가져다준 거예요. 온 김에 밥도 같이 먹었고요. 오늘은 기사단에 불시 마물 전투 훈련이 있어서 검술 지도역은 훈련 평가에 참여한다고 하더라고요. 그래서 오후에는 모의전을 할 수 없다는 말도 겸사겸사 전해 줬고요."

료는 그렇게 말하며 재빠르게 원두를 밀로 갈았다.

밀은 게코 상회에서 만든 것으로, 지금까지 연금 도구인 사발에 갈았던 것에 비하면 꽤 잘 갈렸기에 요즘 애용하는 물건이었다.

"그, 그렇구나……."

세라가 자고 간 것이 아니라는 것을 알고 새빨갛게 달아올랐던 아벨의 얼굴은 정상으로 돌아와 있었다.

"그런데 이 종이 뭉치는 뭐야? 나도 봐도 돼?"

"아~ 봐도 이해 못하지 않을까요? 연금술에 관련된 거라서요."

"누굴 바보 취급하는 거야. 물론 연금술을 다룰 수는 없지만, 나도 연금술에 관한 지식은…… 지식은…… 지식……."

손에 쥔 종이 뭉치를 읽어나가며 대답하던 아벨의 목소리가 점점 작아졌다. 적혀 있는 내용을 거의 이해할 수 없었기 때문이다.

그나마 간신히 읽은 단어는 케네스 헤이워드 남작과 베이드라 같은 것뿐이었다.

그러는 사이 료는 완성된 커피를 얼음 컵에 부어 아벨과 자신의 앞에 놓았다.

"그거, 지난번 잉베리 공국 마도병기에 관한 정보예요."

"마도병기? 첨탑에서 방출된 초록색 빛 말인가!"

아벨도 떠오른 듯했다. 협곡의 절벽 위에서 남부군 일행은 그 자초지종을 지켜보았던 것이다.

"네, 그거요. 아무래도 그건 복제품이고, 오리지널은 왕국의 연금 공방, 즉 케네스가 만들고 있던 베이드라라는 제품인 것 같아요."

"역시 그랬군."

아벨이 잉베리 공국에서 베이드라를 보았을 때 품었던 의문이 드디어 해소되었다.

"네, 기술을 도둑맞은 것 같아요. 물론 케네스의 수중에서 나간 건 아니고요. 케네스는 그렇게 허술하지 않으니까요. 연금 공방을 소관하는 내무부를 통했다나봐요. 그런 경위도 보고서에 적혀 있었어요."

료는 코나 커피를 한 모금 마시고는 그 맛에 만족스러운 표정을 지었다.

말하고 있는 내용과 표정의 격차가 상당했다.

"근데 료가 어떻게 이런 보고서를 볼 수 있는 거야?"

"아아……. 그 베이드라 모조품을 골렘이 요격했잖아요? 그 요격 원리에 대해 영주관에 보고서를 보냈거든요. 물론 길드를 통한 의뢰 형식으로요. 그래서 그 보답으로, 초록색 빛에 대해 알려줄 수 있는 범위 내로도 괜찮으니 정보를 달라고 해서 받은 거예요."

그 골렘의 손에서 나온 빛은 바닷속에서 료를 기절시켰던 딱총새우와 같은 원리였다. 그 굴욕적인 기억 덕분에 료는 상당 부분을 이해하고 있었다.

"작은 번개, 라고 했었지……."

아벨은 료가 설명한 말들 중 정말로 단편적인 부분만 떠올린 모양이었다.

그때 그렇구나, 라고 말하긴 했지만 역시 이해하지 못했던 것이다.

"아벨…… 괜찮아요. 아벨에게는 검이 있으니까요. 그것 말고는 아무것도 할 수 없다 해도, 검이 있으니까 괜찮아요."

"응, 료, 나 무시한 거 맞지?"

지적받은 료는 충격받은 표정을 지었고…….

"어떻게, 안 거죠……?"

"언젠가 반드시 울게 해 주겠어!"

◆

　"참, A급 검사에게 꼭 물어보고 싶은 게 있었어요."

　"대놓고 무시한 직후에 잘도 그런 말을 하는구나……."

　료가 일부러 손을 톡 치며 보란듯이 밝은 어조로 말했고, 그와 대조적으로 아벨은 가늘게 뜬 눈으로 료를 보며 대답했다.

　"아벨, 인간은 늘 전환이 중요해요."

　"이게 누구 때문인데!"

　"물론 아벨 때문이죠. 무슨 일이든 마음먹기 나름이라고 하잖아요? 모든 건 아벨의 마음에 달려 있어요."

　"아아, 응, 그냥 그런 걸로 해 둘게. 그래서? 질문이 뭐야?"

　아벨은 여러 가지 것들을 포기하고 료에게 질문을 재촉했다.

　"사실 투기에 관한 건데, 투기는 마법을 쓸 수 없는 사람만 익힐 수 있다는 이야기를 들었어요."

　료의 질문을 듣고 아벨은 한쪽 눈썹을 살짝 움직였다.

　"희안한 걸 묻네. 누구한테 들은 말이야?"

　"세라와 펠프스 씨요."

　『풍』의 세라와『백의 여단』펠프스. 둘 다 룬을 대표하는 B급 모험가다.

　"아마도 그럴 거라고 알려져 있어."

　"아마도?"

　"그래. 애초에 일정 수준 이상으로 강하지 않으면 투기를 익히는 것 자체가 불가능해. 그래서 정보 자체가 많지 않아. 애초에 투기라는 게 퍼진 것도 불과 백 년 전이라고 하니까. 그건 전에 얘기했지?"

"네, 제가 팔이 잘렸을 때 말이죠."

왕도에서 룬으로 돌아가는 길, 료가 레오놀에게 팔이 날아갔을 때 들은 이야기였다.

"그런 경험을 웃으면서 말할 수 있는 료의 담력은 정말 감탄스러워."

아벨은 고개를 저으며 말했다.

그리고 말을 이었다.

"그 후 나도 조금 궁금해져서 여러모로 조사해 봤는데, 투기는 서쪽에서 퍼진 것 같아."

"서쪽?"

왕국의 서쪽은 엘프가 사는 서쪽 숲이 있다. 그보다 더 서쪽으로는 산맥이 우뚝 솟아 있어 사람이 왕래하는 일은 없었다.

"응, 료가 무슨 생각을 하고 있는지 짐작은 가. 엘프는 아마 관련이 없을 거야. 예를 들면 세라는 저 정도로 초절기교의 검을 휘두르지만, 투기는 익히지 않았다고 하더라고."

"으음…… 여러모로 수수께끼네요."

수수께끼는 더욱 깊어져만 갔다.

에필로그

　그곳은 새하얀 세상.

　미카엘(가명)은 오늘도 몇 개의 세계를 관리하고 있었다.

　손에는 평소와 같은 태블릿이 들려 있다.

　"미하라 료 씨, 이번에는 동쪽에서 전쟁에 개입했네요. 역시 수라의 길을 걷고 있군요. 거기에 이끌리듯 여러 사람들이…… 음?"

　미카엘(가명)은 작게 고개를 갸우뚱했다.

　"모든 길이 이 나라로…… 다음은 서쪽인가요? 하지만 그곳은…… 역시 미하라 료 씨라도 이건 힘들 텐데요. 죽을지도 모르겠군요. 사는 미래와 죽는 미래 두 가지 미래가 모두 보인다는 건 살거나 죽거나 어느 쪽으로든 뒤바뀔 수 있다는 뜻이겠죠. 뭐, 이 상대는…… 벅찬 분들이니…… 어쩔 수 없죠. 부디 살아남는다면 좋겠네요."

수속성의 마법사

외전 화속성 마법사 V

예선

"오스카의 다음 시합은 5일 후인가."

"네, 전하. 앞으로 두 번의 배틀 로열을 통과하면 결승 토너먼트에 진출할 수 있습니다."

"음, 물론 기대는 하고 있지만 다치지 않도록 해. 무사히 돌아오는 게 제일 중요하니까."

"네."

격투 대회에 나가는데 다치지 말라는 말을 듣는 것도 상당히 무리한 요구였지만, 오스카는 순순히 고개를 끄덕였다. 피오나의 그 말이 진심이 담긴 말임을 알기 때문이었다.

그런 두 사람의 대화를 들으면서, 같은 마차에 탄 루퍼트는 몇 번이나 고개를 끄덕였다. 서류에 서명을 하면서. 물론 한스가 루퍼트 앞에 앉아 그 일을 돕고 있었다.

"이봐, 한스. 이동하는 마차 안에서라도 이 서류 더미에서 해방될 수는 없는 건가……?"

"폐하, 서류가 쌓여 있습니다."

이럴 때의 한스는 조금도 타협하지 않았다.

그 광경을 옆에서 보며 오스카와 피오나는 작은 소리로 대화했다.

"아버지의 '황제'라는 일은 정말 힘들 것 같아……."

"네, 전하. 높은 자리에 있을수록 저런 서류 업무들이 무척 많아지는 것 같습니다."

"마리아 님은 후작 부인이시고 후작령을 관리하는 높은 신분이지만, 생활은 무척 우아하시던데……. 나는 그런 어른이 되고 싶어……. 물론 아버지는 존경하지만."

그 말은 루퍼트에게도 들렸고…… 마음속으로 눈물을 흘렸다는 것은 비밀이다.

5일 후. 오스카의 두 번째 시합.

물론 이날도 피오나는 황실 전용 관람석에서 오스카의 싸움을 보기 위해 콜로세움으로 발걸음을 옮기고 있었다.

"스승님, 무운을 빕니다."

"네, 전하, 다녀오겠습니다."

1차전과 마찬가지로 피오나는 무운을 빌었고 오스카는 출발 전 인사를 나눴다.

이날은 황제 루퍼트의 콜로세움에 방문은 없었다. 초 단위로 스케줄이 짜여져 있는 루퍼트는 그렇게 몇 번씩이나 콜로세움에 올 수 없었다.

베스트8 이후의 싸움은 모두 황제의 임석 아래에서 행해지는 것이 전통이었기에 방문하겠지만, 반대로 그 스케줄을 비우느라 지금은 매우 바빴다.

피오나도 그 점은 이해하고 있었기에 특별히 루퍼트를 비난하지는 않았다.

하지만 루퍼트 자신이 양심의 가책과도 비슷한 감정을 느끼며

속을 끓이고 있었다. 피오나를 위해서라도 오스카의 시합을 보러 가야 하는 것이 아닌가, 하고…….

나라를 위해서, 국민을 위해서라면 그 어떤 냉혹한 명령이라도 태연하게 내리는 황제 루퍼트 6세였지만…… 아니, 그렇기 때문에, 라고 해야 할까, 피오나에게는 더할 나위 없이 관대했다.

오스카의 두 번째 시합.

지난번과 같이, 원형 무대의 둘레 부근에 나란히 섰다.

지난번과 달리, 왼쪽 옆에 에밀은 없었다. 매회 편성이 바뀌는 모양이었다. 그 증거로 맞은편에 익숙한 얼굴이 있었다.

『난사난격』의 검사 엘머다.

엘머도 오스카를 알아보고 쓴웃음을 짓고 있었다.

하지만 10명 중에 2명만 남으면 되는 것이다. 오스카와 엘머 이외의 8명만 배제하면 둘 다 다음 시합으로 갈 수 있었다.

"그럼 2차 예선 제20조 시합을 개시하겠습니다."

오스카 조의 시합이 시작을 알리려 하고 있었다.

"시합 시작!"

시합 개시 구령과 함께 기묘한 일이…… 또다시 일어났다.

격렬한 칼싸움이 시작되었다…… 9명 사이에서.

분명 무대에는 10명이 있는데, 싸우고 있는 것은 9명이다. 덩그러니 남겨진 것은…… 오스카였다.

"음?"

오스카는 원래도 스스로는 움직일 마음이 없었다.

지난번에는 확실하게 오스카를 배제하기 위해 달려온 자들뿐이었기에 미리 움직였지만, 이번에는 그렇지 않은 듯해 일부러 상황을 지켜보기로 했다.

그 결과가 바로 이것이다.

오스카의 지난 전투를 보고, 달려드는 것이 무모하다고 생각한 것이다.

이 예선의 통과자는 두 명. 그렇다면 오스카 외에 나머지 한 명이 자신이 되면 된다. 그 결과가 오스카를 방치한 9명 간의 배틀로열이었다.

오스카 역시 굳이 자신의 힘을 보여줄 생각은 없었기에 방치된 채 아무것도 하지 않고 지켜보았다. 이것으로 2차 예선을 돌파할 수 있다면 문제없다고 판단했기 때문이었다.

그런 생각을 하고 있는 사이, 오스카 이외의 승자가 나타나려 하고 있었다.

오스카의 맞은편에 2명이 남겨졌다.

한 명은 엘머였고, 다른 한 명의 검사와 싸우고 있었다. 그러나 두 사람의 검기 차이는 누가 봐도 분명했다.

엘머의 검이 상대의 검에 감겨들며 하늘 높이 튕겨냈다. 동시에 칼끝을 상대의 목에 들이댄다.

"졌……다."

작은 목소리로 검사가 말했다.

"승자, 엘머, 오스카."

심판의 선언과 함께 두 사람의 2차 예선 돌파가 결정되었다.

터져나오는 함성.

오스카는 전혀 싸우지 않았지만 나머지 9명의 격투는 꽤나 치열했기에 관객들의 함성도 상당했다.

"분명 지난번에는 에밀이 전투 없이 돌파했었지⋯⋯."

오스카는 그렇게 중얼거리며 작게 고개를 저었다.

에밀과 오스카는 처한 입장은 완전히 달랐지만 싸우지 않고 이겼다는 점은 같았다. 오스카도 이제서야 지난번 에밀의 마음을 이해했다⋯⋯ 조금 민망한 그 마음을.

오스카가 황실 전용 관람석으로 돌아오자 피오나가 마중을 나왔다.

"스승님, 어서 오세요!"

피오나는 무척 기쁜 얼굴이었다.

오스카가 부상 없이, 아무런 위험에도 노출되지 않고 2차 예선을 통과했기 때문이다.

싸움에 내보내는 사람은 언제든 그런 마음일지도 모른다. 복싱이든 이종 격투기든, 아니면 격투 대회든.

그렇다고 해서 그런 싸움만 있다면 콜로세움의 분위기는 고조되지 않겠지만.

결국 그로부터 3일 후에 열린 오스카가 참가하는 3차 예선에서도, 오스카는 방치되었다.

딱히 아는 사람도 없고, 아무도 다가오지 않고⋯⋯ 미묘하게 오스카는 욕구 불만 상태가 되었는데, 돌아왔을 때 마주한 피오나의 미소를 보고 그 불만들은 모두 씻겨 내려갔다.

누구든 기다려주는 사람이 있다는 것은 사람의 마음을 따뜻하게 녹여준다. 오스카는 포스트 마을을 떠난 이후 비로소 따뜻한 마음을 갖게 되었을지도 모른다.

아무 일 없이 결승 토너먼트 진출이 확정된 3차 예선으로부터 이틀 뒤, 오스카를 포함한 토너먼트 진출자 64명은 콜로세움 아레나에 서 있었다.

물론 많은 관객들에게 둘러싸인 채.

이날 결승 토너먼트의 추첨이 진행된다.

배틀 로열 예선은 운영 측의 추첨을 통해 조가 나눠진다⋯⋯는 것 같다. 실제로는 어떤지 알 수 없다⋯⋯. 오스카의 1차 예선 같은 일도 있었으니까.

그렇지만 이 이후의 결승 토너먼트는 오늘의 추첨으로 결승전까지의 루트와 대전 상대 등이 결정되기 때문에, 전투가 없음에도 관객들은 흥분하고 있었다.

오늘은 전투도 없으니 오지 않아도 괜찮다고 오스카는 말했지만, 피오나는 황실 전용 관람석에 앉아 있었다. 꼭 보고 싶다는 말을 하면 거절할 이유도 없었기에 오스카는 쓴웃음을 지으면서도 아레나로 내려갔다.

결승 진출자 64명 중에는 오스카가 아는 얼굴도 있었다.

"엘머, 자샤! 둘 다 예선을 통과했구나."

『난사난격』의 두 사람은 이번에 무사히 예선을 돌파했다. 과연

B급 모험가였다.

"오오, 오스카! 3차 예선도 위험하긴 했는데 어떻게든 통과했어."

"나는 여유로웠어!"

검사 엘머도 쌍검사 자샤도 결승 토너먼트 진출을 기뻐했다.

그것도 당연했다.

제국의 격투 대회…… 게다가 기념 대회에서 결승 토너먼트에 이름을 올린다는 것은 일류 모험가라는 증거라고 해도 과언이 아니었다.

둘 다 26세, 모험가로서, 검사와 쌍검사로서도 가장 힘을 발휘할 수 있는 나이였다. 속도, 힘, 기민함은 물론이고 10대에는 쌓을 수 없는 경험도 갖고 있다.

지금 이기지 못하면 언제 이길 수 있단 말인가!

그런 상태였다.

64명 중에는 그 외에도 오스카의 눈에 익은 사람이 있었다.

"드디어 오스카도 여성에게 흥미를 가지게 됐구나……. 기쁘다."

"네?"

"뭐, 저 엘프 아가씨는 확실히 눈에 띄니까."

1차 예선 때 오스카의 바로 옆 무대에서 싸우던 엘프…… 세라다.

"소문으로는 왕국의 B급 모험가라나봐."

"우리랑 같은 B급인가. 그럼 질 수 없지!"

검사 엘머, 쌍검사 자샤 모두 의욕 넘치는 모습을 보였지만…….

"저 엘프, 무시무시한 검기였어요. 옆 무대에서 봤을 때."

"진짜……?"

"오스카가 무시무시한 검기라고 말할 정도라면…… 어느 정도 레벨이라는 거야……."

오스카의 그 한마디에 두 사람의 의욕이 단숨에 푹 꺾였다.

"뭐, 전투에서는 무슨 일이 일어날지 모르는 법이니까요."

"오, 오, 그렇지!"

"하긴 맞아!"

오스카의 이어진 한마디에 다시 두 사람의 의욕은…… 전부는 아니지만 어느 정도 회복되었다.

"1부터 64까지의 숫자가 적힌 공이 상자에 들어 있어. 엔트리 순으로 하나씩 뽑는다는 것 같아."

"그걸로 저 토너먼트 표에 이름이 들어가는 건가."

아레나 중앙에는 숫자가 적힌 거대한 토너먼트 표가 설치되어 있었다. 그에 대한 설명을 자샤와 엘머가 해 주었다.

그 부분은 매회 같은 추첨 방식이었기에 제국 사람들은 모두 알고 있는 듯했지만, 오스카는 그동안 흥미가 없어서 전혀 몰랐다.

"오스카는 엔트리 번호가 몇이야?"

"7505군요."

"꽤 뒤쪽이네. 남은 사람들 중에서는 아마 뒤쪽일 거야."

자샤가 묻고 오스카가 대답하자 엘머가 보충했다.

오스카보다 먼저 등록해 1차 예선 때 함께 올랐던 에밀은 64명 안에 남아 있지 않은 것 같았다.

"아, 1차 예선에서 오스카랑 같이 올랐던 애 말이지. 3차 예선에서, 그것도 마지막의 마지막 순간 져버렸어……. 그 젊은 나이에 검 실력이 상당해서 기억하고 있어. 아마 5년 후 대회에서는 꽤나 위까지 갈 수 있을 거야."

검사 엘머는 오스카의 물음에 그렇게 답했다.

"이 결승 토너먼트부터 지난번 베스트4가 들어오지."

"지난번 우승한 펠릭스 리스트는 황제 12기사가 돼서 불참이야. 준우승은 은퇴했으니까…… 3위인 안젤름과 4위인 디터 두 명인가, 이번 대회도 참가하는 건."

자샤와 엘머가 오스카에게 그런 정보를 전해 주었다.

그에 관한 지식이 없는 오스카는 그런 정보를 받았다 해도 딱히 할 수 있는 게 없었지만…….

"그…… 3위 안젤름과 4위 디터가 가장 귀찮은 상대입니까?"

일단 오스카는 그렇게 물었다. 두 사람이 이야기를 이어가고 싶은 얼굴로 오스카를 보고 있었기 때문이다.

오스카는 이렇게 보여도 분위기를 읽을 줄 아는 남자였다.

"그럴지도 모르지. 그렇다고는 해도 기념 대회니까……. 중앙 연방에서도 터무니없는 녀석들이 몰려올 거야. 오스카도 모처럼 결승 토너먼트에 남았으니까 본인이 나갈 차례가 아닌 날도 보러 오는 게 좋을걸?"

엘머는 다른 참가자에게 별 관심이 없는 오스카에게 그런 조언을 해 주었다.

"그럼 결승 토너먼트 진출자 여러분, 이쪽에 줄을 서 주세요."

사회자가 그렇게 말하자 64명이 일렬로 줄을 섰다.

엘머와 자샤의 예상대로 오스카는 맨 끝, 마지막이었다.

오스카의 오른쪽 옆에는 머리까지 푹 덮인 로브를 입고 하얀 가면을 쓴 남자가 서 있다.

오스카의 로브는 앞도 닫혀 있었기에 허리에 꽂은 검은 보이지 않았지만, 가면의 남자는 앞이 벌어져 있어 검의 손잡이와 칼집의 일부는 보였다…… 언제라도 뽑을 수 있을 것처럼, 그렇게 꽂혀 있다…….

"이봐, 용건이라도 있나?"

오스카가 그 검의 손잡이를 보고 있었던 탓일까.

가면의 남자가 그렇게 말했다.

그 목소리를 듣는 순간, 오스카의 등줄기에 한기가 돌았다.

오스카의 인생에서 최악의 추억과 함께 기억에 남아 있는 목소리와 비슷했기 때문이다.

가면을 쓰고 있기 때문에 조금 울리긴 하지만…… 그래도, 비슷하다…….

설마…… 그럴 리가…….

"아니…… 실례합니다. 그 검이 너무 멋져서 그만 넋을 잃고 봤습니다."

오스카는 가까스로 자신의 감정을 억누르고 작은 목소리로 그렇게 말했다.

조금이라도 큰소리를 내면 그에 따라 감정도 격해질 것 같았기 때문이다.

"호오…… 알아보겠나?"

가면의 남자는 그렇게 말하고는 검을 반만 칼집에서 뽑았다.

오스카의 눈에 칼날의 반이 보였다.

그 순간, 오스카의 심장이 크게 뛰었다.

급히 오른손을 가슴에 대고 손으로 고동을 억눌렀다……. 물론, 그런다고 가라앉지는 않겠지만…… 그래도 그렇게 하지 않을 수 없었다.

"역시 훌륭한 검이군요……. 감사합니다."

오스카는 목소리를 쥐어짜듯 간신히 그 말만을 뱉었다.

그 이상은 할 수 없었다.

입을 여는 것도 할 수 없었다.

몸을 움직이는 것도 할 수 없었다.

왜냐하면 그 검은…… 스승이 만들고, 아버지가 휘두르고…… 부모님과 영감님을 죽인 검……이었으니까.

"안젤름 님, 63번."

"디터 님, 2번."

지난번 베스트4였던 두 사람이 가장 먼저 추첨 공을 뽑았고, 토너먼트의 거의 끝과 끝으로 나뉘었다.

"오~! 결승은 저 두 사람끼리 하는 거 아니었나?"

"어느 표에 들어가든 저 녀석들과 싸워야 하는 건가. 이거 굉장하겠군."

그런 목소리가 관중석에서 들려왔다.

추첨이 진행되며, 예선을 치르는 동안 관객들 마음에 들었던 선수의 자리가 정해질 때마다 환호가 일었다.

"엘머 님, 33번."

"자샤 님, 30번."

사회자의 목소리가 울려 퍼졌다.

"세라 님, 48번."

"오오!"

여기서 유난히 큰 환호성이 터져 나왔다.

유일한 엘프이자 절세 미녀인 세라는 이미 관중들에게 인기 선수였다.

결승 토너먼트인 64명 중에는 그 밖에 두 명의 여성이 더 있었다. 아무래도 격투 대회는 근접직이 유리하기에 남성 참가자가 남을 확률이 높았다.

여성은 남성에 비해 마법 친화성이 높은 자가 많아 마법직에 종사하는 경우가 많기 때문이었다.

그런 만큼 세라를 비롯한 여성 결승 토너먼트 진출자들은 인기가 많았다. 그중에서도 세라 인기는 매우 높았다…….

그리고 62명째까지 추첨이 종료되었다.

"뭐야, 어떻게 이렇게 되지?"

"그러게, 힘든 상대만 남았네."

그런 목소리가 관중석에서 웅성웅성 들려왔다.

대부분 차 있는 토너먼트 표를 보고 많은 관객이 느낀 솔직한 소감이었다.

아직 추첨에서 정해지지 않은 것은 두 사람.

가면의 남자와 오스카.

그리고 빈 토너먼트 표도 딱 두 군데.

1번과 64번.

맨 먼저 채워진 2번과 63번의 상대만이 아직 비어 있었던 것이다.

"어느 쪽이 나와도 지난번 베스트4라니…… 남은 두 사람 다 힘들겠군."

"분명 보스란 놈과 오스카란 놈이었지."

"아아…… 오스카 군!"

마지막은 여성 관객들의 목소리인 것 같았다. 잘생긴 외모에 더해 1차 예선에서 압도적인 강함을 보인 오스카에게도 여성 팬들이 이미 붙은 모양이었다.

그렇지만 예선 때의 압도적인 강함도 결승 토너먼트에서는 크게 상관이 없어진다. 이곳에 남은 64명 모두 압도적으로 강했기 때문에 여기에 남을 수 있었던 것이니까.

"보스 님, 1번."

"오오!"

커다란 함성이 콜로세움 안에 울려 퍼졌다.

드디어 정해진 개막전.

지난번 베스트4였던 디터가 개막전 시작부터 나온다……. 그리고 상대는 가면을 쓰고 있는, 오싹하면서도 압도적인 존재감을 내뿜는 보스라는 남자.

관객의 흥미를 끌기에 충분한 개막 카드였다.

그리고 남은 마지막 자리는…….

"오스카 님, 64번."

오스카의 결승 토너먼트 첫 시합 상대는, 지난번 3위였던 안젤름으로 정해졌다.

◆

결승 토너먼트는 4일에 걸쳐 진행된다.

예선인 배틀 로열 때와 마찬가지로 아레나에 두 개의 무대가 만들어졌다. 그곳에서 두 시합이 동시에, 하루에 총 네 번 열린다.

결승 토너먼트 추첨 다음 날부터 오스카는 매일 시합을 보러가기로 했다.

당연하지만 티켓은 가지고 있지 않아서 전매상에게 사야했지만…….

"스승님, 저도 보고 싶어요."

"전하?"

"흔하지 않은 기념 대회. 그 결승 토너먼트에 오를 만한 자들의 싸움이라면 저 같은 미숙한 사람이라도 보면서 뭔가 얻는 게 있을지도 몰라요. 게다가 제가 함께 가면 스승님도 황실 전용 관람석에서 볼 수 있고요."

"윽……."

피오나의 그 지적에 오스카는 반박할 수 없었다.

결국 피오나의 아버지이자 황제인 루퍼트에게 허락을 받은 뒤 피오나도 오스카도 매일 콜로세움으로 시합을 보러 가게 되었다.

결승 토너먼트, 개막전.

1번을 뽑은 가면의 남자 보스와 2번을 뽑은 지난 대회 4위 디터와의 시합.

황제 루퍼트는 오지 않았지만 오늘도 제11 황녀 피오나 전하가 황실 전용 관람석에 와 있다는 소식에 일부 관객들은 흥분했다.

"황녀님은 오늘도 오셨어!"

"분명 추첨할 때도 오셨었지! 격투 대회에 관심이 많으신 모양이야."

"소문으로는 다른 황녀님들과는 달리 검 실력이 상당하시다나봐."

"그거 굉장하군!"

오스카는 피오나와 조금 떨어진 위치에 서 있었고, 비치는 빛의 각도상 관중석에서는 그 모습이 거의 보이지 않았다.

물론 관객 중 일부는 피오나의 호위를 맡은 자가 참가했다는 정보를 알고 있었지만, 결승 토너먼트에 진출했다는 확증은 그 누구도 갖고 있지 않았다.

이미 개막전에서 대전하는 두 사람, 가면의 남자 보스와 지난번 4위인 디터는 무대에 올라 준비를 마친 상태였다.

남은 것은 시합 시작 신호를 기다릴 뿐.

"그럼 라운드 64, 제1 시합을 시작하겠습니다. 시작!"

심판의 신호로 시합이 개시되었다.

하지만 보스도 디터도 움직임이 여유로웠다.

두 사람 다 검을 빼들고 시작 거리인 20미터에 머물러 있었다.

"흠."

가면의 남자 보스가 그렇게 중얼거렸다.

그리고 거의 힘이 들어가지 않은 편안한 움직임으로 디터를 향해 걸어가기 시작한다.

그에 반해 디터는 아주 조금 눈썹을 움직였을 뿐, 검을 겨눈 채 움직이지 않았다.

조금씩 가까워지고…….

순간, 움직인 것은 디터였다.

단번에 달려들어 간격을 좁히고, 그 흐름 그대로 검을 찔렀다.

2번, 3번, 4번, 찌른 순간 턱이 튕기듯이 올라갔다.

그와 거의 동시에 찌르기로 내밀었던 오른팔이 잘려나갔고…… 바닥에 무너져 내렸다.

그걸로 끝이다.

아무도 소리를 지르지 않았다.

관객도.

사회자도.

그리고 심판도.

"이봐."

심판을 향해 말을 건 것은 가면의 남자 보스.

"아, 실례했습니다. 승자, 보스!"

"오오오!"

심판이 선언하자 뒤늦게 관객들도 정신을 차렸다.

노호라 부를 수 있는 소리가 여기저기서 터져 나왔다.

관객들의 대부분은 무슨 일이 일어났는지 이해하지 못했다.

찌르기로 공격한 디터에게 도대체 무슨 일이 일어난 것인가…….

정신을 차려보니 몸이 튕겨 나가고 오른팔이 잘려나갔다.

하지만 뭔가 대단한 일이 일어났다는 것만은 알 수 있었다.

그리고 그 목격자가 되었다는 사실도 알 수 있었다.

그것만 알면 충분하다!

대부분의 관객은 그렇게 생각했다.

하지만 그중에는 그렇지 못한 관객도 있었다.

"봤냐, 자샤……."

"젠장…… 저 가면 쓴 녀석 진짜 장난 아니네. 지난번 4위였던 디터가 상대조차 되지 않았어."

엘머도 자샤도 관중석에서 지금의 시합을 보고 있었다.

이전에 오스카에게 말했던 대로 두 사람 다 결승 토너먼트는 전 시합을 볼 생각이었고 티켓도 이미 구입해 두었다.

그리고 그들 주위에도…….

"자샤가 준결승까지 가면 저 자랑 싸우는 거네."

"자샤가 준결승까지 가면 저 자에게 희생되겠네."

쌍둥이 궁사 유시와 라시 자매가 그런 말을 주고받았다.

그 말을 듣고 작게 고개를 흔드는 남은 『난사난격』 멤버, 척후

안과 치유사 미사르트.

"아, 아니, 그건 내가 준결승까지 갔을 때의 이야기잖아? 괜찮아, 난 거기까지 올라갈 수 없으니까!"

"그건 그거대로 슬프군······."

자샤가 변명을 했고, 그 모습을 동정 어린 눈으로 바라보며 거들어주는 엘머였다.

'역시····· 저 검은 스승이 만든 것이다······.'

오스카의 감정은 들끓고 있었다.

당연했다.

저 가면의 남자는 아마도 보스코나. 부모님을 죽이고 영감님을 죽인 원수.

게다가 아버지를 죽여서 빼앗은 검을 아직도 갖고서······ 지금, 눈앞에서 휘두르고 있다.

이 상황에서 평온하라는 것은 무리였다.

"스승님?"

피오나는 오스카가 평소와 다르다는 것을 민감하게 알아차렸다.

그것도 좋지 않은 쪽으로, 평소와는 다르다······.

오스카를 향한 시선에 불안감이 섞여 있었다. 그 시선이 잠시나마 오스카에게 냉정함을 가져다주었다.

"전하, 실례했습니다."

오스카는 고개를 숙였다.

그것은 사죄임과 동시에 자신을 냉정하게 만들어준 피오나에 대한 깊은 감사의 표시이기도 했다.

"무슨 일이, 있는 거군요."

"죄송합니다. 옛날 일이 좀 떠올라서……."

오스카가 말한 것은 그뿐이었지만 피오나는 더 이상 묻지 않았다. 아마도 부모님이나 양부모에 관한 무언가를 떠올렸을 것이라고 생각했기 때문이었다.

틀린 말은 아니다.

다만 피오나라도 부모와 양부모를 죽인 원수가 지금 그들의 눈앞에 있다는 것까지는 짐작할 수 없었다.

그리고 오스카의 중얼거림도 들리지 않았다.

"저 녀석에게까지 간다……. 맞닥뜨리는 건, 결승전인가."

◆

결승 토너먼트 둘째 날, 『난사난격』의 쌍검사 자샤가 등장해 고전하면서도 무사히 첫 시합을 통과했다.

결승 토너먼트 셋째 날, 같은 『난사난격』의 검사 엘머가 등장. 이쪽도 고전했지만 무사히 첫 시합을 통과했다.

게다가 이날 4차전 시합에는 엘프인 세라가 등장. 시작한 지 불과 10초 만에 완승하며 첫 시합을 통과했다.

이틀 모두 오스카는 경기장을 찾았지만 가면의 남자를 찾지는 못했다.

그리고 결승 토너먼트 넷째 날.

"스승님, 무운을 빕니다."

"네, 전하, 다녀오겠습니다."

오스카는 그렇게 말하고 황실 전용 관람석에서 대기실로 향했다.

라운드 64, 최종전이 열렸다.

"지난 대회 3위 안젤름 님."

사회가 이름을 호명하자 안젤름은 한 손을 흔들며 무대에 올랐다.

"꺄아악!"

"안젤름!"

"부탁한다! 너만 믿을게!"

그런 함성이 여기저기서 터져 나왔다.

지난번 대회 3위라는 것은 곧 절대적인 인기와 동의어였다.

"결승 토너먼트 최연소 진출자, 오스카 님."

"꺄아아아아아아아아아!"

"꺄아아아아!"

"오스카 구우우우운~."

"오스카아아아아!"

안젤름을 넘어서는 성원이 오스카에게도 쏟아졌다……. 그 대부분이 여성들의 목소리.

젊고, 잘생기고, 게다가 강하기까지 하면 여성에게 인기가 있는 것은 당연했다.

옆 무대에서 열린 제31 시합은 일찌감치 끝난 탓에 콜로세움의 모든 시선과 함성은 안젤름과 오스카가 맞붙는 최종전에 쏠려 있었다.

"그럼 라운드 64, 제32 시합을 시작하겠습니다. 시작!"

심판의 구령과 함께 오스카는 단숨에 돌진했다.

한 손으로 베고, 찌르고, 찌르고, 베고, 마지막으로 양손으로 내리친다.

하지만 오스카의 그 공격을 안젤름은 모두 피했고, 마지막 내리치기만 검으로 받아냈다.

그 검기에는 여유가 넘쳤다.

압도적인 검의 기량. 검기뿐이라면 지난번 우승자인 펠릭스 리스트와도 필적한다는 말을 들었던 남자다.

단련했다고는 하나 아직 오스카의 검으로는 도달할 수 없었다.

처음 대치한 순간부터 오스카도 그것을 알고 있었다.

알고는 있었지만, 얼마나 차이가 나는지 알고 싶었다. 그래서 굳이 시작부터 달려든 것이었다.

"어느 정도 이해했다."

일련의 공격이 완전히 막힌 오스카는 뛰어서 거리를 벌린 채 그렇게 중얼거렸다.

"그런가?"

여유가 있는 것일까. 안젤름은 오스카의 중얼거림에 그렇게 받아쳤다.

"거기까지 도달하려면 좀 더 시간이 걸릴 것 같아."

그것은 아직 도달하지 못했음을 인정하는 말, 그러나 언젠가는 도달할 수 있다는 것을 확신한 말.

그런 오스카의 말에 안젤름의 표정이 미세하게 굳어졌다.

기분이 상한 모양이다.

"어떻게 해서든 결승까지 올라가야 할 이유가 생겨서, 아껴뒀던 기술을 보여주마."

"호오."

오스카는 결의를 표명했고, 안젤름은 자세를 취했다.

"〈폭염〉."

오스카가 중얼거리자 화속성 공격 마법이 세 개, 검에서 나와 안젤름에게 향했다.

"마법이라니!"

물론 격투 대회에서 마법 사용은 금지되어 있지 않았다.

하지만 사용하는 사람은 거의 없었다.

우선 영창이 필요한 중앙 연방의 마법은 근거리가 될 경우 발동하기도 전에 물리직의 방해를 받는다. 그래서 현실적으로 쓸수 없는 것이다.

하지만 오스카는 마법 발동에 영창이 필요하지 않았다.

게다가 그 발동 속도 역시 비정상적으로 빨랐다.

그렇지만 상대도 내로라 하는 안젤름이다. 빠른 공격 마법이라고는 해도 반응할 수 없는 것은 아니었다.

"얕보지 마라!"

날아온 화속성 마법 3개를 연이어 베어냈다.

마법을 베어낼 수 있다는 것만으로도 일류 검사라는 증거였다.

하지만…….

"으윽!"

베어낸 마법이 터졌다.

그것도 화려하게.

그 폭발한 마법조차 피했으니 지난번 3위다운 실력이라 할 수 있었다.

하지만 그것들은 모두 미끼였다.

안젤름이 알아차린 순간…… 양다리에 새하얀 빛이 관통했다.

"윽!"

그것이 화속성 마법이라는 것은 본능적으로 알았다. 하지만 그 이상은 이해할 수 없었다.

애초에 하얀색 불꽃은…… 게다가 마치 빛과도 같은…….

꿰뚫린 다리는 서 있지 못하고 그대로 두 무릎을 꿇었다.

"빌어먹을."

안젤름이 두 무릎을 꿇는 순간 어느새 접근해 있던 오스카의 검이 목에 겨눠졌다.

"졌다……."

안젤름은 패배를 인정했다.

"승자, 오스카!"

◆

결승 토너먼트 8일째.

베스트8이 격돌하는 준준결승.

이날부터는 황제 루퍼트 6세가 참석한다. 또한 제도에 있는 많은 귀족들도 보러 오기 때문에 티켓 값도 폭등한다.

이날의 1차전에서는 가면의 남자 보스가 어렵지 않게 승리를 거머쥐고 베스트4에 가장 먼저 올라섰다.

또한 두 번째 시합에서는 무려 『난사난격』의 자샤가 역전승을 거두며 베스트4 진출을 확정지었다. 이로써 단순한 B급 모험가였던 자샤와 그 파티 『난사난격』의 이름은 단숨에 제도 안에 알려지게 되었다.

게다가 오후에 열리는 3차전에는 또 한 명의 『난사난격』 멤버가 나온다는 소문이 퍼져 나갔다. 『난사난격』은 한순간에 제국 최고의 파티 반열에 올라섰다.

"아니, 난 못해⋯⋯."

하지만 싸우기 전부터 의기소침해 있는 한 명의 검사가 있다.

그 남자는 지금 가장 주목받고 있는 파티 『난사난격』의 검사이자 리더였다.

"뭐, 기운 내. 나처럼 여러 우연이 겹쳐서 쓰러뜨릴 가능성이 있을지도 모르잖아⋯⋯ 엘머."

"아니, 그 엘프는 그런 우연조차 없다고⋯⋯."

3차전을 앞두고 검사 엘머의 마음은 깊이 가라앉아 있었다.

그 이유는 상대방에게 있었다.

상대는 왕국의 B급 모험가 '풍의 세라'.

"상대도 B급 모험가라고 하니까 이길 수 있을지도 몰라."

"상대는 A급 모험가가 아니니까 이길 수 있을지도 몰라."

쌍둥이 유시와 라시가 무책임하게 응원했다.

"하아……."

엘머는 깊은 한숨을 내쉬었다.

그렇지만 어차피 여기까지 온 이상 나갈 수밖에 없다. 그것은 검사 엘머도 알고 있었다.

"뭐, 할 수 있는 만큼 하고 올게!"

그렇게 말한 엘머는 무대에 올랐다.

시합 시작과 동시에 세라가 달려들었다.

그것도 눈에 보이지 않는 속도로.

"뭐야!"

감각만으로 간신히 받아내는 엘머. 오른손에든 검과 왼손에 끼운 장갑으로 방어에 전념했다.

"어제까지와 다르잖아! 뭐야, 이 속도는."

세라가 치러온 어제까지의 전투를 엘머는 모두 지켜보았다. 그것을 보고, 자신보다 압도적으로 뛰어난 검기라는 것을 알 수 있었고, 만에 하나라도 이길 가능성은 없다고 생각했다.

하지만 그런 어제보다도 더 빨랐다.

"〈풍장〉이라고 하지."

눈앞의 세라가 얼굴색 하나 바꾸지 않고 그렇게 대답했다.

그리고 크게 내리친 후 뒤로 뛰며 칭찬했다.

"대단하네, 엘머라고 했나? 〈풍장〉을 두른 검을 여기까지 받아낸 상대는 오랜만이야."

"그거 영광이군."

칭찬을 받았지만 엘머의 마음속은 절망으로 가득 차 있었다.

이기기 어렵다고 생각하고 무대에 오르긴 했지만, 이제는 마음마저 꺾이려 하고 있었다.

"그럼 조금 더 힘을 내볼까."

"무슨……."

세라의 그런 중얼거림은 엘머에게도 들렸고…… 곧 말문이 막혔다.

음속의 돌진 이후 내리치기 공격. 그것을 양손으로 든 검으로 어떻게든 받아냈지만…….

"윽……."

힘에서 밀렸다.

어떻게든, 어깨가 잘려나가는 것만은 막았지만…… 어깨에 깊이 파고든 상태로 멈춰 있었다.

속도뿐만 아니라, 믿을 수 없을 정도로 검이 무거웠다.

하지만 거기서 끝이 아니었다.

세라는 내려두고 있던 오른발을 차올렸다.

이른바, 급소…… 남성의 중요 부위에 가해진 일격.

물론 격투 대회에서 급소 공격은 금지되어 있지 않았다. 전장에서는 당연히 있을 수 있는 공격이니까.

그것에 맞은 남자는…… 엘머는 기절했다. 웅크린 채 기절한 남자의 목에 세라는 인정사정없이 검을 겨눴다.

엘머는 말조차 하지 못했다. 심판은 그 모습을 연민의 눈초리로 바라본 뒤 선언했다.

"승자, 세라!"

"오오~!"

엄청난 환호성과 약간의 연민이 담긴 시선이 무대 위로 쏟아졌다.

이후 엘머는 결코 무시당하지 않았다는 것을 그의 명예를 위해 여기에 적어두겠다.

그는 영예로운 격투 대회, 심지어 기념 대회에서 베스트8에 올랐다. 그 한 가지 사실만으로도 영광을 손에 넣을 수 있었다.

물론 마지막에는 급소 공격을 당하긴 했지만, 그것은 어쩔 수 없다. 상대가 강했다.

오히려 지켜보던 많은 남성 관객들은 엘머를 동정했다.

동정을 할 뿐, 무시하는 사람은 단 한 명도 없었다.

다음으로 열린 4차전에서는 오스카가 〈폭염〉을 터뜨리고 〈피어싱 파이어〉를 다리에 날린다는, 결승 토너먼트 때 안젤름에게 보여주었던 콤보로 아무 어려움 없이 수십 초 만에 승리했다.

이리하여 준결승 2차전에서 세라 대 오스카의 대결이 실현되었다…….

◆

　하지만 세라와 오스카의 시합 전에 중요한 시합이 있었다.

　"나 기권하려고⋯⋯."

　"당연히 안 되지."

　"그건 안 되지, 자샤."

　가면의 남자 보스와의 준결승전이 정해지고, 막상 현실이 눈앞에 다가오자 『난사난격』의 쌍검사 자샤는 나약한 소리를 하기 시작했다.

　만류한 것은 물론 쌍둥이 유시와 라시다.

　"아니, 그렇게 말해도, 그 가면의 남자⋯⋯ 보스의 검은 괴물이라고⋯⋯."

　자샤의 말은 맞는 말이었다.

　지금까지 모든 대전 상대를 1분 이내에 쓰러뜨렸다. 그중에는 지난번 대회 4위였던 디터도 포함이었다.

　자샤 역시 이 기념 대회에서 베스트4까지 올랐다는 사실만으로 초일류 쌍검사임은 이미 증명되었다. 그럼에도 불구하고 가면의 남자와 자신을 비교하면 도저히 이길 수 있을 것 같지가 않았다.

　"나는 기권해도 좋다고 생각해."

　그렇게 말한 것은, 검사 엘머였다.

　주위 사람들이 숨을 죽인 가운데 엘머가 말을 이었다.

　"정말 자신이 없다면 기권해도 돼. 하지만 가능성이 조금이라도 있다면⋯⋯ 베스트8에서 끝난 나를 위해서라도 싸워 줬으면 좋겠어. 그게 진짜 내 속마음이야."

"엘머……."

자샤는 더는 아무 말도 할 수 없었다.

가면의 남자와 맞먹는 검기를 자랑하는 엘프를 상대로 정면 승부에 나섰다가, 마지막 순간 허무하게 패배한 엘머. 심지어 남성이라면 누구라도 인상을 찌푸릴 만한 가슴 아픈 패배를 한 엘머.

그런 엘머를 생각하자 자샤는 아무 말도 할 수 없었다.

엘머는 더는 이 무대에 설 수 없다. 하지만 자신은…… 아직 설 수 있다!

이 전우를 위해서라도, 그 괴물에게 도전할 수 있다.

그리고 쓰러뜨리면 그 뒤에는…… 전우를 보낸 엘프가 올라올 것이 분명하다. 원수를 갚을 수 있을지도 모른다!

"알았어. 난 나가겠어."

결코 자신감에 차서 말한 것은 아니었다.

힘차게 말한 것도 아니었다.

하지만 느리게 나온 그 말 속에는 물러서지 않겠다는 의지가 가득했다.

자샤와 엘머는 굳게 악수를 나누고…… 자샤는 무대에 섰다.

무대에 서서 결의에 찬 자샤는 그 어느 때보다 자신감이 넘쳤다.

뭔가 해낼 수 있을 것 같은 기분이 들었던 것이다.

그리고 시합이 시작되었다.

……쌍검이 날아가고, 20초 만에 자샤는 패배했다.

"이봐, 한스…… 이번 대회는 레벨이 높지 않은 건가?"

"외람된 말씀이오나 폐하, 저 가면의 남자, 보스의 레벨이 너무 높을 뿐인 것 같습니다."

"그렇군……."

황실 전용 관람석에서 황제 루퍼트 6세는 그렇게 중얼거렸다.

가면의 남자 보스, 엘프 세라, 혹은 오스카. 이 세 명은 확실히 꽤 강하다는 것을 알 수 있었다.

물론 루퍼트로서는 오스카가 힘을 보여주기만 하면 문제가 없었고, 베스트4에 오른 단계에서 계획은 달성했다고 볼 수 있었다.

그렇지만 제국 주최 격투 대회 자체의 레벨이 낮아보인다고 하면 황제로서는 굴욕적인 마음이 들 수밖에 없다.

"지난 대회에서도 펠릭스 님과 몇몇 분들이 치른 결승전 수준은 대단했습니다. 아무래도 레벨이 높은 선수가 있으면 다른 사람과의 싸움이 낮아 보이는 것은 어쩔 수 없는 일이라고 생각합니다."

"확실히 그렇군."

한스의 설명에 루퍼트는 고개를 끄덕였다.

물론 이들의 대화는 작은 목소리로 오가기도 했고, 다음에 시작될 오스카의 시합에 집중하고 있던 피오나의 귀에는 전혀 닿지 않았다.

"그럼 준결승 제2 시합, 세라 님 대 오스카 님의 시합을 진행하겠습니다.”

사회자의 그 말에 경기장에서 환호성이 터져나왔다.

“왕국의 B급 모험가 세라 님.”

사회자의 그 말과 동시에 우렁찬 함성이 관중석에서 들끓었다.

“세라아아아아!”

“내 세라!”

“아니, 내 세라야!”

“닥쳐! 세라는 내 거라고!”

주로 남성 팬들의 열광적인 지지를 받고 있는 듯했다.

그런 함성에는 조금도 신경 쓰지 않고 무대에 오르는 세라. 이어서 한층 더 함성이 끓어오른다.

“결승 토너먼트 최연소 진출자, 오스카 님.”

“꺄아아아아아아아아!”

“꺄아아아아!”

“오스카 구우우우운~!”

“사랑해애애애!”

“다치지 마요오!”

세라의 함성에 밀리지 않는 함성.

물론 그중 상당수가 열광적인 여성의 목소리였다.

마찬가지로 그런 함성 같은 건 조금도 들리지 않는다는 태도로 무대에 오르는 오스카.

싸움의 무대가 마련되었다.

“그럼 준결승 제2 시합을 시작하겠습니다. 시작!”

그 목소리와 동시에 오스카가 외쳤다.

"〈폭염〉."

오스카의 검에서 3연속으로 화속성 공격 마법이 세라를 향해 날아갔다.

세라는 그것을 검으로 베어냈다. 그 순간 잘려나간 불꽃이 터졌다.

동시에 오스카는 마음속으로 주문을 외웠다.

'〈피어싱 파이어〉.'

2개의 얇고 새하얀 불꽃이 세라의 다리를 덮쳤다……. 하지만, 맞기 직전 틀어졌다.

"휘었어?"

"그 기술은 이미 봤거든."

오스카의 중얼거림에 세라는 그렇게 대답했다.

풍속성 마법사 엘프는 바람을, 즉 공기를 조종할 수 있다.

'그쪽 마법인가?'

오스카는 적당히 그렇게 추측했다. 전투가 한창인 현재로서는 완벽한 진실을 알아내는 것보다 간략한 이해가 더 중요했다.

"그럼, 간다."

세라는 그 말과 동시에 음속으로 돌진했다.

"윽!"

〈풍장〉을 두른 세라의 돌진은 엘머와의 대전에서 보았지만, 멀리서 보는 것과 직접 받아내는 것은 전혀 달랐다.

하지만…….

채앵.

어느 순간, 날카로운 소리를 내며 세라의 검이 튕겨 나갔다.

추격하는 날아오는 오스카를 피해 백스텝으로 거리를 벌리는 세라.

"정말 단단한 〈물리 장벽〉이네."

자신의 검을 튕겨낸 것이 찰나에 생성된 오스카의 〈물리 장벽〉이라는 것을 금세 간파한 것이다.

그리고 순식간에 공기가 변했다.

"〈영원의 폭풍〉."

세라가 작은 소리로 외쳤다.

"〈장벽〉."

오스카는 〈물리 장벽〉뿐만 아니라 〈마법 장벽〉도 동시에 생성했다.

카앙, 카앙…….

여러 개의 투명한 풍속성 공격 마법이 〈장벽〉을 때리는 소리가 났다.

몇 번이고, 몇 번이고, 몇 번이고.

튕기고, 튕기고, 튕긴다.

'언제까지 계속되는 거냐…….'

수십…… 백을 넘어…… 수백…….

파직.

"큭, 〈장벽〉."

한 번 〈장벽〉이 깨지고, 다시 한번 오스카는 〈장벽〉을 쳤다.

격투 대회에서는 보기 드문 마법전이 펼쳐지고 있었다.

하지만 관중석은 열광의 도가니로 변해 있었다. 검이든 마법이든 달아오를 수만 있다면 뭐든 상관없다.

사람이란 그런 것일지도 모른다.

카앙, 카앙, 카앙…….

아마 총합으로는 이미 천 번이 넘는 공격을 받고 있었다.

'도대체 언제까지…….'

솔직히 말해 오스카도 이렇게까지 연속된 마법 공격을 받은 것은 처음이었다.

당연하다.

이 정도의 공격 마법 연사는 일반적인 마법사가 가진 마력량으로는 절대 불가능하기 때문이다.

보통의 수십 배, 혹은 수백 배나 되는 마력량…….

파직.

"또 부서졌나? 〈장벽〉."

"늦어."

정신을 차렸을 땐 세라의 검이 오스카의 배에 박혀 있었다.

"윽…… 〈피어싱 파이어 확산〉."

오스카의 바로 앞에서 새하얀 빛이 뿜어져 나왔다.

세라는 곧바로 배에 박은 검을 뽑아 음속으로 후퇴했다.

시합 개시 초반에 자신의 다리를 관통하려고 했던, 하얀 불꽃을 사용한 위험한 마법이라는 것을 알아차린 것이다.

후퇴하면서도 쫓아오는 〈피어싱 파이어〉를 피했다.

결국, 피해는 제로.

모든 공격을 피한 것에는 역시 대단하다는 말밖에 할 수 없었다.

반면 오스카.

부서진 〈장벽〉을 재생성하려고 한 순간 세라가 음속으로 달려들었다. 그대로 생성 중이던 〈장벽〉안에 자신의 몸을 밀어넣어 생성을 막고, 검을 찔러 넣었다…… 그것은 이해했다.

이해한 동시에, 자신의 몸에 미칠 대미지의 크기도 동시에 이해했다.

일단은 화속성 마법으로 출혈 부위를 태워 피를 멈추게 했다.

치익.

"큭…….”

대단히 고통스러웠지만, 그동안 몇 번 경험한 적이 있어 못 견딜 정도는 아니었다.

하지만 〈힐〉로 치료한 것은 아니었기에 내장이나 근육은 여전히 다친 채였고, 흘린 피는 쉽게 회복되지 않는다.

지구전을 택할 수 없는 상태가 되어버렸다.

자신보다 스피드도 파워도 있고 기술도 뛰어나고 경험도 풍부하다. 게다가 지구전도 선택할 수 없다……. 그런 상황에서 어떻게 하면 이길 수 있을까?

오스카 정도의 남자라도 답이 전혀 떠오르지 않았다.

그러나 딱 한 가지 확실한 것이 있었다.

그것은 결승전에 가야 한다는 것.

결승전에는 부모님을 죽이고, 영감님을 죽인 남자가 이미 진출해 있었다.

무조건 결승에 가야 했다.

"반드시 결승전에 가겠다."

오스카는 굳이 입 밖으로 그런 말을 뱉었다.

세라는 속으로 놀라고 있었다.

아직 젊은 눈앞의 남자는 무영창으로 화속성 마법을 사용했다. 게다가 본 적 없는 마법.

시야를 방해하는데 사용한 〈폭염〉 하나만으로도 평범한 마법사가 다룰 수 있는 마법은 아니다……. 게다가 그것을 3연발.

게다가 가장 놀라운 것은 저 하얀색 불꽃.

첫 시합인 안젤름 때에도 생각한 것이지만, 다리에 닿는 순간 다리를 녹여버렸다…… 녹여서 꿰뚫었다…… 대체 얼마나 뜨거웠을까.

상상하는 것만으로도 무서웠다.

그리고 정신력.

솔직히 〈풍장〉을 두른 세라에 비하면 검기의 모든 면에서 뒤처진다.

하지만 반드시 결승전에 가겠노라고, 일부러 입 밖으로 내뱉는 그 결의는 세라를 놀라게 하기에 충분했다. 이 정도로 압도적인 힘을 앞에 두고도 그렇게 단언하는 것은…… 쉽게 할 수 있는 일이 아니었다.

세라는 다시 음속의 돌진으로 달려들었다.

거리를 벌린 채 마법전을 써서 지구전으로 간다는 선택지도 분명 있었다. 하지만 저 흰 불꽃이 있는 이상 거리를 두고 하는 마법전에서는 무슨 일이 일어날지 모른다.

다리를 노린 첫 일격은, 풍속성 마법으로 궤도를 비틀어 피했지만…… 저건 한 발이라도 맞으면 끝장이다……. 그런 마법이라는 것을, 세라는 이해하고 있었다.

다시 시작된 칼싸움.

오스카도 아까와 마찬가지로 〈물리 장벽〉과 검으로 세라의 고속 검을 계속 튕겨냈다.

하지만 완벽하지는 않았다.

팔에, 다리에, 옆구리에, 허리에, 혹은 뺨에, 베인 상처가 늘어갔다.

'이대로는 결국 진다…….'

싫어도 깨달을 수밖에 없었다. 믿을 수 없을 정도로 압도적인 실력차. 역전의 가능성 따위는 천에 하나는 커녕 만에 하나도 없었다.

알고 있다.

알고 있다.

알고 있다!

'하지만 받아들일 수 없어!'

오스카는 이를 악물고 칼싸움을 이어갔다.

'이 한 번, 이 한 번만 이기면 그 뒤에 그놈이 있다. 아버지를 죽이고, 어머니를 죽이고, 영감님을 죽인 그놈이 있다. 여기까지 와서 가지 못한다면 절대로, 절대로 자신을 용서할 수 없어!'

자신이 가장 잘 알고 있었다.

왜냐하면 보스코나를 제일 미워하는 것이 바로 자기 자신이니까.

'이 정도 상대를 이기기 위해서라면 팔 하나쯤은 내줘도 상관없다. 이제 곧 할 수 있을 거야……'

오스카는 각오를 끝냈다.

받아낸 것은 세라의 찌르기.

푸욱.

"큭."

세라의 찌르기가 오스카의 왼팔을 관통했다. 오스카의 입에서 저도 모르게 쉰 목소리가 새어나왔다.

동시에 외친다.

"〈소작(燒灼)〉."

그 순간 오스카의 왼팔에서 새하얀 빛이 뿜어져 나왔다. 〈피어싱 파이어〉와 같은, 강하고 하얀 빛이었다. 그리고 왼팔이 날아갔다.

동시에 세라의 검이 부러졌다.

하지만 그 순간, 단검이 오스카의 배에 박혔다.

"커헉……."

오스카의 입에서 숨과 함께 피가 흘러나왔다.

"화속성 마법사, 네가 내 검을 본인의 검뿐만이 아니라 〈물리 장벽〉으로도 막고 있었던 이유가 내 검에 열을 가해 파괴를 노렸기 때문이라는 건 알고 있었어. 뭐, 마지막의 새하얀 불꽃에 강한 부하를 가하는 것까지는 예상하지 못했지만."

세라의 설명에도, 오스카는 아무 말도 하지 못했다.

"단검을 박았어. 이대로 도려내면 아무리 너라도 서 있을 수 없을 거다. 그러니까 대답해 줘. 왜 그렇게까지 해서 결승전에 진출하고 싶은 거지?"

세라의 물음에 오스카는 대답하지 않았다. 단검을 찌르고 있는 세라를 노려보기만 할 뿐이었다.

"대답하는 게 좋을 거야. 어떻게 해서든 결승전에 가고 싶은 거잖아? 아니면 결승전에 가고 싶은 마음은 겨우 그 정도였나? 체면이 더 중요한가? 그렇다면 조금 실망인데……."

"그 녀석은…… 보스코나는…… 아버지와 어머니의 원수…… 영감님을 눈앞에서 죽였다…… 그러니까, 내가…… 죽인다."

"복수인가. 게다가 세 사람 몫이라니."

힘겹게 이어진 오스카의 설명을 듣고 세라는 작게 고개를 흔들었다.

조금 고민하는가 싶더니, 꽂힌 단검을 순식간에 뽑아낸다.

"윽……."

오스카의 입에서 새어나온 신음. 하지만 가까스로 무릎을 꿇는 것만은 참았다.

세라의 외침이 회장 안에 울려 퍼졌다.

"나는 기권하겠다!"

세라의 말은 분명 귀에 닿았을 텐데, 누구도 반응하지 않았다.

세라는 심판 쪽을 향해 다시 말했다.

"심판, 나는 기권하겠다."

"아, 네. 아뇨, 기권?"

"그래. 무기가 없으니 더는 싸울 수 없다."

세라는 그렇게 말하고는 빠르게 걸음을 옮겨 떨어져 있는 자신의 검을 주워들고 무대를 내려왔다.

"승자, 오스카 님!"

"우오오오오오!"

갑작스럽게 막이 내렸으나, 콜로세움의 함성은 하늘을 찌를 기세로 울려 퍼졌다.

오스카는 수차례나 〈엑스트라 힐〉을 받고, 제국 연금 협회에서 개발한 조혈제 비슷한 것까지 먹은 후에야 치료실을 나가는 것을 허락받았다.

오스카가 가능한 한 빨리 관람석으로 돌아가길 원했기 때문이다.

황실 전용 관람석으로 돌아온 오스카는 갑자기 포옹을 당했다.

"저, 저기, 전하?"

"스승님, 다치지 말라고 했잖아요……."

당황한 오스카…… 반쯤 울상인 얼굴을 오스카의 가슴에 묻은 피오나가 그렇게 중얼거렸다.

"네…… 죄송합니다."

오스카로서는 그렇게 말할 수밖에 없다. 눈앞의 제자가 얼마나 걱정했는지 알고 있었기 때문이다.

동시에 다음 결승전도 오늘과 마찬가지로 혹은 오늘 이상으로 다칠지도 모른다는 생각에 죄송하다는 말을 할 수밖에 없었다.

그런 두 사람을 보는 황제 루퍼트의 표정은 복잡했다.

아버지로서 딸이 다른 남자의 품에 얼굴을 파묻고 있는 모습은 순순히 받아들이기 어려웠다. 하지만 딸이 솔직한 성격으로 잘 성장한 모습을 보니 기쁘기도 했다.

이도저도 하지 못한 채…… 결국, 끝까지 아무 말도 하지 못했다.

결전

　　결승전 전야.

　　오스카는 피오나의 방을 찾았다.

　　"스승님, 별일이네요, 이런 시간에."

　　"죄송합니다. 하지만 전하께 전해야 할 말이 있습니다."

　　그렇게 오스카가 꺼낸 말은. 결승전의 상대에 대한 것이었다.

　　부모님이 살해당했다는 것. 양부모이자 은사로서 존경하던 영감님이 살해당했다는 것.

　　그리고 그 세 사람을 죽인 상대가, 아마 내일 겨루는 상대라는 것.

　　"……."

　　피오나는 말 그대로 할 말을 잃고 말았다.

　　사실 오스카의 부모가 살해당하고 영감님도 살해당했다……. 그런 과거가 있다는 사실은 이전 아버지인 황제 루퍼트에게 들어서 알고 있었다.

　　피오나는 오스카의 고용주이자 스승과 제자라는 관계였기에, 알아두는 편이 좋을 것이라며 루퍼트가 알려준 것이다.

　　하지만 내일의 상대, 가면의 남자 보스가 그런 짓을 벌인 사람이라는 것은 상상조차 하지 못했다.

　　놀라움이 가라앉고 나자 이번에는 의문이 엄습했다. 어째서,

지금, 그것을 자신에게 알리는 것일까.

"스승님, 왜……."

피오나가 입 밖에 낼 수 있었던 말은 거기까지였다.

눈앞의 남자는 그 눈에 굳은 결의를 담고 있었기 때문이다.

"전하, 물론 저는 내일 죽을 마음이 없습니다."

피오나가 가장 두려워하는 것은 오스카가 죽어서 돌아오지 않는 것이다. 하지만 그것 때문에 지금 이것을 알리러 온 것은 아니었다.

피오나는 작게 안도의 한숨을 내쉬었다.

"전하, 저는 내일, 그 남자를 죽일 생각으로 싸울 겁니다."

"무슨……."

물론 격투 대회에서는 대전 상대를 죽이는 것은 금지되어 있었다. 죽이면 이유 여하를 막론하고 즉시 실격된다.

하지만 격투 대회라는 성질상 죽였다고 해서 법의 심판을 받는 일은 없었다.

그렇지만 실격을 당한다면 오스카가 피오나의 곁에서 멀어질 가능성은 있었다. 그래서, 지금, 알리러 온 것이다.

물론 피오나는 그것을 원하지 않았다.

아직 오스카에게 배우고 싶은 것이 있었다.

오스카의 지도로 보검 레이븐을 자신의 손발처럼 다룰 수 있게 되었다.

그리고 아득한 마법의 정점마저 엿보이는 오스카의 마법을 보는 것이 피오나는 너무나도 좋았다.

무엇보다도 오스카가 항상 곁에 있어주기를 바랐다…….

하지만…….

"알았어요. 스승님이 하고 싶은 대로 하세요."

피오나는 그렇게 말했다.

모든 것을 이해하고, 자신의 감정까지 깨달았음에도…… 오스카를 보내주기로 결심했다.

"전하…… 감사합니다."

오스카는 한쪽 무릎을 꿇고 그 모든 충성을 피오나에게 바쳤다.

오스카가 방을 나간 후, 작게, 정말 작게 흐느끼는 피오나의 목소리는 아무에게도 닿지 않고 밤의 어둠 속으로 사라졌다.

◆

격투 대회 결승전.

한 달째 이어진 격투 대회의 마지막 날이다.

오전 중에 베스트4 간의 시합으로 3위 결정전이 행해지는 것이 일반적이었지만…….

"무기가 없어 싸울 수 없다. 나는 3위 결정전에서 기권하겠어."

세라가 그렇게 선언한 탓에 쌍검사 자샤가 싸우지도 않고 3위에 올라 버렸다.

3위가 정해진 순간 자샤의 표정은 어안이 벙벙하다는 말이 딱 들어맞는 얼굴을 하고 있었다.

비장한 결의를 갖고 무대에 오른 것이다.

아마…… 만에 하나라도 승산은 없을 것이다. 하지만 전력을 다하겠다고.

『난사난격』의 멤버에게 그렇게 말하고 무대에 올랐는데…… 완전히 허를 찔린 기분이었다.

그렇다고는 해도 기념 대회에서 3위가 되면 그 상금은 막대하다. 심지어 평생 놀고먹을 수 있는…… 정도까지는 아니라고 해도 몇십 년은 일하지 않아도 될 정도는 나온다.

오후, 결승전의 무대가 갖추어졌다. 이미 두 명의 파이널리스트가 올라와 있었다.

게다가 황실 전용 관람석에서는 황제 루퍼트 6세가 서 있었다. 결승전의 시작은 전통적으로 황제 자신이 외치는 것이 관례였다.

그리고 이제 막 결승전이 시작되려 하고 있었다.

"제50회 대회의 결승전을 개시하겠다. 시작!"

"〈천지붕락〉."

루퍼트의 시작 신호와 함께 오스카가 외쳤다.

최근에 완성시킨 대형 화속성 마법.

공중에서 거대한 불꽃 덩어리 스무 개가 떨어져 내리는…… 도시의 성벽 등을 파괴하는 용도로 고안해 낸 마법이었다.

그것을, 시작 즉시 날렸다.

개인을 향해.

콜로세움의 관중석과 아레나 사이에는 상시 발생형 〈물리 장벽〉과 〈마법 장벽〉이 펼쳐져 있었고, 지금까지의 시합에서 이런 장벽이 깨진 적은 한 번도 없었다.

만약 〈천지붕락〉이 직격했다면, 그 무적을 자랑하는 〈마법 장벽〉도 부서졌을지도 모른다.

하지만 오스카가 노린 것은 어디까지나 가면의 남자. 결코 콜로세움의 파괴가 아니었다.

〈천지붕락〉 몇 개가 검에 의해 잘려나간 것은 오스카 쪽에서도 보였다.

그건 그거대로 상관없었다. 이것으로 죽일 수 있다면 그것으로 충분하지만, 〈천지 붕괴〉로 압살하는 것이 목적은 아니었다.

이 공격의 목적은······.

"젠장할······."

관객들 대부분이 놀랐지만, 가면의 남자는 살아 있었다.

하지만 가면이 갈라지며 본모습이 드러난 상태였다. 오스카의 목적은 정체 확인. 그 정도의 큰 기술을 사용해서라도 확인하고 싶었다. 나타난 얼굴의 오른쪽 뺨에는, 귀밑부터 턱까지 큰 상처가 나 있었다.

"안녕, 보스코나. 오랜만이구나."

"뭐? 누구야, 네놈은. 난 너 같은 건 모르는······."

거기까지 말하고 보스코나는 자신의 실수를 깨달았다.

'보스코나'라는 이름에 반응하고, 그것이 자신의 이름임을 인정해 버렸기 때문이다.

"그 특징적인 뺨의 상처를 감추기 위해 가면을 쓴 건가? 뭐, 도

적으로 여기저기 설치고 다녔으니 알려지면 곤란한 과거가 꽤 많
겠지."

그에 반해 보스코나는 아무 말도 하지 않았다.

지금의 콜로세움은 고요했고, 두 사람의 대화는 관중석 중간쯤
까지 들리고 있었다.

"지금 도적이라고 했어?"

"보스코나? 오른쪽 뺨에 난 상처? 그러고 보니 옛날에 제국과 연
합의 국경 부근을 휩쓸었던 도적 중에 그런 부두목이 있었는데."

"잘 알고 있네, 그런 거."

"옛날에 국경 경비병 일을 했었거든."

그런 대화도 관중석에서는 오갔다.

하지만 대화의 내용이 무엇이든, 시합이 중단되는 일은 없다.

"오스카, 라고 했던가. 무슨 말인지는 모르겠지만, 이 시합에서
널 때려눕힌다는 것에는 변함이 없어."

"이쪽도 그럴 생각이다."

서로 말이 끝나기가 무섭게 보스코나가 돌진했고…… 오스카
는 후방으로 뛰었다.

"〈피어싱 파이어 확산〉."

파고드는 보스코나의 전면에 피어싱 파이어 벽을 만들어 냈다.
플라스마화 되어 1억 도에 달하는 불…… 닿는 순간 거의 모든 것
을 증발시킨다.

보스코나에게 그런 지식이 있을 리는 없지만, 위험하다는 것만
은 이해한 모양이었다.

어쩌면 뛰어난 야생의 감이라고도 할 수 있는 위기 감지 능력이 보스코나를 이 정도의 검사로 만든 것일지도 모른다.

그 외형으로는 상상할 수 없을 정도로 신중하게, 보스코나는 확산되며 펼쳐지고 있는 〈피어싱 파이어〉를 피하면서 후퇴했고, 한층 더 거리를 벌렸다.

거기서부터, 다시 승부가 시작되었다.

그런 식으로 다시 시작한 지도 네 번째……

오스카가 후방으로 뛰면서 확산형 〈피어싱 파이어〉를 날렸다.

하지만 평소와 다른 점은 오스카가 뒤로 뛰어 착지하려고 했던 장소가 〈천지붕락〉으로 인해 바닥이 무너져 착지가 어려운 곳이었다는 점이다.

물론 그런 것에 발이 걸려 넘어지는 일은 없었다.

하지만 착지하는 장소의 상황에, 아주 조금 오스카의 의식이 쏠렸다. 단지 그뿐이었지만…….

푸욱.

"큭……."

어느새 오스카의 왼쪽 어깨에 나이프가 박혀 있었다.

오스카가 착지에 의식이 쏠리며 오른발로 내딛으려 하는 것을 감지한 보스코나가, 대각선으로 가장 멀리 떨어진 왼쪽 어깨를 겨냥해 왼손으로 나이프를 날린 것이다.

오스카조차 알아차릴 수 없을 정도의 속도…… 검뿐만이 아니라 투척용 칼을 사용하는데 있어서도 보스코나는 일류 이상의 기량을 갖고 있었다.

단지 그 정도의 일로…… 착지 지점에 살짝 의식을 빼앗긴 것만으로도 형세는 크게 기울어졌다.

오스카나 보스코나 수준의 전투가 되면 그런 것으로도 단숨에 뒤바뀔 수 있는 것이다.

보스코나가 히죽 웃었다. 형세가 자신 쪽으로 상당히 기울었기 때문이다.

"겨우 나이프 한 개였지만, 더는 네가 이길 가망은 없다, 오스카."

"겨우 나이프 한 개를 꽂았다고 큰소리를 치다니, 물러터진 삶을 살아왔구나, 보스코나."

"웃기지 마라!"

그 한마디와 함께 보스코나의 왼손이 번쩍이고, 세 개의 투척용 칼이 오스카를 덮쳤다.

그것은 무시무시할 정도의 속도였다. 인식하고 있어도 〈장벽〉 발생이 늦어질 정도의 속도. 즉, 공격 마법보다도 빨랐다.

한 자루는 피하고 두 자루는 검으로 튕겨냈다.

그 사이 보스코나는 지척까지 파고들었고 마침내 두 사람의 칼싸움이 시작되었다.

검의 기량은 압도적으로 보스코나가 우세했다. 게다가 오스카는 왼쪽 어깨에 칼을 맞아 왼쪽 팔 전체를 제대로 쓸 수 없었다.

왼팔에 〈물리 장벽〉을 발생시켜 방패처럼 사용하고 있지만 쉽지는 않았다.

투척용 칼도 그렇고, 보스코나는 몸 전체에 무기를 넣어둔 것인지 신발 끝으로 찰 때도 있었다.

게다가 오스카의 눈이 포착한 신발 끝에는 액체에 젖은 칼날이 보였다.

"독?"

오스카의 그런 작은 중얼거림에 보스코나는 더더욱 불길하게 미소 지었다.

평소 사용하는 검에 독이 묻어 있지 않은 것은 당연하고, 방금 어깨에 박힌 투척용 칼에도 독은 묻어 있지 않았다. 자신이 맨손으로 쓰는데다, 심지어 전투 중에 닿을 가능성이 있는 곳에 독을 묻히는 것은 실로 어리석은 짓이었다.

하지만 신발 끝이라면, 가능성이 있을 수도 있었다.

구두 끝에 박아둔 칼날이 상대에게 박혔다고 해도 일격에 쓰러뜨리기는 어렵다……. 하지만 그 공격으로 독을 주입할 수 있다면 승리를 크게 앞당길 수 있었다.

게다가 칼싸움이 한창일 때라면 더욱 그렇다.

당연하지만 이 격투 대회에서는 독의 사용도 금지되어 있지 않았다. 치사성 독이라면 상대를 죽게 해서 실격이 될 가능성은 있지만, 마비 독이라면…….

오스카는 지금까지 이상으로 신경을 곤두세운 채 싸움을 이어가야 할 처지가 되었다.

얼마나 오랫동안 칼싸움이 이어졌을까.

시간으로 봐서는 그렇게 오래 지나지는 않았을 것이다.

몇 분, 아니면 십여 분.

콜로세움 안의 관객들은 숨을 죽이고 있었다.

그 와중에 두 사람이 검을 부딪치는 소리만 울려 퍼졌다.

평소 이상으로 신경을 곤두세우고 있었기 때문일까…… 오스카는, 어떤 이변을 깨달았다.

그것은 결코 크지 않았다.

어쩌면 단순히 잘못 느낀 것이 아닐까 생각했을 정도로.

소리가 조금 달라진 것처럼 느껴진 것이다.

무슨 소리인가?

검이 서로 부딪치는 소리 말이다.

'뭐지, 이건…….'

오스카는 보스코나의 표정을 살펴보았지만 별다른 변화는 없었다.

기분 나쁜 미소를 지은 채 오스카를 향해 칼을 휘두를 뿐이다. 소리의 변화는 깨닫지 못한 얼굴이었다.

'단순히 기분 탓인가?'

그 정도로 미세한 변화였고, 옆에서 누군가 '기분 탓이야'라고 단언하면 그렇게 생각할 정도로 확신하기 어려운 감각이었다.

그런 상태로 몇 차례 더 검이 오갔다.

그 순간, 오스카의 뇌리에 어제의 기억이 되살아났다.

엘프의 세라와 싸웠던 기억…… 그때, 마지막 순간 세라의 검을 부러뜨렸던…… 그 기억.

'검이…… 부러지려는 건가?'

하지만, 어느 쪽 검이?

그것은 알 수 없었다.

정말 수십 번 검을 부러뜨려본 경험이 있는 사람이 아니고서야…… 아니, 그렇다 해도 어느 쪽의 검이 부러지려고 하는지는 알 수 없을지도 모른다.

주변에 널린 이름도 없는 이가 만든 검이라면 모르겠지만…… 오스카의 검도, 보스코나의 검도, 평소였다면 모두 명검이라고 불렸을 정도의 일품이었다.

둘 다 오스카의 대장장이 스승 라산이 만든 검.

오스카는 여섯 살에 마을을 떠난 이후 12년 동안 유랑을 거듭하며 각지를 돌아다녔다. 수많은 귀족들과의 교류도 있었고, 그 속에서 수많은 검을 보아왔다.

하지만 그 모든 것과 비교해도 두 사람의 검을 확실하게 웃도는 검은 없었다……. 아니, 딱 두 자루…… 피오나의 보검 레이븐과 루퍼트가 현재 허리에 차고 있는 검 이외에는.

라산의 검은, 그 정도의 명품이었다.

그것이, 부러진다…….

그 순간은 갑작스럽게 찾아왔다.

"무슨……."

보스코나는 조금도 상정하지 못한 듯했다. 자신이 휘두른 검이 부러지는 것을.

보스코나의 검이 부러지고, 오스카의 검이 그의 옆구리를 파고

들었다.

"커헉."

보스코나의 입에서 쉰 목소리가 새어나왔지만, 오스카는 이를 무시하고 그대로 칼을 아래에서 위로 베어올렸다.

"끄아아악!"

보스코나의 오른쪽 손목이 잘려나갔다.

하지만 보스코나에게는 왼손으로 날리는 투척용 칼 공격이 있었다. 심판도 그것을 알고 있었기에 여기서 경기를 멈추지 않았다. 멈출 수가 없었다.

오스카도 그것을 알고 있었다. 알고서도 검을 들어올린 채 입을 열었다.

"너를 죽이겠다."

"무슨…… 잠깐, 기다려."

상황이 여기까지 오자 역시 보스코나도 초조함을 드러냈다.

오른팔이 잘려나가고, 애용하는 검도 부러졌다……. 물론 왼손으로 쓰는 투척용 칼이 있고 발끝에는 독날도 있지만, 이기는 것은 어렵다는 것을 깨달은 것이다.

하지만 여기서 져도 2위다.

기념 대회에서 2위만 하면 상당한 상금과 대귀족의 검술 선생, 경우에 따라서는 그 자신이 준남작 등으로 승격될 가능성마저 있었다.

하지만 죽으면 모두 끝이다.

그리고 눈앞의 남자는 자신을 죽이겠다고 말했다. 이대로 가면 기념 대회 우승자라는 최고의 부와 명성을 얻을 수 있을 텐데도.

"나를 죽이면 네놈은 실격이야. 알고 있나?"

"물론이지. 하지만 보스코나, 네놈은 아버지와 어머니, 그리고 영감님의 원수다."

"무슨 소리야……."

보스코나는 전혀 이해할 수 없는 말이었다.

물론 과거의 기억을 잃어서 그런 것은 아니다. 너무 많은 사람을 죽여온 탓에 누구를 말하는 것인지 이해하지 못할 뿐이었다.

"네가 쓰던 검, 어디서 얻었는지 기억은 나나?"

"뭐? 마을에서…… 여자를 죽이고, 그 남편으로 보이는 남자가……. 그놈들과 아는 사이인가?"

보스코나는 떠올렸다.

하지만 그 옆에 있던 오스카는 역시 기억이 나지 않는 듯했다.

"그 4년 후, 네놈과 포쉬는 슈크 마을에서 영감님, 루크 로슈코전 남작을 살해했다. 길러준 내 눈앞에서."

"……생각나는군. 그때 그 빨간 머리 애송이인가……."

이제는 완전히 백발이 된 오스카의 머리카락을 보며, 보스코나의 눈에 두려움이 깃들었다.

분명 눈앞의 남자는 자신을 죽일 수도 있었다. 모든 명예를 내던지고서라도, 원수를 갚으려고 할지도 모른다……. 그것을 깨달은 것이다.

"자, 잠깐만…… 그건 다른 귀족에게 의뢰를 받아서……."

"닥쳐."

감정이 폭발한 나머지 반대로 차가워진 목소리로, 오스카는 그 한마디만을 뱉었다.

그리고 검을 내리쳤다.

좌악.

파직.

완벽하게 들어간, 몸 전체에 힘을 싣고 휘둘러 보스코나의 왼쪽 어깨를 정확하게 베어낸 검…….

그것이 부러졌다.

쇄골에 맞으며 부러졌다.

보스코나의 검뿐만 아니라 오스카의 검도 부러졌다.

한계였을까…… 아니면…….

보스코나는 그 충격으로 정신을 잃었다.

"거기까지!"

주위를 압도하는 목소리가 콜로세움에 울려 퍼졌다.

그것은 심판이 아니라, 더 높은 위치에 있는 관람석에서 들려온 것으로…….

황제 루퍼트 6세의 선언이었다.

"승자, 오스카 님."

심판이 그렇게 말했고, 한순간의 정적 후 콜로세움 관중석에서 폭발할 정도의 환호성이 쏟아져나왔다.

"죽일 수 없었어……. 부러뜨린 건, 죽이지 말라는 뜻이었습니까…… 스승님."

콜로세움 안의 함성 속에서, 오스카의 그런 중얼거림은 누구에게도 닿지 못했다.

◆

"오스카, 훌륭했다."

"감사합니다."

그날 오스카는 황제 루퍼트 6세에 의해 루스카 남작으로 임명되었다.

루스카 가문은 제국이 아직도 왕국이었던 시절에는 백작 가문으로 존재했던 가문이다. 이후 몇몇 당주들의 불미스러운 일 등으로 인해 남작까지 추락하여 수십 년 전 직계가 끊겼다.

그것을 루퍼트는 오스카에게 내린 것이다.

루스카 남작가는 어엿한 귀족. 이로써 농민의 아들이었던 오스카는 정식으로 제국의 귀족이 되었다.

동시에 황제 루퍼트 6세의 총애를 받고 있다는 사실도 주위에 알려졌다.

귀족이 된 지 얼마 되지 않았음에도 불구하고 그 완벽한 귀족의 예절은 황성에서도 화제가 되었다.

아무리 오스카를 벼락 출세라 우습게 여기는 자들이라 할지라도 그 힘과 품행만은 인정할 수밖에 없는 완벽함.

"영감님, 감사합니다……."

과거 오스카를 키워준 전 로슈코 남작 루크에게 오스카는 진심으로 감사했다.

오스카가 무시를 당하면 그가 모시는 피오나의 얼굴에도 먹칠을 하게 된다. 그것은 오스카에게 있어서 용납할 수 없는 일이었다.

　영감님이 가르쳐준 완벽한 귀족 예절 덕분에 그것을 막을 수 있었으니 몇 번을 감사해도 부족했다.

◆

　"스승님, 오늘도 평소와 같은 완벽한 테이블 매너였습니다……."

　"전하, 그 호칭은 그만해 주십시오……."

　오늘도 황성의 별채에서는 피오나와 오스카의 그런 대화가 반복되고 있었다.

　"아니요, 스승님. 저는 계속 스승님이라고 부르겠습니다."

　"전하……."

　"예전에 크루코바 후작 부인 마리아 님이 진심으로 존경할 수 있는 사람이 있으면 사람은 성장한다고 말씀하셨습니다. 저에게는 마리아 님과 스승님이 그렇습니다."

　"그것은 참으로 영광이지만…… 그것과 스승님이라는 호칭은 아무 관계가……."

　"……마리아 님과 마찬가지로 오스카 님 쪽이 더 좋으신가요?"

　"절대로 그렇게 부르지 말아주십시오."

　그렇게 되면 황제 루퍼트 6세에게 어떤 눈빛을 받을지…… 오스카는 그것을 상상하며 고개를 작게 저었다.

　"그럼 역시 스승님이라고 부르겠습니다."

"……네."

만족스러운 얼굴로 기쁘게 고개를 끄덕인 후 피오나는 진지한 표정으로 오스카를 보고 물었다.

"스승님, 묻고 싶은 것이 있습니다."

"무엇입니까, 전하."

"스승님의 복수는 달성한 건가요?"

"그건……."

아무리 오스카라도 즉답할 수 없는 질문.

피오나의 눈은 진지했다. 적당히 대답해도 되는 질문이 아니라는 것만은 알 수 있었다.

"솔직히, 잘 모르겠습니다."

오스카는 거기서 잠시 말을 끊었다. 천천히 고민하면서 말할 것인지, 자신의 마음에 솔직하게 말할 것인지…… 어느 쪽이든, 진지하게 피오나의 질문에 마주했다.

"보스코나에게 최후의 일격을 가했더라면 복수를 달성한 기분을 느꼈을지도 모르겠습니다. 하지만 그렇게 됐다면…… 거기까지 갔더라면, 저는, 더 이상 여기에 있을 수는 없었을 겁니다."

"그건…… 곤란해요."

"네, 저도 곤란합니다."

피오나가 얼굴을 찌푸리며 말했고, 오스카도 쓴웃음을 지으며 대답했다.

대답하고 나서야, 오스카는 확신했다.

'이 장소'에, 자신은 계속 있고 싶었다는 것을.

"복수를 달성했는지 어떤지는 모르겠지만, 적어도 이것만은 확실히 말할 수 있습니다. 더 이상 복수에 눈이 멀어 있지는 않습니다. 제가 가진 모든 충성은, 전하께 바치겠습니다."

오스카는 그렇게 말하고 한쪽 무릎을 꿇고 경의를 표했다.

웃는 얼굴로 그것을 받아주는 피오나.

"그 충성, 확실히 받았습니다. 언제나 제 곁에 있어주세요. 이곳이 '스승님이 있을 장소'이니까요."

후기

오랜만입니다. 쿠보 타다시입니다.

《수속성의 마법사 제1부 중앙 연방편 Ⅴ》을 읽어주셔서 감사합니다.

5권에서는 료가 3권에 이어 왕국을 뛰쳐나와 한다르 국가 연합 연방 서부와 잉베리 공국으로 향합니다. 아니, 향한다는 말로는 너무 약하네요. 쳐들어갑니다⋯⋯.

이 『다시 찾은 잉베리 공국』 편은 상당히 내용이 바뀌었습니다. 애초에 료가 쳐들어간 이유도⋯⋯ 아직 본문을 읽지 않고 후기 먼저 읽으시는 독자 여러분을 위해서 자세히 적지는 않겠습니다만, 네, 여러모로 변경되었습니다.

『소설가 되자』에 투고했던 것과 비교하면 원형을 거의 잃어버린 느낌입니다.

뭐, 어쩔 수 없겠죠. 이 작품에서는 자주 있는 일입니다. 작가로서 그건 무척 즐거운 일이고, 몇 번을 경험해도 기쁜 일이기도 합니다.

아주 완벽하다고 느껴질 정도로 완성된 작품이라도, 몇 개월 지나면 결점이 보이기 마련입니다. 어쩔 수 없습니다. 완벽하지 못한 인간이 만들어낸 것이니까요⋯⋯.

서적화는 그 결점들을 제거하고 더욱 재미있고 즐겁게 만들 수 있는 기회를 주는 과정이라고 생각합니다.

그건 정말 감사한 일입니다.

원형을 잃었다고 해도 이야기 전체의 방향성은 벗어나지 않았고, 더욱 재미있고 즐거워진다면 좋은 일이라고 생각하기에······ 저도 살짝 포기의 경지에 이르렀습니다.

이번 권을 기준으로 외전 《화속성의 마법사》가 완결되었습니다. 여기에 나온 캐릭터들은 6권 이후에 본편에도 나옵니다. 이에 관해서는 『소설가 되자』에 투고한 내용에는 전혀 없었기 때문에 완전한 오리지널 전개가 되겠네요.

모처럼 만든 캐릭터인데 외전으로만 끝내기는 아까우니까요.

이번 5권은 약 27만자 이상이 되었습니다. 정말 기네요! 너무 길어서 역시 조금 혼났습니다! 그래서 다음 권 이후로는 이 정도의 분량이 되지는 않을 겁니다. 처음이자 마지막인 27만 자입니다.

뭐, '수속성의 마법사'가 늘 22만자에서 24만자라는 점을 감안하면 그렇게 많다는 느낌은 없을지도 모릅니다. 하지만 일반적인 단행본이 16만자 전후인 것을 생각하면······ 플러스 11만자는 꽤나 큰 볼륨입니다.

여러분이 재미있다고 느끼는 시간이 그만큼 더 늘어난다면 기쁘겠습니다.

앞으로도 《수속성의 마법사》를 계속 적어나갈 테니 많은 응원 부탁드립니다.

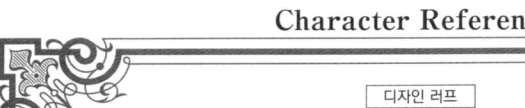

디자인 러프

[이름] 칼리니코스

[나이] 추정 3000세

[키] 180cm

[프로필] 뱀파이어. 지위는 하스킬 백작. 중앙 연방
어딘가에 있는 것으로 추정되는 뱀파이어
나라에서 쫓겨나 왕국령 내로 들어오게 되었다.
암속성 마법을 다룰 수 있다.

[특성] 뱀파이어 공통으로 진홍색 눈, 창백한 피부,
미남미녀, 피를 빨 때 송곳니가 약간 자라나는
등의 특징이 있다. 태양 아래에서도 활동할 수
있으며 마늘, 십자가, 은에 특별히 약해지지는 않다.

[장비] 《컬러콘》……현재 지구에서 말하는 컬러
콘택트 렌즈와 유사한 무언가. 뱀파이어의 특징을
나타내는 진홍빛 눈동자를 감추기 위해 사용한다.

 경험이 풍부한 모험가인 아벨도 뱀파이어와 만난 적은 없군요.

책에는 나오지만…… 중앙 연방에는 없다고 알려져 있으니까.

 모든 면에 있어서 인간보다 위라고요! 여기서는 산제물의 피를 바쳐서 위기를 모면하죠.

산제물이 뭔데?

 물론 아벨의 피예요!

응, 싫어.

Character References

디자인 러프

[이름] 휴 맥글러스
[나이] 39세
[키] 195cm
[프로필] 룬의 모험가 길드의 길드 마스터.
과거 A급까지 올랐던 모험가로 대전의 영웅으로
알려져 있다. 두뇌도 명석하고 호쾌한 성격으로
인해 부하들에게 받는 신뢰도 두텁다.
게다가 준수한 외모를 가진 매력적인 중년.
나무랄 데 없지만 목소리는 조금 걸걸하다.
[특성] 마법은 쓰지 못한다.
[장비] 《성검 갈라하드》……겉보기에는 평범한
양손검이지만 실은 성검. 뱀파이어의 재생 능력을
막는 특수한 능력을 가졌다.

 휴 씨의 검은 성검이죠. 하지만 겉보기엔 평범해요.

내 마검과는 달리 성검은 보통 빛나지 않으니까.

 빛이 나는 쪽이 더 멋있으니까 아벨의 마검이 평가로는 위네요.

……검의 평가인가.

 휴 씨와 아벨의 평가는 검 없이 몸으로 결정해 주세요. 주먹으로!

응, 싫어.

Mizu zokusei no mahotsukai Daiichibu Chuoshokoku hen 5
by Tadashi Kubou

[수속성의 마법사 5 -중앙 연방편-]

2025년 9월 15일 1판 1쇄 발행

저   자 쿠보 타다시
일러스트 메바루
옮 긴 이 이소정
발 행 인 유재옥
담당편집 정영길

이   사 조병권
편 집 2 팀 정영길 조찬희 박치우
편 집 3 팀 오준영 이소의 권진영 정지원
디자인랩팀 김보라 전세연
디지털사업팀 김지연 윤희진 장혜원
라이츠사업팀 김정미 이지현 유아현
영업마케팅팀 최원석 윤아림
물 류 팀 백철기
경영지원팀 최정연
인쇄제작처 ㈜코리아피엔피
발 행 처 ㈜소미미디어
등   록 제2015-000008호
주   소 서울시 마포구 토정로222, 502호 (신수동, 한국출판콘텐츠센터)
판매 및 마케팅 (070) 8822-2301

ISBN 979-11-384-4031-8
ISBN 979-11-384-1601-6 (세트)